蘇州全書

乙編

《蘇州全書》編纂出版委員會 編

夢秋詞（外二種）

蘇州大學出版社
古吳軒出版社

圖書在版編目(CIP)數據

夢秋詞：外二種 / 汪東撰. -- 蘇州：蘇州大學出版社：古吳軒出版社, 2025. 6. -- (蘇州全書).
ISBN 978-7-5672-5216-5

Ⅰ. I226

中國國家版本館CIP數據核字第2025X5C705號

責任編輯 閆毓燕
裝幀設計 周 晨 李 璇
責任校對 穆宣臻

書　　名 夢秋詞（外二種）
撰　　者 汪 東
出版發行 蘇州大學出版社
地址：蘇州市十梓街1號 電話：0512-67480030
古吳軒出版社
地址：蘇州市八達街118號蘇州新聞大厦30F 電話：0512-65233679
印　　刷 常州市金壇古籍印刷廠有限公司
開　　本 718×1000 1/16
印　　張 54.5
版　　次 2025年6月第1版
印　　次 2025年6月第1次印刷
書　　號 ISBN 978-7-5672-5216-5
定　　價 360.00元（全二册）

《蘇州全書》編纂工程

總主編

劉小濤　吳慶文

學術顧問

（按姓氏筆畫爲序）

王　芳　王　宏　王　堯　王　鍔　王紅蕾　王華寶　王爲松　王衛平
王餘光　王鍾陵　朱棟霖　朱誠如　任　平　全　勤　江慶柏　江澄波
汝　信　阮儀三　杜澤遜　李　捷　吳　格　吳永發　何建明　言恭達
沈坤榮　沈燮元　武秀成　范小青　范金民　茅家琦　周　秦　周少川
周國林　周勛初　周新國　胡可先　胡曉明　姜　濤　姜小青　韋　力
姚伯岳　馬亞中　袁行霈　華人德　莫礪鋒　徐　俊　徐　海　徐　雁
徐惠泉　徐興無　唐力行　陸振嶽　陸儉明　陳子善　陳正宏　陳尚君
陳紅彥　陳廣宏　黃愛平　黃顯功　崔之清　張乃格　張志清　張伯偉
張海鵬　葉繼元　葛劍雄　單霽翔　程章燦　程毅中　喬治忠　鄔書林
賀雲翱　詹福瑞　趙生群　廖可斌　熊月之　樊和平　劉　石　劉躍進
閻曉宏　錢小萍　戴　逸　韓天衡　嚴佐之　顧　薌

前言

中華文明源遠流長，文獻典籍浩如烟海。這些世代累積傳承的文獻典籍，是中華民族生生不息的文脉和根基。蘇州作爲首批國家歷史文化名城，素有『人間天堂』之美譽。自古以來，這裏的人民憑藉勤勞和才智，創造了極爲豐厚的物質財富和精神文化財富，使蘇州不僅成爲令人嚮往的『魚米之鄉』，更是實至名歸的『文獻之邦』，爲中華文明的傳承和發展作出了重要貢獻。

蘇州被稱爲『文獻之邦』由來已久，早在南宋時期，就有『吴門文獻之邦』的記載。宋代朱熹云：『文，典籍也；獻，賢也。』蘇州文獻之邦的地位，是歷代先賢積學修養、劬勤著述的結果。明人歸有光《送王汝康會試序》云：『吴爲人材淵藪，文字之盛，甲於天下。』朱希周《長洲縣重修儒學記》亦云：『吴中素稱文獻之邦，蓋子游之遺風在焉，士之嚮學，固其所也。』《江蘇藝文志·蘇州卷》收録自先秦至民國蘇州作者一萬餘人，著述達三萬二千餘種，均占江蘇全省三分之一强。古往今來，蘇州曾引來無數文人墨客駐足流連，留下了大量與蘇州相關的文獻。時至今日，蘇州仍有約百萬册的古籍留存，入選『國家珍貴古籍名録』的善本已達三百一十九種，位居全國同類城市前列。其中的蘇州鄉邦文獻，歷宋元明清，涵經史子集，寫本刻本，交相輝映。此外，散見於海内外公私藏家的蘇州文獻更是不可勝數。它們載録了數千年傳統文化的精華，也見證了蘇州曾經作爲中國文化中心城市的輝煌。

蘇州文獻之盛得益於崇文重教的社會風尚。春秋時代，常熟人言偃就北上問學，成爲孔子唯一的南方弟子。歸來之後，言偃講學授道，文開吴會，道啓東南，被後人尊爲『南方夫子』。西漢時期，蘇州人朱買臣負薪讀書，穹窿山中至今留有其『讀書臺』遺迹。兩晉六朝，以『顧陸朱張』爲代表的吳郡四姓湧現出大批文士，在不少學科領域都貢獻卓著。及至隋唐，蘇州大儒輩出，《隋書·儒林傳》十四人入傳，其中籍貫吳郡者二人；《舊唐書·儒學傳》三十四人入正傳，其中籍貫吳郡（蘇州）者五人。文風之盛可見一斑。北宋時期，范仲淹在家鄉蘇州首創州學，並延名師胡瑗等人教授生徒，此後縣學、書院、社學、義學等不斷興建，蘇州文化教育日益發展。故明人徐有貞云：『論者謂吾蘇也，郡甲天下之郡，學甲天下之學，人才甲天下之人才，偉哉！』在科舉考試方面，蘇州以鼎甲萃集爲世人矚目，清初汪琬曾自豪地將狀元稱爲蘇州的土産之一，有清一代蘇州狀元多達二十六位，占全國的近四分之一，由此而被譽爲『狀元之鄉』。近現代以來，蘇州在全國較早開辦新學，發展現代教育，涌現出顧頡剛、葉聖陶、費孝通等一批大師巨匠。中華人民共和國成立後，社會主義文化教育事業蓬勃發展，蘇州英才輩出、人文昌盛，文獻著述之富更勝於前。

蘇州文獻之盛受益於藏書文化的發達。蘇州藏書之風舉世聞名，千百年來盛行不衰，具有傳承歷史長、收藏品質高、學術貢獻大的特點，無論是卷帙浩繁的圖書還是各具特色的藏書樓，以及延綿不絕的藏書傳統，都成爲中華文化重要的組成部分。據統計，蘇州歷代藏書家的總數，高居全國城市之首。南朝時期，蘇州就出現了藏書家陸澄，藏書多達萬餘卷。明清兩代，蘇州藏書鼎盛，絳雲樓、汲古閣、傳是樓、百宋一廛、藝芸書舍、鐵琴銅劍樓、過雲樓等藏書樓譽滿海内外，彙聚了大量的珍貴文獻，對古代典籍的收藏保護厥功至偉，亦於文獻校勘、整理裨益甚巨。《舊唐書》自宋至明四百多年間已難以考覓，直至明嘉靖十七年（一五三八），聞人詮在蘇州爲官，搜討舊籍，方從吳縣王延喆家得《舊唐書》『紀』和『志』部分，從長洲張汴家得《舊唐書》『列傳』部分，『遺籍俱出宋時模板，旬月之間，二美璧合』，于是在蘇州府學中槧刊，《舊唐書》自此得以彙而成帙，復行於世。清代嘉道年間，蘇州黄丕烈和顧廣圻均爲當時藏書名家，且善校書，『黄跋顧校』在中國文獻史上影響深遠。

蘇州文獻之盛也獲益於刻書業的繁榮。蘇州是我國刻書業的發祥地之一，早在宋代，蘇州的刻書業已經發展到了相當高的水平，至今流傳的杜甫、李白、韋應物等文學大家的詩文集均以宋代蘇州官刻本爲祖本。宋元之際，蘇州磧砂延聖院還主持刊刻了中國佛教史上著名的《磧砂藏》。明清時期，蘇州成爲全國的刻書中心，所刻典籍以精善享譽四海，明人胡應麟有言：『凡刻之地有三，吴也、越也、閩也。』他認爲『其精，吴爲最』，『其直重，吴爲最』。又云：『余所見當今刻本，蘇常爲上，金陵次之，杭又次之。』清人金埴論及刻書，仍以胡氏所言三地爲主，則謂『吴門爲上，西泠次之，白門爲下』。明代私家刻書最多的汲古閣、清代坊間刻書最多的掃葉山房均爲蘇州人創辦，晚清時期頗有影響的江蘇官書局也設於蘇州。據清人朱彝尊記述，汲古閣主人毛晉『力搜秘册，經史而外，百家九流，下至傳奇小説，廣爲鏤版，由是毛氏鋟本走天下』。由於書坊衆多，蘇州還産生了書坊業的行會組織崇德公所。明清時期，蘇州刻書數量龐大，品質最優，裝幀最爲精良，爲世所公認，國内其他地區不少刊本也都冠以『姑蘇原本』，其傳播遠及海外。

蘇州傳世文獻既積澱着深厚的歷史文化底藴，又具有穿越時空的永恒魅力。從范仲淹的『先天下之憂而憂，後天下之樂而樂』，到顧炎武的『天下興亡，匹夫有責』，這種胸懷天下的家國情懷，早已成爲中華民族精神的重要組成部分，傳世留芳，激勵後人。南朝顧野王的《玉篇》，隋唐陸德明的《經典釋文》、陸淳的《春秋集傳纂例》等均以實證明辨著稱，對後世影響深遠。明清時期，馮夢龍的《喻世明言》《警世通言》《醒世恒言》，在中國文學史上掀起市民文學的熱潮，具有開創之功。吴有性的《温疫論》、葉桂的《温熱論》，開温病學研究之先河。蘇州文獻中藴含的求真求實的嚴謹學風、勇開風氣之先的創新精神，已經成爲一種文化基因，融入了蘇州城市的血脉。不少蘇州文獻仍具有鮮明的現實意義。明代費信的《星槎勝覽》，是記載歷史上中國和海上絲綢之路相關國家交往的重要文獻。鄭若曾的《籌海圖編》和徐葆光的《中山傳信録》，爲釣魚島及其附屬島嶼屬於中國固有領土提供了有力證據。魏良輔的《南詞引正》、嚴澂的《松絃館琴譜》、計成的《園冶》，分别是崑曲、古琴及園林營造的標志性成果，這些藝術形式如今得以名列世界文化遺産，與上述名著的嘉惠滋養密不可分。

維桑與梓，必恭敬止；文獻流傳，後生之責。蘇州先賢向有重視鄉邦文獻整理保護的傳統。方志編修方面，范成大《吴郡志》爲方志創體，其後名志迭出，蘇州府縣志、鄉鎮志、山水志、寺觀志、人物志等數量龐大，構成相對完備的志書系統。地方總集方面，南宋鄭虎臣輯《吴都文粹》、明錢穀輯《吴都文粹續集》、清顧沅輯《吴郡文編》先後相繼，收羅宏富，皇皇可觀。常熟、太倉、崑山、吴江諸邑，周莊、支塘、木瀆、甪直、沙溪、平望、盛澤等鎮，均有地方總集之編。及至近現代，丁祖蔭彙輯《虞山叢刻》《虞陽説苑》，柳亞子等組織『吴江文獻保存會』，爲搜集鄉邦文獻不遺餘力。江蘇省立蘇州圖書館於一九三七年二月舉行的『吴中文獻展覽會』規模空前，展品達四千多件，並彙編出版吴中文獻叢書。然而，由於時代滄桑，圖書保藏不易，蘇州鄉邦文獻中『有目無書』者不在少數。同時，囿於多重因素，蘇州尚未開展過整體性、系統性的文獻整理編纂工作，許多文獻典籍仍處於塵封或散落狀態，没有得到應有的保護與利用，不免令人引以爲憾。

進入新時代，黨和國家大力推動中華優秀傳統文化的創造性轉化和創新性發展。習近平總書記强調，要讓收藏在博物館裏的文物、陳列在廣闊大地上的遺産、書寫在古籍裏的文字都活起來。二〇二二年四月，中共中央辦公廳、國務院辦公廳印發《關於推進新時代古籍工作的意見》，確定了新時代古籍工作的目標方向和主要任務，其中明確要求『加强傳世文獻系統性整理出版』。盛世修典，賡續文脉，蘇州文獻典籍整理編纂正逢其時。二〇二二年七月，中共蘇州市委、蘇州市人民政府作出編纂《蘇州全書》的重大決策，擬通過持續不斷努力，全面系統整理蘇州傳世典籍，着力開拓研究江南歷史文化，編纂出版大型文獻叢書，同步建設全文數據庫及共享平臺，將其打造爲彰顯蘇州優秀傳統文化精神的新陣地，傳承蘇州文明的新標識，展示蘇州形象的新窗口。

『睹喬木而思故家，考文獻而愛舊邦。』編纂出版《蘇州全書》，是蘇州前所未有的大規模文獻整理工程，是不負先賢、澤惠後世的文化盛事。希望藉此系統保存蘇州歷史記憶，讓散落在海内外的蘇州文獻得到挖掘利用，讓珍稀典籍化身千百，成爲認識和瞭解蘇州發展變遷的津梁，並使其中藴含的積極精神得到傳承弘揚。

觀照歷史，明鑒未來。我們沿着來自歷史的川流，承荷各方的期待，自應負起使命，砥礪前行，至誠奉獻，讓文化薪火代代相傳，並在守正創新中發揚光大，爲推進文化自信自强、豐富中國式現代化文化内涵貢獻蘇州力量。

《蘇州全書》編纂出版委員會

二〇二二年十二月

凡例

一、《蘇州全書》（以下簡稱『全書』）旨在全面系統收集整理和保護利用蘇州地方文獻典籍，傳播弘揚蘇州歷史文化，推動中華優秀傳統文化傳承發展。

二、全書收録文獻地域範圍依據蘇州市現有行政區劃，包含蘇州市各區及張家港市、常熟市、太倉市、崑山市。

三、全書着重收録歷代蘇州籍作者的代表性著述，同時適當收録流寓蘇州的人物著述，以及其他以蘇州爲研究對象的專門著述。

四、全書按收録文獻内容分甲、乙、丙三編。每編酌分細類，按類編排。

（一）甲編收録一九一一年及以前的著述。一九一二年至一九四九年間具有傳統裝幀形式的文獻，亦收入此編。按經、史、子、集四部分類編排。

（二）乙編收録一九一二年至二〇二一年間的著述。按哲學社會科學、自然科學、綜合三類編排。

（三）丙編收録就蘇州特定選題而研究編著的原創書籍。按專題研究、文獻輯編、書目整理三類編排。

五、全書出版形式分影印、排印兩種。甲編書籍全部采用繁體竪排；乙編影印類書籍，字體版式與原書一致；乙編排印類書籍和丙編書籍，均采用簡體横排。

六、全書影印文獻每種均撰寫提要或出版説明一篇，介紹作者生平、文獻内容、版本源流、文獻價值等情况。影印底本原有批校、題跋、印鑒等，均予保留。底本有漫漶不清或缺頁者，酌情予以配補。

七、全書所收文獻根據篇幅編排分册，篇幅適中者單獨成册，篇幅較大者分爲序號相連的若干册，篇幅較小者按類型相近原則數種合編一册。數種文獻合編一册以及一種文獻分成若干册的，頁碼均連排。各册按所在各編下屬細類及全書編目順序編排序號。

夢秋詞

汪東　撰

據汪氏後人汪威立家藏稿本影印。

提要

《夢秋詞》二十卷《寄菴詩》四卷《寄菴隨筆》一卷，汪東撰。

汪東（一八九〇—一九六三），原名東寶，字旭初，號寄菴，别署寄生、夢秋等。吳縣人。早年留學日本，結識孫中山並參加同盟會，任《民報》編撰。一九一二年加入南社。民國間歷任總統府咨議、中央大學文學院院長、監察院監察委員、國史館纂修等職。一九四九年後，歷任上海市文物管理委員會委員、蘇州市政協副主席、江蘇省政協常委、民革江蘇省委副主任委員等職。著有《詞學通論》《法言疏證别録》《吳語》等。

《夢秋詞》凡二十卷，收録詞作起於己酉（一九〇九），迄於辛丑（一九六一），計一千三百八十餘首。卷一《餐英集》爲一九三七年抗戰全面爆發前作，存詞不到六十首。卷二《紉芳集》迄卷六《東歸集》爲一九三七年至一九四八年間作，凡三百七十餘首。此時汪東詞藝日臻成熟，面對民族危亡、國事艱難，多感時傷世之作，情感慷慨深沉。卷七《閑情集》迄卷二十《擁瑟集》則爲一九四九年後作，存詞近千首，數量宏富。汪東詞風取則於周邦彦，並轉益多師，於宋朝詞人柳永、辛弃疾、姜夔、史達祖、吳文英等各有借鑒，融通變化，自成面目，遂成現代詞壇大家。

《寄菴詩》凡四卷，收録詩作起於庚辰（一九四〇），迄於甲申（一九四四），計六百餘首。時汪東與章士釗、沈尹默等發起成立『飲河詩社』，又與沈尹默、王調甫等組織『羅灣詩社』，雅集唱酬。集中酬贈詩尤多，談詩論藝，傷别懷遠。所作不專主一體，五七言古近體詩皆有，尤擅古體，蒼茫峭拔，揮灑自如，情真意摯，不假雕飾。

《寄菴隨筆》凡一卷，曾連載於上海《新聞報》附刊《新園林》。一九四八年十月，因連載劉成禺《世載堂雜憶》畢，《新聞報》編輯嚴獨鶴遂商請汪東執筆撰寫《寄菴隨筆》接續。一九四九年一月六日，刊出第一則，迄於五月廿一日，共計連載一百十五則（本次影印所用鈔本將同題者若干篇合綴爲一篇，合計七十餘則）。汪東爲同盟會元老、章太炎高弟，閲歷豐富，學養深厚，或掇拾藝文掌故，或辨訂典章名物，或雜記山水風土，清淑深博，涉筆成趣，得六朝及明清小品文神韵，頗具史學與文學價值。

本次影印，《夢秋詞》《寄菴詩》以汪氏後人汪威立家藏稿本爲底本。《夢秋詞》原書高二十六・五厘米，廣十七・八厘米，前有張充和題署，後有沈尹默《減字木蘭花》題詞二首。《寄菴詩》原書高二十七・五厘米，廣十八・三厘米，沈尹默、汪辟疆等題署，曾克耑等跋，乃首次结集出版。《寄菴隨筆》則以上海圖書館藏鈔本爲底本，原書高二十六・八厘米，廣十四厘米，天頭處鈔録《寄菴隨筆》連載時讀者所作補綴及刊於《新聞報》之文。本次影印内容經汪氏家屬審定。

夢秋詞

充和題

耆卿用六朝小品賦作法層層鋪叙情景兼融一筆到底始終不懈美成特行以張弛控送之筆使潛氣内轉開合自如一篇之中迴環往復一唱三歎作者深得此訣可謂善學周柳者也其最上乘者泯迹蹊徑直入堂奥意到辭諧超然神理功力至此曷勝佩贊丁亥初秋映庵夏敬觀識

才豐志廣力能兼取南北宋之長其涉南宋者亦多佳什惜雜厠一編之中稍嫌色澤不純宜另列為集外詞映庵又識

卅年前乍見君所為詞，即驚歎以為當世能學周清真者莫君若。丁亥春至秣陵，攜君詞前五卷歸，審諦數月，益明君旨，喜余往昔所稱不誣也。今年春，君以第六卷以次及近今所作相示，余病瞑眩且兩年，得君詞就牀諷之，若授藥受之，遽起。君偕呂君貞白來，輒相與談所心得，互印證，歡笑樂甚。君詞從清真入堂廡之大，不待言矣。近更析腔尋律，及香鄉樂章。夫詞有俚有雅，祖之三百篇，俚者風也，雅者雅也。就一詞言，則又有史野之別，不可偏勝。質直語則其文，質和鈞者君。學周柳能為其質直語，造詣之至極也。據其環中，降獵旁涉，游戲朋交間，亦不至墮第二境地，絕能以拙剋制一切。然余以為止至善、成一家言，君所優為也。

新建夏敬觀

能為周柳，今世惟君一人，無可疵議。浮藏所揭，吹毛求疵，聊以塞君要求是正之望耳。

吷庵讀竟敬識

夢秋詞卷一

汪東

起己酉迄丙子

浣溪沙

何事人生有別離鳳頭鞵印畫堂西畫長閒坐暗凝思　紙扇應

歸金縷箋湘簾猶挂小桃枝已涼天氣未寒時

憶舊游

記薰鑪永畫露檻嬌春簾影偎花斷角吹離恨甚孤帆箭激萬里

江涯舊歡更入遙夢寒雨忽欹斜算過驟華年流雲勝賞兩鬢堪

嗟　思家路迢遞且喚酒旗亭重醉琵琶擬訪鷗夷去過吳王宮

畔猶認違娃倦遂頓感興廢潮尾咽蒹葭試綫引孤吟憑高縱目

唯暮鴉

夜半樂

斷雲尚滯天半沈陰十日寒意生庭戶更箭激酸風柝鈴淒語素

衾空疊香篝未暝夜長和影相偎亂愁千縷念繡閣深盟竟誰主

　淺痕杭畔點點別鶴孀彈病鸞羞舞漫獨下芳階留連私步翠

蘿升壁蒼菭掩徑樹頭已是花稀乳鶯啼苦問春色漂流向何處
倦旅惟是悶酌春醪嚼吟愁賦楚峽迢遥更無路想行雲朝暮
自有神仙侶簾半卷隱隱瞻鸞馭露寒清影吹簫去

踏莎行

銀燭交枝香鑪微暈低鬟按拍歌聲穩出門星斗亂垂垂高樓漸
遠荒城近斷續蛩吟淒涼雁信孤舟攤破寒成陣秋江盡處有
叢蘆飛花莫上行人鬢

清平樂

去年淒絶秋到人離别展盡紅箋千萬疊又近歸鴻時節 銀牀
初換桃笙夢回仍不分明一樣今年秋夜滿庭梧月蛩聲

蘭陵王

雨絲直簾影依依漾碧登樓望惟見柳條學染嬌黄弄春色迢遥
去舊國心惜孤舟剩客江城畔風送暮寒應憶裁衣試金尺 歡
游半陳迹但寫恨銀鈎追夢瑶席天涯芳草逢寒食知陌上嘶騎
渡頭維纜行程千堠更萬驛悵鸞鳳南北 幽惻怨懷積甚客去

樓空魂斷音寂危闌徙倚情何極怕獨對尊酒乍聞隣笛闌珊清夜漏箭永伴淚滴

齊天樂

玉驄漸向青樓去楊花又催春晚燕語香巢鸞分鏡匣誰識離愁難翦重門自掩料遲日停箏暗塵生箏夢影淒迷翠簾空傍暮雲卷羈途還聦舊感那時初聚首歡事何限勸酒啼鶯尋芳倦蝶應惜流光輾轉江南路遠盼綠葉成陰朧圓同薦寄語多情未須眉黛斂

荔枝香近

絮影紛飛燕數來又去最惜十日輕陰衣冷露花霧春殘獨倚簾櫳漸有瀟瀟雨空妬輕語離梁燕雙乳　歡意減贖別夢尋遙浦夢醒思量嘘瀝袖羅慵擧誰識情深宛轉留春訴鶗鴂浸蔣同心蠟苣

又

暮春閒庭草積露痕泫蝶粉初褪鶯舌空圓東風萬點花飛未放

二

珠簾輕卷簾外比隔天涯更遠　最憐半生舊好如夢散竟夕淚
涼盡不似陪歡宴怕經別地嫋嫋垂楊自陵羈旅愁誰共消遣
宴清都
倦遊閒簫鼓明鐙夕醉來重記前度棲鴉瘦柳流螢墜葉隱窺朱
戶仙娥暗約秦樓算未是尋常伴侶只片雲夢散高唐空酬宋玉
詞賦　天涯乍起涼風齊紈置篋難喻心苦紅箋萬疊金釵半股
情誰將去遙知故國秋換問燕子歸來甚處共那人十載相思還
相見否
瑣窗寒
暗水潺湲門深徑曲自尋鐙戶層陰散晚夢醒怯聞疏雨甚秋來
樹根亂蛩伴人忍作傷離語積擁衾歎息荒齋人靜頓愁羈旅
遲暮登樓處正素女青娥鬥寒三五孤飛雁影尚解銜蘆呼侶想
相尋唯有怨魂瑣窗繡閣還記否向歡時料有而今淚落珠盈俎
四園竹
高梧悴葉陣陣點朱扉蘚階露濕荷沼鏡平涼月穿幃幽怨多空

寄託青琴響裏此情常怕人知　最淒其誰憐瘦損蕭郎淹留誤了心期料向湘波寄淚清夜挑鐙更續秋辭千萬紙路斷絕還愁鳳訊稀

西平樂

向晚鴉歸遡風笛起樓迥便覺秋聲頻拍闌干望窮西北浮雲冉冉猶遮數賦筆哀時縱妙聲鼓催人漸老繁華境改空驚浩劫蟲沙何待新亭灑泣千載事似夢總堪嗟　霧露衰草風迴曠野黃葉蕭蕭門徑敧斜休錯比成都舊宅彭澤荒園好藉琴尊伴客松菊怡情長向鬧中遣歲華無柰故人音書斷絕飄轉關河徧地荊榛日暮途窮如何更不還家

右起蘭陵王迄西平樂皆和清真詞也曩在上海与季剛同為之積數十闋而余為之序十餘年來人事變遷不可究極舊稿亦散失過半錄存數首聊志一時唱酬之樂而已

蝶戀花

託意哀絃移中聲(去)柱九十韶華都被流鶯誤花已彫霝辭故樹蝶

三

魂空覓樓香處　花落花開猶未苦每到春來生意還如許玉骨
成烟相憶否年年寒食棠梨路

清平樂　盆中植蕙數本春曉作花娟娟可愛對此有懷彌增淒戀

珠簾不捲燕子歸來曉惟有幽花長作伴春暮自成悽惋　年年
紉佩流馨憑他寄怨湘靈猶恐孤芳易歇明朝雨滿空城

浣溪沙

倚笛誰聞醉後歌蕭蕭庭院曉涼過雙垂銀蒜押簾波　繞樹最
情黃葉少登樓唯覺夕陽多近來心事竟如何

踏莎行　題蕙詞用碧山題草窗詞卷韻

去國情懷悲秋才調行吟莫恨知音少三閭哀怨此中遺楚江何
處無芳草　淚洗歡悰酒添愁抱舊時心事休重道御情蕭瑟庾
蘭成如今也向江關老

高陽臺

繡幞圍香金尊勸酒舞衣輕約柔肢璧月長圓宵宵還照瓊姿多
才自結行雲伴笑人間幾輩傷離又爭知好夢先醒佳會仍稀

春情不似雙棲燕似闌前柳絮陌上花枝望斷征輪金錢未告歸
期狂蹤應慣成飄泊算啼鵑空到天涯寫新詞十幅巴箋難寄相
思

醉思凡

無情有情憐卿怨卿尊前低按銀箏寫清商數聲　鐙殘夢醒更
深淚零空餘幾疊雲屏似江南去程

浣溪沙

幾曲屏風畫折枝幾重簾幕漾烟絲秋寒深閣未多時　乍見光
教移鳳枕臨行還倩整羅衣而今贏得是尋思

悵想紅樓隔幾層襟邊清淚漸成冰闌干敲徧倩誰譍　四角香
囊無寶帳兩重縠幔護銀鐙耶時幽夢已無憑

還京樂

素秋近獨向鐙殘夜寂思難理念鳳幃深處漏聲滴盡撩伊清驟
戀麝香熏被爭知倦客還孤倚弄繡枕空自細檢當時紅淚　漸
荒雞起喁鳴蛩相應蕭條對說愁人淒冷況味堪嗟誓約無憑舊

四

遐蹟頓忘紈綺意離情惟取葉流紅宮溝濺水待得重逢日劉郎應更憔悴

解蹀躞（北海金鼇玉蝀橋昔爲宮禁之地今則游人往來恣其觀賞當荷花盛時紅白相間彌望無際余日經其地以爲風景絶似江南季剛光有高陽臺詞邀余同賦未能應也一日晚歸瞻眺根觸舊情遂成此解）

半頃紅香初減青蓋隨風舉舊時靈鵲飛橈映宮女一晌舞歇歌殘任看水佩風裳漫露塵土　甚情緒因念荷亭涼露凭肩共私語至今羅襪凌波更何許往事重惜飄零那堪空苑斜陽帶愁歸去

西江月

秋草將衰轉綠暮雲欲去翻還舊時歌舞已闌珊新恨如何消遣　把酒常思風月登樓卻見家山眼前流水日潺湲中有號珠無限

浣溪沙（行縣作）

盡日籃輿不計程輕裝小隊出山城河陽豈爲看花行　連陌桑茶催曉剪分畦烟雨課春耕相期父老共升平

憶帝京 寄季剛北京在於潛作

曲池小檻生秋氣，最怯客中情味。徙倚水精簾邊，夜何曾聽北斗。近京華極望勞終歲。幾時更陌頭違戀，歎淹滯未成歸計。萬縷垂楊千重芳草，遠夢歷歷分襟地。暗想擘牋時，定有霑衣淚。

水調歌頭 余年三十而有早衰之感，賦此送春，淒然泣下

酌酒餞春去，含淚勸春歸。十年前事堪記，猶是少年時。曾試長隄金勒，還傍秦樓箏笛，連夜醉芳卮。春夢總須覺，為我稍踟躕。萬千意，春不管，去難回。亂紅飛絮點點，千里送斜暉。不恨小園岑寂，但恐蜂媒蝶使，重認只空枝。有美更相憶，惆悵卧遙帷。

鷓鴣天

婀娜柔桑葉翦齊，擘袪相送立斜暉。別來情緒知何似，恰是春蠶上簇時。晝黯淺，夢依稀，唯憑雙燕訴相思。丁寧莫忘臨岐約，陌上花穠緩緩歸。

瑞龍吟 西湖公園本清帝行宮，遊人獨盛，周清真詞賦

西泠路，依舊暗水漂花，亂雲低樹。沉沉寒食新陰，畫船駿馬嬉游

五

處處　漫延佇追念少時吟偕遊窺宮戶銜泥穩宿雕梁雙雛燕燕差池對語　無數承平閒話繡闌香繞湖山歌舞誰道舊家風流彈指非故斜陽燕麥重賦玄都句還留戀平臺縱覽芳園徽步勝賞隨波去鬢絲自鑷牽愁萬緒裊柳飄殘縷歸棹遠冥冥長隄烟雨半生浪迹不如飛絮

一萼紅 十五歲時与伍博純莊通百葉仲裕沈步洲張季良同寓西湖退省庵消夏忽忽二十年矣仲裕廢讀歸江博純步洲亦相繼下世重來感舊宣之於聲

小樓陰試披襟延爽華髮未須籌連權清謳狂朋劇飲歡事都付消沉歲華共羣芳自歇又隄柳千尋變鳴禽網戶懸蛛壞闌棲蠹聊更憑臨　愁送落花飛絮向湖波點點觸撥閑心叢艾吹香疏篁刻字重到步步追尋歎人世倉皇轉轂舊游地何許可銷金便欲歸營故山一片雲深

菩薩蠻

玉人臨曉開妝閣曉風吹透羅衣薄莫放繡簾垂簾前金柳絲
去年親送別纖手曾攀折一去隔天涯斷腸楊白花

柳梢青
挽住征輪飛花擁徑垂柳遮門絃管初調觴籌儞舉又是黃昏
後期早晚休論揾不住當筵淚痕試問江淹暫離永訣一樣銷魂
浣溪沙
日日尋春到北湖垂楊縈帶萬花鋪不知何處是平蕪　殘照低
迷催遠槳流鶯宛轉勸提壺人生行樂莫躊躇
水調歌頭 為潘省盦題顧鶴逸北固雲山圖
京口古雄鎮是我釣游鄉大江日夜東去山勢鬱蒼蒼著屐來登
北固遥指金焦兩點宛在水中央俯仰發長嘯意氣自飛揚　一
彈指今古事幾滄桑論兵作賦誰更共相約醉千場何意輸君游屐
更遣虎頭無賴發四壁素綃張絕似米家畫雲海接蒼茫
洞仙歌 與李剛己晚步至古林寺同作
萬方多難望誠西高處落日荒寒試閑步剩蒼苔蕭寺白髮殘僧
渾未識身世潛移幾度　人間同一夢地不蘿覺天又無言向誰
訴後日待如何載酒重經青青鬢依前青否又何況黃塵蔽空來　六

怕江燕飛回定巢無樹

採春慢 寓樓對雪，頓動羈愁，季剛次玉田韻先成此解，邀余同賦

歲晚登樓寒深擁几羈懷零亂無序風翦瓊瑤雲昏天地頓覺銷
沉平楚南雁音書少但夢趁江鄉歸櫓最憐笠澤蒼茫樵青心事
誰付　舊着烟簑在否甚鎖卻松筠空閉柴戶庾信生涯梁園賓
客愁動黃昏鐘鼓況值蕭條極似陰積龍沙深處賴有天工妝點
梨花千樹

金人捧露盤 題湖帆所藏隋董美人墓志

最淒然春如夢玉成烟鳳吹香難駐情緣嚦鶯語燕任楊花落盡
李花妍君王愁賦忍重聽落葉哀蟬　銅駝恨金僊淚陵谷換海
桑遷總一例輸與嬋娟苔封短碣有簪花標格至今傳願書萬本
比昭陵繭紙人閒

虞美人 後湖興季剛建句

新晴細履湖堤路紅亂芳洲樹 季剛 曉風驟起碧波鬧不道豔陽
時候卻輕寒 東 香臺千繞憑誰惜曾印雙鴛跡 季剛 疏狂不減

少年心明日重來未到綠陰深東

拜星月慢

瘦竹通橋垂楊縈路步繞回隄千轉履齒苔痕任東風吹徧最惆悵幾日輕寒薄暖天氣嫩綠繁紅偷換崔護重來隔桃花人面　記當時暗結秦簫伴空回首事逐輕烟散一片芳草斜陽惹天涯幽怨判今宵夢怯殘鐙館梁間燕轉側聞長歎騰撓取一寸春心縈連環不斷

點絳唇

夢窗明月茫茫之詞為去姬而作也季剛小石忽有所感各進和其韻余亦繼聲

一棹橫塘藕花隔斷紅塵路錦鴛宿處涼氣濃于雨　重憶前游已是他鄉住歡盟誤暫來還去冉冉流光暮

最高樓

三月三十日春盡

江南好爛漫度芳時日日典春衣櫻桃花下逢油壁綠楊隄畔纜青絲徧汀洲鶯亂語蝶交飛　甚瞥眼風光成去迹算到手杯盤須痛惜深閣迴小簾垂參橫纔過三更後春歸又是一年期到那年人聚散更誰知

七

虞美人　登北極閣今爲北氣象臺故址
高秋興我襟懷好落葉紛如掃天風吹上九層臺但見遠山如垤
水如杯　明明河漢通微路也擬驂鸞去沉思依舊住人間上界
仙宮不似散人閒
琴調相思引　聞繼湘弟有鄂渚之行病不得送用賀方回韻成此並寄敬之武昌
風動狂塵飛九陌堪歎漂流雨萍迹又非日輕帆浮楚澤岸樹色
皆秋色岸樹色皆秋色　星斗橫斜涼擁席病臥客思行客病臥
客思行客待促膝傾螺歌纔拍願永夕為佳夕願永夕為佳夕
傾杯　秦淮夜集呈半櫻及同社諸子
屑玉霏談注金傾釀蠲懷頓覺消釋岸柳乍沐水閣過纖恰步鄰
邀笛鸞箋蠟管分題處倒百樽休惜南朝舊恨都付与歷歷冥飛
鴻翼　鬢白從難卻少酒襟詩本依舊狂心迹想再緝荷衣嘯猿
爭怪我如何消得楚澤行吟西州沉醉莫學當時客故山北還則
要草堂相識
轉應曲　戲題屋後層沼其旁疊石有佳者蓋拙政園故物也

池水池水鷗鷺浴来還起買將艇子漁蓑便似移家石湖湖石湖
石堆起數重蒼壁

倚風嬌近　春寒釀雪花訊屢愆倚草窗賦大花韵催之

南陌春遲翠盤縈蔥愁纔亂瓊時倚迴風舞遼鶴返江城縞翼展
爲屛一髮新亭淺露青山眉嫵　浮夢空華前約春相逢處清息
今都無據步底香塵蕩輕霧催花譜但餘烽筆濃如露

紅林檎近　今年三月梅始盛開與桃杏櫻桃相錯蔚爲奇觀然有淪於絳灌之悲違其素操矣因念虎邱冷香閣植梅數百本無雜樹鄉邦人士每於此時極遊宴之樂羈旅都城悵不獲與用清真韵作此示瞿安

春景方融暎亂花時送香散策度前園袷衣映迴塘遥想層丘翠
鬟正傍霧閣雲窗玉蘂初靚宮妝鶯語囀新簧頭白嗟倦客心
怯老殊鄉輸他燕子銜泥猶宿雕梁但珍珠橋畔雞鳴埭口勸君
聊復歡此觴

山花子

金谷空餘陌上塵玉門難返笛中春只有臺城楊柳色一番新
大帝山河留霸迹小喬夫壻是前身卻笑景陽宮井内又何人

八

太平時

萬里長征人未還淚痕潸秦時明月漢時關倚樓看　但使龍城飛將在角弓彎不教胡馬度陰山此時難

虞美人（擬放翁）

少年意氣吞驕虜中被儒冠誤閉門聊且注蟲魚不遵鼓鼙聲裏破安居　請纓背被終童笑枉是知難豹研田從此罷備耕直擬金戈鐵馬了餘生

繞佛閣（中夜不寐有懷漢江諸弟依夢窗聲韻）

亂紅碎錦都換暗碧春謝機杼愁緒萬縷夜闌付與幽人鑄幽句寸陰逝羽孤雁弔影分散吳楚頓驚倦旅羈情搖蕩隨風墮輕絮　鏡裏看華鬢回首機雲偕隱處聲似動人春雷方啟戶甚夢覺邯鄲利名炊黍履霜纖屨歎自驚荒離誰伴宵舞暗徘細淚霖（涔）如雨

減字木蘭花（題馬湘蘭畫蘭卷子湖帆所藏）

素心舒簫佩結幽芳移楚畹葉葉枝枝珍重瑤簽下筆時　託根

非所大地已無乾淨土空谷佳人異代相思一愴神

訴衷情

湖尾花裏風漸起轉蘭橈霞袂舉私語暗魂銷紫陌繡驄驕明朝誰家紅袖招莫相饒

女冠子

雙眉微斷淺淺黛螺描就暮春時並檻鴛鴦宿穿簾燕子飛　郎行留密語花發是歸期看到荼蘼了信音稀

卜算子　戲用辛稼軒小詞韵自題咏松圖

松意欲成龍風勢還如馬獨立亭亭萬仞巔不受秦封者　大厦忽傾時棟折無全民此木何由避斧斤林密山深也

又　從子星伯見余和辛詞而好之因詩所作天風海濤之圖乞用前韵

千丈舞潛虬萬里奔橋馬唯有閒鷗自往還叛豈忘機者　風檣八公山雷震昆陽民譟譟寒松戰海濤如聽軍聲也

碧牡丹　季剛殁後欲述哀詞久而未就今秋卧病經旬追感舊游始成此解

陣陣邊笳起暝色共愁無際斗酒狂吟似續三閭遺褱佩襄芳蘭

九

更唾壺敲碎傷今時有誰繼 淚難制冠蓋長安市偏容箇人憔悴月黑楓青夢中此夕來未試託巫陽聽大招哀只且歸魂楚江水

留春令 題湖帆夫婦畫梅合卷

暗香浮動傍闌干曲玉人同倚彩筆驚箋帶香題有無限歡娛事綠萼橫枝春細細是江南風味管趙風流見丹青寫一幅能相寄

解連環 和清真韵

素書誰託從都門送別舊情雲邈算麗還京比年時最孤貧小樓護春簾薄自擁寒衾悶禁受一場離索想常娥處獨四序暗催也悔靈藥 未絲更彈賀若悄宮商變越移調清角纖寄得論斛真珠忍和淚開緘又早封卻粉屬脂唇漫細擬梅梢桃萼憑風吹墜紅數點斷腸院落

水龍吟

置身天半層樓盡收世界微塵裏東西南北滄溟如帶民命如砥

鞭叱靡龍倒翻銀漢等閒兒戲算經傳許鄭文高楊馬都未是平生意　閶闔九重難問問君平此身何世鏡中青鬢匣中雄劍卅年前事問舍求田而今銷盡劉郎英氣歎吾謀不用浩然長嘯作歸來計

相見歡

當初瞥見驚鴻桂堂東手把金泥小扇立花叢　雲迹散夢痕亂太息息只有海棠猶作斷腸紅

十

右養英集

夢秋詞卷二

汪東

起丁丑迄辛巳

臨江仙　書得閣遺御寄

湖海元龍豪氣盡，猶能問訊何如。長安爭逐麗人車。世情原草草，春事可徐徐。　忼慨頭顱行萬里，男兒也勝閒居。當年盟約總成虛。君歸隨病鶴，我老作書魚。

南鄉子

心事斷蓬飄，詩酒相親破寂寥。欲赴南鄰鐘鼓會，難消。門外車塵十丈高。　綵勝鬥纖腰，春意何曾見一毫。待得枝頭花有信，連朝。毿毿東風似怒潮。

引駕行

沉烟微裊，紗窗半啓延晴照。怕春來，恨春去，此情向誰堪表。多少逞繡轂雕鞍，尋花選柳恣幽討。爭知我京華倦旅，幾牽縈，莫愁棹。　縹緲歌斷子夜，夢入槐宮初覺。甚灩灩華年，遲遲淑景，未諧歡笑。難道把深閨密約，良朋佳諾總拚了。索自去，攜琴載酒侶蘇門

嘯

喝火令

幛密鴛鴦錦襲低翡翠椺分明元是對門居因甚杜郎薄倖十載
寄江湖 天意隨人老年華似水徂一春芳事有還無過了燒鐙
過了杏花初過了櫻桃時節依舊雨疏疏

卜算子慢 懸圭璋悼亡依張子野體韻

鵾弦絕弄鸞鏡罷閒寂寂小庭春曉摘盡殘花記否對花妝面留
聒滴梧桐冷露如啼眼悵舊日恩情總逐浮萍浪蕊消散 曉草
窺書館似數罷雲和曲終人遠宿草離離已怕墓門青滿誰遣喚
餘香挂壁空腸斷待魂魄經年重去聲覓證人天兩見

西江月 蔡哲夫得唐塼刻文甚細一女子當壚旁置鐏杓示方藥雨藥雨定為麗人煮酒圖哲夫辨器物之狀審為茶具謂是煎茶而非煮酒也因以拓本之題後命其姬人月色刻夢秋小印為報

采後剛逢穀雨煎時如聽松風品茶最讓陸生工不學劉伶酒頌
一琖能清肺腑盈階任長蒿蓬夢春難得麗人同自試人間秋
夢

浣溪沙 航空至西安作

御氣飛行俯八埏輿圖次第掌中開秦川一綫辨縈迴獻策何曾輕絳灌飛書亦要繼鄒枚不應閒看華山來

滿江紅

幕府清秋正搖落淒淒井桐擡短鬢閒階佇立思和寒蛩地近周原方築壘星連吳野更傳烽歎幾家骨肉盡飄零隨轉蓬魚吐沫池水空烏啄屋夕陽紅又蕭蕭班馬旌旆搖風羽扇揮軍非我事圍棊一局笑談中盼君行達夜捷書來清晝同

鷓鴣天

鵬翼遥摶萬里風如何壯志又成空目從麈尾清談會夜課蠅頭細字功書咄咄意忡忡莫將閒悶苦縈胸灞橋衝雪尋梅去也擬頭銜署放翁

清平樂

翠禽小小葉底鳴聲好莫怪成陰偏太早輕把花時負了彩雲何處追尋獨倚闌干思深啼盡湘娥淚血難消望帝春心

澡蘭香　蘭

纖翹弄羽，巧箭舒心，不掩澹姿秀躅。根移露晼，佩襲幽芳，底事又淹空谷。恨東風、最曉相逢，湘波流春去遠，翠袖單寒，日暮蘋依修竹。

御祓徽絃換柱，試拂猗蘭，小腰如束。山陰勝侶，澤畔孤吟，往事更添根觸。便燒殘、心字香灰，懸淚荷葉，寸燭夢未忘，絲染輕盈烟羅帬幅。

點絳脣（余客渝州西門人舊故先後來者甚眾尊酒相勞感慨系之女弟子章璠索詞為賦此解）

一種羈情，巴山可似秦淮夜。豔春初謝，桃李翻盈把。　十斛明珠，未抵連城價。歡游罷，酒闌香灺，誰共西窗話。

蝶戀花

日日登樓千百度。咫尺人間，更比仙山阻。斷盡柔腸無說處，而今才解相思苦。　獨坐沉吟還獨語。獨展芳尊，淚落空盈俎。獨自尋春春又去，綠陰纔化相思樹。

三部樂（用清真韻）

孤客江城，聽暗雨濺窗，賦情悽絕。未圓先破，真箇歡緣如月。最堪歎巫峽蕭森，甚夢雲散盡，浪濤爭發。細書密字誰寄，朝雲花葉。他生更知語妄，拚自今、瘦損見人休說。那堪繞絲作繭，辭簪羞髮。儘中宵自揩淚睫。天苦鑿緜緜恨，切密誓萬疊，贏得是、腸斷心結。

點絳脣

除卻巫山，更從何處為雲雨。冶春來去，一任漫天絮。　淺笑佯嗔，總是承恩處。君知否，寸心不負，皎月圓終古。

風入松

上清淪謫不同歸，迢遞阻佳期。休言宋玉多才思，到如今、雲雨堪疑。萼綠華來無定，杜蘭香去移時。　參差曲陌閒長晝，閉望意都迷。斜陽怨柳千絲碧，更難尋、絮影紛飛。鏡裏容華凋盡，祇緣片刻分離。

埽花游 秋日重游季氏園

筍輿徑滑，漸袖裏寒雲，翠微高處。亂山到戶，似螺痕畫出，彎環眉嫵。練影江光，更走輕烟半縷。自來去，有穿竹翠禽，相並幽語。　心事堪細數，記解佩初逢，漢皋游侶。探春未午，甚芳盟誤卻，又驚秋

三

素故國山川戍角吹寒正苦漫回顧倩香蘭暫陪吟俎

霜葉飛 同大社作和清眞

斷烟荒草征鼙動棲鳥還在江表異鄉隨處足傷情況夜深人悄聽淅瀝寒窗到曉凄風飄蕩愁霖小歎素髮成絲縱貯篋茭花似舊不堪顦顇　空望雁足傳書衡陽峯影峻極天半難到幾番秋雨漲秋池甚此時懷抱待一昔羹烟靜了開元重訪清平調怕故都經離亂化鶴歸來舊人應少

阮郎歸

湘皋捐佩意盈盈幽花儕小名百花洲畔暮寒生歸心千萬程　分鈿合勸瑤觥崢嶸歲易驚綺窗開處聽歌聲白雲天際橫

水龍吟 馬相伯先生百齡壽詞

好春常住人間百年桃李盈天下伏波勳業扶風經學疇能傳者殿號靈光里名通德更添佳話紀仙家歲月滄桑三見算此語渾非假　灩灩霞漿傾瀉被鏡歌驚吹寒夜先生笑謂汝曹今日毋諠毋詐虜騎憑陵四郊多壘是吾羞也待收京功就浯溪頌了進

長生筆

沁園春　壽石任院長

鐵面仌心久領烏臺誰堪比蹤數五陵豪俠傾杯論故三原子弟

拔劍臨戎軍起蒼頭書傳黃石麟閣曾推第一功論餘事更九天

珠玉咳唾隨風　春申鼓篋相逢記君正英年我尚童任卌年夢

影光陰電逝千秋眉壽德業山崇彈壓江山扶持元氣今日堂堂

正要公我無似愧青袍白簡花底班從

傷情怨

輕帆江上數點便催人去遠未似銀河秋來波浪淺　高樓音信

望斷但向夕鄰簫吹怨擬寫閒情紅箋愁淚滿

側犯　張善子與江絮生同舟入蜀爲寫巫峽清秋圖絮生乞題

翠屏四障倚舷側耳聽猿嘯微笑指故國今攜故人到　行雲朝

暮處楚峽留祠廟過櫂對萬葉江楓弄斜照　平生勝賞筆底追

年少翻羨此亂離中千里共探討詩約功成甲兵都掃縛屩支笻

幾時休了

好事近

微雨釀春寒重理熏籠針帖簾外柳烟輕漾是相逢時節 柳絲
依舊碧于烟衣上舊香滅卻怪金籠鸚鵡替人前饒舌

芭蕉雨

喜見蘭芽吐玉腕涼花氣斂眠方足體倦略施膏沐消受酒盞盈
樽香溫透幄別來愁緒萬斛知日寬腰束還想望密歡何時續
怕再到小樓前空蘋旋砌鋪青蕉窗掩綠

祝英臺近

竹間樓池上路車馬隔塵遠翠巘澄波疊疊畫屏滿依前勝絕江
山自從別後總都付魂銷腸斷夜剔半欹借書遣寂愁拋書意
光倦不忍吹鐙留著影相伴只憐捱盡殘更參橫月灣便影也沒
人收管

鵲橋仙 七夕

情同兒女悲深婚嫁零涕七襄初罷若將珠淚細量時定償得天
錢盈把 經年離別一宵歡會又早晨雞催駕算來猶是勝常娥

但碧海青天夜夜

八聲甘州 雁

又霜鐘警夢夜淒清雁陣破空來自榆關風緊蘆溝月冷秋思難排應羨六朝金粉嘹唳度長淮鐵鎖沉江後樓殿成灰　本是隨陽信鳥甚淺洲遠渚不肎排細歷閒關烽火毛羽屢驚摧倘遭逢青冥矰繳騰衝蘆孤影亦堪哀何如共泛滄溟去游戲蓬萊

憶秦娥

風吹竹搖曳闌干曲森碧玉因憶小園三兩簇　惜關山千里夢馳遂清夢偏難續櫻筍熟來歲懸知歸去速

小梅花 北京公園有石工馬澤沛者取嘉陵江畔小三峽石琢以為研倩人書畫其端而施鐫刻乙卯夏秋間予與高安彭醽士同寓園之竹樓六十餘日為作數十百方一時人爭取之精用士流布囊歲陳師曾姚茫父居北京好為人畫銅墨合競相貴重安知他日不有好事者遂以北金南石並稱耶今姚陳往矣予與醽士流離遷播結此因緣每戲謂東坡泥上偶然留指爪之句以為真為吾二人寫照也賦述此詞更遣醽士圖之

探天窟鑿山骨五丁見之應慙絕頰添豪筆如刀一時狡獪造物

五 驚兒曹飛飄鴻泊隨遷客泥上偶然留爪跡爪痕留客心憂明日

西東誰能更相謀　春明路舊游處槐堂一笑擕茗文章畫門縑
盈庭聲名雷動千載傳丹青吉金嘉石還同壽誰与姚陳同不朽
朱顏酡君當歌人生行樂由命匪由佗

琴調相思引

夢渡桑乾萬馬東醒来剛打寺樓鐘西風幾日吹老菊花叢漸
覺夜心緣忍事耶須繍面始觀空吳鉤匣影分付酒杯中

卜算子（奉命赴南泉監試南北温泉者一在嘉陵江北一在大江南故以此名其泉合實不同泉有北聖南贊之目特至南泉時小舟泛花灘溪竹木交陰最為幽勝至于巖壑深峭處南北俱稱小三峽焉）

才自北泉来又向南泉去北聖南贊雨中之后淨心慮　歌枕
看江流隨意行花塢三峽雲山五里溪留我渝州住

綺羅香（居竹樓時日以丹青自遣韜士為余作扇頭小景題遺山句云可憐舊隱拋何處一片傷心畫不成蓋唯易十年二字為可憐耳檢示惆悵漫拈此解）

暗篠藏樓疏桐墜井碪杵先驚秋意庾信愁多常怯避愁無計身
已似落葉飄蓬信都付去鴻迢遞最難堪殘蠟搖風伴人清夜共
垂淚　丹青誰是妙手擬把雲牋小幅商量心事粉藉脂勻勻了

鬓香重費尋舊約溝水分流選夢痕故山難記畫不成一片傷心
素屏空自倚

長相思

朱櫻甜玉筍纖斜倚銀牀傍繡簾相看意未厭　病懨懨（難收）懨別恨兼
欲繡鴛鴦針懶拈愁長和綫添

卜算子　董松竹石為士遠壽并用稼軒韻題

石似是丈人海竹是兒時馬笑指蒼松大十圍誰較長年者　被薜
可為衣注酒休嫌民他日何從訪醉翁山水之間也

青玉案　和尹默韻

相如消渴懨懨病又屈指秋光近可是文君情緒冷畫樓塵滿玉
徽瑶軫琴意都成靜　素娥也恨涼宵迥碧海青天弄明鏡縹緲
雲羅鴻去盡音書難寄夢魂相趁何日歸期準

月下笛　行嚴久滯桂林並偕燕婉頃有詞見寄依調和之

雨斂昏鐙蟲吟破壁旅愁如髮賓鴻數列散點遙空明滅度寒塘
將息更飛幾回怕著書漏淺甚閒關到後愁邊心字被風吹折

六

單樹秀起看粵嶺深幽誤人車轍衡陽路遠片羽因風難越記巴山舊時燕居透簾碎影餘舊月且歸來願得吹簫弄玉聲未闋

江城子（病中寄千帆祖棻樂山距峨眉甚近）

蕭蕭落葉又驚吹步庭墀背蛛絲幾朵芙蓉憔悴月中姿料得半鉤雲外影山隱約似蛾眉　仙郎才調手同攜玉臺詩鏡鸞知簾卷西風剛對菊花期憶否江城人惜別因病損舊腰肢

醉落魄

倦懷將息一聲飛起鄰家笛飄蕭最感平陽客柳已無多商管未須急　沉沉細雨朝連夕織成愁網千絲密思歸難借晨風翼心似殘蕉身似半黃葉

淡黃柳（尹默喜白石此詞音節諧婉倚聲調之亦如白石之調張仲遠也）

飄揚柳髮猶作春螺色倚弄新詞追白石欠箇紅牙按拍垂手低吟暗香側　恨堆積重重暮山碧倚簾久想妝額看遙空忽墜青鸞翼細字緘書萬千珍重寒暝何人替得

天香（辛巳仲春與瓘青行殺虎谿剪鐙聽雨閒說香城故事情識久之記綴未成先述此解）

雨細催花，宵長費燭，沉吟往事堪記。嶺嶠移家，漢濱閑步，乍識佩環聲起。仙城路近，還印得、溫磨香氣。借問藍橋搗玉，雲英可能相似。滄溟去程萬里，怨茗華寸心難繫。待到後期歸了，緣深無地。鉛淚傾槃似洗，但彷彿、游仙夢痕裏。蜃海迷樓，春雲曙市。

南樓令

風雨做重陽，宵鉦特地長。細接抄、菊枕萸囊。多謝殘鐙無氣力，猶爲我，照空牀。　花暖小樓旁，春情婕妤雙。到如今、都換秋涼。折得沉綠償宿業，有甚箇，好商量。

蕙蘭芳引 霜降日暄暖而夜氣侵人此 以遣客思和清真秋懷韻一作首

荇徑繚池，晚烟霽、饒喧歸鷺。漸客舍凄清，疎柳曳風尚綠，拒霜數點，似篝火、高低穿屋。待半弦月上，放脫鉤簾湘竹。　亂葉敲窗，飛霜侵夜，頓異涼燠。試篝枕重尋，忘了怨歌恨曲。巫雲搖漾，暫酣心目。幽夢迴、依舊擁衾人獨。

太常引

宵來轟緒未全降，相伴只啼螿。減燭暗思量，又偏是、明蟾半窗。

七

隨時景物隨宜歌酒隨處足徜徉蘿蔔十分黃何必問他鄉故鄉

卜算子　石上

期望到他生已是今生了何況他生更窅冥密揞難相保
舊精魂花下新懷抱萬一韋郎得再逢可定如今好

齊天樂　答行嚴見懷之作

桂林山水經游徧新篇又盈襟袖玉宇高寒斜陽晼晚都付詞人
消受分離未久笑飯顆山前也因詩瘦滿目兵塵側身天地更懷
舊　蒼生行公再起乍聞前席對英辯馳驟促坐傳觴分曹鬥韻
重憶滄江病叟憑書到否正野靜林昏亂鴉嗁後暗攪歸心近來
濃似酒　用汪彥章語

賀新郎

借問西飛鵲問金陵鳳凰臺下水流如昨虎踞龍蟠終形勝微恨
湖名燕雀是幾輩酣嬉危幕玉樹歌殘家山破碎嗁鵑聲裏花開
落風力緊紙鳶薄　黃旗紫蓋今蕭索繞宮牆青燐點點暗螢低
掠細雨騎驢詩人老萬里音書誰記料怨絕山中猿鶴便与蟲沙

同化劫也難償填海冤禽銜鴻翼舉去寥廓

玲瓏四犯 行嚴再和臺城路詞以此報之用白石韻

燭影送寒吟箋呵粉前游歡事何許瘦節支萬里好語縈千古懷沙任君自賦怕瀟湘半迷烟浦雁羽漂零角聲哀斷難寫此心苦　君今返湖外路也息息換了樓燕簾戶老知斜日近病怯殘秋去雙魚寄我相思字定償得淒清孤旅還乞與花開後重攜儔侶

蘇幕遮

雨中船烟外岫葉底櫻桃結子如紅豆細揀繁枝擘素手顆顆勻圓未抵櫻桃口　彈雲鬟斟淥酒蘸影清波笑指鴛鴦偶急鼓驚催離別驟海角天涯各自成消瘦

如夢令 冬至後苦雨沉陰淒悒欲絕先有人屬為巴山話雨圖病不克就每與尹默夜談笑謂此真他時畫稿也

寒雨重門深閉心共檐聲滴碎鑪火儘添紅冬至尚餘秋氣須記須記夜話巴山情味

鷓鴣天 前年秋感賦一詩以示辟畺云是佳詞也暇日味之乃改為此調

已覺人間萬事哀涼風仍送凜秋來身如團扇終遺棄心共鑪香

八

欲變灰　斟濁酒上高臺故鄉惟是白雲堆此生準擬長漂泊又恐侵尋老病催

浪淘沙　余自秋卧床忽届除夕詠周晋仙一事最奇君聽取明日新年之句不勝感慨聊復和之

菊蘂小如錢已試初眠枯形艳葉等秋蟬輸與風流狂賀監醉眼乘船　高枕萬山邊暫謝塵緣黑甜鄉裏意蕭然忽訝人分焚尾酒明日新年

花犯　九龍香港相繼陷没并廑江親友亦久不得消息矣

雨淒其斜風送冷青鐙照無寐鬢絲愁悴愁赴楚寒江魚信難寄斷橋卧影烟波底沙鷗相共倚怕此夕玉釵分破鸞膠空似洗樓臺萬家舊豪華霓裳罷舞後胡笳吹碎惟暗想興亡夢燕鶯能記如今但淚痕界臉盻游伴天涯重料理正戍鼓一聲聲繞江城人夜起

山花子　國曆元日寄張九如夫婦先是九如書來以東坡相況故末語云爾一鶴一梅者其兒女名也

百鳥難爭一鶴強百花難並一梅芳兒女團圞床下拜喜稱觴眉嫵自傳京兆畫月評人服汝南量却道尋蘇非惡客許登堂

破陣子

卉服但餘鳥跡，蓬山那有仙京。日出僭稱天子號，蠶食翻渝上國盟，神人憤共盈。海水垂天皆立，大雲般地通明。萬翼迴旋風雨勢，千里遙聞霹靂聲，芙蓉峰已傾。

永遇樂　和東坡韻

離別經秋，此心長恁，迢遞天水。暗數狂悰，有時夢見，門掩金張里。誰知窗下，寒梅破萼，有分共伊一醉。蘭釭畔、分明照影，轉憐恍然如寐。　籤鳴漏促，悤悤難盡，當日萬千情意。斑瀛筠箋，香銷鈿合，惟貯盈盈淚。霜風飛剪，征車催去，替把繡茸親祓。自今後、悲澈幾度，更煩細記。

卜算子　余屢和稼軒詞題畫，人多傳之。頃有言家藏舊畫似是文君當壚者，意欲乞題，因再用韻

接踵有蕭曹，並世無楊馬。才調相如未必難，難得憐才者。塵滿鳳皇弦，霜冷鷫鷞氅。不解壚邊共白頭，枉賦長門也。

九

淒涼犯

夕陽潛沒，雙江影、遙瞻白帝如削。楚峰暮雨，湘蘭舊畹，暗沉天角。

孤懷自酌任愁裏年華過却漸寒宵淒涼倦客倚枕訴哀柝重念懽娛地幾度花開幾番薔落怨魂纖有也難尋故家樓閣誤了佳期怎霜信隨風更作數風前失侶雁影怕問着

般涉瑞鷓鴣 瓶供孅梅紅梅各一枝時距立春尚遠

臙脂紅破淺深椒道裝相襯孅潛消弄影瓶花絕似詞人句蜨粉蜂黃大小喬　舊家亭館今誰在數聲玉笛輕飄剩笑枕上心情頻採春來未儘良宵夢破羅浮翠羽招

東坡引 題幾雲平女士畫東坡策杖行吟圖

買田陽羨曲胡騎驚翻覆升皇臨睨歸來速魂兮游玉局魂兮游玉局朝雲夢斷何須續有人模真瓣香祝翩然曳杖看修竹風流如在目風流如在目

琵琶仙 立春前一日和行嚴清水鉛看梅見憶之作

羌管輕吹早驚有亂落江梅如雪籬外修竹娟娟相依更愁絕春訊好到期半日甚芳嫵已成銷歇玉壘閒雲金微舊曲都撫悲噎料還記江北江南步宵影明妃弄環玦千載石湖佳韻只詞仙

能說邀杖屐清谿數畝共玉人逍遥看月冒念寂寞空山怨歌初
闋

七

右紉芳集

夢秋詞卷三　　汪東

壬午

雜擬詞 有序

詩有江淹雜擬之篇詞有周密效顰之作聊遵前軌用發幽情援筆而成文不加點凡十四家皆題春感云尔

鷓鴣天 擬小山

蕙盼蘭情豔態柔階前蘭蕙見應羞芳時容易成銷歇嘉會留連共勸酬　憑羯鼓散清愁風花亦爲舞梁州花飛慣似無拘束誰信飛花不自由

玉樓春 擬耆卿

山程水驛無多路夾岸松椑堪細數無眠直到五更鐘人又不來天又曙　春羅薄薄籠烟霧裁作春衫寄將去算來比似薄情伊猶有晴絲千萬縷

減字木蘭花 擬東坡

芳醪如蜜擬待花時同宴席扶路尋春但覺元規塵汙人　幽香

晴吐春在無人知處住乞取嬌嬈明日攜樽過小橋
蝶戀花 擬少游
紫燕黃鸝相對舞只送春歸不解留春住試問春歸應有路平蕪
緑到天低處 十五盈盈樓上女慵理殘妝窺鏡還私語家在江
南歸不去此生恐作天邊絮
菩薩蠻 擬清真
九衢花霧籠香澤遺鈿墮履城東陌多少冶游人爭隨車馬塵
名園誰更惜月下繁英圻一架野薔薇游蜂相趁歸
漁家傲 擬易安
寂寞春寒誰与共淚痕添得羅衾重扶醉起來猶懵懂情難縱沉
吟獨把徽絃弄彈到陽關折一慟水流花謝和春送索性前歡
推做夢茶烟動輕颺學破團團鳳
清平樂 擬稼軒
穠華占取好作園林主日日花前長醉舞一霎飛紅如雨 思量
不見花開那知花落堪哀細與東君商略明年莫放春回

臨江仙 擬梅谿

楚夢依稀人俊秦樓句引魂銷隄邊扶上玉驄驕五陵年少客相
並鬥風標 催得青來草徑偷將紅去花梢幾曾歲月肯輕饒請
看狂後鬢更約舞時腰

少年游 擬白石

流紅一片逝宮溝春事已成休約鬟釵鸞隨身箏雁同上十三樓
離痕又入青青草何處滯行舟桃葉新陰梨花幽夢都付雨眉
愁

杏花天 擬夢窗

鮫宮裁剪量刀尺早寬過帬腰數摺嘯鶯漸老春無力攙入東風
夜笛 芳草嫩縈迴斷迹換柳帶交梭似織繡鴛淺涴香泥溼花
徑苔痕沁碧

浣溪沙 擬草窗

平步香階蹴繡鞵籠鸚嬌喚小鬟攜鞦韆微倦日斜時 比翼巢
成金翡翠叢頭鬧徧雪荼蘼撩人閒閣溼珠嚬

二

虞美人 擬竹山

紗窗一陣瀟瀟雨斷送韶光去飛來胡蝶撲簾旌簾裏佳人插鬢有殘英　春愁堆滿雲牋上付与紅兒唱琵琶縱是舊時絃可柰新聲晨怨異當年

更漏子 擬碧山

爇金鑪圍繡幄閒展小屏山幅桃臉破杏妝殘單衣怯曉寒　前時節匆匆別戍角頻年吹徹香疊疊燕調雛人還如燕無

燕歸梁 擬玉田

短短光陰被酒磨向夢裏婆娑玉人窗下掃青螺將柳葉比雙蛾　西湖久斷春消息況風信幾番過勸君休問夜如何且一任落花多

虞美人 影用歐公韻為尹默題所藏真

休歌倦舞飄鐙去惜取無邊花雨屐齒自尋宮路折柳傷遲暮　幾年分隔愁難訴展對徽容如語天際數重雲樹畫檝迷南浦

臨江仙 宋張功甫畫七圖於每圖横界作十眼歲逢其一及過五十二悵然題詞余年与之相若矣以為人生百歲不過

隨緣伊呂巢由皆有定分不可求亦不可避也因和其詞用諗知者

許大乾坤難跳出其間用舍分逢隨緣二字更無餘山林何必好鐘鼎本來虛　鷹隼盤空鷗鳥沒儔因伴侶相呼紛紛後轍躡車前車蓬中無顧者管樂亦潛夫

一寸金

山東滄江位置孤城地偏仄正曉寒吹角風翻柳巷夕烟迷艇潮迴沙磧應是江南客憑高處亂愁似織連年歎國破城春信有家書萬金直　自分餘生輪蹄銷盡棲遲萬山側更醉中休倩簪花黏鬢醒時已覺肩朱成碧衰老相催迫惟縈繫故園信息如今料片葉題紅恨極難再得

換巢鸞鳳比利時人有從其使節至此者國破無以為生乃出其妻与人期十年余聞而悲之聊述此解紀其事云

刁碧宮綃甚花穠碎蘭未點花梢雨催萍散聚浪逐縈浮漂教人垂淚替魂銷瘦裙掩如風前柳腰滄波遠料此夜佩環空到人　好春已老天際楚雲休遣明蟾照弄玉邀歡戍笳吹恨都付芳心縈繞一寸眉山不勝顰換巢鸞鳳羞多少長相思最難堪十載間

三

了

釵頭鳳

黃昏後春寒送細勻檀炷添金獸梨花側人同色月下迷藏凭去聲闌無力寬寬寬懽攜手情如酒此生便謂長相守誰知得空陳迹夢斷音沉一鐙摇碧寂寂寂

浣溪沙

青女飛霜入鎖闌卷簾人瘦菊花時天於佳節誕幽姿　玉尺難量今古恨瑶箋重展往還詞江雲渭樹不堪思

生查子

綺席再相逢青鬢微微老殘燭尚留心淚滴知多少　願得集成雙莫又分梨了佳果薦金盤光自殷勤道

歸朝歡二十九年于役黔中凡三至遵義鄭子尹故鄉也州人方謀刻巢經巢遺書未成所見唯遵義府志及詩葉而已府志乃與獨山莫友芝之同纂者體例尤善友芝亦葬遵義與鄭墓相近欲往酹之未能也偶讀稼軒寄題鄭元英巢經樓詞率用其韻以志嚮慕遵義本四川境清雍時始改隸貴州富庶猶甲他郡劉綫庭為川黔道中最高險處

莫怪此州元是蜀，禾稼連雲書比屋。何人風義似康成，殘編自守輕千祿。養親餘事足，更看歌謠霏珠玉。論襟期唯同莫五斯夕汗青竹，堪歎斗腹粗卷束，至竟流傳餘幾軸。頤聞窮巷有諸孫，帶經鉏野耕還讀。笑余來去熟，一瓢未飲猶空腹。記停車釣絲屋畔回眺亂山曲。

醉翁操

余獨臥山中醒而聞蕭瑟然清泠然以為雨聲踏曉問之則非也然則余風歟蕉葉歟遠山流澗夜靜則聞歟皆不得而知之也夫綫之於耳感之於心何必求其物而疑其真邪作醉翁操翁之意不在酒併不在山水之間也

泠泠清音，鳴琴迺非琴。愔愔空山月明，蘿之陰。忽聞鏘佩璆琳鐵，又瘖蕙帶与蘭襟。我所思兮如有臨。亂松動曉，其上幽禽。亂松靜曉，無復哀猿怨鶴。徑拂雲之崎嶔，与逝波之淵深，從柯千萬尋。風煙周其岑，凄感動微吟。庶幾千載知此心。

徵招

廿九年秋張目寒夫婦自青城游峨嵋復還青城紀游一編大千為之圖越年餘出示請題率拈此解翠竹屏及巖谷靈光皆峨眉勝境也

飄然攜得林間偶，尋山更饒佳趣。杖屐引天風，在峨嵋高處。竹屏朝過雨，又巖谷靈光深聚。漫憶呼猿，一聲長嘯，肯來為侶。容與

四

故人心生綃上輕飛麝煤匀注自是足風流寫君家眉嫵一編卿
倩補也休覓柳邊張緒曉來指綽約烟鬟記上清同住

採春令 謝稚柳折枝胡蝶為百年題

小桃含露海棠烟帶生香拗作平斷細思量程色屏風畔也曾惹雲
鬟亂謝家池沼春誰管把丹青閒看最憐他胡蝶眠香慣錯尋
認當時伴

漢宮春 與客話江浙近事并及太湖之勝慨然有作用稼軒白石蓬萊閣韵

石壁精廬看莫釐峰影倒映晴湖舊時勝游堪記長鋏歸乎百年
興廢問蕭牆何似顓臾塵世事不煩推校馬牛一任人呼又説
東征西怨是誰傒我后后至其蘇萬方政尔一概吾道非歟山頭
歌樂聽松篁交奏篁竽也勝似吳宮月冷宵來重唱棲烏

臨江仙 次和尹默韵

爲報傾城消息近王昌只在牆東夢回蕭寺恰鳴鐘三年看玉玦
雨地倚珠襟　聞道英雄垂暮日仙鄉悵望心同温柔未似白雲
空蘭皋雖暫別蘭徑又初逢

綺寮怨　讀大壯詞有感用韻却寄并簡匪石
轉首鐙簾歌舫板橋舒怨工歎黍稷彌滿荒城斜照裏斷總搖風
繁華真如墜翼瑤臺路阻隔情未通賸故人片雲因依憑樽酒昳
頰生醉紅　對鏡自嗟顏容熏籠伴淚浮蹤怕問蠶叢恨入焦桐
指音亂譜難重輸他半江流水早暮去更能東悲徹晉空相逢未
擬負春事中
千秋歲引
室掩鑪熏簾烘薑燭一見能教妾心足葡萄联脣久襄釀楊枝寓
意新翻曲紫香囊錦纏襪在郎目　何計勸君留信宿梁燕定巢
人歸遲淺拂津亭柳垂絲樓頭怕聞鶯語暁門前併有驪歌促鈿
箏危綺絃斷膠難續
好女兒
寒擁衾裯雪意旋休記吳娃唱斷瀟瀟雨正橫塘夜泊篷聲淅瀝
鐙影漂浮　尚許鴟夷歸日再同泛五湖舟問狂蹤甚處堪留戀
五 但真孃墓上苧蘿村畔燕子樓頭

南歌子 爲士遠題雜柳畫寒柳雙雀

色褪勞蜂釀，香乾落燕泥。三春花葉久離披，不慣霜紅鮮染薜蘿衣。　玉鏡鸞紋坼，銀箏雁柱啼。同心合子恨分攜，不慣翠禽枝上更雙棲。

滿庭芳

紅破庭花，青回階草，頓驚芳序暄妍。數行新柳，搖曳曲闌前。山鳥呼晴不斷，似相慶、蘇麥雲連。唯堪歎，萍蹤藥裹，憔悴有誰憐。　沉烟銷畫篆，尋思往事，閒感流年。幾聞歌黃竹，留命桑田。看盡魚龍百戲，怎消得、一枕游仙。滄溟外，兼天浪湧，衝散白鷗眠。

長亭怨慢

記江上、高樓憑徧。暗草侵沙，落花成霰。小雨初收，黛痕明處萬山遠。客懷漸老，渾不似、歸來燕。燕翼肯相將，莫更惜、珠簾頻卷。　一簫恨，孤帆疾下，空認靜江如練。盟鷗賺我，只贏得、葉飛萍散。遮不住、隱隱流波，漫迴睇、如人嬌眼。待門掩黃昏，難寫一襟淒惋。

別怨

蠐領雲鬟好春濃猶怯餘寒繡屏雙倚處今宵何意却成歡細挽
嫣姿燭下看後約重追算丁寧了總是難拚誰知夢覺淒涼斜
照闌干忍尋花嫋娜還怕對竹檀欒

蘇幕遮　真集　清

粉牆低叢竹繞蒼蘚沿階曲徑通深窈漸解狂朋歡意少小院閒
庭夜闌無人到黯凝魂須信道家住吳門正倍添淒悄月墮簷
牙人睡了怕見孤鐙必定還相照

梁州令

翠帶隨風颭一色羅衣新染初秋相會勝尋常繚槐鋪影共把金
尊瀲如今恰被春光占轉恨心情減霏微闌外烟雨青條淌綴猩
紅點　澤暗蘄州簟箏簾一牀塵掩佳人此別鎖朱扉東風側側
未露夭桃臉相思十倍閒愁釀永把雙眉斂眉心若共春花放除
非換做秋花豔

朝中措

勸君休更問樵柯萬一趣沉疴世界如棋反覆光陰隨墨銷磨

六

從教聱頓醒時痛飲醉後狂歌冷眼不知今昔蟠胷自有山河

鶱山谿

朝來移枕稍近南窗卧分付卷湘簾須搭在闌干側左簾犀高押

不礙好花枝凝宿露颭微風百和聞香過園丁驚問一徑蒼詒

破轉向竹籬邊看捼碎紅英數朵攀條細認定有摘花人花插鬢

又何妨因甚輕抛彈

長生樂

綠樹紅英春爛漫不暝不寒天倚花隨步喜兒孫盈前況更白頭

夫壻同會芳筵鸞笙齊奏畫燭雙輝晨鑪烟　欃槍盡掃寶婺呈

妍不用移封近酒泉唯賜金籙萬千年歲時觴詠稱祝集蓬閬神

仙

石州引 和東山同匪石作

碧水浮鷗江上送人波共天闊誰知流到鄉關已是百回千折殊

方暖候最怕苒苒餳簫飛花縈鬢都成雪偏記約歸程説今年春

節　催發去颿如箭唯聽穿林岸猿啼别千里江陵無此風光奇

絕石城重到夢裏柳繞秦淮垂條不綰同心結搖落木蘭舟有輕

雲籠月

太平時　有女子自署問梅者以詩代訊其辭云託根不幸墮塵埃雨打風欺暗自猜只恐生前遺小謫一枝分得到輪迴余未知為何許人也感其意既依韵和之復譜入此調俟能歌者

傲骨凌寒莫漫猜自緋細託根瑤圃絕纖埃幾枝開　透與東君心一點　管中催人間無處遍（不春）暗香來

浣溪沙　余曩時有一生受盡美人憐之句無完篇也而朋輩頗傳其語作此自解

錦瑟淒涼有斷絃明珠沉海玉生烟莊周胡蝶兩茫然　百計難消孤客恨一生空受美人憐此情除是問蒼天

百字令

萬松園嶺聽子規終日訴人漂泊巢父安巢何處所聊借一枝棲託世亂飄風身晞朝露安道榮期樂長鐃歌就可憐矛盾先落底用方寫千金胡麻堪浸酒與誰同酌　近鄰曼青來視疾為處胡麻酒方　草檄虛傳能破虜白眼看人蓮幕巨浸稽天橫流到海豈止鄰為壑龍吟無恙斷笳時起城角

七

溪羅門引　題醉士畫秋景因憶北泉昔日之游

嘉陵岸渚映沙澌水碧於油宵來共汎輕舟追憶良朋歡會蹤迹幾淹留乍驚風墮雁暗浪分鷗　經年卧游費畫筆點清甌忽覺涼生枕簟聲斷雲流知君正愁對黃葉空山一味秋邀素月獨上層樓

瑶華　瓶梅將謝楊園主人送三色蘭補之一種淺碧一種朱絲黃瓣一種深紫俗所稱墨蘭者尤奇絕

冰泉淺汲鮮鈴分攜替瞑鑪沈眉邀春未久應怕聽林表催春鶗鴂楊園花好記杯酒留連情熟剪數枝抽蜿芳蓀伴我一窗風月

天然韻比江梅更仙子凌波不涴塵襪生綃畫取難得似瞽眼蘭昌妹絳珠紅線算未抵紫雲尤別可稱他雲鬟斜簪倚枕幽香清發

慶千秋　壬午生日韓公以詞為祝次韻答謝

荏苒芳春又青旂映柳繞陌齊飛山齋寂寂閒卧冷落空闌當年少躍馬橫戈思効明時信道簸揚無用處虛名真似南箕

喜捧雲謠一曲勝玉卮傾釀繡組裁衣還當祝公嘏壽維嶽賡詩何須

羨鵬背扶搖同運天池看取次狼星角斂億年國頌昌期

三姝媚 墨蘭和尹默

江空無路到祗湘君雲旗夢痕驚覺轉綠迴黃歎世塵輕換素心
都香染墨沈酣因便想幽居深窩展對零縑誰認孤芳舊時容貌
徧記江南春早甚澹薄妝成鬢鴉催老滿目京塵怕謝庭芝樹
共緇清操巷陽烏衣除燕子飛來能道試與重調絃柱年華正好

偷聲木蘭花 金陵玄武湖當清明前後花開如幢季剛行吟其下嘗顧余曰此真花天酒地也客中懷思淒然得句

桃腮杏粉俱飄落客裏清明閒過卻酒地花天柔泊游蹤祗惘然
年年解挽征衣住楊柳多情千萬縷恰又無情飛絮隨波總化
萍

轉應曲

惆悵惆悵歲歲年年相望暮春初換單衣又見紫簾燕飛飛燕飛
燕人鎖昭陽深院
離怨離怨訴与紅閨女伴嬌態不解人愁索掩銀屏睡休休睡休
睡泥剝蓮溪蓮子

八

又題念遠詞

悽斷悽斷滿目山河念遠孽將鈿合瑤琴地北還兼海南南海南海中有鴛鴻影在

雪月交光山磬俗名七里香

共水倭委佩素女蹇裳迴如舞李樹春空試小園閒步密綴珠鈿眩生銀海映曉光疑霧七里聞香猶應未肯嚴花為侶　堪笑陳宮後庭荒宴押客歌吟浪誇瓊樹寒月籠沙問酒家何處異代風流正輸山谷伴客中尊俎清夜端相冰魂雪魄有人重賦

一落索吳濟原畫剪春羅

綠襯葉條蔥蒨脂痕勻面一枝嫋娜畫圖中便當作真真看　一別三秋人遠香銷羅薦人情還更薄於羅杻費盡春工剪

霜天曉角

斷無消息家在婁門側一色菜花黃處溪流繞小橋宅　月落關塞黑箭波舟恐失杜宇勸人歸去鷓鴣道行不得

洞仙歌壽石任院長

暮春三月正鶯飛無數蜀嶺秦關徧花樹此時開壽宴遥望南山雲起處化作無邊霖雨　中興論事葉天實生才何用東周問申甫葛馬掃邊塵弓挂扶桑要商略題銘燕許算未有如公最超羣看濡筆淋漓鳳迴鸞舞

梁州令　閨情用耆卿韻

睡覺臨清曉熏徹閑簾初照柔腸輪轉幾曾停都來一寸難貯千愁了　高枝定定鶯聲小宛轉情堪惱別離無限相逢少月缺花殘顏色鏡中老

郭郎兒近

院宇深沉凡欄清涼曾記秋來因病見屏畔秀影爭粲留黃妝額宜人閑語光陰抛纜綫　凝戀偶暫溫存便許縈惹心眼是日重來春殘小閣景華看盡變落花深隔葉呢喃繞棟尋巢無舊燕

羅敷媚

柔桑最是無情物葉綠枝鮮空賺蠶眠嘔盡殘絲肎見憐　不如池上新荷好霞水田田暗地成蓮未到秋風藕似船

九

兩同心　重五後二日慶尹默六十壽

繫纈銷兵鍨滿鐲老只緣得美意天成會長駐朱顏年少喜年年旅雁盟鷗酌酒相勞　別有雅懷清峭庶余能道校禊帖繭紙雙鈎歌解愠薰風時操想枝頭蠟蒂輕盈也應同笑

珍珠簾　徐道濟居八塊田柳樹荷池景物幽勝一日興謝冰心約人聽歌病不獲與已而聞充和近青木關亦未至用夢窗韵賦意

麴波映柳腰肢嫋拖烟縷淺掠縈迴沙道雲意碧嵯峨動冶歌雲杪病似吳蠶抽緒嬾放半隙吟魂飛到風峭鑪衣單夜迴月魄低小　尊畔燭影千行傍釵頭嬌燕身隨蛾繞細語撥香檀費謝娘情抱曼雨諸天嚴供養欠勝鬘拈花微笑都杳怕隔嶺重關啼鶯催老

西平樂　匪石來靜石灣夜談甚樂歸而賦此見寄依韵奉酬

秉燭渾如素約一夕寬愁旅無老天涯涕淚折逐風萍浪梗來看朝雲暮雨流光似水尊酒相逢幾度　黯吟緒淹滯久情味苦共是飄零異國儘許穿簾度幕社燕依人任甚咫尺高陽伴侶縈思

斷夢俯仰陳迹空寄恨庾郎賦寂寞花藏隱處也應念我新緣深
沈館宇

定風波

隱隱奔車動地來斜陽却照琬山開風雨颯然天外至驚起始知
元不是空雷從古人情多變幻君看豈如天意更難猜老子疎
頑堪一笑惟道此時應熟嶺頭梅

鬥雞回 和杜龍沙韵

涼風初起清淚荷盤瀼宴駐車郎乘馬記得春時共游南陌下
匡牀簟席頻移應是鎮無憀也綠樹陰紅闌亞醉聽青驄露零方
覺夜

宴山亭

花底鶯歌阿閣鳳巢似昔長安多麗飛蓋趁車步障圍春金谷漫
夸羅綺怪殺鈎簾聽轉語籠鸚輕詆從此仙路隔層城錦書難繼
相望何嘗三秋算才到今朝舊情重理聞聲對影見也悤悤迴
腸暗添清淚萬恨千愁剗得道勝常兩字沈醉還折了醒時不記
十

新荷葉（楊園主人有看荷之約病未能也）

頗怪枝頭杜鵑終日悲啼我已無家啼鵑勸我安歸遼東鶴語歎人民城郭都非不如萍梗漂流猶在天涯 一畝園池新荷出水離離綠以周牆蕙蘭更滿階墀主人情重肯彈琴傾倒芳尼卜隣有願病中先報鵲知

賀新郎（有辭官歸隱者留書告別用稼軒韵贈之）

內熱那堪說儘消他含風翠篠蔽天黃葛（黃桷樹黔志作黃葛）直向峨嵋凌絕頂蹴踏陰崖殘雪更北指中原一髮忼慨悲歌多燕趙想蒼茫正墮臨關月誰為鼓由之瑟 功名無分長離別歎人生雲龍魚水古來難合黃祖輩人何足道冠帶聊加白骨也休怨媒勞恩絕柳下清泠園波繞好科頭自鍛嵇康鐵又御恐肺肝裂

右蘭畹集

夢秋詞卷四

起壬午秋迄乙酉　汪東

塞孤　同尹默用柳韻

折芙蓉乍見年芳歇驛柳千條崢催發黯黯銷魂唯是別涼露下征程滑傷江水少還流占鏡影無圓月但蒼茫裏葭亂風冽　朝倚蜀國城暮眺吳宮闕此恨綿綿難徹萬一天憐相念切應更有相逢節秋徑賞菊爲屏春晝暎桃翻雪忍良辰美景空設

留客住

鐙花吐怪佳占宵來頻見果是音塵相接朋簪歡聚曲徑來尋靜石草引幽步況比蘭亭多茂竹發清陰茅齋正當佳處　亂颭爆動隱隱瓶笙茶烟微綫還羨風神玉映閑揮犀麈怎向醆輪激電再三催去漸孏凝眺迴就枕紙窗畔繞枝怕有鶴訴

内家嬌　大壯匯石各以新詞賦恨余生離死別兼而有之感愴繼聲情不能已

綵剪釵旛螭盤鏡鈕塵影夢痕難繼凄迷夜雨揺蕩東風亂撲花枝紅墜繡綫帖殘臂粉金鑪篆銷心字問半生最有江海恨賦消

遣何自　故里繁華情遠鬟正蘭篙吹香亂想吳船清事又老柳
縈腸怨派漲淚繞枕蟲聲如語排雲雁書誰寄佇追遂落日扶桑
漫教一味愁悴

愁倚闌令

苔黏屐繫沾衣故來遊風約池萍晴黛展遠山眉　休恨春去多
時漾鶯囀還傍高枝此處更無金彈落莫驚飛

夜游宮

客夜涼侵素被掩沈麝幾番重理一片銀蟾透窗紙似前溪泛輕
橈花月底　染縠波成綺聽遠處采蓮歌起別後相思共千里數
盈虧問姮娥今第幾

祝英臺近　東南音信遍絕而尹默作詩云細斟竹葉準擬菊花天殆未然也作此下一轉語

葉遮帷冰浸盞難滅一分暑雲漢興歌天意奈何許可憐伏雨闌
風商量未準倩誰問菊花開否　暗延佇驚烽照徧關山心期易
成誤多少米樓悵望雁程阻匹如前度書來幾回愁看也則是尋
常言語

眼兒媚 慰李芋龕悼亡芋龕娶清宗室女名其居曰無雙閣
謫滿人間返瑤墀魂夢訴潛離無雙閣冷雲鬟留怨錦瑟裁詩
玉谿枉是多才調夜雨阻歸期傷情最在荷亭空後柿葉翻時
思佳容
蜀國芙蓉似錦裁新妝約略暈紅腮閒尋池上深深屋曾鬥花前
灩灩杯 莎覆徑露盈階雙鴛何日得重來生憎明月圓時少一
歲猶能十二回

抛毬樂
臨水登山別恨重極天松栝起秋風層層樓閣依巖置曲曲江流
与海通目送經行地吳楚荒原夕照中

金錯刀 行巖居南岸江山賦此寄懷
目鎔金水拖藍清谿疑是桃花潭綠箋倚恨傳新句纖指留香擘
錦柑 身迫隘意沉酣今吾不樂思江南江南誰道程千里長遣
漁舟隔岸採
桂枝香

二

千峰靜碧對籬角晚花搖曳秋色弓影涼蟾半挂砌蛩初息黃昏未是淒涼境漸長宵鐙伴幽寂薄衾單枕愁深病淺數年爲客屋底嶙峋翠壁正仙桂醲酣熏透簾隙同倚珠軒難忘舊盟端的返魂香爐蓬山遠背西風空理瑤瑟雨昏雲曉驚殘怨角夢痕唬溼

虞美人（美人蕉花以黃者爲貴瓶供將蘭無端根觸）

佳人弄藥添妝額一顧能傾國鞠衣端合配黃裳葵花相並祇尋常道家裝　姬姜轉眼成蕉悴雨滴空階淚一枝開向膽瓶中藥鑲經卷此時同懺情濃

千秋萬歲（依李冠聲韻以遣遐思）

楚歌起有恨誰能辨想綺窗幽春寒淺炷沈檀繡幕垂三面玉真鬒髮須臾現雲駕緲導蘭徑來杏院獨擅芳華今古羨豔紫嬌紅俱罷選瑤臺曾似當初見倚欄眉淡掃嫌脂粉春風點拂新妝面空此際把前事思量徧

尉遲杯（尉素秋來視疾因述金陵舊游既去作此寄之）

廢登臨下霜葉歎息秋漸深殘螺點染遥岑如笑我老難任攤書
未成睡倦枕敧寂歷少知心嗟此意欲説還休數行低雁沉沉
昨暮步屧相尋乍輕飛温語已散煩襟彷彿精廬開白下夜闌同
賞樂抽簪如今待收聚豪端畫那時笠屐北湖陰幾人更白首扶
攜但消沉醉狂吟

淒涼犯　如社星散半櫻霜屋諸子相繼下世匪石有感懷之作同用白石韻

石城二月嬉春處河樓不斷弦索慢妝勸酒詩題細字袖邊席角
東風太惡亂花景掐聲遥薄甚匆匆吞聲去國生死墮冥漠還（旁注：春[illegible]飛隨風蕩）
説孤身在感逝傷離地偏歌樂賦秋句好展新聲共悲搖落聽雨
挑鐙想深夜何曾睡著到歸時笛裏更与訴舊約

南柯子

誤曲空能顧知心不易求梧桐院落又驚秋只有天邊河漢解西
流　名印疑簫史鄉音是莫愁江城一行小紅樓曾在水精簾底
看梳頭

鷓鴣天　讀行嚴秦中詞草感題

三

病臥空山歲已周蕭然身世更何求閉門倂少來今雨開卷渾疑
續舊游鴉滿堞水成溝咸陽古道恰宜秋茂陵畢竟英雄主死
有功臣傍寢丘

垂楊

鶯聲喚覺任暖烟細颺碧紗窗窗望裏陰陰片帆飛過長隄杪隋
家宮樹雖然好怕風雨纖愁多少謝池邊應有歸來認舊時芳草
容易韶華過了賸臺冷砌荒落花如埽漫憶藏鴉幾枝摇曳橫
門道天涯此際情思繞恨即漸吟蟬縹緲到殘秋得似離人青鬢
老

抛球樂

問訊南山一俊豪蒲團替却舊征袍半弓缺月韜光彩四野陰風
惱怒號匣裏青萍在不敵前村酒價高

謁金門

風四起映壁孤燈摇曳淚化愁霖長濇砌愁霖還化淚　遥夜衾
寒似水猶勝故人情意相見時難相別易別來無半紙

霜花腴

路迴静石媚曉晴黄花綴滿疏籬臨水炊烟隔林鵶陣行蛾暫与
秋宜厭聽鼓聲問故人誰識心期任年來病橘蕭閒世情於我雨
忘機偏觸舊歡新恨記輕舟葉一蕩漾蘇隄菱剝纖瓊橙飛香
霧朝雲夢覺全非再經亂離恐墓門牛踐荒阪騰消凝鏡裏蕭郎
點霜侵鬢絲

鷓鴣天（春後大雪時余著襏襫初起試步）

病起方知隔歲期衰翁意氣未全衰浸愁脚底雲隨步要看山中
雪打圍擕罌冒濺吟髭朝來拄杖倚柴扉散忘將士邊頭苦也
趁春寒試鐵衣

清波引（葆齋夫婦迎余至黑石衛養痾其所居在萬竹間境極幽邃）

冷風如翦送幽徑落花幾點卧游程緩笛興帶輕憶卅里重回首
似度千巖深遠暮看童稚迎門慰岑寂雨眉展餘生自遣反招
隱誰為賦楄故交心款恨相見猶晚茅柴任傾倒不待園蔬供饌
笑指窗外千竿對人青眼

浣溪沙

般竹林，餘杭人。清末從趙聲奔走革命事，廣州之役与黃興等共攻總督衙門，死者枕藉，護興突圍，舍伏民居，穎与園奮起射擊，彈盡而圍解，易衣得脫去。民國後無知其姓名者。既老不能治產，播遷入蜀，因人薦為禁烟委員會書記，健足翩口。蓀齋長禁烟會第二處，般適隸其下。蓀齋偶為余言，招之來談舊事甚悉，意態蕭閑，無不平狀。余欲違之於工，而般殊無所可否，蓋非所謂知命君子者邪。因述譜詞以存感槩，後踰年而般歿。

時命由來即事功，販繒屠狗是英雄，竹林誰与把清風。碧血幾人間化燐，青編無筆更褒忠，此生元合老書傭。

橫晚

燭影搖紅

曉起鉤簾，碧琉璃罩諸天界。綠陰千樹勝花時，淨洗浮華態。老去春情漸改，戌節枝[illegible]穿[illegible]靄。蘚厓松磴，斷浦平橋，悠然心會。長憶西湖，舊盟鷗鷺應猶在。白隄行盡更蘇隄，垂柳如交蓋。市地兵塵未解，騎孤蹤、棲遲劍外。年年髮短，歲歲陰新，可能相待。

望江南

江南憶，最憶是南徐。千里帆檣成水市，三山樓殿入虛無，北顧意躊躇。

滿江紅　蘭為國香，古人以澤蘭當之，非今之蘭花也。然漢武帝秋風辭「蘭有秀兮菊有芳」，蘭与菊對舉，則不指澤蘭矣。古今名物遷貿者衆，桂枝芙蓉皆其例也。蘭花中品格殊絕，雖冒國香之名，固當無愧，正不煩博物家紛紛考訂耳。

幽靜嬋娟，天然異、塵凡草木。便假說、楚騷曾詠，國香堪服。叢桂也應輸品格，江蘺只合供奴僕。算謝家、玉樹並來看，猶嫌俗。　修蛾掃，眉痕戲。仙帶曳，裾腰縧。与招魂位置，藐姑山麓。琴筑泠泠千步澗，烟霏杳杳三間屋。向此中、同配水仙王，宜秋菊。

木蘭花令　自題山水小景

并刀不剪愁千斛，却剪谿山成小幅。無邊暝色送歸鴉，有信寒風催落木。　吳儂生長吳江曲，盡日淪漣看不足。兒時解把釣魚竿，老去玄真歌嬾續。

蝶戀花　病起重入渝州市作

變幻休論當世事，深谷高陵，只在人心裏。醉踏春陽攉未已，煩憂從此如雲起。　夾岸樓臺鐙火市，步步重經，步步傷心地。一寸山河多少淚，江南塞北三千里。

吳音子　晚步嘉陵江畔聞客舟中有吳音者感賦用東山韻

五

百種無聊，曉來曳杖臨江渚。平野落照蒼茫，蟬聲和邪許。瘦纜危檣，客船行賈，異地相逢憑仗寄語。想當石城發處，烟鬟擁，錯落鬧帆皷。頻年流浪，濺衣唯有淚如雨。擬借吳音，自吟愁句，此曲難知休便唱與。

醉吟商小品（充和畫仕女抱琵琶而不彈，作閉目沉思狀。平日不知其能畫，而落筆高秀，真天才也。畫歸鄭權伯，權伯乞題為嘲此解）

作意偎輕，攏慢撚，暗傷春老。四絃斜抱，夢落胡沙道。合眼幽吟，誰告丹青已曉。

踏莎行（自海棠溪赴清溪汪山康氏志謙山莊，余往憩。海棠初来時聞海棠溪之名，以為必有其實，及經其地，不見一株，為之憮然。汪山者，南岸勝境，多貴家林園，余每來游，友人輒戲謂此君家山也。西府為海棠別種，舊宅齋前手植垂絲、西府各一，聞尚無恙）

春到東齋，花開西府，愁心直寄江干渡。年年江水總平隄，何曾一滴東流去。　歸訊難憑，佳辰休誤，清谿花好應無數。細思此地即江南，家山更肯留人住。

蝶戀花

又墮纏綿辛苦裏，儂是春蠶，到死絲方已。欲頌清揚還自制，靈臺深處鐫名字。　相望千重元咫尺，無計尋君，或者君能至。見又遂迴成退避，傍簾鸚鵡知人意。

臨江仙 馮潤琴自馬鞍山來訪余於北碚不值又追至重慶投詞為贄和其韻即送之赴城固

相憶何如相見好，往來唯子情真。小年志氣恰如神。語隨殘燭盡，心共曉鐘遥。　相見依然相別去，從今書札須勤。風寒清水葉紛紛。倘過征戰地，應有未招魂。

清平樂 呂鳳子為盧冀野畫人物神氣類余并勝書云以相念之極故不覺下筆逼肖因戲題

彌天四海，鳳子聲名在。人物王吳爭意態，早使龔蘇下拜。　勞君念我清癯，夢中結想成圖。莫笑偶然相似，本來我亦非吾。

摸魚兒 聞桂林柳州相繼失陷之信

誤年來幾番花信，南園花事誰問。催花漫怨東風惡，偏向素秋尤繫。君細認，看桂粟香殘，柳也凋零盡。霜空四壁，怕寒到巴山，烏嘑繞樹，落葉已成陣。　陽臺下，夢事荒唐再整。為雲為雨無定。美人遠隔秋江水，葭葦亂流千頃。歸未穩，便縱有歸期，也是明年訊。腰

團瘦損枉帶結同心釵簪寶髻難解此時悵

臺城路　咏枯樹和鵷雛韵

綠陰青子苔鎔畔杜郎晚自愁賦睍睆虢鶯流連戲蝶往事不堪回顧游春味苦甚花境全休草芽方怒護橅修篁欲參禪語更非故　婆娑生意已盡又支離拳曲難中斤斧剩葉辭秋留根障水幾閱江風嵐暑形模細數認夕照明邊亂雲堆處代少營丘倩誰同畫取

惜秋華

夢裏游仙曳烟綃霧縠相逢鸞作飄颻香侵肌細聞蘭麝悤悤拜了雙星倩靈鵲填橋同駕循池驂西風怪得蓮衣初卸珠露任傾灑歎炎涼頓隔秋心難寫短釭冷香燼散獨眠深夜沉憂替却清狂又早是前盟休也多謝褪紅殘尚留情話

小重山

高樓目注大江東一重山色外又千重江流屈折萬山中流不盡盡處有丹楓　橋影卧如虹也曾攜酒纜孤篷如今漁火亂遥

烽寒山寺夜半尚鳴鐘聞倭寇取寒山寺鐘去而易鑄新者

鷓鴣天芷町酒後讀余天香詞盪氣迴腸不能自已因亦述紅燕故事索賦

萬事如雲不可量明鐙難髣舊迴腸絲珠竟遣隨孫尉小玉終須憶李郎　將薄倖換悲涼錦城花葉易凋傷多情賸有紅襟燕歲歲銜泥入畫堂

國香慢自題水仙

石瘦江空見洛神徙倚影若驚鴻遺簪尚留江汜付与花工肯向東風開落是開後初擬東風婷婷帶愁立翠玉根敧金錢香融昔游渾不記記釵盟鈿約曾賦心同嶺梅堪友礬弟爭並幽蹤恐被琴高認得遣鯉魚還隱鮫宮空留啼痕碧夜色微茫月墮烟中

歸國謠題朱錦江歸舟圖

江水碧江上翠屏千萬疊輕舟打槳南飛疾　莫愁歸路迢遙極今應識畫師縮地才盈尺

菩薩蠻

留香漫展芙蓉褥行雲已度屏山曲江水有還時君行無盡期

六

帳揺金鳳燭幻見人如玉繡被獨眠遲憶君君不知

木蘭花慢　爲祖蔡作填詞圖并題　涉江

問詞人南渡有誰似李夫人羨寵柳驕花簪金合璧吐語清新前身更何處是是東陽轉作女兒身盥手十分薇露焚心一曲陽春　知君福慧自相因鏡裏掃毬痕待采罷夫容移將桃李歸隱湖濱閨門最佳麗地料只憑斑管答芳辰已辦絲楊深處紙窗不受纖塵

清商怨

情深偏遇意淺怪近来踪嬾迹似游絲被風縈惹斷　越羅衫袖半挽記尚是花時曾見只隔銀牆那同天際遠

祭天神　和耆卿韻

念鳳城初識雙鬟彈傍湖堧雨雨垂綸浮釣舸時光最好清明到處傳新火漸櫻桃結子圓紅芳心那摘得了歸来卧　恨佳節如客匆匆過關山遠烽燧急比翼鴛分破向如今空勞魚目難寫鸞牋夜永無憀自擁單衾坐

菩薩蠻　与客園蓁適靜霞和菩薩蠻詞至復作一篇

疏梅飛點斜紋褥，一枰坐對清江曲。江上晚潮時，書來如有期。明蟾堪代燭，字字玲瓏玉。相見莫嫌遲，知心心自知。

高山流水　題周仲眉陳戊雙夫人知音善畫嘗取臨川曲意作瑯玕名圖竹數十竿每竿使曲社諸人題姓氏其上而留其一相待并索一詞

病懷悒悒總難降，理閒情、時寄清商。花外按新聲，偏逢顧曲周郎。招游伴、翦燭傳觴。驚心歲華逝，淒然話昔，散落霓裳。更何人好事，擫笛傍宮牆。無雙蛾眉有才子，看筆底、換取瀟湘。千个影斜斜，亂竹掩映風廊。任臨川、綺思芬芳。重來正堪恨，梅酸柳釋，舊迹都荒。待題名冷處，含墨費端相。

鬬百花　題紅薇老人百花長卷

活色生香堪愛，連幅谿藤熏透，金荷淺注醇醪，木筆爭開錦繡。千載高情全得，趙徽菁華更比清於。字惲冰馳騁閨閣，誰能偶。取次韶光百種，霞蒸雲湊。梅蘂佔春還檣，菊芳蘭秀。點綴丹青，群花共作新妝，來與紅薇爲壽。

琴調燕瑤池

瑤籢偷按宮商亂，纍纍月光華來照空院，成長歎。羅襟怕浣啼痕滿，望吳鄉迢遞天半，閨中憶當初，悔教分散。愁歸見殘英似霰，朱顏變。

虞美人　康心遠所居曰雙燕堂，室王夫人絮因工寫生，戲題其垂絲海棠

絮紅一夕飛成雨，莫恨東君誤。花開若要久長時，試与連花帶蒂繫情絲。　海棠睡後笙歌續，故故燒銀燭。怪他燕子嬾尋芳，應是畫梁棲穩夢初長。

新雁過妝樓

寒透書窗，欹客枕，憑眺暮色蒼茫。渡頭人靜，唯見沙鳥迴翔數點烟巒圖畫裏，頓教歸思落吳江。雁聲忙似聞急櫓，來助悲涼。自酌椰瓢自飲，恨零鐘斷鼓，偏閒更長。醉入空幃，枕畔尚有餘香殘。蕉襪風動影，又不許愁人到睡鄉。蕭容夜歎，披衣重起，凝對蘭釭。

渡江雲　霧中渡嘉陵江

空花浮遠近，淺描樹色，妙襯水雲圖。犯寒臨斷渚，一片迷茫隱約

聽巴歈呼舟渡急湍澹日穿透叢蘆迴望畔蜀山尖見境界濛虛

無　嗟余驅馳征道嘯咏中流斂荒江宿霧還記得揚舲東海橫

槊作去南徐如今意氣銷沉極對曉風空想鱸魚歸去也陶潛徑菊

先蕪

憶王孫括李商隱詩

傾城消息隔重簾但辨絃聲覺指纖月姊曾聞下彩蟾夜厭厭未

必金堂得免嫌

六醜

鬻幽蘭妙譜倩玉指朱絃微撥調高韻諧泠泠環佩徹忽告絃絕

未許盟言變暮春光景付雨中啼鴂雲山自此愁千疊望眼成枯

迴腸繞結西樓待歌怨闋怕蒼涼極處如意先折　香寒重薰遏

飛瓊絳闕再把柔荑手頭蓋雪滄桑換幾塵劫歎珍珠繼賜密函

羞折家國恨擲與東流逝水自折長訣人間世如夢消滅正夜闌

暗數銅壺漏虛簾墜月

定西番

九

谿上玉梅如雪飄繡帶蒨羅衣暮寒時　蟬鬢美人愁絶折花簪

一枝可柰薄情無處寄相思

西施心存越怨身受吴恩處境之難古今殆無匹者吴亡自湛記載可信而後人等以禍水擬之過已偏請者卿詞正其意

會稽山上樹空枝任國勢傾危卧薪嘗膽堪笑總虛詞范蠡當時

也恨無良策但尋訪嬌姿　浣紗擬向荒村老緣恩重畫娥眉沼

吴後自沉烟水判心期盡説功成一舸相隨去載欲信還疑

歸去來家書盼花朝前歸為余生日也寄答

客鬢添霜縷登高望怨懷誰訴飄花墜葉身難主儘思歸歸不去

密函書字相分付道花底一樽休誤殷勤欲報無佳語空牽引

兩眉聚

歸田樂光春數日梅已著花憶冷香閣及家園盤況

四野烟塵盡洗擬指好春期近最憶梅開準願花共結伴花也休

香減我多年異鄉恨　虎丘三百本倚水際巖隈儘然弄影自家

闌砌更有閒朱粉盼書附寄得數行花訊簾外飄香又成陣

絳都春觀演清宮外史大根德齡女士所著清宮二年記及瀛臺泣血記是其所本

華鐙轉電正場定夜初歌簾齊奏勝國舊聞彤史新編增懷惋瀛
臺當日龍潛伴問誰賦長門幽怨馬嵬前事環兒縊頸未深家難
零亂珠琥被面又爭料萬古慈恩終斷如訴昊蒼不及黃泉見毋
相見梨園子弟同消散祇閒話隨人重看漫教鼉鼓催更夢痕自
題
雙頭蓮令
畫檐蛛網度（漾）晴絲蘸蝶背相隨可人韻態百般宜久久耐人思
絳唇的皪鬢雲岳歌罷小鈴持芙蕖浥露嬌清池比並不如伊
浣溪沙 題采蓮圖
藕袖微擡玉臂涼棹歌聲裏自相將背人偷指睡鴛鴦　蓮菂有
心終是苦藕絲續命可能長問卿何意住橫塘

右昭華集

夢秋詞卷五　汪東

起丙戌訖丁亥秋

聲聲慢　讀涉江詞和其聞日本敗降之作

伶俜身世，漂泊風塵，十年江上偷安。捷報爭飛，起看錦繡川原。高歌杜陵佳句，卷詩書、收涕成歡。歸計穩，有巴童不寐，夜半行船。誰道依然留滯，費熏鑪重熨，料理春寒。楚尾吳頭，魂隨潮信空還。璇機自深閨思，怎知人、去住艱難。待剪燭，夢西窗、閒話夜闌。

十六字令

逢。春酒休辭百榼空。花間醉，能得幾回同。

生查子

臉比杏夭嬈，心似梅酸楚。倚許植根時，願化階前土。　無分得憐伊，但聽流鶯語。鶯語枉丁寧，也會相憐否。

八六子

倚房櫳。情然凝佇，從頭細數歡悰。歎楚岸芳遺雜佩，洛川神遞驚鴻。盡歸賦中。　歌筵曾此相逢。暗擲纖波輕傳，旋聽密語惺忪。怎

自逐長安道旁車馬燕釵分破鳳簫淒咽今來繡戶銅環靜掩塵
牀瑤瑟都空笑春風桃花尚餘數叢

洞仙歌

漫游鐙市蕩塵香隨履別語分明自能記道深恩莫負後約堪憑
從今願四海兵氛不起　君行何太遽揮手雲端已見冥鴻在天
際未了凍桐花（蜀中謂寒信為凍二桐三花月間）歸及湔裙應尚有漲水輕盈桃
李悔不駕雲車共翱翔但心逐飄風送君千里

臨江仙（桃花魚者以桃花時生實与水母同族唯樓止淺水中體極纖細鬣足相聯翕張而浮沉狀若圜蓋故時人又名之為降落纖魚色白頭上初有黃點四若戴星然久亦消失蓄瓷盞中映日而觀如浮㯶如泡沫非諦察之幾不能辨也冀野充和石臞南青倚華各有臨江仙詞索余同賦）

細雨斜風春漲暖鰍肥蘆筍新芽一池清水侶魚鰕化萍猶未肯
點點是楊花冠蓋升沉無定據也同浪迹京華底須滄海始為
家浮[illegible]（遍身世似）何用逐無涯

浪淘沙（百饋于公南洋留連果者會客共剖食之前歲得哈蜜瓜亦然韞士因合二物繪圖以獻于公命題之留連外多刺狀如芡栗瓤分房色如乳酪味不可親而實之鮮藏土人嗜此有破其蓬者）

高閣敲華筵勝事年年彭郎墨妙最堪傳北地甘瓜南土果共落
冰綫　刺栗狀同堅味久回鮮佳名誦得轉淒然如此江山如此
會爭不留連

菩薩蠻

長裾鋭履肩微削鮮卑語好從郎學生女嫁才人何如倚市門
銀匙調可可一笑含情顧舞到月痕斜同馳吉普車

瑤臺第一層 九日登紫金山天文臺作

蕭瑟西風吹鬢影登臨萬里秋接天波宕繞城山擁形勢無儔蜀
關行趣險記佩萸同此清游歎人世似牧之心跡危涕難收歸
休偶從佳會獻歌不忌指神州萬方多事旌旗雲卷烽燧星稠顧
逢昌[illegible]鬭健身重上高頭醉凝眸看璿璣宵運露溼衣裳

翻香令

微風搖蕩繡簾開博山細裊水沉烟擕纖手籠香坐勝百花氣味
透芳妍　鳳釵翻動火常然怪伊輕把故情捐怎才說相忘了又

二

桃鐙重和斷腸篇

荷葉盃

携得玉人舟上低唱按瓊簫晚來穿過藕花叢同倚赤闌橋

八歸

春晴過雨颷輪馳影臨暮認取官瀆金門岸圯長橋在惆悵市街
人靜頓驚心目步櫟淒清窮巷斷見歷亂牆頭新篠是舊日閒處
經營傍水數閒屋　重踐庭莎四繞銀藤搖曳尚桂荒荒籬角小
園纔踰破叢難穩淚滿關河南北枉承平願久洗甲銀河勸耕犢
何時謝籌書期會自手鑴鋤栽花還蒔竹

龍山會　丙戌九日大集誠酒家會飲醴星同坐諸公

笛步招游侶醉看茱萸復共登高宴景光都似舊還更喜千里同
歸棠燕何用樓桃根聽吳語尊前輕轉快持螯盤堆膾玉未嫌秋
晚　奇絕望裏清淮鷺起鷗沈共予情深款冷風吹帽墮應未減
當日龍山高聊休恨菊開遲替芳訊梅花照殘是日飲梅花酒大集成名釀也倩
注滿料必定每年身更健

倒犯

病裏乍相逢驚情旋聲去同幽討香温玉暖私心謂是鄉堪老春華易逝回首花谿歡蹤杳共倦羽還家絲淌池塘草賦新愁理吟藁吳苑漸荒問訊詞人落階空自埽繡戸蔭靜幾弄長笛知音少待夢入南柯好向妝樓褰帷同淺笑恨瑩葉敲窗客睡偏驚覺夜深燈欲小

思佳客

花下頻來不自嫌西風埽盡葉纖纖臨春無復高樓在暮雨偏從別館淹　魂夢斷淚痕添化爲明月傍雕簷清光又被尋常隔亞字闌干丁字簾

臨江仙引

靜處倚樓望遠波落日裏草乍媆可真似蘭成追跡江潮遥延佇潘鬢老江才減賦筆長閑無憀甚但舊來心事望到愁邊　年年高情秀句書字都在芸牋忽驪歌爭唱菟魄休圓誰憐向紅窗畔羅幃底鎮夕孤眠教人恨恨去無消息來是空言

三

徵招調中腔
松枝綴守蟠虁闞處處簇霓虹明滅短電繞場樂頻傳正此時萬方恍　畸人自笑情懷別任漫興狂歡佳節陌上晚來獨行秋風繁簌簌亂飛葉

應天長　除夕守歲与家人話歌樂山舊事

香篝續火爇障護風簫條暮景相逼漫對膠（去聲）牙餳熱驚心又除夕巴山夜趁細憶聽暗雨做成簷滴病中話國恨鄉愁幾載偷息　誰道竟生還料理琴書人事異今昔炫轉射簾燈燭全家共筵席杯行綫歌韻窄待坐守漏殘窗白便從此整頓韶華吟徧春色

浣溪沙

愁殺風波駱婦津離筵酒薄強露脣楊枝駱馬也思摩　堪恨繁香吹作雪枉憐鬢髮委如雲橋頭賣鏡有何人

高溪梅令　有約故宮探春梅未破萼也遂自濱來遂成獨賞

雪雲侵曉凍頗黎帽簷低夢向清谿南畔擷繁枝故園春較遲　玉人攜手訪殘碑草離離待到寒香千樹著花時再來君不知

阮郎歸　印泥

藕絲紬緒繫於緜調朱朱更妍汝蜜分貯到郎邊丹心和粉顔

斑竹管浣花箋玉臺新詠傳小紅名記手親鈐已教郎意憐

法駕導引

西池宴西池宴雲駕列仙卿碧藕如船行玉爵青鸞交羽和瑤笙

催喚董雙成

宣玉敕宣玉敕天地共複清華卻被東方施狡獪閒來偷轉阿香車

雷電掣金蛇

蓬山遠蓬山遠歸路隔重雲去傍咸池朝飲馬迴看東海暮生塵

人世又千春

黃壚曲　商調○殘雪未消訪李剛量守壚遺址歸作此曲使南青譜而歌之音極悽婉

賞音人去後寂寞情懷不堪表青谿載月桑泊看花長記岸幘行

吟揮杯談笑亂離先有兆哲人萎矣看舉世波翻雲擾向此日歸

來萬里只供憑弔　心悄悄重過盧家莊畔一抹輕煙帶殘照舊

時門巷何處亭軒賸見菜種籬根蔓縈枝杪黃壚今古道隻雞斗

四

酒問誰識平生游好指鍾阜盈顛白雪也如人老

法曲獻仙音

風裂殘蕉露含新菊畫出秋心傳懋戍角哀吟斷蛩凄咽黃昏共
誰厮守問路阻千山外能知此情否　倚闌久聽商聲去來高樹
禁乍冷唯仗數杯淺酒嬾起索寒衣想裁縫經徧纖手轉葉飛蓬
似飄零身在江右待殷勤説與怕慈玉臺人瘦

浣溪沙 覽祖棻詠懷詩注題寄

地坼天崩竟見之步兵休恨不逢時枉教環佩寄微辭　逃誘從
來須止酒訴懷此日併無詩途窮相憶淚連絲

鷓鴣天 館賃屋太平橋南余居層樓之工北窗正興霞舟山對離龍鍾陵在其左右朝霏夕靄可驗陰晴余治事之餘不廢吟嘯即目寄慨偶題此詞

世味都從冷宦收松風一為振清謳悅疑弘景三層閣未數元龍
百尺樓　興廢事古今愁盧龍山色也成秋塔鈴自語斜陽裏曾
見降旛出石頭

彩鸞歸令

仙子来時不用覓旌旆節隨百花深處佩環微引銖衣　綫聞蘭麝從風度並酌瓊漿映月空玉笙吹罷鳳齊飛許同携

偷聲木蘭花

年年苦壓黃金綫十指縫裳貧女賤羅綺驕春金屋由来貯美人
芸籤歷亂妝臺側粉盝脂箱同棄擲教甃残編脈望從知已得仙

行香子　題劉季平黃葉樓詩初季平以葬鄭容事任俠之名聞天下余慕其人而未見也晚於金陵聽歌因瞿安為介始得相識其後寒瓊與姬人月色招飲坐無餘客縱談甚懽越一年而季平遂歿余備位臺官實承其缺遺編展對不禁愴然

蘚碣題封俠氣如虹少年時聲滿江東白門邂逅搓手悤悤記舞迴旋歌宛轉月朦朧　謫仙堪偶二豪侍側賭揮毫一飲千鍾重吟好句欲訪遺蹤只青山在黃葉落小樓空

感恩多　有歌余新詞以為別後相念之資者作此追送

異鄉多景色楊柳搖輕碧此時君遠行意難平　幾度迴車不忍作平別按新聲按新聲一曲將終淚珠雙臉盈

望仙樓　曉眺見白鶴孤飛感而詠之

五

倚幃慵困不成眠中酒情懷常悪天地無邊風物還向高樓覺
斷雲點破蒼茫雪羽迴翔寥廓不共雁鶩辛食惟見南飛鶴

好事近

草色未全蘇不似巴山冬綠昨夜條風吹後漸暖迴幽谷　偶然
扶路傍谿行谿盡見茅屋恐是高人隱處愛臨窗脩竹

雙雙燕　心遠別墅在重慶南岸汪山外繞二塘土人名塘為堰稱之曰雙堰心遠因自題其居曰雙燕堂取音近也寄屬余與醇士為圖圖成索詞未能應也東歸一年乃作此寄之

近寒食雨料泥溼香融畫堂樓穩春陰忽斷便欲故巢重認曾訪
南山小隱記宛轉穿花曲徑鐙邊匣圓時試與掐成雙影　休問
棠梨吐潤是若個尊前共詩篇韻當時紅友化作蜨飛鶯困唯念
零脂賸粉尚留伴琴書安頓知否堰外東風盼殺隔年芳信

胡蜨兒

胡蜨兒滿園飛碧闌深曲畫簾垂午窗慵繡時　花下頻來往曾
棲帶露枝春歸無處說相思流春留住伊

采桑子　靜霞自杭州寄詞和其月夜六和塔下韻一首

秦淮自繞孤城住，綠淨涵空桃李花重髻鬟簪花鏡影中 如何

萬里登樓日獨望遙峯市地回風不送南屏月下鐘

一叢花 閏二月育寄

和風春半展春時官柵柳垂絲千秋吳會風流盛想樓殿高與雲

齊烽火屢經蘇臺鹿走斜月照荒陂無端幽恨聚雙眉地僻到

人稀黃庭倦寫青鸞瘦露華漸小徑苔滋椎約又乖柔腸易斷空

撚碧桃枝

賀新郎 效劉辰翁

再拜嗟臣甫最愁聽西蜀猿號東川鵑訴當日麻鞋趨行在破屋

隨風掀舞日夜禱收京心苦待得收京詩詠就甚飢腸一飽腸先

腐今古事奈何許 箜篌解唱公無渡悔提壺被髮匆匆亂流狂

譯自笑修蛾何曾畫一例遭人讒妒空見說相如能賦纔出脩門

三五里望長安已在雲深處還躑躅去時路

清夜游

梅梢月凍看一行簾波窣影羅浮夢初醒喜朱箔半開畫闌同凭

六

棲禽驚起亂枝底鳴聲交應幽情領略春宵此時無言暗傾聽
誰信羈單萬感縱綺思能消珠淚猶凝江近高樓寒潮助淒哽潮
迴有據人難定唯留歲華相等只無柰花到開繁東風又勁
別銀鐙

花下芳樽同醉柳外輕橈同繫百囀新鶯雙飛燕羽處處春光明
媚東流江水忽催送去帆天際別後相尋何計萬事不如人意
缺月窺窗酸風透幕長是冷清清地知他那裏也為我挑鐙無寐
隔簾聽題吳仲圭墨竹長卷款署梅道人戲也卷首書竹譜亦稱梅道人戲墨書畫並精妙惜絹素有汙損耳

偶值道人游戲筆勢酣餘怒千竿拔地龍蛇舞更樹老落攢匠心
幾許靜有悟費經營自成新譜　親縑楮如聞提語盡得湖州趣
蕭郎縱好應難數認一枝一葉渭川移取展看處瀟瀟半庭風雨
扁舟尋舊約前年調甫客死去年重九之會纏蘅病革今年初春自念經宇又相繼下世須臨其喪悲不可任既傷逝者行也

飛電催紅凝霜凋綠勝游樂事難常夢依韋曲身淹蜀道十年杜
老淒涼預愁歸到日怕惟見纍纍北邙市朝雖換山河華未在改鄉借

酒為狂　應自惜茱萸重細檢甚縱橫文雅已失曹王星回歲轉
梅花初破又聞健者云亡窈然魂上下想臨覗終哀舊鄉帝闕高
遠孤吟楚些情暗傷

戀繡衾

推衾朝起疊繡文嬾妝梳鴛鏡霧昏洛神好臨初罷凭書牀檀麝
細熏　寸心常似金爐暖展詞箋猶印指痕憶家近橫塘路望長
空飛過片雲

暗香疏影　戴醇士臨楊補之梅花卷分將開已開盛開將謝四種名系柳梢青詞附後元本藏吳中顧氏戴所臨者亦頗得其高逸薛生仰嵩持來乞題

映簾疎月弄幾枝瘦影梅梢清絕正苦憶君入手光明眼花纈如
見逃禪醉裏巡簷索幽香潛發悵極盛能幾何時青子暗藏葉
應為才豐過蹇酒醒恨未了都付吟箋百轉流鶯一曲哀笳可許
調羹功業高情不共繁華謝又恰倩鹿牀相接忍剗黏簑笠迴舟
灑作滿篷飛雪

侍香金童　蕪湖諸山訪濮翠軒遺址山谷讀書處也回過采石登謫仙樓題壁

七

幾兩平生自愛登山屐任桃李吹空春意寂蒼檜交橫修竹密滴翠名軒至今猶識　弔詩魂悵望千秋誰勁敵故特興迴車尋釆石酹酒長庚呼太白騎鶴同游謫仙非謫

定風波　碧彝指柳詞使和蓋以險韻相難也既成為之拊掌

漸消磨往日恩情新愁欲忘（去聲）怎可雨長落痕枝殘杏蔕無力薔薇卧綺裙寬玉釵鞾一寸芳心亂絲裏休那愁天涯地角抛人一箇問伊信麽自別來鎮把蘭閨鎖但鑪香爇了楞嚴一卷朝夕閑功課燕鶯儔儘相躲無賴春風又侵坐如栽指看窗外楊花飛過

鞋紅　靈谷寺看牡丹未及穀雨而開已過半花色僅紅紫白三種洛花以黃者為貴北京崇效寺有之閧兵燹後已不存矣

買栽無地尋幽古院可勝御珠簾藥館洛花絕異露黃嬌婉恐別興徐熙畫卷　得似唐宮沈香亭畔許帶笑傾城比看玉容惜醉翠雲偷展也莫道東君不管

看花回　植之約游陵園因過靈谷寺賞花歸聽鞋紅一闋意有未盡復成此解

鈿轂正芳茵藉地馳驅相屬苑郊四圍秀木襯幾點殘紅如懦膏

沐停車坐對龍罩乾坤張翠幄頻笑語迤邐行遲許看蕭寺傍靈谷　庭外牡丹開數簇薜蔓草蕙蘭香馥轉眼黃昏近也又共指歸程清歡難續生年僅百長恨流光何太速快追尋勝游良夜更秉千枝燭

浣溪沙

誰道溫柔即是鄉春歸人去雨茫茫此時欲斷已無腸　桃樹身僵休誤李蠶蛾絲盡祇留桑可能沈醉換悲涼

憶秦娥

圓仍缺無情最是樓頭月樓頭月照人歡聚照人離別　關山不禁魂飛越夢中倘有歸時節歸時節一年花事數聲鶗鴂

清平樂　湖南符鑄年工畫二十餘年前嘗為余作藤花大幅題曰紫綬喪亂歸來檢家藏古今書畫為敵寇鈔略幾盡此幅亦不存矣每欲乞鐵年補之遂聞其逝不覺泫然

半生樗散唯結丹青伴老鐵風流兼氣岸嶽麓湘江同觀　可憐一炬咸陽人琴此日皆亡慙負故人期許不曾紫綬金章

解語花　宴集麗都芷町索為個人製詞用清真韻

八

吷庵所見止此

柔肌映雪鬒髮拖雲飛電眀光射豔歌飄瓦還疑是神女夢中來
下端嚴秀雅動舞影細腰堪把清宴週徹解羅襟體氣歕蘭麝
虛費春游夜夜漸游春情倦初過姚冶麗都分帊琴心逗未許便
隨司馬雙棲定也燕子認舊時王謝拆自今千徧相思[illegible]酒闌鐙
罷

南歌子 治船菱洲客有唱蓮歌者乞為新聲作此付之

楊柳隨風舞荷蕖蓋水平閒時自棹小舟行一曲采蓮歌罷晚涼
生 苦菂難成藕浮根易化萍不如郤待采紅菱菱刺縱然傷手
莫傷情

遐方怨

抛玉笛掩香閨髻影鬔松象牀紗衾朝倦斂一雙新燕繞簾飛錯
教驚夢醒遠人歸

番槍子

玉樓無數雲遮隔縹緲躡仙扃鴻都客舊誓釵合同堅試量衣帶
較寬窄淚面洗凝脂梨花色 重與拂了梅妝依傍蕙質鑑影壓

雙鸞看難得。未信人似，朝雲怨隨秋霰散。更積夜夢，落前溪溪水碧。

洞仙歌　玉印高寸許，狀如半核，篆文漢一真字，充和得之肆中，為賦

天然瑩質，稱琁閨佳製。暗擘桃穰想形似。羨中周四角，結體綢繆，還更有翡鳳蟠螭餘勢。遠書初寫就，欲表中誠，輕借丹砂與鈐記。暫遺落人間，收貯蓬山，應長伴、九華帳裏。認押尾、親臨十三行，待添作雙文，當伊名字。

月華清　秋夜獨游，用洪叔璵韻

河影星涵，園枝風定，幾重高閣簾卷。回溯歡娛，漸覺鬢霜銷半。甚此際、淮水西頭，空久佇、畫橋南畔。愁聽。被蔓蟾深鎖，廣寒宮殿。襟袖籠香未暖，負桂蕊濃熏，菊英初綻。恐是前情，已逐蛛絲飄斷。漫投箸、篆鼎殘煤，待寫恨、素秋團扇。留玩。任分馳游侶，轂聲雷轉。

點絳脣　鷹若客死安慶，臨殁數呼余名而不能語也。民國八九年，余辟為縣屬，初未相識，其後薦諸太炎先生，課其家塾，終先生之世不去，學亦大進，故鷹若自言於余有知己之感云

白首如新，少年傾蓋還如故。敢夸知遇，劍氣雙龍聚。九　滴淚開緘

長憶臨終語君無顧九重泉路自有相逢處
鏡中人

飲嵐光消酒病迤邐來穿花徑行處蜨飛叢又競殘靡沾衣領
曲檻小池相掩映恰似曉鸞妝鏡妝罷有誰堪比並風弄梅花影

秋思耗

楓老吳江側秋漸深涼氣夜來侵席珠簾暗移畫屏重展山壓寒
碧聽歌曲將闌鳳簫如為訴怨抑怨少年隨過客縱宋玉才華陸
機聲價但有素衣塵染夢雲偏隔愁極昏鐙照壁動萬千感念
如織袖沾香澤前盟猶在螢歡欲拾甚[素]極目遙空去程無計留片
剗翼滯舊國心斷北謝鱉足傳書歸鴻猶自認得淚滴紅箋變色

江南春

燈市了九街沉涼風噴酒面微雪釀春心歸來難遣迢迢夜聊展
香奩和淚吟

點絳脣

來不須臾去時又恐音塵絕紫簫聲闋便抵陽關徹、佯笑尊前

只作尋常別羅巾摺背人偷熨點點啼鵑血

十

右雲和集

夢秋詞卷六　　汪東

起丁亥冬訖戊子

西江月慢　月色新得寒瓊遺蹟八幅皆設花卉色秘藏篋中但述其事以自繪梅花箋乞題

秦樓鳳去，聞過了踏青佳節。雲鬟罷妝梳，新愁難解，妙香空爇。但夜來剪取殘縑，玉梅傳恨數枝花葉。問故人遺蹟飄零，偷視淚盈篋。

又豈料天憐情意切，似舊日珠還鏡合。珍重徐熙留薰藁，付玉奴真訣。便自想殺粉調脂，荼蘼開候細勻輕設。更莫被桃李一時春漏洩。

如夢令　題紅樓春思圖

樓上憑闌春暮，天外幾重烟樹。蕩子不歸來，繡幕銀屏閒度。無緒，無緒，卻共柳花低訴。

鳴梭

蜀江江畔見嬌娥，盤雲堆髻螺。莫愁無恙，又幾番花下許經過。暗記同車歡笑，娛視轉流波。佳景蹉跎，歲華驚擲梭。

北鴻南燕信音訛，思君變鬢皤。玉璫緘恨，問伊那迴避雨如何。漫賦求凰新操，

良夜醉顏酡琴裏傳歌試聲猶未和

紅羅襖

兔魄穿帷靜鴻羽寄書遲恨遠阻烽烟舟車難準偶占着草消息都迷　夜寒重殘燭心敲無憀自酌芳卮把菊憶東籬算近日愈覺故人稀

芳草渡　同若飛仲堅和清真韻

曲徑好認繡轂雕鞍競攜佳侶作一聲驪唱歸程自指烟雨尊酒情味苦聽尊前低訴下索向晚雁陣衝寒欲背人去　休顧楚雲夢短縹緲巫山迷舊路便重理殘脂蠹粉無心傍鐙戶鳳書詩寄又怎寫經年愁緒共墜葉漫對西風倦舞

六州歌頭

鍾石山城龍虎蟠踞形勢巴本嵯峨從頭算興亡事且高歌漢方虐吳會三分地蕭梁宋臺城破南唐繼瓊枝好亦烟蘿六代息息覆轍相尋徧天意無頗歎明都終始王業暗消磨安樂成窩竟同科　後三百作平載移清祚瞻雙闕冀陵阿烽燧燦侵陵急恨強倭賴人和宇區

重[redacted]又干戈中夜起心如擣手頻搓招恨春秋佳日緊
華夢逝等流波但憑高眺遠霜氣下寒柯有恨如何
憶人人
芳園閑步花搖柳顫無數鶯鶯燕燕朱脣微綻語輕盈更不待開
歌腸斷　何期別後書沈音絕但只流年換從今未必再相逢鏡
裏指霜華已滿

惜黃花慢　素秋遊後湖看菊花會用夢窗韻

淺碧籠裳印麝塵步屧尚識秋孃共鶯劫後歲華漸老游蹤到處
偏近斜陽繡圍錦繞湖山畔似窺鏡重理新妝勝故鄉敗垣廢圃
難遣壺觴　芙蓉謾說空霜恨化工未興撻粉蜂黃鬬將春豔萬
花避色移歸燕席一水都香暮笳嗚咽雨風緊送迴櫂鐙影飄涼
繫寸腸更追舊日清狂

古陽關

墜樓沈水國色一朝傾更有個出塞昭君淚紛紛荒塚草獨青更
有個出塞昭君荒塚草獨青　知音少未堪暫見即分手持杯向

道自古富貴榮華，等露電，不似長陪燕婉。知音少，未遇暫見即分手。已聲頓金錯琵琶四弦，寥亮。請君彈數聲。已聲頓金錯琵琶。請君彈數聲

皂羅特髻

蟻爭觸戰歎流徙，蒸民血填溝壑。蟻爭觸戰任壯生，銷鑠庭槐下蟻爭觸戰到斜陽，一夢終難覺。蟻爭觸戰逞霸圖王略。誰道蟻爭觸戰向而今偏惡。百千載，蟻爭觸戰看青史覆轍貿嚬嚎。蟻爭觸戰問甚時休卻

生查子 余年十六七游江戶，邂逅一妹，以所自製綠花相贈，未嘗道姓名也。既而手此花攜一小影置篋中，越四十餘年偶檢得之，潤延題句

吹簫跨鳳游，拔劍聞雞起。豔想與豪情，蘊結胷懷裏。　朝為美少年，夕暮成鰥寡。萬事轉頭空，愁鑑恒河水。

真珠髻

殘秋時序。小飲初闌，悔與佳人輕別，倚樓凝眺，雲黃風勁，暮色倍

添悽咽聞道胡邊早得見漫空飛雪定久客也感無聊謾把玉龍
吹徹　金鑪灰燼重熏裊餘香掩暖寸心堪熨細書幽恨簪花格
妙但恐薛濤牋溪學畫檀痕真不讓補之清絕待隴驛梅蘂含春
寄我一枝芳潔

梅弄影　題兗和畫紅梅用邵宗卿韻

好春期定雪意隨風逞春亦如人夢醒筆底飛香扶春紅袖靚
玉樓朝凭婉婉開妝鏡鏡匣池光交映略點臙脂與花同顧影
雪花飛
香海榛蕪故苑花光黯黯清谿攜客尋幽甚處空負心期　消夜
唯宜酒催春更覓詩人與東君競快雪掩疏枝

迷仙引

扶上珠盤歌動行雲珮服嫻雅學舞霓裳輕盈姿態難寫綻粉腮邀
一顧倍千金聲價嗟荏苒遲暮杜郎重到環兒偷嫁　好事如今
罷且與斟瓊斝送了春歸朱門深鎖驚花謝掩淚睫從拚棄捨想
他生更得長相見也

三

天仙子
天外平蕪山外山何時重唱大刀鐶妝臺留物幾多般珠絡索玉
連環繫住人心不放閒

鷓鴣天
歲月從渠去不還老夫常作少年觀莫愁筋力慵登涉譬似嬰兒
學步難　求大藥駐衰顏癡人說夢意全刪北邙山下纍纍塚笑
問彭殤若是班

雪獅兒
飄鬆絮影漸堆成銀練飛光黃昏如失聽到更闌幾陣時疎還密
西湖路隔怕舞鶴羽衣瀟瑟尚耐守瑤枝瓊蕊寒梅消息廣廈
何時願畢便裁裹絮被自慙刀尺、空倩愁絲鏡裏先教同白兒嬉
記得爭對塑熊蹲獅語今追憶淚點化成簷滴

夢玉人引
記平時訪舊曲左故城西畔水虹橋幾番留戀斜暉小徑彎環正
繞樓開滿薔薇碧成朱襲放簾幕低垂　景移人換闌別去花事

題中藏夷二字仍留

漸離披鳳紙收將那堪題寄相思淺酌還成醉心情誰得知願魂夢雨追尋萬一逢伊

鷓鴣天 挽湯定之定之為貞愍後人畫有家法民國三年余識之北京有西山畫社之舉未幾星散後十餘年重晤扈瀆君自言中年大病之後能見鬼物亂定東還聞君嬰適疾嘗省諸病院中不能言猶以筆談珍重約後會計三十年中相見僅此耳

劫後相看淚眼枯重思訪舊一驚呼不知冥路覘人世還似羅家鬼趣無

情久熟見偏疏西山結社尚留圖素綃開處風烟起一代丹青有楷模

定風波 為人題逸仙村壁

公子歸來燕燕忙也曾驚坐發清狂此日樓頭雙燕語人去無情簾額卷斜陽

醉後袞驄鞭屢墮嘶過逸仙村畔路茫茫壞壁題詩聊遣恨休問海山何處覓神方

六花飛 雪夜與友人飲用松隱韻[redacted]

天凝地凍亂花飛灑綴水精宮殿四望迷冥靄遙峰如劍許衝寒朋來不遠笑索飲金[redacted]鷄衰猶能無想留名惟羨酒狂何用理軒

霓。衢林又休上萬家豪富競妙歌清燕體儷聲哽獨窮閭堪念願祝此東畝瑞叶數億廪穀熟禾豐民心忭待欃槍都掃與居同慶宴

折紅梅（園梅盛開，惟綠萼繽紛。早臨別悵惘，倚此詞之。）

引霜枝鬖鬖餘陽和漸洩紅苞新綻憶清豁磴道數盤攜筇自訪深積雲霞交絢幾（平聲）誤了天台劉阮細思容裏摘索繁花總不似吳門冷香幽院如今歸看喜蹤影橫斜池水先泮金罍竭玉山未倒晨昏凭闌干徧條風催暖重惜取粉殘脂淺倩誰寄語萼綠仙姿忍來蹤無定又遲相見

一點春

南國音書寂晝長閑閉門春陰日日滋紅豆不長相思長淚痕

又

乞米空傳帖雨珠難療饑可憐射的山頭石無復從玄反白時

臺城路（游雞鳴寺）

豁蒙樓上憑闌處萋萋又生春草綠泊維舟臺城數驀都是游蹤

曾到兵氣作掃數白首重來故人偏少賴有[redacted]英華共穿雲路步深
窈山光凝黛似洗獨留塵外影疏際縈繞蜀道餘年京華舊夢
贏得尊前一笑浮生悟了看觴換銀鈎壁[redacted]空紗罩一杯殘鐘送人
歸去好

春從天上來　感舊集夢窗
玉手曾攜帶翳柳輕雲醉踏香泥斷橋南岸應費新題素娥寶鏡
圓時酹清杯問水端正看瓊樹三枝自消凝弄瓊英數點獨照清
漪疑收楚峰殘雨但怪得當年門巷都非燕子重來採花時候
十年輕負心期向吳娃深館翠禽語似說相思放簾垂正午長漏
遲去聲熏度紅薇

一萼梅
東閣梅開極盛時朝詠繁枝暮寫疏枝箇人風韻與花宜不假鉛
華姑射冰姿　別後情懷見後疑悵恨東猶無語顰眉欲陳芳酌
更矜持我自憐卿卿意憐誰

虞美人

五

春城隱處花如霧迷入花中去蕙樓蘭閣貯僊姬試聽琅璈清響
揭雲飛　一彈指頃年芳改好夢終難再錦筵蠟燭自成行可信
有人擁髻背殘釭

攤破浣溪沙

橋下晴波瀲淺藍沿隄楊柳綠毿毿春意又隨蜂蝶侶到江南
繡線工夫長日靜畫屏風物舊來諳只恨玉關音訊杳遣誰探

卜算子

風雨一春多好夢頻驚覺應是朝來轉快晴處處聞啼鳥　步屧
繞芳籬倚杖臨清沼人老簪花莫自羞花曾見人年少

月上海棠

海棠紅潤經宵雨吐萼垂絲萬千縷桃李衒新妝惟覺粉羞脂汙
傾城號端凝雲章乞與連年不共花為主笑暫返家園似羈旅
銀燭照開尊任此夕酣歌狂舞天明也又踏東華塵土

且坐令

花漸落趁早尋佳約檥舟柳岸春懷綽是處聞絃索向晚歸來門

荒徑悄翻成落寞。殘恨了、寄書誰託，盟言在最忘卻。清陰低覆驚雛樂，抵不住、東風惡。輕棉纔脫須重著，怕情隨衣薄。

探芳信

花事正盛，懶不出遊，風雨無時，漸成零落，用草窗西泠春感韻賦此

遣芳晝，但小鼎焚香，深杯注酒。甚中年纔過，心情便非舊。尋春歇賦燕臺句，不柰東陽瘦。任明朝、暗綠侵帷，瑩紅飄鬢。晴雨變何驟，看漲漲荒波，悵迷烟岫。燕燕知時，能知廢興否。極天歌吹連烽火，萬事堪搖首。倚風前、獨數隋隄賸柳。

踏莎行

繭本銷愁，茶烟破睡，一年好景都慵記。昨朝有客上陵迴，始驚身在長安市。勝侶雲流，孤蹤萍寄，槐夢醒根今何世。辛夷開了是殘春，石麟閑卧斜陽裏。

愛月夜眠遲

燕子歸來，恰綠陰院宇，春事闌珊。玉銷香減，秋千架冷，淒迷柳色如烟。螺青點出遥峯，正愁眉、嫵彎環。漸黃昏，有哀笳斷續，追夢初還。天半皓月徐行，恐嫦娥未肯，守定孤寒。況人

六

間世好景不永

杯酒爭解愁顔，空階步影徘徊，伊人遠隔關山。對清輝，想同此，竟夕倚徧雕欄。

玉堂春 諾那精舍聽經譯漢語者爲

柳遮馳道，寶馬香車來早，未比當年，入社攢眉，布地黄金，共讚祇園勝上首，文殊竟是誰。解道本無一物，纖塵何處棲，任看繽紛花雨彌天墜，結習空時不染衣。

青玉案 次韻和默飲酒尹

麯生自有迴旋地，料不作封侯計。爾汝相歡歌萬歲，前年蜀道，今年湖上，總是天公意。孤雲閒看醒還醉，除卻樊川更誰會，清時有味是無薺苦荼甘同一味，醉中唯恨，花枝狠籍，也似釵鈿委。

鳳皇臺上憶吹簫

漸入清和，已過脩禊，卷簾猶怯餘寒，浸綠染縈牆薜荔，疊砌苔錢。雙燕來從紫塞，銜泥共軟語花間，應知得覓徧舊痕，隨處情闌。誰家數重院落，空閣殺當年碧檻朱闌，料未忍琴書自貯，蹤斷塵

絃屜指春能幾日，薰風起又聽初蟬，歸時節憑寄半幅銀箋

鷓鴣天

傾國傾城絕代容，有情偏過薄情儂。未聞阿母維林悊轉道新人纖素工

恩易盡，淚無窮，明朝溝水自西東。成陰結子辛勤甚，不敵涼秋一夜風

醉思凡　題折枝馬蘭湘蘭花

才華夙成，芳華漸蕾，遠涼楚雨含情，借幽花自名。湘簾紙屏風枝露莖，鐙前瘦影婷婷，認他生此生

夏初臨

密葉搖窗，嫩落鋪徑，綠陰旋滿芳園，幾點荼蘼，不妨留作春作春看，繞階流水潺湲，似人生有去無還，當時年少豪情，猶在雙鬟先斑

鳳脛鐙暗，龍腦香殘，寶奩貯恨，玉扃鎖閑，伊行薄倖，從今再見應難，消息都慳，望重門如阻千山，客衣單薄，誰將護作暖輕寒

浣溪沙

局促樊籠共一天，韲生相賴復相煎，何如飲酒樂餘年

殘照波

間輕盪漾落花風裏小回旋此時情緒最堪憐

蝶戀花 用稼軒詞作起句

檢點笙歌多釀酒刻意尋歡難解眉間綰閱盡人間翻覆手此身暫寄無何有宿醉醒遲窺户牖雨潤侵衣梅子圓如豆謾道緣陰能蔽晝當春曾見花如繡

七娘子

人生離合元無據況山川亂後全非故城北高樓街南綠樹巢痕難覓雙棲處荷花開徧長干渡記臨分遙隔荷花語此度相逢熟梅時序半山亭下瀟瀟雨

鷓鴣天

去歲乾風起濁埃今年積潤展黃梅蜀江漲勢通吳國一雨能教水沒階　蛙坐葉蚓鑽苔斷無巾屨過幽齋從知拂亂陰陽候一例人天信可哀

減字木蘭花

芳塘似鑑人面荷花相並豔夜靜風來暗遞清香入酒杯　彩雲

易散千古茫茫同一歎落盡紅衣恰怨蓮房結子遲

六公令 七夕用夢窗韻

玉梭纖手錦字和愁織新涼乍傳佳會來停星橋側何意凌波無術偏假飛鳥翼情絲千尺化為蛛網還被秋風蕩無迹　心寄京華北斗人更京華北遙想此際緋細也念南荒客兒女階前鬬巧瓜果冰同擘匆匆今夕迢迢隔歲依舊銀河暮雲碧

水龍吟 大壯自湛後踰月乃為詞以哭之

屈原何事沈湘問天呵壁天方醉千秋冤憤至今猶有蛟龍噫氣易世同符彭咸遺則超然塵壒過梅村橋畔吳孃唱罷瀟瀟雨都成淚　不恨文章逝水恨人間眾芳蕪穢金陵邀笛巴山剪燭勝游難再回首當年吞聲死別幾人同輩又誰能解得詞心事在滄波外瀟瀟 大壯自號波外翁遺句文章隨逝水瀟瀟暮雨在蘇州皆自湛前作也

烏夜啼 為君璧題白雲堂圖

白雲長護松楸思悠悠憶得倚闌人在淚懸睫　樹欲靜風不定古今愁唯有畫圖珍重展還收

八

浣溪沙

王母瑤池賦索居，桃開桃落幾番餘，山川雖隔意何如。八駿豈能追日馭，九華曾此降雲車，祗憐方朔是狂夫。

樓上曲

長夏鬱蒸忘懊惱，浮瓜沉李清游好。團扇遺君素月如，題詩字密連珍珠。君愛深情兼妙製，亦教須臾去懷裏。秋風忽起暮寒生，從今捐置若為情。

南歌子

雨過蓬成潦，風來樹變秋。蔣山高處亂雲浮，待掃浮雲西北望神州。數葉頻看鏡，行藏獨倚樓。愁心如海不能收，卻怪南朝天子總無愁。

醉落魄　瞿安昔以霜厓填詞圖屬題，高山流水荏苒未就，而瞿安客死。今歲有人得其遺墨，手寫二詞，一為淒涼犯，一為浣溪沙，漫宋有款識，即致余與季剛者，不知何時譜入他手，覽之頓痛，留案頭數月，因題此詞。

酒酣歌闋，鐙邊細校新詞律。霜厓圖就紅千葉，流水高山，勝共寸絃絕。白頭苦念長生訣，翠娥殘霸俱銷歇。夜臺今夜愁無月，可

有閑情持向故人說白頭怕結長生縷又翻氣新殘霜忍聽舞娥天寶幾年話又惆悵昔游非節重逢今宵月
下皆原詞句也

合歡帶

秦樓中有個人人看妝態百般新徽夜清歌燒畫燭恣歡娛未負芳春迴風舞罷驚鴻體段飛燕精神乍分離便惜腰圍漸減眉黛長顰潮通巫峽波冷錢塘雙魚猶寄殷勤怨詩珠流弃玉碎鱗幃空鏡匣塵昏歸來萬里愁經曲巷慵叩朱門似東坡瘴海生還恁時重憶朝雲

鳳孤飛

寂寞舊當鑪處長滿閑花草忍憶求凰意好幸許是相逢早萬里橋邊題柱了旌旗擁遠歸蜀道頭白文君新髮薹歎何曾偕老

秋宵吟

鮭書沉雁跡渺似我離情深窈衣襟染積淚點征塵至今難滌掃倚斜曛送遠帆去燎萬翼投林歸鳥鄉園在念舊日吾廬翠苔空老性本空秋但漸覺風雲氣少暮年詞髮倦客涼薄此意向誰道

九

殘堞依江表，秋策頻來，時序換了。怕明朝眺盡天涯，霜葉微脫路更杳。

秋夜月

春卿作此調，雖本色語而筆意至為沉鬱。紅友據尹鶚詞謂其有訛脫，非也。月下懷人，聊依聲韻。

輕雲乍散，看露出姮娥半妝嬌面。記昔時玉階同坐，閑芳宴。到如今，杯自舉，只博一（作平）聲長歎。酒底淚珠何限，空凝望眼，便付與鱗鴻，說舊愁新怨。倘果未拋盟誓，待重見，料歸計，身外有阿誰羈絆。不是程遙，是伊心遠。

玉樹後庭花

杖藜扶我登高處，遠帆烟樹。西風吹破蒼茫，攪白鷗閑語。關河四塞休憑固，撫今懷古。幾曾天塹長江，限樓船飛渡。

八聲甘州

登靈巖訪琴臺遺址，下憩落紅亭，題句和夢窗韻

問吳宮底是何人，當時為占星望。湖波杳渺，鷗夷一舸，同載傾城。猶勝沉淵玉冷，劍水吐蛟腥。胥憤千年在，嗚咽濤聲。鮮蝕荒臺琴意，換幾番宮徵，塵夢都醒。想西施妝罷，曾對越山青。倚天風、悉隨秋遠，還霜紅、相伴落烟汀。空題恨，似彈棊局，心事難平。

思佳客（爲石臞題結桂馥勘書圖）

悵望王孫遠別離，小山叢桂獨抽枝。一椽自近楊雄宅，萬卷都歸杜甫詩。　思誤適，得秋空，風飄金粟滿階墀。冬榮老屋今何在也，爲丹青憶舊時。（先祖官鎮江府訓導，庭植桂杏各一株，題其齋曰冬榮春滿，余兒時讀書其中）

南歌子

鳳德衰如此，蘧山蔽恐多。揮手謝烟蘿。澗慙林亦愧，柰君何。

去去元無恨，依依尚有情。揮手望鍾陵。晚來烟霧裏，不分明。

世事拋塵外，家山到眼中。揮手入深叢。蟪蛄聲暫止，聽松風。

蝶戀花（繡谷在靈巖山下，邑人闢其地爲公墓，摩崖碑識多舊相識者）

霸越興吳紛擾擾，事去千年，山色青無恙。秋菊寒泉供一享，落紅亭畔添惆悵。　百尺游絲空際漾，若比人生，猶是堅牢相。繡谷鶯看題墓碣，故人先我成長往。

浣溪沙（羅浩子初佐雲陽程公幕，退居吳城東小橋，誅茅種樹，若將焉終。比年一長蒙藏委員會，謝去。余曾往訪之，第憩門無僮，草萊沒徑，眞廉吏風也。頃聞其夫婦遠適香港，飛機失慎，同及於難。豈天道之無知，抑人生之有命，悲慨盈臆，舒以短歌）

地厚天高一網羅，人生失意總悲歌，霸才無主柰君何。　折翼竟

十

戍同命焉論心重憶嫩雲窩小橋東畔莫經過

右東歸集

夢秋詞卷七

汪東

起己丑春迄秋

瑞鷓鴣

風來庭樹響蕭蕭，四望曾陰倍寂寥。漸欲殘骸同槁木，不知新曆又元朝。臘梅破萼爭冰雪，凍雀蹲枝晒羽毛。寄語袁安高卧穩，斷無車馬過荒郊。

離別難

掩冉寶髻微偏，淒涼斷瑟橫前。挽春春已去，送君江上路，淚霑襟袖，溼露華鮮。離別數（入聲），恩情薄，重攜纖手是何年。香羅幕，秋千索，終日垂愁，時更忍相窺。佇立河橋北，笛裏關山曲，折楊柳，記雙眉青螺色，空拋擲，如今描取付伊誰。

祝英台近

映琉璃，斟琥珀，情話共深款。丈室微溫，莫放繡簾卷。處憐迴棹青谿，桃根桃葉，鏡中認舊時妝面。漫留戀，遙望天際輕陰，須臾便成晚。君似孤鸞，我似失巢燕。依稀鐙火高樓，臨分時語，怕只許再

生相見

臨江仙 花朝前二日戲歌自壽

我願陽春行有腳微生草木周全彈蕉頌橘兩無緣不如歸隱處造物共陶甄　四序常教除肅殺化為胡蝶蹁躚長紅小白各嫣然東皇應屬我生在百花先

浣溪沙 二客諍辯或言花壽於人或言人壽於花余兩解之

歲歲花開歲歲新看花卻是舊時人百年人去樹偏存　解道華嚴非實相始知齊物是空論向來無我亦無春

瑞鶴仙

亂書餘蠹迹漫抱影空廬閉身偷息青蘿漸升壁傍虬藤纏架花開無隙幽蘭自泣任隣園蜂交燕織怕薰風替御芳華一樣舊盟難約　懷極歸來三徑那有當時素心晨夕長安似弈巢痕在夢中覓奈情懷萬種忽忽催覺都付哀箏怨笛便江南舊慣經行未教夢識

鷓鴣天 改舊詩

百計銷磨豔冶。天花開花落雨茫然。傷心舊雨隨流水，極目春山隔暮烟。明鏡裏，酒爐邊。可容一醉駐朱顏。沉吟欲逐秦人去，又恐仙源有變遷。

望江南

螺鬟擁，粉面映脣朱。自翦冰綃裁半臂，不教羅襪覷圓趺。體態共言姝。　多情甚，蘇若即相於。湘瑟秦簫元有匹，朝雲暮雨亦非疏。長是笑羅敷。

孤館深沉六月寒甚江南所未有也

森森密雨曉來驟，階下響流泉。看一徑落紋紫色，潤餘都上花甎。也擬踏屐痕零亂，訪遠沼新蓮。甚時令已將初伏，護寒猶待輕綿。

點絳唇編夢秋詞成自題集夢窗

缺月孤樓，晚鉤斜挂西簾捲。蕭秋一半。舊雨江湖遠。　睡起懨懨，恨緒縈抽繭。拌分鈿。合歡屏燠。珠網空凝徧。

金縷曲

二

識字原非福信當時鬼憎倉沮聚羣宵哭悔殺前生多慧業誤擁詩書千軸枉自詡班楊同目誰料真成憂患始貯牢愁空撫便便腹世路險羊腸促 故人才似豐年玉也遭逢流離偃蹇幾經溝瀆抱石冤沉焚山痛隔坐偏栖妖鵩更網得沖天黃鵠白及凝霜飛夜半竟何人忍賊來公叔思往事淚相續

撼庭秋

一燈涼燄如水撼小庭秋氣月兒偏黑風兒又緊恁教人睡匆匆別去歸期無定已堪愁悴況關河南北鱗沉雁杳寸書難寄

江南春（沈挹之家藏舊硯工鐫寄庵二字異其與余巧合也特以持贈賦謝）

東海栽桑秋霜染鬢攜家歸隱吳閶人生似寄寄一庵聊掩塵轍多感君情密親藏袖裏將片葉要助我梅窗記曲竹屋分圖端谿小硯如笏 秦斯篆宣籀筆訝兩字題名暗傳心訣風流未泯便當得金蘭盟結聲影從交滅衡門下療飢有術唯與此君尊酒徘徊邀天上之明月

鷓鴣天（和祖粲韻）

兀兀舁車幾往還相逢偏憶亂離間新詞似繭抽難續殘麝成灰
掩復看天帝醉海波乾愁心強[illegible]祇徽歎此生萬劫祈償盡莫
種他生未了緣

鵲橋仙 七夕新詞

橫紋機工短蓑牛背底用輸錢天府天公元自有安排早配得勞
農工女紅羅卷盡街塵踏徧簇簇秧歌腰鼓風姨枉是妬佳期
幾曾見銀河斷渡 先數日颶風

金錢子 秋桂不花長夜無月懷今追昔惘然獨吟

北郭閑居種繞廬嘉樹影交蹊綺時為鳥歸新聲聽圓轉笙簧助人
清思探秋漸覺涼生剝纖纖桐子杯製肯垂蓮淺酌鶯黃桂花陰
裏前事尚能記流光迅歡娛去似洗蕭齋儘堪耐守偏金粟空
林冷香憔悴最憐浴水明蟾也沉淪不起多應是嫦娥恨掩重幃
晚妝慵理

沁園春 秀俞慧珠題寒燈課讀圖

三 畫荻丸熊古有是人今復見之想篝燈課讀聲寒秋蟀鳴機斷素

候鞾晨雞辛苦休論艱危獨喻蘭折唯欣桂有枝神鐙護幸舟行
屈曲在水之湄（本事見任堇叔所為弁言）百年陵谷遷移倘重到麻姑鬢亦
絲祓[redacted]斯人大盜不揉矛戰承家翦息徵隨門楣迴憶當年小人有
毋罔極難酬空廢詩披圖看甚高天厚地跼蹐如斯
玉胡蝶（硯蝶有所寄）
縞袂羽衣紛下錯疑蕚綠來會群僊小苑陰陰是處競拾釵鈿鬢
雲亂高峯舞袖香汗清斜倚歌筵好春妍韓憑魂化宋玉情牽
三年珠櫳懸網珊屏褪粉冷落風前遠隔羅浮夢中猶認翠裙烟
指芳林依依暫別過太常惘惘輕憐且留連縱教花盡葉底堪賦
巫山一段雲
玉女投壺急餘杭貰酒賒仙郎底用飯胡麻餐秀吸流霞　天老
羲皇張戲圖作枕中鴻秘六銖衣褪更翻輕儀態萬方盈
魂魄來還去昔容是更非菊芳蘭秀繫人思風送白雲飛　谷口
花圃繡錦便作華堂燕寢寒泉一勺貯冰甌聊與薦新秋
桂棹浮湘渚蓮歌輞館娃莫愁生長自盧家小印刻昭華　贈與

昭華小印換得口脂奩粉癡魂忽墮九嶷間叢竹淚痕斑　自弄碎佩輕鸞舞深憐睡鴨涼誤疑飛燕出昭陽卻是杜蘭香　一霎幡雲新髻不慣上清宮裏人間何處是遨游瀛瀛百花洲華蓋連修鬢明珠剪雨瞳神君新敕小青童住在玉華東鸞軒鳳翥又向清都飆舉不如端坐叩玄關抱卻九還丹

虞美人

鼕鼕番鼓將弦索舞蹈民歡樂定知下里勝陽春只看當時屬和萬千人　燒書頭恨秦皇儒不抵咸陽火倘教典籍總成烟文物西來何用到今年

金縷曲（題迭更司所著雙城記適讀迦陵詞即用其韻）

地褊天無罅歎微生於中蝨處鬼門人鮮少日周旋多游俠臂箭腰弓馳射快呼酒漢書能下歕沫高譚羅蘭輩氣崚嶒卻笑人怕今有口壁間挂　一編展對涼如灑紀千年雙城鬼蜮筆端有（作平）盡恩怨都憑翻覆手瞥眼浮雲野馬因果律何殊鐵打細敲斷頭臺上客被人殘元是殘人者金鑑在正堪籍

四

昭君怨　前年在南京友人以女子某氏詞箋屬和，夾置亂帙中，偶檢得之，惘然繼韵

黯黯吳江楓樹，颯颯周原禾黍。千里共[redacted]蕪，客心孤。　此恨怕成終古，況聽催人津鼓。縱使見時疏，憶人無。

附原詞

目極南天烟樹，腸斷故宮禾黍。殘照下平蕪，片帆孤。　休問河山今古，忍聽城闉笳鼓。烽急雁書疏，雁還無。

西江月

花外呢喃燕語，溪邊約略鷗盟。如何載酒半山亭，飲罷翻教夢醒。　跡似飛蓬長轉，心隨寒柳先零。芭蕉和雨釀秋聲，可奈獨眠人聽。

附原詞

白水難忘舊約，青山應記深盟。十年離恨短長亭，百醉何堪一醒。　春去絮飛花謝，潮回夢斷歌零。誰家絃管弄新聲，不分愁人獨聽。

哨徧　過景齋聽謝翁一塵彈琵琶數曲，翁師諸城王心葵，世稱第一手

荷沼未空，楓葉漸丹，略有林泉美。喜朝來一客款荊扉，似東山脩然高致，論樂旨冥鴻自翔天際。霏霏談屑皆名理。嗟緪瑟調琴，秦簫楚管，從來難譜俗耳。偶長吟白傅琵琶詞，請試為諸君一彈之。四坐無譁，冰絃纔撥，此聲堪異。

嘻，澗水泠泠，松風策策繞階墀。急雨跳珠，墜琤瑽時密還稀。[redacted]是浩浩平沙，噰噰犀雁數行，高秋復低飛。又葦岸橫舟，漁家聚語，如雲網罟搖曳，恍置身河泊，聾相視甚。却顧蕭齋，共隱几聽者，然裂帛聲止。翁起笑謂千古絕調，只吾師定場賀老，如今安在。獨有岐王宅裏，開元法曲尚留遺，問人間知音能幾。

蘇幕遮　詞有獨木體，又有連環體。連環體者唯宜施此調，近人多喜為之。字重意複，則徒為贅語耳。因亦戲作一首

疊花箋，傳密信。四角鴛鴦，四角鴛鴦印。斜月朦朧期小徑。風漾梧桐，風漾梧桐影。　漫成疑，空自等。漸數三更，漸數三更盡。捉得雙鬟私借問。今夜來無，今夜來無定。

臨江仙　久不得君濟七兄消息

攬袂勸君休遠去，離筵苦語丁寧。蠻陬瘴海一身經。何年生馬角

五

此日帝豬苓　竹馬繞牀猶記得賭將梨栗誰贏白頭兄弟各飄
蕭縱然非死別夢裏亦吞聲

感皇恩

淺碧染羅衫唾痕微印幾曲朱樓暮同凭雲霏烟斂髩鬟陽臺高
迴下方應錯[redacted]仙家影　別後細思那時光景自慣長貧未言病
賃舂椎髻無分與伊相並但教青鳳異傳書訊

金縷曲 讀元人雜劇用鐏字韻

日影穿簾鐏也不須茅柴斟酒枯荷包鮓檢取殘編飢堪療字字
珠璣光射笑文體何分高下試看才人無不可總堂堂筆陣千軍
怕無此筆匏空挂　誰能激壯誰瀟灑倩登場衣冠傀儡頰毫添
畫南曲高生稱獨擅雜劇終推關馬喚羯鼓憑闌快打合得箏琶
隨村唱是當年萬口流傳者時世易任狼籍

金縷曲 讀石湖居士詩九疊鐏韻

轉棹荷花鐏祇縈懷吉雲佳釀點酥紅鮓石湖從人乞魚鮓詩截玉凝膏膩白點酥粘菓輕紅
絕域天驕驚漢節猿臂應知善射又曾過嚴陵臺下最好青裙

於潛女，恁偏謠鬼見荒城怕。（集中過於潛詩自注引里語云於潛昌化鬼見亦怕）我轉恨一冠桂。霏霏嚥玉隨風灑，問何如關山行旅，范寬圖畫。（石湖紀行程詩最多）入蜀功成身早退，不羨官。施行馬，任檢校南村稻打，楊陸詩篇傳萬口。料更無勍敵，如公者，琭在樞可容藉

解佩令

竹樓閒倚荷池[redacted]趁步。似初逢漢皋游女。裁疊冰綃，倩畫出青山紅樹。把芳心暗中分付。孤城天遠，雙江霧合，背西風輕帆斜度。漲滿羅襟，只留得傷心無數。枉教他燕猜鶯妒。

蘇幕遮（閏七月酷熱閑居即事）

小園庭，閒伴侶。綠暗迴廊，迤邐行還住。牆角海棠嬌欲語。難取微酸，摘蕊和茶煮。苧衣輕，蕉扇舉。誰道秋來，未肯消殘暑。天氣越添沉悶處。濛濛斜陽，幾點疎疎雨。

華胥引（和清真）

沙平依岸，風急梢池，樹根聚葉。淡日浮光，流虹散彩魚暗唼。一行纔接低空，聽曉鴻鳴軋。偷卜歸人，望崖遙數光怯。鸞鏡羞窺，任

六

星星鬢霜誰鑷錦箋封在迴文無心再閱祗与濃熏蘭麝伴遺圖
藏篋頻倚欄看亂山斷更重疊

中興樂

南園左側帶迴塘秋千影度高牆桃李開時爛漫春光　依依柔
柳數行情絲長欄前躑躅箇人嬌靨半隔紗窗

金縷曲（四齋韓韵送戚屬中女子參軍者）

素手停鍼罅歇聽人鋪張中饋啜鮮羹鮓恨不南山隨李廣著試
短衣騎射喜此日真歸麾下不數前朝秦洗輩使吳宮教戰誰曾
怕磨匕首腰橫桂更無滴淚臨岐灑盡拋將脂奩粉合兩眉休
畫風掣紅旗行蕭蕭靜裏微聞斑馬號令急軍中鼓打直向黃河
邊頭去笑木蘭枉替耶征者歌送汝一樽藉
戀情深

七月十（作平）三同讌席勸金杯側酒闌潛過桂花陰繫人心　星沉
河底曉寒侵三載絕知音此夜玉溫香暖戀情深

蕙清風（有魏星伯秋蘭者分送二枝）

芳氣透疏簾，心魂微覺，誰剪楚江痕。幾枝雲裊裊，婀娜膽瓶中，對影成雙笑，更何用娃香清妙。　巴嶺昔曾游，楊家園好，風獵獵蘭叢。況聆新操（楊園主人能琴）滋畹解留根，紉佩還同調，李獨自悵然歸老。

攤破醜奴兒（一慶見倩倚詞甚喜復為彈長門怨懶梳粧及將軍令數曲）

絃絃掩抑聲聲思，似訴淒涼。瀉月幽窗，涯盡銅壺漏點長。也囉真箇是斷人腸。　長門本是無梳洗，多謝君王。嬾點宮黃，轉作明妃出塞妝。也囉真箇是斷人腸。

摘得新

瑟瑟風吹來，玉笛中。粉房將綠葉，一時空。雕盤忽薦新蓮子，想夫容。

醜奴兒慢（自題谿風泉韻圖寄懷舊友）

朝霏作斂，行處餘寒猶噤。為貪看、千巖奇秀，坐倚落陰。斷壑浮虹，冷泉飛瀑雨蕭森。樵蹤稀到，攀蘿磴險，唯還幽禽。　天半翠濤，飄風時度，吹浣塵襟。記曾慰、羈旅容思，同染谿藤。笑指丹青，故山相約早抽簪。佳人何在，披圖悵想，誰解愁心。

七

金縷曲　為嶽川畫山水五叠鐏韻

坐我蒼巒鐏記渝州冬春高會玉盤行鮓祆火騰空丸迸落狐蜮

居然工穀直守待扁舟東下幸有吾廬堪終老倘過從風雨心無

怕人世事一瓢挂　淋漓墨汁看飛灑笑何曾山摹黔蜀蜀山如

畫但願我衣能定一自此放牛歸馬許靜聽寒山鐘打吳人昔為詩鐘之會

名寒山社醉入羣賢詩酒社問誰歟交到忘形者游且臥枕相藉

蝶戀花　閏七夕坐梧桐下着句

河漢斜明星可數辰卻秋期天上重歡遇月姊含情應更妬彎彎

自鬭長眉嫵　遥念天涯人獨處不抵髮蟾猶得盈三五一葉題

將織恨去梧桐明日飄成雨

南鄉子

初見好容儀一朵秋英倚玉墀了卻平生相憶願堪疑已誤芳盟

十載期　秋臉驕時空淚着臙脂淺畫眉最是動人情緒處低幃

不許鴛鴦不並飛

念奴嬌　畫叢梅

夢華泡幻醒來看人世荒荒無物招取孤山林處士伴我圖書東
壁手種江梅先春曾見爛漫吹香雪嫣然微笑笑他籬下霜傑淵明
咏菊卓為霜下傑千載唯有花光掃除脂粉態寒枝爭發鏤雪裁冰綃
素工點點香飛塵滅苔蘚生衣珊瑚動影老榦皺如髮畫成誰賞
一鉤天上新月

金縷曲　過梅村橋哀大壯六叠鏬韵

世路羊腸鏬歎無非刳麟作楦臨龍為鮓衆口交譏金可鑠弱骨
何堪彈射奮一擲梅村橋下今日重來澆斗酒似沉湘角黍蛟螭
怕魂魄毅劍猶挂　蕭然相對神清灑最難忘名園選句小窗評
畫蜀國多才誰比似不學題橋司馬也不要君平卦打忽憶劉郎
悲憤語道孔明自誤英英者劉辰翁詞尚有孔明英英者悵孔明自是英英誤　雲亭此意
蘭籍

又　屢和陳髯鏬字韻下筆不能已七叠自嘲

瑣瑣消閑鏬偶拈來詞人險韻味同分鮓曼倩能優元玩世隱賴
何妨頻射只傲氣不為人下訶叱當時蚡嬰輩便穴胸斷脰吾何

八

怕餘子在齒休往　剖將肝血無從灑任悠悠雖黃月旦轉供播

畫自古文章憎命達　枉説才堪倚馬茅屋被風吹雨打老去都無

周柳思獨稼軒範我馳驅者聲句好亦時籍

明月逐人來

梧桐庭院湘簾高卷[redacted]初更後玉繩斜轉桂華影滿徐自升天半映

徹瑤階〻殿　堪歎迢遥雨池音書沉雁如今向天涯獨看坐移

暗處羞避姮娥面又見西樓那畔

荷華媚

方池湛液碧芙蕖媚琢玉凝脂顏色清晨珠露重盤傾數點飛銅

儇標格　可最記玉蝀金鼇畔佇嬌嬈屐齒憑肩斜立沉思事如

春夢曉珠和露向清晨同滴

醉公子

寂寂生秋意長是惺忪驪向曉步中園含情不可言　翡翠潛藏

葉葉色渾無別風起忽驚飛飄搖何處棲

離别經年歲含恨將書寄密字寫從頭殷勤多問意　飄蕩學楊

花囙甚不還家一樹隄邊柳枝枝宿暮鴉

八聲甘州 太白有問月詩稼軒有詞余復繼問

笑一輪常繞地球行畢竟欲何如想其中自有山河大地主者誰歟共道羿妻偷藥定是昔人誣髣髴團團樹非桂非榆　既是明明如鏡照古今人物影亦留無值羲和漂溺光耀借誰舒算本只行星一體又何緣名與太陽俱青蓮後屢停杯問月轉模糊

金縷曲 有憂國際形勢日亟者作文論之謂華寓雅余曰此要所圖因謂今日之患不在強鄰患自棄其文化耳八表辭

諗贈為

玉缺金甌辭喪恩量刀分瓜豆鼎嘗魚鮓強敵生心是占現枉矣攙槍紛射畢竟是誰家天下眾志成城堅不拔況岳家軍在胡先怕指四壁輿圖挂　不須濺向新亭灑看淋漓草成露布自然心畫只恨才華無人惜一任文高枚馬恐一網還教盡打齊東野語載杭學獄文云始陰謠真三織終盡打於一網瓦釜雷鳴黃鐘棄汩橫流舉世滔滔者龜與筴又何籍

小重山 為陳從周畫山水

九

巖壑深藏一徑幽，幾株霜下葉，恰宜秋。驚風忽起暮雲愁，凋零急，獨自恨悠悠。匹馬萬山頭，蠶叢經趣險，度邊州。難將此意畫中收，聊着我，拄杖白蘋洲。

醉落魄

謝翁一塵家棲霞花烟台，亦有宅舍，喪亂迫逐，挈妻子奔吳，囊無所餘，唯攜琴簫琵琶數事。簫以鐵範之，如竹形，書毀而肥，按節為孔，四圍鎏金花，制度精巧，蓋唐時物也。試吹數聲，清不減竹，而頓激壯過之。翁少年盡力革命，驟馬氏年長而志相得，與秋瑾交善。翁自言夫婦當死葬吳中，不須作還家想矣。余聞而悲之，故贈詞有雙穴之句。

蓬萊宮闕蜃樓海上看明滅。知翁久悟塵緣徹，話到興亡猶自淚雲臆。簫聲慷慨穿雲裂，碣來吳市心情別。要離冢畔穿雙穴，若過廬中，休把姓名說。

憶帝鄉

卿卿與花同奪名，蘭秀蕙芳華，彎簇桃英，含笑自擎團扇，颭風羅帶輕。回首綺筵，惆悵不勝情。

右閑情集

夢秋詞卷八　　汪東

起己丑秋訖庚寅夏

夢揚州（送於生華重為海上之游示尹默鶴雝元龍諸子）

晚烟稠看市街鐙火星流蓋卷翠簾百尺䔍䔍朱樓舞衫歌扇天
斜女記舊時爭擲纏頭今都改花腔圓鼓數聲新唱伊州風化
追還召周嗟運轉中興愈感漂浮故苑萬家一望荒寒如秋醉懷
鉛鬢嘲難解慧稻粱誰許身辭愁賦永歸田未遂聊於淹留

陽關曲（題送別圖）

送君凌曉出青門別語悽然酒一尊彈鞭徑去莫回首愁殺歸時
無舊人

楊柳枝

耐得繁霜[redacted]未卻枯青蕪國裏兩三株莫教攀折行人手留與[redacted]秋
作畫圖
嫩葉柔條次第雅更無情緒傍章臺獨憐一樹江潭柳移向靈和
殿裏栽

笠史庵評閲

蝶戀花
醉賞陽春花似纈轉眼凋疏已近黃梅節舊曲闌干空倚熱斷碑
尋處聞蜂蝶　準擬此生終決絕但祝文鴛莫更輕拋撇消夏灣
頭風浪歇殷勤替種雙荷葉

月中行連日風雨至中秋夜霽
昨宵雨腳引如繩泥潦過荒塍忽看霽月麗華燈曼衍戲偏呈
年年此夕同斟酌誰識道聚散無憑風吹桂粟曉寒凝殘夢尚瞢
騰

霓裳中序第一十六夜又雨
中原亂未息更著沈陰天似墨天醉迦因恨極甚長夜漸闌愁霖
如泣團圞桂魄閉廣寒空念前遊霓裳杳一番夢覺此意竟誰識
悽惻市喧都寂但隱約蟲吟敗壁被衣連雕卷陌劇戲壚荒鼓
罷鐙坼鳳樓歌自得怕蕙女瓊瑰暗滴中秋夕蕙娘歌鳳樓之曲見宣室志休休也
君當安卧[redacted]大地已迴白

金縷曲新政府成廢雙十節而令舉國狂歡十日十疊譜詞贊之

俯瞰層雲蹲傍江干魚龍陣列萬頭排鮓炫韓鐙光交織處絕似霓奔虹射休更憶武昌城下民國於今無遺老（袁氏稱帝後太炎先生常自署民國遺民）祇烽烟徧地經行怕剛盼到星旗桂　陌頭寒雨連朝灑儘風吹瀟瀟黃葉做成秋畫聲鼓鳴鉦疑社賽鬧市也騎秧馬聽處處秧歌齊打一任空廚炊無米舞交衢盡是狂歡者歡亦可向人語

虞美人（重陽後一日作）

年年強預登高宴醉把茱萸看今年偏賦卻登高怯上層樓何處望平皋　淒風又送瀟瀟雨飄向閒庭住垂楊還似舊輕盈恰便一枝一葉是秋聲

鷓鴣天（欣夫齋非社諸君子集抱蜀廬為放翁補作生日約題翁像分韻得心字）

入蜀還吳歲月深散關唯向夢中尋一生儘費憂時淚九死難償復國心　絲欲繡鑄須金高風長想鑑湖陰莫言此社元非社累我攢眉學苦吟

隔浦蓮近（次韻和鶴見寄　鷄）

明鐙還映邃戶不許如花語賴有良朋在颭輪疾來無阻酣醉裀

任吐閑中趣漫把新詞譜倚箏柱斜飛雁影知人心事良苦江
淹有恨況更別情重賦輪指繁絃驟迸處淒訴聲聲窗外寒雨

卜算子 過[redacted]惠初別後以詞代簡

相見只須臾動作經旬別天上人間三五期雲掩團圞月 小別
怨經旬經歲如何說直到殘春倚繡簾看盡楊花雪

蝶戀花

廿載思君魂魄蕩玉骨冰肌姑射仙人像何意行經東海上蓬萊
樓閣曾無恙雲母屏風遮繡幌覷着無人久久相偎傍此段溫
柔勞夢想夢回倍覺添惆悵

訴衷情

薄情偏又似多情轉款語平生自說那回初見已覺素心傾 呈
皓質漱芳津記深盟誰如宋玉欲賦高唐一片雲横

臨江仙

別久重逢傾倒極泥郎小綴羅襦歌成得寶意何如自慙非玉樹
卿恰勝明珠 性命即今都付與此生敢作他圖名花可愛葉相

扶皆隱下辭括絲魂猶未絶淚眼已成枯
一霎語侵肌骨冷溫存忽又回徹難猜心事幾多般沈[illegible]態不寐
滅燭坐更闌 便道今生無我分他生盟約須堅情深終住有情
天書成和血寫莫作等閒看

長相思（除夕對瓶梅寫寄）

別離仍恨填膺欲駐朱顏覺未能明朝歲又增 酒如冰淚如繩
瘦影疎花伴一鐙思君意不勝

薄倖

故歡新會乍脈脈幽情暗解便趁約虹橋絲雨買酒綠楊村外驟
畫輪珠箔深遮香融粉漬心先醉更玉液微黏酥胸輕顫無限風
流媚嫵 甚半載韶光迅還織就絲楊如帶手書殷勤問瑤璫空
寄可知密意從頭悔餘冰奩在記雙鴛照影丹唇膩臉廝當對人
前見了偏只佯佯不睬

減字木蘭花（元夕月暈）

風鬟霧鬢愁絶孀娥添淚暈獨倚樓看隔海應同此夜寒 玉梅

三

花下三弄悲歌聞子野鐙火蕭寥忘記新春第一宵

浪淘沙

春夢半牀閑衾枕生寒欲將何物報雙鬟檢點昨宵羅帕在血淚
成斑　楊柳曉風乾蹙損眉山尋思無計得長歡但願匆匆偷一
見見也都難

浣溪沙

楊柳垂條拂路塵莫辭纖手勸離樽渭城歌罷便輕分　無可柰
何長忍淚不曾真個已銷魂懨懨睡起日斜曛

訴衷情

背人宛轉肯相隨驀忽又歌驪折柳黯然傷別再見杳難期　頻
望極海西陲是天涯為誰消瘦咽淚吞聲不要人知

玉樓春

情多自覺為身累慷慨送君行萬里斷腸空貯別離愁揮手更無
留戀意　湘江叢竹唯添淚庾嶺梅花還望寄從今莫上最高樓
樓角蛛絲緣網墜

清平樂

留君無計強作歡娛意前日高樓同徙倚惆悵驚回夢裏　襟袖猶[redacted]惹餘香車輪似轉柔腸魂魄隨君終夜計程應過瀟湘

高陽臺 隱語有述

市地迴旋去天尺五山城小駐幨車夢入唐宮霓裳舞破烟霞溫泉浴罷嬌無力問環妃竟屬誰家早輸他急鼓漁陽聲亂琵琶

一朝何意承恩寵許營窺細柳馬控桃花老去劉郎樹髀空自興嗟春風綠徧原頭草甚吹寒又聽悲笳待乘槎一水盈盈銀漢西斜

浣溪沙

不用纖穠襯體輕不須花朵佐芳馨亂頭粗服總傾城　鑿空舟車通絕徼極天風浪過南溟此時何處繫柔情

相聚匆匆月再圓相離杳杳隔人天餘情唯唱想夫憐　光鏡留真何窈窕電波傳語極清圓尋聲聞影已茫然

翠樓吟 偶訪[redacted]貞白貞白以映庵所繪碧雙樓圖卷屬題攜置車中不意下車時急遽失之[redacted][illegible]貞白慨然不以

四

介濃且言此亦佳話，仍空以詞述之，余擬他日補為作圖，特先呈此解，用志息壤

曲檻藏花蓬簾佇月梧桐鳳樓修竹丹青傳妙筆定曾識吹簫佳伴詞流徵稿看淺拂朱絲爭題黃絹春將半偶教乘興細吟閒翫幾見垂老姜郎有暗香疏萼小紅低按藤扃无自好恨誰把并刀偷剪淒迷魂斷似美人難歸連城休換重來看待鈎新葉碧嬰樓畔

角招用白石韻寄遠

鏡中瘦相思付與章臺盡染嬌柳嫩行天際岫送客遠行歌罷分手靈均去久只賸得芳蘭盈畝一夕挑鐙聽起問誰續碩人詩詠蛾眉螓首　知否謝娘韻致真妃體態難競珠簾秀畫簷宵滴溜頓憶橋邊停車時候清（濃）與舊悄不管傷春中酒待欲箋天細奏願長結百年歡同心友

萬里春

香濃繡被不諒孤眠情味料琴心已許相如祇雙飛莫遂　遠道三千里恐書信盡沉波底算無多幾日春光恰難尋歸計

荷葉杯　憫憫無聊讀碧雙樓詞益增悵觸即用其韵成二首

複閣迴廊鐙夜歌妊歌罷欲分時際偎蓮臉手相持私語度脣脂

回首了無遺迹應惜香奩代輕塵恩情如舊怨偏新還負一年

春

點絳脣

萬轉千迴細思壯計真成左浪浮單舸遠去如何可　我最憐卿

未必卿憐我風聲大凭闌昏坐不覺楊花墮

受恩深

手種垂楊樹飄花同墜羽送將征棹過南浦記曉鏡妝成鏡裏替

寫長眉嫵誰道因循誤算細想人生唯是別苦萬翼昏鴉棲陣

去甚處尋巢難把鄉愁織付[redacted]春渡口鳴柳曉潮有信人爭渡天際

分吳楚[redacted]悵顧望歸舟又飛寒雨

玉樓春

無多歲月輕拋擲一樣春光分冷熱鄉園已報竹平安客舍竟無

花信息　淒涼夢醒孤鐙側始覺前歡非是實擬傾淚血訴冤愁

五

迸入渠儂心一滴

菩薩蠻

鴛鴦雙枕痕猶溼可憐一分無消息海水拍天流君行天盡頭
會真空有記肯為郎憔悴織女別黃姑隔河何事無

又

亂山排闥將愁入愁心更比山重疊燕子帶春來紅箋花下開
書詞多婉折暫解眉頭結風送落花飛可能還故枝

清平樂 題瓊花圖

一鋤漫把癡絕情難寫花圃成墟花事謝我欲甕憂地下　花魂
飄泊堪哀不如喚取歸來重返枝頭無術也應留點蒼苔

浣溪沙

畫燭光銷臘鼓催碧琉璃盞酒新醅酒闌乘興鬬牙牌　百步迴
廊閑試屐半弓小築自名齋玉人曾向夢中來

意難忘

宮柳嬌黃正蠟蛾鬭窄素領拔香迴鐙朔紫電斟酒梅清觴蘭畫

篁竹匡牀聽古轉絲蕃[redacted]漸[redacted]苔階露濕些意難忘　羈情自怯
空房祇零縑寸紙暗寄蕭娘書封千點淚看後一迴腸因箇事惱
伊行[redacted]急整歸裝縱使伊歸期定得鬢早成霜

婆羅門令

百忙裏把新詞寄偷閒裏再寫新詞寄點點行行紅箋畔都成淚
愁遠道閑看痕如洗　鵑啼苦春也還折垂楊綫綫情絲繫漫天
絮影飄殘後過短巷怕重佇吟[redacted]夢醒[redacted]陽千里晚景蒼茫
對此空想歡娛地盡掃歡娛意

傷情怨　和清真

青梅如豆尚小漸一春花了夜夜東風疏枝臨水照　關河道遙
信杳[redacted]燕足將書難到只恐歸遲輸他春去早

虞美人

錦帆高嶂障泥輭春到隋隄畔東風著意挽垂楊何用千花百草
鬭芬芳　輕寒做造絲絲雨催送韶光去楊花只合嫁東風因甚
飄揚無定學飛蓬

六

慶春宮

殘臘初收，妍春猶早，故人報道遥征。溝水含漪，原田交綠，更看驛堠縱橫。鞾鞭相送，恨垂柳、柔條未青。酸風催暮，西望脩途，車動雷聲。

愁來鬢髮先零。中夜徘徊，孤館淒清。頻吮霜豪，書成休寄，寸箋難寫離情。眼昏鐙暗，記歷歷、山川去程。此時縈想，始信當年，一顧傾城。

鷓鴣天

風雨連宵欲到明。淒然無語對昏鐙。迢迢夢隔千山路，惆悵絲牽兩地情。

裁素紙，寄新聲。一聲一字淚縱橫。只見木石腸堪斷，不信伊人不解聽。

玲瓏四犯

鶯老春殘，漸暗綠陰陰，飛絮零亂。露浥花梢，長似淚痕珠泫。難忘（去聲）醉裏歡情，就臂攤語低聲顫。乍望中、物象都換，唯有晚雲堆怨。

畫圖重展崔巍面。蠹紋侵、舊裝綾絹。釵分鏡掩傷心極，徽識如難免。休恨異域路遥，記贈我、芳蘭一蘂。向去時、約定歸有日，同秋

燕

暗香（桃花張籍籬落間偶以興感和白石韻）

數竿竹色，待有心付與，情人裁笛，唱了陽關，客舍青條已堪摘，春

意隨人去，也空閑閣江郎吟筆。又片雲落盡，夭桃凌曉，拂茵席

南國信寂寂，料瘴雨夜深，恨若山積。瘦蘇對泣，湖不歸來，免思憶

嘗願經營小圃，書帶帀籬根，新碧識世事，斯共隱，可憐未得

疏影（前詞既成，貞白謂不可獨闕疏影，因併和）

層敲碎玉，伴射窗冷雨，來聲孤宿。逆旅光陰，拌着無聊，中宵簟卷

斷竹楊瓊，一去音書杳，恨路絕關山南北，甚纔衾一例禁寒，太息

擁衾人獨　還怕千林萬樹，幾行雁陣，趁凋蘼蕪綠一點，凝心欲

待秋風斂點江干茅屋，何時卻共西窗下，細得訴別離衷曲，忍祇

將無益相思，寫入小詞箋幅

喝火令

綺席傳私語，花箋識小名，不辭多露夜深行，還向闌風高處鬧試

緩衣輕　往事都疑夢，佳辰獨掩扃，別來何以報恩情，早起添香

早起禮金經早起自疏心願玉體定長生

浪淘沙慢

檢裝罷餘寒未斂從（去聲）輦光發樓角徵看曙色翠閒更繞怨闌恨歷亂鳴雞催曉轍攪袪袖獨恁嗚咽索霧蓀覓旋竟難撓仙家好離別 悽切深春又近佳節怕轉眼春花都飛盡荏苒懷刺滅空四望雲昏魂斷心裂棗機（機）疊嗟舊情無可重留言說天地摧崩滄溟竭音桑海頓驚鬢雲麝香冷蓮絲還寸絕誓今後不忍分攜再見日柔條綰就千千結

阮郎歸（戲詠機械）

（話言滿滿收藏機）藏機械太深深明（有誰窺夜深）鐙休照紅高樓西北曉雲侵雲低和響沉紛錯離忽蕭森九州如對臨玉人聲息杳難尋空傳天外音

鷓鴣天（次韻和尹戡得成）

百距何妨偶一迎一觴還恐百無成移山志大人難壽鍊石功完地已傾 詩上酒賦閑情後人長嗤笑淵明不如且唱瀟瀟雨也有吳儂側耳聽

法曲第二

琴曲方終花徑重來瀉月流光耿耿衾裏攜纖手便旋繞西廊來蘭同凭指教看苔紋滿地畫雙影猶自省　到如今甚千般恩愛向夕都變淒涼境鴻雁漫呼侶寄書難定展轉思量恐和伊誓言未肯但占問幾時相見卦爻偏慳

如夢令

路轉斜街東口門外幾株楊柳不見倚闌人眾曲闌干依舊回首回首風起落花沾袖

陽臺路

款來戶正彩雲漏月芳華初度繡筵開燭苣光搖禱壽酒餞同斝徵事太息息便憑夢回已成乖阻分飛處傍柳陰青驄還久延佇　忍訪當時隣里但燕子花間自語舊巢棲穩怕未解寸心愁苦螢魂向天涯問得媚景是誰輕覓春將去送春歸連旬風雨

枝上曲

容態極姱非世有施朱施粉翻嫌垢應是蘂宮暫謫居期君善保

嬌字作平聲

千金軀福德兼修題榜在巷名烏衣未曾改高樓自此怯重登
山川迢遞白雲橫

采桑子（前年讀瓊東瓶粟齋詩未相見之頃藥川邀同寫席分韻得生字因賦贈）

新篇曾誦遼東句極訴飄零健筆縱橫信有文章老更成　相知
已是三年舊此日班荊執手同鷩飯顆山前太瘦生

曲玉管

浦溆烟凝河橋日冷踟躕野立忘歸晚極望征人天末回首風前
兩情懸隱隱神洲茫茫東海別來幾度滄波淺信誓成虛此後
相會何年恨綿綿痛飲醇醪把無限傷心前事寫將數紙迴文
其如遠道難傳好春天悽悽風寒雨苦守懨懨長夜一鐙昏滲鎬
拂簾旌獨自閒眠

蝶戀花

細想當初元自錯翠羽明珠直恁輕拋卻霧障南天風浪惡片帆
轉盼楊花落　十二時中閑摸索待不思量又早思量着可恨阿
嬌情意薄為伊憔悴何曾覺

西施　和章縈

討春同過赤闌橋，便約會良宵。暗擡嬌眼，微微向人拋。屬枕鴛衾取次，香熏透、愛終夜難消。豈知一旦芳心冷，空垂淚染冰綃。畫樓遠隔凝望，歎無憀。比翼參差，祇羨雙飛燕，尚時度花梢。

甘草子

春盡。葉底風迴，簌簌飄花粉。淺醉不成眠，強起還餘困。邊塞慣聞悲笳引，斜鏡裏、也疎青鬢。或許涼秋歸有信，柰此時沉悶。

傾杯

曉來風動荷簷，枝露滴紛如灑。客舍自臨郊野，空庭畔、竹木成圍，一碧陰陰，穿簾映瓦。荼蘼綻、香氣染衣襟，因記當時，和醉鴛衾相覆，濃熏蘭麝。　人比天遙，水流春去，不憤籠鸚輕罵。鬭草偏藏鉤，細數看取宜男諸把。好語難知真假。南國雖有書問，頻慰別離情懷，恨心腸未全拋捨。

兩同心　和香卿韻

九　繡戶斜憑，麝塵勻掃。攬薄妝、嬌臉含顰，飛雖讒、圓滿空笑，冶當時

酒畔歌前惜取佳妙　拂檻柳絲風裊徑荒人悄恁判得即世睽離全不念舊家歡好想韶華也肯歸來眼中人老

鷓鴣天　和白貞

紫燕黃鸝有送迎山花野草亦生成細推物理須行樂爭奈愁人涕易傾　思遠道攬幽情一年佳序未分明芭蕉才展當窗葉已覺秋聲不耐聽

燕歸梁

綠映窗紗面面涼耽微醉凭胡床一番雨過又斜陽新荷葉漸飄香　無端弱水三千里漂花去恨難量夫容心苦藕絲長歸到日是空房

如魚水　夢海波湛湧仙山樓閣中若有人欲往就之而須臾夢滅醒而悉其不祥以吉語祓之亦巫陽招魂之意也

簾卷虛亭鏡平遠沼藕芰別有清香此際悵悵佳人蹤迹何方夢中望仙山峙溟渤中央最苦又風引船迴貝宮瑤闕影微茫　私誓願可能償待百歲相將艷艷春光時清歸老吳閶水為鄉乘興拊小檝輕榔繫情處步靡花隄共繞掩冉盡垂楊

相思兒令

寂寂送行車轍、無數綠苔生、搖蕩幾絲垂柳、難繫故人心、往事忍更追尋。繡筵前、芳醑同斟、誰憐滄海明珠、竟隨魚雁浮沉。

望雲間何用趙韻

雙闕苕嶢偃馭、往來瀛洲、天恃屏藩、想觚棱四起、風動星旋、環佩搖時、聲響、鉄衣舞罷生寒。帳塵寰遥隔、羽翼難憑、凝眺潛然、孤蹤自省、寂寞空床、玉壺滴盡更闌。心似流波東逝、長日無還、離去正逢花好、歸時莫放春閒、夢魂苒苒、昨宵飛度絕險關山

右衍楊集

夢秋詞卷九　　　　　　　　汪東

起庚寅夏訖秋

漁家傲 和白頁

荷葉翻翻同舞袖荷花粉暈侵肌透一棹穿花人比秀歌垂手晚
涼著體微酣酒憶得西湖筵散後至今猶道文章守翠蓋紅幢
還似舊絲細久六郎顏色新成瘦

南歌子 午日次尹默韻

桂户看蒲劍烘衣雜艾香舊家風俗未全忘更喜絲纏五色爛生
光憂患從端策賢愚蓋括囊兒童塗額弄嬌黃那識靈均去後
幾端陽

採明珠

小院空雨過炎收階下雙梧弄影墜片石榴紅襯綠落芳徑轆轤
牽金井動離懷黯黯凝思自拭淚痕凝閒何時羅幬翠被重整
更漏永關河迥憑獨耐孤冷風不定槭槭檻窗遠砧相應機杼繼
愁醒亂絲縈嬾織蹟欲懺除綺語茶消香掩又成閒病

晝夜樂

萬花園聚稱香國就中看夭桃色燕支染做穠華翡翠裝成寶
玉砌瑤階爭相識被方朔一時偷摘還肯到天台問劉郎蹤跡
豔春景物堪留憶恨風吹漂搖極精魂暗涉波濤信札空憑鱗翼
別去明知長不見卻寬道暫時分隔一日似三秋怎教人禁得

雨中花慢（北豐園雨歸）

翠竹梢池亂藤掩徑攜侶共過名園立松陰深處衣領生寒頓覺
得荒涼意境近來事事偷安悵知心遠去喬木摧薪佳景闌珊
遥看萬里暝色便催飛陣雨橫斷關山也曾約伊行歸及楓丹怕
時雲烟四阻到秋來獨自消閑等重門鎖了暗牽心事萬緒千
端

清平樂

佳人絕代何處遺環佩年（約）遷（畧）驚鴻嬌意態恰是青溪小妹　傳書
苦訴淹留從前言約都休檢寄寒衣數襲歸時恐過殘秋

南歌子（再韻調尹獻平君）

世味從茶苦生涯似蔗甜偶然鄉思上眉尖卻道薄羹佳處不須
鹽　桐葉閑題句荷香曉透簾莫將形影妒雙鶼燕子自來自去
亦無嫌

九張機

一張機盈筐桑葉飼蠶兒同功繭就絲難理兩頭齊撚中心有結
剪去更憐伊
兩張機抛梭來往疾如飛織成胡蝶穿花裏一堆紅萼一叢綠葉
應費萬千絲
三張機密行鍼線繫情絲紅羅一丈裁鴛被梅英數朵當宵覆額
春睡最濃時
四張機吳宮花樣又翻奇畫圖那伊相迴避手持團扇扇中秋景
徹恨菊離披
五張機莫愁家住石城西采蓮歸去同游戲連絲並蒂鴛鴦繡出
總是一雙飛
六張機弄梭織女故遲遲天邊自種閑桃李李花如雪芳蘭浴罷 二

斟酌舞時衣
七張機，天容織得暗相思，汙泥不染青蓮子，苕苕玉立臨風擺蕩
寄与薄情知
八張機，般般花色[illegible]蛾眉，就中一段尤堪異，裁成羅帶縈雲迴雪
唯稱玉真妃
九張機，春來秋去不停時，年光恰与梭相似，回環往復，鮮妍都褪
織就鬢邊絲
夜厭厭
一去杳無歸意，亂雲連海天迢遞，臨分偏道，即相逢語丁寧，寸衷
牢記，不解後來長久計，甚都忘舊歡前事，如今空度夜厭厭，夢
斷夢又難成寐

醉垂鞭

銀燭照空卮，蘭閨飲，疑成讖，橫海動鯨鯢，若行休自迷　更拈紅
豆，看東風畔，兩眉低，惜別亂離時，相思無會期

三字令

長記得別君時，柳初黃，風動幕，水平池，翠梧桐，紅菡萏漸離披。流電滅景光馳，誤心期。琴罷弄角頻吹，九迴腸，千點淚，枕函知。

柳梢青

暗想嬌姿，腰如約素，膚似凝脂。幾日春風，伯勞東去，孔雀南飛。人生聚散難期，奈信息經年更稀。欲諱閒愁，眉開還斂，早被人知。

飛龍宴

青陽已過時，紅榴吐萼，菖蒲抽葉，漸覺南薰暮朝吹入庭院。密葉疑張翠幟，對好景只教魂斷。素紈竹枕，浮瓜沈李，忍負清游願。心羨來去將雛燕，正銜泥池曲，壘巢呼伴。亂影凄迷，舊歡處處堪戀。相望天遙地遠，歎無非利名驅遣。夢中怕見，楊花亂逐飄風轉。

鳳銜杯

百媚千嬌紅妝面，圖歡會、小窗南畔。任纖手、頻持翠裳偷解，摩挲看、似玉粹香溫軟。　兩情深，孤飄遠。從今後、乖睽良願。便時寄音書，憑如懷抱長相見。又何況、音書斷。

西江月　碧雙樓話秦淮舊游感賦

三

夾岸千家鐙火中流不斷笙簫復成橋下駐輕橈柳帶因風縹緲
往事微溫心上幽情暗結眉梢重逢依舊可憐宵只恨盧郎年
老

鷓鴣天　題湖帆為龍榆生所作哀江南圖

一片荒寒境界開疏林老屋傍巖隈最知庾信心頭恨併入倪迂
卷裏來 抽毫筆費縑材千秋事往祇低徊驚烽照徧人間世未
必江南更可哀

添聲楊柳枝

臺南見柳枝臺北見柳枝日射平臺朝露稀斷蟬嘶柳枝人不
歸柳枝雁飛迴柳枝愁到霜彫百卉時挽空絲柳枝

采蓮令

綠陰遮繡帳渾忘曙燒殘蠟擁衾淒苦片魂忽似度重關歷歷窺
門戶依稀見珠簾繡幙嬌容粉黛斂回也肯偷顧 憶昔輕離棹
轉首總匆匆去爭知得此時情緒萬般追悔聽曉夜剌促寒螿語
但驚起登樓一望江流如線杳杳幾行烟樹

解語花

簾飾密竹戶掩垂楊幽徑人蹤悄數聲枝杪啼鶯囀暗協玉笙宮
調臨流自照許幾許霜絲縈繞清晝長凝對鑪烟何事添煩惱
曾覓雙成蓬島歎銀屏珠箔粲然微笑朱顏猶少空追恨行雨行
雲非早韶華誤了恰又肯潘郎懷抱細想伊投李恩深瓊玖應難
報

河瀆神

巫女禱歌停楚江烟水冥冥桂旗蘭櫂轉鮮明颯然來下湘靈
遠游何處尋蹤跡鬱孤臺畔風色斜日杜鵑啼急含情迴望鄉國
孤嶠長風烟裊細神后祠前晚潮遥送木蘭船佩環聲裏嬋娟
春盡玉顏空寂寞卷簾凝對高閣倡女幾家行樂夜深猶弄絃索

水調歌頭 榆生示忍寒詞藁題贈

契闊復東會雙鬢已先皤太行歷盡危阪艱險未云多遠望海東
千里中有修鯨掉尾誰唱定風波漸覺素秋近白露下庭柯 寒
可忍哀可制且婆娑子當為我擊筑我為子高歌鐵板銅琶聲沓

柳愚周情亦好相娛醉顏酡但莫論興廢問予意如何

浣溪沙

松竹亭邊扇影涼芰荷風裏茗甌香浴波鸂鶒總成雙　有限烟

花供繾綣無情日月太奔忙問渠何事滯他鄉

古傾林

點染瓶花暖回林酒簾裏春先到纖纖玉指朱弦細撥偷理相如

琴囊歲華荏苒潛移離鶯已老風颭弱翼翩如逝鳥一別千里從

此孤鸞掩鋌　算可有方壺圓嶠漫長想琅玕芝草祗自檢征衣

裁縫鍼綫舊事同迴繞匆匆幾日歡笑換得悽灑滿丹楓牽恚遠

道立望四野歸鴻聲杳

采綠吟（夜泛因懷蜀江舊游）

淺碧琉璃展記遙綠柳礄花谿蟬吟密樹雨催輕舸風透練衣晚

穿蓮葉去篷窗底譜屢采綠新詞阻清歡空回首前塵如夢路遙

歸臥小園中躬耕願灑畦烟圃堪計鼓角咽嚴城又禾貌衛闈

悵如今心渺滄波千縷網無人贈西施涼宵迴殘月櫂迴鷺鳥亂

飛

生查子

黄楊厄閏年，故舊傳聞語。怪道去年来，葉葉含辛苦。　何時葉得饞魚工，青松樹只恨。結同心，不在西陵路。

鷓鴣天　病起即事

小病新瘥興瞭空，驚雷忽欲破窗飛。起来覓手揗闌處，又見林陰閃夕暉。　天道遠，世情違，祇應寥落掩柴扉。壯心贍未消除盡，閉看孫兒弄戰棊。諸孫方以陸戰棊為戲

雙燕兒

紅藥臨砌夭斜，晚風動裊枝花。依依折斷含愁，寄與何處天涯。　幾番待寫金箋句，笑凝情都付誰家。相思未減，可憐病裏減盡才華。

滿江紅　用耆卿體韻

五　豔質奇容，被天遣、柔絲縈繫。從頭想、幾般甘苦，動人情味。這般此相憐相惜意，問中心蘊結何年始。萬千遍、輪轉碾迴腸，添愁悴。

拚一醉爲佳計依舊是醒醒地長宵數更籌枕頭沾淚縱道得本無些子事也不應便恁輕拋棄算更無別語寄秋娘歸來是

夢仙鄉

芙蓉仙子嬌顏靡理風掣動五銖衣袂高處白雲鄉無翼借鸞皇

凝眸非煙非霧魂來夢去都莫管幾番離聚生死兩情牽惟種後生緣

踏莎行　七夕

露滴瑤階機停錦字無言佇立空垂淚如今不是阻銀河迢迢碧海無窮際　積思難銷深盟轉悔不如飛伴寒螿隊緑腰按拍舞霓裳月宮尚有迴旋地

四園竹　爲沈玉清題琅玕館修史圖

玲瓏翠玉面面繞庭柯偶憑妙蹟閒勘勝流盤礴摩挲簾暗垂交四壁香薰錦裹此中宜對修蛾夜如何燈前細點丹黃蟠胸自有山河正伴寒螢碎砌如弔興亡按節悲歌情未可歎鳳德露襟淚更多

雙頭蓮

百尺高樓，兩行低樹，風捲翠簾，枝搖斷影。點滴露痕冷浸彩鴛雙屐。夜游適。滄海波深，蓬山烟暖，蓮菂暗枯，蠶絲自繭。只隔片時，不許舊歡重拾。漫追憶。秋氣森森，感平陽孤客惱。月閒階采蘋荒岸，漸覺帶寬腰窄。詩題斑管，恨譜瑤琴，拘伊未識。待相見，指菱花數，且看顏色。

踏莎行　和白貞

燕宿空巢，魚沈尺素。山長水遠人何處。高梧一葉墮秋風，荒苔滿院滋新雨。　伏枕淒迷，倚闌凝佇。愁城深鎖無朝暮。早知離別恁難堪，當初只合相從去。

解蹀躞

市遠蜀聲都靜，夜半傳歌舞。未殊巴蜀，關山久行旅。因夢石棧天梯，小樓影事，朦朧語低心苦。　悶無緒。誰道纖纖微步，江濱又奇遇。乍驚涼濕單衣，灑塵雨。此度青翼飛來，可容蕭韻，殘時載將同去。

六

南柯子

翦綵裁花勝，分籌鬭玉鍾。飲闌潛遇曲房中。四壁錦園紗護覺春融　舊地千回過，前歡一埽空。背人殘月照疎櫳。只見當時一架小屏風

醉紅妝

花柔玉靚出中門。纖茸衫，繡領巾。逐時妝樣恰宜身。蓮襯步，起微塵　華堂謌酒寄園春。竟無計，駐征輪。鬢影衣香千種好，終不似，那人人

臨江仙　貞白有感舊之作，依韵和之

寂寂鶯辭故苑，淒淒蛩訴高秋。梧桐院靜獨登樓。繫書鴻北嚮，照影月西流　髣髴褰帷一笑，依然翦水明眸。單衾轉側想嬌柔。莫辭今夜夢，添作異鄉愁

望遠行

畫闌徧倚，行人遠，怊悵新秋天氣。小雨收虹，金風搖柳，一霎暮天如睡。迴顧蘭房空，拋綺枕，忍憶舊情。香銷燭灺，夜漸深，殘葉敲窗

耿無寐　愁睇唯隨盈盈雙淚甚年載不成歸計暗洗手偷下金
錢其奈禱辭虛費待看東海栽桑怕道久後地老天荒難記誓高
歌狂飲暫圖歡醉

點絳脣　夜歸車上聞歌作

珠箔飄燈獨歸仍是淒涼夜舞酣謌妃底處閒臺榭　少日狂情
不惜冠釵挂今都罷玉簫殘廢心字全灰也

清平樂　嚴孟繁以先德毅之先生所畫梅花水仙扇面屬題毅之號天隱子明嘉靖時人

格蒙先答此意誰能剖巖石湖波供枕漱魚鳥翛然爲友　遁仙
標格猶存況是丹青絕倫留得一花一葉千秋長護靈根

佳人醉

宴語顰顰小靨妝罷脂勻香細乍曲彈流水朱弦高韻散蕩空際
舞袖翩翻又素雪隨風飄起傳階砌　衆中遙指堪羨娟容柔情
天賦曬笑殊來里眇含睇如愁如寐繡枕厭厭多倚

雨零鈴

殘燈明滅況淋鈴雨倍感悽絕鴛衾鳳枕拋躲無憀賴處含情凝

七

咽獨把㩳容細着問何事輕別驟夜半驚起徘徊樹樹秋聲散空闊　扁舟經往如超越數此生那復重相匹鸞鑑秖餘孤影羞指看幾莖華髮兩地縈牽難道前盟總是虛設料想被無限風波誤了歸時節

酷相思

摘盡殘荷愁不語試滋味憐心苦悔前度離筵難自主潮信是誰人去花信是留人住　曉月迷濛江工渡滴淚看分流處到今日沉吟嗟已誤相問也書無據相見也歸無路

促拍滿路花　和清真

瓶花借水妍簾竹驚風破熏鑪沉麝屑延徽火單衣覺冷更著鴛衾裏看看黄昏雉酒病相兼夢回還又思卧　頻年游歷勝會清江左如今贏得是雙眉鎖拋人去也薄倖饒誰過不須寬苦我識面之時是你先有心呵

洞仙歌

燈下任自拈象管消得旅中愁緒記駐馬門巷墜鞭津侶驚逢漢

渚盈盈女甚便展香衾同倚不分朝暮漸綠盡一院陰陰芳樹
年苦每祇為暫時分手淚花濕枕指約三五歸期已早背人凝佇
相偎先未論心素但細數郎蹤聞道尋常游騃便自有閑心百般
嬌妒此情念否頓隔海天深處蠻荒任怕佳景也成孤負

聲聲令

花明繡戶香滿雕櫺嫩苔鋪徑綠毿毿芳辰易逝動驪歌酒頻添
看黛眉微鎖兩尖　孤館經秋龍鳳管不曾拈夜來庭院雨簾纖
懷人遠道恨深時病相兼又怎禁寒意透簾

鳳凰閣（用葉清臣體韻）

記花籬栽就春如繡幄玉人雲髻簪紅萼怎向尋桃問柳郎心
輕薄故意把芳盟誤卻流光如駛早又驚風動幙可憐人更怨
離索秋到也這些時客睡難著枕上聽梧桐亂落

尾犯（和夢窗甲辰中秋之作）

步繞燭房空遼海雁渧難問音息秋氣蕭寥有吟蛩諳得邃桂影
冰奩乍啓汎絮花瑤尊共拭注車驪會忍看片時風起蕩塵跡

八

曲闌依舊在，映月黯黮油碧字刻叢篁想盟言猶識最堪笑阿瞞
情苦世緣深仙雲夢窄繡裳霞精舞罷細腰誰能惜

虞美人

繞階苔徑尋綦迹短短銀牆隔木犀開到二分時可惜閒房深鎖
繡簾垂　登筵果餅圓如月共道團圞節素娥偏慣別離愁又是
一年寒雨度中秋

蝶戀花

憶昔天津橋畔路為送行人折盡黄金縷跡似浮萍無泊處廿年
始得重驩聚鈿約釵盟心暗許略略相親早被旁人妬諜謬偶
傳鸚鵡語迴身障面羞徵覷

木蘭花慢（沈柏寒臨大癡富春山圖長卷屬題柏寒六十後始學畫）

指淩虛秀起乍驚認富春山有疊嶂縈迴疏林蒼宕流水彎環荒
灘坐垂釣處總一時移置小窗閒展卷不妨臥對舊游如可追還
　前賢勝蹟凋殘空悵想劫灰寒藉粉本鉤摹恍然再覩千古雲
煙參禪悟真畫理笑昔邪猶是近中年（金冬心五十學畫其寫佛像者自題昔邪居士）推

許吳興同調更添翠竹千竿沈尹默亦六十後始寫竹

秋蘂香

潤熟香拏滿錢斂了粉痕勻面殘風嫋嫋度庭院菊蘂黃勝平聲數

剪

南樓盡日探歸雁鳴聲亂疑憑雙羽寄書簡還恐郎情久斷

惜奴嬌

籬角黃花勸日向西風醉驚心又重陽節底自怯登高制下住登高滅迢遞恨滄波留人萬里三徑將蕪怎忘去聲了歸來計人生悟流行坎止試託無弦要領取琴中意愁悴金井冷闌唬絡緯

拾翠羽

秋色橫空霜氣漸凋園木正呼聲雁行相逐頻年去國北渚悵闌誰肯念天外有人憔獨寸寸光陰飛電逝波同逝恐他時冶游難續邯鄲炊黍不關榮辱倦夢回猶及桂花殘粟

河滿子

彩筆閑題秀句金徽暗澀華年可惜歡娛纔幾日無端春思縈牽杏靨銷殘紅粉柳條飛飛輕盈　極目雲山北向驚心道里盈千

九

那日臨歧斟别酒，黯然相對無言。願得一聲河滿，長教淚灑亭前。

踏歌

隨葉共蒼落鞭襯尋幽屧手光迅早過陽春節甚秋蟲也替人鳴咽　乍别記淒寒催送征車發悲笳和一曲驪歌闋似蕭蕭易水風淒冽　襟袖冷懷刺滅朝連暮望眼都成纈始知舊來情總是虛言說待他生更訴寃結

金縷曲　壬子招飲凱歌歸酒樓越日北返開緣軒送陳同甫韻賦贈

往事君能說少年場自呼青兕比余諸葛姻婭何須論瑣瑣肝膽交傾久雪恨種種今餘華髮河北江東三千里望故人猶似天邊月驚歲序秋蕭瑟　重逢莫道心情别看依然躊躇攢巒氣吞六合太息人間春閨夢無定河邊戰骨要手還橫流中絕明日歸來期痛飲凱歌聲和以叅差鐵歌未竟管先裂

齊天樂　落葉

洞庭波起寒生徧天涯自驚秋早綠斷平蕪霜凋離樹不礙高樓凝眺千山徑消想磴曲潛埋斧斤難到賸有喬柯亂撐枝幹上雲

表。深閨還動羈思。月光飛下處。偏見弧皎。鵲噪空槐。螢啼金井
都入琴弦淒調。蘭釭燄小。聽颯颯聲乾。透簾風峭。為感飄零半牀
攤未掃。
一葉落
一葉落。西風急。遠人似葉更飄泊。露零履齒寒。徘徊闌干角。闌干
角。影動秋千索。
點絳唇
海客談瀛。赤城霞氣長籠罩。百花千草。風過渾如掃。冰蘼漿寒
誤向雲英討。況吟道。玉顏空老。何必仙山好。
夢行雲
畫樓漾珠箔。良宵約。心自覺。風欺暗徑。面旋（作平）楊花落。麝煙飄散
銅荷冷。低頭佯聽著。舊情已改。空牀難守。朝雲夢醒。更怨飛鴻
成字。遠書可能託。鏡中顏色。看看瘦。始嗟真命薄。
鎖西（和友古詞韻）
絲絲梅雨。滴梅心酸。透情深處。話中微漏。年光久。恨奔車夜驛。聲 十

捐晨江長斟别酒從來未諳歡偶，賸今後迴文詩韻隨清才漫闌，盡消得沈郎腰瘦幾千首，看鍾王妙格周柳新聲，無非道舊歡，伊暗藏懷袖。

玉連環

行雲易逐飄風散，玉觴催滿不須啓，恨即分離，恨只恨相逢晚。留贈錯金衣，翦報君團扇，亦知秋扇有捐時，慎莫翦恩情斷。

金縷曲 敘甫游吳歸以詞見寄有耶大壯自沈語次和一首

歷盡巴渝路，最難忘論兵煮酒，竹樓高處竹樓在北泉，歸到東南翻索寞，来往都無舊雨，更飄落吳江如舞，絕似靈均沈湘恨，數從来還合皆天數，魂躑躅，江之滸。小山佚思誰能補，賸傷心閶闔宮畔，苧連荒楚[illegible]霸業銷沈千年後，尚喜一丘名虎，休便道山川非故，亂石崩濤驚人句，看蘇公詞筆驅今古，我只合

女郎譜

夢玉人引

試登樓望遠，林凋暮雲積，頓惹離情，故人斷無消息，服藥求仙謾

旨今能駐好顏色迴巒扶桑又荒涼斜日　萬言千語訴衷腸點
點淚露臆剩粉零脂袖間尚留餘澤人在天涯應知長相憶料伊
行縱思歸不會此時歸得

江城梅花引

朦朧殘月隱雲梢度寒宵憶春宵春色招人聯步百花橋可惜歡
娛隨漏促乍風起捲胥江催怒潮　怒潮怒潮送征橈鬢暗凋魂
暗消去也去也去則是煙水迢遙海底千尋何處覓鮫綃泣盡真
珠尋不得人睡也夢相尋第幾遭

檐前鐵（古今詞話載此調而佚作者姓名余謂其能以質直之語寫沈咽之情感而和之）

冷風吹葉下空階蕭蕭未歇動窗櫺積網落蟲絲渾似亂愁縈結
黃昏近寒螿語恨只助人悽咽　無聊甚數歸期又指金錢重跌
織情處剪紅箋紙都成血荏苒秋冬越越悶人時誰為說

十一

右宗周集

夢秋詞卷十　汪東

起庚寅冬訖辛卯夏

無悶 初冬大雪寄訊粵中友人

寒積庭陰，風戰碎葉，樓角黃昏獨倚。悵望絕瓊華，醉魂愁死。忽見柳花飄灑，誤記得、吟邊迴春意。灞橋鞭緩，孤山棹冷，釀成清思。　天際故人使，對舊苑蒼茫，幾番凝睇。料須許疏林，未堪裝綴。偶化尋芳曉蝶，莫身到、瑤臺忘塵世。倩夢裏、飛過羅浮，又值翠禽酣睡。

玉燭新 園中臘梅將花，紅梅亦初蕾矣，用清真韻

牆根新雪後，乍偃蹇寒梢，琲珠勻就。故燒絳蠟，循階看、詞許春光先漏。佳人插鬢，每頻著、犀梳相候。衝凍去、親揀高枝，霏香亂霑衣袖。　含章睡近雕檐，問點額妝成，更相思否。翠蛾暗鬥，輕盈處、未比玉奴纖瘦。江梅早秀，祗贏得、行人回首。愁聽取、橫管悲涼，黃昏自奏。

浣溪沙

去歲稱觴近玉顏，今年飛夢阻千山。蕊珠宮闕有無間。　不信使

成生死別祇情長覺笑啼難一鐙挑盡夜漫漫

望梅花

故園花事待平章甚獨客漂流江上小海閒歌空斷腸　梅縱壓
低牆昨夜風吹一陣香簾外月如霜

贊浦子

緩帶垂鴛結低妝薦鴨罷粉褪腮痕淡脂香口氣融　正擬閑情
有賦豈知夢雨無蹤夏雪冬雷震期歡得再逢

戀香衾

暮色蒼茫淒風緊久佇立遠睇關山記共當初把著人瞞手摘鮮
葩作盟誓似這箇枝蒂相連一霎落花風起兩處飛翻　到此真
成淚籌佈袖摺裹淚點成斑鎮日連宵一味摧殘便則今生不重
會難道也簡札都捐想伊憶著前事怎地心安

早梅芳近　和清真韻

粉渦圓雲鬟繞鏡匣揩明沿響花匀穩簡影徘徊試撥笑稍嫌金
釧重更約絨衫小歎妍姿惠質妝罷共稱妙　歲將闌宴易了揮

手。休重道。麼飛官路、堠轉荒城、破寒曉。怨懷添蘊積、淚眼羞憑眺。悔當時、聚散何草草。

蝶戀花　衰柳和清眞韻

百草千花零落後、無復清陰、搓曳穿虛牖。折得枯條頻醉酒。歌時曾近纖纖手。插向膽瓶寒不遠。忽訝生稊、漸比眉痕秀。心到江南人北首。玉關風物應非舊。

十二時

晚來時破櫺風急、城上嚴更方始。獨背地思量前事。那日匆匆分袂、記曲闌干、臨窗几硯、誓不曾重倚。燈焰滅、劃盡鑪灰、被冷枕單、欲睡偏還驚起。天漸明、曹騰一晌、愈怯十分寒意。卯酒甫醒、斜暉已散。鎮日厭厭地。驀見伊、影在搴帷、又似夢裏。便細書紅箋疊句、訴與覊人愁思。待得歸來、重諧鴛侶、又早經年歲。十二時不斷、心腸恁般牽繫。

破陣子　人民志願軍赴援朝鮮大捷爲之作歌

假道敢欺虞國求援亂哭秦庭誰道春秋無義戰試看中邦多俊

二

英高呼霽請纓。守似閨閫靜女，攻如搏兔奇鷹。旋旆忽從天上
至，鼓角還聞地下鳴。須臾收百城。

眼兒媚　和梅谿詞二

別時梅萼正含春。騎馬踏香塵。年光換了，重来南浦，愁望西津。
縱饒別有，紅窗伴覓，貼可無人。傳言信否，褢腰寬褪，眉黛長顰。寄贈

隨身雙珮，刻鴛鴦分，貯鏤金箱。三生願結，敲殘清磬，爇盡沉香。
不成天意，終相抛，欲斷已無腸。年年最苦，春心寥落，春物繁昌。代答

一落索　和清眞

眉眼天然含秀。看花微皺。花開今日為誰妍，管更比、腰肢瘦。情
極轉憐難久。嗁痕先有。欲從門外覓游蹤，但只見、蕭蕭柳。

玉樓人

一樽重泛宜春酒。爭奈向、情懷異舊。長宵捹著無眠，不堪聽、簷際
雨溜。癡心屢把支占叩。最堪厭、卜著啣嚠。道伊来則須来，怕難
期是甚時候。

紗窗恨

團圞桂影依前好，一輪移，可憐來向房櫳照，是空幃。別離久更思君切，仗角聲吹落清暉，免使旁人見瘦容儀。

蕊山谿　和清真

重簾露霧霏香陣，素面淨鉛華，自天然，融朱膩粉，朝來睡起約略淡妝梳，嬌鬟了，整釵勻，珠衱腰身穩。　高唐雲散，此意誰相問，朧破漸春迴，探從頭，幾番花信，羣芳徧數，來並玉人看，蘭氣味菊精神，兼勝江梅韻。

風入松

無憀重入少年場，猶解作清狂，沾脣莫厭傷多酒，好花開偏近離觴，惜別風催燕翦，留人語囀鶯簧。　此生有願可能償，寄意更須商，相攜築屋西湖畔，待題名深柳書堂。階下不除青艸，門前只種垂楊。

百媚娘

珠幕綺筵圍繞，箇裏有人同笑，髮秀被肩蛾淡畫，曼睩膩顏尤好，憶滿院紅芳爭比，貌連夜都開了。　疊砌紫苔錢小，不放履鴛重

三

到一晌幾曾親夢見，傳信也無青鳥。樂事盡隨枝葉槁，花經空如埽。

鷓鴣天 休寧胡氏女適婁邑薛士佶，半年而寡，撫遺腹子文衡，女紅課讀，及見其成。清光緒二十一年卒，年七十六矣。文衡追念母氏，繪寒窗鐙影圖以示後昆。越五十餘年，貝子綺章乞題，雪夜忍寒為製此辭。

展卷淒涼思不任，恩慈腹育古猶今。忍看嫠婦孤兒淚，寫出丸熊劃荻心。風樹句，蓼莪吟，寒窗燈火課功深。一燈便是長明餞，窗外漫漫更積陰。

獻哀心

記酒邊花下，春意方濃。花比艷，酒添紅。恨美人情薄，難挽游蹤。從此去，千里道，一江風。朝霧冷，暮雲重。海山深處鎖瑤宮。問別來歡事，還與誰同。音驛斷，魂夢阻，兩忡忡。

臨江僊引

倦客異邑，臨曠野，立斜陽。嚴冬景物淒涼。過斷墳翁仲下，荒壠牛羊。支茀眺遠，漸晚起，尋歸路，入蒼茫。

因想征人何處宿，空拋繡戶蘭房。對故山雲暗，念遼海波長。暌離已向歲盡，更堪此際情傷。

眼兒媚（風雪閉門雜讀前人小說記載怨有所感因和徽宗北狩詞韻）

瓊枝玉樹競豪華國破更無家明妃幽恨環兒私語都入琵琶

崢嶸殘歲相催逼飛雪似龍沙朝來驚看穿簾疏點偏學楊花

石湖仙（雪後數日榆生以盼雪詞索和稍更其意仍次韻）

鐙搖徽炷聽風裹寒聲簷際時度誰念客中情盼裁縫征衣早絜

踈霙飄散漸訴撲隔隣荒圃凝佇看叢花取次爭吐豐占頻謀

墜塵未須誇瓊瑤綴樹纔挾三軍抵得橫吹歌譜一紙傳鈔一篇

先覩好賡枚賦同起舞光輝照見眉宇

慶同天（申江歌舞之盛不減往日感作）

舞擁嬌媚擫天歌吹同樂昇平陣雲如壓天外遠簇旂旌望邊城

高臺影落滄江畔流波轉直使征夫見因悲異地光景入新年

幾人旋

夢還京

畫圖纖容展看燈下暗凝思口約難憑臂盟尚在人隔蓬山望斷

千重雲水杳無際　歡去匆匆最憶舊日送行東

四

驛柳黃纔可簪

鬟。共贈甍。柳眼枯後歸至怎經歲僂指結盡千條恨有夢重攀醒来更分兩地。

浣溪沙

蛺蝶穿花漫作雙。不應花後便相忘一春光景費思量　錦襠橫陳陽醉酒羅襦偷解暗聞香此情難道是尋常

減字木蘭花　題陳郎曾墨竹卷

宣南舊事。結社相親吾與子曾到槐堂老樹參天竹映廊　湖州逝去。遺墨千年留矩度展卷先驚颯颯風從紙上生

蝶戀花　立春日寒甚用清真韻

閉壁鑪簽書藥屋。心字燒殘故故香侵袂。窗外沈陰風又起簷聲聒碎離人耳。誰道南中風土美流蕩冰澌未化銅壺水一自佳人棄別淚人間那復知春意

鷓鴣天

醉魄離魂不可招。未甘憂落度春宵。杯盤強共風懷競顛鬢還從日曆銷　花破蕊柳含稊。章臺處處見新巢。獨憐黃雀何心意斂

翅低飛入野蒿

醜奴兒 冷香閣用清真韻

一丘古盡銘山美霧閣風軒鶴訴高寒合與林逋結淨緣　香浮
酒殘深深處酒映裳顏雅稱朱欄幾點疏花帶雪看

東風第一枝 梅閣憶揚園舊游

小閣寒侵迴廊礎潤東風不斷吹雨故園芳息初萌隴驛去程漫
數籬根昨夜看照水一枝先吐漸覺有春氣熏人蕩漾半簾香霧
　應夢到舊家林渚還頓憶舊時伴侶徑藏曲似蛇蟠樹密暗鶯
鳳翥吟懷再整忍負了尋幽佳處想那人徙倚梅邊緑萼更羞半
度

繞佛閣 和清真

暮寒未歛烟霧似幕深閉書館良夜偏短瘦簝尚閃餘光照帷幔
　淚尊自滿閒念舊景人共天遠江路紆婉片帆指向南東卻遙
岸繡閣送行日為補征衣拈綵綫情話背人佯羞低粉面奈唱
罷驪駒壺漏催箭此生難見恨瀚海波翻魂夢零亂理相思寸箋

五

愁展

塞垣春 和清真

亂碧鋪新野漸暖潤輕貂卸風簾欲啓靡煤先燼心緒難畫爲憶
人變盡頭絲也更血淚頻揮灑繫蘭情紅箋在疊成方勝誰寫
長記綺窗前清才鬥詞韻騷雅送別已經秋但懸望朝夜怕題將
錦字封寄厭厭坐石欄桐陰下竹葉正堪飲悶來還獨把

虞美人

碧羅芳草交如織因想羅衣色雙魚有日到天涯爲報尋春燕子
已先歸　春花開落無人賞忍聽前溪唱欲憑樽酒遣離憂恰似
抽刀斷水水還流

鳳來朝 和清真佳人韻

淨洗芙蓉面曉籢開黛未試徧任苔黏屐齒飛花亂後院裏數回
見　一旦巫峯雲斂海波深路隨夢斷便肯爲伊都拚怕不及舊
情暖

看花回 雨中集紫蘭小築觀梅盆景尤佳絕歸用清真韻作

數株垂柳如絲映水鮮潔細雨乍飛又止誤茸帶橫空枝幹交結
亭虛步窈藤杖欆藂穿徑滑凝翫處玉蝶輕盈翠虬浮動兩清絕
玉蝶梅花名配以古松　無許引匆匆歲月又了卻半春佳節唯有幽思怨
意甚滅盡還生酷似僧鬟迢遞去驛分付逢花休便折見花枝淚
如雨自覺心情別
品令　題扇用清真韻
四園虛靜竹窗下風飾簷影腸斷日日春歸近亂紅雨墜簾外霏
香陣紈扇一枝聊寫恨代江南書問背鐙重檢鴛鴦印夜深人
定前事思量盡
水龍吟　詠柳和清真樂府韻
禁煙時節猶寒渭城可似章臺地攀條送別傳觴歌恨游驄引避
漢苑全荒隋隄非舊深宮門閉想繁華易歇風飄露灑青青眼都
含淚　轉憶邊頭塞底綠成陰幾行笳吹鶯啼不到花飛欲盡鄉
愁暗起舞困腰肢鬥將眉嫵那時情意歎風流張緒如今老去更
誰堪比

六

迎春樂　和清真

霞明綺户雲生屋，說情事耳先熟。恨人間歲月波流速，除燕燕雕梁宿。　班几新詞同箇束，又愁見垂楊初綠。萬一許重逢，須信道身如玉。

滿江紅　楊花用清真韻

接葉陰成，亂飛絮荒園自足。渾不似萬紅千紫，被春拘束。曾記長安三月見，白蘋風起香沾肉。怎似花還道似非花，空飄泊。　身世事，萍壚卜。遺跡在，清池曲。忽隨風飄蕩，又過鄰屋。黏蕊浮輕疑蝶粉，綴枝顫裊驚鴉宿。笑女伴指點當流螢，和衣撲。

憶秦娥

去去此別何年聚，蒼茫極目烟濤萬里長。時行時坐頻思憶，直到紗窗黑。愁深誤剪燈花斷了心。

憶少年

歡情幾日，離情經歲，春情無著。嘵鵑縱相勸，負花前期約。　雨後秋千閑罥索，恨清明客中過却。楊絲更牽繫，奈夭桃輕薄。

金縷曲（爾敦甫郎用其重到蘇州韵）

有筆追韓柳。問當年、高文典冊，竟成誰手。覆轍相尋今古事，一例雨儂風僽。四十載、勤勞奔走。世界終淪成壞劫，似烟雲、過眼休回首。春正好，且相就。

與君患難過從久。算平生、丹青詞翰，篋藏都有。勝侶星流須臾盡，寥落幾人知友。祇喜得、壯懷依舊。笑睨滄溟同杯水，蹴崑崙、纔比沙間阜。澆磊塊，可無酒。

占春芳（垂絲海棠一株豔絶）

花剪綵，綵垂縷，一樹映窗紗。莫道無香堪恨，最憐秀色穠華。

帶雨極天斜。似臙脂勻澤腮霞。美人初出華清浴，猶是輶他。

金盞子令

清晨霽雨，驟看春漲、已平池。亭軒四矚，有繁櫻照眼，桃李紛披。

黃鸝紫燕來去如織，共賞花時。到晚來、湘簾半卷，挂綠楊枝。

玉山枕

霽景明媚。畫闌檻、慵孤倚。燕樓舊字，鸝喧午枕，隨分游觀，萬感交

七 起。去年相並小樓中，正爛漫、倚紅偎翠。窺曉妝、羅幕風輕，鏡奩開

寫春山眉意　臉霞微暈羞桃李恨芳節凋謝易渭城餞別河橋
眺遠海思雲愁浩渺千里亂花飛絮極飄颺料都做雨邊清淚揀
垂楊手結烟條萬千絲祇情絲難理
南歌子鷄雛有詞見問次韵答
世事紛如弈愁心亂似雲此生誰道不逢辰略比前賢出處感辛
勤　潭水還成詠江流直到門懸知荀令羅香熏也共劉郎垂老
賞奇文鷄雛別有句論余詞云蠟淚蠶絲消費盡不辭垂老近辛劉
點絳唇還家作用清真韵
祓禊人歸小園已變青蕪地片紅欲寄誰識閑坊里　唯有流鶯
宛轉知人意臨分際為沾衫袂嗁濕風前淚
浣溪沙海棠半謝日日繞花成詠
水竹三弓得地偏一株艷發小樓前殘妝半卸尚嫣然　連夜更
持紅燭賞任教喚作海棠顛放翁元是地行仙
過澗歇
離緒算去年此際揮手遄征未抵今年離緒暗風雨鎖日飄花韡

柳斷送春歸去任念遠寂寞無人閉朱戶　堪羨營巢燕宿呢喃更雙語問伊何事拋人恁寃苦山枕雲屏麝粉唇脂有分重見與把往事從頭數

丁香結　和清真

金井生寒蘚階鋪雪枝動亂花飄隕恨景光流迅焙麝屑漸覺難銷衣潤舊情勞暗想蘭膏炧倦睫更恐推衾頻起永夜坐等銅壺滴盡　風引似望裏仙山誤卻紅圍翠陣語掐新篁詩題片葉但留微暈閒道歌罷繡席蠟淚堆盈寸憐羈人誰伴祗為相思瘦損

錦帳春

淺畫雙蛾屢親杯酒記深閣相逢時候錦屏空羅襪遠甚驚鴻賦就轉添僝僽　隔歲重來好春難久但門徑依稀如舊惹鞭絲縈客袖是那人去後一番新柳

宜男草

曉日天風亂雞唱倚層霄危樓千丈念遠人極睇滄溟心恐從此扁舟長往　西家貧女嫁鄰巷小闌邊晚春同賞私告數刪去將

八

離應喜堦下宜男草長

清平樂

飄揚柳絮耶識春歸處欲共酥醿商去住教翦風藩護取　迴思
夢緑蘭香也曾占斷年芳天與蝶蜂情性一生長為花忙

倒乘柳

曉烟兼暮露誤芳游闌次第但重門深鎖譜盡客中味平陽聞笛
夜蜀道鈴聲裏淒涼千載苦猶應難共今比　輕將連理萬水千
山分兩地不覺歲時遷怨憤情誰寄秋娘一曲長想君能記花開
須折對酒休辭醉

掃花游　和清真

柳陰四接乍斷港通潮晚連淮楚又牽恨縷記華堂宴席霽腰怯
舞事與春空袖底鸞烟瘴雨挂帆去夢一髮黯青天向低處　盟
誓心久許素緑暗苔谿草迷宮路脆圖鷰俎並江梅秀格總歸紈
素未必佳人會得相思意苦夜停琤擁單衾細聽更鼓

海棠春令　立夏薦櫻桃感寄是日寒甚

驟疑西蜀箋籠至，感身受飄蓬。況味細雨濕簾旌，歸燕知寒意。玉人拈著和愁倚，想紅豆勻圓，正似碎卻赤璣盤瀉，作燕支淚。

好時光

小院紅芳開遍。閑鏡砌履苔茵。花艷不如妝淡素。休誇百態新。惜取春日暮，泥飲罷酒微醺。手裏瓊鸞鑑，側面粉重勻。

蠻女怨

落花千片紅似織，血染沙磧，擬鸞絃，傷促柱，美人離緒，漢江飛雨濕旌旂，燕南移。柳條烟縷如舊樣，婀娜相向，燕銜書，鯨跋浪，征夫無恙，碧雲含恨傍高臺，不歸來。

憶王孫

涼潤單衣落濕塵，空費盡沈香烟縷。枉言時節是清和，但日日風兼雨。潮嚙沙痕過淺渚，看便有游禽如許。錦鴛千萬莫成雙，怕愁殺溪邊女。

感皇恩　用蒨貞韻

九

露晥晚風清花間私語別後如花向何處班藍櫻筍好景嘉辰輕
付試將蓮子剥心中苦　凭高望極迢遞雲路千丈晴絲亂幽素
舞衫歌舫酒熟秦淮邀渡得錢須痛飲休論數

歸朝歡

萬緒千端那可說黯黯銷魂唯是別琵琶馬上作邊聲明妃遠嫁
尤淒絕古今同怨結擘釵分鈿盟空設指虛無海山深處湧見金
銀闕艷質輕盈膚似雪下望塵寰淚凝血欲將碧海比深情量
乾海水情難竭夢回添哽咽夢中猶許魂飛越漸看看曙光分乱
簾外掛殘月

酒泉子

書杳信沈轉眼已過三月井邊苕枝上葉綠愔愔　玉驄嘶向天
涯去寂寞空自度掩蘭房消蕙炷恨難禁

舍北舍南忙殺幾家桑女采桑條盛滿筥怡初蠶　繭球莫便繰
成雪願伊身化蝶玉關遙遠海闊可能攔

喜遷鶯　集柳詞

空憐愛細追思何處是前期美人纖手摘芳枝比並不如伊　望
江關臨軒砌漸晚雕闌獨倚忽憑歸雁寄芳音兩處一般心
惜尋芳
乍晴又雨孤館羈心長似中酒綠暗軒窗還記去年時候翠沼
澄鮮波自滿紫藤夭矯枝相糾恨因循放韶華過卻淚痕霑袖
夢不到巫山十二神女行雲休更回首帶眼都寬甘願為伊消瘦
玉札空隨香篆滅寶釵猶劃鑪灰舊傍妝臺問何時共舒眉皺
沙塞子
病起渾忘梳掠推枕坐倚闌愁極望亂煙斜日送孤舟　殊域飄
零滋味椰子釀荔支樓多謝桃根傳語早歸休
珠簾卷
拋絃語掩衾鴛雲鬟墮枕徹偏風起簾鉤相觸無端驚晝眠　春
暮已傷搖落臺高不覩嬋娟煙水盡成孱僝愁似水夢如煙
殢人嬌
暗地深情未料逢歡此度怎能禁一番離聚東風無賴儘漂花吹

葉膓斷是千種萬種只怯　曲苑重來小樓深處依稀見端人嬌
嫵連環難解問兩心同否遲後約何時更教儂訴

右儷德集

夢秋詞卷十一

汪東

起辛卯夏訖冬

連理枝

憶過尋芳地朱閣重門閉淡拂修蛾輕勻笑靨妝成斜倚愛小簾銀蒜鎮雙垂纖湘波細細　忍道歡娛易暝色連雲際水驛山程迢遞去國永分連理到此時空對石榴花想羅巾暗記

浣溪沙慢　和清真

辭石護徑竹亦亭堆盤果翠陰翳日榴綻交枝火時序暗易不肯留餘柔涼後窺窗鎖慵困眼揘松寶釵斜鸞欹鳳嚲　且休那這會少離多恨天邊皓魄人世夢緣好事皆成破遠道寄書誰許是真個及早歸來呵還怕約歸期一年年流光誤我

鷓鴣天　靜霞自杭州來見別後復寄詞次其韻

教誦新詞合眼聽何人能會淺深情夢游故國歡難繼心逐征鞶歲屢更　支病骨臥江城宵中漸見有繁星休嫌畏景初相逼北望長河正踏冰

長相思 和清真三首

引蓮觴采露房艇子橫溪波影長中含殘照光　淚滿裳無故香
明日征車侵曉霜徘徊溪水旁
花羣飛春又歸魂夢長愁被隔離高堂簾四垂　枕上啼君不知
桐葉新抽鵝護兒是君初去時
曉光浮烟霧收急槳斜飛送客舟有人還倚樓　洗香眸追遠游
汀草汀花亂似愁眼前都變秋

極相思 梅節氣候轉涼即事懷人偶用夢窗韵

壁紗題夢無痕釵股怨輕分餘香猶存綢繆細裹鬟髻嫣雲　涼
遠單衾驚夜起望天涯誰賦招魂綺窗開了疏星暗墮月色微昏

寄瓊林

休沐過良辰愛第一名園堪避炎夏步修徑綠竹影隨人鳳尾枝
枝瀟灑枇杷正熟飛鳥於金丸墜下更虛亭是處清香透肖風荷
相亞　何意重游向此頓淒然情緒難語暗想舊日攜侶伴盡留
連忘夜盟言在苦蹤杳杳驗遺迹淚痕霑浥怨詞欲（平作）盡香箋懷

還遭故人罵

梅子黃時雨（過某氏廢園半皆傾圮惟餘萼梅六七株猶映池側攀枝小愒如不勝情因拈此調）

牆繞冬青，記聯袂舊游，來問鄰里。許照水離披，隱枝酸子，低舫閒眠，消酒困，驟聽急雨跳珠，碎簾鉤起。夕照影流，搖漾青紫。休擬漁郎生計，歎仙源路杳，無處堪避。似去國蘭成，將愁料理。蕉萃行吟，嗟日暮，賦江南後才難繼。空迴指，碧澹晚雲千里。

厭金杯

驄馬晨嘶，珠簾暮捲。倚高臺、淚眸凝盼，蒼雲銜雨，卷地惡風吹楊柳岸。屈指行程一半。激箭光陰，錦函書簡。想唯惹夢痕零亂。出關幾處鼓角動邊愁，君不見蕭索塵飛日暗。

花中好

芳隄一行垂楊路，漫重繫莫懸舟住。綠荷葉葉盤承露，禁人似金縷去。情緣已分天相誤，恨蹤跡竟隨飄絮。浣花箋紙空留與，寫不盡傷心句。

木蘭花令（彩居三層樓工作）

二

驚風吹浪高於屋一髮遥山青斷續蒼茫時見海鷗飛宛轉蓋窺
梁燕宿　芭蕉漸漸舒濃綠慈蔽紗窗妨遠矚不辭更上一層樓
祇為欲窮千里目
鷓鴣天
水郭山村入畫屏香鑪棐几有餘清生憎舊燕無歸意卻把新圖
勘苔程　樣獨上夢初醒方回佳句擬重賡今年別有關心處梅
子黃時日日晴
劍器近前詞既成乃逢一日梅雨始知節候之有華也復作一首用懷古華韻
樓簷雨甚盡日飄蕭不住小樓靜無人處忍聽取　繞朱戶任竹
外斑鳩自語無端動人離緒又飛去　高樹簷濃陰近午游春事
往但記省蹀躞穿花絮荒階驚見繡苔紋望天涯故人未知今在
何許錦蓄千數未若陰晴到此終堪信據閑門寂歷朝還暮
散天花
荷葉荷花隔浦香花時曾共醼木蘭艭歡娛倘惜易斜陽歌殘人
去後不成雙　新醞濃醪醉百觴無窮心下事醾能忘沉吟別又

斷人腸。一條紅錦被，繡鴛鴦。

夏雲峰

徑幽深，迴廊繞，梧竹小院森沉。樓上倚闌佇久。稍遠江濤曉烟朝霧霏靄冷，灑落閒襟。更喜得翩翩過鳥，花外遺音。　別來是事驚心。舊游伴，一時分散難禁。唯歎歡蹤訊絕，鬢疑愁侵。瑩韉重剗鎖螯蛾亂目狂吟。奈苒苒嬌紅，姹紫都換新陰。

茶瓶兒

翠陰蒙茸閒杜宇。曉寒凝，輕烟如縷。千丈芙蓉浦，畫船風快，兩兩三三去。　怊悵重經游冶處，渾不見當時蘇素。待此休回顧，醉襟唬澆，閒殺西城路。

八聲甘州（江大鐵於無錫西谿築室曰芝蘭州堂，吳觀岱爲之圖，未竟而殁。吳門人諸健秋補成之，先後越廿年矣。大鐵與余不相識，因人之介以圖乞題，並刻印爲壽，感其意，述此報之）

記銅瓶曾貯惠山泉，瀟然灑塵襟。記湖山勝處，蘆蘯出沒，雪浪鋪侵。文記園梅開後，香氣壓千林。惟恨當時伴，沒個知音。　奕奕吾宗挺秀，愛雲龍星鳳（雲龍星鳳所蓄琴劍名），大鐵說劍彈琴。祇臨流小築東轍

三

杳難尋想西谿萬株楊柳比南湖還較有清陰應招我坐芝蘭堂
共話深心

憶漢月

新月一鉤遥挂枕簟漸宜初夜四園高樹靜無風碎冰槃玉珠璣
瀼　淒涼當此際河漢濶鸖橋休駕舊約歸期未應罷待來春綠
楊驄馬

醉桃源（二首）（和清真）

一鐙摇影皺深青霜刀裁素縑未秋先覺枕如冰打窗風葉零
戀局縮强飛騰癡魂成凍蠅爭鬪鬪嶠暗經行不知郎去程
朧朧灣月映寒沙秦淮多酒家壁閒狂草掃龍蛇留題驚物華
彈趙瑟醉吳娃織紅雙臉霞黃船歸去斗橫斜夢中聽早鴉

燭影摇紅（江陰夏慧遠集清末詞人唱和手稿裝潢成冊題曰刻燭零牋徵題爲製此闋）

今古詞人會心多在傷心處春秋花月等閒時已遣愁端騷況是
離情更苦擣征衣中風漸杵摩挲銅狄檢校滄桑嘅痕如許　傾
蓋長安酒邊共結知音侶戀闋密字付紅牙商略移宮羽轉眼箋

殘粉蠹。問何如平戎作，蹤吳鉤看了，萬里歸來，東郊栽樹。

玉樓春　日與貞白談詞極遍從之樂因贈

人生知己同膠漆，黃謂剛季呂交情非易得。少時鉛槧志窮經，老去風懷歌按拍。　周情柳思誰能識，為愛新聲浮大白。論詞若作主賓圖，我是碧雙樓上客。

側犯　感舊和清真韻

倦妝待曉，倚簾側坐窺奩靚。烟定，看睡鴨、熏香伴宮鏡。簪花露皓腕，響屧來修徑。風靜，但數葉、琅玕弄清影。　韶光逝水，雪涕如珠瑩。空自省，減才華、難比舊江令。夢隔滄波，瑣闥閒靜。愁聽蟋蟀，繞啼金井。

卓牌子令　立秋日作

池荷銷殘粉，池畔立、西風漸緊。無意畫出秋容，便任新月牽愁，暮寒欺鬢。　相思終不忍拌，獨對菱花瘦損。擬待小閣重憑，紫莢堪插，歸鴻定還成陣。

河傳　七夕

無語問佇叅珠龍非霧非烟望中玉臺金闕杳不通朦朧暮雲山幾重往事依稀猶在眼携玉腕再拜陳心願指雙星星又明滅情鈿釵盟此盟

望明河　七夕後

炎天過卻漸高樹亂蟬迎風鳴軋野色蒼茫眺遠郭近墟暮雲鱗合動搖疎星見似飛度流螢光斜抹乍凝恨天上佳期易失又驚初八窮邊戍笳聲市歎思婦怨女勞歌相答乞巧鍼樓祇冷笑世人盛筵歡皆昨宵神仙會縱肯向尊前留時霎問何似翻倒銀河淨洗四方兵甲

臨江仙

宛轉歌休子夜徘徊風度蘭薰遥天環佩斷知聞神方難駐景仙萬亦離羣凝滴鳳花殘蠟香銷心字迴文陽臺終古佇行雲近來長不寐那得夢相親

夜游宮　賦如清

拂鏡雙蛾自斂洗妝罷口脂微點直為臨岐背人見恨征車驟驄

輪如急箭蹋逆車輪轉更凝眺晚烟零亂欲問佳期共天遠繞
蘭閨剩飛塵留几面

擊梧桐

沉碧桐陰穿廊覆坐安憶佳人憑几和着朱弦自撚春蔥數曲宮
商相繼驚飛翠雀翩翩更聽瀟灑松風時起為恐高山未遇知音
又把新聲重理漸入秋來蟹枝如剪可惜風檣霜委漫太息龍
門獲薪譜盡孤生滋味偶拾階前片葉題將幽恨情誰寄最苦是
松琴罷奏茶烟還縈繫

賀新涼 颶風過後殘暑未盡用稼軒韻作寄怨社同人並述懷如社諸君子

四碧天垂野漸黃昏萬家燈火樓臺高下一水盈盈儼星渡織女
前宵初嫁漫道是秋光堪畫颶母憑陵來天末激濤頭陣勢如奔
馬江海賦情誰寫燕雲怨又詞人社趁新涼招邀鷗鷺盡吾盟
也羨殺南皮風流在霧落秦淮水榭憶艇子笙歌中夜轉眼西風
蕭颯起指齊紈便似功成着蟬噪急序非夏

贊成功 獨游山公園中

五

曉雲漏月素景玲瓏閑來行藥且擕笻舊時苔徑仍覆蒼松佳人
不見悵想遺蹤獨自無緒迷繞深叢曲闌旋折小橋通水邊亭
子面面臨風萬荷葉委淩綠波中

似娘兒

妙舞勢縈迴似仙子飛下瑤臺當筵不盡風流譽鸞翔鳳翥蘭情
蕙性總聦多才樂極轉生哀長怕道好事成乖如今真個天涯
住年年杜費杜鵑啼血喚不歸來

十二郎　寧士十二弟新昏余寫梅花一幅為頌又戲詠本事調之

翠屏繡枕喜兆際玉人同凭甚小擷園芳聯翩街鼓心事細譂未
肯直把紅絲牢牽繫始會得溫柔情性想射雀誕詞乘鸞虛約為
伊鎖盡人定商量謀續勤勞堪並料不似尋常畫眉深淺但向
妝臺弄影琴瑟聲諧葳蕤歌好應共水長山永梅蕊綻更著風催
結子佇看調鼎

西樓月

蓬萊絕頂曾三宿月照滄溟淺綠夜深閑踏落花歸醉叩西廂呼

小玉

薄命女

風不定。窗外梧桐飄渺徑。觸緒添悲恨。歡會翻成離訣，畢竟是誰薄倖。縱使歸期難早定。沒個雙魚訊。

愁倚闌令

紅橋側，杏園深。少塵侵。長記並肩攜語處，柳陰陰。　往事休重追尋。悲伊行久變初心。寄盡相思千萬語，絶來音。

鷓鴣天

迢遞層樓樓遠天。樓高不覩月嬋娟。風催密葉都成浪，雨散平林欲化煙。　初有雁，已無蟬。自歎孤枕得安便。暫拋身外無窮事，取新涼一夜眠。

訴衷情近（龐衡家鶴園廣易主矣其中有石名掌雲者余所題字尚在）

好春媚景，步履經行舊處。繁花繞檻成行，文玉甃皆為地。時向小橋閒竚，三兩魚游鏡沼，燕波起。　幽篁底。峭壁蒼然自倚。片雲孤秀，靜與軒窗對。臨風際。亂披翠鬟，紛承露滴，恍疑山鬼。被薜含愁

六

曉。

蝶戀花

杲杲初陽生薄照。才換單衣，旋被泥霑屨。倏忽陰晴無定據，秋深更釀黃梅雨。天意如人人亦苦。此日相歡，明日同飄絮。萬事無常君不惜。煎心自學蘭膏炷。

月中桂（中秋醵飲，月色猶籠薄霧。夜半起視，乃澄澈如畫。）

桂影參差，看華燈上，初已漏雲隙。連旬潤雨，做一天涼意，同歡今夕。倚闌歌自適。但莫笑、杯寬量窄。重覩姮娥面。佳占似此，應許放懷得。　朦朧澹烟如冪。恨清光未攬，鸞鑑新拭。吳孃善感，問幾家離聚，誰人能識。（月子彎彎照九州幾家歡樂幾家愁之是歌也。）醉中殘夢醒，忍獨賞乾坤靜碧。目斷蓬山路，縱知廣寒非遠隔。

少年游（和清真）

千林潑墨寫秋山。風急雁聲寒。漠漠輕陰，斷行荒草，盡日倚樓看。　前春柳絮飛如雪，花外送征鞍。拂面旌旗，報時鐘鼓，魂夢憶長安。

瑞鷓鴣　尤墨君為中學教師四十餘年以老退居吳城西白塔子巷因作塔西櫛箑圖徵題次其韻

昨非今是未嫌遲。一塔長存鬢已絲。范陸詩名爲勁敵，湖山佳處著新辭。　榮枯豈必天能定，得失還應子自知。燕頷虎頭飛食肉，不如三絕長康癡。

爪茉莉

冷透孤衾，幾行雁信至。隔沒（一作平）個可人書字。無眠到曉，斷不得、心頭積思。二三載、浪迹天涯，恰知是、何況味。　淒淒慘慘夢兒中事。能記驪唱罷，一樽光醉。因悲啼（思中）酒，酒醒時、添憔悴。歎恁時、早夜眠，巴巴底、洎重會，羞對你。

定風波

坐倚妝臺看畫眉。眉間黃褪倩誰知。一霎珠沉滄海底。難理。歡情非復少年時。　冉冉流光東去水。驚起。江亭又見雁初飛。此日無人添半臂。耽醉。新寒唯仗酒禁持。

菩薩蠻

雞鳴巷接臺城曲。茫茫城下春波綠。高閣聳青雲。其間多麗人。

七

千觴留客醉不許瞢騰睡親手擘黃柑餘香霏枕函
斜風細雨侵衣急惠民橋畔張張立燈火遠籠街待来仍不来
同車携素手頓忘寒生久沽酒綠楊村那時先斷魂
一灣流水雙鴛浴臨流照見人如玉微卸薄羅衣雙鴛羞並窺
峨峨通一柱解佩留江渚膩粉滴花箋薛濤書可憐粉江水宜製牋
愛憎歡怨情難極而今處處堪追憶風急雁行斜霜林凋晚花
不愁關塞阻但恨人非故深谷變高陵願君知此心

六么令

露晞風轉涼候生微燠厭厭晝眠初起髮短仍慵沐牆外蟲聲似人
雨繞砌閑先熟青蛉飛逐花冠臂立鬬蟋嬌黃勝秋菊家人培雞冠百數十種花開極盛殊色詭狀蔚為異觀佳辰剛過九日不見橫波目心事且付醇醪
快瀉東西玉年少光陰有幾驕嘶橫汾曲歸期休卜多應歡趣忘去聲了銀屏去時囑

少年游　題毛主帛立馬像

籌邊獨上最高樓霜冷拂吳鉤漢幟星搖塞笳風咽飛鞚出幽州

澄清六合須臾事，迴向井岡游。擊壤謳歌，縞裙青袂兒女共無愁。

虞美人　九月蟹肥而無菊可賞，書此寄遠人。

清晨負手東籬畔，是處霜凝遍。杜陵無客共新醅，便道菊花從此不須開。　蓴鱸風味非殊絕，聊爲人說。秋來若肎念家園，爲報洋澄湖蟹已登盤。

玉京秋　臨江遠眺，秋已深矣，用草窗韻述意。

帆影濶，沈沈暮江靜，旅人情切。瘦骨禁寒，白頭蹬根飄蕭如葉。高閣經年共倚，治春時花繁堆雪。輕離別，一生心事，更和誰說，說到重逢翻怯。望天邊圓蟾屢缺，客鬢茱萸家山叢桂芬芳都歇。落魄行秋，怕異地忘卻登高佳節。遠潮咽，流盡淒涼歲月。

秋蘭香　秋末從故里晚菊始華，爲拈此解。

又是殘秋，淒冷況味，風枝亂颭高牆，清砧催雁聚。籬菊染霜黃，耐寒處、蕭葉葉低昂，倚欄聊藉遣觴。悵三徑不堪重整，未許全荒。

八 問試卷簾人瘦，但入夢依然，粉靨金裳。采夫容枉涉木蘭艭同心

在他鄉魂魄願從胡蝶飄揚太息看嚴霜凋殺眷此孤芳

玉胡蝶 今秋有巨蝶集於蒲翁居所久久不去翁畫其形態以為羅浮蝶也名之吳湖帆吳青霞共觀之各繪一圖越數日翁以圖見示並拈此調索題用耆卿韻

暮色助成秋意畫樓平瞰簾幙高寒何處飛來驚認鳳翼娟娟羽衣點羅浮淺黛秀色共上苑輕烟舊恩牽祥徵胡臺空壽增年

招延才人幽侶攜將斑管貌入雲箋酹酒相呼傍人栩栩落風前笑莊生寓言無實比滕王藻本多妍且留連未須歸隱迢遞南天

疏影

迴廊數曲倚琉璃瓦掩桐枝交擢葉展清陰招得涼風琴絲暗裏相觸朋簪北海杯常滿更坐擁佳人如玉喜舊游踏地歌聲亂入草堂圖幅余戲以盧鴻草堂擬之揮麈談諧未已晚鐘蕩漾處如近靈谷

不許塵侵簾底幽香苒苒開殘黃菊舊節欲去還留戀恨不並盧鴻芳躅待後期春日舒時隱約半庭新綠

菊花新

燭燼香殘寒氣沍羈旅江城逢歲暮高閣聽松風中自有神仙佳

劉

侶。杯深正擬論心素，怡遣伊勸人歸去。撩撥萬千愁，偏只在一時閑語。

鷓鴣天

兹鳳因鸞氣不伸，勞君一語感前因。楊枝曲好誰能舞，梅子心酸合有仁。　經楚峽，迓桃根，此生何止略知津。津頭風浪年年惡，未可高聲誦洛神。

蝶戀花　四首和清真

歷歷曉珠明又定，倚枕褰帷，仰面看華井。風裊簾鉤霜氣炯，銅鑪雞睽猶殘令。　起坐旁皇愁弔影，萬感縈懷，獨語將誰聽。自[illegible][illegible]華橫[illegible]柄，[illegible][illegible][illegible][illegible][illegible][illegible]應。

昨夜狂風吹倒樹，獨坐凝愁，愁重杯難舉。閱盡崎嶇塵世路，故人一半埋黃土。　自撥鑪灰殘酥吐，欲寄封書，醉眼昏如霧。忍凍開門閒看取，雪花飄灑還成雨。

曲曲修廊隨步轉，煙縷拖裙，腕弱纔勝釧。一寸芭蕉心欲展，深叢掩映無人見。　花底偷窺簾隙覘，苦似纖雲，略透姮娥面。覷到春

九

游應得便。踏青萬一行郊甸。

行盡苔谿春事暮。綠葉陰成，依舊含風露。當日分携仙種處。碧桃豈是凡花數。　不惜此身隨斷絮。桃葉無情也，向天涯往。却羨枝頭雙翠羽。飛鳴相逐時來去。

大聖樂（北碚面嘉陵江，與北泉相犄，縉雲諸峯翼張在望，余居之數年，愛其景物，偶與客話，益感舊游，惜老不能復往矣）

粉水縈紆，縉雲迢遞，市郊堪賃。記那時、開館踞峯，種樹繞階，風土平居多稔。面面遠山供圖藻，更日夜、江喧時到枕。秋如錦，愛紅綃晚楓，憑闌酣飲。　穫還漸同瘦沈。歎一瞬、流光寒自噤。任燕嬌鶯姹，香濃酒釅，唯把茶甌鬬品。塞北濺塵，南閩雨總，都化愁煩妨醉寢。悲來甚、倚層樓放歌誰禁。

點絳脣（集清真）

淚洗紅鉛，鐙前欲去仍留戀。夢沈書遠。背地伊先變。　冶葉倡條，誰更曾擡眼。探新燕。醉眠蔥蒨。苦隔春風面。

摸魚兒

斷無人、綺簾朱戶。愁窺花底幽徑，是閒曾繫游驄住。繁杏夭桃相映風不定，甚吹得韶華剗地無餘賸。淒然暗省，料境逐情移，千年恨促，一日便為永。琵琶語，錯落如珠交迸，不堪揮淚重聽。早知海外歸無路，小謫潯陽也。宵今莫問，衷歎歎中誠，但指天為正。湘纍醉醒，歎我自懷人，人誰念我，鐙下弄孤影。

浣溪沙　余性喜秋，幼時讀潘卿誄文，秋可夢乎？曰可，因自署夢秋。其後又刻秋心小印。張伯駒有八秋詞，因和其二

翠被閒尋有故香，重幃深閉怯新涼，風鈴微顫月微黃。　響入閒根餘斷續，心游寂處漸微茫，一鐙搖影夜初長。　秋夢

擬遣巫陽賦大招，幽都閶闔共迢迢，西風捲處旆旌搖。　香篆燒殘縈寸縷，楓江遠泊寄征橈，此時情緒忒無憀。　秋心

鷓鴣天

愁裏翻催薄酒醒，不堪惆悵憶江城。東坡枉是風流帥，杜牧曾留薄倖名。　摻素手，摘紅英，當時明月鑑深情。若非胡蝶甘同夢，忒被鐘魚誤此生。

又　因梅發繁，折取一枝著枕邊，對之竟夕不寐，用前韻作

春夢難隨世夢醒，人間何處覓傾城。長拋酒琖因芳約，每把花枝

憶小名。梅吐萼雪含英。從來造物本多情。輕舟卻被風吹轉。再到蓬山怨隔生。

漁家傲

暇日旋歸休沐地。更無杯酒歡鄰里。小院重門深自閉。閑繞砌。離情緜緜書難寄。　綠萼梢頭初破蘂。朦朧月下聞香氣。一陣風來襟袖底。時時嗅。不知今夜誰相記。

右曉珠集

夢秋詞卷十二

汪東

壬辰

木蘭花慢

農曆正月三日与貞白、蕙廣同游虎丘，謁應廟處下憩擁翠軒，蹋眞孃墓，對憑弔久之。因憶韋齋、松岑諸人寘集冷香閣，爲消寒之會，忽忽三十年矣。生者萬里，逝者九泉，悵然興懷，用夢窗韻作

近郊花市外，指烟岫、散輕羈。笑歷劫依然，磐陀聽講，殘碣題摩。崖壁間斷句，似冥鴻飛去尚留痕。倦憑孤軒擁翠，仰看壞塔穿雲。　清尊同醉騷魂，愁思極，醉顏醺。自霸圖銷後，空餘劍水，搖蕩波紋。家山自成秀麗，恨天涯、猶有未歸人。重倚曲闌回首，初三夜月微昏。

又

初四日雪後同車還上海，瞻能非游，猶深餘戀，用夢窗重游虎丘韻

簷桃符換歲，未消盡、臘中寒。距立春尚六日喚旅雁將儔，并車載影，同指江干。鄉關最佳勝處，恨匆匆、便落杳茫間。世路風饕雪虐，不應長負丘山。　頻年鬥健尊前，才比陸，拙如潘。料故人情意，殷勤戀此，深谷幽磐。何緣共來小隱，汲憨憨泉名在擁翠軒側一勺勝貪泉。先買生綃數尺，爲君點染層巒。

望梅（和碧山）

故園岑寂只梅花送我數莖新折想半旬風雨疎疎綴塗粉勻脂

未收妝額幾點猩紅早掩蓋夭桃顏色歎當前豔質歲晚素心憑

忍輕擲　淒涼斷蹤吳國對遲窗夜月應更相憶趁曉寒飛夢羅

浮效比翼珍禽揀枝棲息荏苒春回怕聽取南樓殘笛待緘題寸

書寄與又遞數驛

鷓鴣天（十四十五兩夜訪碧僾一樓謁白石元夕前後諸詞因和）

少日狂歡及此時六街游徧少人知而今別有幽尋處明月相隨

共款扉　佳夕永畫簾低會心微詠鷓鴣詞樓頭笑語風吹落誰

遣飄鐙獨自歸

玉梅令（寄題冷香閣用白石韻）

春陰一片隱接吳王苑蒼苔冷廢池蕪館祇一丘虎踞峭閣工層

空闌干四倚望中寬遠　經春幾日花前交勸朱顏改探春幸佳

又梅花開了瞬息入殘春看雪白柳花飄轉

紅林檎近（和清真）

斜日留微照晚風生峭寒凍雀墮簷瓦雪枝化瑤玕愁鎖重闌遂
闌漸覺酒力消殘被池繡襪紅翻醒時涕泗瀾　冷落違舊國懷
懷想前歡青梅嫩韭和冰同簇雕盤歎樽空人去星迴歲易鏡中
華髮那平聲忍看

虞美人和清真韻

恩情欲斷還濃戀佇望層樓遠薄施脂粉暈紅腮斜倚妝前無語
待人來　玉鑪香燼纖纖撥字滅教誰看漫將心事託寒煤誓願
此身成骨骨成灰

雨餘灣月流輝遍洗姮娥面廣寒宮殿鎖千門也似長門深置
度朝昏　浮生飄忽風吹絮忍憶鐙前語屏山重疊阻行雲只倩
姮娥分照兩邊人

緗簾隱市紅樓小寒重春難曉支枕敧臥雨聲中恰似跳珠急雪
打船篷　少年蹤跡疏官樣曾貰餘杭酒酒邊蹤柳映迴塘可惜
鴛鴦頭白不定雙

無窮無際天邊路不見君行處昨宵閑夢到青溪恰記畫船歌酒

二

送君時。溪光山色年年好，影向杯中倒。風帆偏載別離忙，怪道江流曲似九迴腸。

青燕院閉曉鶯悄，露濕閒階曉。隔籬還認小桃花，不信伊人遠在水之涯。

淚痕檢點離襟滿，事往情難斷。遙知羈館對昏鐙，怕見一枝鐙影上圍屏。

錦衾裹夢生微暖，夢較滄波短。臂盟猶許麝香消，但祝芳華莫損舊時嬌。

菭錢暗長鋪花徑，花動參差影。屢緘書札又開封，自是難將心畫付征鴻。

水調歌頭（劉辰翁詞每有惘惘不甘之意，讀之動人悲情，因用其韻作一首）

零雨復零雨，何處踏春陽。盈虛消息天道，此理極微茫。歷歷前人成敗，空費後人著筆，堆垛萬千行。四序更推轉，春去令心傷。　弔貲封民，何罪戰征忙。纓冠頹髮，吾輩齊曹共宋，黃蠹爾羌戎讎虜。蠢蠻但憑蠻蠡（時用[illegible]）竊寇敢稱強。譬報東門役，此恨莫輕忘。

泛清波摘遍（和小山）

留春影，心潑酒懽濃，終是少年情味好。闌門鬧舜[illegible]許，梅花破寒

羋 中吳道笙歌繞綖羅綺充衢佳況近來都換了信宿江鄉太
息尊前故人少 旅懷渺巫岫赤歸片雲楚岸又生青草衾枕雙
鴛半蓬夜長難曉 去程杳瓊寰向夕漸闌瀛洲御風重到忍被
鄰雞喚覺夢魂顛倒

金盞倒垂蓮 送人之朝鮮用宋无名氏韻

東北巖疆想玄菟樂浪江水同源草檄飛書幕府仗青蓮算幾度
興衰天運未須回憶當年取次一笴作去乘風來響驚弦閑中下
勞思婦夢征人萬里無定河邊磊落曾看滄海激為田待掃蕩漫
天氣襟岸中容色儼然此際恰料歸時定在秋前

鵲沖天 和耆卿

桐陰路轉葉底殘花墮已過禁煙節候新火見伊鐙影畔朱顏斂
雙眉鎖久久回身坐不言不語但只冷落別館分明好事譌遭
破先驗釵鳳拆衾鸞釋假道元無意還則背相從麼此恨天鑒那
平生心願未經恁般折挫

勸金船 和子野

三

沾階綠繞疏泉竇，面影嗟微綠。春來莫惜盈樽酒，值桃李開後樂事，趁韶景未暮，賞數枝奇秀，交襯綠陰池畔，更栽雙柳。看看飛絮沾雕甃，隔葉鶯歌奏。留連一醉拚顏玉，任渾忘（去聲）宵晝。繡閣誓同歡，並笑悵睽離偏久。異日更逢佳序，賦情非舊。

千秋歲（蘭蜀生發於漢口，延瀛重慶，金陵同游之盛，懷愴不勝，因拈少游此調，即用韵）

怒江江外潮約沙痕退。春景暮，鷗囇碎。從容陪宴俎，落魄疎冠帶。雙堰畔，一簾黑白時相對（雙堰在南岸汪山康氏別業所在）。白下重歡會，飛騎聯芝蓋。游舊散，書變在。萋萋芳草碧，鬢鬢朱闌改。回首謝，人間萬事同桑海。

南歌子（雨中夜歸，明日晴復出，戲和東坡韻）

敧枕聽徽雨，鬧簾評曉晴。遠村桃李向人明，更見菜花黃繞蝶衣輕。功業輸兒輩，文章謝老成。不知眉宇尚英英，自試殘年筋力且閒行。

又（細雨露塵不妨，近納用前韻）

雨作千山霧，天慳半日晴。披衣不待小窗明，纔得平生雙屐體適

輕西寺藤林滑東家竹徑成蹊快翦鮮筍嚼蘭英應勝柁樣晚飯

越中行

踏青游 同吷庵和王晉卿

寒食初過西園露零清曉看遠樓長隄青草妒游人憍豔質鬭如
飛馬且顧影平橋畫欄干畔微掠鏡波雙艇　源隔桃花何須更
誇仙島但目極綺霞紅繞興將闌魂欲斷懽娛時少漸日晚演舟
自尋歸路莫與外人閑道

念奴嬌 和易安

輕寒輕暖要重簾密護窗兒休閉雨冷煙昏春過半天也逗人閑
氣没徑落深點枝花少強飲終無味書成淡墨斷腸教付誰寄
迢遞百尺高樓玉闌干畔別有人同倚判得而今憔悴了獨睡懨
懨還起宿燕尋巢鳴鳩喚侶不會傷春意晚來風急海棠窗下開
未

喜朝天 蘇濶雷寓舍海棠三株盛開邀同茗賞用晁无咎奉宅海棠韻

近春殘好花半凋藍玉貌珠顏舊賞亭樹正繁枝照席霞透雲般

四

追想游蹤巴蜀錦城西千株色斑斕尤喜共車塵夜驛吟繞江干
一（重慶大江南岸第一驛為海棠谿）歸來更幾回見似褪妝中酒嬌困禁寒賴有
佳會對三妹豔絕長伴蕭閑細履蒼苔碎石屢迴顧休嫌客清瑣
堪久待斜陽下了月影窗間

踏莎行（虎丘山塘居民皆種花磚花叢初供閨中玩飾俗尚既變業遂中落近專摘取焙茶傾銷海外獲利至數億比户皆中人產矣所用者異而成敗隨之茲事雖小可以喻大為製花叢曲用山谷茶詞韻）●

曉鬟分泉西疇罷餉潮聲蕃市春同長成行末利間珠蘭近來別
看新花樣譜換茶經寒消紙帳人閒萬事風催浪拈花一笑便
無言浮圖卧影清谿上
胥馬索（梅苑收此詞易以壯語仍和其韻）
起徘徊遶夜鉤簾望新月關河杳杳客中應把鄉情洩開元舊事
杜陵才調枉作呻吟無家別料風前赤幟聲入飄時部曲銜枚共爭
發　幽絕斷崖千仞碎冰猶沍玉圓瑤林遯寒潔歲歲偏憐征戰
漫空飛羽同摧折從軍樂也破御強胡重整歸鞭青絲結穗馬迴
角聲吹徹迥野崩騰蹴殘雪

西嚴陵三十年前過富春江嚴子陵釣臺所在地風景幽奇為平生游覽之冠偶讀李甲詞因次韻作李詞第三句雪字第十三句切字皆非韻而舊譜誤注並注之

半生游宦羈旅程途嚴灘晚泊是處隱見嵐光山色草樹過雨蘭芷被崖指目高臺千尺鷗鳥翩翩下前磧數葉斷帆照影來往舟移渡側又曬網閒漁乘墟散牧句引遠郵笛　堪惜當時客星侵座千秋事往皆陳蹟高風難繼歸尋故徑唯有叢編狼籍殘宵自剪寸燭露重簷花細滴念舊游處空梁半江烟水碧

采桑子和陽春集五首

深紅淺白相催發胡蝶雙飛葉葉枝枝暗損芳心恐未知　何人寄語狂游客好趁春歸負御花期閒撚青梅憶此時

一春寥落無佳思恨雨愁風十二闌東芳草如茵襯落紅　不採雲鬟惺忪語拌盡嬌慵睡起聞鐘御道花間日未中

碧城秪在闌干曲天半高樓薄霧初收簾外娟娟月似鉤　畫屏風上犀偎列頓惹閑愁媚眼星流曾共檀奴賭十洲

檐前鸚鵡猶能說往日深恩共度朝昏花暝香融不計春　吳宮

五

絶藝留鐫刻金錯刀痕桃核空存裏許元來别有人吳中巧匠能以桃核一枚彫作古今人物故事

烟條露葉垂楊柳獨殿羣芳風物淒涼聊與離人續斷腸

阿嬌

自稱藏金屋貴寵無雙别許斟量繡檻名花似洛陽

憶江南和陽春即效其體

黯澹春光三二月正是去年送君時節陌頭花絮亂輕雲雨眉顰蹙見情真

郎情肯學羅衣舊去即經年不管腰支瘦如今楊柳又成陰空將枝葉綰同心

淚濕紅牋書待發正是今年落花時節重重簾戶鎮長閑冶遊蹤迹不歸來

愁腸一寸壽同折顧視相逢不恨輕相别落花飛著枕邊時淒涼情緒有天知

菩薩蠻羲与李剛連句和後主詞全葉散亡都不記憶頃偶有所感用韻復作三首時移境易不知與當日所言同異又如何也

金猊寶蓋歕香霧花間燕子來還去輭款踏瑤階殘紅沾繡鞵

去年今日見壓鬢花枝顫歡會本來難因春長自憐

字蘿村畔西家女，姑蘇臺上聞歡語。羅綺自生光，采蓮涇水香。越來兵甲動，好事都成夢。飛燕舞輕盈，千秋同此情。

象林簟展湘紋竹，酥胸微露痕如玉。簾幙下銀鉤，語低嬌欲流。隋宮千萬戶，獨許論情素。轉眼覺春空，高樓明月中。

瑞鷓鴣 以口脂點梅自題用珠玉韻

夭桃繁杏襍嫣雲，比他鄰女泣嬌嚬。祇有孤山雪後踈籬畔，獨立丰姿似個人。　濃脂特地和鉛粉，枝頭一點疑真。恁時憑仗東風吹向江南去，綠萼新，又恐飄零不當春。

臨江仙 春日作和嗜盦小山

老去牽情詩易感，愁來破睡酒相親。閑花野草共露市，草隨行路客，花學墮樓人。　葉底已休鶯宛轉，風前長憶柳腰身。東君幸是往來頻。明年牢記取，不再負青春。

御帶花 和六一

尋常游處偏縈想，故里懽度佳夕。片時携手，作落紅鋪錦，亂枝搖碧。酒散離筵，去棹遠，長忍拋擲。空迴指，朱簷翠幕，深鎖庾郎宅。

年年音塵隔斷恨一水相望兩地爲客送春情味但月掩西樓草薰南陌別夢重尋怕夢裏更添闌寂青禽難蓬山未遠欲去幾時得

兀令 和東山

春色江南空自好落英風掃催送春歸早記當日巡檐索共梅花笑同倚綠萼橫枝婀娜釵鬟小看月斜參曉　別恨無窮相會少鬢華先老雲斷巫山杳待密密真珠寫向殿勤道幾夕楊葉樓中亂燕雙飛到夢一池青草

清平樂 偶成二首用韋莊韻

景光遲暮日日霏寒雨記得玉郎臨別去帶結同心雙縷　南浦又綠春波若不歸來奈何手種芭蕉寸葉如今漸展成窠

杏飄紅雨烟柳垂金縷燕子飛來雙雙語覓徧舊巢無處　將書寄與輕鴻莫教淚眼迷濛學得銀箏一曲年年自有春風

沁園春 暫還寄菴次軒騷齋菴韻稿

春服裁成楊柳依依我歸自東喜雞鳴相擾萊鄉數武鵲巢堪並

隙地三弓，壯不如人，老猶遯世，鬱鬱長懷澗底松。憑闌處，但花枝左右，明月當中。鄭家削玉千重，似飽看匡廬側面峰。與松圃鄭政　任蓬蒿遮徑，迴旋勢窄，詩書塞座，吟嘯天容。細檢人生，劉伶嵇學，莫學醒狂蓋次公。還知否，契南華一語，笑指鴻濛。

泛蘭舟　和梅苑梅

梅實青垂，籬落小橋橫溪，沟向溪，燕燕來時，誰把信音託，遼野烟低蹤枝月澹，凄然凝望，腸斷黃昏高閣。下羅幙，孤枕暗眠，新詞追詠故人作，雅艷恰近天真，爭識舊情。瀟湘淚，交頤荏苒，夢回沉吟無語，且將粉痕輕掠。

錦堂春　用博大論韻

蕭索江城，寂寥庭院，凭闌思入遙天。認碧螺山色，眉樣連娟。繡閣絲縈網戶，玉箏塵滿危絃。望苕苕萬里，人在雲邊，心在愁邊。樓前歲行嘉樹，但纍纍葉底，青子勻圓。花下送君時候，薄暗雙鬟。如蓮恨朱顏不返，花到明年還勝今年。

荔枝香近　自母食荔枝，感懷舊游，為依夢窗聲韻製此。鮮桂綠者，荔枝佳種，唯嶺南有之。

七

蔭添沉沉隱碧萬行樹，舊約同擘纖紅，住會鸞初遇鸞鄉荔子熏恰正好相思處，清夜夢省歡情覺來苦　蟬鬢委照玉鏡含嬌婭漫想真妃多貼翠盤能舞，桂綠枝頭點點繁星映鐙戶，望極空教愁碎

賀新郎 己巳韓戰事未已下用張元幹韻作

不盡奔濤去，剩此間縈迴幾曲，白沙清渚，王濬樓船今誰是，佳節偏誇饒漫，望直北烽煙高處，壓陣寒雲飛霹靂，雜呼聲動地催笳鼓，戎亦欲起宵舞　書生歷盡崎嶇路，恨終童長纓未係，四方殘虜，恩怨喁喁相爾汝，羞作箏琶細語，想淚滴更無乾土，洪範遺編分明在，問詢謀龜筮皆從否，三尺劍為君舉

玉樓春 拈山谷韻壽尹默七十

書名不滅鍾王手，詞格曾參珠玉透，蜀江飽看霧中花，彭澤新栽門外柳　和平要自艱難就，佇待功成扶翠袖，一枝並蒂石榴紅，綰撥薰風同介壽

雨中花令 浙人江印珂取莊周動與陽同波語自署所居曰陽波閣遠道以圖乞題借趙長卿韻

竹柏交加千萬樹春事已傷遲暮繞屋芙蓉浮船瓜蔓夢到山陰
去動靜陰陽皆有助閒居自然堪賦佇望停雲吾廬安在聽詠
陶潛句

塞翁吟 和清真

澄月光侵枕纖雲卷雨曉朦朧強起步小橋東看澤畔芙蓉枝枝弄
影凌波態搖蕩霽景澄空露瀼葉碎珠重襯嬌蕊浮紅心忡蘭
橈去湘江路絕蓮唱遠吳娃夢中想玉井摩峰巍秀又天半暝作
須臾霧隔雲封離人到此怨藕成蓮羞見西風

花心動 和梅溪

荷葉翻時攤單衾淒淒半宵風雨醉裏未忘歡事頻憶春豔翠屏
酣舞酒闌人共飛花轉便催送一帆西去指三載心期舊約更能
來否凝睇吳山新處空只見冥冥數重煙樹好景逝波翻碧籠
窗爭似少年情緒一緘書到從頭看錦機繡萬千態語頻白盡娭
仁贊憐縷綫

鷓鴣天 印耐聘中表王氏字嶺雲吳江梨花里人半載而殞印耐感傷不已越十餘年請人作懷雲圖余用少游韻題之

雨語吳江不忍聞雲迷楚岫澀無痕玉臺好補他生願環佩空歸此夜魂　尋舊迹醉清尊陌頭凝望斷烟昏桃花久隔春風面祇種梨花繞墓門

玉樓春　尹翩有詞見和再用韻題其自寫秋明長短句

秀師蜀斲蘇黃手絕倒宗風參不透從教香象渡恒河何似黃鸝鳴翠柳　小山樂府新編就書罷墨池翻汙袖珠璣錯落韻琤瑽金石豈能同此壽

秋蘂香　爲陳佩秋題美人獨立圖用小山韻

手把宜男萱草獨立鳳頭蘇小春來有甚閑煩惱應爲相逢不早　裁縫試寄交河道雁行少殷勤暗祝還家好莫待閨中人老

水龍吟　疾齋翁八十生日未預稱觴適月乃爲此稱祝用稼軒壽韓南澗韻

共傳水繪園亭此中合有文章手[illegible]佳[illegible][illegible]承平年少如今非舊海內靈光尚存魯殿歸然驥首笑杜陵長羨人生七十彭聃事還知否　迴指星辰北斗聚光芒宵遠如畫平生絕賞離騷僕命史松半走見說春風後堂絲竹遞傳林澗何烟霞管領更遲廿載上

期頤壽

撲胡蝶　和宗正卿

雙飛紫燕，仍到梧桐院。高樓靜鎖，烟絲和幙卷。庭階綠斂苔荇，巷陌拋殘柳綫。時聞雨鳩相喚。　怎排遣。凝思縹緲，指點蘼蕪路中斷。仙山縱有佳人，音問遠。晚來閑倚桐陰，葉葉題書，都徧難傳寸心幽怨。

娑羅門引　用曾覿韻

芳華易盡，個人不語倚雕櫳。情傷事與春空。夜月驚烏啼碎，寥落古吳宮。望層臺高樹，淚眼朦朧。　期歡再逢。萬里隔、此心同。別有亭亭倩影，荷綻新紅。斜簪軃佩，似含恨、遙立碧波中。應自悔、遲嫁東風。

南柯子　梅雨甚苦，偶讀王從叔不曉天何意，遽梅肥之句，為之失笑，因和一首

苦霧連江近，陰雲覆路低。天教雨泣動悲啼。卻恨青梅偏向雨中肥。　竹檻添風幕，熏籠撥濕衣。有家似客客難爲。又被無情蜀魄勸人歸。

安公子 蘇滬道中聞裹去筆調作

鬢影飄殘綫，繞寒重覓，停車處。陌上經行泥滑滑，是昨宵微雨漸。迤邐平橋接近梅村路，橋下水綠到天涯，否甚過盡，讀城還見參差橋柱。

舊識人何許，世緣端（原）似浮萍聚。不斷征程，收眼底又蒼茫東去。看幾折清溪，收豎牽牛度，修竹裏翁媼相呼語，羨酒熟新醅，圃坐茅亭深塢。

南鄉子 和李端叔

寂寞度朝昏，下了珠簾更閉門，舊日凭肩私語處，銷魂，欄角猶沾粉指痕。

家近浣紗村，荷葉翩翩綠映樽，一自采蓮人去後，辛勤，祇有鳴蜩徹夜聞。

夏日愛橫塘，簾外穿花擬子忙，語笑東鄰嬌，吹伴窺牆，鬢角風吹一縷香。擷被

穀枕坐胡床，貪看烟波畫景長，忽轉輕雷催濟暝添涼，瀯墨衍花似白陽。

瀯墨 夢窗詞 林沼 橫 橫

剔銀鐙 遺獨歡處偶秋聊述寫日以自書東堂韻集 自

窗下微涼，聽疋聲亂，鳴蛙池曲，琴調生疏，酒甕孫靜，唯是遠山眉

綠倚樓人獨最羞見紅榴皺簇　行客思歸意速欲和悲歌難屬

筝異靈均情非賈傅楚些離騷休續殘膏賸馥只乞與詞林片玉

卜算子 觀士源子對牛彈琴圖用稼軒韻戲題

顧影歎嵇康滌器從司馬半若無知若有知元題詩意正是知音者

充耳不聞鐘雷響驚鳴瓦一任呼牛便應牛吾與蒙莊也

清商怨 題周鍊霞停琴圖偕珠玉韻

金鑪沉麝夜燒滿爲恨深聽曉弄罷清商觴生雙媚眼　藏容圖

成自展漸細雨灑窗聲遠待訴閒愁無心拈象管

清平樂 題吳青霞獨坐觀壽圖偕玉田韻

琅函翠葉籠蠹香難歇漠氣肴閒元自別不戀尋常風月　玉關

春夢遲遲夢中羞遠郎歸更把兵書細讀助君千里籌思

玉人歌 和西樵語業

稚衾起正小院陰陰穿簾風細舊游京洛載酒共嘉會三年別後

人空老苦語殷勤寄料伊行愁結眉尖恨盈積尾　相說了無計

歎身似浮雲欲行且止夢裏壺山倒叢素波際扁舟來趁看花約

可定今生事告天天忍負花間一醉

賀新郎　非社諸人久絕音訊時暴風雨襲上海夜坐有懷仍用稼軒野字韻

星象占分野怒濤生狂吞百越轉趨吳下海若西來驕橫極掠取

江娶遠嫁算此景有誰工畫龍動鯨噓山岳立讐當年驍手如救

禹翻倒勢亦能馮　酒徒散盡高陽社問如今神州沈陸豈由天

也多厄不來荒徑斷一任塵凝高榭休太息漫漫長夜誓遺豐隆

清六合看雨師風伯前驅者涼意動不知夏

新荷葉　聞南京玄武湖荷花盛開緬懷舊游用趙德莊韻

如鏡平湖菱洲深處堪歸綠幌紅欄畫船雙槳輕飛風荷霧罷歇

玉人淺碧羅衣一樽花下重重錦裏香圍　素手曾攜除來同賞

芳菲非夢搴幃容光疑是還非鴉夜琴聲無恨未絃已晚瑤徽他年

重到膺吟楊柳依依

亭前柳　用朱彊邨韻題御香凝墨梅

素質天然好屏青華絕勝嚴妝先報江南信一枝長憎笛韻帶伊

涼　誰比似花光奇秀格淡勝瀧水月俱香因想含章處對池塘

鑑蹤影，臥斜廊。

玉闌干　和林孫世

燕園是處追前景，粉蕊叢苞，蕾落盡林梢，幾點暮鴉歸，斜陽下獨穿幽徑。別離經歲無音信也，自知歡會難定，恁時立凭曲闌干看，除非尋燕子廝趁。

玉樓春　尹默有感事之作，再依韻和

憑張百步穿楊手，七札難穿犀甲透。衆心無異築堅城，兒戲邪能知細柳。　豐碑刻玉三年就，一簣先加看領袖。北京方謀立紀念碑表章二千年來死國事者，期一九五五年畢工，經始之日自主席以下皆親負土奠基紛紛壽夭較彭殤，唯有國殤千萬壽。

古香慢　明日立秋，徘徊園樹下，倚夢窗自度曲，即和其韻

鬢階纖蘚，波鏡涵空，來訊幽圓，露溼蓮房，粉泣似傷遲暮，追念昔同游，暗悄悵光陰迅羽，感絲縈寸藕萬縷，味同茹蘗辛苦，迢眺遠烟霏深處，城號芙蓉，知更誰主，半幅鮫綃淚血，舊盟空誤，老病覺新秋，怕重見黃花滿路，過今宵判禁受冷風潛雨。六

古綠蔭集

夢秋詞卷十三　　汪東

起壬辰秋訖冬

戚氏

指非烟蓬萊宮闕有無間小玉扶頭太真迴面荷朱闌無端淚潛然悲心宛轉憶長安當年七夕盟誓要將釵鈿比情堅春睡驚破漁陽烽燧翠華從此西遷悵梨花映雪羅綺埋土空委嬋娟魂返太液池邊珠露正泫綠柳間紅蓮依稀似醉匀脂點鏡掃眉彎更留連顧影自舞翩翻宛若鳳翥鸞騫暗思舊日寵極恩深翻作長恨綿綿　事往成新感逢生死別萬緒縈牽駱馬楊枝去也又朝雲瘴海送華年不須賦擬江郎茹蘗以今古同悲歎漸數行天際飛歸雁懷遠道行旅羈單試問伊獨往關山竟何似蛻骨向黃泉料停驂處鈴聲碎雨共損宵眠

楊柳枝

春風披拂最長條曾帶悲嘶送六朝記得謝公墩畔見曲眉應是舊來描（城四圍多曲柳）

漫天帀地影濛濛才看西飛又向東豈是楊花輕薄性只緣無奈
太狂風
枉結柔情萬萬絲千絲萬縷止空垂臺城不繫青驄住肯向天涯
繫夕暉
初染嬌黃勝鴨雛秋來黃葉半焦枯人間重奏哀蟬曲齊女魂歸
解聽無

陽關引 送淮甫六兄還南京自言或將赴成都就其壻次有顯然潸別之意作此慰之
暗草流螢滅夜雨虛檐歌連牀把袂鐙前影驚華髮數人生遭際
對語成嗚咽歎暮年相逢未久又離別 休道今番去遙阻關縱
瞿塘險蠶叢繞易飛越喜域中行處萬里同車轍何異時峨嵋共
工醉明月

歸田樂 牛女詞
天工語散落隨風應會得星橋斷鴛鴦羽翩萬翼一年容易過又
今夕 愛蕩盡秋煩暑傾河無餘滴光太雷電更長見矜平楚事四方
耕共織

風流子　和清真

樓前滄海碧空凝想遠客幾時歸記獨窺蘚徑砌花縈繞半遮欄角牆柳參差旅飛燕斷箏留爪迹阿閣壘香泥一夕叙情領成閑話十分持酒難識深悲　悵悵臨歧處煩相贈珍重手製禪衣憑偕製時刀尺聊寓心期看素襯柔膚鴉黃輕染帶交文綺蝶纘雙岳中裏細書密字盡被人知

惜紅衣　行嚴有長句見懷昔寓重慶龍洞口時偈和無盡　日今發詩久矣感其意乃寄白石自度腔為報

斷簡樓慶閣吟送日倦枕心力露洗秋容沉沉暮山碧長空片羽勞寄訊江關詞客幽寂禪坐擁扃藥奇香好息[illegible]叢郊短陌連袂渝州松風滋菌籍何由悵望泉國亘南北辭說古今如夢不記此生經歷但鏡中衰鬢看與蘆花同色

又　風雨瀟瀟感奇夢一襲　夜起讀用韻作一首

樹織驚飆煙凝澹日病知秋力倦聲芸籤昏醉亂朱碧孤衾漫展猶未慣頻年為客凄寂寒雨灑窗覺離人聲息　青樓綺陌誰驗歡痕箏絃暗塵籍遠空雁陣去國幾時北看識遠邊疏嬾卻似古

二

愁重歷怕淚吞深夜紅燭滴殘無色
聽天長題螺川諸屋雅集圖壬辰三月鍊霞女士觴鶴亭於其家同集者多擅繪事且有寫真者乃合為此圖頃出共賞屬
以詞紀之
園深臺榭秀觴繡戶朱簷鳳簫聲遠芳宴闌時中坐麗眉詩叟豪
情无似舊想醉殺螺江私酒見楊誠齋詞池畔柳一片陰陰恰是春晝
鶯穿簾幙驕勸對此韶光未容孤負柔卿看花卻被花扶紅袖
蘭亭觴詠後算勝會到今方有憑妙手分付丹青天地同久

金縷曲為冒鶴亭題水繪菴填詞圖
得句皆天籟問當年詞流有幾韻頡頏先輩水繪佳名傳奕世別起
陳樓堪酹迦陵客巢民先生家十年其所居樓後歸鶴亭因乞彊村書陳樓二字牓之便合向尊前下
拜先後圖成相輝映笑紛紛餘子徒嬰噲填詞圖始自迦陵興廢事正同
嘅
紅桑萬萬三成海想沈吟含豪授簡邈然心會禪榻忘機塵
緣淨不羨叢雲歌態也不用麻姑搔背萬事浮雲隨變滅只開元
舊曲今猶在知者寡亦无悔

蝶戀花社日將去故園作

簾拂蛛絲縈寶篆暗轉清籤似訴長門怨柳觸情懷誰得見高牆
四繞青苔院　殘暑初收涼欲覷落葉飄風漸向庭階滿明日便
同秋後燕舊巢雖好難依戀

茅山逢故人　京口雲山圖

澄澄寒江沙渚搖漾平明烟縷十里帆檣千林簫寺半天鐘鼓
憶時此地嬉游何日歸來堪賦舊夢重溫青山城郭小樓風雨

撼庭竹　余於天龍禪院分栽竹植寄庵中初甚繁茂年來為他種所奪遂萎絶無寸株感之成詠

一夕春雷破新竹看婀娜如東風詩未用歌淇澳叢簫聲徹鳳皇
逐生意忽蕭條嗟偏處他族　昔叩禪關分數个剛栽並籬蘭護
持幾歲森寒玉平安欲報訊難續爭忍不懷思同做家喬木

黃鐘樂

烟霏含雨冷淒淒愁卧蘭房深夜鐙燼夢迷離傳道玉關征戍遠
行人還在玉關西　春去秋來芳節稀魚雁浮沉無據歡會更難
期唯有年年衾枕畔繡鴛鴦處總雙飛
風光好

三

藕絲裳鬱金香小立風前覺晚涼旋歸房　雲鬟撩亂鬆雙玉璽
膏沐何事潛窺鏡影旁罵檀郎

西溪子

憶向姑蘇臺畔畫艇爭邀佳伴採蓮游橫塘路花深處飛亂蜻蜓
無數一簇最妖紅倚斜風

雙韻子

朱旂電燿廣場洞啟羣喧初定陣穿九曲珠還看曼衍魚龍迴
煙霏澤鏡歌競涵素魄山河動影太平此日同歡拌醉綴秋宵永

月當廳

促織漸共機聲斷停梭四望難遣心期數處暮砧横側獨聽含悽
因想戍邊雁霜冷殷勤可許送征衣步延佇露襟清露似助悲啼
姮娥意緒憑斟酌恨迢迢碧雲常近天涯桂影半輪能覷幾夕
餘暉深鎖廣寒淚偷揾此時應憐昔時非人寂後搴幃闌臥一夢
依依

拋毬樂

蹴鞠傳兵勢分曹鬭健材鬭健材隨星時及地流月忽銜懷工客
宜禱賞掀髯舉一杯

菩薩蠻　土耳其名詩人希克梅特有詩頌新中國余譯其意

長城眼見新園築衆心爲石何堅確鐵湯四門開遠方車馬來
歡然同執手是我和平友强敵敢潛窺先教頭骨垂

浣溪沙

殘綠庭陰罥網絲凌晨寒雨濕階泥水沉籠罷更添衣　藥銚常
温婁病久茶鐺閒置客來稀寂寥情味晚秋時

賞松菊

雕闌四市簾垂繡掩鏡晚妝慵理露濃徑滑有蒼苔鋪地試興商
量步履漸行到西園小憩倚軒閒看婆娑影好數株丹桂　皓月
年年自潔照愁人比當時憔悴桂蘂舊香永忽驚風飄墜擁枕孤
蘇醱息又窗外寒蛩語碎聽秋聲似江潮同夜半至

生查子

薄情游未歸夜笙停鍼語孤月正當窗再拜陳雕俎　菱角雨頭

四

纖蓮子中心苦持底見風流蠟淚縱橫處

孤鸞

銀河清淺縱隔不相望支機非遠畫裏真真祇許焚香偷展妝臺
此時乍到鏡奩開粉痕勻染誰信飛霜時節有玉溫花暖　念棲
居應共雙成伴甚一曲琴心無限幽怨試聽離鸞操動梁塵淒黯
游仙漫誇夢好恨良宵漏聲偏短何事相親半霎儘教人腸斷

惜分飛

濃綠陰新黃鸝語裙帶擁鞦韆畫柱時序倏忽秋暮隔牆唯見高
高樹　燕子樓闌（倚）風不度何計化行雲飛去闌外翠幙低護斷無
人在憑闌處

金菊對芙蓉

菊蘂香濃拒霜紅淺十分妝點殘秋恨朱顏不返好事都休登高
又近重陽節想故人落帽風流如今安在孤飛雁影應向南州
楚天宿雨纔收怕湘蘭沅芷一例生愁縱隨羣雞鶩粒稻難求漂
零何似歸來好有白衣送酒盈甌萸囊紉罷喜無風雨同上層樓

祝英臺近（送孟斐至楓林橋醫院剖治腦疾作此示之）

數華年悲逝節白髮已垂領瘦減腰圍況是舊時病趨來小駐幨車楓林橋畔怎墜葉不禁秋冷遠塵境戶牖疊似蠶房荒草掩斜徑曉霧昏鐙鐘鼓四圍靜剖愁擬借吳刀沉吟未斷怕照膽還須秦鏡

三登樂

落月關山魂不到楓林青處下簾帷擁衾獨語玉釵盟金縷曲一時拋去滄海逝波故人意緒聽邊頭哀角動燕鴻程阻儘銜蘆自傷隨羽壯心違歌激烈淚霑纓組更短漏沉夜悲向曙

清平樂（詠鴿）

雪衣丹距雲路從翱翥驚鳥凶殘羞作伍自有千儔萬侶傳書不畏張羅月光相映娑娑（西人以月和平女神為）天遣和平使者人間長斷干戈

十月桃（沈石田畫九月桃花折枝小幅自題云榮華雖暫須天地亦多情感之成詠）

年年三月看青條破萼霞映烘晴路近桃谿劉阮曾遇仙鄉誰知

五

隕霜籬畔還又費蜂蝶經營春歸已久雀護題詩重覩傾城　記
南都千樹繁英空付與寥寥水榭山亭再度花開董逃先聽歌聲
解放前一年南京九月桃華居人以為二度逃之謔再何如畫師妙筆指數點妖冶鮮明當
時節道榮華難暫天地多情
薄媚摘遍反虛齋詞意仍用其韻
睡初醒風又起黃葉飄庭院倚清狂嘆落魄題詩空涴席繡籬花
影瘦兩鬢蕭然何用念家園獨感浮生崎嶇世路甚時免　還把
茱萸重歡後會知誰健開口笑本來難良朋已覺凋半憂來煎迫
四序相催不放寸心寬擬醉醇醪持觴淚滴滿
擣練子
機上布手中刀絮盡征衣莫憚勞借問此情誰會得拂雲東去雁
行高
裁匹練畫雙鸞幾葉丹楓似小園鴉繞江頭寒正峭故將秋色寄
君看
頻着杵漫封題慰安新痕減舊啼驗得玉人纖線迹未除強寇不

須歸

青玉案 贈故人子聞韻

霜髯不覇人驚老話故舊相逢少龍面而今成一笑短衣露脛瘦麻編屨跡布還裁帽　一年次第寒成到便有酒何妨共傾倒萬事都拚沉醉了來時鐙火去時冰雪是處安排好

清波引

野沙縈渚總濤靜白鷗喜舞片帆何許晚霞送嬌嫵別久故情嬾便任匆匆歸去自憐衰鬢驚秋弔羈辰往還處　箋愁寄興旅程遠鴻雁漫度夢能來否恨相見無語宵長睡難穩滴盡疏桐殘雨賴有窗外蛩聲伴人吟苦

憶舊游 和清真韻

記青樓擁髻繡檻圍歌同賞鐙宵漸過行雲任認珠簾半揭霧彩飄蕭舊情頓怯秋暮風起月光搖任宇劃鐘灰杯傾市酒暖意潛消　迢迢路任會有步錦迎春花下連鑣時節頻堪轉怕雕梁塵涴雙燕難招斷魂更擬飛逝滄海不成橋怨幾度栽桑瑤池未熟

千歲桃

解連環　興貞白夜話及陶遺愴然感舊同玉田拜陳西麓墓韵陶遺亡命時自署劍虹嗣爲人告密繫江寧獄中幾不免曉居金山松隱鎮余曾留信宿並爲作圖

賣星寥落數當年任俠更無朱郭記劍舞光景如虹甚名係黨人壯懷消卻縱酒行歌破衣典不堪重著況巢傾鷇發鎩羽自傷野田黃雀術驚市朝異昨便恩讐忘得難遣離索夜未闌明月中庭伴孤影徘徊鴈更魚鑰楚些吟殘見華表曾棲遼鶴怕魂歸萬松舊隱路迷斷壑

喜團圓

深秋麗景孱堆紫菊窗映紅蕉相如病渴狂心在喜重遇嬌嬈晨妝鏡裏遠山眉樣著意新描如今肯再數分燕股剪破鸞綃

玉京謠　代怨借夢窗韵

一夢柔鄉渺訴與愁心但只骨焦瞰作可溫存猜嫌還頓誤瓜李悵海燕春晚來時看綠盡花梢無計塵埃裏安巢古堞將離空壘盈盈自來蘼蕪斷素量縑又寶箏目倚數卜歸諧良宵孤負鴛被

料敵歡風雨聞鈴暗媿泣玉顏微洪爭得似情寄片紅溝水

鷓鴣天

簾外霜風動遠塵牀頭鐙欲照孤嚬剗肝為藥難醫疾泣淚成珠不救貧　恩往事悟前因轉將微怨作深恩龍宮方劑如堪乞贖與雲英自在身

思遠人

鴻翼辛勤將數語傳與異鄉客念椰瓢共飲離支分寄終是未歸得　布襟血淚寒猶滴四望陣雲墨便好夢熟時遠方烽盛何由見顏色

卜算子慢

危樓望遠深院閉門幾葉井桐飄墜楚澤芳蘭歲暮漸看憔悴數遙汀雁翼相將起柰此去峰迴路轉書成萬字休寄　寂寞空閨裏對錦障圍窠獸鑪沉水永日思量黯黯舊情如醉總憐伊消盡眉山翠漫倚著簾鉤到晚向風前彈淚

七

醉落魄　頃鴻離寄懷云相思誰復輕千里不面空教翻百書又補錄在渝州集白石句見贈詩有自琢新詞剪燭看之語因

追述舊游奉答

亂山青疊，松陰徑曲，苔階滑。新詞妥共商音節，萬里歸來尊恨兩華鬢。人生何苦輕離别，去年花下聞鵑鴂，明年春酒須芳洌，未了情懷都待見時説。

虞美人影　貞白買曝書亭集，忽於其中得東方美人真影，索余為詞戲贈

繩牀甕牖甘長守，醞造梅心酸透。金屋千嬌爭秀，道是畫中有。風懷百韻閒賡就，驚覩峩髻廣袖。斟酌燕環肥瘦，巧笑宜名壽。

齊天樂　訪梅景書屋，湖帆屬題所藏戴熙畫冊

倪黄宗派誰能繼，婁東自開佳景。運與時遷，才難輩出，絶藝無人管領。廛堂聽醒，共商畧芸牋，破除杯若。眡眼哥青，頓忘簾外暮寒凝。咸同之際畫手，鹿牀應自殿一朝（代）名勝。細染輕匀，幽香潑墨，神合玉田詞境。被圖贉肖，是故國風柔，小園春静。夢繞清溪，掠波雙燕影。

風入松

層樓百尺倚高寒，霜重錦衾單。菊花開了無多候，已崢嶸一歲將

蘭蕿琯從吹暖律，瓊漿難駐朱顏。春申江上暮潮還。潮語帶辛酸。幽居豈是蓬萊遠，望中見幾點烟鬟。不許尋消問息，明明只在人間。

鎖窗寒 寒柳

畏景西沉，重陰四合，頓移寒暑。黃沙塞草，卷地朔風同舞。似千軍悲笳怒號，氣流盪薄還撐拄。許小庭暝色，枝頭零霰，轉成花絮。　迴顧懽娛處。但靜鎖軒窗，爇煤添炷。吟肩自聳，醉倚琅玕凝佇。想山中梅蘂破春，枉遲步屐誰共語。更難忘、飲去聲馬河冰，戍客歸期阻。

鷓鴣天 鄭菉翹有鷓鴣天詞數十闋，皆述珠江舊游名妓，為櫻橋綺語乞題

為憶前游感不禁。鷓鴣詞好費沉吟。一編綺語三生債，幾曲闌干萬里心。用東澤綺語債成句　蘭櫂急，越江深。惱人春色夢重尋。木棉開處花如血，化作啼痕染客襟。

征部樂

往時歡聚，雲散雨絕，真堪惜。數三載天涯浪迹，應每祇尋問消息。

八

相思字憑鱗翼又卻恐海波漂溺念到此永夕無眠月照簾幃想顏色　傳言信否南來北去添轉幾遭鋒鏑幸自有心情長在沈腰如舊何用量寬窄漸暮砧初拭爲寄遠擣衣聲急度曲闌隱隱風迴斷續聞刀尺

江月晃重山　馮伯華爲禮館舊人近得其蜀中書以此代復

講舍宵聞絃管支節日倚湖山櫻桃如火照衰顏當時事不共暮潮還　欲和陽春一曲其如蜀道千盤迢迢雙鯉寄書難書中意努力勸加餐

傳言玉女

百步亭臺落盡樹頭殘葉夜寒風緊透疏窗紙裂衾枕自擁暗想春游時節沈吟無語兩眉低結　繡箔微寒見孤燈似暗雪意淒攜手恣同車歡悰河橋送人還把綠楊親折那堪容易舊情衰歇

歸國遙　幾花間十八首○温庭筠

蓮臉手鏡粉蘭花鬆豔　小屏山簇烟斂水光空碧染　羽帳素紈交掩夢迴拋枕簟曉來重整妝靨淚流珠數點

採蓮子　皇甫松

湖畔風光似阿誰　棹舉　將花比貌葉裁衣　少年　玉纖暗剝青蓮菂　棹舉　心
事羞交女伴知　少年

謁金門　韋莊

芳草陌　幾歲送君爲客　驄馬頻嘶無氣力　路遥山又隔　別後只
知相憶　不慣故園春色　垂柳千條還似織　寸腸空斷得

相見歡　薛昭藴

華堂鳳燭高擎　遏卿卿　列坐舞筵歌席　酒如傾　連宵醉　和衣睡
不聞鶯　院外落花風起　月朧明

感恩多　牛嶠

玉階空佇立　曉露殘紅溼　粉搓圓顆垂　憶分離　手撚花枝惜春
暮燕交飛　燕交飛　願得巢成　薄情歸有時

江城子　張泌

一條春水碧琉璃　曉烟迷　荸蘿西　越王臺上　唯見鷓鴣飛　游女至
今留浣迹　人道是　浩邪谿

九

醉花間　毛文錫

羞相見恰相見相見生煩怨無語祇低頭淚洗芙蓉面　昔去柳依依今來多雪霰知否玉樓人容色隨年變

臨江仙　牛希濟

海山縹緲影玲瓏銀屏珠箔重重鴻都羽客信能通攬衣推枕含恨思無窮　若使恩情終不變人間天上歡同僊娥列隊舞瑤空霓裳催徧猶勝廣寒宮

賀明朝　歐陽炯

憶昔花間成邂逅幾巡芳酒暗牽羅袖相將急轉小欄西畔蝶飛鶯奏春事如繡　綠苔茵藉雙鴛瘦判一晌溫存誰惜鳳釵溜自經年分手蓋更告伊眉黛長斂

天仙子　和凝

寶蓋添蘇垂篆歎長掩郊宮春草綠不隨仙女學長生蕩輕烟懷紫玉勝斷瑤無膠可續

甘州子　顧敻

曲屏深處麝香濃寬帶結掩酥胸更移畫燭背紗籠衾展繡芙蓉

山枕上雲髻略鬔鬆

後庭花　孫光憲

六朝前事荒原露亂花無數驕春羅綺盈朱戶寂寞杯土　祇今

休誣怨韓擒虎縱後宮爭騁蛾眉自古能嬌妒漫誇瓊樹

漁歌子　魏承班

兩眉彎修鬢綠羅裳宛地纖腰束信來遲春去速何處可尋芳躅

柳搖金花似簇亂鶯雛鷰飛相逐閉朱扉扃畫閣永晝懨懨人

獨

臨江仙　鹿虔扆

卓女才多含綺思當時巧遇臨邛素琴張罷翠尊空獸鑪閑炷相

並小樓中　光景忽隨情意變楚天音驛難通夜來愁聽五更鐘

隔窗寒葉零亂舞西風

八拍蠻　閻選

輕鑠雕龍因鳳鳥啟拋紅豆散鴛鴦閨裏若應知此恨背人偷搵

淚千行

杏園芳 尹鶚

春游待曉妝成嬌饒媚臉微顰相將小會百花亭步輕盈 須臾
楚峽朝雲散含愁為別仙卿芳園從此斷人行綠苔生

南歌子 毛熙震

樓影參差見湖波宛轉通香蕭豆蔻四支慵浴罷晚涼時節出閨
中 萬帶含烟碧蓮房襯粉紅木蘭雙槳倚輕風因甚畫隄行盡
少郎蹤

南鄉子 李珣

盤嶺過趁墟還錦纚纏髻雨乘環遞飲蒲林春酒熟歡相逐日暮
蘆笙吹不足

西子妝慢 題程他山詠西湖十景余往來湖上二十餘年自遭滄亂遂爾曠絕撫今追昔情見于詞

窗語塔鈴酒攜竹所淨洗緗衫塵霧探春楊柳白隄陰更徘徊段
家橋塊醒吟醉舞每欲伴流鶯共住少年時問買舟偕隱湖山應
許心湖誤十載浮蹤自過巴峽去劫灰飛處不堪尋畫圖中幾

行烟樹。蒼洲舊句料清夜挑鐙重賦。漏沉沉。滴盡簷花細雨。

珍珠令　臘月廿一日立春

雲屏霧阻蓬山杳。知心少。任隔院梅花開了。連歲惜春遲。許今番獨早。暖意先融態似梯真唯有別情難道。難道怕薄倖春歸翻催人老。

浪淘沙　除夕自訟用周晉仙韻

沽酒不論錢。醉後酣眠。自將身世徹鳴蟬。何異坳堂杯水覆以芥為船。風雪夜防邊。恨我無緣。名韋利殺雨徒然。萬事從頭須放下。明日新年。

十二

右然青集

夢秋詞卷十四

汪東

癸巳

四犯翦梅花

暮雲凝縞，對瑤階素闕，恍疑僊島。凍合吟肩，幸鑪香猶繞，前村簫寫。問何處酒帘懸，早灞岸春同。梁園宴啟，夢魂飛到。同游故人漸少。記燒鐙令節，那回歡笑。淺雨層蘇，悵新悲難掃。門荒徑悄，但枝上、數聲啼鳥。雪後江寒，梅冷傳疏影，寒深花小。

採春令

正月初八日，日出而雪，陰晴百變，亦氣候之異也。

風簾蕭颭，獸鑪融煦，乍寒輕暖似瀕梅天氣。陰晴半甚時序，教零亂。玉霙飛處陽烏閃，做春光奇幻。料紅閨睡起，虛簷徐轉，誤擬楊花看。

一枝春

月榭雲窗，任留連、宴飲都忘昏曉。陽和布暖，次第苑花催報。紅梅半吐，醉中認、謝娘風貌。歌字穩、鶯囀高枝，未驚繡幃人早。　幽居片塵不到。度淒涼歲月，將愁誰告。蟠雲鬢散，鏡裏幾回羞照。丹青

諾

暗展已句引萬千情識從細想玉艷香溫見時更好
玉燭新鐙夕彥通自南來語舊因贈
玲瓏簷玉瘦漸瑕眼春回野梅如繡看鐙舊俗今都罷但許歌圍
紅袖笙簫徹晝擁絳節霓旌前後佳麗地空數南朝臺城未舒新
柳因思寄旅經年慣曉隸聞鐘步穿烟岫歲華頓換堪惜處俊
侶狂情非舊凌波賦就夢窗吳門元夕詞凌波恨簾戶寂又試鐙夜詞暗塵不起酥潤凌波地彥通少日有
夢窗之恨故戲及之恐淚燭宵分盈斗休自苦垂老相逢金尊更覆
鶯聲繞紅樓梅蕚受凍作花甚疎頃亦凋落矣倚此寫感
臘底頻番急雪吹已堪訝疎蕚離披春簾密付翠篝知休噂最高
枝風動鈴旛索無端又了卻花期看花昨夜步前溪空餘遠山
眉
金縷曲
萬里沉悲角指天西巨星夕霣光芒銷鑠大地山崩溟海竭魚鳥
紛紛安託況別有玄黃交錯龍戰方酣三軍壘道哀兵決勝原非
弱離爲致不龜藥試陳舊史君應哂笑當年事秦事楚何殊丘

駱六國連衡從暫破衡散依然從約但衆志自成郛郭頃刻風雷
生百變願不爲魚鳥爲鷗鷺紅日出歌聲樂

滅字木蘭花　淮甫兄輯西蜀之行復來相會

天梯石棧夙昔馳驅同往返歷盡殊鄉何似家山味更長　白頭
兄弟惜取花前尊酒會莫問明朝橘子江頭早晚潮

點絳脣　黃西與爲其舅氏作南山圖卷

松竹陰濃四時不改南山翠瘦節閒理誰會槃阿意　長想鷗波
點筆多能掌風流似雲川烟水一室空濛裏

大酺　客來寄庵談鎮江府學舊事先大父官府訓導五十四年余昆弟皆生長於此官廨堂壁嵌寓碑實米崔耳雖斷形象蓋唐以前物冬榮春滿齋爲先大父課孫之所桃潭書屋則兄弟輩讀書處也自辛亥後未嘗再履其地宮室遷毀傳聞棗辭不可詳考矣

看月臨窗花塢徑春滿桃潭書屋童年游息地想碑殘米寫斷紋
難續舊業塵薶荒園鮮護閒道時經樵牧飄零平生事況昆池劫
換市朝翻覆騰喬木人家亂雲山寺尚邊幽躅　光陰如箭迷任
二
衰鬢蓬鬆無新綠唯佇歎幾雲聲價王謝風流總消伊廢箋閑燭

歲暮陶潛宅應自惜獨存松菊坐客滕村醅熟收取殘淚聊共持
尊相屬醉忘爛柯幾局
陌上花
韶光漸近清明甚杏透簾風雨枕冷衾單還似去年辛苦密圍欲
寄光彈淚濕盡錦箋詞句怕因循過了杏花時候委春塵土黯
凝思記小闌深處亂劃釵痕無數杳杳重闌自此便成暌阻落紅
萬一侵羅襪悲粉嚬脂慵顧悵橫東縱有珍珠盈斛憑誰織與
點絳唇集清真
看即分披對花慈起愁無數淚珠濺俎細響當窗雨　景物關情
也擬臨朱戶章臺路夢魂飛去一曲黃金縷
好事近為袁孟純題雪夜草堂讀書圖
粉墨灑寒林猶是六朝山色夜雪柴門深閉識袁安心跡　奇書
讀盡古今文絲竹更藏壁酒誥一篇俄空去聲問何人會得
迷神引
楊柳搖青堤邊樹又值禁烟佳序離[illegible]疊鼓攤平川路傍溪行桃

破胡

花散似紅雨追憶當年友共尋組揮手雲山隔竟何許　屈指人
生半是傷離緒對冶游天嬉春侶黯然回首忍重尋臨岐處笛飄
揚郵亭遠旅魂阻休為年芳晚閑朱戶殘宵驄鶗鴂更悲苦

柳含烟

秦淮柳蕩輕烟迤邐復成橋下小娥纖手理絲綜木蘭船　留得
年年佳景在未惜綠陰如蓋隋宮梁苑滿荒莎柰花何
姑蘇柳畫欄東嫋嫋長絲拂地纖柔還與舞腰同鬬春工　因想
吳宮眉黛色西子也應描得如今憔悴在風塵翠蛾顰
灞橋柳送行人千古幾經攀折踈枝搖曳起黃塵月微昏　昨歲
邊關征戍急翻使離歌激烈待君移作繞朝鞭[illegible][illegible]旋
玉門柳兩行齊閱盡車輪馬迹冷風蕭瑟曉鴉棲盡情啼　驛路
俄教通絕域春色江南無別往來閑殺霍嫖姚挂征袍

陽春曲　三月初一日夜歸過舊曲悵然成詠

雨絲絲烟幕幕鐙影漸迷坊曲殘夜走輕雷車輪轉夢裏還過舊
三　家宿麝熏鴛褥渾未減那時芬馥誰道雨睫瞢騰醉眠醒自驚幽

獨　歎春半凋薔驚離老惆悵極清狂杜牧秦樓簫聲已斷覺林空枕簟斑竹芸牋更展數幅待手把花容描貌（入聲）悵桃李未了瀟扃候悄悄暗綠

阮郎歸（調友人賦得攬字俗謂以手相扶以物相和皆曰攬）

春陰漠漠罩江南春衣無點緘樓居新署列僊衢不須青鳥探蹤影瘦暗香攬小紅歌韻誠石湖風便好張帆望梅先解饞

御街行

桃花流水仙谿路曾引劉郎住曉春扶路覓仙谿腸斷幾番回顧落英飄盡朱顏已改不見當時侶　長生本是無憑語但願長相聚仙家何事亦離塵洞口亂雲荒絮不如重到玄都觀裏猶有桃千樹

慶春澤（白芍藥）

擕筇中園游憩看芍藥翻階素顏嬌麗還澹著梳妝臨風搴袂似玉樓人卷簾曉初起　徘徊欲盡宵際堪持贈情人閑吟漆消愁添淚吳綃離心難寄正月籠烟一枝蘸烟裏（明末女子吳綃有贈藥編）

看花回

葉底初開百囀鶯來賞新晴市郊兼有山林趣是舊家別館崢嶸好春留不得同感飄萍檻曲縈迴蘚路青鞋手巡行海棠穠艷吹成雪野花開多不知名自憐歌酒畔有甚閒情

瑞雲濃

東風露井桃花還似人面花外巢痕護新燕香泥壘就又早滲殘紅千片逝景迅流波任風吹不轉當送春歸隨處易傷心感歎豈是佳人離情淺鳳箋盈篋問甚時一樽重見折取花枝露和手顫

飲馬歌　松隱集有此調序云傳自金源用橫笛吹之無鼓拍殆即古所謂橫吹曲也因倚其聲為援朝軍製此

句驪形勝地點虜鋒何銳一朝援師至劍麾旄頭死夜蒼茫草色黃蘆角連營起萬山裏

子夜歌

鶯櫻桃一春過半的皪走盤珠露佐杯酒殷勤語對作喜故人相遇巴嶺雨雲秦淮烟水總化衣間霧是人生離合尋常多感情懷

四

祇覺萬端愁緊　不堪聽枝頭葉底宛轉一聲嚦字如謎明朝臨
歧墮淚依舊天涯去況韶華已老綠陰青子如許珍重而今片時
歡笑無限燈前語怕年來消減容光就燈看取

最高樓　為巢章甫題海天樓讀書圖

天津市鐙火隘通衢中有隱人居一枝漫擬同巢父千間猶欲庇
寒儒是誰能將此意寫成圖　想時倘元規樓畔坐又還着元龍
樓上卧風月夜嘯歌餘海波寬處馴鷗鳥芸籤香裏伴蟫魚問先
生秦火後讀何書

清平樂　為湖帆題梅景書屋圖

崦西深處香雪時飄度窈窈巖關蘿徑護記取支筇閑步　湖山
不負清嘉鼎彝位置堪誇勝卻雲林高閣道人手自種梅花

青門飲

羈緒侵尋壯懷銷鑠鄰家怨笛殘春時候事往難追恨多偏積長
遺枕痕淹透征戰連年歲歸期杳刁鐶生鏽燕子重來不見當時
花下雕鬢　唯見臨窗楊柳爭聆斷邊書如人眉縮蹙閣籠陰小

池過雨風信夜來還驟料想明鐙底剪羅衣幾番停逗帶圍親結
可能記得腰支肥瘦

菩薩蠻 所見

鏤空鴛履文犀革茜羅衫子肩腰窄約臂露雙彎指尖紅蔻丹
朝朝歌舞續但恨為歡促鄰女下機歸辛勤短後衣

探芳信

翦妝鏡任匣貯釵鸞淚和脂凝但小樓幽閉更深市喧定一鈎殘
月徘徊久聊破花間暝記初逢拜月盟是是伊心肯無限歡娛
事悲永日彈棊閑宵評茗雨度蟾圓便從此歎孤另舊情已逐繁
華謝密約愁難聲楚天遥宋玉高唐夢醒

青門引

曲沼涵餘景波底遠煙浮暝玲瓏疊石赴修廊蒼苔縱處認是舊
行徑　閑軒乍怯單衣冷獨坐中宵靜紫藤半挂蘿角月光瀋瀋
花無影

尋芳草

五

失命遠山翠鎖長日雨簾纖地倚高樓望眼成枯悴路迢迢信難
繼暗想別離情二三載把人拋棄算嫦娥縱被雲翳蔽還有個
團圞意

眉嫵

記芳園聯步繡陌停車垂柳正青眼買酒南樓下嬌扶醉輕盈人
似花面素箋漫展愛賦情詞意深婉坐相並不惜淹留久又鐙市
催晚　愁滿雲屛湘管怎暗垂蛛網空涴塵篆寥落悲行旅滄波
外斜陽芳草如剪舊游未減夢乍醒人遠天遠這無賴年光頻屈
指甚時見

踏莎行　吁

薦酒菖蒲堆盤角黍家家舊俗同荊楚汨羅江畔賦招魂奔潮猶
帶回風怒　天問難酬國殤堪語遺篇光燭蛟龍怖休嗟荃不察
中誠亡秦畢竟由三戶

蝶戀花

天性矜嚴容百媚斂影藏聲事事相迴避一語暗聞知有意蛾眉

謠詠君應忌　日暮高樓還獨倚路隔章臺恰似無窮際玉玦合
碎瓊裁作佩寸腸猶許連環繫

綠蓋舞風輕（蘇州公園看荷花紅白相間彌望無際橫塘中絕似四十年前游北海時光景）
落日斷霞明蕩漾輕圓荷盤瀉鉛水風揭霓裳群舞擺佩玉羽蓋
紛起已斂還開棹歌遠微聞香氣記當時玉蝀橋邊佳伴同倚
蓮子暗下心期向晚漸秋風觸斷波底冷落空房玉容消但漬粉
痕脂淚事往情牽又向蕊臨池深意步遲回夢認冶游宮地

減蘭（先入伏後出梅俗謂之梅抱伏主酷暑雨頭無春俗謂之野伏年主隆寒今年雨值之頃苦熱因戲作此）
芭蕉葉大一雨階前堪晚坐暑氣高哉忽閃繁星走旱雷（震雷不雨俗謂之乾雷或云旱雷）
炎蒸何酷共說今年梅抱伏又恐冬寒首尾無春是
野年

滿庭芳（立秋期近而炎威愈虐作此被之寄遠人）
樹隱鳴蟬花棲殘蝶小庭長日清寥寢眠初起風陣送荷飄休羨
南皮樂事瓜果徹漸近涼宵憑闌指烟澄霧斂星渚未成橋　迴
思天上伴飛瓊等綠無處招邀只采蓮涇畔遺蹟偏饒悵望鵲兔

六

一舸五湖去，別載嬌娥秋艑穩，歸潮有信千里莫辭遙。

鷓鴣天（七夕口占，時余肩背生瘍，又徧體發斑，臥牀甚苦）

暑毒侵肌慘戰爭，天時恰與病相謀。颯然風雨奔騰過，蕉葉梧桐各自秋。　烏鵲散，暗螢浮，今宵無意看牽牛。蔆嬋也避雙星面，雲幕千重不上鉤。

沁園春（病起自嘲）

君子人歟，豹變崢嶸，其文赤斑。想卦爻占得，剝膚災近；上池飲後，伐髓功完。吸露身輕（醫教飲青蒿露），攀霞痕在，色界曾留第幾天。丹成未，看銖衣盡委，蟬蛻登僊。　新陳代謝年年，總不似秋風掃籜便。甚凝酥砌就，魚鱗匼市；微斛吹起，蝶羽輕翻。樂豈知魚，相應食肉（飲食多所禁忌，唯許食肉耳），且莫遣公榮到酒邊。東海畔，倘嗜痂有客，還許周旋。

浣溪沙（還家即事）

足輭經旬戒出游。羸軀病暑復驚秋。小園無恙且歸休。　未晚經須拋卷帙（[illegible]），作涼先欲試衾裯。北風吹雨上高樓。

減字木蘭花（題湖帆沒骨荷花卷。湖帆自云見八大山人墨戲，稍變其法）

六郎風貌此語輕謑羞不道翠蓋紅裳落浦猶應遜晚妝　嫣然
嫋動十載詞仙曾入夢十餘年前湖帆爲余作荷花小幅題白石嫣然冷香二句紛亂散失至今惜之筆
底烟波涉事驚看素爾何八大畫每題涉事二字

踏莎行老友武陵來蘇相訪先問寄庵門徑書此答之
騷客詞心絳脣歌譜吳城合共天隨住白石詞第四橋邊擬共天隨住夢窗詞可惜人生不向吳城住皆點絳脣也新巢元興舊巢隣飛來燕子知門戶小築在先葉北牆後拙
政園東華陽橋堍深深曲巷通疏圃杖藜若叩寄庵家陽牆先見

櫻桃樹

感皇恩夜起和清真
露下洗蒼苔顫簾風定北郭車聲破幽靜半生羈宦早被輪蹄催
醒那堪還對此淒涼景　酒散夢回一時都省鏡滿霜華更愁病
撫衾長歎殘夜鳴雞相譍起來猶自弄鐙前影

醜奴兒中秋夜望月用清真韻
層陰隙處清輝漏斜照東軒桂影森寒許析高枝未有緣　便求
玉兔長生藥難駐朱顏霧檻風欄誰凭瑤樓海上看 七

繡停鍼　十六日還上海登碧雙棲月色皎潔興貞白歸于湖念如嬌慨然有作

澹暮景，望四野烟收，皓魄初上。檐瓦參差，樓觀萬家，併入玉壺冰盡。素波搖盪，似畫幟中流。相傍凭闌酌酒，高歌未輸洞庭奇況。千年事懵懂，不道我歷歷見伊，神王汗漫，騎鯨東海，壯游回首已成長往。未須惆悵，幸儔侶登臨無恙，夜深歸卧，月華更穿屏幃。

瑤華

非莖非葉，搖曳瓊鈎桂，一痕香雪含苞，纔見驚片時，射眼光華明徹。蓮臺多品，怕猶遜旃檀芬烈，更鼓催殘夢消沈，悵想玉甌初缺。

前朝未盡風流，歎仙李蟠根，依舊門闌，開筵喚客，花裡無數雄蜂雌蝶，擬憑斧翦，長夜對鴛衾匯設，笑問他潮闌靈椿，共度百千歲數。

醉太平

簫笳沸空，旌旗颭風，游人列炬如龍，報行程向東。高臺數重，狂花萬筒，和平餅字當中，是民心大願同。

傾杯近　和袁去華

夢醒朱樓，鎮鎖殘日，留斜影向晚。西風漸止，繞廊花葉，靜塵封篆。管絃斷，金徽何日聲佇。徘徊鳥嗁蟲語，滿荒徑。寶釵分，篆烟燼。密誓嗟難省，鏡換容華，帶損腰圍。新來更浮蹤浪跡，不似年年秋期定。縱思歸，更堪歸路永。

醉思仙

對秋空，想風翻墜葉，番香征鴻。漸黃花開也，人倚疏襲，香蕙鬢淺。露衣歎孤負，酒盈鍾。暮寒生、更睇遠，暗遮雲樹重重。膏沐相忘久，頻年首似飛蓬。料懷人深處，應少歡悰。千里月，兩邊情，訴此恨、興誰同。夜況沉，夢不記，斷魂猶戀青楓。

陽臺夢

玉階閒佇，調離鳳，見人羞瞥，微波送困來。無語倚斜闌，撚花枝，獨弄。裁箋傳密約，還指紅樓幾棟。曉窺門戶，卻嚴扃，誤觸金鈴動。

穆護砂

有恨誰堪語，傍紗窗，絡緯嗁苦。騁商飆，一霎墜梧飄雨，廢池荒園

八

無路但切切寒蛩相尔汝怪早夜秋來何處便莫問當年宋玉也值費歐陽新賦推枕旁皇攬衣愁歎時時傾聽淚沾襟儘玉簫聲斷瑶琴韻冷無此意酸楚　況是一襟離緒怯空房影形爲侶祗纖殘爇鳳烟消香鴨尋思舊歡如霧怕水遠山遙嘗險阻拋撇久兩情非故燈焰小似伊昏眼壺滴盡伴我長吁夢等春還寄將花葉密書覼縷祗珍珠又爭教霜月窺簾驚魂知已曙

惜餘春慢和魯逸仲

纖勒依風輕衫沾露共蹈長隄青草連翩儔友爛漫華年幾度燕昏鶯曉鶯燕丁寧後期尊酒重來碧苔錢小歎春光容易繁花飄盡故人今少　空自憶梅坼瓊枝蘭披香徑道着轉添愁惱郵亭送遠岐路停車留住片塵休掃況恨窮秋到時明月有心應憐人老似蓬飛雙鬢惟餘衰柳幾絲縈繞

南歌子

簾卷梧桐影鑪添柏子香中庭露結漸爲霜遥聽孤鴻悽唳下迴塘　檢曆知年促繙書覺夜長一生鉛槧爲誰忙贏得遠懷消盡

鬢毛蒼

點鮮脣（九日遄赴蘇州市民代表會議用東坡韻作）

照眼青紅，此回絕勝龍山宴。續滕芳甸。不盡輿圖觀。　何用登高，百里行程半。橫塘遠。影殺波亂。我共西飛雁。

離亭宴（前三十餘年，余從夏吷庵及諸貞壯同游西湖，吷庵有詩紀之。貞壯既久没，吷庵亦於今春下世，讀其遺作，為之泫然，因櫽括吷庵詩。宗梅聖俞，故以梅叟擬之）

老傍荊扉相偶，談讌日從梅叟。揮麈論文狂絕倒，缺月驚窺窗牖。一旦死生分，瞬到菊花開後。　檢點親知林酒，唯是淚痕襟袖。長憶湧金門外去，醉栖蘇隄新柳。此日柳空垂，獨立西風回首。

好事近（季琦婦顧清侶赴朝鮮慰勞戰士）

百戰固巖疆，壯士宣威殊域。餽食不辭艱阻，有蛾眉奇絕。　故園風物已深秋，行人感時節。氈幕笳聲催曉，正千山飛雪。

永遇樂（貞白行役福州歸，述所歷，以詞紀之）

關峽波濤，武夷深秀，此行經徧。才御征衫，且呼杯茗，為道親聞見。好山當戶，明湖繞宅，未減江南心眼（烏山、吳山、于山及小西湖皆在城內九）。最豪華、南

臺高處望中燈火如練 炎方暝候溫泉湧出卻笑華清池淺可
惜來遲荔枝摘盡雕俎涎空嚥歸裝應有錦囊佳句供我細吟閒
遣但頻採烟壓漲海幾時盡散

蝶戀花

菊蕊凋殘秋景暮滴滴霏霏盡日簷頭雨欲向鄰家閑趁步蒼苔
徑滑無乾處 隔地陰晴非定數因念妝成萬一籠朝煦此際栽
牋愁寄與到時忍認啼痕汙

明月棹孤舟

淺掠山眉紅粉面杏初殘那回相見輒語無多分飛一霎輸與畫
梁雙燕 葉落寒螿空絮怨怎彈指便成秋苑步月迴廊看花小
檻只許夢魂依戀

傾杯

恩怨無常悲歡難料從來世情如此聞君語便似司馬淚溼青衫
情盈素紙縱前歡拌得而今忘卻未可正芳年竟拋羅綺闌際
鎖冰絃絕時誰共理 想數番求凰心事為畫傳知音當鑪曾許

誓約千金休擲奈何到此成輕棄空竚望雲、涕翻輸與當日虞家
君王雖逝臨分悅爽歌聲起

瑞鷓鴣

白鷗飛處海波明、樓高遙指兩三程無限風濤化作輕烟散、佇向
滄洲眺晚晴、　千秋人物從君數鐙前煮酒閒評、卻笑廣武登臨
何用輿長歎豎功名、未必英雄是步兵、

轉應曲

霜月霜月步影橫枝清絕、悄悄燭滅鐙休緩曳羅裙上樓樓上樓
上終夜有人凝望、

洞仙歌

不登廊廟且幽潛林下少室山人有高價想躬耕南畝梁甫吟成
成算在西蜀東吳分霸、　卧龍難得似老去傳經門第扶風尚堪
借長笛韻淒涼滴雨空階平陽隔獨醒中夜又何如絲竹後堂深
待只許彭宣一尊同把

琴調相思引

小雨初收望轉迷車輪巷陌未成泥千家鐙影相送過城西　寒
透綈袍風似剪光搖塵幔月如珪夜深歸去態工最高梯

古丹羽集

夢秋詞卷十五

汪東

起癸巳冬訖甲午

望雲涯引

野行聞笛音調頗舊人所為感而賦之

江干閑步蕙汀遠蘆灘白寄泊漁舟向晚自看風色歸鴻陣散歷亂鶯飛下認短磧望裏關河念三載羈客　閬宮蓬苑借青鳥傳音息賢市漏處殘景半消金碧流商變徵吹破無窮恨甚處笛太息桓伊未似當時聽得

浣溪沙

十二天門詄蕩開霓旌翠葆共徘徊於中彈指起樓臺　不惜千金求駿骨果然萬里致龍媒燕昭漢武盡仙才

應天長

罏煙細裊簾繡慢垂幽懷斷緒難續夜靜乍聞鄰笛依稀舊時曲繁華逝年歲促似淚盡臥槃殘燭最堪恨一片青谿雨後新綠　誰更問楊瓊記取樓居還近大隄北暗淺數重闌楯蜘蛛網盈目聽歌處歡未足強自比謝公絲竹鬢華改遠志凋盡沉醉當哭

鳳歸雲

傍層臺幾行遠樹接江臯宿靄乍收寒氣晚蕭條樓閣冥迷歌唱四合隱隱逐風飄錯認那時都下朋儔歡會放鐙偏近元宵 魂勞形役境往思遷蓬蒿過屋廢廄犀滸六代興亡事竟身遺西蜀奔馳北寺歸隱鬢髮與秋凋章使老隨閒散博觀圖籍破除个種無憀

臨江仙

對面寒暄無一語泥他強寄音書書中但問體何如行間窺落字珍重過明珠 記得憑肩楊柳下喁喁情話相於可憐濃綠蔭庭陽西風吹後看直是近來疏

石州慢

小閣同憑芳宴未闌何事輕別奔車隴驛經過正見野梅飄雪行行且止又向千里滄波中原回指青如髮長作異鄉人料啼珠盈睫 淒絕佩環遺響枕被餘薰易成消歇兩地含思魂夢何曾相接癡情極處畫裏重與端相奇容妙采難言說驢鐙麝煤殘有心

香堪熱

如夢令（仇實父畫四時時妝美人，錄夏秋雨景，設色妍妙，以詞代記）

滿院桐陰舒綠，暗體輕籠紗縠。團扇障微羞，池內鴛鴦雙浴。芬馥，芬馥，臉映荷花如玉。

雨後秋光如洗，無數閒花繞砌。合坐弄新腔，翠琯銀笙相儷。風遞，風遞，縹緲樂聲天際。

水龍吟（畫梅花冊壽蕙高，媵之以詞。蕙高為貞白賢儷，梅其小名也）

灑然林下高風，百年長作貞松偶。鉛華不御，芳馨自遠，蕙蘭堪友。蜀苑呼龍（蜀苑有梅龍，見放翁詩），孤山邀鶴，歲寒同守。想繁華時節，何曾得意也，不為冰霜瘦。　自是東風較晚，枉催開園林如繡。眼中羞見夭桃穠李，炫奇爭秀。夢繞南枝，幽香和月，暗沾襟袖。倩淋漓醉墨，生綃寫取，祝梅花壽。

浪淘沙慢（八仙橋青年會聽歌，是日有生死恨、搜孤救孤、三娘教子、梁紅玉諸劇）

倚樓看霜融素瓦，路近烟磧，弦索繁聲漸發，鐙簾動影，似織，聽一串清歌珠歷歷，頓折盡千結，柔腸問座中誰是遠行客，衫紵盡霑

二

濕 惻惻死生便分蹤隔況蠶婦空閨催機杼悲甚遺孤泣忽戰

揚桴鼓春雷轟疾寸心萬感憑伊他傾吐牢愁寬抑年少事風流

雲散楂華髮壯志半銷遺情處翻教恨更積醉歸去獨擁寒衾滿

碎滴鶯鬪魂縹緲疑終柏

齊天樂懷素墓蹟云苦筍及茗異常佳乃可徑來與會中諸人共觀之

窗前蕉葉陰濃後臨池墨痕翻污風捲雲飛蛇驚草僵筆勢千秋

誰悟清齋味苦祗筍束供庖茗甌浮乳想得書僧經來相訪定使

侶 瑤函珍重共啟怕顛張未解馳驟如許喪亂縱心中秋過眼

諸右軍喪亂大令中秋二帖 別有人間奇遇縈懷萬緒問天祿琳瑯至今存否

撞海崩濤化成[illegible]夜雨

清平樂聞貞白日讀瑜伽師地論賦此代訊

形骸為累入世求超世面壁嵩高仁者事方寸終無住地 眼前

撩亂空花一窗風雪交加我欲懺除綺語相從熟習瑜伽

瑤臺聚八仙陳蒙庵纔貞白所索觀余所為聽歌詞復作一首邀二君同和

廓散高空層標峭相隨步嶙玲瓏笑闌歌陣寒氣變作春融急管

繁絃揮楚調乍聞又覺感纏綿夜無眠鳳棧暗摩聊訴情懷知音從來易失歎舊時宋玉屬和誰工竟聯二妙驚看賦筆如虹明朝更同讌席恰一曲霓裳聽未終新愁起換數番羯鼓敲碎瓊鐘

菩薩蠻（陸丹林倩人畫家大千為補衣櫚及楓樹之題）

曲江去後流風歇嶺南又見梁陳屈誰可繼三英里人先定評（修三水縣志者誤丹林已死列諸近代文苑傳中）長松身獨秀不是因詩瘦何物比韶顏一枝楓葉丹

八音諧

陰雨乍晴初重想消閒地來過幽館儔侶坐聯膝評罷聲塵滿弦語勁處偏柔似弄舌黃鸝花外轉正感憶又哀音變徵長歌懷斷小說流傳亂事真任趙宋三國做成新饗村社走盲翁蔡中郎誰管是非從古無憑但記著放翁詩樂（放翁詩身後是非誰管得滿村爭說蔡中郎）聽眼已朦朧自笑我心情倦

惜寒梅

萬卉凋零有江梅獨許雪霜盟約粉艷天真冉冉香浮簾幙滿樽

三

芳酒共誰酌望天際輕陰旋作家園無恙忘了歸來細看紅萼
相思未是斷卻秦江關賦愁不堪落寞花下前歡此景羞人闊著
擬憑鱗羽訴離索怕紙盡難添意悉十分清瘦南枝漸坼莫近高
閣

臨江仙 一

節候推排星運轉强分過去來今偶緣聞見動羈心征人遥度隴
宿鳥倦歸林 獨坐空齋書懶讀杖藜何處追尋關山暝合海雲
深一冬懷抱惡不雨亦沉陰

夜游宫 用方回韻

江上尋梅棹發烟波盡處孤帆滅鄧尉繁花明積雪鱗莚開記當
時親自折凝想成悲咽做人去死生都絶田壟青山如戀別醉
推篷更依依窗外月

長相思慢 和清真

夜月微明風搖窗網愁極心似懸旌街喧盡散畫鼓初傳遞凡寂
坐魂驚倦眼偏醒訴銅漿殘燭餘冷蹤螢片紙書輕幾回看恨語

誰聽。便他日逢伊，未必還如舊。識水盼蘭情，桃根喚渡，韓掾留香此願難成。芳菲屢換，任垂條飄拂，相縈怕釵分，雙股機繞千絲，都是空盟。

念奴嬌　江翌雲近游鎮江嘉興及開封先後有詩寄示和者甚衆余倚此繼之

半生行處，要窮探星宿，飛翔寥廓。白髮江郎才未盡，好句如珠咳落。蜀道停驂，清谿放棹，往昔親杯杓。看君風度，幼輿宜置丘壑。聞道多景樓中，從容舒嘯，迴向鴛湖泊。忽憶黃流奔注勢，宛宛驅車京洛。纖手分柑，金盤膾鯉，肯客方礫礴。山歌宵起，恨余不能酬酢。君汴游詩自注云席家婢聞靳仲雲宵吟謂客何以夜半猶唱山歌

歸朝歡　歲暮不得歸頗動羈思因念遠方征戍之士及為寇虜所徵迫者

急景凋年風慘冽，遠望千峯飛鳥絕。博山添炷水沈烟，重幃深掩流蘇結。悲來無暫歇，閉門久斷行車轍。數歸期，不如朝暮，攬鏡已華髮。地暖春光先漏泄，因憶團圞兒女節。故園有信放梅花，天涯是處愁冰雪。四鄰猶戰伐，北韓烽火連南越。想依稀、石壕村畔，更作無家別。

四

高溪梅令（題穎華畫梅）

幾番雪裏訪苔枝暗尋思未似仙雲搖漾薄銖衣綠華來去時
一奩清影試妝宜淺臙脂要詩芳心分付玉纖知漫教羌笛吹

繫裙腰

眉尖微透睡時春雙螺點黛痕新金泥帶畫雙樓蝶似曲中人鬬
妝束小腰身隔座相看無一語應不是阻河津天孫已有黃姑
約待幾秋辰看停織了往來頻

使牛子

野田薺菜花如織村女牧童相值調笑曼歌柔艣動牛奔喜洋溢
翠鈿隱髻添豐澤珠汗斜侵鬢額箇處見天真儘許風流態未
識

虞美人（除夕前還蘇州道中）

陶潛情話思親戚鐙火催除夕輕車火急指吳閶便抵乘風來下
白雲鄉　湖山已被春光占數朵江梅豔梅根殘雪未全消恰欠
小紅低唱過虹橋

迎新春 吳城春節唯園游最盛其餘舊俗寖革除矣

歲首慶春節，共喜朝陽和煦。鄰里喧騰語，逞游樂、携佳侶，接通衢魚龍部伍，乍散入、無限園林深處。日晚人更聚，爭誇道、升平重觀漸春光承豔溢，花塢幽徑裏，石痕竹影，隨步垂楊碧繞，闌干亞記曾來徙倚吟佇。變豪奢，唯許清歡，消閑緒，漸（平聲）風化南土。蔓草盡，爭肯獨行多露。

錦園春 元夕雨止仍不見月

素娥初沐，仍風鬟亂裹，未恢妝束。御悵閑遣，賞今宵鐙燭。霓裳舞曲，忍孤負、衆優芳躅。繡枕新啼，銀屏舊影，西樓人獨。

生查子 貞白偶作畫有香光晚年筆意

沙平綠樹稠，壁立蒼崖峭。丘壑在胸中，豈是聰明到。停雲墟本師，石谷非同調（皆其自道語）。自書畫遺生涯，合向華亭老。

綠鸞歸令

修眼長眉，婉嫿佳名[illegible]自屬伊。佩環急轉樂聲低，舞羅衣。許將紅綬銜雙鳳，不定芳巢憶故枝。夜闌誰道夢回遲，彩雲飛。

五

晝錦堂
掩斂輕寒徘徊短巷觸目蛛網簾櫳暗想別來心事淚濕衣重天
桃紅妍人面杏繡箏塵滿玉樓空無端恨尺素寄將雙魚路隔難
通　匆匆凝眺遠分手處垂楊如霧冥濛乍可長條拂地更繫游
驄旅情空結千絲冷瘦腰誰管一春慵隋隄畔猶勝那回行役細
雨孤蓬
東風齊着力
殘雪初消和風徐轉暖意朝回游人最適迤邐印蒼苔是處園林
組繡流鶯勸且酌深杯從今始桃紅李白相趁花開　宛宛小闌
隈曾記得故人執手徘徊細物華似舊此樂竟難追幸使春江作酒
凝情盼綫引導蟲爭知道浮蹤浪跡不肯歸來
臨江仙
帖帖粉光勻添熒熒鏡匣常開一聲歌斷管絃催自緣心有恨賺
得淚盈腮　娃守從君記取舊巢燕子重來千絲萬縷舞縈迴絳
雲樓畔過不是傷章臺

又（頁白聽歌有作余復和之）

浴罷鬟脂滑膩妝成眉語惺忪瑤臺有路可潛通烏龍眠錦罽鸚
鵡守朱櫳　檢校春風一曲歌筵暫得相逢水流萍散各西東小
山新句好腸斷為蓮鴻

風入松

閬宮高處更無梯升降假青霓眾仙自合瑤池樂指星辰七日為
期漢武曾逢阿母玉環新赦真妃　蟠桃花實絫盈枝方朔敢偷
窺阿妨小謫塵寰去共雙成別語臨岐料峭春寒誰怕凝脂不栗
瓊肌

少年游（蒙庵年五十矣忽逢舊人呼之為少因戲贈）

青樓夾道繫香車交柳蔭扶疏跨鳳秦嬴佩蘭燕姞曾是對門居
　十年一夢蘧然覺花下正將離誰道尊前一聲年少重看酒顏
朱

南鄉子（題金纖纖小像研拓本研為纖纖自製並題絕句其上云纖院微風不隔簾瘦來小字稱纖纖自量只有腰盈尺一著春寒病要添）

六

飛絮雪相兼謝女清才不道鹽想得春深三二月風尖病怯微寒
不卷簾 瘦影石痕添勝似眉樓刻意鐫共許佳名應稱得纖纖
彩筆吟成只自拈

玉堂春

髻丫雙挽豆蔻梢頭春淺試引新聲玉琯初調惱亂蘇州刺史渾
閒事四座驚聞渡共飄 說向中情寃苦王孫恨更饒但逐游蟻
得釀花成蜜不惜因歡解繡貂

好女兒

明月圓時諱道相思遣憂端自理狂心性任歌闌舞罷醉鄉頻到
錦字休題 別館華鐙如畫有鶯燕數歡期料傾城未許輕相顧
待等閑憐取韓娥聲價楚女腰支

天仙子

荔熟江鄉花豔穠妙舞驚鴻堪比並可憐刻羽更流商空解聽燕
人省斜日闌干唯獨凭 帶繫明珠思舊聘未老恩情隨斷綆閑
階飄下沉郎錢嗟薄倖添愁病身似游絲風不定

畫堂春　得故園花訊

小欄花藥手親栽　記春常負尊罍　海棠新報幾分開　落盡殘梅

夢裏獨穿芳徑　覺時無限低佪　獸鑪香篆漸成灰　心字難裁

喜遷鶯

棠梨風緊　歎春服未成　清明將近　旅舍藏烟　沙隄平岸　芳草漸侵衣潤　重想冶游蹤迹　唯有湘蘭盈畛　鬢華改　任蜂狂蝶亂　情懷消盡　梁間棲燕穩　應怪謝堂　不見歌成陣　錦瑟橫牀　香籢扃　簾點點　隨脂殘粉籍　酒暫忘前事　斜倚熏籠　微困騷醒也　又夜深人悄　一鐙寒暈

木蘭花令　張夢痕從常熟市河豚還酒招飲

琴川網罟如雲起　水漲蒹葭長滿地　欲將佳詠繼歐梅　體物茶烟無好意　千金一飯真何啻　頭白相如親滌器　張夫人字文君故以此戲之　腹腴乳雪滑流匙　更比蟹螯風味美

赤棗子

花嫋嫋　葉蓁蓁　並禽相喚壓枝低　停繡見時（來）愁不語　背人描上清

七

羅衣

繞池游慢

芳園景好，見黄鸝逐伴，翡翠相將。幾曲清谿，浮遠碧波痕動，林影蒼茫。繞徑新篁裊風，向晚著面微涼。亭高望，負留連未去，立盡殘陽。千載吳宮寂寞，輸此日花下，猶藉壺觴。昨過靈巖山畔路，蔓艸掩、丘冢成行。想子胥寄恨，怒潮迴空，遡荒江。自策瘦笻閒時行樂，休弔興亡。

眼兒媚

未語先看笑輕盈，寒夜覺春生。雙瞳翦水，添波侵鬢，畫也難成。麗華標格何煩擬，燕趙擅娉婷。銷魂最在，酒邊斜睨，枕上微餳。

添字漁家傲

複閣重簾春未曙，鳳咮銜鐙，繚繞香煙護。貼地氍毹紅襯步，羅衣舉，翻翻更作迴風舞。長夜懽娛容易度，門外斑騅不解留人住。一霎輕雲兼薄雨，鄣泥汙損，愁明日花間路。

訴衷情 集梅谿句

鴛鴦難得再成雙。多夢醒時妝洛神。一醉未醒珠佩鎖瑤箱。　天渺渺，酒狂狂。法添光。柳花如灑春枕猶欹，空費思量。

法曲獻仙音　和清真

烟濕牆花，風翻階藥，晝寂春光閑度。繡榻斜凭，翠樓遙矚，簾衣半遮門戶。甚柳下停驂處，輕雲屢成雨。　耳邊語。記殷勤、教番低告，爭信道、俄頃便嗟乖阻。夢裏得相親，尚依稀、眉黛嬌嫵。細擘鸞箋，怕深衷、難寄豪素。但銜將幽怨，燕子一雙飛去。

春聲碎

愁裏過清明，日日無情風雨。淒涼客館，佳期乖約，只滿簾飛絮。空凝竚。又波浪接天，帆影落，閑鷗聚。　韶光自來去。漸少尊前舊侶。千般恨在，歎老病、江淹未須賦。隋苑路。芳草徧綠長隄，忍偶斷春歸處。

行香子

玉琯新聲。錦瑟華年。渡桃根、雙槳波圓。香縈舞袖，釵顫鞭欹。鬟正綺筵開，花作幄，酒如泉。　鬢絲禪榻，相忘已久，為聞歌、偶惜前緣。佳

八

人何在更倚樓看想共今宵風一箭月初弦

三姝媚 蕊園本周家園歸虞氏後易今名其中擅花木之勝有竹一區節幹黄綠相間尤為異種三月中与嚴益堂諸人同游益堂指池邊石所言其先人嘗宴賓客於此云

囂塵何處避愛隣園深幽半灣流水水曲朱簷認舊時烟艇畫橋閑檥步屧留痕空悵想朋簪歡事豔素嬌紅猶似新妝向人爭媚曲徑高低成勢看種竹專丘護花編枳頓惜芳華待自攜斑管徧題名字袖拂雲根隨意藉莎茵酣醉喚取啼鶯相送東風又起

浣溪沙 三月三日清明蘇畦有新詞見示余方為蘇堂繪外圖成作因併得句

蘇小門前柳拂衣蘇公堂外水平隄好將新句接梅谿 梅谿蝶戀花詞云令歲清明逢上巳又云小門前楊柳如腰細 蘇 上巳併逢寒食後故人偏興落花期未絃彈罷有餘思

一落索 鮑亞白小桃花館填詞圖

隱映新妝窺戶慈來無縹遡溪相引泛流霞被昔夢游仙誤　樸藪滿庭紅雨憑闌索句蕪城盡處日平西料別有傷心聰

采桑子慢 偕叔甫游虞山至興福寺簾珠洞大小劍門欲訪柳如是墓不果

平蕪到海螺黛遥浮烟際任搖兀籃輿徐轉樹隱招提石屋陰寒
散珠跳玉雨霏霏登臨高處澄波四遠洲渚都迷沓磴穀盤直
穿巖躡風裂單衣恨如此山川奇秀偏負蛾眉一舸當年更無人
去伴鷗夢春游誰酹孤墳宿草紅豆新枝

卜算子　劉定之畫秀作溪山平遠圖并贈句

貌比鶴清癯心似僧孤定繭紙谿藤入手來照眼明於鏡　玉軸
錦裝頭覓討多名勝獨愛雲林數筆秋此意憑誰省

醉春風

莫惜殘春盡微醺蘇酒困湘蘭一翦倚風閒認認認長日簾龔個
人情貌暗縈方寸咽淚還添恨唯見勝枝損舊盟縱道不堪憑
問問問玉腕香瀲襴巾歡噎甚時銷褪

黃鸝繞碧樹

簾幙垂清晝廊深閣迴自忘朝暮几案蕭閒對茶煙颺碧簡編橫
素那堪靜裏頓縈懷千絲愁緒因記取工已春游未遠韶光和煦
綺陌芳華競吐好相將破除煩慮御困甚悠漂浮異國輕棄鄉

九

土為掃菟園舊徑頽且約東君住枝頭數點紅英半妝嬌樹

浣溪沙 再和疏畦

曉鳥催人換裌衣綠陰將雨護新隄問君何事唱前谿樂奏鈞天原是夢恨填滄海更無期眼中風物儘堪思

露華

曉雲漏日共信步郊園一逕閑適宿雨未乾花粉霑衣濃滴四圍盡種松杉卻看綠陰成羃輕颸過笙簧奏時動人心魄勞生未許偷息但假日銷憂來寄蹤跡歲歲暮春時候青子堪摘漫惜鬢點吳霜不減杜郎標格留戀處黃鸝更如舊識

蝶戀花

一架薔薇開欲徧蝶羽成雙海向花叢見此日誰同花下宴美人獨立生離怨羅帶輕揚釵鳳顫小作迴旋又恐腰肢輭吹得柳花過別院自憐風起因團扇

醉花陰 唐子畏墨筆仕女一樹一石美人立其下持扇凝睇若有所思

庭樹蒙蘢新雨後蘚徑雙鴛瘦紈扇惹飛花縱使飄殘猶近君懷

袖　鉛華洗盡森含秀看墨痕沾透桃隖漸春深寫了閑情應費

閨中繡

品令

夢峽行雲曉更遠放嘉陵棹伶傳鸝枕自憐但有江梅開早記取
簪花盈髻是誰年少　翠翹共倒這往事休重道晚來簾卷畫樓
四處笙歌圍抱忽發狂言驚座舊情未老

八六子 甲午午日作 用蟄霞翁體

倚雕欄綠陰庭院幾枝榴綻鮮紅又綵縷添纏玉臂浴蘭初罷菖
蒲飲竭千鍾　漾光催老匆匆曾識荒荊駝卧還看碧海塵空漫
回首韶年也逢重午巨觥吹浪揚鬐都化艨艟此日旗翻翠嶺何
人詩衍彤弓椒薰風料絃歌四方正同
待香金童

雨雲江上來礙尋幽屐踏破林陰蒼翠色行到斷橋還佇立垂柳
依依似曾相識　念吳王廢苑有人家住側對千頃風荷搖亂碧
日晚藕花香滿席好景依稀斷腸孤客

古頌午集

夢秋詞卷十六

汪東

起甲午夏訖乙未春

下水船

貞白將有北京之行，以此送之

蓋日簾纖雨，寒意時侵庭戶。過了端陽，裁縫尚遲衫紵。問征路。淮水輕裝北渡，還指燕雲深處。漫回顧。袖裏長楊賦，誰道今時不遇。金爵觚棱，岧嶢際天如故。待休務。急整歸鞭，千里應識閨中凝竚。

虞美人

澄波鴨綠朝暉映，黛掃山眉靚。美人眉黛學春山，一枝壓鬢李為冠，晚雲盤。　持將百草階前鬬，倦飲葡萄酒。西風驟起落花狂，雌蜂雄蝶本難雙，各飄揚。

朝中措

喜公武過訪。公武居歌樂山時，數夢有婦人介胄來見，自言是秦良玉，因請人寫其貌，又嘗屬余為解甲歸耕圖，未之應也

蠶叢鳥道昔經行，蜀魄不堪聽。江海一尊回首，松篁萬籟爭鳴。　平生有夢，帳中玉貌，馬上長纓。老去雄心仍在，何須便說歸耕。

南柯子
竹裏安雞柵林陰覵鶴巢一廛容我謝煩囂比似杜陵茅屋近荒
郊　出處何勞問功名亦偶遭鄭詹端策總無聊不見虎丘金劍
掩蓬蒿

採芳信
四郊雨正水漲平橋寒深極浦評稻畦千頃連闌下飛鷺閑門卧
聽簷前滴不寐平陽隔向中宵自理愁端寸箋難訴　還念舊情
否又暗碧蘇隄柳垂新綫冷落湖山為行滌後期阻尋常游事無
多恨直恁歸耕誤問何時滅盡乖龍部伍

點絳唇
花外層陰夜來盡化高唐雨楚腰翻舉輕似枝頭絮　一呷瓊漿
後會知何處空延佇助人懷苦樓上三通鼓

綺寮怨（移居青羊會時苦霪潦又新闢鴻離後覆來百端困清真韻作）
倦旅頻移棲處苦催塵夢醒看幾曲畫井修廊烟霄裏勢轉亭亭
蟠螭題名自愧何時見舊日雙鬟青歎故人藻鄉重來音書在派

滴衫袖盈　帳望未知去程新詞細寫何人更報瑤瓊向夕瀟清
楚歌勸忍堪聽　平遠化為泥潦此際感異鄉情漂花半城風聲伴
碎雨終夜零

女冠子

簇花團錦　中有神仙流品　翠鬟翹繡屐籠纖趾　羅帶束細腰　一
聲歌宛轉　千種態妖嬈　惜問胡麻熟　肯相邀

阮郎歸

植根長在楚江湄　江涵奩影空　蕙芷蘭葉自相依　那堪生別離
風漸漸　雨瀟瀟　飆輪日夜馳　去時曾見疾如飛　歸心偏恨遲

柳初新

柔條弄影闌干蹲　漸秀眼星星也　巧藏鶯語　頻穿燕剪　頓覺綠陰
堪畫　隨處鞦韆臺榭　盛嬉遊紅妝嬌妃　憶否吳城勝夜　移蘭橈
籠衣初卸　羽觴交遞　望歌饒舉醉儀　柳橋陰下　數頃刻風流拌捨
向如今　幾回吟寫

水龍吟　巨浸為災風雨助虐余呼天而想之

二

汩兮洶湧狂流些來兮挾風靆些懷山浩浩勢吞平陸墊神州些
睠顧生人欲排閶闔陳情辭些桂旗兮紛亂驚波無極靈之下兮
猶些問我兮焉求些信獨抱此忠周些雨師屏翳從其饗虔駕
龍虬些願得天工赫然馮怒懲愆尤些四時兮既序春耕夏耨綠
千疇些

定西番（誦孫光憲離孫山前詞為之神王試以今事擬之）

千里飛行殺敵鴻雁陣鸛鵝軍亂浮雲　步騎更聞皆捷殘羌無
處奔一發連珠鎗彈殪千人

鵲橋仙　七夕

届新秋華鐙映蟾光陌上飛度敵瓊樓翠娥凭肩私語從來佳偶
繾綣誓肯同朝暮天意忍定越歲經年暫教歡聚　道遠又橫庁
渚想凝眸自含啼雨良會短見時已嗟遲誤深宵寂寂風露泛鵲
橋無據笑他織女替雙星延佇

八聲甘州

看茫茫亘淩指天浮高原總成河話山林藪澤不逢精魅卻見蛟

囂

囂萬姓田廬漂蕩粒黍更如何鄭俠流民意圖畫難摹　迴想漢家物力值秋風瓠子一例悲歌念九州疏鑿才信禹功多幸年年如雲畚鍤築金隄千丈鬱嵯峨從今始奠鼇基穩滄海無波

上行杯

顧聆英姿颯爽揮手去遠度燕遼祖帳風迴塵似灑將軍立馬繞貔貅行廣漠野宿吹角征旆蕭蕭

鷓鴣天

傑閣巍臺氣象通星辰原只隔房櫳簷前暗覽三更月海上斜驅七級風　人不寐思無窮橫流此日任西東饒渠銜石多精衛未抵龍驤萬斛功

水晶簾

深巷停車緩作歸拂緇衣塵緊手插瓶花正玉簪舒遲錦幃遮淺漸近中秋殘暑在更試捉輕羅小扇透窗紗一片蟲聲未知近遠　纖雲晚來卷任安排簟席湘紋初展簷綠梧深竹舉杯自勸偷得閒身非易事待重把流光細檢喜明朝瓜果筵陳桂華又滿

三

更漏子

罷熏香慵傅粉臨起又添新困斜漢沒曉烟橫歸鴻三兩聲　愁
無際夢千里江上早生秋意風動屋浪摧舟莫登江上樓
一江風三日雨黯黯別離情緒帆去疾雁歸遲連天衰草時　相
思極終無益悔把玉環輕擲環易缺玦難圓寸心私自憐
蕙初殘荷欲盡又是一年秋訊懷舊國倚疏欞泬寥天宇空　闊
無那愁歸卧漸落遠街鐙火人語寂客魂驚夜長鐘自鳴
掩金鋪陳繡褥交頸故迴明燭從別後憶歡時背鐙雙淚垂　鴻
都客殷勤覓何許能招魂魄關塞黑海波渾此情休共論

天香

電燭籠紗風輪替扇良宵頓減秋暑擘藕絲長穿蓮意在不比鸞
時樽俎感甄洛浦怕平視劉楨未許離否偷含麝香分佩自憐奇
過　清商動絃繞桂閣嵯峨碧雲不度信道旗亭爭唱韻流千古
惆悵停歌罷舞怎忘得嬌羞背人語語吐幽蘭情傷墜絮

減字木蘭花　為何叔甫追題春暉圖

誰非人子得報慈恩能有幾樹靜風搖萬古吟成恨未消　觥觥
戕戊戕馬馳驅親白首欲駐春暉長見丹青事已違

齊天樂

一枝還共鷦鷯借扶搖任看鵬翼舊晚滋蘭閒階種藥此（微）願何時
償得憑高自適見風掠危檣霧迷遙磧頓惑羈心故園相望淚灑
穩　困知飛鴻路杳去家千萬里歸到無力潛治秋光蕭疏悴葉
珠城同悲離索支機倦息斷新約堪憑後期猶隔寄語天涯露從
今夜白

拜星月慢

背郭誅茅臨添栽樹小築幽棲別館（去聲）夕雨朝霏指點山簇（千）攢（疊）故
人在屧約節枝屧步來往酒榼茶罇經慣荷棹吳江有丹楓如絢
醉相攜勁客乘虹畔漁舟延（橋）便做嚴灘看未料短夢醒時已盟
鷗鷺散悵今來廢綠平蕪苑無楊褪競宿昏鴉亂又漸漸堞影西
沉望高樓不見

步月

綠野堂空颭蕭聲絕斷腸試與誰說度牆薜荔柱幾叢殘葉沼蓮
淨結實旋枯庭梧凍顫枝先折飛霜後苔鮮舊痕更愁消歇　緋
細清淚浥還記豔春時芳宴同列醉移簟枕看穿花雙蝶驗前事
釵上燕分伴新恨草間螢咽涼宵迴唯有透簾皓月

望遠行

芳菲紉蓬佩絕似楚靈均遺離憂踟躕日暮倚修門想佳人情重
掩涕每思舊恩漸綠鬢凋來慙鏡痕　寒梅高格調花隨實空存
秖無情羌笛吹怨且休論任秋風搖蕩落葉終歸本根恁瀟颯青
鸞長斷羣

芙蓉月

賴玉比顏色須含綺嫩蕊淺晨初吐嬌扶半醉似怯深秋風露遙
指芙蓉城郭畢竟不諳誰主仙駕擁洛濱迴可有采珠神女　依
稀記前度瀉瓊盤滴瀝和淚傾注蓮步輕蹤還擬歌聲留住木宋
從許佳豔遠何許休回顧涼月在繞銀塘此時情苦

漢宮春　題秦彥若牡丹冊

羅蓋牙籤盡舊時題品窮寵花工筌照偶傳妙手移入圖中嬌黃嫩蕊似含情斜倚熏籠爭信得當年姚魏便教占斷春風就裏一枝穠豔是謫仙醉酒月下曾逢天香更兼國色寵冠唐宮繁華瞬改訝睢陽亭館都空應讓我挑鐙玩取因花細想微容

鷓鴣天　國慶節口號

巷陌條條簇隊行樓臺處處沸歌聲人間共度狂歡節天工都鬧不夜城　銀作樹火為星飛光直射海波明定知來歲銷殘冠更要新詞詠太平

傷情怨　悼姪女令儀自北京歸三日而殞

奔輪危渡漲水赴暮程千里盼到歸家溫情酣夢綺　紅花紅餘報喜甚片雲驚風吹墜姪所頻番成嘅念人生難將朝露比

水龍吟　紫霞翁謂此調宜協入聲久欲依其言為之苦未能就重九日伸堅光以一首見示予懷鬱結未暇和也既踰旬乃作此塞責

亂鴉飛破蒼茫颯然秋氣生喬木無邊落葉登山臨水悲同宋玉寒雨敲窗暖節支經總憐人獨閒重陽過了荒籬寂寂誰共我斟

五

醽淥　忽枉朵雲箋幅紫簫吹龍吟一曲閑閑笑口半山佳會更
尊黄菊付與新聲細商宫徵緩催絲竹但司勳老矣青樓夢好倩
何時續
采桑子 楊仲子七十乞小詞為壽
十年前事堪追憶羈泊蠶叢酌酒酬翁樂旨商量纘舊功　子雲
作賦原餘事無笑雕蟲易俗移風卻只在鵾絃指撥中 仲子專攻音樂兼好甲骨
文精篆刻
蝶戀花 秋末還寄菴值霜降日雷雨大作
楓葉梧枝交影瑣半卷書帷枕簟新寒透午聽雷轟如中酒忽驚
簷瓦跳珠溜　夏雪冬雷元自有便到秋深未是陽消候辟歷一
聲穿戶牖黄花憔悴空低首
木蘭花慢 南唐徐鉉徐鍇攝山題名不見載志余昔與季剛同游偶得之匡璧閒狂喜各援筆續篆其下已而季剛命工刻之未暇比蒙庵示所藏拓本請題感舊懷為述此解
愛秋嵐靜窈數攜策共追尋正瘦菊篸籬丹楓絢野蓬轉幽深棲
霞最名勝遠評千盤危磴薜蘿陰忽覿厓端篆刻二徐字比兼金

知音恨不同時摩倦眼費沉吟問絡酒書傳懸鍼體好誰契深
心欣然故人命筆料山靈呵護到如今讀蠟從君細數舊游如夢
鎖沉

早梅芳近

霜篩清風簾寫作覺寒生峭清銘殘影（謂室廣清水銘）鄭尉新愁向誰道
樹叢山徑窄蒂密燕支小歎吟朋勝事雨地夢縈繞會時難去
路杳久客傷懷抱頻移佳種未許繁花亂晴昊雁書遲有待庾嶺
春將到慢開尊故人今又少

彩雲歸

朱欄靜掩數蘭房對簽花淺拂鉛黃耽媚容艷色增留戀歡漸濃
飲竭千觴醉時聽耳邊私語感留競意長幾度寫闌襟解暗地澗
香舟航催人去驟痛離筵作啟頓減容光別來縱有無限風月
愁感凄涼怕睡窮千山萬水薄倖料卻相忘爭知我清曉黃昏不
斷思量

生查子

六

樓外月疑烟簾底花如霧歌管暫教停爲愛惺忪語　歡情難久長別有行雲處和淚出門時化作濛濛雨

浪淘沙（觀菊花會。雪艷以下俱佳種品名）

四序變炎涼秋感茫茫新時草木亦昂藏堪笑當年陶令宅籬菊鵝黄　雪艷發戎行金縷衣長縧荷低覆紫鴛鴦比似春華尤爛漫恰耐冰霜

慢卷紬

塵昏匣鏡香消篆縷孤影傷顦顇但歷歎前蹤臂印心頭看花對酒無窮情味巷陌依然舊人何在回首輕拋棄更杳杳滄溟似雪波濤魚訊休寄　連環帶繫空相對脈脈含愁思可還得重逢細興鐙前覷縷蓋說一生心事勸著伊行幾經磨難辛苦安家理未聽似當初暮宴朝歡只恁虛費

輪臺子（和耆卿韻。原詞殘月，疑殘日之誤，故易之）

霽滿江天澄波搖空碧投巢暮鴉還隱現背郭半林斜日炊烟漸起茅屋角墟畔有四五牧童橫笛此時堪動鄉里思偏不見玉郎

顏色想還容縈懷舊國望山重嶺隔甚處尋鑄息　況遠邊鋒鏑
如交織愁馬蹄摧歸未得但淚痕露血湘妃廟前昭君墳側因思
少日趨梁孟共醉度豔冶花開繞陌杜鵑啼後鬧一院棠梨風翻
雨堆驚心魄至今行役縱身在忍佳景虛擲

江城子

山坳獵火夜微明閃繁星沒深箐霹靂驚飛狐兔教縱橫一試健
兒身手了橫海去翦長鯨　少年我亦志澄清娩同盟百無成便
欲從游强起臂韝鷹襪鬢不如原上草當燒後更能青

八柏鑾 題雪嶺紅旗圖

卅載戰爭成大功筆端能貌氣沈雄試看雪山三萬仞紅旗插上
最高峰

浣溪沙 櫻橋以自壽詩索和題贈小詞

卜宅圖成豔可誇櫻桃紅勝晚來霞比肩人共倚窗紗　江令才
多輕彩筆葛洪方好乞丹砂鬢邊應不染霜華

如意令

七

粉面天然顔色妝罷不施膏澤喜誦玉臺詩生字泥郎教得閑適
閑適安坐且調琴瑟　聚首剛能幾日鏡破瑤釵分拆帆影落南
州又報驅車燕北悽極悽極山海迢迢亂陽

錦纏道

最早相逢省識刺梨開後（刺梨野生花如榴實如梨而小唯黔蜀境內有之又名送春歸）繞芳隄
醉拈花嗅李園雲散山光秀並倚闌看暗捉凝脂手　恨驚飛雲
時燕行分驟竟何曾暫諧歡偶向悵時迴憶臨岐語影形須遠但
許心中有

水調歌頭（報紙紀（詠）康藏公路築路隊事艱常車絕者以身殉者感而詠之）

開鑿二千里馳道直如弦怒江久稱天險挾石舞奔湍猿鳥勢窮
飛度兩角去天尺五更有雀兒山膚裂指冰墮鏟鍤不曾閑繼
絕壁下深谷誓無還偕問五丁神力坐對亦愁歎築路艱辛如此
何娘邊頭戰士報國寸心丹視死等歸身臨睨白雲閑

惜奴嬌（吳繡蔓篆花卉草蠡長卷）

桃李妝成春半煙景條風弄妍暖蝶倚疏蘺淺注黛墨細與傳神

冰繭舊迹追尋曾約簫郎恣游衍試描他蜂蝶輕盈賭許兩情款
稀見似此閨中彥想儷然御縞衣輕倩閒譜風詩雅鄭繼響並
列南華同觀（吳平居喜道裝）就論丹青珍比瓊瑤古今罕笑楚尾芍藥開
時更把遺編展

輥繡毬（贈彈琵琶者）

鐙彩射氍毹迴玉臂沉檀斜抱數聲濤緊寒林風起水流幽澗雁
行斷侶遠鬧悲叶 此際夢沉魂悄驚迸散亂珠飛瀑忽然收住
斂容推器逡巡自把絃中怨語背人低告

于飛樂

小曲閑坊就中曾占香巢清晨自裹鸞綃黛眉彎脂暈薄淺畫輕
描妝成細看儀堪憐淺冶嬌嬈 幾度經春殘紅鋪地浮生頓感
鬟搖對歡筵添宿恨長罷箏簫由他蜂蝶從今去別過花梢

鷓鴣天（辭量苦偏發久矣猶傳言相問作此代簡）

問訊猶殘兩病身如交半作路旁塵枯藤纏臂垂垂折薄霧遮眸
鬅鬅昏 嗇梅架酒鬧鐏生涯如此未全貧老來歲月飛騰過珍

八

惜明年有閏春　明年閏三月

瑤臺月

層冰凍裂重幃下凝寒砭刺肌骨馳驅萬里壯士肝腸偏熱戎言

篭羽帳雲屯橫青海采旂風[illegible]孳諸藩路青隊藏融不盡千山雪望猶是故

鄉月奇絕魂飛險阻狂歌共徹　從古道名利虛設豈便要都忘

事業恨此身老大海濱潛蟄看枝頭激點紅英又漸把春光偷泄

懷遠道空紆結對芳景自怡悅心切終須結予和羹時節

雪梅香

灑窗幔飄飄急雪度迴風歸漁村山市遙連暝色空濛荒徑埋泥

絮沾白小爐松柏火添紅感瀟寂歲事將闌佳侶難逢　歡悰已

消盡積素無端鎮繞心胸咫尺音書未知永夕相同海上仙槎望

中失別時情語覺來空嚴凝後寒梢破蘂還歸春工

寫清都

按曲秦箏柱纖腰折悅雖鸞鳳舞翩連昌罷飲華清傳浴羽衣飄

舉傾城自出唐宮怕趙后留仙未數任舊日龍擅梅精長門冷寂

羞妬　鐙前換了青裙。綦柔細擲，行畏多露。春雷四起，銀壺碎聲
座中誰顧。周郎鬢絲霜盡，更爲汝、青回半縷。會散時，客怨花迷，悵
悵自語。

雙雁兒

淙淙雪水溜階渠。曉日淡，晚風麤。閑門閑讀道家書。靜中觀，攝萬
殊。　運行無極亦須臾。仗斗酒，到華胥。置身渾似邃皇初。任崢嶸，
歲又除。

高陽臺　鐙熏

寶鏡分光，團規范器，雕文刻鏤層冰。朱火徹然，圍將簾幕深深。蔚
煤印就團圞迹，許些時、暖到中心。守長宵，斜倚朦朧，閒擬篤衾。
氤氳只隔紅樓角，任風吹縞袖，雪滿瑤簪。鄉近溫柔，何妨有酒同
斟。非烟非霧神仙境，笑巫山、猶許寒侵。待殘春，撥盡殘灰，舊夢堪
尋。

清平樂

鄉儺事了。帖子宜春好。里巷讙呼騰捷報。收取一江山島。　歸來
九

點勘輿圖意氣猶凌壯夫夜夢輕舠如葉亂添飛渡澂湖

玉女迎春慢

高閣凌虛烟霏宿寐寐迴廊深處十丈旛竿自舞幾簇金鈴叢語
連宵風苦便自恐一春遲誤花開花落回憶去年嘉會堪數飛
來粉蝶輕盈如尋舊約綠陰低護未識燕園野景盡作瑤臺碧桂
倦游情緒任遊漸看花成霧倚枕聞聽錯落數聲鐘度

南歌子

羅幕垂三面香鑪刻九層春暖不如冰曲房深隱處坐彈箏

華胥引

鋪苔荒徑搖月空枝凭闌意怯怨曲縈懷芳尊在手同餞別日晚
波落寒汀望遠帆明滅人逐春歸寄情難寫花葉　霜鬢飛蓬更
能禁亂愁相接楚雲燕岫人間千重路絕繚繞游絲空際怕過風
吹折身與韓憑夢魂應化雙蝶

好女兒

仙侶同游慧業同儕佐平時麈尾清談會費葡萄佳釀碧蘿螺春茗

龍腦香篝　人事飄蓬無定，枉箋翰寫綢繆。道新來是處堪臨眺，有倚天高柱，連雲别館，隔雨紅樓。

柳梢青

小徑徘徊，金蠶未集，玉蝶初開。咫尺名園，游春士女，相望登臺。河陽花艷成圍（吴市新政挾道皆種花樹）。笑櫟社、終為棄材。謝眺閒情，方同戰勝，自翦蒿萊。

浣溪沙

穠李繁櫻次第佳，梧桐未葉柳初芽，巡廊細撿小園花。　莫恨連旬多苦雨，未妨暫對試新茶，明朝相憶更天涯。

右宛風集

夢秋詞卷十七　汪東

起乙未春迄冬

壽樓春　重游西湖作

携雙柑聽鸝，問湖堧麗景，還似當時。緩度流花深港，卧虹長隄。雲四掩，寒侵衣。甚半春、難逢晴曦。望臨水閒鷗，投林暮鳥，無數背人飛。

前歡逝，良朋稀。祇追尋勝蹟，閒譜新詞。爛熳緗桃如繡，晚蘭濟滋。西泠印社蘭至千本蓄醒醉魄馳幽棲。漸六橋游船，催歸映澄緑湖光千條萬絲楊柳枝。

玉漏遲　杭州遇屈伯剛以詞見示次和

曉春歡緒少，鷗盟鷺伴，前蹤都杳。快展生平，試探故人吟抱。曲徑瓶花低映，更四下、珠簾圍繞。應共笑，鬢華自指，相逢非少。

為我細說當年，真得意、春風鳳歌鸞嘯。幾閱滄桑，鎖院離離青草。伯剛自言今年為重游泮水之期未能免俗云浮世不勞夢想，但教看、湖邊飛鳥。歸路情愔愔半隄斜照。

菩薩蠻　古鏡一柄金為花圍徑尺許惜中裂為二矣又雙銀棱外素質其裏錯金為水草禽魚製極工巧皆唐時物也

宮籢舊製圓如月土花蝕處雲斜缺持問樂昌家千秋同此嗟
錯金痕未滅蛾黛誰能惜雙鯉語雙鳧空憐雙影徂
楚宮春慢
冥濛似雪恨飛絮飄揚乘柳空結記取舊時輕把陽關歌徹醉裏
翻成懊惱任是處芳華襄歌斷卻鄭游簾幙底日夕生寒不是年
年三月催歸正苦鶯聽處枝頭啼鴂聲咽歸計未成難與他人
深說客館書帷靜掩忍細數蟾蜍盈缺駐得殘春總無緒綠葉新
陰那去年抵花開時節
清商怨小鳳餅傳為粵女所製遂以其名名之
凝酥風味漫省動少年淚哽似擘桃鄰於中無箇影當鑪人自
玉映未料得相如悲痛一琖茶甘還空消鳳餅
南柯子戲題隴梅詞夢圖隴梅隆氏
小日嘗懷橘閒時試品承洛游塵汙素衣旋無復士龍笑疾似當
年裝費千金直圖成一夢懸顧君歸老鏡湖邊更寫梅花新詠
續前賢放翁集中詠梅詩最多蓋有所託意

卜算子
不惜亂花飛才信風嬌妬萬一青蘋末漸空風又歸何處　濺濕
道旁枝力盡籬根土化作春泥更護花此願天終許
更漏子慢
江雨横飛又變止須臾淡日舒暉小白妍紅曲苑重到驚看滿架
籬枝獨有幾朵薔薇和粉綴斷枝想多少春華一往不返忍誤心
期　回首萬事都非負尋節遷流底用深悲幸許嘉辰白頭無恙
逍遥散策園池唯是舊人難見尺書寄所思道冬來輕别數番花
風頓換單衣
木蘭花　用魏承班韻
幾番風連夜雨獨宿空齋無意緒尋典籍勘丹黃此時聊對前賢
語銅鑪裊裊噴香霧漸覺更深寒似縵簾迷敧坐暗凝思一聲
鷓鴣春先去
卓牌子
長安昔經游嘗記述河山勝處華嶽峻極雲横半嶺潼關天險草

二

封危堵偷閒覺溫柔猶髣髴華清豔侶池畔鬭玉階欄料應是曾
洗凝脂四圍香度亂峰[illegible]舉恨廣馬奔馳無阻廢瀾千古嗟憑
臨離據[illegible]放牧[illegible]未數迴顧[illegible]幾行秦樹
落梅風
門前池沼繚繞繞旁堆翠壁嶙峋玉梅隔岸鬥芳新幾經春　再
來容態全非昔潦涼笛怨黃昏數株垂柳獨含嚬掃落塵
玉樓春貞白君飲慶其結婚十年茄庵其自罷此三
知君才似豐年玉躭[illegible]閨房情意足茄花蕙葉自相當不羨南山
松澗竹　碧雙樓畔春盈目笑指黃雲新麥熟年年釀酒瀉珍珠
直到金婚還獻祝
百字令王晉卿烟江疊嶂圖宋宣和內府所藏與蘇公題詩蓋又一本也
素綃開處看烟雲駘蕩懸屋森列尺幅滄波窺遠勢兩點輕舟如
葉裂石奔泉還汀攢樹點染皆奇絕東坡佳句幾時雙劍重合
因念寥落生平南來北去隨處留車轍十載嘉陵江上住更向黔
州行役可惜當時窮探幽勝無此丹青筆惆然憑几寄愁何曾千

憂

浣溪沙　陳七彥通訪寄庵雨坐連句

屐齒招邀破徑苔　東　卅年前憶乞檀栽　彥　重逢歡盡故人杯　東

竹所摻涼延午夢　彥　桐陰爲幔障輕雷　東　眼前風物足低徊　彥

曲巷蟠花認隔牆　彥　低枝文蔭護閑房　東　研硃消得幾年光　彥

寄旅本來無主客　東　遣懷猶自託清狂　彥　浮雲應笑一生忙　東

西河　南京訪淮甫兄言宿而去用清真韻寄

名勝地前游處處堪記　湖心唱徹采蓮歌暮雲四起斷墻崒兀古

臺城青蕪搖蕩波際　畫橋畔重徙倚綠楊宛轉絲繫情如浪逐

忽歸來燕尋舊壘謝家　一夢繞池塘東風還綰春水　小樓背對

面近市想廛居三載成里華表莫題身世倦旅吟夜寂憑窗遙對

城郭蒼茫衢鐙裏

蝶戀花

江岸縈迴千百里恒雨恒暘旱潦還相異聞道洪都波浸市此間

猶著車翻水　隱隱長雷中夜起雨趁風狂不盡飛騰勢但祝盈

三

薄田畯喜一身那作新涼計
玉團兒 和清真
輕黃淡素生花束擬投贈都非世俗蛩許通情初尋門巷名字偏
熟 殘妝自愛長眉曲笑半褭紅紗映肉命薄才疏合歡無分相
見亦足
笛家弄 和卿者
風椋圓波雨侵斜鐸消除炎夏破瓜沉李黃昏後水窗醒睡露檻
招涼岳楊弄影芙蕖翻繡想念伊人彼時曾見婉婉凝酥手采新
蓬戲佳伴一背添光歲華已舊 日久未應忘得殘編共索碧硯
盛碟舊曲閑尋玉觴詩酒但恨思短空裁綺羅句好莫追秦柳比
畨良宵獨游池上因甚孤懽偶牽離緒動悲心積淚成斑試看雙
袖
師師令
山迴水阻極南朝佳處木蘭雙槳和歌聲繞不盡金陵城路昔往
游春湖上雨正亂花無數 鄉關翻遣生羈緒借鱗鴻傳語一年

芳事近新秋，蹤跡在藕汀蓮渚。拗折蓮莖絲越縈，問那人知否。

惜秋華　京中友人書云，園師藝菊，使當夏盛開，列之瓊島永安寺側，羅璨殊狀，与荷花相映，亦奇觀也。稱圖以夢窗自度曲徵詞，賦寄同社

自濺紗巾，向年年記著、重陽開宴。漸詠漫傳笑蘂，盛時同見。潛教換葉移根，恨步屧、東籬遲晚。凋冰沁，芳樽勝卻、飛霜庭院。　天外寄香簡，佇緋細瓊島，故人心眼。踏破路塵，隱約萬枝光璨。西風靖節還來，又誤了、白衣誰遣。悵惋，怕秋容頓成消減。

夏日燕醫堂

綠陰濃，看樾林隤實，荷沼涵空。亭畔欹坐［行過小徑］，颺習習微風，鳴蟬度曲。斜陽下，愛清音故拂絲桐，向名園深處。閑袪塵慮，獨釂千鍾。　好景最難逢，悵秋蟾霧掩，春雨泥融。爭如此際，散巾屧從容，餘生行樂知無幾。韋褭顏借酒能紅，詩便携翠袖，采新蓮子，滿瀉筠籠。

清平樂　和螺川二香詞

香燒寶篆，心字隨烟散。蕩漾輕柔千萬轉，中有相思一綫。　銀葉跡湊螺紋，其如麝已成塵。判卻迴腸寸斷，只緣長許［愛］溫存。　篆香

四

蒼

微覷玉指嚼蕊還留蒂夢入南朝烟景裏消受金迷紙醉長宵

針擁衾鸞況吟氣吐芳蘭拾得脂膏餘唾誤他布地衹園金蒂香烟

西江月　戲題柳谿所藏竹硯

個舍清漢一曲繞隄垂柳千枝安排竹屋草窗空中有詞人隱几

花外自琴新句酒邊誰倚芳卮樂章他日和成時功與管城相

次

菩薩蠻　吳江沈天鶴得抱雲峰石倩湖帆為圖抱雲峰者舊藏丁敬身處樊榭詩亭所謂上有白脈縈繞而達於背髻鬟雲氣因名之也余既為題句時以求見真石云

靈峰紫翠非斤劉白雲如帶相縈縛莫向作畫圖看陰陰生晝寒

龍泓藏著片石吳代誰珍惜孤鶴啄雲歸前身丁令威

臨江仙　題湖帆橅文徵仲湘夫人圖

帝子相從游北渚蘭旌翠蓋交摩洞庭葉下水曾波靈均元有恨

託意在湘娥　畫筆吳生稱獨擅停雲館本追摹愁心根觸更如

何佳期難再得唯見白蘋多

鷓鴣天　為陳病樹題歸震川遺像硯

冠蓋縱橫水旱偏憂時無計淚潛然寰川一生所留意者栗僑治水兩大事文章欲
紹龍門叢殘唯存馬政篇思往哲拜衣冠儒林循吏兩堪傳
郭東萬戶碑衝口寰川令吳淞民頌其德為豪強陷構獲罪以去而遺澤何因止硯田
過澗歌近夜聞鄰歌聲用耆卿韻
驚醒夜來夢皓月飛檻流光翠竹穿簾節影市喧靜坐起披衣望
遠愁凝懷人心痛是時急管哀絃未堪聽往事縈想自覺淹煎
如酒病繫花蹤跡沾泥尚無定轉眼秋風繡戶清冷香衾零亂鸞
歡從此應難整
風中柳
秀影臨池依約淺黃踈新翠共春鬟三眠未起鶯嫺催醒早芳華如
洗耐風霜自成搖曳秦淮那畔憶否畫橈曾繫寒闌時輕隨逝
水重攜纖手撫長條為誓更休聽渭城聲裏
玉女搖仙佩
朱甍翠瓦幾折修廊占有無窮佳麗粉黛初勻琵琶斜抱蕊闕僊
人驚避輭款移纖指撫久絃數轉泠然幽細恁時晌梁塵韻繞微　五

動朱唇悄含商徵，如聽霓裳，恍惚神游雲階月地。堪笑舊家
宴席杜牧清狂，只把柔情虛費。未似而今華堂歌舞，掩卻吳宮西
子。許我閒授桃李，自憐得難比，嬋娟才藝。顧且與琴心共討，酒壚深
處寫成前事相娛，戲何須賦作凌雲氣。時有泥余寫臨邛事為彈詞腳本者

菩薩蠻　江寒汀畫子規扇面見貽賦謝

故人已作無期別，故園幾度花如雪。家在五湖東，一春歸意濃。
畫師何所本，對此添悲悶。高樹綠陰齊，子規相向啼。

金蕉葉

醇醪未飲心先醉，檀熏頓盡簾垂地。粉面微頳，翠雲斜墮籠雙髻。
裊裊一聲未利，歌長不盡綢繆意。逞風流儘在含睇，判將永夜
無眠，編識羅襟底，只恐此歡難繼。

添字采桑子

新秋爽氣充庭宇，每值良宵，女伴招邀，月下吹笙和玉簫。休待鵲
成橋。看看又是初三月，眉樣嬌嬈，鏡裏偷描，無奈連年怨別離。
宿翠已全銷。

憶秦娥　七夕

生微涼纖雲不捲銀河光銀河光乘槎飛渡休歎無梁千秋牛女恩情長人天有願終須償終須償天孫自嫁雲錦為裳

憶少年　哀陳蒙庵

情含秋氣行違世俗居隣幽宅蒙庵居嵩山路口窗與叢冢相對遺歌願灰燼況叢殘書冊遺命火葬并所著日記藁盡焚之路到山陽思舊迹淚沾襟未須隣笛談諧尚如昨已重泉人隔

減字木蘭花　湖帆為其門人俞子才畫阿里山雲海圖子才乞題

披圖惝怳倏見風雲來紙上雁蕩奇峰筆力同師造化功子才曾寫雁蕩山幅巳澄清有願跨海還期凌絕巘獨立蒼茫俯視乾坤百戰場

踏莎行　沈君高鐘未嘗相識而每譽余詞以為世無第二人余甚愧之近屬人寫示所為吳游草乞題語聊酬其意

撥斷鷗弦著窮蠹紙小山自有傷心淚不期人海遇知音漸詩一卷光投寄模繪山川裁量文藪主盟合是君家事浮聲切響且休論高歌簌簌梁塵墜

六

荷葉杯

落葉西風蕭瑟娫陌春早柳初黄興徹此地惜分離思摩思思摩
思
繞徧蘭閨無那獨坐嬉予上妝臺不應遠道少喜迴猜摩猜猜摩
猜
病怯層樓高迴閑凭河漢閃微光簾衣飄動晚風狂涼摩涼涼摩
涼
無計重温衾枕歸寝蘭麝故香飄中心唯共篆紋銷焦摩焦焦摩
焦
鴻雁數聲沙上寥亮緘札費沉吟海山何處頓知心尋摩尋尋摩
尋

蝶戀花

露洗高秋天宇淨鬥罷毹籌小閣人初定密遞鸞箋心事肯簪花
妙格留方勝　字字明珠光照乘滅燭休燈依舊相輝映況是玉
人肩比並歸来但覺餘香永

戀繡衾　寄北京友人

少年京洛車並馳九衢中塵土涴衣望裏有西山好晚鐘聲虛度
翠微　才名与世終無補願留身親見盛時怕再渡黃河水鑑劉
郎霜鬢幾絲

酒泉子 題張子清扇頭墨梅

梅蕊破春針影畫屏風工月裏微破（烟）蕩漾最愁人　惜花應是感
芳長移向扇中描得破金泥勻淡（筆）墨寫真真

南鄉子

小閣上潮曦鵲語穿簷靜裏聞白鬢滿頭身健在殿勤藥圃支筇
日幾巡　屈指過秋分庭戶依然暖似薰蝶陣蜂圍收不住紛紛
卻看枝頭但綠雲

減字木蘭花 乙卯中秋山谷韵

一秋少雨旋作輕陰仍散去賞月筵開金粟香濃入坐來　天際
門外萬里光明同勝會 明日國慶 佇工高樓直送姮娥天盡頭

又 復用韵有所寄

姮娥自語不肯廣寒宮裏住特破雲圍舉酒相邀一問之　眉痕

七

初秀金鏡對時那見有露退裳衣一夕團圞缘已知

南鄉子 謎云一陣秋風一陣涼或謂此詞一語也因足成一首

鴛瓦見微霜月墮遙空雁作行單枕横欹衾似鐵恓惶不信溫柔
別有鄉 也擬去尋芳節近登高意轉傷縱使黃花開爛漫難當
一陣秋風一陣涼

一斛珠

臉霞微暈沉香手[illegible]鑪烟噴薛濤牋紙唐人韻漱玉詞成正有黃
花信 花葉拂衣珠露潤初三眉月還相印宴回愁共香車趁寂
寞樓東盡夜無人問

減字木蘭花 季琦弟新自海牙歸國復以事南來諸兄弟為小集作此示之

層陰閣雨一徑庭莎蟲占去語笑心開小謝新從遠道來 收帆
天外暫與家人歡此會明日登樓又送征車古陌頭
鐙前宴語底用躊躇商去住似獵重圍腕臂講鷹疾赴之 風神
凝秀玉樹庭階誰更有尺布裁衣冷暖相關要汝知

南樓令 余養痾歌樂山時与尹默晨夕相共來還以後雜居一市蹤迹漸疎頃得其手書寄此為報

歌樂萬松聲還家夢裏聽算年來鬢已星星又把茱萸勸遠矚風
雨候卻多晴　菊釀制頹齡從游愧未能路東西似隔千程辛道
黃河清有日留眼在看升平

點絳脣　重九日急歸蘇州如癸巳故事次前韻作

落帽風狂舊來只解龍山宴疾驅郊甸自有無窮觀　塔送村迴
錦樹丹黃半秋空遠數行凌亂又過隨陽雁

鳳棲梧

水北樓臺梯徑絕碧瓦霜明照眼楓成纈翡翠几香鑪親拂拭愁心
翻共鑪烟結　一昔同歡三載別怪底清蟾夜夜多離缺書盡盟
言千萬疊他生緣會終難說
桃李芳辰迴記憶不共春游祖宴情悽惻揮手出門天似墨留君
不住君安適　滄海橫流單舸側跋浪鯨魚首尾無終極海底沈
珠收不得珊瑚網細勞空織
澗谷參差花似繡萬里歸來正值清明候惆悵吳宮埋玉久不堪
持薦盈觴酒　叢菊有芳蘭有秀簫鼓鳴時尚想橫汾奏一曲秋

八

風風起後落紅亭畔休回首
草長江南三月暮剪燭西窗卻話巴山雨天水迢遥人獨去當年
是我来時路 撩亂情懷誰与訴寫恨蠻牋隱語君知否赤鳳還
教飛燕妬楊花拾得無歸處
路轉臺城行輦确緩過長隄弄影魚驚躍釣罷更尋洲嘴泊櫻桃
花下深深酌 歸晚明鐙遮繡幙贏得詩牌笑裏金釵落往事偶
然閒道著無端羞暈雙眉蹙
巧笑曾波回美盼解惜流光自度新聲徧誰道曲終人不見倉琅
那有交飛燕 馬上琵琶彈別怨青塚黄昏未覺明妃遠海水西
流天北轉晦明異處難為戀
老去情懷追少日把酒聽歌曾傷妝臺側人興梅花堪匹敵疏梅
開後長相憶 忍淚不成珠暗滴重理銀箏試手箏絃澀十二闌
干樓百尺楚雲一去無蹤迹
離合悲歡多少事獨坐秋窗殘燭銷成淚黄葉滿階嘯絡緯幾枝
菊影供憔悴 四十餘年如夢裏萬緒千端展轉思量起欲遣閒

愁除是醉，不然長夜如何睡。

南樓令

尹默和章不至復次韻寄

求友願同聲，鳴禽花外聽。笑參商偏似晨星。欲往城南泥滑滑，風雨阻，有時晴。　太白去千齡，高歌我亦能。約他年重記游程。萬里西江輕挂席，楓葉落，縠波平。

一落索

和山谷

織女盈盈機工，素漫邀君一顧。裁成團扇合歡時，看玉潔人爭慕。　早秋愁蓋藏深處，任啼珠浥露。卻憐秋去亦匆匆，更不用班姬賦。

鬲溪梅令

短牆碧蘚護新栽，暮寒催。未見臙脂紅破玉人腮，不如尋遠梅。　一枝臨水淺妝窺，小徘徊。待向西泠橋畔雪中開，更攜雙屐來。

長相思

柳谿約同和淮海詞，因憶少年吳門游事，時在清末，尚未移家也

密蔭垂楊，亂鈎繡箔，閶門夾道青樓。追尋少日，[illegible]憶（永惜）狂蹤，蕭蕭梅雨蘇州。小泊津頭，聽秦絃繚繞，吳語輕柔。百載想風流，儘相忘身

九

寄孤舟　自覊息京塵苦侵鬑緒迴看處處生愁如今雙白鬢又何堪重唱西洲　掩鏡花羞零露比江淹恨稠佇他生鴛鴦夢好玉人同過清秋白石詞夢與秋相遇全函以自號

三莫子

自驅馳蜀道長憶異鄉溪岸曲樹陰旁漁船收網罟村舍聚牛羊歲時祭先壟在鬱相望　憂思骨損離亂心傷人再到境全荒低頭循露徑含淚奠椒漿凝竚處斜暉沒北風涼

菩薩蠻伊徒袁伯庸歸佛四十餘年嘗手書諸經呪命其弟孝谷為日課伯庸既歿孝谷持以乞題

金經手貯琅函秘天親無著相依倚心似月輪明照將諸有情定應生極樂來去無纏縛若去若來時何人窺此機孝谷為言中秋後一日迫暮若往取所裝經本緩步歸登樓而望曰今夕月色佳可賞也既寢俄頃示疾迨明而逝猶誦佛號不輟云

碧牡丹

數點梅梢萼隱隱見胭脂著未到春歸預結探春期約頓憶花前恁少年行樂勸觥籌履交錯　夢先覺玉照堂空卻翩翻翠禽飛啅葉底青圓也共殘花零落試託悲吟賴舊時絃索恨伊行舊情

譜

浣溪沙 案頭供蠟梅一枝色香殊絕

日對梅花結淨緣膽瓶新水助嬋娟額黃應比壽陽妍　偶寄閒

情聊假物可何因曾綺語便妨禪維摩丈室自蕭然

滴滴金

背城臨水誰家屋幾枝梅數竿竹欲叩荊扉鎮常關但寒鴉爭宿

杜陵老去生涯促自把長鑱種黃獨異代蕭條溯風流聽悲歌

相續

鳳簫吟

曉風清簾波搖蕩含情月照空閨歲時當麗景數番同宴席邃深

林歡娛容易盡便輕分兩股瑤釵向去日登樓送遠別恨難排

低徊相思無益語空贏取浥淚香肥鳳簫聲斷久漏沉鐙爐處有

夢追隨珠宮烟霧鎖伴佳人愁卧遥帷夢覺也瓶花自拆一點紅

蕤

好事近 月當頭夜

十

風定欲三更行處霜濃侵臕身與歲華俱老評辭枝殘葉　庭階

滉瀁水明(平)池藻荇影都絕遼海故人今夜共當頭明月

古秀隱集

夢秋詞卷十八　　汪東

起乙未冬迄丙申

天香 蠟梅

湖石玲瓏苔枝偃蹇朝來庭院寒峭碎點輕黃橫簪高髻最識道
家妝好水仙為伴彷彿見藐姑風貌宮鏡愁窺半額傳真試將分
照簾幙翠鋪四繞獸鑪溫綺筵開了回憶巡簷孤詠索伊同笑
密綴金鈴恨小怕未似春幡護花巧錯認狂蜂幽香自抱

少年游 興堯同赴少年宮夜會

狂游不覺曉寒侵疏雨霽園林電遞紅流樂催孤步舞名舞向月西
沉提攜嬌女扶肩立人在畫堂陰射覆占燈鬥棊分局還似少
年心

驀山溪 和清真

筵前方寸便是陽關路記得送君行漲盈樽含愁滴處繁花細草
相對亦淒然臨岐語空延佇驛馬飛塵去　韶光易失燕地鋪紅
雨別夢繞滄洲慣曾聽悲笳戍鼓重來舊館翻訝樂聲齊歌四擧

休迴汪白髮飄成縷
踏莎行爲陳荔妍題寒汀所畫荔枝小卷
摘得生枝枯來並蒂江郎彩筆嗟神似苕溪一任綠成陰蘆川自
賞紅如意張元幹訴衷情自注云兒時不知有荔子呼為紅荔父母賞其名新鮮脆綃輕盤擎玉
藏唐宮驛致輸珍味不辭長作嶺南人東坡有語心先醉
卜算子袁敝之十七弟
新歲共盤飧沙獨形神沮爲沙丁寧囑後期一忽悲終古弟眠後遂不復
醒看機上雲霄倏忽泛泉路雁字飄零不作行況只急霰摧毛羽」
祝英台近赴杭州屏風山休養與文藝工作者二十五人偕
避囂塵躋絕險佳境有誰會試集犀賢此樂勝傾蓋就論品曲調
絃丹青棊局未容數尋常流輩　笑談外指點無數鷗飛江山自
縈帶隔岸漁燈道是浮羅界儘饒嵐翠爲屏波光如鑑只少箇儔
時眉黛
醉桃源
通衢攘攘擁平郊歡聲如沸潮修龍銜燭舞周遭纏場金鼓驕

霓電射彩旗飄，千竿影動搖。高歌激越上青霄，人民心一條。

鷓鴣天

落盡梅花春轉濃，朝雲散去久無蹤。愁催白髮三千丈，路隔蓬山一萬重。　緣已盡，思何窮，小蠻針線手親封。他生再見西湖畔，同聽僧樓一杵鐘。

金人捧露盤

玉纖忙，冰弦轉，韻悲涼。啟皓齒、緩吐清商。嵯峨凝（去聲）碧，怕一聲高入雲妨。羣喧自定，更何須、賀老登場。　月裏個花，掩映勻粉澤，淡衣裳。倚修竹、淺露梅妝。寸心多感，惹相思、仍似舊清狂。悵然歸去，忍重吟、新綠池塘。

清平樂（新仲雲年八十，自河南來。江翼雲、徐森玉觴之於錦江樓上，仲雲即席索詞，為贈）

黃河奔越，洒盡頭邊雪。形勢中原推第一，雅稱詩情遄發。　飄然杖履南來，高樓同醮霞杯。笑問梁園賓客，如今誰是鄒枚。

繡帶兒（翼雲家有兔耳花，波斯種也。淡紅者名醉楊妃，尤艷絕）

簾護碧甌栽，瓊瓣倚寒開。想得移根殊域，驛遞附龍媒。
二
扶起玉

真来似醉暈微透香腮廣寒宮近何時徧植月地雲階

浪淘沙（鄭櫻橋示詩五十章自言鄉人稱之為霸王鄧又善醫因戲贈）

霸業幾時休杖策来游南都人物想風流豈似青囊傳妙術春滿瀛洲　玉版寫銀鈎句好難酬怪君未白少年頭有酒盈尊萱在室應是忘憂（君喜名南萱）

水龍吟

北来南去無踪驟驚書札翩然至晉祠幽渺秦關雄峻都收眼底賦美興公詩稱謝客豪端堪擬又何須借得山川為助元自有風雲氣　彭澤先生老矣（謂辟畺来書及之）歎同游如今無幾淞波照影冶城閉戸共傷憔悴青鬢輸君春風絳帳綵歌聲起道生行萬里死埋萬卷是平生志

鷓鴣天（用貞白場字韻）

鐙下辛勤理篋藏愔愔刻漏未渠央馮唐自昔沈郎署北海空闐有薦章　齊好惡語堪商人情那得廢評量春風次第看花舞楊柳腰支獨擅場

又

漫許愁來可避藏愁城無際亦無央麻姑已見成霜鬢織女何曾有報章　歌別怨亂清商帶圍寬盡與誰量不如覓取消愁法爛醉花間一萬場

又

田父豐收足蓋藏溝渠繞屋水流長黃牛走壠將新犢老樹參天過百章　年少事莫斟量譬以歸去老耕桑他時認取寒山路九月霜風正築場

又 深夜校書一首作

老伴燈魚作隱藏眼昏猶不廢丹黃飯蔬且喜身常飽衣緊應知道愈章　書一卷漏三商人生樂事故難量追憐往日真虛費夜夜明鐙縱博場

南歌子 一作花朝雨先夕雷

睒電穿帷疾驚雷破夢遙昨來一雨徧江皋不恨春泥沒踝阻游遨　積素能明李鮮紅欲綻桃新時兒女最嬌饒御道百花齊放

三

是今朝

鷓鴣天 和蕙高貞白

駢䣙穠桁劍作芒朝來負手御循廊自將密意憐鴛偶便寫新詞
叠鳳章盧阜遠楚波長此心是處即爲鄉試看放牧桃林後那
複人間有戰場

又 和仲堅

六合紛綸一卷藏蓬壺咫尺海中央仙官但重橫行字世俗猶傳
急就章從舜楚謾歌商論才今古斗堪量御憐身後無窮事付
与盲翁作場

萬年歡 和梅溪春思

老厭尋春乍開簾絮飛驚似春雪向晚行沽村市酒顏迷發醉想
當年艷侶鏡裏掃蛾眉奇絕行青便畫出崔徽盡輸柔麗豐骨
羅衣舊香漸歇怕絃中怨語猶道輕別剪破同心留贈更有何物
游女鄉原趁步恨不見芳塵生襪佳期盼幾多團圞半鉤才暈新
月

鷓鴣天　次韻酬幼遐見贈　幼遐吷庵第三子也

萬卷收身欲退藏稍拈新句下雌黃銅山定許鍾相應燕璞還輸玉有章　聲變徵氣含商高歌正要予裁量回思北海開尊日年少曾陪結客場

浣溪沙　對瓶花有懷

花朵繁香簇膽瓶不成贈遠已凋零辭根能得幾時榮　苦霧籠山春寂寂驚濤撼海夜冥冥此時應起故鄉情

減字木蘭花　爲李小魯題其先人手札札中言當時薦舉使才并及先仲父使日本事

雲箋半蠹老輩風流存掌故小雅陵夷太息空吟四牡騑　興亡滿目萬事由來隨轉燭王謝門新莫把遺書更愴神

太平時　孫鴻士擬方回太平時八首並綴杜牧句爲之與賀詞合寫一卷乞題

刻意傷春杜牧之淚連絲千秋一首杜秋詩寄相思　彩筆新題腸斷句又誰知蕭條異代不同時各情癡

八聲甘州

漸新桐過影小窗西驚心已春殘是連番風雨昨宵輕暖今日餘

四

寒瘦嬾都妨屐齒，蘚徑鎮長閑。時復拋書起，獨自憑闌。遙想橫塘吳苑，看繞田綠水，排闥青山。悵歸耕無分，寥落送華年。忍枝頭、夭桃繁杏，向晚來、飄砌碎紅斑。休延佇，儘東風好，高處應難。

紅芍藥 用王觀韻

飄風急處，日日紅少，但看葉藏殘花小。聽一聲驚老，昏昏醒復睡，恰又是半春過了。憑記得、把酒尋芳，如今翻做愁惱。幾度沉吟，悔相逢不早。賸有亭園供嘯傲，又落英顛倒。望遠秖垂淚，天涯路、漫生青草。任箇儂、寫滿新詞，未及同攜歡笑。韓偓詩：顛倒青苔落絳英。

春聲碎

樓小隱垂楊一角，雕檐孤倚，朱唇玉齒，檀槽香撥，纔可人情味。簾垂地。聽空外寂然，絃掩抑，歌清脆。愁心蕩漾際，又被春驚喚起。桃花浸好，柰苦恨、劉郎鬢憔悴。憐往事，都付宋玉悲吟，寫不盡、行雲意。

一叢花

今年草草負佳期，長日掩朱扉。斜風細雨疏簾畔，看繁艷、漸換青

枝鷓鴣亂鳴芳菲易失猶道不如歸　歸家初過海棠時花常尚
垂絲絲牽聽解東君意似留戀還惹滋千載寫真[illegible]
重付徐熙
昭君怨琴曲有昭君怨亦名水仙操云爲屈原沅江而作顧其聲難幽苦然無死亡決絶之音又原不當以仙稱殆非也偶聽王吉隱彈此曲因賦
泛指朱弦清越斷續頓成凝咽環佩出明光淚千行　塞上驚沙
風起何似汨羅江水離訣有同心不同音
又詞既成或謂水仙操者實寓伯牙成連海上之意故始奏颯颯然有水聲与塞北風沙不斷請更作一首
獨立茫無涯畔此意翛然自遠海水与天風窅冥中　便遂幽人
長往何似琵琶馬上悲怨有同音不同心
望春回
繡衾坐擁看小窗弄明鐙炷初滅朝露未全晞任步徑苔滑蠨蛸
懸絲簷瓦際蛹縈蔫舊日思千結半生漂蕩更堪四矚故人卓鞍
中腸自知冷熱歎隔歲經年離緒偏切空悵懸憐伊只相望懷
咽從前密語猶記着依鶯兒燕子丁寧說不留春住紅英亂落恰　五

似啼血

八聲甘州（題蔣鹿潭持竿戴笠小像）

斷千尋鐵鎖已沉江，江流幾時〔更無〕還。想其中自有，戰時樓櫓，閑處漁竿。太息我長安在，詞客竟辛酸。欲羈嚴陵釣，擲去儒冠。　烽火一時燃遍，笑石頭城下，曾見降旛。誤漂零臣甫，猶翊寸心丹。困驛車何如伏檻，向珠溪、尊俎且盤桓。誰知得、過清明了，依舊春寒。（鹿潭浪淘沙詞：上巳清明都過了，依舊春寒。）

菩薩蠻（集溫庭筠詩代寄）

鴛鴦豔錦初成匹，織情欲寄愁無色。多唱柳郎詞，窗間斷暗期。送君游楚國，倚瑟紅鉛溼。應見楚山青，臨風獨涕零。

又（代答仍集庭筠詩）

蜀山攢黛留晴雪，年年歸字傷離別。鬢態伴愁來，河陽悲鏡臺。高秋辭故國，未展千時策。花髻玉瓏璁，相期一笑同。

琵琶仙（余在重慶嘗游李氏園作掃花游詞寄意，叔甫為畫。越十餘年矣，頃叔甫復從京師寫寄庵藏舊圖為贈，并題長闋）

次韻答衡

鷲嶺千重李園好共約嬉春禊屐迢遞飛閣登臨留題訴情聽塵
夢醒芳華換目但遺礎蘚垂荒碧谷底幽蘭榭中醽醁都是陳迹
最怊悵鷓鴣先鳴頓迴感江南倦游客遥想匣緘鸞鏡老飛瓊
顔色誰為寫當年畫藁似玉人伴我棲息忍令飄泊餘生又成輕
擲

鳳歸雲

眺暮景雲物蒼茫沙洲靜寂隔浦漁舟漂泊隨潮恍如萍泛半生
羈旅動情懷是垂老年光首夏時序怕更聽淅瀝窗外雨常憑欹
枕愁眠背鐙凝佇　記往日執手花前並肩柳下芳陌恣游夕宴
同張宜醉燕辭誓拌長共故人歡聚歎分離驟燕翼西飛魚波東
注未須問道遠甚時重遇卻幸地老天荒寸心休負

明月吹簫引　歸舟憶夢圖　和草窗韻

冷侵珠箔雨蕭蕭趁輕潮遶蘭橈隔岸青樓連夜肆笙簫欲去徘
徊無限恩風信急似楊花帶淚飄　香殘夢殘魂半消廬山中叢
六 桂招何如共守章臺畔眉樣親描密語深情徽度幾良宵壯願告

天天不許蓬背濕數歸程第四橋

駐馬聽

秀野名園避煩暑凌晨向晚盤桓遶簷柳好緣池荷淨清香漸度雕闌翠琅玕弄佩聲葉葉翻翻殘照西沉數星光燿閃閃林間深宵自忘坐久露滴衣袖禁寒[illegible][illegible]人離絶形影俱單所喜衰腸風落猶望今日生還算便是草草相逢終擬開顏

驀山溪 苦熱因憶舊日北渌居處用姑溪北觀避暑韻

竟時虛道六合窯烘地九州六合烘為窯盧仝詩自有蜀山川便長見山深林邃流金鑠石百歲一遭逢冰作簟玉為漿此樂何由致　竹樓佳處游客多稍類更有似梅人撫徽絃暗傳心意泠泠風響長夏亦清寒塵境易夢醒疑轉恐他生事

蝶戀花 秋暑忽憶戲作七夕詞

七月炎歊殊未已巧綫穿鍼汗濕纖纖指織女停機愁俯視人間是處波成綺　日曝銀河乾見底不用填橋微步塵生履莫道今年相會易金風玉露應無地

夜合花

雲薇遥岑，風迴淺渚，起看天際層陰秋來未幾新涼漸滿衣襟跡筆落斷蟬吟似巴山山館深沉最難忘處篝鐙夜雨同話羈心還家歡聚朋簪其奈流光急駛華髮交侵重彈苦調相思怨入青琴關塞杳海波深又何妨魂夢追尋向知音道佳期縱晚猶勝而今

金縷曲

强霸同灰滅算從來此言非誤齒牙先折不爛謝留吾舌在柔者何曾銷蝕空擾攘嬴顛劉蹶六合鯨吞成底事奮鋤耰不抵驪山卒三戶馳誓當雪 東西殊境情無別覽陳編前轍已覆後車方接鄭國渠成誰為利始計偏因趙謀到此日噬臍何及搖蕩澄波蘇彝士看依然萬里馴鷗没金字塔更雄傑

杏花天

一枝曾傍西湖見杏花露牆頭粉面春情欲逐雙飛伴苦恨鴛鴦翅短 華鐙映珠環彩扇覺此夜瑤臺未遠須臾簇上歌筵畔玉

七

樹啼鶯自囀

大有

弔影幽蛩舞風寒翠助哀吟偏在長夜掩珠簾依稀舊日情話姮娥不似舊情淺尚徘徊細清光穿櫳此境漫說淒涼離人更難堪也

珠方地應自詫撼枕盪濤聲怒雷翻啞天黑雲昏那見廉秋如薰到此定懷鄉國身如在蕉窗荷榭爲君憶宋玉招魂蠻箋細寫

花犯 憶冬榮春渚齋老桂兼及西湖之游

野雲低輕風盪曉醲酣麝檀味萬珠勻綴看漸染丹黃秋景晴麗棹歌四擊蓬窗倚前游空自喜賸滿覺一懷幽夢和香籠翠被滿覺隴爲桂花最盛處

冬榮與齋更如何遊蹤半散落今傷憔悴留詠處金英變露零烟墜應長怪素娥耐冷偏種向團圞宮殿裏待喚取吳剛薪盡清光流似水

清平樂 中秋夜即事

絡衣才換不覺涼秋半搖落梧桐三四片依舊綠陰庭院 月光初上林梢驚鴛風雨蕭寥秉燭元非游宴未嫌負卻良宵

虞美人　和人詠物二首

海南玲製吳宮本粉面多風韻玲瓏一握掌中看更喜金沙香骨
鎖連環　畫羅裙摺應難比疊在空箱裏亦殊團扇向秋悲到得
秋来便是聚頭時　檀香扇

明波一桁妝臺側搖曳丹青色玉人雙影隱中窺錯認畫屏山外
燕交飛　良工心苦誰能會踈處偏縈帶相思織盡意懨懨願更
裁將斑管付春纖　畫簾

南鄉子

明鏡過牙長照見秋花滿畫廊人與花容相並看斟量壓鬢紅桃
婉娩香（紅菊名桃花菊見東京夢華錄）　彈指話悲涼曲徑籬邊又早霜縱使黃
花蹊似錦端相不及伊家淡淡妝

蝶戀花

九月霜風欺薄袂槲葉初丹收盡黃金穗好景江南隨節異春郊
如繡秋如綺　唯有勞人顏色悴月計征程何況終年歲若使餘
生能有濟不辭來往車輪轍

八

減字木蘭花（虎丘登致爽閣望獅子天平諸山）

劍池側畔十仞蒼厓梯級半高閣登臨爽氣朝來洒客襟　寒林

皺簇林外奇峯爭入目一語長留師子回頭望虎丘（末語吳中舊諺也）

菩薩蠻

蘭湯微注蘭心覆蕭蕭髮彩涼侵燭玉女洗頭盆粉脂留膩痕

願為金錯剪長近芙蓉面簾卷不須遮隔簾人影孤

四弦斜抱當筵撥低頭無語清商發風激澗泉鳴泠泠指下生

玉蔥輪處好不羨麻姑爪一捻蘸丹紅鳳仙花未工

行纏急縛隨軍辦迷離撲朔渾難辨重換舊羅衣鏡邊翻自疑

時時親典籍罷繡雙鴛翼得意詠丹嬛新詞休斷腸

卜算子（壽貞白）

木挺豫章材山疊匡廬秀安石詩篇白石詞無出西江右　蠲忿

小庭花難老深杯酒一事還看世寡雙琴瑟閨中友

滿江紅（示畫院諸子）

粉本天然攬故國江山雄秀是誰肯經營絹素寫成奇構刻劃稍

殊唐院迹淋漓，奚過元人手，箕無窮物象色更新，今非舊。

人物好，非叢藪，蜂蝶亂，非園洞，便一花一葉匠心裁就，要与天工爭巧。

幻不隨俗眼論然否，問解衣槃礴屬何人，諸公首。

且坐令　宛在柳谿同賦

清曉足，坐倚曲晚，風起處茶烟綠，隱隱笙歌遂未遠，囂塵還。

依水檻，翛然極目。休念想故家喬木，都來是夢中，處閒揮譚麈。

霏珠玉，駐夕景猶嫌促，幾回臨別丁寧，囑道何時重續。

浣溪沙　彤甫作黃山雲海圖乞題

歷盡南荒又朔關，黃山終古屬人寰，得君未覺卧游難。

黛巘攢成蓮萼秀，白雲鋪作海濤，一時收拾上毫端。

蝶戀花　題蒙古女子騎射圖

十載隨身唯筆硯，窮漠歸來，寫盡新聞見，雪壓平川風割面，跑空一騎如飛電。

意態輕盈驕顧盼，覆額青纏，交股垂雙辮，射得黃麞親釆鸞，逢歡更酌瑠璆殘。

一斛珠　聞慧珠語戲贈

九

九華鐙燦，歡然執手，鶯初見，向來已慭春風面，看舞霓裳何啻千千徧。今古此情同一幻，不須身到長生殿，笑回頭語，當筵伴鈿約釵盟，只惹人腸斷。

洞仙歌 鶴園今爲文藝家集會之所，園中片石余舊題掌雲二字，爲數朝主人所補也

嵯峨片石，是雲峯仙掌，天半飛來屹相向。記曾揮醉墨，剔蘚留題，題未竟，酣臥池邊小舫。浮雲同變幻，第宅新更，石友深盟可無恙。花竹影蕭疏，雨態烟姿，都移入畫屛風上。悵料理琴書有時來，怎忘了停驂故人門巷。

踏莎行

遠訊誰傳，寒冬欲暮，窗陰一綫愁難度。玉箏情語剩哀弦，銅鑪心字銷殘縷。丹橘盈筐，黃蕉薦俎，海天亦有相思處。望鄉人在最高樓，千山不盡蒙蘢雨。

百字令 從子昱伯之女城自朝鮮駐軍歸省，即將復去，爲製此詞

素秋時序，早林芳凋盡，千山飛雪。壯士如猱攀絕險，一戰曾殲强敵。悵擁紅鑪，林傾綠蟻，歲晚同歡悦。高歌相和，不知蘆管吹裂

憐汝了警從軍六年成長大暫尋歸轍汝父勤勞身更健兄弟皆稱雄踏梅影橫窗松聲隔院語笑清幽絶家園情味此行應爲人説

南柯子　余歸吳中日過鶴園治事園有樓鶴堂爲清光緒中長洲女子彭衛仲所書也

樓淺風開幕廊遠月映門鶴樓何處勝書存唯許同游人覓舊巢痕　倦眼微生纈衰顔欲作皴蠹魚老不食丘墳卻向簿書叢裏度朝昏

臨江仙　喜雪

曉帳迷離添曙色重衾不暖香篝起看風裏舞輕柔有情黏菜甲無意逗簾鈎　輾絮堆鹽聊可擬須臾漲滿前溝新年何以祝豐收巷歌皆白雪村市亦瓊樓

六么令

雪消鴛瓦簷溜淙殘滴東風已催花信梅藥幾枝坼還待池冰泮了照影波澄碧忍輕攀摘所思猶在瘴海南頭散關北　曾共探芳鄭尉蠟盡游山屐別念攜手清溪更有行吟客此際春生寒淺

未許吹横笛彩牋題墨歸時休晚認取當年舊香色

古葯軒集

夢秋詞卷十九

汪東

起丁酉迄戊戌

雪夜漁舟

曉寒冽訝萬樹瓊花鏡妝春節鑪燼香煤層排玉筯光景自成殊别初升弦月又屈指上元期切預憐鐙市深宵風動冶游人歌舊歡蹤影絶縱高樓凝望海天難越弱骨棱塵朱顔改世往事不堪重説亂愁鬱結幸許有寸箋相袚嚴凝一任歸來同住廣寒宫闋

驀山溪

嘉陵江畔解珮初逢地江水比深情信潮還吴頭楚尾愛離憎會此恨古今同紅豆破彩鸞分灑盡臨岐淚幽燕路阻錦字書難寄鸚鵡卻傳言道新來曾窺姝麗風寒似剪愁攢玉肌膚勻面藥洗脂痕别又生春意

鷓鴣天 得蘇晅長句以詞報之

矍鑠誰能及是翁三郎羯鼓有遺風錦筵張處花爲伴麗句書成

愈

酒可中　游洛浦賦驚鴻千秋才調竟全同命并（憑君）莫許春來晚已
遣蘭心作小紅東句云草堂不報梅花發鄂渚騎春盡意紅諳曉華也
太常引至元夕晴數日矣而凝雪[illegible]堅獻詠
月華燈彩射江城處處管絃聲逐隊看燈行愁凍滑泥塗步傾
龜言鶴許今年寒甚階砌雪縱橫不是放春晴直化作千年老冰
劉貢父謔言水精為千年老冰見宗人筆記
又前作結句老字宜去聲而不可易十六夜友人招飲因復作一首正之
酒兵突起壓詩城歡笑鬥春聲疑向越中行玉鱠佐銀甌細傾
牀頭書積簾前花發几上一琴橫更喜此宵晴皎月似團團塊冰
絳都春
窗陰短綫正無限暮寒天涯人遠燕子未歸空浥巢泥留吳苑鄰
簫如和歌聲悲記南陌鶯飛花亂送君行後叢苔廢圃冷烟閑院
重見嬌波鬒鬟稱纖瘦被體舞衣霞蒨斷夢易醒別淚輕彈芳
悰換何時真對芙蓉面訴前事評蓬飄轉袖鑪熏透梅花寸心自
暖

水調歌頭 宋文丞相綠蟾腹研肖其色與形製故名謝枋得刻其側云文山攀髯之明年叠山流寓臨安得遺研焉憶當日與文山象戲譜玉叠金鼎一局石君同在座石銘曰洮河石碧于血千年不死萇弘骨鼻羽凡五十五字小倉山房舊藏今在孫履好處

兵甲滿天地河洛亦腥羶吳中曾此開府風掣纛旗翻料得飛書走檄座右石君聽在披寫激忠肝玉帶聲名久文山有玉帶生研自為銘蟾頤興同堅巡遠志論事業過前賢文山過張巡許遠祠廟題沁園春一首見志歌成正氣依舊揮灑似雲烟門客但存皋羽有弟竟為臣虜遺恨到重泉欲繼西臺哭淚盡不成篇

東風第一枝

雨滴空階燈昏小閣愁心亂若抽繭峭寒故勒梅花暗象自生竹塢蒼苔展印是舊日雙鴛行處為斷腸不掃留痕卻被凍泥沾涴招來回燕梁宿羽遲不斷馬歸去路地遥共遍層陰夜長更添嬌姪重門深掩漫苦怨芳時遲誤待樹梢懸亂鶯啼又恰半春虛度

江城子 鄰女鼠哥余見其自孩而長既生二子矣索為歌辭欲語無增飾且也其能解者

鄭家小女自稱哥，髮橫拖，語嬌訛。學唱桃花江是美人窩，賺得酸梅甜棗子，紅暈處，起微渦。　年光一擲似飛梭，到今呵，漸成婆。卻喜生兒容態似娘多，膝下兒騎雙拍手，荷海育，教兒歌。

好事近（徐道鄰流寓台北作詞遠和其韻）

密約暗相親，飛渡海山千疊。夢醒依然為客，但留情眉睫。　不須惆悵送年芳，雙渡界紅頰。壓指牡丹隙也，寄朝雲花葉。

附原作

底事苦矜持，隔面雲山重疊。惟見萬言千語，在盈盈雙睫。　當筵歌罷淚偷彈，幽怨工眉頰。未有御溝流水，憑題詞紅葉。

臨江仙（花朝夜雪始晴千枝盡縞亦奇觀也）

彈指樓臺皆化境，巡簷無數琅玕。百花生處極高寒。儘饒香是國，更借玉為冠。　鄭尉幽尋空有約，望中道里迷漫。鬧支短策過西園。愁他蜂蝶誤，為掃一林看。

三姝媚

新陰連故苑，嫣牆深紅芳，數枝開晚。鎮日簾垂，護鏡奩猶怕，勸妝入嬾琥珀濃斟，渾未解單衾幽怨。遠道相思，同是春寒，頓孤清讌。
隔巷餳簫凄斷，似訴說當年，繡閨香暖。嫩綠楊絲，傍禁烟時節，
暗舒青眼。自別蕭郎，嗟好事、驚風吹散。夢裏尋歡如舊，歡隨夢短。

鬥百花　崑山訪亭林公園謁劉改之墓

幾日輕寒輕暖，搖曳舞楊絲綫。安車小駐，園林危塔猶摩星漢。旗
徑盤紆，光穿洞壑幽尋，縱憩山亭，迴看景色如屏展。比美瑤琨。
亂繼機雲英賢崑山因二陸得名，見荆公詩自注，遺墓尚存，千秋霸才堪歎。雨灑
黃昏何辭，透濕春衣，惜取滿林花片。

醉落魄　為陸丹林補題紅樹室圖

水迴峯疊，結廬稍興人寰別。曉楓明處霞成纈。自愛秋林，何異歲
寒橋。彈箏人去絃聲絕。廿年枉費丹青筆。想君心事終難說。灑
血書辭，化作萬紅葉。

促拍滿路花

風透疏簾隙，日映畫闌邊。曉妝初罷，換新縧。繡餘靜坐，姿態十分
妍。有時狂嬉要，冉冉蓮屧，步塵直過鄰園。滿園花好，鶯語猶是

三

艷陽天水亭山榭儘留連舊游針徑曾記落金鈿因恁牽愁緒驀
地沉吟背人獨倚秋千

應景樂

經年數役漠漠車塵四起周廣陌臺城下江漲濺烟磧指檣竿箭
立因念往事卜宅藍家莊好朋游訪朝夕 風景未殊昔向此感
隱隱聲似欲破暮靄飛到相覓林際排細搖蕩心眠鍾阜爵相望
金紫換純碧

雨中花慢 四月初二日陰雨訪彦通屯雲館聯句用東坡韻

開盡酴醾千架柳闇陰濃搖曳輕烟 東 頓喜隔年佳侶點破苔錢
彦通 陰徑縈迴低瀾掩映不異家園 東 祇樂苑瑞酒滄江鼓枻悵遠
情連 彦 無邊細雨屯雲書館對景記取從前 東 春漸晚一番花
事過眼淒然 彦 衰鬢休嗟潦倒芳華得再睹妍 東 六朝烟水竭來
雙遊共我年年 彦

清平樂 趙嫡頭女小景 仕

悄悄小院簾幕隨風卷睡起晝騰拈繡綫卻把花枝比看 無端

幽恨難排海上青鸞信乖暗觸單衾情緒一雙胡蝶飛来

浣溪沙

地僻園荒草怒生非蒿非艾不知名宵来得雨更縱横　崔向簷前唯噪語蛙於池畔亦爭鳴老夫午夢一時驚

鷓鴣天　立秋夜風寄懷呂生貞白

掃地風来不可當却於風後轉清涼喧喧翠竹聲疑鬥颯颯紅蕖意自芳　秋已到夜須長不成新賦繼歐陽夢回忽憶稲皮字誰寫邯鄲大道旁

醉桃源

露濃園點蘚痕斑曉風吹未乾滿園花樹向凋殘一枝楓葉丹　君采擷且殷桓書成試寄難歸来重倚小窗看簾旌搖蕩間

拂霓裳

曲聲終琵琶斜抱醉顔紅談諧好逗人情珠在眉峯碧螺斟翠斝碧螺（茶名）春金液瀉瓊鍾只匆匆傍綺筵開處桂陰濃　殷勤欲問佳會敍甚時逢犟不語自憐蹤跡指飛蓬霜催行客老月照兩心同

託春風侍花時相聚藥欄東

踏歌（送中學畢業生赴農村習田事）

志洪向農村隊伍森成列紅旗閃曉鼓催人發要勤耕入社安家業快絕一年間好事從頭說春苗種預計秋收必更指看離家盈宇柵　山共水翠繞闌心情暇創寫新文物親朋待相尋把酒同歡悅約明年杏花時節

念奴嬌（閏八月十五夜游後湖作）

片雲消盡步長隄不是前時風物柳榭花亭兼竹所只階鍾山為壁空宇澄鮮湖波蕩漾照見頭如雪華年難逝寸心依舊雄傑回想羈旅生平如今真個有逸情嚴發夜靜扁舟猶打槳欲與沙鷗爭滅境落寰中神游天外冷處風吹髮今年秋閏一星添伴圓月（是夕南京見蘇聯人造衛星）

鷓鴣天（酬譚雪非）

班草情新語未休錦囊佳句更相投文辭湘綺遵前軌心跡孤桐識舊游　天外路望中收且斟林茗洗離憂江南景色無窮好不

信詩人便白頭重非甫及中年而詩中屢有白頭之歎哉詞之

瑤階草

湘簾捲還下一陣黃昏雨高閣登臨獨自無意緒故人不見水遙
山遠北來南去幾曾倩傳別語看如許叢苔斑點綠荇破碎浮
萍聚正似愁根鬢絲白盡千萬縷舊盟記在粉牋蜀紙寫成的縁
那知又憑輕誤

臨江仙

宇宙縱歸誰掌握須臾倒海驅霆人天添轉萬千程淮南雞犬在
此作步虛聲聞道阿環離別後廣寒愁鎖傾城如今盟證有雙
星謂人造衛星會當乘一箭飛向月中行

生查子閩人王鳳池者寄紅豆百粒乞詩占此以報

明珠百琲懸火齊千金置休恨見花遲相傳三千年一花條收盈筐實
絳雲樓已空紅豆莊非昔遠道寄相思何處相思得

江南好

萊伊卡騰躍上天游月窟征須追羿兔星河倘亦犯牽牛信謠絕

五

从頭

莱伊卡空際且盤旋欲為生民罷戰伐首憑科技占優先第一是

蘇聯

莱伊卡不惜此犧牲動地有光爭日月名垂不朽比山陵錫汝狗

明星

南柯子

宛宛溪連屋蕭蕭竹映廊永壺一酌聆生涼肆道逍遙柔卯道醉為鄉

壯蠣栽窗瓦飛鴛歸鏡囊聲名久歷杜秋娘不是小姑居處也無郎

南鄉子 徐琴鹤偕其夫說唐寅故事

鐙彩幻明霞玉樹亭亭出絳紗對堂調弦儂与婿琵琶鳳尾還持半面遮

舌底粲生花唱得新詞句句佳三笑留情原是無偏詩無事如真一笑譁

西江月 臘月十六日文春口占即事

騁辯羣英辭論會或以此稱會上揮毫大字壇中老夫猶有少年風不許

光陰閑送。凍草已蘇新綠，潑陰不礙春駘。明年急務在耕農學把芹泥翻動

柳腰輕

嬌柔孅柳春煙暖，煙中有雙飛燕，遠從遼地近歸吳會。誇道林園都變，度香徑花苑縈紆，倚雕欄露臺高顯。乍掠清波闌面，又呢喃語窺窗眼，舊巢仍固。溼泥重綴處處，低回留戀，歎如此家國无雙，竟連年故人書斷

柳梢青

故苑春濃，園花門艷，淺紫深紅。樹上流鶯，堂前棲鶴，笑我成翁。晚來退食從容，病新起、仍拋瘦節。料峭風寒，零星雨碎，歸路時逢。

蝶戀花　清明日雨，始聞雷聲。赴橫山掃烈士墓，植樹數百株而還

節候推移元不誤，才到清明，花滿橫塘路。峭石懸空籠細雨，橫山下有林林墓。　禮罷殷勤陳祝語，荷鋤成雲，頃刻陰深護。烈魄英魂同鑒取，興邦恰似春雷怒。

臨江仙　寫鐵骨紅一枝并題

踏遍孤山山下路歸來忽夢湘妃試拈丹筆掃横枝直須紅透骨
莫作淡臙脂一自東風催棣鮮繁花照映清池林逋舊句羅重
題深心如有託吟倡比紅詩
則犯与李君赴洞庭東山寫生由渡橋口登舟入太湖至周灣泊消歸風起雲合水天下分以一粟之身寄蕩漾之内境事奇
絶不能無詞
渡邊翠市落花數點添幽静乘興載畫筆商量探奇勝　旅圖問
去處擁笠遮前徑風動看蕭森湖波試孤艇　西山在望絶險如
懸隥蒼秀境斂斜陽霞絢半空映路隔雙灣晚濤雪冷帆影葉葉
興鷗同迴

菩薩蠻爾事成篇不加詮次
全村幹勁郎尤甚與儂並比儂非獨挑擔上山頭新歌時唱酬
山高千百疊雲與山相接追過白雲顛郎先儂更先
鍊鋼鍊鐵心堅定家家政治黄金印門外小高爐許儂功績殊
燒空雲變色青紫都成赤鐵樹盡開花木棉無此奢
溝渠如拭街如砥紅旗插遍蘇州市先數百花洲閶門内百花洲[illegible]户户清潔

工作為先進者人人爭上游　穿牆無鼠迹繞帳蚊雷息車過不飛塵門
前綠樹新
綠楊陰下蘆為屋披襟閒坐護裏曲訂網不辭勞漢民今富饒
共禱毛主席千載離塘匹即此間來無魚秧入太湖東山諺漁民述其語如此
萍洲艾杜根難久東風壓倒西風後猶作滿天飛飄搖能幾時
陳兵翊自困覆轍黎巴嫩欲覓尸還金門馬祖間刺艾森豪威尒及杜勒斯
輩
此鄉纔報千斤足萬斤又看鄰鄉數不斷捷音傳衛星齊上天
有種兼有鐵一震蘇羣蟄夢見赤龍飛侏儒相背啼中國生產進展之速如十六衛星上天又紅色巨龍追逐我後回顧英倫三島直侏儒耳皆英國人語
騰騰烈火天為沸鐵沙融作長流水瀉入土盤中胚凝猶血紅
循環千万市戰士忘飢渴守定一鑪旁秋宵殊未長
尒曹莫笑民歌俚詩詞原自民歌起樸語寫中誠唯君杜少陵
一編重選得芟盡淫哇習試譜作新腔歡虞仍激昂
廣場築就三千步民兵列隊森成堵號令下層臺陣形天際迴
七

年年逢十一萬姓同懽悦此日戰氛高聳持殘冠銷
老農相遇田間立不通名姓情偏熱問汝市中來鑄摩今幾堆
欲求機械代鋼鐵先稱霸明日代耕犁隆隆拖拉機
鼓聲聞伴笙歌作人間信有從軍樂舞態極精妍誰能妙筆傳
忽驚鐙燭灺霹靂從天下夭矯鬥雙龍高臺雲滿空觀解放軍歌舞團奏演最
後為舞龍景象逼真忘其戲也
非冠非弁簪橫玉繡龍袍帶垂雙角局縮坐高頭儼然如沐猴
有人親獻寄毋作兒皇帝付與董家狐寫成摩醜圖報載艾森威豪尔冠帶龍
花織彩云此衣物為蔣介石所戴者
飛空絕迹人來往驚魂駭魄難言狀有女選風標登盤舞折腰
柔應無寸骨反首腰間出花上露同棲輕如胡蝶兒雜技團
兩行綠影排空去飛車直向春申浦歷歷故人居光榮多樹蓄親知
多下鄉下放者奔馳追白日轉眼非陳迹重上碧雙樓已經千萬秋離土
海市十三月以一日等于二十年計算適万載矣
故人憐我頭如雪況思翰藻皆空絕我笑此言癡生元有盡時

老逢家國盛恣意成新詠一語合風謠阿辭肝膽焦友人勸戒辭詠以樣壽精
力作此衛之

西山列衛如屏拱碧雲長護衣冠家勞力畢生期堪為革命師
如難行則易誰果明斯理高塔聳嵯峨高山景仰多十一月十二日中山誕辰
集碧雲寺行禮

園中柏樹何年代婆娑老幹穿雲外重倚碧闌干回頭四十年
築壇名社稷大盜曾移國誰與柏長青共和千萬齡游中山公園余為先毛衰
甫畏至北京距今二十五年不到斯園則近四十年矣

長衛尋徧無蹤迹移居却在斜街側祠見道勝常孤鶩不再翔
淺綠添已過稍稍橫波目無計慰愁心遙憐滄海深故人有子女皆在海外

程功那待三年後叢林漢數般般有幸福老人心相迎笑靨深
人民公社好隨處吾能道徐水不同觀光來石景山參觀石景山人民公社
長言預計建議三年有成然北時建社才兩月餘已有廣漠畢矣幸福既家遍皆頌毛主席不去口徐水縣屬山東以解公社著稱
全國

談江上湖金田翊神功八葉浮瑚玉物力校虧嬴休論漢兩京

八

天安門外望肅穆河邊矗屹立此豐碑昆侖名並垂天安門烈士紀念碑嵌雕石八始金田起義迄大兵渡江人物生動觀者肅然

分離五載重携手懽言共酌蒲桃酒北苑到人稀唯餘千菊枝

禁寒花更蕤人亦如秋菊老去未心降嬋娟青女旁北海看菊會名品甚衆

長安人海同為客登樓無復黃塵色舌辯起風雷達旦廣座開

匆匆來又去不盡留連意未到十三陵自慚還此行民革大會與鎮江代表李瑞吉同館舍會罷作此別之李於隙時獨赴十三陵觀水庫

工人總入詩人隊秀才豈是工人比壓倒李青蓮揮豪捷似烟无產階級文學日盛於工業展覽會見一詩云寫起文章信手來如今工人成秀才又云手里文章千万篇嚇得李白也發呆[illegible]

康躬鐵治但為怡情也此日利人羣先求知力均

袖絲綻化春裙色紛綸翕霍三千尺電母為梭梭將如織女何

吳邦嘉麗地三絕稱神藝錦繡裹江山真看指顧間參觀新蘇及光明絲織廠新蘇電力技機織創制成功

梅花玓瓅胭脂色先春早見臨風坼梅壽不知年好風吹更鮮

年〻尊祖倒屣到仍還席待上錦江樓薦君雙玉甌貞白有詞為蕙高壽索和

太陽添个行星繞行星恰是由人造飛過月宮時常娥驚且疑
羿弓原誕謊此箭從何出一發破天心天狼光影沉蘇联宇宙火箭成功舉世
歎驚美人失色
生兒是憂皆堪託無譬男女歡聲樂拍手笑顏開阿婢真早來兒童
呼保姆為阿婢
為求勞動力健婦中閨出不用作羹湯四鄰新食堂人民
公社以託兒所及食堂為先務
尖端科技同飛躍文人積習消除卻下筆費躊躇頭多異書
高唐無復意夢跨雙龍尾星際快游行滿身皆落星婆園索書舊作口占答之
穹廬四下天如幕草原迥處寒交積箭共雪花飛奔騰萬馬隨
盧纖狼百族飲犒黃羊肉敵寇敵猖狂命懸如此狼報章記蒙古雪獵盛況
玲瓏疊石依喬木兩三竿影蕭蕭竹風物尚留遺聞圖是又非
枇杷園內過嘉實亭邊坐偷得片時閑愈知勞者艱文徵明寫拙政園圖有嘉
實亭嘉實指橘也今亭在枇杷園內形式頗似不知為故址否亭之前側有玲瓏館小憩成詠
古來畫壁誰為上王吳但識諸天相今日屬工農牆頭飛巨龍壁畫
多以龍為中國象徵新
山林蕉藪澤盡入生花筆一寸稻尖芒地方無此
九

强（右景山見畫一堵囊民以福光剎觀應手而倒）

象床瑤簟珍珠串美人自覺深深院繞院種巴蕉風來齊動搖

窗前幽靜趣分得南洲樹傍曉亂鳴禽此時愁綠陰（美國人以古巴為後院也）

（利時人則呼剛果為平靜之綠洲自民族獨立運動起鬥爭變既戰作此詞嘲之）

東風齊著力（題為作百花齊放圖）

殘雪初消羣葩爭艷大地春融梅枝秀蕊夭矯倚蒼松更有千竿

綠竹假山畔萱草成叢堪奇怒牡丹數朵也達妍紅　菊藥鬥珍

壠旁觀著雜花無數香濃一年好景盡入畫圖中豈是都忘歲序

畫師筆巧奪天工應知道東風力勁壓倒西風

右[redacted]來堂集

夢秋詞卷二十

汪東

起己亥迄辛丑

菩薩蠻

宏川細水皆歸納電流直制三重轄蓄洩有常規如潮來往時
去年乾臘月寸土無龜裂春雨忽連旬不妨濤滿盈電力灌溉站灌

園工巧藝驚殊特嫁梅自有傾城色勻頰淡燕支長長施黛眉
綠珠稱小妹紅拂堪爲姊那喜是同根休招月下魂盆梅一株右燕支紅左黃蠟萼交橫映發詭爲奇豔

鋼爲元帥先升帳工農事業皆須仗何物是先行如何限刻成
無窮神妙著何處安根腳全國一盤棋當爭落子時時事學習

和風麗日江南道江南二月春光好最好是蘇州名園多勝游
花開紅滿樹正值余初度歡樂盡情狂何須稱壽觴有敬爲余七十壽者作此謝之

曉來破霧征程促天開圖畫張原陸新綠滿長隄菜花黃夾畦
雲車風馬驟千里抛車後晌午到金陵鍾山睡未醒赴南京車行甚駛

四園山色青無諸千林萬樹遮平野騁步上高臺蒼然暮色來
夕陽㶕作血憑弔勝備勲階級鬥爭强成仁土亦香雨花臺烈士墓展
葉葉辟舉爲阡陌昔時險峻今陂澤天平山采石處成雨湖厚地到高天須
東皆跌觀
勿辭艱苦業我有人千億蟻亦負山遷愚公真不愚
賀新郎觀新疆維吾爾族歌舞團演奏爲聯共曲維吾爾舊譯畏吾兒亦即回鶻也
暖候明鐙夜聚千人不分膚主坐園深廈弦索新翻回紇奏繡幕
徐徐光下聽幕外流鶯聲婉報導到終軒幕起驪珠環翠額光交
射歌一曲定場作
深耕灌溉農勞大又全民爲鋤而戰自成良
治蠶勢如真描劃盡忽變繡衣爲架斜趨步紅巾飄灑對隨之中
含婀娜似游龍還似飛天者羅裳屋舞初罷
菩薩蠻
文成婚媾通殊域無楊掃盡千年雪一層唐文成公主手植楊柳一株藏民至今珍護舊俗
獨留殘因知施教難
佛言諸地獄一一羅心目地獄衆生誰最
奴真可悲西藏農奴主施於其奴者備諸酷刑
倒懸未喻斯民厄來蘇久望雲霓澤黑夜走崖魔道高將奈何政府

報告有魔高一尺、道高一丈之喻
鋒車如電掃疾指山南道迎隊舞相迎歡呼
菩薩兵（藏民稱解放軍為菩薩兵）
識蘭（僭稱暑墓料帝國主義者）
南非東亞汝獨橫行无顧藉趁隊入天此意還從一例看陽烏
忽絕餘鋒猶能燒七月（諺云七月半火燒）驚地涼風送汝長埋草棘中

沁園春

建國十周革命功成電掣雷轟喜一彈二白頓殊舊貌千倉萬廩
長兆年豐廠舍如林河流似網建社真能大且公誰堪比是奔騰
萬馬夭矯飛龍　更看易俗移風把千載秕糠一掃空與友邦攜
手高歌並進敵人喪膽呪詛无功戰義超英昌明科學宇宙都歸
掌握中歡相告再十年稱慶在廣寒宮

瑞鷓鴣

（沈瓞民示舒如唱酬集索和因次韻作）

太平親見老懷舒精力饒於插架書麋苑偏能徵往史鰐溪未許
作閒漁　傳經絳帳心先折載酒玄亭樂有餘政治于今應挂帥
相如兼是藺相如

二

鷓鴣天（江陰縣[illegible]有菊花會並借中山公園茶話，用壁間明清人詩原韻奉成八句，後改為詞）

雪浪湖邊鮮色滋，披襟園坐一開顔。共參革命千秋業，也許浮生半日閒。　詩門捷若兮甘，輕車更載菊花還。精誠不為兮離隔，話劍忠邦意已闌。（縣城門上原有忠義之邦四字，名刻抗日戰爭時目睹為炮火所毀，僅存忠邦兩字，近移置公園作亭額其上）

踏莎行（郊行即事）

山擁層巒，被澄匹練，吳中佳處人爭羨。誰知奪得冶城名，景光又遂年光變。　高突噴雲，飛輪遂電，無窮事續驚心眼。綠陰千步繞溪迴，紅旗三面迎風展。（請花鉛鐵大躍通人民公社也）

金縷曲（讀民歌集用其語）

文藝開先路。寫風謠、龍蛇走壁，墨花飛舞。試把翻成新樂曲，字字沁人肝腑。第一是、真誠擁護。黨共中央毛主席，這恩情、欲訴以何訴。顛倒出，萬千語。　其中不少驚人句。唱三山、五嶺開道，亂流歸庫。歌頌豐收非夸飾，稻麥千斤為畝。更菜果、如山堆取。項羽豪雄空蓋世，任拔山、力盡今難舉。拔不起，一山芋。

浣溪沙

躍進歌聲似迅雷，歡時春酒綠盈杯，相逢都看笑顏堆。雙樂園中雙樂聚，百花洲畔百花開。南京雙樂園与蘇市百花洲昔時皆爲貧民所居，艱苦万狀，今則能暖安樂，頌党恩德，如出一口。東方紅日正崔嵬。

鷓鴣枝

記得童年深切痛，八國旌旗亂插長安市。電變龍騰今昔異，我生兩度逢庚子。屹立中蘇堅壁壘，保障和平一箭通天地。他日再書庚子歲，紅旗飄向行星際。

好事近

歡笑一堂中，共度新春佳節。此日太平親見，忘頭顱如雪。　醉來行步任欹斜，鳩杖未須設。照夜華鐙千百，替中天圓月。

清平樂　新三婦艷詞

莫邪雙劍，長被中吳佔。樂府歌傳三婦艷，翻覺羞紅上臉。　田間大婦勤農，織絲小婦精工。中婦尤稱健碩，鍊鋼鑪火通紅。

長相思

三

小橋東曲徑通，日射清波灣〻，風滿園花不變　胭脂紅春正濃

鐵骨冰心誰與同，孤山山路中（梅花有鐵骨紅一種，曾栽孤山見之）

菩薩蠻

纜車飛度高山峽，行船不憚風波惡。山水幾千重，何曾駭殺儂

情郎常笑我，但合家中坐。誰道並雙肩，郎今相比看

浣溪沙（假日）

百舌催春著意鳴，東園負手且游行，暢人天氣是新晴。　芳艸慈

生憎觀步，異花爭放不知名，歸時應夢到香城

東坡引（蘇州農藥械廠、東風焦化廠及炭黑廠皆於全國羣英會評得紅旗，連日觀藥械、焦化二廠，賦詞美之）

圓機噴霧靄，霏〻半空濛。蝗蝻不犯，如雲稼。農民齊慶社，農民齊

慶社　采山聚非石，又看焦化，道熱壓功成也（有不能煉焦之煤，創熱壓法使之成

焦）羣英會上旗高掛，東風何用借，東風何用借

菩薩蠻（大風以機上看隱浣海棠，用清真韻）

疾風掃淨長廊曲，東園樹樹搖新綠。暫罷五湖舟（擬看太湖水利工程，以風雨緩

期）來覓百尺樓　海棠濃艷發，莫便吹成雪。久久更迴看，單衣禁

暮寒

齊天樂　觀太浦河工之作

一臺高聳蒼茫際山川更添奇偉建節制閘共二十九門以司啟閉列炬穿林鳴
機動谷歡樂歌聲時起千犀似壇看拓土開疆[illegible]符兵事款浦遠
蓮創成新紀照青史　當年堪笑鄭李鄭國李冰二人寸功猶自謝[illegible]共
波逝大禹遺蹤中吳舊跡湮沒都適千祀新邦仗此奠九澤陂平
三江奠止試艤扁舟太湖清見底

浪淘沙令　即景用杜安世體

隄上亂尖楊柳毿毿綠陰濃處小桃攢行看旋心芳氣四互花影
深涵　彩筆姿態酣薰出晴嵐欲題新句費尋探道是江南春徧
地又何但江南

好事近　看万紫千紅總是春電影家人及親屬輩並書寫時兒天津

到處是春光万紫千紅生色歌唱人民公社好基層形式　相逢
不再道家常唯共競心力模範英雄稱號看何人先得

醉太平　太平天國忠王收復蘇州百年紀念

金陵勢休吳中惠孫百年試聽民謳聆長江轉頭忠王被苦離蘇大勢已去而吳人爲之立碑紀德並有民謠云長江裏水向東流我佬日夜都議德千悲萬悲不為別悲你一去不回頭遺文盡收

遺宮尚留謂忠王府湖山重認蘇州闕英靈髣居

水調歌頭建黨三十九周年頌

覆載象天地日月並光芒春風吹煦萬物生意各軒昂既有及時雨露又有驚雷破蟄魑魅影潛藏舉世共翹首卓立此新邦　竟誰辟天之合出蒙莊我道天人合德堯舜豈能當徹底翻新社會再造山河大地功在黨中央六億謳歌起主席壽无疆

滿江紅

珠穆高峰拔海起幾千萬尺算終古鳥飛不到斷無人迹吸氣並同高世衔鑿久只（作）禪山級肩闊然三彭通天來天驚裂　垂歐隊紛似纖光与後俱消失笑長埋雪下但留遺骨英人某尸骨為我登山隊發見矯矯中華新建制健兒身手誰能敵伴歌聲浩蕩拂雲霄旗翻擊

西江月各民主黨派先後集北京開擴大會議八月二十二日毛主席暨國家諸領導人於懷仁堂畔親予接見並合攝一影須會者談論自由心情舒暢故稱之為神仙會

潤

舉世難忘此日高秋不動纖埃新華門內廣場閱壹作千層人浪頭袖光同日月摩仙嶺下蓬萊繞場鑾地起春雷一片歡呼万歲

減字木蘭花

黃塵撲面走叢長街稀一見欲卯荊靡桅柳縱橫路亦迷　故交輕絕不識儀心明似月何怨何恩往事從今莫再論

蝶戀花　國慶後五日中秋

生産連年高速度十一逢雙（建國十一年十月一日）萬衆同歡舞屈指中秋朔日五昂頭又見銀蟾吐　革命濤翻風更怒桂殿高寒料亦殊今古一箭飛來深著土吳剛驚棄（笑擲）千年斧

漁家傲　廣西僮族歌劇團演劉三姐故事

憤氣衝胸嬌叱咤歌聲如火燒林野皇帝低頭官府怕（罵得皇帝也低頭歌）中語淋漓罵直憑喉舌摧強霸　一射乘流風送作五湖四海傳歌罷黍力總歸黃土下乾坤大至今容得劉三姐

滴滴金　中秋詩會應約至者三十餘人以秋日頌讚產与賞秋為題

限蘇逸公社社員即席作詩有明早聯踏種山訪吳剛之

五

句為之數絕因贈
詩翁撚斷霜髭白句推敲費心力大戰種銅盛奇蹟說團圓佳夕
新詞自撼無高格忽聽清歌淒笛[illegible]起[illegible]脚踏種山訪吳剛早抵人
千百

木蘭花令
南畦北壠青無際社社忙供蔬果市芥薹擷葉長兒孫瓜豆纏藤
成姊妹不教寸土輕拋棄人力偏能窮地利農家一語味深長
只有懶人無懶地

高陽臺
濛霧籠晴層陰蔽月何曾小誤農時列隊雲屯爭看四野穡旂盈
倉奪得豐收後瓜盤蔬簇相宜偏經營屋角籬邊位置知基
小園隙地三弓在指青青菜甲落落瓜畦花饜辛勤勝他雨露潛
滋從前只說躬耕好有誰人親把鋤犁曉方知四體須勤老圃堪
師

采桑子 重九日作

黄花匝地披如錦，隨處遊遨。不用登高，誰着東風便自豪。紅旗三面高高擎，立志堅牢。若再登高，珠穆峯頭把酒邀。

鼓笛令（聽播音機播送歌樂）

鼓聲迸處弦聲遠，小屋中雨狂風驟。蹈厲民興言自舊，夢隱眾志千星斗。往往俗移風厚，在聲音感人深透。欲賦新篇翻縮手，怕綺思驅除仍有。

蝶戀花

向道流光如電促，萬事功成，更比流光速。創革諸[illegible]新面目，轉頭已入陳編讀。為拯全民求幸福，唯党英明奠定寰區局。歌頌不辭[illegible]南山[illegible]竹。

臨江仙（謝孝思自東西山作畫歸，為言今年洞庭紅橘收獲之豐，為記載所未有，每畝可收二三萬斤，每株五七百斤，有至一千四百斤者。遠望之，但見巨寶纍纍而不見葉，農民呼之為紅寶塔云）

綠葉翻藏朱寶底，累累農諺報年豐。豐收無語可形容，寶珠層塔壘，林立萬千叢。戴笠肩鋤親入隊，一舟來往西東，烟雲縹緲[illegible]畫圖中。寫生添異采，雙袖洞庭紅。

六

鷓鴣天（北塔區行所見）

一夜吹霜薄似數，十邊新綠更鮮腴。誰編北塔齊民術，庭勝東郊種樹書。兒織竹，婦淹菹，家家勤儉作冬儲。老人自掃階前葉，也抵弟柴一擔餘。

偷聲木蘭花（擬上海近郊農民歌）

搖搖欲墜臨深谷，單幹如行獨木橋。雨打風吹，互助猶（橋）石板危。鐵橋合作規模小，不及人民公社好。社是金橋，通向天堂路一條。

品令（次梅苑詞韻寄遠）

樓臺新起，看倒映、清溪水。水邊欄楯曲廊，修影半遮花裏。春入東園紅破，數枝梅蕊。　離家千里，閒書札、應堪寄。整裝歸到此時，未阻關河百二，芳景依然，不見故人行李。

雙聲子（題湖帆仿米海岳北固雲山圖）

曉烟無極，亂山圍郭，登眺長記兒時。樓名多景，江涵殘照，遷客是處留題。自中年去國，[illegible]誰與同歸。縈懷處，想前史，風流人物

歸字下加注
余年十六赴日本
辛亥革命歸家
移蘇州自是往
蘇滬之地蹤跡遂疏

䜩期　米家船看淺張尺幅雲蒸紙素淋漓皆攢千樹風來疑動
江山愈感雄奇開蘄王戰鼓爭便似笳角星旗[redacted]戀君更寫新圖掃
空萬古遺規

長相思　一九六零年除夕聯歡會作

市聲喧鐙影繁廣會宏開氣萬千爭聽捷報傳蘇市工業生產超額完成與全國同
六零年六一年快馬如飛共著鞭超騰直上天

金錯刀　湖帆仿沈石田蔬果長卷為徐明題

人間湊物昌熙吳中風土應清時新蘇盎、方充圖嘉賓豐、又
滿枝　筆黛墨綴臙脂都來收拾畫中宜石田本自君[redacted]家出風味
南田[redacted]亦可思石田畫師吳仲圭

臨江仙　觀蘇劇團演侗族少女秦娘美為其夫珠郎復仇故事

破經高飛仍比翼兩情終始綢繆[redacted]却緣艷色逢起奸謀珠郎遭陷穽
血濺劍灣頭　頭換頭來身祗命娘美中詩歌秦娘誓屢山丘一劍揮
遍[redacted]動羣謳掃除階級恨豈獨為私仇

清平樂

七

迎春鞭土舊俗還堪取電溉雲歡三萬畝不礙土洋並舉 支農
殘徹神州紙歲欣逢鐵牛丑歲為俗以鐵牛歲牛年在黃犢與人併力耕朝朝踏福

春曉

金縷曲

起[illegible]衝冠[illegible]髮正全球風雲激蕩頭非尤烈反帝聲威濤噴湧又似
燎原火發直使得摩魔驚絕一手擎枝穰橄欖暗揮兵一手相屠
割頭可斷志難遏[illegible]天驕自古終須滅看昂然成仁者去卓為英
除千萬盧蒙巴繼起民族花開似血笑鼠輩垂涎三尺鐵骸銀極
堅強甚比玫瑰多刺松多[illegible]節剛果在豈容折

採春令

萬家鐙火慶元宵聽佳音傳報道綠雲無數將田繞預知是豐年
兆 嫦娥亦助人歡笑遣圓蟾分照會散時迷邏還家去又光我
窗閒到

柳梢青 陪潘慎明閱叔南范烟橋諸老赴南京中途雨霽

兀兀車搖談諧鋒起鬢雪潛消醞釀韶光鶯猶噤舌柳未舒條

春於何處偏饒望不疑青青遠郊半日行程淡晴微雨都長新苗

南歌子 董師余彤甫隨江蘇國畫院門人遊歷諸省計程二萬三千里歸述所見謂[illegible][illegible]成黃河清可見底又言童年學畫時即嚮往峨嵋之勝今日親至其地乃知有工廠礦產發皆機動化於是知社會主義建設遍及深山大冶中爲瞻聽所不到云

險道平如砥奔湍緩作溪山川靈怪任鞭笞直使黃河千曲更無

泥　宿願從頭補新圖下筆遲峨嵋山頂清車飛不信此中兼有

上天梯

宴桃源 觀刺繡用清真韵作○繡及亂針繡皆創新格

髮亂縱橫新繡繡靨兩眉舒綃從倚小窗明窗外一株裊柳晴晝

晴晝光映玉容如酒

鷓鴣天 尹默有人日詩用其韻

春到人間百態奇美人未覺與春宜驚風不厭炎荒樹敗局空投

刦予棊　勤炳燭罷題詩閑來唯唱鷓鴣詞因君人日傳佳句忽

問高樓動遠思

又 得尹默和詞再次韻寄

八

漢武唐宗續未奇乾坤整頓協時宜十年早定千秋局萬事先爭一着棋

吾輩岳予吟詩詩成絡繹有新詞江山人物歌難盡才捷東坡詠費思

百字令（一九六二年四月十二日蘇聯放宇宙飛船東方號載人工天球帀地球一周遵時着陸乘之而上者為加加林少校）（用東坡韵詠其事）

眾星圍聚忽驚看歷世飽來何物箭動船飛中自有一室嚴封窗壁繞地成弧裁虹作帶點眼明於雪加加林氏偉哉生此奇傑

前事休道奇肱東方飛起人與飄風發熟勘輿圖如指掌何者當興當滅空際遨游歸來啟底不損身豪髮史編新紀大書今歲今月

轉應曲

闌畔闌畔一樹繡球花滿盈盈握雪團酥絕似徐黃畫圖圖畫圖畫未祇陽春高價

浣溪沙（上影劇團上影樂團在蘇州聯合演出觀後復舉行座談聯歡索為詞即席題贈）

誰道春隨景物遷百花長是鬥春妍生香活色更嫣然

離合神

光留鏡影琤瑽，清韻落歌絃。吳中星聚又今年。

臨江仙　自南京還蘇州道中作

三日爰叔來又去，去時先辦歸程。蘇山如墨惠山青。江南梅熟候，發忽變陰晴。　窗外跳珠過急雨，溪聲怒作雷聲。隔溪村舍董雞成。盈ゝ桑薏孫，兩ゝ水禽鳴。

好女兒　贈胡芝楓○芝楓年二十四，上海人，舊戴羊許梅氏，又從任穎華游○今隸蘇州專區京劇第二團，小穎華介識余，每登場輒為留座，余得觀其曩演楊排風、白素貞、李慧娘、梁紅玉、百花公主諸劇，能事有出梅任外者，信後起之秀也

歌動梁塵，劍器公孫，慣描摹、見女英雄態，看豐容盛鬋，嬌橫羅綺，怒起風雲。　林若隔歲相聚，古今事、與評論。詩携君、更上高臺望，指雁門關外，黃天蕩口，西子湖濱。

虞美人　李莊為憲民女彭令範畫琵琶仕女扇面寄民屬題

湘屏茶几鑪烟裊，獨坐含嚬笑。鬪漫樂府寄深心，譜得滿江紅曲、作元音。　四條弦上濤翻滾，洗盡潯陽恨。江山動我氣象雄，只在跳珠濺玉數聲中。

惜瓊花　贈梅晚華○余未嘗獲交晚華，而先見袁蕭在滬外詩，觀其演出，因置酒為壽，集李義山詩四章贈之，并郵以示余

九

今晚華去世距光之跋二十八年矣感傷今昔字之推[illegible]

辭鄉國張綺席有花叢四折佳句連璧霎時分手今頭白猶思他年泉路相失痛芳蘭晞露滴聽停歌罷樂天為惡色舊家張緒情光劉請張君秋追歎生平和淚研墨

八聲甘州隨文物管理委員會諸君赴靈巖山麓訪冢所際教文物叢隱層樂公亮亦同行一宿而返

向落紅亭畔小能細相攜更支筇歷松屋蘚徑雖叢琳宇直上高峯迴宿香光廳名深處簷鐸語秋風一塔斜陽外烟水空濛老去依然雙鬟鑠數滴團團坐大半成翁笑當年玉局二客未能從又阿須耽求淨土纖眼看淨土即寰中留餘憩指天平路幾點丹楓

思佳客贈江蘇省蘇崑劇團

劇藝爭雄勢似潮蘇崑舊種育新苗崑因北曲張南曲合有吳騷續楚騷崑曲戲稱吳騷歌宛轉態嬌嬈英華承續借增高藝員[illegible]進者以繼字承字為行輩商量位置摩花別二月春含豆蔻梢

醜奴兒劉禹生曾得柳敬亭平話叢本以詒黃季剛遂秘不復出日寇之亂季剛書亦散已然禹生終以為恨述世載堂筆記〻其事頃有見者屢來問此書消息調狀感舊口占短詞

一編僞向叢殘拾，竇若連城，劫後餘生，猶戴奇文誤蓬扃。　滑稽玩世誰能及，電舌縱橫，恍睹遺型，翁帽棕鞵柳敬亭。（偶生好以鄰自比）

清平樂（湖帆與姚華皆甲午生，八年前曾蒞上海集人為同庚之會。姚華既殁，湖帆作清平樂詞寄哀，和之以廣其意）

綠凋紅悴，蓓蕾芳華悴。猶憶林盤兄弟會，各擅壇場千載。　驊騮汗血紛紛，揮鞭直指長途。一騎霜蹄先躐，未妨來者超羣。

蝶戀花（吳研因屬定其鳳吹集并題）

容我丹黃勤校閱，鳳吹吟成，便是鴛鴦牒。載酒藍莊時一聲，隔諸曾聽高歌徹。（季剛量守廬與雙因小藥相望）　無許罰君觴百結，但道情緣，兩字須分別。緣比明蟾元易缺，海枯石爛情無竭。

生查子

相見不須臾，去去同漂梗。海水接天流，那似方圓井。　剖將心底看，中有人人影。心血未乾時，此影長依並。

醉太平（國慶天安門觀禮）

羣情共歡，鄰交共完。九重不論嚴關鎖，天安地安（亦門名）。團花競妍，葩花更鮮，宵中萬彩騰天起，三千大千。

十

西江月

興廢都歸陳史，共和定肇新猷。竟封禹域謐神州，還我河山依舊。此日歌謳尔汝，當年勢盡恩仇。一堂歡笑舉金甌，莫作青衣行酒。

破陣子　辛亥革命老人座談會上作

黃鶴樓頭迴望，黃花崗下重過。後轍前車堪作鑑，烈魄英魂總不磨。膏編資網羅。　席次高譚悅爽，發前起舞婆娑。少日同盟誰健者，白首相親喜更多。人民今共和。

點絳脣　譚光之詞為其母壽光年六十矣

桂葉香浮，北堂永日春光到。白雲縈繞，來去天津道。　王謝風流，那祇尋常好。慈顏笑，社歌村調，見着斑衣老。

明月逐人來

松篁綠翠，芙蓉張綺，亭軒畔、石橋流水。小園近市，偏饒山林意。萬壑千巖佳致。　猶記垂楊密蔭，黃鸝歌吹，游春伴、如狂似醉[illegible]。歲晚花下，重茵被、一任侵簾霜氣。

卜算子（壽諱光用稼軒韻）

騎竹博親歡，不忝兒時馬。歷盡滄桑見太平，此樂誰知者。　一發楚人歌，千繞吳宮瓦。琴韻書聲偶聞之，綺麗餘波也。

定風波（題陳一峯初曦樓圖卷）

黯黯陰雲覆九州，卻於海外起層樓。目斷心懸家國在，無柰青山一髮繫離憂。　十二年來人事變，行徑颯如鷹隼起高秋。商略銀鉤題榜字，迴指一輪紅日正當頭。

鷓鴣天（爲黃雨亭題其母柳氏苦命行題詠卷）

天意何曾有數寒，々霜厲處節逾堅。秋茶自覺甘如薺，苦筍終激拔作竿。　思罔極，報應難，蓼莪吟罷涕汍瀾。要知百度更新後，靈爽歸來亦解顏。

木蘭花慢（杭州陪諸老涉湖山勝處，越日赴建德觀新安江水電站工程）

遠峯眉暈秀，落西子鏡臺邊。看曲澗奔流，危崖瀉瀑，古洞涵煙。留連。頓忘倦意，指山中、草木共盟言。萬萬身隨桂老，明明心似楓丹。

迴船舊地重經，成敗事，溯前編。有大詩巍祠，遺臣斷碣，俠女新

十一

吁湖山自廷氣壯穎英雄撐柱幾千年不數嚴陵高躅明朝直上

新安

南鄉子 諸壽康壽銘毛第徵詞爲其母百齡壽云百齡者積閏三十六所計之實九十七歲也

春意滿南枝爛漫花前介壽巵一事最看今古少境麗白首同賡

唱和詩何用詫期頤穩見蟠桃再熟時阿母端居常戴勝瑤池

方朔依然是小兒

阮郎歸 除夕元春夢中得三四兩句因足成之

歌聲風送落人間鬧鬧歌新意奪興來揮灑百千篇非蘇非稼軒

焚裘竹門春盤謹呼徹四筵杯行到手莫留殘狂心逾少年

石擁瑟集

減字木蘭花　　沈尹默

題寄菴詞卷三首

蘋花橋畔可奈垂楊鴉噪晚卻話巴山聽雨焚香未是閒生花筆在老去聲名猶可愛長住吴城淡古詞人最有情

昔歲遊蘇州適寄菴在南京因憶之有詩云白門楊柳暮藏鴉誰信詞人不憶家車馬自來仍自去蘋花橋畔夕陽斜

翰林風月千載如斯何用說舊樣翻新看取嶔崎一代人蘭若碧海翡翠鯨魚咸自在裝點河山正要新詞被管絃

一千九百六十二年十一月十三日於上海

蘇州全書

乙編

《蘇州全書》編纂出版委員會　編

· 夢秋詞（外二種）

蘇州大學出版社
古吳軒出版社

據汪氏後人汪威立家藏稿本影印。

寄菴詩

汪東　撰

寄菴詩

尹默題

（一一）

暫存一百五十七首　壬午八月

可删

汪删

抄

寄菴詩　中中集　庚辰七月至辛巳五月

補壽行嚴六十生日時同居金剛坡

姓字重重六十春，桑弧蓬矢肇茲辰。蛇祥未必非男子（君生巳年虎變），應知是大人（君創甲寅周刊人目為老虎報）。時門掩岡陵多美竹（寓居以叢山為障濤竹為闌），夢回滄海見驚塵。名山丞定千秋業，廊廟猶須席上珍。

行嚴枉贈詩兼懷无量千里依韵奉答

抽得閒身劫火餘，交情肯為亂離疎。小園雖就難歸隱，陋室銘成更借居。著屐頗聞高興在（无量近渝後復游嘉定），守玄應与俗人殊。揚州自笑生還日，補闕何曾有諫書。

次行嚴題季剛遺札韵（有假季剛名以謗行嚴者札辯其誣）

季剛猶者流，乃得狂士名。締交三十載，此意非私評。長沙盛才學，下筆殫經營。並世説章黄，不異李與程。小人恣娭媢，能使千鈞輕。當時秉國者，倚之若阿衡。良懷濟世心，匪餘好爵縈。今茲共羈泊，忽傷千載情。屈指數應劉，逝者寧復生。兵戚日已戚，賴君振天聲。九原倘有知，一觴期同傾。

讀海藏樓詩題後

護國折孤注，論詩惜霸才。殘鐙屢明滅，掩卷一裒回。獨往寧無意，偷亾信可哀。麒麟高冢畔，荊棘共沉埋。

次行嚴鳩字韵[redacted]

鳴聲相續晴雨鳩，得伴不厭東家邱。胡牀踞坐足清歡，安用百尺登高樓。詩心飈舉駭童叟，子善輸攻我壘守。秋山無盡正當門，作圖更招黃子久。大癡有秋山無盡圖長卷

悲放翁

余西行後嘗以放翁自擬，而行嚴存詩之富，不減於翁，念亂傷時，古今一縣，因成二十八字，毋令後人復悲今之人也。

萬首詩成卅載中，壯心徧自屬裏翁。可憐歲歲陳家祭，北定中原事竟空。

聞行嚴述張將軍自忠死難事狀，感而作歌。時傳寇將由神歸窺蜀

睥睨高譚戰必取，頓足張髯沫歔吐。眾中委蛇無一語，將軍如鼠眾如虎。一朝奮起扞疆圉，轉戰摧鋒懾強虜。台莊旌旗漢川鼓，將

此足以傳張矣，可悲。一篇別傳，妙在筆筆能振起，惜今人不能知也。

學林

小有致但嫌韵處足[illegible]

起筆嫌平弱

軍如虎，衆如鼠，將軍不語非保身，暫時蠖屈元求伸。鹵莽一戰易事耳，握操勝算誰能神。將軍殺身乃報國，山頭一聲飛霹靂，碧血潛教苔蘚滋，精靈不共硝烟滅。招魂昨者過忠州，山石巖叢江水流，百官縞素迎道周，天為雨泣風為愁，風為愁，鬢欲皤，將軍已死誰荷戈，但聞神歸聲急猿吟多。從來守國不在險，五丁開道君其那。

再題海藏樓詩用行嚴題廣雅詩韵

鄭公~~嚴~~徹凡雪霜姿，辭亂憂生苦費詞。竟見駝埋終此局，自嗟麟出本非時。（辟疆詩壇點將錄小玉麒麟況之）堂堂誰獻平戎策，數數偏傳去國詩。（海藏在湖洲詩益進，金元遺山有斷斷詩）御憶臨川棋罷語，一枰何處有成虧。

行嚴示鼠刮油歌，戲題絕句（鼠刮油事見黔記）

刮盡膏油奈汝何，人間鼠竊向來多。知君素熟張湯律，讞定翻為磔鼠歌。

鴻雁贈行嚴詩兼及鄴人次均奉荅

蓬轉青冥偶聚蹤，未妨聾俗（毀）棄黃鐘。得渠來作千夫長，與子相期

二

二客從羲擬南山窺霧豹，又因東野想雲龍。神州袖手看棋局正賴新詩爲策功

次行嚴東同人韻

霜鐘破夢往來頻（有鳴鐘聲則）禪塵從容一室皆嵒意相逢巴子國眞堪一洒庾公塵徑呼園竹爲佳士更揖山花作上賓壓坐繧緗詩腹任他僮僕笑空囷

弔俞慎修

風撼胡塵急雲飛蜀道難危心輸故國（君曾疏滿洲虛實密陳當道置不省）生計陀徽官廳下蒼黃淚終慈赤白丸嗟予不同調懷舊一汍瀾

簡尹默即呈行嚴

君居雲頂山我住龍洞口雲龍本追從何意忽分手季剛昔贈詩精魂冀相守（季剛贈詩有云精誠日往來何用接杯酒）忽忽成死別落月照虛帷死者即長夜生者吝杯酒人生天地間豈不樂求友嚶嚶聞鳥鳴此意懼終負賴有孤生桐張弦得深扣宮應商亦和不遺到瓦缶恨君獨離羣思之常疢首何當起膚寸與世清氣始還作太平民躬耕

學林

結處深意不在形也
刪
抄
結句斷語所以可貴

幸可耦
植之招赴燕兒洞寓居感賦二首
短翼差池弄影微同來何事不同歸吳宮最有焚巢痛才到秋風
便懶飛
萬里歸來失舊闈故人招我共依依尋名忽動興亡感浪打空城
燕子磯
空警
急杵日當午鏗然鐘亂鳴排空爭雁勢動地作雷聲鱵鱥魚生釜
繩繩蟻度阬瘢舐厭荼毒衆志足干城祇以魂驚攪偏增氣憤盈
扶搖如可假吾欲事遐征
行嚴屬檢校墨辯今注藁本並勖之以詩次韻奉答
公孫惠施皆俗學詭辯能持耳與簡儒墨名理雖殊塗翟也大師
非婬婬腐儒白首蹟摩經九流之義晦不明墨書欲讀箝在口縱
有巧匠難為程𢍰既𢍰觭殘篇歸次第多君著述方中歲張惠言孫詒讓諸
友差足論要令適之祛所蔽章君本是餘杭宗讀書萬卷觀其通

元詩
徐甲編書李老君心手三百且合閣徐陵鈔與二難況南北西朝蹈躅列尊師高今一家儒貫壽皆以力所秘能不能貫壽難詩律君自待之手寫畢

頗似六十前集中之作

作者於故友挽詩素挽之作，極見真摯之情，雖有未諧之句也，不可删也

抄

輩行當執後生禮丹鉛敢侈前賢功

女弟子章璠鈔詩行嚴有贈戲用韻答

毛穎錫爵中書君昌黎戲論吾所聞簪花妙格自奇絶得此亦可詫同列我着儒冠久厭儒夢招小宋爲前驅紅燭兩行搖不律殘憤還家自呫畢

馬君武挽詩

百粤控南荒斯人挺奇秀浪迹江海間始與予相遘一別各西東文期聞新舊我學嗟未成聲聞予益懋理國若烹鮮儲才類積標蜀人道名字恍憶親欬歎晚歲在金陵重逢欣把袖隽語佐甘瓜是日食哈密瓜清芬比醽醁天地驟晦盲日月苦纏鬬飄轉走巴蜀喑喋不能救子來作參政暫見非文達留論學子最勝天人實精究祭酒老蘭陵庠序宜重守何不歸遺山間遁巖岫竹柏合棲鳳階梁清泱寒溜所憂大廈傾棟壓身安覆殘年復餘幾況茲祝宗呪收淚行且歌庶幾子能宥

兼愛篇

學林

妙

墨子主兼愛頤為儒者鎸博施而濟衆堯舜胡能然此當譬諸水潤物情無專適遭濩（家）下器隨器成方圓方圓圓無盡但視機與緣嚮之適然者是體仍非偏（墨子以仁為體愛）仁民自親始聊為施政使儒事有次第墨義無虧全儒墨得（共）天下政敎通相宣持語荀孟傳小異宜可捐

將赴歌樂山尋尹默植之行（諸人）嚴以詩為別次元韻

章君詩中豪脫手千萬篇我心有旁騖文字捐中年忽令將旗鼓籌筆如防邊風雲起龍洞頓為衆口傳三日成一卷十日盈一編頤窮耳目娛不畏肝腎煎鯨魚縱碧海掉尾波騰掀此中有奇趣他人何如焉庶幾二三子但沈皆因緣為君播功績茲山即燕然樹敵誠可戒得侶豈不賢

清新

述山居之樂招諸朋好用行嚴韻

小築臨流更倚巖亂中暫許脫朝衫讀書忆憶兒時樂避地渾忘世味鹹山腳鋪青俸稻長洞門橫素付雲緘能來看竹饒清興苦筍堆盤共解饞

四

此首所指均未不到處（[illegible]）

疑經三事

庭梖紛求繫，慎勿生嘲嗤。自非宋氏子，聚妻將何為。
仲由未入室，顏回空坐忘。賜也貨殖雄，儻許窺門牆。
內舉不避親，此真後世御。石碏癡狂人，乃謂子可殺。

删

所擬手稿[illegible]

呈國史館籌備會諸公

述作千秋業，宏規見始基。神謨誰締造，國步正艱危。論斷精無匹，文章雅可師（謂逷先、植之二君）。曲江風格在（時溥泉為主任委員），金鑑更須垂。

删

夜坐

坐久空階下，山痕失晚青。微生感蕭槭，舉世入沈冥。野曠蟲聲沸，林深霧氣腥。杜陵秋興好，頭白不堪聽。

尹默調植之不作詩，因及鄙人，與章（行嚴）、朱（逷先）、曾（履川）、潘（伯鷹）諸君走筆和之

沈侯勝者貌轉腴，信口吹嘲衆不如。興來為我鼓嚨胡，握中自有靈蛇珠。我請植之當改圖，一鞭早著潘曾朱。調琴緪瑟天下無，龍門廻眺孤桐孤。噫吁戲，孤桐之響元不孤，我何畏哉彼丈夫。

學林

言既不能盡力為詩又不甘束手不作也

X

歌樂山八塊田尋著青所居
陟險亦云倦（全方自翁中歸）尋幽未憚勞路隨叢竹隱石並亂峯高荷淨
池堪鑑松撐閣自牢茲山有遠勢雲外接波濤
晝睡甚美聞尹默送詩戲和即以告別
一日有詩一日無睡覺徐起申申如偶然把鏡自嘲龍頰頷滿繞
張飛胡忽傳緘札來贈我明月珠我欲報之（徒）非良圖既不能摩頂
放踵利天下。又不肯一毛不拔如楊朱。詩國讓君且南面（行嚴光有此語）
再拜辭御公與孤明日火速還山招大蘇願為識字耕田夫
尹默所居有桂樹一株尊公絕愛之全為作歌用前韻
臣朔飢死飽侏儒古來所有今豈無朝棠（吟）一句暮吟一篇不官權（又不得待詔金馬當如所但聞聲伊吾）
門趙使逋翁見之掩口盧胡城中粒米貴於珠徑欲來就君家居
門前有桂樹（柳）何檀欒為君畫作招隱圖花花能白顏能朱時見長
者車轍德亦不孤御望山頭雲卷復舒不知其間誰是白雲夫
和行嚴夜坐見懷之作
心比高秋氣似春亂來相見倍情親汪倫豈是能耽客王翰公此

五

健舉可愛，不在字句工拙也。

拙

顧結儕一一句從容窺學海二難搖悵失經神（杭諠師餘）天涯月色明如舊照影翻爲疑夢裏人

篋中得辟畫題余畫梅詩一首行嚴見而和之次韻述謝

逃禪不作花光去俗手紛紛玷此花獨向孤山破春曉每從玄墓見參斜燕支零落空千樹水墨蕭疏自一家他日吳中修畫史煩君點染接文嘉

和海藏王道詩韻 并序

海藏詩中屢言王道而倭寇侵陵中國即以王道自文則海藏有以啟之也辛之宗邦塗炭海藏亦不能自保其子其詩云損人利己只一念可使舉世無安土又云哀之不若使身受其氣既餒將自失假令反脣相稽何以自解悲夫

樂浪玄菟漢郡縣未聞曼珠遺寸土乘時崛起三百年退作齊民非失所王道蕩蕩本無外此義焉容盜賊取中原萬姓方倒懸哭子胡為自悲苦春秋著戒辯華夏大義炳炳如朝日誰能輕去父母邦修口向人

學林

頗似荊公中年之作

抄

爭得失海藏本性急功利欲託忠孝售其術生兒不作鄭成功誤
道芝龍是英傑

讀漢魏詩偶成
苦〔峻〕節雄心各自奇李陵蘇武是吾師唐人苦費經營力那有河梁
五字詩

去國頻年似斷鴻閒情聊寄一編中四愁五噫俱無謂獨對秋原
唱大風

尹默來與行嚴共食苦瓜因各有詩和尹默韻
苦瓜風味好〔雋〕試向畫中參（大滌子又號苦瓜和尚）園篠園深碧蘿花映小藍
詩能張白戰國豈誤清談異日輶軒采無妨更二南（謂湖南江南也）

憤言示同社諸子用無字韻
秋空蕩漾雲萍無秋山宵篠盤谷如三年走此避羌胡闇投可惜
隋侯珠神禹鑄九鼎燕怪難盡圖孟軻雖好辯滔滔墨與朱世皆
朋黨我獨孤不廉於詩非貪夫

偶生多識遺聞軼事偶與行嚴夜話因寄懷

六

秘事流傳歎不經安危於此見光形劉家今古多新語欲共西窗
翦燭聽

戲贈伯鷹

潘子能說詩往往愜人意如倩麻姑搔解頤真不啻尤工擊節歌
淵淵出胃次將往如復還屢抗忽終墜絲竹不如肉聆音實精粹
絕藝今猶存車子寧獨異沈憂起中夜思君或忘寐端賴發謳吟
聊用舒感槩新秋天氣佳當復致朋輩恐詩付君讀頓令嫵者媚
山鳥收餘聲松風答清籟笑謝蘇長公七分安足貴

憶舊詩 有序

余幼從仲父芝房公讀教以聲律年十二應命為中秋詩云多
情最是今宵月照透愁雲十二層公喜命酒酌之十六游江户
有詠雪云能教世路平於掌忍使山靈白盡頭公見尤稱賞謂
此子異日必以詩名既而作聞雁詩云烽火摧毛羽關山慎網
羅公以書詒之曰時無烽火語豈別有指邪同時復為五言云
有酒難澆聽無絃誰賞音蓋皆模儗前人吐屬非中誠之辭今

學林

少作刪存數篇其斷句可憶者如此而已感舊思恩各系絕句

刪詩餘藁尚盈堆斷句沈吟首重回飛絮撒鹽俱可笑謝公曾道
是清才

劉伶有酒難澆臆靖節無絃誰賞音不解當年恨何事故應遥契
此時心

詩人無病學呻吟候雁何嘗有戒心今日關山實大徧未摧毛羽
亦驚禽

兒時解道多情月月色當無古今別雲愁霧慘蜀江邊如何但照
人離別

尹默疊無字韵相窘不已再戲和勸其移居龍洞

鬥詩餘勇能賈無新篇脫手彈丸如華
陽洞口龍垂胡此中宜有三神珠何不移居為早圖夜同潑
墨晨研朱不然當憂卿勢孤二人者劍氣已合駑凡夫

和植之韵過龍洞口韵

寄亡休閑地聊資吏隱居閑窗常面嶺荷鍤已成渠

七

閑閑動宕[illegible]流
坡公

溪上垂竿侶床頭種樹書子能知我樂應識我知魚

余所歷洞壑幽奇以黔中為最楂之近屢誇燕兒洞之勝約同行
嚴往遊并以詩堅之率先次韵酬謝

陽朔峰巒插天起傳聞第一佳山水我行止得到黔州置身已在
千山裏三江之水多伏流洞穿巖腹為深幽石門（洞名悬峰境在一名）憑虛
（牟珠洞在貴定）數觀止他縱勝絕非所求忽聞燕洞闢仙蹤倒瀉銀河三
百尺天人幻相俱紛綸石乳流形迷空際仙靈髣髴如可格乙
瓊漿飲餘瀝但愁不死亦何為坐看滄桑屢更易早晚同游踐素
期一枝綠玉許追隨巴山宕水經行徧御報黔中故舊知

調林庚白
庚白著一書號人鑑以術數推吉凶事時有奇中吾嘗戲言君
自謂今之杜甫吾譽君今之君平故末語云尔
我愛林庚白狂來天地驚杜陵纔小弟李白是前生游女寒帷看
飛花側帽迎沈冥與輕俠異代兩君平

尹默寄示題蘇黃集詩中有云能知經史千秋業始見蘇黃一輩才

學林

相逢

可謂識議宏卓然亦偶憑二子發興非可拘執也因感其意和
成一章還以質諸尹默
一覺庭陰從古槐書窗偏向晚風開冥搜舊句成精識獨抱雄心
見此才身世微嗟遲馬范文章元可薄歐梅語江嗚咽眉山冷行
到西川事事哀

和鵷雛與行嚴同作

阮籍當年計（作）已疏途窮荊棘始迴車且齊稷下稱談士終差勝墻閒
乞餕餘世事只堪（消）千日醉生涯猶得一廛居遥看禾黍秋風裏江
北江南總廢墟

植之見余畫冊贈詩贊許次和元韻

太息無盡藏幽人自取之大千信奇觀一物亦奇姿少恨多能事
（山川識巨麗草木）
仍憨老畫師語君盤礴贏此蘊更無遺（植之亦有意學畫）

元龍聞予歸自江北楊園寄詩且招約重游光此代簡

把袂渝州敞别筵重來萬户少炊烟真閒官祿仍初秩稍喜詩功
進往年錦石未荒池畔路清陰長護午時眠主人好客江流静使

八

擬明朝訪渡船
与行嚴步至亭子山訪植之並游燕兒洞
笠屐行秋此暫停故人爲我啟柴扃風迴絕壑交飛燕雲掩孤峯
失敵亭山鳥自歌泥滑〻亂松長帶雨冥〻銀河待訪支機石無
奈雙星避客星（洞中水名銀河余未至而返）
往時和行嚴（時同宿植之所）
深山鬱〻長梧楸衰亂驚看共白頭四序相催成逝節百年何計
遣沈憂春歸楊柳情空在（用白傅遣楊柳枝事）月落松岡夢未收（用東坡夢王夫人事）
此夜聞君詩句好青衫重爲濕江州
徐師忠陶招飲并有詩次和二首
枕上松風挾雨來起尋佳約一遲細徐陵不獨饒新詠也有江南
庾信哀
潑黛松陰雜蘚斑更將淺赭著峰巒山居合得王摩詰無數秋聲
上筆端
山中得句呈植之爲別

學林

雨後看山不計程杖藜徐步覺身輕松間花鴨閑將侶竹外斑鳩苦喚晴萬戶倘能休遠卒一犁真欲事歸耕明朝預識臨岐處蘿薜牽衣尚有情

雨止行嚴先歸龍洞口獨与植之晚步成詠

晴雨苦難卜飄然胡獨歸雲根猶潤色樹杪忽斜暉遠眺連平楚行人下翠微唯餘洞中燕導暝一時飛

次韻植之送别兼約後期

未饜山林興重来自有期林猿能候客山鬼亦聽詩肥遯非今日嘉游愜素知看君施罔罟應不廢中逵

欲行為風雨所阻同植之調行嚴先歸詩韻

燕子風前落能細惜羽衣如何尋舊詠真是不同歸（前作謝植之招赴燕兒洞詩云同来何事不同歸）陌上行多露泥中歎式微近来商出處愁看蟄龍飛

寓生来此信宿與行嚴有贈荅之什並呈二公

閉門十日苦秋霖相對南冠識楚音詩到蘇黄真敵手地殊江漢亦題襟憂時共下長沙淚發憤聊舒廣武吟晚節知君何所似籜

九

一酒樓

愁

龍含雨自森森

喜醇士至旋辭歸獨石橋戲贈

三絕爭傳顧虎頭，時時乘興畫滄洲。壺中日永琴書靜，劍外霜寒（雲）

草木秋忽枉高軒，成照耀[illegible]舊南北[illegible]留生謂易無端又作奴々

别獨石橋邊一酒樓

即目三首

巡檐何所愛，愛此萬竿竹。森然風雨中，含姿媚幽獨。直節既干雲，虛心頤諧俗。庶可同歲寒，聊企君子躅。

溥溥綠玉葉，繁繁黃金英。視日所出没，隨之東西傾。本根求自庇，[illegible]生枝首與日抗，向日[illegible]名。俗名向日葵

庭前三株柏，離立若相讓。未化蟉龍姿，難[illegible]風雲狀。武侯方寂漠，管樂唯自況。一朝祠廟中，黛色參天上。葉去聲

次韻荅植之

[illegible]斂雄才付小詩，眼中數子共襟期。渭城何事[illegible]朝雨，周室應難[illegible]

[illegible]泰離[illegible]龍[illegible]池蛙吹沫非私[illegible]吳客[illegible]

覺庵吟減鬢雪絲來章云駝吟今還有東吳客認取朝來鬢上絲

再和尹默槐字行嚴同作

蓋世功名蟻穴槐一編還對短檠開恥從纍絲尊王道近有和海藏王道詩

且向壇場稱霸才筆力看渠追玉局謂行嚴詩心於予見黃梅時有戲

悟道天風海水相摩盪不逾成連總可哀

行嚴以詩言歸作此阻之次元韻

干戈滿地忽思歸住唱驪歌挽客衣秦嶺千巖猶易涉楚人一炬

欲何依去年長沙湘妃竹畔啼深漬回雁峯前影退飛若道松

筠祇空鎖吳門我亦有荊扉

和章邀予同歸因再答

不是淹留不肯歸問君何處遂初衣千金駿骨能求市三市寒枝

且可依河水南流山北向伯勞東去燕西飛人生若免生離別隨

分青燈共掩扉

庭中小草歌

鑿石布地堅且密庭滲不滲蟻穿室小草奮葉獨攢生睨顏公然

十

彖雖出風搖雨澈擢數莖微物乃與造化爭充園果實極爛漫半

由糞溉非天成

和伯鷹

歌者善揣聲作者先立意融意入歌中璧合延吳會誦詩推黃胡

季剛小石誦詩黃派胡派之目有潘生豈其次雅頌有淪亡鏗鏘非失墜天姿安

仁匹於詩實遝粹咀嚼含宮商笙鏞茷新異黃去胡遠遊令我常

不寐西行始得明結社多勝槩酒酣相尔汝既略到年輩忽驚梁

塵飛知君有餘媚引吭弄清吟吹竅息羣籟感今復懷舊○孰逾友

生貢[redacted]友人請高崆巖瀑布勝於廬山屢約同游未果頃復有詩代簡因

次和

時危莫作在山泉御看懸流喜欲旋蠟屐有時成獨往跳珠未借

落雙肩天河倒挽兵難洗海水羣飛世可憐何似高崆巖下坐歸

心直到九江邊

和植之詠山中石六言四首

學林

華確徧遊行徑綃瘦莫賞妍姿御爐燕公大筆試成幼婦新辭
漱罷寒流無事一枕便到羲皇底須生公說法聞時自開講堂
我笑元章雅癖終遜初平妙機群羊足供鞭策不然已逐沙飛
燕飛空說奇蹟虎臥頓感雄圖此日飲吾白羽佗年佩子銅符

中秋日至賴家橋訪第八妹所居

捫葛重崖險扶藜一徑遙衡門初在望兒女已迎跳劫盡悲身健妹成都居宅燬愁多仗酒消團圞數佳節莫忘賴家橋

寄懷何氏姊北平

同懷唯姊在灑淚望燕雲宿業憐兒幼姊少子病喑羈愁與弟分南鴻歸少便胡馬動成群知有嬋媛意申申不可聞

右任院長巡行汶灌諸縣謁禹廟視李冰治水遺蹟有詩見寄賦呈長句

蕭蕭初行柏署霜親將繡斧指巖荒要殫利病垂青簡粟把山川收錦囊治績爭傳秦父子崇祠猶見夏冠裳岷江早晚東流去落日平羌是故鄉

和元龍韵
與世不相中嗟如炭置冰炭（迹）同行路客心作在家僧萬（苜）獨（蓿）堪類（常）茶（餘）
胡盧且爛蒸未須論酒價得此敢求增（元詩欲作高陽客無如酒價增）
次韵和尹默
客中未暇營棲止日日憂晴復憂水機聲軋軋晴奈何（每晴則飛機來）
久雨（御）恐妨秋禾乘龍行雨非有他半收已覺龍功多米價如珠
論斗賣百馱千艘輸向外古閘壟斷今閉藏市人奔走空皇皇妻
孥遠在山腳底（川俗謂吳越為腳底下人言其地卑下耳或以為輕侮之詞非也）書來亦歎缾無
米君不聞（見我生）之（初）猶盛年十金可買膏腴田
有感用行嚴尹默韵
在山泉水出山雲出處無心自不群南渡衣冠仍百輩西來形勢
已三分黃圖故縣同僑置青史他年有異聞任重久知華野在何
須毋穴苦熏君
過蒓鷗陳家橋寓舍喜其景物幽絕歸後寄題
不識身居要路津倚然庭館遠囂塵壓檐烏勇經霜老繞砌龍孫

學林

得雨新茗椀鑪熏聊假日刻藤湘管足留膺書畫每當佳者擇供灑掃除
一室閑紆齋御笑陳蕃誤世人

復川来訪行嚴有詩贈之次韻同作

蘊璞多琳玕切磋乃盡美古人聲氣求未可一二指嘗觀韓孟往贊
唱和過百篇彼實鳴相酬豈比衒於市令人不悦學度書空滿几
籍湜誠復難庶幾得侯喜天降大雅才一振衰癃耳章侯有壯思
餘波自成綺惟君能補佐繞筆風雷起得賢在無方何必限鄉里
東也妮瓢生聊復自愧始苦異故同岑沱分崖別水以此奮微吟
往復情未已軒車從南来閉門一攤視抵掌騁雄譚挂眼蔑餘子
章侯贈君篇其能契微旨餘〻司馬公令德昭萬祀補
未免恐失佳士（行嚴詩云固我司馬公兵誡福建子）

行嚴謂余詩如胡桃不敲則不得也聞之絶倒戲作短歌

章君病我慳詩似胡桃肉不用金椎敲終不饜人腹此語真詼諧
大笑絶冠索自從伴君来寫詩已充軸使恐類胡桃量之八百斛
胡桃雖比胡桃多不堪鼎鼐將如何

十二

江夫人梅魂索詞不成報以絕句
石湖疏影倚春風絕妙新詞白石翁解為梅花吟楚些明妃環佩
月明中

孤桐篇贈行嚴
空桑與龍門桐生修且直其枝棲鳳皇其音中琴瑟三楚多秀士
君也百夫特白晳方少年名字為人識文如生馬駒不肯受羈勒
跳身忽西東所志在家國亡胡踰二紀喪亂更十百屢參軍府謀
一掌司徒（典秋官）職麻鞵走西蜀晚歲生理迫貞柯貫四時長葆青青色
相如昔未盡重逢心轉暱執手各欷歔吐詞何鬱硉謂言家長沙
雙桐門前植以徵一枯死伯氏竟先折遺此孤桐孤撫舊淚霑臆
感事誠有然頌德安可則落落千仞姿不隨地改易臨險固無惑
居幽亦不忒逶迤周壠畔桐花竹合實飢鳳聲來下終整昌期翼

讀尹默蠡鄉及初入睡二篇深愛其語作此廣之
遊人反道蠡鄉樂蠡網蠡窠任紛錯睡鄉滋味世同甘天地徐徐
初下幕人生如夢亦如幻想見精思墮寥廓強分物我幻未空畢

學林

竟仍無夢與覺但泥世法作世語杯酒陶然更傾酌盡鄉擾擾醺
[illegible]久不如徑入無何有

無題

夜禁偏逢醉尉訶此生虛辰執金吾楊公不得羈紅拂石友何緣
擅綠珠錐破連環情未解歌成團扇願終輸風枝露晼無消息愁
託蘼蕪詠故夫

行嚴與程長官叠霞字韵邀同作時余將赴歌樂山

蒸黎漂蕩等無家猶許村醪得共賒萬事從教歸白髮一官何用
就丹沙芳遺沅芷蘭為佩秋滿柴桑菊有華快意幽尋明日是晚
來歸畔見晴霞

五木

虎步中原顧盼布金刀弈世有光輝如何五木成盧後依舊丹徒
一布衣

答元龍

殷勤問住約欲往更遲徊臺晚烏仍集嵐重霧不開客居三載共

十三

X

秋思二毛催試壓梨花釀逢春數舉梧（楊家圃梨花嘴在）

自金剛坡抵向家灣聖奘有詩喜余至即次答

望鄉是處有高臺吾駕誰言不可回佳句忽看舒麗錦飢腸澤忘

轉鳴雷祕書不吝隨人借文苑終當為予開九百梅花香繞屋（聖奘家有九百梅花館藏書甚富）

未親攀折益低徊

九道丫（工民切俗作扬）訪著青新居用前勞字韻

九折名同畏重來意亦勞放觀平野窄迴悟此身高小閣依山峻

危梯架石牢遙憐塵世聽天半只松濤

[redacted]題李复堂畫冊

畫筆能師草聖狂麤花亂葉費平章徐熙風格凋零後自有青藤

與白陽

宗派揚州久宗寥休因末法釀譏嘲复堂老筆縱橫甚愁殺當年

鄭板橋（李鄭皆興化人僑寓揚州令人知重板橋而其畫風骨氣韻遠在李下）

題譚組庵臨蘇書

世人學書不學品春蚓秋蛇李尔何留得平原風骨在始看餘事

學林

到東坡

應元龍招至楊園喜冶邱亦在用霞字韵

踏青曾記到山家舊雨重逢興倍賒（冶邱二月中曾來）師病偶能傾竹葉眼昏騰欲餐麻沙狂來咄咄憂家國老去騰騰閱歲華醉摘茱萸幾人在登高猶覺氣成霞（用山谷語）

欒樹結實纍纍冠樹頗由淺黃至深赤殊可愛翫[redacted]俗呼搖錢樹他處所未見也

巴東地暖少楓葉染秋光正賴渠停車最愛斜陽裏數點丹黃錦不如

窮欄誰具解懸心阿堵居然錢作林莫把貪癡嗔世俗祇園布地總黃金

重九後一日元龍赴沙坪壩獨坐楊園遣興

北去南來只偶然重陽風雨又今年白衣送酒無人會烏帽籠茶好自煎夾道欒枝黃似錦穿籬菊蘂小於錢殊鄉節物堪留賞卻遣號猿到枕邊

十四

植之詩來誇文官處木芙蓉之盛而所居龍洞口亦有之次韵卻
寄
不逐穠春鬥豔妝拒霜元自最宜霜試看文帔披霞綵猶勝珠槃
滴露光薇省郎官堪秉筆柏臺御史也行觴錦城無復花如錦獨
根天工有退藏

答植之見調
倒屣何嘗有貴人踏歌依舊一書生大江南岸嘉陵北隨處青山
解送迎
附元作
平生懶漫交親寡晚歲何因託友生底事汪倫書札減應緣到
處有逢迎

居市中二十餘日病起歸龍洞口讀行巖山行見懷詩次和
蒼松綠竹競梢梢影蔽秋陽不敢驕蜒綫縈迴盤谷路蠶叢錯落
鄭州窰（西北多穴居謂之窰東行所見自鄭州始今防空洞絕類之）幸逃秋火辭新家（市中近又遭空襲死
者甚衆）重曳寒藤過小橋瘦骨驚看兩愁絕浪仙詩思欲全消

學林

題孤桐縣試卷（清光緒己亥題為南方之強 興至不報無道南方之強也）

陸機作文賦，方當弱冠時。桐陰蔽千畝，此是最初枝。

由也匹夫勇，才升孔氏堂。寬柔能服遠，不必諱南強。

興行嚴雜論舊事次韻有作

瓶花婧娑酒尊邊，博識高談似茂先。論史幾人懲覆轍，詠懷各自有新篇。由來積毀能銷骨，莫以沈憂致損年。鶏首賜秦天亦醉，短章空費五雲箋。

晚步有感寄懷西北諸友

稍驗霜侵袖，驚看葉脫林。龍蛇愁斂窟，天地赴窮陰。倚杖昏前岫，挑鐙續苦吟。遙憐太行阪，日日暮寒深。

次韻行嚴題散原丈詩

光宣數子論詩格，尊行西江孰過之。獨（賢）抱孤懷存晚節，微嫌僻意（義）頹唐詞。湘波合綺終為雅（謂湘綺），滄海逃名竟變夷（謂蘇龕）。蘇出處如公唯自喻，九原猶恨北山移。

再和猶韻戲效散原體

老蔓騰拏出樹梢風飈破屋萬靈驕鞱沈光氣如埋劍絢爛文章詭變窮疊嶂排雲時霞生淺溪過雨欲平橋裹稿分作山中客鐵騎動閭部共渭（吳稚暉近與行嚴書謂當以兵三千圍山日迫作文）

答高二適之為定詩

才難邁之子握手成綢繆交友篤真誼吐辭何深幽我觀古詩人六義浴源流斑斑枚叟作下逮班蔡儔大樸不彫劉而輿元氣伴建安實騰翥齊梁稍俳優三唐及兩宋歷僕難具摟君詩近郊賀浯翁旁勸酬三好力排奡要從妥帖求（韓詩妥帖力排奡）一字苟不妥何用窮鐫鎪君師孤桐翁筆力迴萬牛黃河輸積浪我若谿輿溝所詣固殊絕持論每相謀聊以塞高問土壤埤曾丘此言等荃蹏笑進頻黎甌

贈吳世緗時為鹽務總局秘書

政事堂中客西來援古歡孰精鹽鐵論仍謝紫金丹掌故羅胷在艱虞削迹難浮雲瞑斜日莫共倚危闌

觀章可畫竹

學林

老可能為竹寫真戲翻陳語更如新叢枝活脫孤根健乞與蕭郎作替人

次韻答錢問樵見贈之作

未信殘生等死灰思鄉猶寄隴頭梅同心投詠新成什婪尾邀春數舉杯此日相逢巴子國何年重上定王臺甘棠遺蔭今無恙應許孤兒百徧來問樵湘人，贈詩有竹馬曾迎太守來之句，謂先公作長沙守也

舊寓春森路小樓為寇機所毀楊子鏡沈君蔚葊而居之邀留一宿悵然感賦

碧甃朱闌已換形驅車聊為故人停重來步步腸堪斷往事悤悤夢易醒檻外桃花隨泛梗階前蘭葉有遺馨披衣坐盡殘鐙夜愁聽疏風更滿櫺

再答問樵

心似寒鑪著淺灰才同瓦釜謝鹽梅慣看賣履嗤銅爵私擬成書號玉杯宋玉悲秋還作賦杜陵多病一登臺江山寥落風流歇且共漁樵問答來

十六

三十年元日行嚴招集頌橘廬分韵得丹字
天道方否塞吾生有憂患忽此羇旅辰復共良朋懽沈酣發佳詠
甘脆堆春盤興来時縱目遠樹攢嚴關滔、江漢波東逝無迴瀾
山川信為美歲月亦易殫士懷匡濟心不遇期苟安恥御大與難
俞詠淮王丹

題倪宗揚畫
遠山重疊水縈洄臨水軒窗面面開為恐倪迂太蕭瑟有人杖策
畫中来（雲林畫不著人以寫亡國之痛）

楊園有綠梅一樹重趺（附）疊瓣秀豔絕倫題讚二十八字
冷豔幽芬未足誇名園端（深妥）貯名葩書生薄福消除盡親見仙人
萼綠華

次植之韻
流徙仍悲各一隅神州久已少安居不聞故事尊三老那許閒情
傲二疏諸將（戰士）功成分虎竹儒生飯美詫雕菰餘年見此應無恨語
默何心判兩塗

學林

舊悉

臘月廿八日渡江訪元龍宿楊園數日遇興成詠不加詮次

臘盡鳴篷度遠岑不成釀雪祇輕陰行人錯道春深際蠶豆花開
蜀滿林書道中所見

李園風物最清嘉好客楊園意更賒莫詡玄都劉夢得一年三度
此看花李園在浮圖關余數游其地

潭潭繡壁記曾經為鼓朱絃一再行此日悲風生壟樹援琴猶自
不成聲主人楊少五善鼓琴別有大廈在渝市繡（巷）壁街叢戲元龍諸士皆主之余嘗因宴集得聞操縵自居父喪久不親樂
詩矣

據梧久契蒙莊旨舊筆新成胠篋篇此筆縱橫滿天下未妨坐嘯
有青氈元龍好漆園書肆業精熟前月家被盜有詩自述廓然無所累於心作此美之

紅鑪圍火守深更次序杯行若弟兄萬里又持分歲酒三年難制
憶鄉情除夕与治郎飲元龍家鄉俗謂之分歲酒

西蜀雖誇地勢雄南州仍聚蟻羣封（崇）欲除爆竹千家費輦向兵前
作火攻

十七 六博投壺更象棊鐙邊袖手看贏虧老夫託命長鑱日那抵（似）咸陽

客舍時

爛漫花光清水谿，游人攀折自成蹊。一株長伴荒寒境，合是孤山

處士妻（与林少和光有清水谿看梅之約以主人苦留乃以簡轉招之來）

翠羽啁啾夢醒遲，比肩人到玉爲姿。東皇借得張郎筆，梅樣新添

總入時（張九如夫婦同至李安翁曲中詠謝有誤張敞畫眉爲畫梅者楊園梅多無景移植故云）

劍器公孫枉得名，花間歷試短長兵。忠州再覩秦良玉，殺敵何當

共請纓（王葆齋夫人金氏工技擊嘗預某地遊擊隊事）

邛竹猶沾驛路泥，隔江煙樹望中迷。知君樂就蓬廬隱，萊氏從來

有逸妻（往時与冶卿夫婦偕雨後苔滑余呼滑竿行以手中杖予之既而諸人並歸冶卿以有賃宅獨留）

一棹臨江遠可呼，趁墟人散暮烟孤。斜陽紅斂山城角，夢裏秦淮

似此無（曩在金陵泛棹秦淮及玄武湖舟中望落照輒高詠清真瑞鶴仙詞以爲奇絕正月初四日與少和九如等晚渡至臨江門此景宛然如溫舊夢也）

荅經宇次韻

師友云亡淚不乾，敢言才（薪）盡尚（大）新（編）傳。文章俊逸推袁虎（劉漢師嘗与季剛書謂當今不得不以此事推袁）

經義紛綸媲服虔（絅齋治尚書師嘗比諸服虔）。鼓瑟忽聞江上

學林

書卷氣溢於詞外，何不知短字入詩也。起七字具見微意，惜第二句似稍有未能穩妥。方湖注

曲磨崖侍紙中興年，隨身書句前賢事，自分嫜魚老一編。

附元作懷旭初丈句

薊漢門庭晚頗寬，汪生光得祖衣傳。五經直欲凌淩長，三絶元難盡鄭虔。謂我能詩真戲論，與君坐隱足忘年。嫣来飲酒知賢聖，人表何時許共編。

答客論詩

我聞詩三百，蔽之思無邪。如何鄭衛風，後世譏淫哇。乃知辭害意，箋注徒矜夸。楚辭屈原祖，麗藻紛垂範。湘蘭與沅芷，所志在國家。懷忠不見信，自沈於汨羅。聲樂有遞變，詞曲前根牙。蘇黃稍晚出，綺語師所訶。臨川受冥報（湯若士），騰謗今為嗟。豈知三君子，大節無虧訛。纖纖路剪見，輕薄亦已多。胡為此見詆，彼獨匪狂且。六義始比興，風雅焉殊科。言近而旨遠，茫昧理則邪。與瞽辨捫籥，吾辨復過差。卷詩三歎息，棄擲隨流波。

題彝公詞簡二首

六

古任廿（三）餘年前自書所作小詞數首藏友人家，其辭與事皆不

刪

X

復記憶冠機肆雲西安南宋大家被燬於殘燼中忽睹此詞獨完
好行嚴以詩詳紀之命余同作
護詞掀出劫灰中呵護真煩鬼物功自寫于湖忠憤氣南宋詞推張孝祥于
湖集直徒蘇辛不須聽唱滿江紅岳飛滿江紅詞近譜為歌轉相傳習予與彝公曾共聆之
樂章小技類雕蟲組麗相誇繡女紅鐵板銅琶聲激烈祇應今古
雨彝翁

為纕蘅題梁均默詩軸

初纕蘅之官黔中梁有贈詩後罷官居渝余主其家此詩張客
室中朝夕相對去年秋余役黔還室已燬殘毀纕蘅移居黑石沖頃有
事過之纕蘅為言室物多損失獨此詩軸已重裝完好與彝翁
事相類出示嗟歎因屬題
下榻逢賢主籠紗見妙翰忽驚巢盡覆猶共璧能完文字緣情易
交期白首難使君聲在耳我亦播州還

春夜得遲字

客裏逢春倍寂寥鳳城寒盡夜遲遲境香許撥金鑪燼敧枕時聞驚猜

學林

[illegible]卓十一年作

玉佩搖露重每緣妨婕翅花明偏誤趁蜂胥此時最惜江南柳映
月梳風已萬條
棲居閑空警作
紅球桂高窣市聲寂於死羣趨幽洞中頗亦類蔦虫我方病脚爽
不欲勤步廢層樓百尺餘安坐且隱几頻年寢機來痛毒及郊鄙
巨祲薄欃槍妖星飛枉矢鱗、萬家屋俄頃即殘毀行者稍須臾
交衢迸肝髓以此撼人心人心更如砥憤氣或歔礴所得唯詬詈
而我荷天全常不罹凶否驅車五尺道恥學千金子方秋乘傳還
星軺未踰紀室家仍苟完創夷亦漸起驗往用知今殷憂忽成喜
日沒當有時河清豈難俟儆然睨太空尒枝備止此

觀崑劇南中仙霓社散後久不聞此音矣
舊時絲管散雲烟蜀國千山[illegible]杜鵑未覺春光隣上巳偶從此地

集羣賢過默[redacted]行嚴諸[redacted]公尹闡場已逐鵾弦定歌扇仍隨羯鼓旋絕似
霓裳零落後江南重遇李龜年

不刪

仍存

從刪

場壇二句所感甚大而存之仍在詩中可於深婉細密處尤低佪無盡

春陰次尹默韻

此詩沈摯得怨之韻二句筆力尤深健

起句能提起所以爲佳

墜緒微茫不可尋高樓彈淚作春陰燕飛昔之銜泥力花落寧無

返樹心至充南濟鋒腐草當年東海見冤禽亦知天意終難問詠

杖室悲來自歡吟

呈香宗翁二首

批鱗一疏動天庭老輩清裁足典型今日来尋楊子宅閉門應更

有玄經

擊壤何知有帝功當筵真見古人風碧雞金馬英靈氣長在先生

指顧中

和植之興行嚴論詩韻即代簡

於淡處見奇方今人出有陶公本杜晚年和之所事爲未此耳

沈思致極方摛翰瀋語何嘗不見奇李杜堅蒼樹深骨風騷涵泳

鑄新辭陶憂竟輟中山飲避世曾無大藥資與予急商消遣法從

今排日强裁詩 余方小病止酒故云

刪

殊无深識國爲酬應之作作四句爲尋常語

諸君修禊北碚各有佳詠並代余分韻得集字因補呈

陰岑霧露繁陽泉彎樹逕難賞春日美敢忘羽書急於茲祓不祥

干戈宜載戢緬懷蘭亭嬉命侶此遨集矚岦一宴来下逮蹇公揖

末四句提筆唱歎
所寓甚深

杯筆既紛綸，風雲出呼翕。屬余憂采薪，瞻望歎靡及。欣聞德星聚，猶令懦夫立。攡戚圖珠悰，俯仰共陳迹。唯餘錦繡篇，永願縹緗襲。

院中公讌，同坐十二人，皆長於余，戲占一絶

鼎鼎流光付逝川，鏡中常恨雪盈顛。今朝意氣君知否，還我尊前最少年。

聞槃秋述陳陶遺消息寄懷

節槃貧逾厲，交情晚更真。天涯逢舊故，相對憶斯人。桑泊游難再，松廬畫可珍（陶遺居松隱鎮，嘗為作松隱廬圖）。余門前五楊柳，應識葛天民。

觀張充和游園刺虎二劇賦贈長句

嚴城繞罷鼓瞳矓，曼袖縈春氣自融。寥落雄心餘刺虎，翩躚微步宛游龍。金泥小屑臙脂溼，玉盌新醅琥珀濃。忽憶南朝舊歌舞，殘山賸水此相逢。

答行嚴見嘲

不假玉褒論筆精（王褒有四子講德論），當筵辯舌尚縱橫。微瑕偶惜閑情賦，高詠能翻出塞聲。鷺翿雲霄時鎩翮，蟄於籬落亦爭鳴。解嘲欲作

二十

遒健

次聯健筆

讀而媿然

起處橫絕

以掃除強虜之功歸之於天此史遷法也

此種語入詩故無一更易處

終成嬾自共東陽有瘦名（尹默漁家傲詞行嚴誤為余作）

嘲旭初（旭初偕尹默、少和、秉三見過，出所為漁家傲詞及觀張充和崑劇詩見示，賦此嘲之）

春殘四客款柴門寂寞汪生霜氣橫詞意儼同窮塞主舊情仍

是踏歌聲平居方罫都成學二老風流只自鳴臨穎美人何處

瀏灕頓挫枉能名

宿康氏樓聞江聲（流）甚急恍疑置身焦山松寥閣中也

撲簾山氣知微雨撼枕江聲似怒雷此夜鄉心收不住少年清夢

欲重迴松寥閣迴鐘魚寂爪步潮生鼓角催舞老戢忘游復忘志（忽舊行萬里中）（萬里以京行有日不知）

（誰是祖生）（存匡復歎非才）

山中雷雨和尹默

倒榻鼾眠天不許激電穿窗挾雷雨枯枝得雨蔚然起農夫加額（一雨油然稿苗）

田畯喜三軍恃此倉庾豐掃除強虜天有功餘粽釀酒官所容莫

辭濡首尊罍中

讀放翁蘇雨詩用其韵

辟歷繞柱雲作屯驟雨如傾（翻）玉女盆上斷高旻下厚坤一言欲訴

學林

此論畫詩可通於詩及作人之道

聲還吞妖睺亂領塞九閽坐令八極隨崩奔修鯨縱鼉搏桑根潰池小盜安復論何不遣豐隆屏翳一朝車軸翻砰訇颯沓衝倒江户原直上芙蓉峰頂朝崑崙而使東海之水併入黄河渾

聞鵑

四年巴蜀客今日始聞鵑道阻長如此歸心已浩然瀟瀟雨連夕漢漢樹含烟轉。欲擣毛羽移巢何處便。

一月聞爲百年作畫春盡重過鑑齋奉屬補題時与尹默論陳去非詞故併及之

畫苑跡已陳疆宇日開拓造化羅胷次森然變丘壑大癡畫中聖王叔明吳仲圭亦繼作眞賞愜千載巍哉清閟閣丹。青。若無餘情韻逈不。凋。枯枝間叢篠隱隱茆可縛遠渚淺微茫平巒增峭崿難。然。極高峻絕亦非刻。削。上匹陶潛詩何殊矩與矱六法我未諳好之每槃礴偶過鑑齋任塗墨類塗堊春華誓不留重來事已昨壯悔張壁聞拂拭供讌噱謂我似雲林令我面慙作聊復記姓名用果平生諾我愛無住詞風起蘆漢漢（東風起處漢漢皆法寫導引起句也）對景將毋同游仙

廿一

刪

姚魏使予有云精切不移為之大嘆

此有致非全作也即云姚魏巧合百年[illegible]

刪

似杜公小詩

刪

莫為憑試歌，復酬我愁散，隨飄籜解衣興，微酣百紙從君索。

戲題醇士畫牡丹

洛陽花事未成塵，歐譜評量最得真。姚魏丰姿堪第一，不應偏賞

玉樓春（花色淺紅者俗名玉樓春云）

夢游仙

鳳背簫聲下九天，拈花獨立萬花前。謾因含睇疑山鬼，未閑凌波

學洛川琴，感諸幽蘭成別調。嚴妝紅豆自何年，悤悤夢覺君休恨，得

夢游仙便是仙

水韵植之詩三道

紙素塵勞憶舊年，初臨時序更清妍。亭亭荷葉浮青蓋，漠漠落痕

散絲錢（題扇）

書有河南聖教序，畫無韓幹玉花驄。承平習藝悔不早（尹默日作，書余日作）

畫植之讌為習藝所，老向芸窗苦用功（偶作）

一入山中忘歲時，午蒸才退粟生肌。雲遮松徑青還斷，雨過蕉窗

絲更無（記山居物候）

學林

此詩視沈公爲近

似韓

蛇鳴

山居夜靜蛙蚓外聞有聲如擊木者尹默云此蛇鳴也余惡之
因賦短章十三韻
神龍已淵潛蛇迺蕃其族窟聚豐艸閒時亦入人屋形狀吁可怖
鳴聲類戛木山深夜氣肅閑之增踡蹙因思坤德厚萬類共亭毓
優勝劣者敗此理難可覆不覩鸞鳳翔鴟梟常逐逐荊棘蔽芳蘭
莠苗害嘉穀人事亦有然嘗恨君子獨古來賢俊士往往竄巖谷
柳州非本心去惡恐不速柳州懷疾忿何至宥虺蝮放諸沮澤游
庶幾從吾欲

此詩一氣盤旋，讀之聲節視東坡有步洪，爲不及視放翁則未多讓，因乎沈動度

自題爲許公武畫山水

富春江上信潮還三兩人家翠靄閒自笑身經巴蜀險丹青猶染

越中山

林孟工求畫山水并題長句

窮愁遣日將如何堆案百幅谿藤多遠山突起青峨峨懸流一綫
廿二
山之阿下注澗壑奔旋渦其聲清激如鳴鼉黔游平越馳健騾葛

類放翁一系豪橫者為採

鏡橋頭泥擁群三江合處真壯觀至今夢寐猶高歌東西百國皆
干戈世變劇似風吹波有家遠寄江之沱思歸不得成蹉跎蟠胥
鬱勃無處瀉故從筆底追經過奇哉空水相盪摩壁石立千仞披烟
蘿餘年更豁閣一鳴勝東絹為子勤採抄人林閣

畫江南小景尹默為題絶句復和二首

峨眉高處未躋攀雲鎖青城謝往還近年青城成禁地身在西南山水窟
不知何苦念家山

石棧天梯路百盤聽歌蜀道已凋顏近來鄉思刪難盡枕上詩情
畫裏山

尹默元作

梧桐著雨柳含煙嵐翠波光相與閑此日江南更堪憶三年春
盡蜀中山

植之枉詩論余作畫次韻奉酬

在清山道園之間今人無此手也

廣平差詡心似鐵卻為梅花討真訣雲海蒼茫取一瓢冷蘂疏枝
香不竭鄧尉山中多梅世稱香雪海平生豈是江海人落魄西行餘此身故山

學林

似宛陵

刪

雲斷不歸去畫山那作雲頭皺。君好我畫疑有癖肝膽莫惜同披陳古人藝事乃邪託不爾恐被千夫嗔君不聞緘口猶防予魚直決踵自甘原憲貧。

西蜀海棠唐宋時最盛今絶不易得矣偶讀東坡定惠院看花詩感作并為之圖

海棠當日盛繁華衍孚飛來語自誇江國縱然多瘴氣蜀中那復見名花杜公覊旅無新詠陸子顛狂發古嗟卻憶珍珠橋畔路幾回相望隔天涯余在金陵有珍珠橋看海棠詩

早起即事

晨飆微動涼生簟過雨巴蕉抽數葉獨立松棚看綠陰野田飛下黃胡蝶

懷行嚴兼示尹默

昔與孤桐居尹默嗟不耦今從隱侯宿復憶孤桐叟兩賢吾所畏筆墨恣陵轢朝吟百篇詩暮見千池黝兩君皆有字課惟。我兼其間趙瑟將秦。缶。小人願得師君子慎求友依違當世務庶冀貞无咎傳言

廿三

此篇用意極好而鍊辭似稍[illegible]間

此詩甚佳殆[illegible]在昌黎宛陵之間

新開市闢宅依巖藪墅置謝公棋門栽陶潛柳自從空襲来不知還山否思君心若痗説君終在口邐迆金剛坡蛛蜘網虛牖究轉靜石灣風景稍堪取翠柏蔽層遮岡黃花蔭連畝巾車或肯来掃徑當擁帚我。聞。賢達士隨處安其守耘田可種瓜避兵亦有藕金門且共陸沉何必歸衡。皋。

廣蟲鄉篇

尹默昔著蟲鄉篇余嘗反之及居靜石灣為蟲所苦深有味乎其言乃復取而廣之云

晨窗落毛戴畫硯俘玄駒蠹蚓聒雨耳終夕不言助蟲鄉有何好嘗怪沈子誣徐觀宇宙間黔黥同一汙人本倮蟲長相笑毋乃拘往事不暇説請陳今所趨風漢希特勒彼寔蠭蠆如遇物恣毒螫毒盡身亦痛美哉意大利蛺蝶翩以姝一朝反為蛹蠕蠕醜且紆英人工暗射其技若訓狐賴有邱吉爾稍奮螳蜋臂西方美利堅鼓腹同蠨蛸羅氏善用之乃能甘蝍且蟁蠅最可憎乘隙嚼人膚營營復擾擾蒲葵難盡驅焦僥木屐兒譬諸蟁蠅徒蘇聯善張網

黠巧類蜘蛛沉冥觀物變坐待肥其軀我言非戲謔念此發長吁

情狀既不異害且千百踰回頭語沈子願老蟲鄉俱

同植之詠時辰鐘

表景知朝夕周官惜未詳計時精累黍致遠歷重航形訝銅儀小聲隨玉漏長愁人聽不得輪轉似迴腸

尹默寐聞得小詩極有風神因次和

橋邊負手意閑閑碧玉谿流墨畫山記取盟言如此水他年一舸送東還

同植之詠金剛鑽女飾

卝石堅無匹金銀氣亦輸光青純似火（青熒如火油色者價最貴）稜起貴同觚受琢成諸器傾家換一銖空閑能不壞耀首雜明珠

還嘉廬作呈九如夫婦

室小才容膝牀危可度書主人梁孟匹（謂九如夫婦）生計阮陶如癡日桐枝長搖風柳影疎此身原似寄何必定吾廬

暮閒視察內政部張次長蓺謁何秘書筱泉許秘書甯生皆有贈

卌

此類詩似可不存

從刪

詩事畢於行篋中檢得之依韻追和

漢室憂民罷露臺澆訛已挽世風回繡衣自逐行春使治績先聞衆口推

清言不廢簿書勤秉燭能銷百慮紛人似東山得霖雨稼看南畝起黄雲時望雨得雨

右和張次長

出郭休嫌道里賒虎谿橋畔問山家寄賃民舍在家橋虎谿鄉陳郎官共是千人俊彩筆能開五色花狐鼠憑陵多借社雀苻起伏尚如麻循民第一先求理爲誦風詩留子嗟

右和何許二秘書

改作存後

不刪

詠柳和尹默

眉嫵從人畫腰支祇自憐。絲絲絆遥夕密密到高天肅殺嚴霜後飄蕭晩菊前眼中生意盡可得待明年

刪

五月十五夜無月口號時寇機襲滬市連日大火

烈火驕陽共灼衣嫦娥亦爲斂清輝料知今夕巫山頂約住驚鴻

學林

張[illegible]優盲(?)[illegible]作[illegible]以[illegible]先生[illegible]

安危二詩真學道有得之言，純是宣尼血脈也

無端二詩甫吐[illegible][illegible]而即接以鄉思云云，此等用筆極[illegible]因之致，下再接以吳門四句，直是登高痛哭矣。此詩縱曲折之妙，亦自天成，非有意為之也，非我輩能[illegible]也

不敢飛
行嚴自松樹坳返[redacted]出示數詩言還湘有日因次其韻尹
默烜初靜石灣韻
臺中肅且靜坐看日景移高軒忽相過薜荔匪夙期謂言故山下
叢桂已抽枝歸卧固索寞不歸將尔爲丈夫志四方離合當有時
感子激昂意如誦河梁詩熟慮再已足我常狃三思子行經桂林
道路無艱危湘波苟可涉深淺心自知安危亦妄計忠信隨所施
不見渝州市日夕貞輿尸嗟余困薄宦進退生狐疑既憂桼餐貴
又歎收身遲唯餘往昔事一一猶可追十年擁皋比鉛槧爲人師
登高欲訴誰衰老日已逼慎爲風露欺君車兩輪轉夢逐歲塵馳
無端弃之去展轉變江湄鄉思若春草芟去仍離離異門懸匹布
往事戀何益來日誠(闊)希夷將别未别前尊酒須頻持

辛巳七月廿一日伯鷹謹讀注 自十九葉迄廿五葉

肆量校讀

此卷古體勝於近體，七言勝於五言，而七言律頗有清真健舉之筆，使人味之不盡，索之益遠，所惜起筆未能超脫

廿五

結句亦未能打開，不免平弱耳。向讀
兄詩，覺五古固於選體，近體近於玉谿，今細玩此卷，乃知於杜韓蘇陸元虞寢饋甚深，開闔動宕，已臻佳境，迥異舊製矣。集中論詩平畫之作，可存者多，而友生蹤跡、身世感喟，尤見真摯性情，此固不可於字句求之。白傅以根情、苗言、華聲、實義為詩歌四要，而根情居首，實義為歸，蓋非此不足為真詩，不足為有我之詩。文章千古事，得失寸心知，固不可以人言為高下也。質之吾
兄，以為何如？壬午八月新秋早涼，洪筆記之。方湖

學林

寄菴詩

方湖題

（二）

寄存一百七十六首　壬午八月自注

極似坡公

抄

寄菴詩　起辛巳六月

返靜石灣尹默作如昨行見示次和

冠鈇將衰轉爲虐，日日欃槍如雨落。避兵兼復避囂塵，數畝山齋聊可託。書成辭壁走龍蛇，茶熟松風沸鐺杓。熱客掉頭亦佳事，舊雨論心非素約。但持鸝鵲鬥深梧，那識麒麟有高閣。古來賢士多賤貧，況值時艱甘澹泊。頤閒食麥利養生，常膳充盤勝精鑿。歐公未解製牢九，蘇子何妨嘲餺飥。我笑蘇子本蜀產，晚謫黃州歎寥莫。不愚策塞返青城，却道橫江見玄鶴。嗟我與子更不如，鐈首東南懷抱惡。雖無官守作言官，進退未容夸綽綽。世人從議立仗馬，汗血猶能氣歕礴。獨恨歲月不我與，如昨歌成已非昨。

體中不適以書畫自遣愁悶益甚聊述舊游簡秉三醇士北碚兼懷雷章諸公

晴日畏蒸雨畏泥，坐困一室如雞棲。偶然弄墨灑縑素，愁城欲拔終無梯。沉吟頤憶二三子，往事一一鑴肝脾。前年卧聽竹樓下，張秉三九如彭醇士雷孝實趙友緊同杯箸。幅巾吹笛泝江流，拄杖穿雲憩蘭若。

抄

一朝分散各西東我亦牂牁繫短蓬去年歸任龍洞口清陰百尺
依孤桐蓄隴風烟葬廻互（孝實在西昌 友琴滯青海）行人又向長沙去（謂行 嚴）去
者蕭條留者疏籠中翦翮難軒翥賴有吳興沈下賢（尹默）稍接篇章
共憩遲暮向家灣頭兩賢寓（湯先 植之）旦晚逢迎猶可庶北碚胡爲獨修
阻不得輕車共馳騖暴骨連年戰未衰區〻離合那須悲諸公勉
致中興業儔散何愁作畫師
和湯光詠松
寸根已作虬龍勢老幹猶存澗壑思笑（不）少離〻山上木秋風吹葉
早空枝
雨後閒眺
悵望碧雲垂悠然動遠思沙崩樵路改湍激藥欄敧清賞猶今日
（餘杭師嘗贈詩云尔 作郎吏清譽頌絕俗）昔雄心摃舊時會當投劾去休鑷鏡中絲
弟姪輩書問起居以此報之
兒時願身長歲月常苦緩〻速中年疾如輪下阪淹速在寸心
往日終不反喪亂幾時極分作溝中斷逝者若無知一瞑我何法

學林

唯當語尔曹眼事期黽勉少壯不努力前車固非遠

寄辟疆小龍坎

相望不相見峰迴路若環一官憐我拙雙字識君閑閑居賦兩學齋列雙字如一辟疆時兼教中央重慶兩大學目錄傳中壘歌吟接後山回頭十年事同惜鬢

毛斑

快雨

檐霤淙飛瀑堂階沛決溜急渠天方洗兵甲雨則無裂之警空人自祝篝車嵐

氣涼侵簟庭陰潤遍書今宵無一事高枕到華胥

久不作詞尹默以此為問戲成四句

綺語柔情漸兩忘茂陵何意更求凰才人況有君家秀試聽鄰牆已斷腸余女弟子沈祖棻詞獨步

附尹默和詩

離合悲歡未易忘舊鄉臨睨感升皇境緣無實流光駛永歎非

關有別腸

得鴻離詩次韻卻寄

久契論詩入窈冥年來險阻況身經鵰摶寥廓培風厚龍鬥滄溟
起汐醒家國備餘華表在封題猶帶遠山青哀弦一洗箏琵耳夜
靜松深有物聽

贈傴僂老人 并序

老人癃背頫首行步勃窣而朝夕經寓齋前驗其往返不爽晷
刻余愍而異之豈天之僇民抑野人之有道者耶

開軒面曾阿阡陌交四野載瞻農事畢鉏犁暫當舍田叟何所營
僂僂汗流赭朝行丘壟閒夕歸蓬蒿下賦形獨支離得壽匪純嘏
至言若可陽冀遇承蜩者

和偶生

長夜翻疑即杳冥平生憂患記同經情移哀樂中年勝血戰玄黃
四海腥雲態偶憐衣幻白山痕唯見塊餘青兔葵燕麥淒涼句重
向玄都忍淚聽

詠美人蕉寓感二首 有序

美人蕉葉似蕉而小色頫如楓將衰則轉黴綠花黃赤二種赤

學林

阮公心事雲均恨一樣
芳馨託叢蘭信有閒情
到吾輩未容留與世人翰
戲題小詩，方明
澀樂醴泉被服惠蘭
阮公句也

者尤麗以其姚冶而無富貴之容茆簷夏屋蓋而宜之故植者
時節衆多余寂處寡歡頗涉遐想託以起興匪我思存也
代德盛朱明擢秀芃蕪中丹葩纖葉瓊窈窕何丰容顏色豈長好
所貴臭味同國香如可服我思蘭蕙風
纖〻虞美人枝葉自搖撼（虞美人草聞歌吳音則枝葉皆動見夢溪筆談）嘉名此偶同不
為吳歌頌敢言知者難實娩歌聲歎再鼓猗蘭曲聊寄心所感

荅植之　并序

巴黎女子多露足不襪倩人畫之以為飾十餘年前其風傳至北平此淫佚之俗可笑者也一日閒談偶舉此事而植之忽投詩云怪底汪倫多狡獪花開偏向美人趺未解其意聊復戲荅

楚客聲名屈宋徒賦才旁魄解論都無端綺思清難盡御共冬郎想素趺（六寸圓膚光緻緻韓偓句也）

向晚暴風雨俄而復霽

無定陰晴頃刻中熟梅天氣萬方同便疑歸老承平日一棹吳江趁趁風

三

八月三日大雷雨勢絶壯橫述以短歌（舊曆閏六月十一日）

黑雲磐磐垂絶磴閒以白雲如炊甑金蛇一綫穿縈回餘光未滅聞驚雷千林不動萬竹静排空飛雨從東來長河倒瀉瀑流注奔崖翻石爭喧豗巨鰲戴山渤澥立共工觸柱青冥摧昆陽屋瓦震欲落魚龍幻戲驅難開又疑錢唐射彊弩濤頭踴出千仞𠂤（都回切）雷聲雨聲更交作急鼓怒打軍中樂徑思匹馬渡桑乾十盪十決誰當前雷收雨止且高臥夜看明月懸中天

入市晚眺

刦後愁登眺空城日易蹉漲江吞垻没疏雨逐雲過萬室少全瓦微生思荷戈循環看剝復天道竟如何

還山道中望田塍如繡喜賦長句

江城一半化飛烟沃野提封尚儼然盡許樓臺夷瓦礫別將錦繡裹山川窮兵幾見能成事得助光聞報有年竹柏周廬無恙在容余歸卧早秋天

寓言三首

學林

萬鈞下雷霆九天鳴角鼓豈知善守者深藏如處女
新室募飛人雖患亦可賀何知馬將軍仰看飛鳶墮
齊庭有大鳥棲止踰三年試語淳于髡一飛當衝天
嚴故齋莊求人寫子陵祠堂記題其後
式爾披羊裘此意已驚俗故交乃君臣何至足加腹既屣輕富貴
君平自賣卜不與佐中興贊者未為辱武侯感知遇馳驅安鼎足
至今絜禋祀遺愛在西蜀出處雖十塗進退很維谷裔孫能述德
雲天仰高躅書此質所疑客星避椽燭
和東坡莫笑銀杯小贈藥癡
舉世共沉醉我亦不願醒何況君家製餅白於雪佐以園韭炊香
秔不辭舉碗穿徑石便了行沽能速客銀杯在手斟莫停腰帶空
煩較寬窄我慙小户專一丘輸君飲竭萬户當封侯醉踏雲霧腳
無力一笑萬事如雲浮
薄暮攜客野坐
野色蒼然合銷沉一暝中隔林時見火繞屋亂鳴蟲浮絮他生是

四

神氣兀傲兩韓之當無匹

妙

班荊此日固窮愁且〔不〕須置〔論〕戰骨尚蒿蓬

鄭曼青姊母張紅薇寫朱竹用山谷謝黃斌老墨竹韵

離披雨三竿已足洒時輩上追李夫人山谷又有姊母李夫人墨竹詩即李公擇妹脊

〔底〕力可相遠究觀風雨際冥心造物會疎枝殊偃仰密葉分向背故

園手所植展卷圖忽如在紅薇雖白髮精蘊媪神配朱墨寫胥當舉

贈肯割愛風姻助筆勢意若超象外畫梅我稱能艱難〔辛〕孰云信受情

宗梅為報宋康宣仲自言以五年之功作竹椅十年之功作梅枝年紛紛世上兒顧眄空百態閒懷春峭

置坐石既與古人對湖州令則亡夜郎非自大

避空襲作

〔法〕瀑死既非勇輕生亦非仁回船駛浪中吟嘯氣益振蒙龍歌樂山

草木助嶙峋穿幽洞巖腹長松霧如茵登降豈不勤足以安其身

四鄰亦有至談笑轉相親固藏異舟壑履險若通津飛鳶縱為巧

徒勞般氏斤

送人之敦煌

地勢連張掖材官習射雕佛圖澄在否莫但訪雲謠

學林

龍眼

雨卧空齋感宗麥珠方珍果忽相撩枇杷未稱枇金彈荔子差堪
脕絳綃薦以晶盤看的皪佐特佳茗壓風標閩江此物光稱絕業
火偏明佑舶驕

題何叙甫李涵初所作出峽圖卷

黔中山嵯奇江勢常苦狹吳楚大江浮未覩山岌嶪荊門泝流上
遂為天下甲盤渦與石鬭鐵峰入雲插灘險難具名濤湧不可狎
黃牛朝暮見灩澦篙婢之畫手何與李落筆古人法我雖未經游
展卷氣光壓攬勝固無厭思歸迴尤濃明年春水生軍聲亂鵞鴨
便擬萬斛舸相從下三峽

余与尹默皆嗜芡偶話鄉味有季鷹之思

櫂歌輕盪五湖秋風味難忘說雨州蓴菜鱸魚未堪敵明珠論斛
煮雞頭

秋夜讀放翁詩即效其體

身不能飛少翅翎尚餘高詠動蒼冥閒看蟻穴爭功利老向龜堂

五

乞性靈市地烽烟令日恨蔽天松栝舊來青秋聲亦復關何事自
是竊人不耐聽

敎林聽雨不覺熟睡起和東坡詩韵

荒園不供蔬官厨未斷肉饔雨雜松風卧聽聲已熟起來遂向晚
太息摩病足昏燈照編簡苦思抽還續艱難百戰餘天陰新鬼哭
何時復耕種得伴淵明讀

余識堅士最早而別且三十年頃誦其寄兩兄詩感懷兼北平呈士遠
尹默

沈氏賢兄弟當初識白眉荆紫連理樹松挺後凋姿玉貌圜仍急
朱弦直未危自傷成獨活愁誦鶺鴒詩余同母兄弟三人僅身在耳

次韵答尹默

相對或終日契喻無言閒心交非貌敬禮數真當删山居忘歲曆
白雲如我閑偶赴離秦約欣然亦怡顏明月幾虧盈譬如玦與環
憶我宿昔好迢遞阻河關月既不常滿人去何時還今日樂相樂
倚窗弄潺湲朝來有爽氣更看西南山

學林

結句平弱

戰上高贈羅將軍卓英

戰上高風怒號將軍帕首韡藏刀指麾勁卒隨旌旄闐闐鼓起兵刃交捷鏦俊鶻騰輕猱雷車疾轉山之坳擲火萬里平原焦烏鶩獸駭胡遁逃鼎匕不足汙腥臊台莊一役此其繼中樞喜動絲綸褰上高形勝寶綿纊錦河為帶敖為障（敖山為縣之鎮）胡兵三路卷地來血裹創夷氣逾王將軍免冑威若神賊盜犀魔皆放仗作詩紀捷詩法追儒雅亦足傾羣流主將豈唯衛霍輩從事應有班韓儔金石刻劃未敢讓詩銘功烈追前休

春閒渡江南至汪山清水谿訪康氏志成山莊途中寓目得層巖二句今補成之即寄題

盤陀百級俯清江搖兀籃輿似淺艭耕侶時逢谷口鄭隱居來訊麻門麗層巖裂罅安茅屋老樹垂陰覆石砬未信入山深幾許迎人隨處有村尨

得吳川陳仲南先生赴告題二十字

鄉人謚先生曰孝友昔先公之歿私謚孝惠張仲仁丈為議

六

私謚比陶潛鄉論推張仲我生亦鮮民永懷風木慟

比日流言頓息會久雨新霽思作近游
試從發憲……霧通消息明如指掌中
要憑震撼識孤衷霧雨昏昏撥木風鐵騎終當歸馬邑金牛誰見信
闢蠶叢披霧十重蒼天不死赦燎兇歸白帝戈杖路曉晴行藥去扶
持衰殘鄧巴童

七夕暴風

隔歲相思已不任銀河風起浪濤深箜篌一曲公無渡天上人間共此心

思飲不得題茅台酒空瓶

聞說茅台釀全勝土窟春唐時名酒微醺能潤肺痛飲不焦膚米道來成聚糟丘蕩作塵傾罇覺餘瀝應笑阮囊貧

入山避警見人折桂花和百年韵

松根一徑上霏微陰洞寒深霧溼衣忽討山中叢桂發王孫那得不思歸

題先兄衮甫思玄堂遺詩即用其寫詩元韵 并序

學林

兄与余俱生寅年長余十二歲民國廿二年省兄北平為余題後湖看花圖有四海當年一子由之句遂成絕筆倭侵佔東三省兄憤甚欲窮究其情作日本必亡論未及屬稿而歿

綺麗雄深信得兼看花題句忍重拈九原宿草椒漿冷一夕聯牀淚墨淹

屈指生年同虎別傷心厄讖竟龍潛辯亡舉識光幾春端策何勞問鄭詹

讀欒城詩集題後

誰言巖紀難兄弟終覺機雲有短長一事要令千載羨墳簏遺韻滿篇章（集中與子瞻唱和詩幾居其半）

次韻公武月夜二首

小園花木共清秋煮茗招邀識四休（見山谷詩）因甚牀前霜不掃御教明月動鄉愁

婆娑桂影古今同所御翻悽似爨桐寄語吳剛勤護惜此生曾到桂堂東

和尹默[illegible]韻

此詩系彼細出情之文生乃合作也

杜法　柳　悽婉

嗚蛩繞砌又驚秋，太息民勞亦少休。唯有羈人明月夜，不生歡樂總生愁。（吳歌：月子彎彎照九州，幾家歡樂幾家愁。）

惆悵心同事亦同（季剛詩語贈），鍾期去後廢絲桐。昨宵試拂纖弦看，流水洋洋只向東。

痛中挽

榆林張季鸞挽詩六十六韻

末世嗟文敝，關中啟碩儒（劉古愚先生）。英才咸樂育，吾子獨如愚。劉向傳經義，張衡辯斗樞。浮槎觀日出，彝象憶風雩。學業驚儕輩，心期洒染汙。易支占革命，箕範痛爲奴。然諾肁推重，袁東或甚都。逡巡游俠客，調笑酒家胡。鑿空功徒費，傭書志豈蕪。盈廷排客難，直筆繼民吁（右任先生辦民呼民吁報，曾被封，復以民立報繼之，君主筆政）。喉舌斯堪寄，精誠衆所孚。驅胡猶振落，竊國逎稽誅。褒貶嚴霜鉞，薰蕕判異途。不辭山荷校，所醜類穿窬。履險能終吉，開風足起懦（袁氏嫉君，下於獄，旋得釋之）。息肩曾海澨，蘭足從津沽。緬想邦初建，紛陳義共敷（君辦民立報時，余主大共和日報）。相知立談頃，幾欲坐忘俱。才困荒年穀，光輝照乘珠。星時經喪亂，臨別久踟躕。戡寇兵纔戰（孤兵城方），閭閻力已痛。人情耽晏喜，公意有匡扶。木鐸

學林

適人職昌言大禹謨鯀將從溟海龜自曳泥塗只覺同休戚寧還論
討集苑枯強鄰規收馬大澤亂鳴狐古以憂興國今誰痛剝膚霜寒
來白雁烽舉徹玄菟蠶食曾無已狼貪竟不虞方愁多壘在直遙
雨京趨鹿竄頭籠種烏鷸傷尾畢逋圍城搜玉貌閒道軼銅符辰轉
浮江漢飄搖泊濮盧恥令鳴越甲舞欲捷巴歈綱紀惟刊木辛勤
更茹荼捐軀思蔓子勸將厲潛夫王苻有勸將篇一戰驕氣斂千忠壯士
模敢綦翻勝劫拔幟盡乘登郭詛楚文逾厲亡秦誓不渝飛書陵羽
檄殘虜敢枝梧把撐袖鷙重見銜杯樂且須當春催蛺蝶薦歲飲屠
蘇每說清谿好聊窮十日娛竹林標雋逸花徑極紛鋪今年春与君及林少
和曾通一嚴敬齋張秉三錢經字諸人同宿清谿康氏山莊轉塵偏興歎成梟亦任呼西南數
形勝洞壑信迴紆枉把興公賦難為郭璞圖君為說黔中影斗洞之勝當地有欲倩人
作記刻石者余力言非汪某不可惜東去歲入黔欲游未果也斯游成決絕回望一睢盱祆火連
天壤悲笳入夜巖山崩雷隱隱隧哭鬼啾啾尾運蛇當讖凶徵鵬
止隅長卿仍屬疾季路罷乘桴先有赴海外療疾之議以不肯膺職卒罷切脈非秦緩
招魂謝楚巫剖肝原已盡病肺孰能蘇悱惻中懷在滄涼異景徂

八

意境清絕，如交若以遊戲之語出之，則愈有味

可不存

删

青冥鸞鎩翮，丹穴鳳留雛。棲鎖還棲燕，風凄忍憶鱸。言垂金鑑範，僊化赤松矅。生死文情見，哀榮異代殊（蔣于二公命人塑諸交友為營後事）。況聞傳捷報，終得慰枌榆。老我形同槁，先秋質似蒲。摧弦牙響輟，伏枕淚痕玷。夢寐隨歸櫬，流離念貌孤。圉閣銷紫氣，蜀道即黃壚。朝露悲晞薤，長謠代東鄮。登高時節近，無復把茱萸。

作畫

楞嚴讀罷世塵輕，學（佛）石（素）研丹寄性情。松竹交期心已析，雲山佳處眼偏明。漫誇笠屐今方始，信（佀循）文章老更成。北苑南宮吾豈敢，未妨結（本）習（分）叉（作）書生（華亭始倡士大夫畫之目，以別畫苑，後人亦稱書生畫）。

江安黃少荃女士持冊求畫，觀前後書者多我慢語，因為倣倪高士一葉并戲題

高閣雲林擬勝游，數株霜葉氣橫秋。若將畫品區吳士，此士難居第二流（晉陸喜品第吳士，別為五流）。

遏先以清汪承沛畫冊見貽，并媵小詩，次謝

秀絕吾宗畫，淵源未可（詩）延。感君輕把贈，風義遏前賢。

學林

清空一氣　好

清游集

合肥李海珊甲午之役戰死蓋平牽馬嶺下其孤寅恭求遺骸不得築衣冠墓請人爲之誌傳越數十年寄示乞題

蕞爾鰕夷種乘危數冦邊三川方鼎沸八道遂蹇連命將樓船狹摧鋒校尉專至今牽馬嶺碧血尚如鮮
猿臂空能射鞾刀竟自劉表忠徵信史純孝得佳兒階厲今爲梗張拳孰起衰倘聞飛將在一爲取燕支

老病侵尋而親友死亡之報日至作此遣懷

是身如巴蕉無有堅牢相死生本常理何用久悽愴知交日凋落親戚俱凋喪北邙冢纍纍賢愚同一葬我亦巾我車行與世相忘

山居和何子皇韵

殘蟬空際響如我少知音落落歸田賦淒淒變雅心松陰循磴轉蘚徑入雲深倚杖閒休處猶疑化鄧林

凛秋

慚愧平生馬少游即今牢落滯偏州空山不斷瀟瀟雨異地偏逢

凛凛秋瘁葉黏枝非故緣弃泉赴壑少還流此身久悟無常住豈

九

集中五古論文諸學之作極有通識令人無以大議論也即以詩論以簡潔掃緐縟以渾厚代纖巧東野從陸后山簡淡以增今推鄭夜起者以境勝剝學題紅者以見異矣

雅律。結以語示於得聞

爲無常便遣愁

釋大勇者箸書極詆孔子讀之感歎而作

洒儒喜謗佛斷非聖人徒緇流詆孔言與謗佛何殊二宗懸日月輝光燭幽隅世與出世間同功聊異塗隨病設方藥緜俗趨真如衆生性茫昧分別徒區區如何號大勇其勇類匹夫跳身肆詬詈辯義仍麤疏我言亦非諍實從悲憫餘勇師久寂滅名句還空無試問維摩詰花香方染裾

九月二十一日車行至佛圖關見日蝕作歌（舊曆八月朔）

日月互蔽虧行天有常則史家志災異聊用警君忒建國首辛巳躔次正交值南北亘千里當晝晉無色（晉讀若倬說文云日無色也）舉頭可仰看何用璇璣測我時行役登雄關光景黯黮熹微聞忽訝林梢桂新月豈知局縮陽烏蹤驚禽辨暝色投巢相與還田父詢舊俗擊鼓驅神姦詆愚蚩蚩慎勿笑寸心救國同此丹魔手告田父停撾聽我言虜邦自矜號日出隋唐以來公僭竊天意或者懲陸梁不待崦嵫向淪滅君看嘉靖年此事有先識治亂相尋若轉環再新

收處乃亦蒼茫驅邁

通體精警卓然大家

所感甚大此等詩實從良心激盪而出若但求字句之工者視斯譚之見也

胡頭飲胡血秋風葉落天雨霜穹廬四蓋塵沙黄驅車徑往凌絶巘下覘人世同茫茫

仙侶洞飛泉

洞在江南岸湖花灘谿而上約三數(四)里俗訛爲仙女洞泉自洞出雨後則緣數仞之崖而下飛流濺瀑故有此名無雨則止

鮫人散珠千億顆拋向縣厓光璨瑳又如仙女舞迴風素袖褰雲逐雲墮扁舟搖蕩花灘谿水色山容相婀娜半里未到聲若雷百步遥經寒起堞須臾拾級登層巔長廊繚(複)閣周延緣一樓高踞泉之源奔流晝夜聞喧闐此心與境兩幽絶但疑廣樂來鈞天我方入山泉不住飛騰轉向人間去霖雨蒼生已後時滌除垢惡當先務古賢立志難盡償或爲舜禹爲巢由誰獨臨川發長(深)歎(嘯)千秋萬載何當休歲長悠悠

中秋望月

清光滿九州今昔將毋同所恨映白骨不照羅綺叢西人亦愛月月色何玲瓏奉以女神號謂有和平功豈知肆屠僇劫運尤難窮

淨類勝境，今人不能有也。

事實不盡如所言，吾輩當以詩史自任，此詩者再斟酌也。

人事致乖戾，不聞西与東。沙場鴿無垠，壯士悲秋風。秋風日夕起，鬱鬱唯蒿蓬。我歌酬壯士，激烈摧心胸。百歲會有期，良宵難再逢。葡萄赤如血，且盡琉璃鍾。

聞湘北大捷讌集庸齋分韵得鶴字

休徵日既食，佳節月方圓。捷書晝夜至，讙笑騰廣筵。三楚性強矯，百越村輕儇。以此為將帥，殺敵功能專。嘗聞薛仁貴，威名震九邊。又聞岳家軍，屹立如山堅。總指揮薛岳常以武穆自比殘虜不足畏，民隱尤宜宣。攘外必安内，言責疇所肩。彼當作貔虎，我當為鷹鸇。秋高氣象蕭，搏擊同鵰鶚。

次韵和譚家非聞捷

角揚會狼纛分爾矢纖，一麾走檣櫓。簞食到閭閻，杖杜歌麃續。明良象可占，刋碑祝融頂。佇與子同瞻。

季弟與余同事，章先生初未之識，今夏來歌樂山始相見，值其病中，有見懷之作，次韵奉酬

相逢林恨百花殘，豔豔秋光上錦巒。我意久能齋得喪，人情隨例

學林

結二句平

删

作悲歡高文落筆成新法小病焚香習止觀回首師門幾人在篋
中珍重有遺翰

十月十日聞大軍收宜昌

慶由佳音至都人喜欲狂建瓴樹下吳越轉粟下江鄉嶺豁初收雨
臺高且望鄉預備占協洽亟整五湖裝

此等詩似宜存　不必人人共喻也

天風

碧羅衫子紫羅裳羽蓋雲旗導雨行解得山靈歌樂意天風吹下
杜蘭香

和荊公讀史韵

獨生茲世抱酸辛尚友情懷到古人歷歷陳編難盡信紛紛發家
豈爲真詩書周孔如天地種族炎黄自聖神若道千秋同一吷後
來視此亦游塵

病中即事（時醫師爲余檢視云脊骨有損）

可憐微骨作身災瘦盡形骸氣未摧早起銅簾霜有信拒霜先見
一枝開

十二

曝背

驚心日日繙長曆，曝背時時坐矮簷。揮灑已休臨畫稿，呻吟猶不廢詩籤。名花自秀春何與，小草當襄意亦吠。忽悟人生秖如此，去來無速更無淹。

次韻辟畺效香籢集

凌波微步襪生塵，當日分明見洛神。血點交橫襟上淚，夢痕縹緲掌中身。漫嗟錦鯉浮沈訊，早被流鶯斷送春。玉折蘭摧等閑事，傷心無過息夫人。

附元詩

寸寸相思釀作塵，一塵一界自能神。城言好處無多子，佛說金剛不壞身。會日苦難兼惜别，芳時已恨况残春。冬郎錯解流鶯意，空作西園袖手人。

和放翁一壺歌

醉来花下倩人扶，世味澆醇在一壺。些子利名天付與，不曾佔有不曾無。

學林

[illegible]非世人
而放翁如
[illegible]

興亡輪轉幾時休，百鍊剛爲繞指柔。看盡世間翻覆態，不曾歡喜不曾愁。

根塵幻相是耶非，眷屬人天亦暫依。萬事安心隨處好，不曾漂泊不曾歸。

壺中日月即仙鄉，朝菌靈椿孰短長。自去自來還自笑，不曾壽考不曾殤。

曲柳和尹默 有引

曲柳枝葉彎拳，無徑寸直者。金陵半山寺所見皆大樹，鑑齋窗下數株正是此類，或以爲病，非也。

婀娜復連卷，風流異昔年。不材避斤斧，無意託梧棲。擫笛聲難度，爭憐事共傳。由來養生者，未要直如弦。

有人爲俳體詩云學誠齋，因讀誠齋集，戲亦效作

誠齋鐵骨父作神，其詩傑羣如其人。時有爲俳調語，若近俗，無窮出意仍清新。同時范陸稱鉅手，不識量才應幾斗。但觀放翁送子橡吉

十二 州，戒以禮謁毋干求，明友敬畏有如此，不獨才華可知矣。又觀自

二詩摘入朝天集

凄婉不忍卒讀

可以怨

敘荆谿詩從前吟苦彫肝腎一朝天馬脱羈勒此後追風躡電相
娛嬉薛能悪詩詠楊柳卻笑古今無好音今人詩又非薛能紙窗
日暎閑蒼蠅如何學得一句兩句胡釘鉸必此來嚇誠齋老
秋意擬誠齋
曉霧籠山不肯晴淒風長颭樹頭鳴炎時盼殺涼秋好秋到當前
子細評
雨月前頭任鑑齋種蕉分李笑談諧鑑齋今日元如舊病裏寒衣
葉滿階
柳非杞來逝亞子近狀因寄問
籬曲藏幽徑雲陰作晚嵐養痾行采藥有客屢停驂搖落今方始
心情百不堪當年張緒柳應亦老江潭
累致元龍[redacted]伯鷹諸君子書皆不獲報并聞元龍有遠行
暮雲相隔但相望憶舊傷離淚數行豈是故人慵筆札自緣多病
易悲涼黏天衰草空留迹繞砌寒花秖暫香卻指後凋松柏在亂
山深處鬱蒼蒼

學林

妙

清空峭拔西江勝境[illegible]

妙在情深
極有古意

妙

讀誠齋大姑山小姑山二詩戲作一篇惱[redacted]友人彭君

江西好景天下無，爭對彭郎誇小姑。大姑相望二百里，風霧鬢烟鬟

妙梳洗終年迴避，若尹邢一朝覿面，波浪生江，江波倒流向西去，追

到西川無去路，小姑背號大姑怒，彭郎拋向江頭住。

香城曲贈高曙青 并序

香城者，女子名。清季遇曙青於漢皋，誓以身事之。曙青求學海外，期三年不歸，許其別嫁。既嫁而不得志。民國初，復遇宛平，欲尋舊約，曙青不之許也。然猶時時以禮相見，遂俱因循老矣。越二十餘年，曙青為余述其梗槩，余欲為之記，自春徂秋未遑執筆。值曙青從西安觀日食還，而余病憊甚，乃先為天香詞以塞其思，意有未極，復用前篇韻作歌贈之。

君問愁城破得無，贈君一雙金僕姑。君言香城萬餘里，香幡心字愁難洗。此城不比凡與邢，衆香國中彈指生。笑君長安自來去，日邢有通槎路。香為佛事君不聞，自壞長城更何住。

夢中詩 并序

凡邢典未考得，是否用凡判典

張玉泉[illegible]

二詩似出[illegible]天集

悽婉不忍卒讀

可以怨

敘荊谿詩從前吟苦彫肝腎，一朝天馬脱羈勒，此後追風躡電相
娛嬉。薛能惡詩詠楊柳，卻笑古今無好者。今人詩又非薛能，紙窗
日曝，聞蒼蠅如何學得一句兩句胡釘鉸，公此來嚇誠齋老。

秋意擬誠齋

曉霧籠山不肯晴，淒風長颭樹頭鳴。炎時盼殺涼秋好，秋到當前
予細評。

雨月前頭住鑑齋，種蕉分李笑談諧。鑑齋今日元如舊，病裏寒衣
葉滿階。

柳非杞來述亞子近狀，因寄問

籬曲藏幽徑，雲陰作晚嵐。養痾行采藥，有客屢停驂。搖落今方始，
心情百不堪。當年張緒柳，應亦老江潭。

累致元龍[redacted]伯鷹諸君子書，皆不獲報，并聞元龍有遠行

暮雲相隔但相望，憶舊傷離淚數行。豈是故人慵筆札，自緣多病
易悲涼。黏天衰草空留迹，繞砌寒花祗暫香。卻指後凋松柏在，亂
山深處鬱蒼蒼。

學林

讀誠齋大姑山小姑山二詩戲作一篇惱[redacted]友人彭君

江西好景天下無，爭對彭郎誇小姑。大姑相望二百里，霧鬢烟鬟妙梳洗。終年迴避若尹邢，一朝覿面波浪生。江波倒流向西去，追到西川無去路。小姑背嚏大姑怒，彭郎拋向江頭住。

香城曲贈高曙青 并序

香城者，女子名清季，遇曙青於漢皋，誓以身事之。曙青求學海外，期三年不歸，許其別嫁。既嫁而不得志。民國初，復遇，宛平欲尋舊約，曙青不之許也，然猶時時以禮相見。遂俱困循老矣。越二十餘年，曙青為余述其梗槩，余欲為之記，自春徂秋未僅執筆。值曙青從西安觀日食還，而余病憊甚，乃先為天香詞以塞其思意，有未極，復用前篇韻作歌贈之。

君問愁城破得無，贈君一雙金僕姑。君言香城萬餘里，香蟠心字愁難洗。此城不比凡與邢，眾香國中彈指生。笑君長安自來去，日邊那有通樣路。香為佛事君不聞，自壞長城更何住。

續夢中詩 并序

十三

存佳

四語不從人間來也知夢中句開眼所為仙也
佩衍

春秋之筆此最難見作者生平大節不當僅以詩人

余臥病醫院中，思緒紛亂，夢中輒有詩詞，覺即忘失，唯憶數句云：當日少年，而今雙鬢，何人不老。蓋似為詞而不知其何調也。既而又夢作長歌，覺又失之，於得四句，反覆吟誦，記憶牢固，既覺而不遺一字，異哉。夢中詩亡，夢中猶甚惋惜之，而又為反言以自遣，且自以為覺，不知其仍在夢中也。然則今且為覺耶，且非覺耶。莊周胡蝶，亦若是而已矣。續十六句，思雙遺之，遺之於心，而其跡猶在，則夢與覺，吾亦姑謂之夢與覺可耳。

吟詩用遣憂，憂遣忘亦可。何況夢中作，作者本非我。（以上夢中作）夢既知我非，覺時亦無有。覺夢兩俱無，得句誰所取。豈唯遺名句，而亦無有身。身無安得病，散若空中塵。偶然相集合，于世刹那住。謂此病夢覺，欣然領其趣。夢中偶得句，覺後偶續之。是我与非我，君其問幻師。

与人論元遺山詩占二絕句

種姓淪亡不自悲，君臣未斷更安施。當時南宋分明在，却為金人

學林

根之矣　方湖再拜讀

詠黍離

本根雖出拓拔氏開闢已作唐名臣欲將忠憤繼騷雅寧於袁夏

無區分

病院中讀[redacted]十疊韻詩即次元韻題後

友人

妙

思入幽微

素月流光迴驚禽帀樹飛魂隨更斷續思入夢稀澂燈穗蘭膏凝

瓶花菊影肥此時傳好句愁殺謝玄暉

恨擘天為紙愁傾海作梧但看心似繭未信劫成灰隱語飛龍骨

奇語

雄文倚馬才勸君兩須避終受外嫌猜

珠燈明的皪斗帳挂流蘇宛在遥相望翩然若可呼遙〻胡蝶醒

惘〻女鸞孤淚滴相思子還教刻骨無

陳昭華送菊花

籬邊掇取一枝芳慰我清寥送枕旁病骨黃花相對瘦今年誰道

負重陽

秋蟁

霜輕蟁不殺仍作遶帷鳴共此飢為累應無飽可營飛騰慙遠翮

好了了竟打開關了

此二詩皆神逼杜公、

有情至語

妙

饕餮枉凶名擬翦庭蕪了當春勿再生

雷雨後猶有親朋來問疾者賦謝

白車道塵寂蒼落展印深病知交厚薄臥忘歲侵尋隱轔冬雷聚

浮游瘴霧侵自非能慰藉愁動異鄉心

李生吉行負老不得志有詩自述次韻一首

一榻閑休老病身孤燈長伴未歸人年光似水兼程去世事如雲

百態新草木變衰唯任化風波滿地合知津簞瓢捽茹尋常分勝

臥空山鬼作隣余居病院月餘隣室已死三人矣

得劉伯英函問因追悼令弟仲蘧題四十字

夜雨斜橋路曾憑仲氏喪轉頭三十載此恨未全忘病院鷩聞赴

魂應返舊鄉九原如見問我亦鬢毛蒼

即事

蕭然丈室寂以澂臥覺肝肺生嚴棱老樹映窗葉半脫寒月鋪野

光欲凝霜催戍柝殘夜急灰動律琯澂陽興盛衰倚伏有如此花

時莫惜裁春繒

學林

非雲經禪定者不知此語之妙，然而苦矣

[illegible]

不寐

不寐聽更鼓，更闌漸向晨。幾容身反側，倍覺意酸辛。去國仍千里，
憂時過五旬。澄清（懸車）疑可待，送（消）此（者）息（談）勞筋（薪）。

石膏衣為予[illegible]節，甚新而妥帖，當為他日故實也

枕上雜占答問疾諸公

臥薪未覺皆人非，世界三千正合圍。擾中沙場君莫羨，老夫親試
石膏衣。

江淹賦恨孰為多，憂患纏身骨漸磨。賴是醫工黃老術，但教高枕
制沈痾。

希夷風範到今傳，況復便便似孝先。不斷知聞免勞役，世人何苦
不長眠。

八識恒流奈若何，風吹古井亦生波。臥輪伎倆談何易，未到南能
莫浪呵。

梁仲異病中多眼倦與燈[illegible]，商向背[illegible]被話，[illegible]之句，[illegible]有作態，如此乃大雅了

授林尚記菊花時，日曆潛移了不知。絮薄偶占天冷暖，窗明常驗
月盈虧。

丹青處處後佑篇章，共惜零縑付篋藏。天意要令為范陸，人情元自

十五

省死嫌

此及下首稍遜且亦似稍晦也矣

題爲病榻雜占由身及國，不如此正杜詩不害以去題

稍遜矣

重倪黃

殘夜惟抽乙乙絲，璇璣無復錦爲辭。勞渠絶代鍾王筆，却與旁人寫怨詩（近詩都由尹默代寫）。

無分溫柔共白雲，醉鄉路斷亦離羣。安身但覓華胥境，又被霜笳徹曙聞。

美人終古在西方，欲往從之道阻長。借得邯鄲仙枕後，一炊黍頃海成桑（時美利堅與日本宣戰）。

芝區香土漲成塵，上野櫻花代作薪。屈指明年三四月，起來猶及送餘春。

群生驅迫上刀途，悲憫無端集一軀。慚愧觀心病摩詰，更將何語答文殊。

右任院長經歛門車墮結石而止　小詩呈慰

歛閣崔巍萬仞餘，鸞輪直下轉紆徐。天心正要公如砥，安定邦家似覆車。

客言湘北之捷頗有異聞感賦

此首可刪詩也

此二句雖清健但肯用不落俗套

末二語說之妙

遂北功誰最，傳聞或異詞。銜枚走輕騎，失律控偏師。湘水流還咽，南風競更吹。迴旋猶有地，莫作賈生悲。

桂林朱琴可因𢹂桐之介惠書及五言一首報以長句

生涯不見半塘翁，擁鼻高吟憶蕙風（況夔笙）。豈意舊交蕭落後，得聞佳士亂離中。蟠根接葉鍾靈桂，野蘭抽絲入爨桐。老去方回才力減，憑君一唱大江東。

聞九龍陷不得姪輩及諸孫消息

流竄嗟安在，山鋒逗海隅。定知非久失，可奈急相須。欲往風波劇，仍愁道路殊。今宵尚成夢，爛漫憶諸雛。

尹默二患胃痛有詩見示次韵戲和

入蜀頗有諸葛風，一事未成先鞠躬。嘗怪巴江之水不經山腹中，何由處處多潛龍（去年所居名龍洞口）。余地發殺機天亦同，誓將搔鬢奮鬣遠擊滄溟東。忽思仙人下壇語，袖手雲間看兩蟲（一二十年）。（金陵乱詩云：戰士雲屯氣若虹，誓將救敝舊孤忠。仙人袖手雲間看，只當荒陷鬥兩蟲。）嗟我与子將安從。

居病院時丁鼎丞亦卧疾隣室朝夕遣人相慰問既各歸所寓長

起太壽常

向奉懷

敢將微陋託知音，同病相憐意更深。父子傳經過劉向，聖賢開業

望曾參。（孔奉祠官德成就公受業）錦帆路畔休田節，藍玉莊前少素心。謄記

題詩哀絕語，當年光景太駸駸。（章先生及季剛相繼徂落，公以遺卷屬題，余首句云「師友遺蹤不可

壽一年光景太駸駸

鷄雛自金剛坡寫示近詩即題

精工婉約兩能當，才秀身微海自傷。從古侯封多李蔡，即令郎署

困馮唐。坡前磊落松千尺，天外欹斜雁數行。相嚇鵷梟緣底事，但

留滋味在青箱。

次和鷄雛靜石灣即事

臥看縱橫對劫棋，恩波特許守柴籬。匡衡更有閒中興，矮几方牀

為說詩。

橫架真宜作屋梁（某公不知余，而為余推命，云是宜為梁棟材。余方臥病，因笑言此屋上橫梁也），披堅亦

可臥沙場。不知身外愁如許，已覺眉間氣稍揚。（鷄雛昨云爾）

投足常悲跬步艱，倦飛思共鳥俱還。風塵澒洞昏天地，何處高樓

學林

字字精嚴

平甫雜詩善談名理，華公□公倘子旭，宋欲直華似史公，語似陸

見故山

書感

寄謝飛鴻翼，徒勞汝往返。人命若蜉蝣，仙家有雞犬。

讀嘿君夫人正氣呼天集因追悼翼如先生二首

虎視強秦百二關，單車何事走孱顏。世途信有羊腸窄，歸計翻同馬角艱。此日三軍衣屬縞，當年五步血流殷。茫茫後顧悲先識，塞道荊榛未可刪。

千古相望怨女牛，年年靈鵲赴清秋。始知天上銀河渡，不抵人間玉尺樓。放膽自舒（嘿君集中詩云老屋荒江放膽吟）家國憤，奇情恐被鬼神愁。士衡賦筆同銷落，（嘿君言在海外時与先兄哀甫論詩甚契今哀甫歿八年矣）感逝篇成又却休。

雜詩十二首

成功不必我，砭世良可法。所懼棟棟崩，僑也或先壓。盡言既莫受，退亦無希鈕。出處語默間，何由令心洽。

一夫肆民上，其亂已難言。胡為集群暴，濟惡將滔天。載舟者安流，覆舟者洄沿。不聞古人戒，防口如防川。

十七

仁人之言道州之意也

參之悼之

師直我爲壯，制勝固其理。所憂戰勝後，如何立綱紀。將驕若豕貙，
吏貪甚狼豕。荼民得所藉，煽亂將無涘。哀哉晉國卿，克敵乃祈死。
我今少官情，萬事落人後。堂堂元勳輩，論交皆故舊。晚出思有爲，
轉遭招謗詬。所志既不獲，豈復戀升斗。揩遵海東濱，窮獨甘自守。
丈夫不受恩，斯言毋乃矯。仁者相人偶，所貴施與報。但問施者誰，
將非狐丘盜。一飯不敢忘，陶公有清操。
羣議紛盈廷，莫敢尸其咎。撑之歸一人，見聞多所蔀。斟酌二者間，
登賢置君右。天下今公器，毋爲一家守。通變以濟窮，法敝焉可狃。
常言有至理，慎勿嗤且迂。
千金從一木，令出斯不搖。論功有雍齒，反側心自消。信賞与必罰，
威柄由人操。空文亦何補，法令如牛毛。
外戚專漢家，藩鎮傾唐室。明皇兼受之，禍至尤慘慄。緬懷開元初，
庶幾貞觀匹。秦虢抑驕盈，安史誅失律。果能修法紀，宮闈自寧謐。
龍漦与燕涎，前事豈難質。高位多疾顛，千載慨如一。
馬上得天下，寧於馬上治。縛諸鼂政儔，成功固可潰。不聞秦國政，

學林

新詩十六首一字千金世有解新探作之徒以為昔覽不啻一部千秋鑑鏡也

在坡谷之間百讀不厭

亦用椎埋覓閭閻朝有怨夕暮已橫尸唯殺乃召殺[redacted]
循環無已時
禍患銷未萌要當燭其幾
民情萬不齊求治非一際何況殊國俗焉能迷嚮背烏頭可療疾
參苓亦致敗坐觀東西邦紛紛日強大未暇察中情馳騖爭一快
方圓異枘鑿國是堪幾壞往車既已覆來軫猶無悔
元首在官人孫卿有至說虞廷登百工遴哉惟帝指高祖起布衣
由能任三傑一人無全知知亦日倉卒所以親萬幾轉或致顛蹶
食少而事煩武侯殊未達
立國有萬端精神寄文史文史若湮淪民族亦波靡吁嗟今少年
視此猶敝屣數典每忘祖甚或加醜詆言語習鮮卑古人以為恥
情勢雖不同要在知彼己本末一倒置流毒窮和祀借問司民均
綢繆孰先此

自嘲用欒城集中和少游詩韻

欒城詩筆近枯槁未若坡才捷傾倒我詩或可比欒城角逐韓蘇
翻自憐有時唯寫嶺頭梅要使蟠胸貯春早一清并恐失雄健闊

十六

以蒼松枝幹好莫嫌女郎畫臙脂（粉）師曾昔謂余畫有閨秀氣興重長繼供一掃
沈侯書法無唐賢天遺襟期成二老功名任爾笑寂寂僕病中人
眞草草便教高枕到羲皇不用無裳佐軒昊
寒時
巴嶺冬無雪寒時倍慘悽沈陰愁日没若霧与雲齊米貴慳新釀
鑪封檢舊泥當思遠行者嫁裂事征鞾
羣兒
鍾嶸目陶潛但為隱逸詩杜詩若孔周歐公深抑之江沈稍蕪雜
梅蘇非傀奇亦復傳衆口名譽稱當時乃知文字評往往阿其私
淺深彼自得作者無鸁鷇鵬翼徙（從）北溟斥鷃游藩籬小大本殊絕
故亦難相知韓愈頗卓卓謗傷隨羣兒
余卧病淹留百年士遠二君假以館邸兼餽種花木相顧甚勤頃
梅將破蘂矣感述鄙懷聊代陳謝
靜石灣頭白板門花開應似浣花村窗間綫改圓蟾魄梁上仍留
宿燕痕交誼如公敦薄俗踈頑懶我負私恩詩人但美霜中實鮐熙

至佳未
抄

學林

梅詩嘉其霜中能作花霜中能作寶作意東君與細論

長歌贈禺生

不見劉翁踰數月二豎侵陵那可說上牀布體學尸寢自笑渾同
足遭跚闌翁入市返舊廬倉皇亦受河魚阨空腹暴下日數升眼
看羹湯不得喫翁之致疾良有以飢飽無心但隨物食米何嘗盈
一匕嗜蜜真能傾百榼或遲調節失所宜變患餓生在輕忽翁乎
翁乎今白頭慎與少年鬥筋骨知翁念我亦如此咫尺相望若胡
越偶逢驛使寄音問丈急裁箋研逾渴近者鉊戍欲自驅捷步何
堪令腰折別將坡語戲調翁老人心肝小兒舌

憶康氏山莊花竹之美寄主人兼訊諸友

清谿梅蘂似梅精東閣無緣眼暫青為報三郎近消息更長愁殺
雨霖鈴主人每以唐明皇相譜故戲云
看竹何須問主人名園常許往來頻即今竹下清談者應念王郎
寂寞真

次和鵷雛金剛坡四詠

十九

四詩俱逸中所有之家之氣

寸流託高岑自有千里勢翩翩墮飛爲仙家亦遊戲任作雙鳧翔

好

勿擾驪龍睡　睡鴨陂

枝柯亂寒翠竹柏何窈冥中有巖居士步屐時淩停淵明如可期

同論山海經　冷翠徑

昔登東天目中峯見雲海茫茫人事非惻惻山河改相從萬里餘

唯有白雲在　雲霧海

蕭然散巾屨松風鳴策策清淺沙上流磊落澗中石緬想春服成

巖花照新碧　匯碧澗

荒雞

月色中天似曉明壯心哀涕兩縱横不成起舞還看劍只覺荒雞

非惡聲

偶占偶語示履川伯鷹以博拊掌

本借行樂除苦不知苦從樂生且作風驅雲散直待水到渠成

潘子懶看手稿曾侯頗恨和詩畢竟煎熬何益吾言終耐尋思

冰雪未嘗催老苔華何曾駐顔人意自分欣戚天心了不相關

學林

此乃宋賢題畫詩之精鍊處似不外山谷荊公然高節性韵之美直覺詩中之畫

道園題畫諸作亦能勝之

詩格似從杜出山谷所以東坡之風骨出杜而變化者也清人推釋石齋擬秋齋二家近之宋王吉

佛言求不得苦得者又將何如試想從前恩愛味同嚼蠟無餘

佛言愛別離苦愛由別離更興萬一時時聚首須臾亦成怨憎

自度度人無盡忘言言說已多試與拈花一笑會者於意云何

傅抱石畫山水歌

畫手朁名紛籍籍不及西江傅抱石抱石訪我病榻前示我數幅粉猶溼展看是畫忽非畫但覺松風生四壁峰迴路轉深窈窕中有幽人結茆宅回頭駭睹滄溟高月邊洶湧聞驚濤張帆翦激向何處東南雲外愁千艘惚恍兮寒廓思故山兮猿鶴梅心湘師兩寂寞觀君下筆如掃擇臨梅瞿山訪石濤師圖嗚呼尺幅勢與造化爭拔地秀起千仞屏著我雲臺丹嶂裏抱石嘗考訂顧愷之雲臺山記兼補為之圖峙上五嶽空崢嶸

喜聞湘北又捷

霜笳獵獵動旌旗斂指群胡血作泥久握弢鈐嫺虎豹先憑京觀築鯨鯢長沙郊外築倭寇萬人冢雄風自昔誇三戶好雨當春育萬犁足食足兵天所厚可應轉粟更能西

聞歌

清夜嘷猿共斷腸，誰家弦索調悲涼。楚山已被雲遮隔，猶是歌聲認二黃。清末始盛行二黃，謂黃陂、黃岡，實楚聲也。

尹默欲和槁字韻未成，漫作此篇先之，拉雜寫意，語不連屬也

芭蕉不逐羣卉槁，氣候西來頗顛倒。此身脆弱蕉不如，病卧常時主懊惱。忽然破臘梅花開，駕馭東皇真及早。萼綠仙人雖不見，六年楊園見梅，余比之萼綠華。素袂紅帬亦稱好。高士猶是傲冰雪，玉奴自來供灑掃。便須一笑回春風，顏鬢摧殘心未老。多君褚法寫蘭亭，不學東吳但狂草。詩成相視各有會，餘事弃擲還穹昊。

黷貨謠

黷貨不知止，巴黎蕩為墟。黷武不知止，柏林將為魚。

黷武不知止，東方有柏林。黷貨不知止，前車可寒心。

昔聞從軍苦，今聞從軍樂。艨艟蔽江來，迺是賈胡舶。

聚斂非吾徒，擊鼓麾門牆。漢臣亦有膽，請烹桑弘羊。

黃雀啄太倉，所求一粟亡。官家賜銅山，焉能療飢死。

學林

泉水倆以例取者各分列盈盈一句間貪廉從此別
余日服丸藥所費不貲植之云此金丹換骨也余賞其語翌日而
詩至亟次和
換骨金丹在游仙豈妄思梅梢春已動鶴羽氣非衰贈我有佳語
娟君入小詩盧敖五雲側（植之今年芙蓉詩有身在五雲端之句）更待藹雲馳
再用韻示尹默
衆木向榮一木槁一人向隅衆絶倒物性由來鳴不平豈假諱辭
故相惱男兒得意上青雲富貴須致身早不然晞髮在巖阿被
薜腰蘿上云好依違仕隱計非得坐令芳華迄如掃忽思萬事無
定稱對面兒童自尊老（蜀人自稱老子雖小兒亦然）謝公當日且遭謗遠志出
山成小草智歎莊叟齊物論莫共靈均問蒼昊
戲簡行嚴三疊槁字韻
楚客行吟才未槁洶洶詞源三峽倒忽廻健筆弄新聲含嚼宮商
不嫌俗性分所有便當有公既非遲我非早周情孔思（見文心雕龍）別
有人柳思周情（見玉田詞）豈不好會看縱轡追稼軒六合紛綸一横掃

主

竭来桂嶺并蜀道坐對佳人欲忘老已同石帚吟暗香莫遺風蕭 三七
訴芳草（韓縝芳草詞以題為名寶屬蕭吟也）夜半私語知者誰下有坤垠上曾昊
尹默和篇有謙詞疊前韻贈
華我以辭身則槁此事終焉非逆倒君獨胡為自謙抑不肯長吟
被花惱（詞調名）意氣雖憐晚歲真夙昔相知匪不早李剛平生極稱
譽唯我与君兩人好撓之不濁襟褱寬即之愈溫塵垢掃餘事二
渡傲時賢歌詞自作風格老西麓舊製詠垂楊淮海新篇繼衰草
盥君著手便成春一挽玄冬与窮昊
題陳雪翁之佛花鳥
肯以顏唐趨俗媚要從刻劃見天真老蓮家法君餘事直逼黃徐
与閒津
季帯頻来視疾因賦呈用其前作病中見懷韻
急景凋年臘又殘當窗脩竹尚檀欒鑪邊語笑誠難得病裏情懷
獨鮮歡寸柏自含冰雪操尺波便作海潮觀汝南月旦從君借褒
貶終思振羽翰

學林

妙

不堪多年有句云自恨名如斷養本甘心東拜龍松王閣公奇賞之為呈改看此此歎恨正如握伊閣留徙嘆奈何而已

尹默有漫吟一章仍叠韻次和

東風一吹蘇百穡，我讀君詩每歡倒。如何翻作懊儂歌，顛使清歡又成惱。梁間燕子去復來，陌上花枝遲開早。一池水皺底干卿，不及佳人顏色好。朱唇微破櫻顆圓，修蛾淺著螺痕掃。綠陰青子莫驚猜，春到湖州長不老。我欲移家從楚澤，手擷芳華佩香草。區區此願竟不償，日夕窮愁訴旻昊。

後四作句句特於開拓

妙

物性

物性閒中得，羈愁枕上排。鬥鷄雙隨地，陣蟻序緣階。蠶觸有如此，人天呼可懷。沈吟翻一笑，吾欲外形骸。

網戶蜘蛛巧，冬來竟絕糧。千絲元不漏，百物已潛藏。心計工何益，貪名反自殃。谿頭信天鳥，獨立態軒昂。

言言近古意令人氣索

入峽寒威淺，羣生耐過冬。蟲蛙稍岑寂，草木尚蒙茸。綠意侵窗戶，清聲遠應鐘。巴蕉能得地，不數後凋松。

精神二字妙不可易

破蘂梅何早，香從真（遠）處真。有情時守寂，無意欲爭春。磵道唯流水，茅檐絕點塵。東籬陶靖節，千載各精神。

（旁注：高標　篤　如新）

廿三

短歌五章訊士遠疾

勞身使骨折，勞心使血枯。何當兩快之，徐々還故吾。解一

往我鑑齋頭，君魁衡廬側。玉手尚能量，衡鑑不如尺。二解　嘿君嘗題研居曰玉尺樓近頗來探疾

君病不安臥，我病不能起。常眠有仙風，不臥得禪理。解三

血枯終復盈，骨折猶能續。早晚捷書來。七嶷何勞讀。解四

春歸在俄頃，人歸莫躊躇。期君春江上，共食武昌魚。解五

豫憂

有身吾大患，老聃言著明。如何古術士，錄々求長生。仲尼志春秋，東夏無僥越。如何呂犬羊，紛々冒儒說。末流離本根，誰与扶其源。大道尚如此，異端安可論。西指由來重功利，遂令舉世同囊沸。循逮不及弦不更，後一千年無噍類。

尹默疊槁韻未已再呈一首

吟苦常嗟髮凋槁，强韻被公先壓倒。游絲忽縈天際來，欲止此心轉激惱。相逢憶昔在燕雲，馳騁聲華共騖早。晚歲連翩入西蜀，新詩句々推公好。能書況又絶等倫，落紙烟雲看揮掃。而我江關正

學林

愁絕賦筆隨人亦衰老差有春花臥晚枝莫作霜風欺勁草沈侯
沈侯如公腕底力千鈞何不長纓繫元昊

妙

贈戴中甫 子高先生之孫

隸事精切

舉目無稱意心常隘九垓不勝旋鳳怨猶是謫鸞哀喬木將為爨
遺經恐作灰體中無恙否愁讀祕書來

奉題右任院長敦煌紀遊詩藁

百戰關河老此才行邊猶使壯心迴筆端自有風雲氣不為鳴沙
立馬來

山似英雄水美人 元句 千秋無此語清新美人蕭瑟英雄暮感慨登
臨一寫真

二語本陳熟然處病也
愛惜仍不失為佳

寄孟倫千帆

一臥滄江晚閒愁不可任時危空撫劍月冷罷彈琴蜀士楊雄賦
湘纍正則吟寥寥二三子慎勿有遐心

中夜漫興 醫戒靜臥半年將九十日矣

鐘鼓聲沈未曉天窗光又墮月初弦心同老驥常千里身似春蠶

廿三

恰二眠隴驛梅開無信息江流萍轉共迴旋鳴雞柱是能相警卧
看諸公早著鞭
禺生病笈殆瘉後見過喜贈
絶似談諧柳敬亭杖藜氈帽此重經形骸隔世歡重見懷抱依前
恨獨醒排闥山光猶染綠穿籬梅蘂已飄馨故鄉無此三冬好雪
滿關河戰未停
李寅恭婚後四十年以詩自紀并求和
干戈徧地無完室忠孝傳家作幸民麥隴自鉏蔬自種饁耕猶有
比肩人
擊榛吟
宵半欹枕聞擊榛近繞軒窗遠林薄既遠忽近去復來頓使羈人
雙淚落兒時母抱曾慣聽母撫兒啼啼不停中年喪妻復喪子每
到更深先塞耳官署嚴城多宿衛舊制漸漸歸陵替亂來卧病荒
山中常警盜賊非淳風篤方刁斗聲正急聞此何足寬心胷我思
奇才往往隱在下僑遇東門抱關者

栴近濇睦不屢以情語勝也

凄清稍色

學林

壽鶴雛

歲星尚在巳，舊臘從新正。雛子直初度，五十忽已盈。是日獲休沐，觴常無所營。過我靜石灣，杖策乃徐行。山翠染衣屨，松風落歌聲。入門且安坐，卷册縱復橫。清談亦已縱，稍覺飢腸鳴。脫粟供一飽，怡然忘寵榮。臨別始告我，子當紀其誠。我愧不能起，無由傾一觥。國初論文學，頗亦稔子名。及同金陵遊，杯酒方要盟。相知恨未盡，倏忽東西征。戎馬生四郊，志士心怦怦。援筆事隴蜀，意欲誅長鯨。陪都又改制，戎服還冠纓。旋拜諫官職，喜子共使令。天未厭喪禍，吟詠徒硜硜。羣蠹雜亂沸，難拔如狂酲。子獨於篇章，肆古相訇鏗。閑適有真意，徽婉無競情。於此始見子，泊然憺以寧。靜必享大年，高會期耆英。鐘鼎何足羨，富貴何足榮。便當撫寥廓，一舉同鵾鵬。

和李菘圃歲首述懷韻

日月奔馳野馬塵，掃除又見歲維新。焚椒頌橘剛宜臘，細柳寒梅漸轉春。鐵鎖已從江底朽，明珠久失海南珍。一杯且盡當前酒，未必吾生竟不辰。

廿四

此等句實以不用爲好因太熟

局促西磨想北平，吹蘆何用笑懲羹。齊人佇蓄三年艾，杞婦空漂萬里城。魂國茫茫知衆醉，扶顛兀兀賴孤撐。馬遷史筆分明在，涇渭終當判濁清。

渝州五度評春來，破凍紅梅閣蠟梅。山點螺青邀隅座，江傾鴨綠釀深杯。尊前舉案同梁廡，膝下斑衣有老萊。萬事唯餘一事欠，經綸未展補天才。

前席從容借箸籌，謀成豈合爲封留。攀龍縱有劉文叔，策蹇何如馬少游。自恥三刀夢台輔，終看一箭落旄頭。遲君東海栽桑際，大舸連翩下益州。

本詩　大集病中諸作語摯情真，無假雕飾，意境視前又爲一變。其中五古五律幾於無一不佳，七絕情廻可誦者亦多，七律似較遜。綜覽篇什若是之富，且皆精光騰躍，足徵神明彊固，静養有功，康復之期必當更近耳。

伯鷹敬注

五七古皆有蒼莽峭拔之致，五律極不用力而神氣極近浣花，知病中諸作之功深矣。伯鷹所評極當，故未多着墨。

克家敬註

以別於儲評故借用朱筆

學林

寄盦詩

癸未孟陬

曾劭謹題

（三）

此詩方雅得讚氣象
光昌

寄菴詩 起壬午正月

次和藥癡辛巳除夕生日感懷四首

寒梅香繞徑綠竹靜緣坡地隔囂塵遠天憐歲序多春從雲外約
秋好月中過又對屠蘇酒新篇映燭哦

紛〻過江鯽何事憶鱸魚閒袖平戎策翻成種樹書債春齋德曜
滌器陋相如最羨登臨處笻枝接筍輿

杜陸飄流地頭銜繼兩翁飯抄雲子白花發海棠紅落〻三千里
遲〻廿四風定巢雙語燕依舊淂泥融

令節逢初度乾坤百事新稱觴同餞歲淂氣自先春惜勝還宜剪
琴書不受塵寸心無物累何異太平民

舊曆壬午元日同尹默作

曆頒今二月俗重舊元朝管（政）律（令）黃（青）鐘（陽）應（微）詩籌白戰消凍雲連極塞
歌樹壓危檣憂患餘身在唯看（聞）雪裏蕉

西藏攝政呼圖克圖熱振遣使者上禮書右公院長命題

自昔連甥舅於今寄腹心寶書重譯至丹悃大人歆劫壞弥天壤

轉折頓宕有力

振筆再開拓沈着

悲壯如聞其聲

X

悲深有照臨知公倫鑑密門外聽車音

以近詩送履川伯鷹看并媵絕句

輕詆不慙丁敬禮知文無過謝希深城西二子堪同調肯為吳趨一賞音

次樸園書藏放歌韻即題

世間萬事貴知足唯學求多乃其獨公私藏皮難還窮豈僅嫏嬛修書目積書能讀有幾人寶玩奇珎偶同蓄卓武陳翁鐫玉佩十字真當再三復遺書萬卷与子孫所貴子孫能必讀到今繼志賴仁賢手澤摩挲歌當哭秦火以來凡幾劫孔壁遺文猶可淑獨惜童愚昧根本重以腥羶蕩芸馥滸林音變集鵂鶹故苑荒臺走麋鹿五車撇落等縣匏白貨駢闐空轝輳倉沮史籀瞠不知佩觿我冠飽捫腹若家自有百尺樓安用功名追博陸揚雄載酒尚留亭鄭真躬耕亦有谷君不見絳雲叢桂兩蕭索萬古長存樸園樸

梅瞿山訪石濤有詩傳抱石取之作訪石圖乞題

石濤蘊奇懷不忘家國恥吐諸筆墨間沈雄有如此當時唯八大

學林

可謂詩中有畫矣

收處即是起處不忘之意但不明言耳此種章法細密而能有針線者最為難得

羣動從收上來即以引出羸軀

笙磬差可擬豈比庸俗手後能範山水梅公抑其倫久要至沒齒
訪師金霞菴詩情絕塵滓譚藝聞禪悅流風今往矣巖巖抱石生
援毫忽奮起十日絲經營寸縑收聽視野路始蒼茫山光稍邐迤
欝欝染松翠驚飈猶在耳蘭若儼數重隱寘疏樹裏到門三四葦
從容顧且指閣中如有磨冥想得神理賦景既深窈寓形何傲詭
於此仰前修遐蹤亦云迩勉哉崇令德今昔豈殊軌更作第二圖
他年我訪子

曙青有長句謝為香城作詩更次答

頗恨論交卌載遲扁舟無計問西施漢皋環佩空懷遏越網珊瑚
更後期香室自圅諸相好人生誰免有情癡蜀州人日巴山雨抵
費熏鑪續舊詩

即事

彈指春將半飛花有故香蠭忙晴入戶鼠餓晝窺牀羣動皆生理
羸軀獨異方相關到微息那與世相忘

春分

源丙句不啻自畫性狀矣呵呵

戚均可商

此詩雖不能云謂並清婉真至可存也

删

苦怨寒宵漏點遲，春分過後好禁持。截長補短君知否，依舊停匀十二時。

不是宵長即晝長，分陰難減是愁鄉。從今又盼黄昏近，從倚簾櫳送夕陽。

次韵詠蘭

紉芳元合配荷衣，顧影還同戀寸暉。湘水自滋靈雨滿，汾河愁見白雲飛。佳人窈窕常棲谷，青女嬋娟莫逞威。一種天香相倚處，洛花徹厭玉環肥。

壽錢紉宇

萊婦安貧左女嬌，佳兒還比衮師驕。期頤壽祿能牢固，塞坐詩書共寂寥。向法偶從言外得，愁心難付局中消。水犀羨説君家事，佇向錢塘射怒潮。

題月

清光微掩桂婆娑，斫取應慚少斧柯。除獻蟾蜍萬年藥，更將何語報嫦娥。

學林

此真酬應之作，似可刪也

送菘圃飛機赴桂林

難忘惠政布吳中，此日臨歧涕淚同。猶自據鞍鶵矍鑠，未甘種菜老英雄。寸雲起處將為雨，千里泠然好御風。桂郡亡應非久滯，佇公長劍倚崆峒。

題屐川後疊韵詩即倣其體

昨夢陽臺下，行雲去若飛。容儀萬方好，感動寸心微。眉淺仍非淺，肌豐不厭肥。賦才憐宋玉，百世有光輝。

他生頗可衰，且覆掌中桮。藕斷絲難絕，香殘字未灰。深沉作情語，倜儻此詩才。好向蘢鸚禱，聞聲莫浪猜。

不忘箴規，詩人忠厚之旨也

三五明明夕，中天月魄蘇。鬘蟾終自冷，烏鵲任相呼。花發琴臺豔，人憐酒肆孤。文君如有問，能到白頭無。

誠齋每至一處即專一集，讀竟題後

莫笑誠齋集屢更，老猶未倦是行程。慫余寫到巴東集，卷卷詩成不換名

淡巴菰

雅健如古樂府聲

茗飲能為助，都將百慮捐。金縷劖得細，玉箸（筋）撚來圓。微火銷殘檥，
連環續斷烟。自非蘭蕙質，底用急相煎。

譯詩一律

徐道隣之夫人藉德意志，居歌樂山八塊田，憑欄見江，感而
作詩，激壯而幽深。道隣為釋其意，余潤色之云尓。

霏微漾朝霧，豁我明眸雙。原野僅可矚，其外為長江。解一水上群舟
翔，縱橫亂帆檣。高突列岸旁，吐烟〻如墨。解二我目送洪流，曲到欒
深處。心知渠所嚮，直趨海中去。解三合沓萬山起，攔路相束挾。渠自
關艱阻，奔騰衝出峽。解四忽与平野逢，萬派并千源。浩〻漲無垠，奔
流遂不還。解五經過多荒蕪，井邑無人居。逝不相迴，回顧波濤日夜
驅。解六憐渠祇一心，一心何悃〻。歸流到海中，永〻無涘盡。解七我目
送此水，直到天盡頭。我心隨此水，併入大海流。解八傾耳如有聞，洶
湧來驚濤。心知寶非是，風撼群松梢。解九

即目

曉敞軒櫺意快哉，山中清氣逼人來。蒼松隔霧龍鱗浸，翠篠迎風

學林

東坡但覺衾裯如潑水，不知庭院已堆鹽，似猶不及此生動蔥蒨可

淒絕

完語忠厚

一氣轉[illegible]

鳳尾開雀〻下〻虛檐鶯又起蠭收落蕊鬧仍迴亦知[分明]只是年時景病久重看百感催〻

題雪梅

壽陽妝鏡敢偷窺冷豔唯開帶雪枝自是東風來較晚卻教桃李佔芳時

喜雨

潤物無聲力更殊終朝飄灑入泥塗但看蘺畔[蘚]陰〻長已覺田苗益〻蘇乞米暫休臨古帖提壺相喚脫新穠生此何與蒼生事憂喜翻然到病夫

失題

傾筐柔緣已無枝臥箔僵蠶自裹絲門外軒車空屢過袖中書札不識疑絕交恩廣朱公叔思舊難為向子期風義平生有人在不須惆悵著門時

病中苦氣候不時適得鄉書感作

畏日真同夏涼雲忽變秋四時常錯迕獨客此淹留鋒鏑無完土

四

刀圭散近憂故鄉春可復終砍老還衰

夢得首四句時方初夏而反霜晨予少時自署夢秋豈其讖歟因足為短章以資諷詠

生事類桔槔俛仰常隨人亦有獨立意每向霜中晨蕭然攜短策對菊傾一樽既醉追此語涼氣正盈巾蟲聲入我幃彼自鳴其辰形神各異適何以為秋春

○骨狀已平醫仍戒靜臥口占遣悶

山中朝夕變鳴禽樵隱何妨共一林處世自知無媚骨閉關仍許養禪心澗泉韻遠中琴瑟簷蔔香清過麝沈更喜新晴明日穩卷簾天際散輕陰

南昌謁翁擕山挽詩

識面終無分途遙況亂離氣含家國憤身作里閭師謀許逃禪畫寧慚有道碑知翁可瞑目繼志得佳兒

簡尹默醫院

雨餘譫日映疏襟各自閒眠一室中老悟形骸元贅物病嫌鍼石

精到語

是粗工心情未許遠人覺節序還悲異國同叉製蒲觴無恙在遲君歸對石榴紅

雨二首

急雨飛簷亂瀑流晚風搖樹碧煙浮儘教日馭侵陵夏已向天公探借秋

為霖旋旋滿平川鍊石茫茫（忙）補漏天自笑新來無遠計一涼便覺了當前

此二語雖小可以喻大果世間無事則可不求之日哉

越燕示尹默

松壑能專詠蘭亭故擅書非君有同契歲晚孰華予越燕無消息巴矮伺起居昨來新雨足擬共翦園蔬

五月

風雨連宵過江城五月寒數峯雲澹澹一碧路漫漫久病縈魂寂無家望眼穿（酸）豈唯愁去住生死兩艱難

悲憤之極不堪言盡也

雜感五首借簡齋韻

英雄杯酒間但數劉與曹當時兩人耳天下皆驛騷孰知今日事

五

四海縫征袍，我實慟蒸黎。髮短不可搔，
周公亟吐哺，仲尼憤忘食。古來賢聖人，猶自盡其力。如何當路子，
讙浪送朝日。簡書積如山，坐嘯萬事畢。汲汲餘願影，他人將入室。
遥瞻陸墓山，欝欝松柏長。登歲失怙恃，思之攪我腸。胡騎忽蹴踏，
鼎食仍輝光。小人亦有羹，何以薦蒸嘗。
劇秦本託諷，苦遭俗儒鑴。子雲性佞佞，何至甘貪泉。箸書覆醬瓿，
尚白而守玄。不如輶軒語，猶為今所傳。
短短百年内，輕塵棲弱草。阮公美少年，倏忽嗟醜老。曇華炫一槩，
乃云朱槿好。若欲齊彭殤，未免挂懷抱。

八音詩

金城与湯池，何如以德守。玉卮苟無當，其用慙瓦缶。絲管娱俗耳，（石闕自嵯峨，衛碑惜在口）
亦升清廟中。竹帛自有素，不假丹青功。匏蠡不求食，聖哲之所難。
土風猶可操，焉能龢南冠。革面非革心，子雲晒筆。質木彊真大臣，
漢家思周勃。
余為抱石題畫，尹默書之，猶有餘紙，因再成二絶句

此章亦好，然稍嫌前四章似稍遜。
婉美忽罵以成文章。
粲憤一道。

軒昂俊偉

真寫得出

抱石能爲訪石圖襟懷自与俗人殊寄菴靜石灣頭卧誰肯他年
粉本摹
書法歐虞集衆長縱橫畫筆似清湘旁人莫便夸三絶慚愧詩成
病在牀
淂元龍黔中書却寄
曩昔苦問子書往不得報倉皇徙妻孥鑄錯將誰告我聞欲止之
輜軿远如掃浙東烟塵昏寇来恣攻剽民困憂疆圉亦復厭貪媢
坐令大厦傾不救笙棟橈闌闌萬家邑蕩析無遺竈念子家衢州
何以脱凶暴瞿然得君書果不違所料流離嶺表歸辛若賊中趀
家人斷消息生死難考校廻車走黔中顧影子相弔途窮復念我
語短情益悼嗚呼世道衰臨危無久要願當雪此言遲遲爲君效
執手會有時勖哉子毋躁
熱
赤日午不動入簾風亦暄蟬聲過柳歇雀影共枝翻卷簟思冰卧
傳炊畏火熇涼秋終可待稍欲忍煩寃

六

有人鈔示亞子在桂林詩因題寄

病裏傳君入桂詩丈夫隨處繫安危七星巖畔留題罷正是風狂雨横時

落魄何妨作漫游灕江風物一囊收黄蕉丹荔猶堪擷為弔君家柳柳州

和尹默

松柏遮山竹映渠蕭蕭綠意上階除未嫌僮僕應門嬾自怪烟霞作計疏蘚磴經年荒步屧藜牀五尺喜攤書憑誰寄語當塗客莫為玄經訪草廬

宋貞女詩

蘄春女宋氏未嫁喪其夫名義有繫屬誓不為他圖樓居事孀母冉冉廿載餘報母鞠育恩全我冰雪軀母没聞姑赴大禮焉能渝麻衣趨殯宫淚落如連珠族鄙驚且歎議出衆所孚立嗣繼夫後晏敢辭劳劬聲名化鄉里盗不窺其廬天乎何不淑疾疫与兵俱嗣子忽夭札雖生不如殊從此絶粱飲一瞑無躊躇識面黄泉下

着語極有分寸於斯見通儒之言

序亦簡勁

對法變化

終為夫与姑，古有義烈士，蹈死如歸塗。雖或過中行，長為後世模。書此吉薄俗，感激徒區區。

為童藻蓀題思舊館圖并序

思舊館者，明遺民全太常式公為其友王許事㫖一死清事而題其所居也。址在鄞童谷，今荒矣。藻蓀世為谷中人，与父老謀重修之，未果行而倭難作。先是龍游余紹宋為圖，猶存行篋中，出以示余，并自有記。夫邦國阽危之際，忠義激發，人心所同。乃有盜其名而事異旌者，使太常許事有知，將視為何等也。

厓山痛定復煤山，義士傷心淚不乾。一旅終期興故國，四明長似對南冠。鄰家笛韻動幽思，卷裏松風生峭寒。遼海即今羣盜在，願君投筆事征鞍。

蓀齋來視疾出示新詩即次謝

世亂心如痺，山居地更卑。梅霑衣袖黦，髮映鏡奩衰。遠道頻探疾，何時共展眉。顧隨扉聽將，一為試搴旗。蓀齋本宿將猶有立功意

馮將軍畫騎驢圖非杞乞題

七

以句法論險絶險絶　如此用典乃能生動

少陵

此等方雅妥帖庶幾學人之詩

短策疲驢陌上塵不辭朝叩富兒門灞橋風雪西湖雨回首當年只夢痕

伏中立秋

殘暑尚留連清商忽飄瞥天意如人情能得幾時熱團扇功成忌自衰佳人空惜縷金衣宵來葉葉庭柯動萬里秋從何處歸

中元

稍稍涼風蕩夕暄驚心節物又中元未知此日江南地可有盂蘭舊俗存銀漢瀲波隨月落沙場陰火與星繁山空夜聽鵂鶹語枕上明朝檢淚痕

鷙禽

樵斧響空谷鷙禽一向飛力殫非折恨巢破欲安歸與爾嗟同盡彌天有伏機不如充鼎食身死得民肥

曙青屬題魯君實先所著漢鴻嘉以來氣朔表賦呈八韻

日月有乘除陰陽有消長羲和失其官世亂序先爽紛紛改正朔毋乃滋懵慌託始太初年異論亦多罔算數後轉精紀載迺可黨

諭往復推來歷々如指掌魯書我未見知君異空費錢（大昕）陳鱣

近已遥於焉通肸蠁

爲君剏題風雨一廬圖

平地編茅下溪陂優游鳧鴨六將兒巴山是處多風雨桑戶綢繆

計未遲

石軍喪亂帖真蹟景本

棗木流移苦失真眼明今初見衛夫人不爭野鶩家雞喻筆勢龍鸞

自有神

細雨

枕簟新涼滑似油拋書斜臥懶梳頭朝來（閒中）又見（聽瀟）霏々雨老去偏宜

澹々秋暗樹有情樓倦蝶短牆隨意上牽牛人間歲月何勞問欄

盡樵柯局未休

醇士作江樓憶別圖送曙青歸閩中同用衣字韻

解佩高情古所稀（曙青始見醇士時贈以佩玉）江樓臨別思依々嘉陵兩岸無

多柳不爲征人挂繡衣

肅殺秋風百草腓，故鄉遺老望公歸。憂時更為占兵象，莫惜中宵露溼衣。

次韻有吾

林外秋深已罷蟬，山中春去不聞鵑。破除痃苦魚吞餌，挽斷光陰箭脫弦。習氣三生留綺語，夢魂一夕享釣天。石湖歸隱鷗盟在，更對梅花結淨緣。

柳　改舊作

一樹當窗柳，相看勵可憐。絲々絆遠夕，密々到高天。蒲務寧同質，鶯飛已隔年。如聞玉門戍，猶作繞朝鞭。

寄懷經宇鵷雛

姚生吐句清且妍，盤空瘦硬推錢先。論才豈唯過十子，得士于今并二難。孤竹舍實下飢鳳，老梅著花破冬寒。我欲從之未能步，看雲出岫心閑々。

王玉甫挽詩

君子比玉德，韞匵非深藏。待賈兩不售，玉黯身亦亡。（君藏玉最富）

暮春

此種詩真是妙手偶得自有風味不必辨其為半山為誠齋也

言之者無罪聞之者足戒矣

陡接挺勁

佛國君房工巧處化一典於此便易實父見之亦欽手了

就醫所我入逢君喪（五月二日重入醫院君即于是夕死）悲風送蕭槭落月無光芒
一衰遂出涕非為故誼長同是遠遊人弔影增悽愴我病已骨髓
君病竟膏肓死〻生判殊途靈其止我旁

詠蝨

自從委置比陳人蝨聚繩牀長子孫我已忘身併忘世向陽堅臥
不須捫

寵貓辭

川中鼠害不可窮群醜所至無堅墉登牀緣架肆饕餮儲藏百物
俄成空殘書蕩盡所餘幾忍與蠹之相交攻此邦舊俗推養貓謂
言捕逐家終凶我用我法焉能從貍奴聘得除我害延來鼠輩處
逃匿神武不殺何從容有時雖亦倒瓶盎激瑕殊績難相蒙貫肉
飼汝日一器戔〻勿吝官家供噫嘻手虎頭自是食肉相咨尓之
功無與讓

喜辟畺過訪兼惠印度茶

笠屐飄然至幽憂已暫忘茶香來佛國語妙過君房坐次薰移影

九

言無甚古句用筆亦老

揮灑如意有[illegible]大篇

檐前樹作行恍聽溫舊夢風雨對藍莊

次答經宇兼呈尹默大壯鴻雖諸子

諸公筆老蘇愈妍絕塵超景相後先我慚駑馬疲十駕欲爭驥足終為難天地洶洶覆以翻志士不暇憂飢寒鉛刀振奮思一割才如莫邪安得閒

中秋不見月是日秋分

露華浩已白秋氣恰中分苦雨妨宵讌陰霾似冠氛勿愁金鏡掩唯藉桂鑪熏尊酒明年賞吳山越楚濱

答尹默論詞

邯鄲曲辯天下妍粉黛遂為容質先朱弦疏越世莫好獨張雅奏難乎難樂府不樂賀東山翩翩骨秀神凝寒與子把臂入林去拙者居處宜稱閒

枕上畫桂林山水尹默有詩淺和

丹青以來稱絕妍頃容水墨誰能先昔人卧游今卧畫仰面縣撓誠知難桂林佳處老君嚴風煙百態生畫寒身雖未到意已注山

卅二絕句論古有卓識
刪之集中往往遺之

林靈笑我如雲閒。

呂鳳子畫商山四皓圖

安劉幾足危劉氏輕到長安事有無自是子房多秘計他年人疑
獨何辜
長松倒映古鬚眉自寫胸中一段奇莫謂采芝同采蕨夷清齊隘
不相師

靜看

暗覺炎涼有轉移靜看晷影已差池檐前晚霧連雲白樹杪初陽
到地遲問訊漸稀知病可安心唯校是詩宜故山猨鶴應無恙莫
向秋風怨別離

覥面

鷃鵬傳呼綺筵開手扶花影上階來論心早辦詩千首覥面偏憐
酒一杯琴拊哀弦張女彈賦緣雕枕魏王才春風最有無窮思爲
近含章閣落梅

惜驄馬行

行歲詞中屢述所遇往者余亦有見也與木蘭之從軍登號國之承寵追憶其事而作是篇

我聞龍馬高八尺萬里超騰汗流赤朝飲蓬島暮玉關虜騎千屯皆失色西南唯產果下馬歷塊過都慈一跌眼明忽覩玉花驄兩耳削竹歸生風嘗驪紫燕有殊相此馬筋骨毋乃同主。入。不解控鳴鏑臙脂傅頰桃花紅垂鞭款段踏芳草戰鼓雖急無由。從。已矣哉昭陵玉馬今則空功成猶見圖畫中棗脯肥身無用者不如囷死鹽車下

古艷獨絕

譯徐夫人碧君畫扇詩

白鳩俄翼兮枝已秋葉丹赭兮若為汝愁夏之初至兮猶可髣髴曾不少留兮去奄忽五采繪兮班陸離嗟紈素兮汝當知之共夾滅兮必有日汝所存兮唯象骨

此恐非親讀沈集不知也

書尹默短籬集後

風懷自與阮陶并淡處猶能見性情一綫茶甘回舌本湛然詩味恰同清

重出

韜園九日讌集病不能往分韻得幕字

重九有故常連句風雨恐況茲羸教軀不果登高約萸囊將菊酒
究至安能卻始信塵世間難逢開口噱賞公傲儻心婆風負聆佳時酪
朋簪偶然聚賡詠相間作嘯傲異龍山酣嬉非燕幕中原憂杌湯
尋山限芒屩聊。憑。道險一眺恒與霍雰翳終當掃盤秋下鵰攫
僕病雖未能馳心已寥。廓。

夜中聞士遠兄弟二不寐因占示

鴛湖碧茭園船長需年黃花壓檐新蘇州山塘一帶多賣花人所居昨夜雨聲今
夜月思鄉多少不眠人

書尹默短籬集後

風懷自與阮陶并淡處猶能見性情一琖茶甘回舌本湛然詩味
恰同清

甕安商文立繼室施夫人輓詩并序

夫人吳江名族遠適黔中有賢能之譽壬午秋病傷寒卒年僅
三十七耳

十一

X　X　X

豕擣宜嘉服蛾眉有淑姿送夫萬里遠養子一心危仲景方無用
安仁根莫追江楓正搖落魂氣欲何之

非霜初花喜諸君和章疊至再呈一首
百尺無枝不作妍千里絶足誰敢先善戰攻心服強敵羸豹出手
識我難羣外一夕夫容丹遠憐故國霜氣寒何當持螯酌大斗漁
歌湖泖同鷗閑

元龍近專力后山詩書此代簡
為邦自昔流清譽諫院于今有直聲不道閑門陳正字卻將五字
築堅城

王鳳喈母楚太夫人挽詩並序
太夫人居長沙命鳳喈叔設晨光小學教育貧兒入蜀復捐資
助人立中學地在白鶴林因移寓焉卒年八十一
楚國生蘭蓀遺芳被遠州仁慈恩令德教化式貽謀鸞駕同遐舉
牛眠自故丘淒其送歸旐木落洞庭秋

次韵元龍見訪

切至

索寞秋陰正惱人，停車相訪識交親。桃漂轉惜泥將敗，茶苦誰知蓼亦辛。嶺外妻孥千日遠，篋中雲樹百篇新。麻鞋西走眈微祿也与前賢作後塵

王調甫寄示秋坐詩卻贈

王郎抑塞恨難休，獨倚危闌睇九州。明滅帆檣隨岸遠，縱橫風雨入簾愁。醉鄉以外應無地，詞客從來易感秋。蟹熟橙香歸未得，歸時先典鸘鷞裘（元詩有南湖一水清千頃紫蟹青蓮待作飡之句）

爲張目寒題尹默所書詞卷

珠玉詞成字字新，山河滿目一霑巾。王郎舊日無才思，興到唯堪寫洛神。

愛聽松風自在眠，閒中妙悟欲通玄。工書已掩蘭亭蹟，新唱還憑玉照傳。

戲笑二首

蓬蒿時沒故人車，來即懽然去便疏。我笑嵇康殊未嬾，疑勤猶作絕交書。

十三

幕天席地醉來休死去何勞作豫謀我笑劉伶殊未達隨身一鍤
始能游
遣興五首
今吾遂故吾宵然無復存豈唯形貌改性情如異人高陵變深谷
慷慨多悲辛一身且如此萬事安足論
覓心不可得即是安心竟本不斷思量但除執著性一花開五葉
先識何其聖西來祖師禪於此得宗鏡
蟪蛄亂人耳十里猶聞聲梟禽振夕響松風若餘清何者喧與寂
此事正難明物類有相感好惡居然成
民生芒昧時吞噬屢一隅日日競文化舉世還相屠遂令有心人
欲反太古初古風邈已夐苟安良可圖
遺世倘未能治國我浅衆禮教與刑誅釐然各有用黠者便私利
昧者發群鬨縱火將自焚孰拯斯民痛
履川滄波先後惠佳茶賦謝
肺渴常思飲茶清利養痾不煩煎竹瀝已覺掩松蘿靜愛瓶笙沸

正言以姿友

沈周如玉

X

香宜墨韻和（司馬温公論茶墨二者相反，東坡對云其香與堅則同）梨花澆否本更肯一經
過

有感用鴉雛韻兼示大壯二首

不慧霧雨濕旌旗其奈倉琅燕子飛曲水已闌花似雪沈香猶有
錦成幃風詩鄭衛多哀怨史筆春秋尚隱微孤憤著書年可假說
難吾欲續韓非

徽絃自古賞音希目送歸鴻意並飛達性如聞莊子缶（文壯悼亡）新章
思欲下董生帷波瀾四海漂鰲極星傳三能隱少微曠野即今多
虎兕不知吾道是邪非

聞仲恂病風較可詩以訊之

公視我疾意良厚我欲候公今未能因人寄問得消息風蠱診氣
交相乘舌根漸利藥瞑眩猶恐左倚妨橫肱公詩鑪鑄有奇句如
瀾摩豁山崚嶒神明不損一豪鬚支體雖黜非所懲豹也治裏毅
修褫鎦銖得失如蜚蔕山川佳處發文采壯游歷遡前賢曾舊盟
備許踐樂磧徧身直欲窮嘉陵開春我亦纏步履從公乞取千年

此詩簡勁而層出不窮○○

挺健處以提為接

十三

此四句最好以下皆引申此義而言之意更明晰

X

藤

哀錢仲英

虎口生還竟廢居有才不隱漫何如憑棺祇益焚芝慟投筆空慙薦鶚書

冬夜聽蕉雨

鐙燼闇無聊衾寒酒力消破空來獨鼓清響壓松寮景不隨時異情應逐路遙鄉闈來聽得涑雨灑巴蕉

對瓶菊作

南方氣候晚黃華冬可擷挹彼溝中餘養此霜下傑得地固云茂蘚根豈終茶顏色自數愉諒不為容悅丈夫道不申退就斯養列未知貴与賤聊漫修我拙闇〻柳下和穆〻淵明節立身有通介永歌非激烈

大壯有哭子詩依韻奉慰

安仁愁鬢點新霜更遣天殘琢玉郎冠服未加遲士禮（時方議漫冠禮）于戈能執異童殤欲齊修短誠危論所願須臾付病忘了得浮生真

難韻新

真字乃出

實義試從盲鼓趁村場

答伯鷹見懷

文如選卒精且妍，動墨橫錦君所先。我生正坐俗儒藪，穿穴故訓因逃難。塵中簿領堆如山，猶能著句哂郊寒。坡仙語我病不惡，一病始得浮生閒。

三至醫院受愛克司光檢視臨去有作

機聲鐙影揺迷離，信有神方飲上池。找(洗)髓可能容換(輕)刼，折肱應訓略知醫。餘芳掃地悲殘菊，老樹當簷認故枝。等是空桑三宿感，重來無意去偏遲。

元龍來山中宿同和尹默聞犪詩韻

擊犪誰家子，寒(穿)林月作燈。勞渠竟夜伴，與客戒晨興。對(叱)猧(角)威(喧)新(後)感(不)連牀快未能(曾)。深思牧之語，有味是無能。

答尹默

塵清心似鑑，共對一龕燈。老病唯幽寂，靈區自廣興。探梅今日又

詠雪去年曾。酒禁閒新解，持杯我太(南)能。

十四

題寄萍女士山水

江花江樹久凋𦼮，夢繞雲山識故青。落筆已看參造化，寄身何礙似浮萍。

次韻尹默登樓見梅花

遠處疎梅見，思心入杳冥。一枝。初破萼，兩地各聞馨。根結江淹賦，招疑李氏。靈。登樓。吾倦矣，聊欲契壇。經。（尹默讀壇經甚審，并手書數通）

中四句皆由思心句來，纏索極細以眉睫宕乎味

尹默入城有久居意戲贈

十萬森寰客，飄然興有餘。一同黃鶴擣，遂与白雲疏。梅福元居市，陶潛肯結廬。明慈吟詠地，松壑近来虚。

叢与孤桐履川競為奇字韵詩，謂之詩戰。頃偶倡閧韵，和者浸衆，有。渡戰之象，作此自訟，兼呈伯鷹、尹默及同作諸君子

西子嫫母無醜妍，跛鼈或為騏驥先。詩戰紛紛責我首，猶兵世界同此難。歲云暮矣風倒山，何不縮手謀消寒。試。傾。潘子錯著水，更覺趙家方是。閑。（宋趙晋臣有真得歸、方是閑二堂，辛稼軒題詞）

使子妙絕齊壯谷格，賞之

除夕不寐（舊歷十一月廿四日）

羸中得藥未全和薄絮禁寒手自搓颭颭風枝驚宿鳥鼕鼕山閣報鳴鼉孤鐙闇逐殘年盡積雪長貍戰骨多惆悵明朝有封事心丹無素鬢先皤

辟畺有詩見訊次韵報之

瘦骨能禁鐵作衣垂腰何用萬釘圍平生志業餘文字隨分功名遠謗譏佳釀會須求白墮要言端賴啓玄微從今不負春消息野草閒花取次暉

附元作

訊旭初

旭初卧病歌樂山其舍人問疾詩有擐甲沙場君莫羨老夫親試石膏衣之句于騂許為名隽余亦奇賞之以為前人所未道也近聞醫生易以鋼馬甲疾其少已乎詩以訊之

聞君已卸石膏衣又著鋼襦雪打圍殺賊本來鞍馬事草玄何用貌容譏稍安丹地開黃卷侍倚紅妝看翠微一語慰君還自慰預知前路有光暉

十五

辟疊道偶生有秦中雜詩未見也輒感懷舊遊悲憤塡咽用（因）書長句寄二君

華清烟樹鎖斜暉舞破中原是羽衣漫道荒亡因一女誰從知治亂有先幾秦吟悅接韋端已吳記難尋陸廣微萬感縱橫寄何處江流爲繞故城殘

美人四景

獨立井梧秋思深易變讐如何千萬語不博一回頭 背面

柔櫓知人語澂波鑒妾心願隨黃帽客休作白頭吟 搖櫓

朱闌圍碧沼中有雙頭蓮涼飈一夜至与儂同棄捐 看荷

無窮家國恨欲彈聲已咽纖指理鵾弦不用龍香撥 琵琶

哀貍奴 有序

鑑齋多鼠患夏秋間主人買一稚貓毛色文章与虎無異既漸馴服常伏處余室中不甚往他處然搏擊之功內外清肅形益壯碩且將產子矣三十二年元日忽病不三日而斃余聞蜀中風土貓不易畜故鼠類猖獗如此其信手前既有寵貓詞於其

瘞也復作詩哀之以紀終始

虎文豹質氣騰驤碧眼生棱夜有光賴尔殘書勤守護不教鼠跳落塵牀

時時分賦到盤蔬繞榻聲馴若媚予莫恨勞多酬太薄官貧我亦食無魚

垂頭傍火體拳跼三日倉皇竟告徂比似功成身便退素飡深媿米如珠

一鋤淺劚傍疏籬裹葬曾非吝敝帷人命于今輕蟻蝨汝身猶免餵鳶鴟

和辟畺瓶梅

群花媚春日紅紫紛撲簌不如幽澗梅分香到茅屋憶昔鄧尉游英詞粲珠玉何當憑驛使更邀山中宿

久不得植之消息，和杜詩寄問

直廬休沐晚歸無天祿還聞校秘書江上草堂人獨在可緣多病也成疏

次韵酬證如

交到心知跡可忘紛紛餘事總難量低枝掃徑深埋轍來竹編籬
短牆護境攝華藏歸靜定易占肥遯了行藏賸看秀句囊銀鈎寫遍滿檣
共蛟螭鬥夜光

壽士遠十六韵

二沈昆弟交淂之在晚歲伯也有古腸照人實溫粹兼師儒與墨
所懷天下利有兒酷肖翁夙夜秉翁志携婦共登堂珠玉相輝媚
爲女并次男随母東海濵近聞淂家書亦欲聞闗至維善積餘慶
此福天所賜靈椿紀翁年六十才過二嘉平月初八田功已畢致
采蔬持作糜八珎同一味是日翁降辰充閭見佳氣艱難百戰餘
翁心省煩費稍稍羅杯盤怡怡列行次甘旨兒所奉羹湯婦所製
願翁醻一觴我歌方未艾

辟疊疊前韵見調因再和

結習能空不染衣任教天女散花圍馬卿奏賦仍終雅陶令閑情
或被譏有口莫談當世事非君孰悟此中微他生待訪三生石短

如聞天籟

萬飄揚送落暉

客談八首

晏子敝狐裘，公孫飯脫粟。儉雖不中禮，可以繕邦國。仕官而商賈，縣侈耐貪饕。雖金買坐身，孰效梁毗哭。

用之銘鼎鐘，舍卽藏深阻。愈壬不得志，肆毒乃忘祖。匈奴收衛律，頗爲漢室苦。我亦佗際人，安能事胡虜。

以力服人心，如南轅北轍。堅甲與利兵，還爲他人奪。西日沒虞淵，廣漠多冰雪。老氏柔至言，剛者必先折。

耶墨稱博愛，孔道豈不然。苟非制彊暴，何以矜顛連。割肉飼猛虎，佛固無親寃。修羅性好鬥，亦貴光明拳。

南山捕一貍，北山射一兔。狩獵非不勤，荆榛塞阡路。借問何由然，居人淚如雨。狐貍安足云，豺狼橫如故。

機械日以巧，變化窮神奇。倫理日凋喪，治術嗜無知。譬彼造物手，而運童蒙思。前路浩茫茫，險甚弄頭燃。

強者驕所能，弱者昧所守。事事效他人，違復論好醜。人方病躃鑑

十七

引繩亟自枉人將浣腸胃操刀還自剖
萬物更相代有終必有始勿憂歲月除春計方自此竹影入疏簾
梅花供棐几無酒但飲茶清談亦可喜

雪意

風緊雲繁曙色遲疎疎寒霰已侵帷待看六出飛花後預想三軍
挾纊時黃竹有歌悲遠役幽蘭無曲儷新詞梁園高會誰能繼獨
望西山涕淚垂

雪不成

天憐轉粟萬家空特詔玄冥課歲功蚤起同雲暮吹散不應唯任
注來風

呂劒秋新任立法委員自言与余初見在東京民報社忽忽近四
十年矣感贈

論交隔世恍然驚風采依稀見老成卅六年前民報社二千里外
楚江城斧斤不為甘蕉毀繩墨先令曲木正白首相逢更相勖初
衷無改昔時盟

堅卓勃烈

陸烈士歌 并序

烈士字玄南，江寧人，隸國民黨。二十八年受命返南京任市黨部執行委員，藉以偵敵。烈士因謀狙擊元憝，事洩被執，不屈死，時二十九年十一月十九日，年三十二。

此亦用筆極曲而達

頓束有力

陸生英偉無匹儔，誓將雪恥請仇讐。丈夫焉能計成敗，請入虎穴料虎頭。
銖陵形勝壯天下，幾代興王幾人霸。一朝蹤迹徧中原，冠帶公然沐猴借。
古來用兵貴用間，受命馳驅及鄉縣。陰求死士結荊軻，不惜生降作句踐。
卑辭禮寇寇不疑，情偽瞬息皆知之。短波傳電捷于響，蠟丸間道空亦為。
竹素論功、第一得，當猶思報家國。漢賊未誅謀竟洩，嗚呼天意非人力。
傳家忠孝敢辱身，嚼齒罵賊聲愈嗔。尸居餘氣亦何等，不知世有嚴將軍。
血濺飛霜染秋草，雨花臺畔山色好。此蓄（臺）便作柴市看，鶴唳華亭何足道。

試坐

受服慚非分，書生鐵裲襠（軍政部次長錢慕尹所製贈）。未堪試芒屨，聊復倚胡床。
床歲序崢嶸逼，風雲慘憺忙。夢回十一瞬，那得熟黃粱。

六

深厚悱惻，情文相生，足壓秋沈二子矣

畫蘭竹菊梅各系絕句

畫舫秦淮讌半酣，卷中花葉許誰頻探。著根猶有西州土，莫道傷心鄭所南。湖帆藏馬湘蘭畫蘭卷，余舊有題

含風篩月晚涼時，嫋嫋（稍垂）象柳枝。自是孤生防易折，檀欒相抱卻稱慈。巴蜀多慈竹，以其生必附根，故名。稍末下垂，又名釣絲竹

無心老圃眩秋光，青女偏宜淡薄妝。若使頹齡真駐得，移家終住酈泉旁。

不羨孤山鶴影飛，也無一舸小紅歸。此身合作花光老，萬樹香中壞衲衣。

尹默夜歸，墮田中，值余二挫，足有詩戲簡，因次答

拼花絮絮鐙解凍，忽發狂言自驚眾。坐間舊起腳蹈空，不識身有萬鈞重。此時夜行方有人，造物無心作搏弄。泥塗一蹶竟同嗟，捧腹歸來互嘲闒。我與子乃朦朧如一駿，牽連身心動。天降大任或見微，未要旁人憂折棟。

見大壯尹默疊和詩念遠思歸，各懷悽惻，次韻解之

轉頭萬事似風花，短燭淒涼映歲華。已悟無生翻感逝，但今有土
即為家。黃雞丑夜鳴相送，鐵馬虛檐凍不譁。念遠懷歸底須急，異
時應為此時嗟。

附元作

壬午歲不盡三日作　喬曾劬

燒殘官燭對唐花，分付深杯兩鬢華。去日迴風悲不已，新來司
命醉無家。傳吏文及薩雞唱，掩卷時逢櫪馬譁。待返初衣歸措
墓，成都千里一長嗟。

尹默和作

去歲蕉林散雪花，故燒絳蠟送年華。香醪泛泛春風殘，鏃孽乘
乘霧土家。腸轉九迴猶有憶，笛終三弄更無譁。把君詩句沈吟
久，緩是平時也怨嗟。

旭翁詩風爲斯世綿蒼秀壽之宗丈室年餘罕是功德乃益蒼
渾頓挫乎古雅立國教世多見道之言尤使人百誦不厭也復
得沈吳興小楷精書真似日天祿石渠之祕寶重違
嘉命妄參詩禪一落言詮知無悟處罪過過　癸未雨水伯鷹重
慶美豐樓居家記

寄庵先生詩深婉渾融近人有歎壽歷落之致而其世之音取
於言外尤得風人之旨是公所作皆絕精構宜安加未入集
下向之意　癸未三月克耑記於櫻寧廬

此卷蒼秀栗密古體尤佳所謂載蜀山蜀水清碧而出者
也予刪者少因寫福十且以備它日吾友匯行之儲當予意也
冠首矣乙酉冬月方湖辟疆題記

寄菴詩

起結淵淵允稱周遍
體實同杜韓

此種詩皆宜古宜今
最見清納處

寄菴詩（起癸未正月）　汪東

立春夜雪越日益轉甚

翻恨春來早，非關雪落遲。休徵疑更卜（俗以歲朝春為豐年，又謂立春後雪為歉象），暖地見因奇。絮冒重屋樹，氷生曲岸池。老夫扶杖看，病較去年時。

程頌雲寄示養復園詩數賦呈二首

毓毓劉越石，體兼文武資。遺風曠千載，不謂今見之。夙聞王興鄧，張楚起前袁。醴陵寔比蹤，溫潤含傀奇。譬彼蘭茝性，託根湘江湄。江波豈終極，流蔡被無涯。

區宇肇光聖，式遏資元戎。龍戰三十載，有役靡弗從。嶺海表決策，帷幄中豈知。騁文囿，摧陷還相同。鯀生信芒昧，閉戶箋魚蟲。敵以徑寸莛，而效千鈞功。維聲有雅鄭，興治為窊隆。輶軒嘅失職，此意何繇通。

櫛髮詠故梳

膏澤色已枯，棄置寧不久。塵几暫來凭，殷勤復入手。心堅不受蠹，齒密仍去垢。用舍兩俱賢，可以觀所守。

可謂循循然善誘人矣蓋二三之所宜莫有力正在於此

二適云隔歲有詩寄懷僕未見也長句卻贈

高生詩癖衆所知低頭吟諷仰則思才高何傷官職卑吐句如珠堪樂飢興。物。無迕非詭隨亦非怨憤同吾輩其性自適和天倪綴之響之紛爾。為。達人名德多友師窮如予者乃不遺惠然投贈瓊瑤辭雖不獲見心儀之春氣已動山上枝行看花發鳴黃鸝新篇爛縵有如此急足更遞郵筒詩

寄平少黃貴陽

小樓才一角能貯古今愁漢學遺文在黔靈曉望收深心唯好靜勁氣欲無儔最憶聞雷際談諧卒未休余使黔時訪君小樓中君終日所起居也值寇機盤旋先生不下

不死

忽遷延于茲載託不死而為牀襆屐幸非決別藜杖復得相將縧繞山青如故敧斜樹植成行不恨身占小極斷願民謌太康

楊朱

利。己。偏思濟衆生持矛攻盾意難明枉知堯桀同枯骨終與丘軻

前四句極精鍊後半似稍平衍

皆然而起千鈞之勢美筆不可及

承字差

跌蕩聲滿天地

古人云歡娛之言難工此詩寫病起之喜心可謂妙絕

不益名爭地厭餐原野肉徵題陰構腹心兵一言流毒窮天演更倩楊朱作定評

畫山水作歌

十日畫山五日水箴事精能古莫比顧我於此謝不能聊寫胸中所寄耳少時京口曾借居江頭日日看打魚多景憑闌快咫尺金焦對峙浮方壺晚年行役西南隅烏江夕照明春蕪中流回首一忼慨萬山鬱律皆東趨江山勢同復相異過眼烟雲難盡記忽然有意無意間謗向豪端看髣髴嗚呼如今老病不得爲遠游唯有家國之念與水長共流安得再逢王宰契丹筆振衣躡屩直上北固之飛樓酒酣擲筆一長嘯漁歌四答江天秋

再題絕句

孤帆渺渺落烟汀天際螺峰媚晚青忽憶南徐風景好斷無人上吸江亭

生意

微微日影茅簷下澹澹花光竹柵間生意閑庭遠如許恰扶藜杖

二

高格古調

使相闗

做四聲詩四首

嚴霜收寒威陽和斂條風如何沉憂潛而忘熙春功迎瞻山委蛇
迴攀花蒙草歌吟聲求諧聊希前賢蹤
廣園少五畝所止倚塏（爽）荏苒柳可把綺靡草已工遠嶺每（偶）詞戶好
爲（偶每）嘖響有酒滿（旨）且旨（滿）舉以俟我黨
障藪地勢峻運钁種藝貴既富又甚庶利建大將秭奮怒禁寇虣
信誓重礪帶願語在位衆故未用怨艾
戮力遏敵迹入蜀略延訖岸嶨積鐵壁絡繹列石郭七族賨槃楬
百物益煜鑠各勵勿失職夕惕必恪若

植樹歌李寅恭使余作之

或旱而暘或霪霽而雨何以節之維茲嘉樹解一千里競軌百城築屋何以給之維茲嘉木解二其功甚溥蓋指不勝僂瘏口嘵音歌以誶汝解三繄其陰矣薈爲林矣豈伊利場圃維國之敎解四偕彼農夫荷鍤與鉏藝蟲其蘇毋後時而趨解五

支字誠好不但行文多一轉折亦見陳公愛友也

改病骨支何如

林公鐸將葬挽之以詩

贈君昔借涪翁句今日重吟作挽辭文學縱橫乃如此醉鄉安穩更何之（曩在南京君索篆書楹帖為集山谷句君喜甚）交。游共數晨星没光景難留病骨如地下烽烟應不到欲羞蘭籍悵無。期。

應蓀齋之約赴黑石沖小住

卅里輕輿不當游曉風吹面冷於秋重〻嵐霧如披障步〻梯田欲化樓書札頻懷招隱士歌吟聊擬畔牢愁興君别有安心法二滿三平過即休（時蓀齋方以憂憤辭官）

次韵荅纕蘅問疾

人。生。老死不可逋。墮地已定如爰。書。神方可乞病可除斯言乃等詅癡符曹侯胸中有智珠彩耕不羨南陽廬家居自足心泊如江上手種千頭奴出能匡國為名儒使安耕稼毋相屠瘡痍既復病則蘇民受其貺非一夫

纕蘅有詩倒疊前韵復和之

雲中結宅多仙夫下觀人世同積蘇不然招邀釣與屠猶勝蠡鼅

三

此篇三疊而益技
香爐句大開拓江左
句動搖直是語寫
絕技非東坡所易幾
美所惜後四句韵勢
稍弛而其子批友係
之妙遂覺差遜

稱經儒愛才況有蕭家奴玉川長鬚應不如來詩云過門往往離狗屠奚能識英皆鴻儒又云君來鷲倒長奴謂君風貌猶昔如
鬚步蹇未造先生廬陋枉好語如連珠春風
市地吹桃符山川汙濁皆掃除功成擬續封禪書不須高蹈追林
逋

疊韵再答纕蘅

曹侯晉詩如晉逋又如插羽飛軍書我有疆場未辟除但當還子
銅虎符念子光耀照乘珠一麾偶厭承明廬巢經矜式鄭鄉如君一治歎時飭修鄭子直尹墓歲時致祭欲
以騷雅命僕奴循吏縣來多真儒胡為發憤思
狗屠來詩有不如歸涵市井屠之句願從一舸游姑蘇相携者誰范大夫

纕蘅又報以二詩三疊韵和

篇章之外無宿逋經史之外無雜書有花繞屋竹蔭除此樂奚啻
分邦符香鑪飛瀑散迸珠知君欲往棲匡廬君光有詩云結隣預與匡君約已辨東歸
下峽船江左雖勝未必如吾言有本非主奴昔餘杭章君謂蜀中隨處勝而不名他處則名
而不勝蜀才閒出皆儁儒其言往往薰浮屠如君合纖大小蘇閒風
儻足興頑夫

此首如穿九曲珠難處處似曲甚高優爲而無一筆自如亦不易易

刪

聽吟秋月琴彈月落烏啼曲

偶借心聲訴客蹤四弦將住忽琤瑽吴江楓火明漁火無復寒山夜半鐘

次韵答馮秘書紹棠二首

嗒然隱机神欲逋打門驚聞傳素書得詩猶勝得美除安用綦階陳六符竹林蕭蕭雨鳴珠知君夜讀開精廬機杼在手錦織如箋字法帖窺官奴無端見譽爲文儒乃言得之曹與屠（来札云於曹屠君布良處）見贈答興詩纕蘅春風中人心魄蘇願歌擊壤賡田夫

雕蟲小技非壯夫不如鋌後隨樵蘇否亦歸隱燕市屠犍詳自昔重兩儒鄭尹王陽明教化漸傭奴中原文獻嗟焚如何處更覓楊子廬君今投我彈鵲珠我欲報之縛虎符摳衣備許升階除杭中請業淮南書千金一諾焉能逋

即事得句呈朱葆齋

嘉蔬被長阪密竹涵清陰晨興阻游眺聊此開塵襟嚮曝屢移坐避風還擇林息戲押澂潭鳥鳴度遠岑伊予久離逷感物懷歸心

四

山波騰四海丘陵或淵沈喬木蔭故家斧斤倘見尋養痾暫得地
良朋共柚簪憂來如可瀉何必廢登臨
醇士畫山林華屋纕衡乞題
夢中金粉數南州天遣才人作遠游自是春深無定在依然花發
近高樓辛勤主客尊前話浩蕩烟雲筆底收料得陳思多感激已
將華屋等山丘
附醇士題
華屋高貲意已非山林廊廟兩相違閒時愛誦都官句白石
清泉自憶歸
觀吟秋舞劍
絶藝承千載瀏灕體勢工迴身飛紫電蹴步屈青虹毛血紛如雨
旌旗盡偃風報讐輕一擊猶欲事猿公
鷄雛寄示和大壯歸櫂詩因同作
山霧冥冥江霧濃孤舟將發繫情悰歸田自慕張平子濤宦終憐
邴曼容柳眼迴青偏惜別蘋花欲采更何從時清會有相逢處烟

此詩極美而指責亦回護得妙立意詼詭使人忍俊不禁

鎖南屏一杵鐘
為蒓漚題醇士畫
吏隱能兼樂事深一丘一壑豈知心朝來拄笏西窗坐天際山抽
碧玉簪
酬紹棠
喜遘陽春客能寬遲暮情工詩仍敏捷勵辨愈縱橫芟竹開新戶
林蘭續短檠西南壇坫在鄭莫有先聲
春感
雙鬢輸將柳色青春深倍感客飄零楊花豈是無情思可奈東風
攬作萍
吳閒先自金陵脫歸滄波有詩贈之次韵同作
天地綱維絕於中見性真傳聞異生死把袂各酸辛稅駕仍思楚
高文有過秦故知霜雪際松柏自能春
題姚味辛哭弟詩後
五 乍覩凄涼句緣知骨肉恩江烽摧序雁巴峽賸號猿哉亦懷兄弟

誰能問九原涼颸虛館夕拊枕更無言

邵夫人學文譯述蘇聯奇女子丹孃殉國事蹟并歌為題二首

狡寇乘邊勢莫當蛾眉崛起衛疆場悲笳一奏丹孃曲百萬雄師盡慨慷

璇閨不寫斷腸詞卻譜丹孃殺賊詩從此流傳中土遍木蘭秦女兩無奇

情深語淺一字千金

題呂鳳子柳陰獨立仕女

欲折芳條寄所思臺城柳老已空枝不如笛裏關山曲猶許春風管別離

友人訊鄉居景況口占答之

暫得安居便當歸斬新竹木已成園山看缺處雲爭補雨欲來時鳥亂飛病起益知秋意爽家空猶喜稻苗肥捷書近報天驕絕早晚相從挂薜衣

山於缺處何如

劍南

許女行同植之作

世皆笑曲突菑至空噬臍不有仁智女舉家無孑遺闔〻國府路

林森

星火成巨灾水遠難猝致烈風揚其威高樓棟先折欲下無層梯女身不惜死母老當扶攜中襌裂作繩縋母如縋兒反身救弱稚火及同灰糜翁雖跳身出焦爛不可治哀哉母獨存號泣收羣尸斯事一何酷斯女一何奇義烈播遐邇歌罷重傷咨借問女何誰許氏年未笄

仿鳳子畫一幀有里女效顰之誚因系絶句

西子生成絶代姿問君何事亦顰眉東風楊柳千條綠各向天涯繫遠思

訪辟疆覃家灣書贈

曾識幽棲地重來未改塗當門松偃蹇繞屋稻紛鋪宿釀杯同盡新詩句可模他年志流寓第一是方湖

題漢墓富貴塼拓本

拾得殘塼認漢封土花蝕盡字沈雄人閒富貴知何物一例荒墳斷碣中

借宿風雨一廬忽忽兩月醉中得句

六

此二句詼詭之極

秋深未覺袂衣涼日飲亡何老此鄉風雨廬中風雨夕忽驚明日是重陽

雨中偕元龍赴楊園主人之約

一洗塵襟豁遠眸楊家園子最清幽頻年總負看花約此日聊同載酒游細雨籠山遥染墨疏林映沼碧成油求田問舍真佳事安用生兒似仲謀

爲味辛作畫并題

萬里鄉心一夢歸秋風爲埽釣魚磯江干行盡無人識唯有寒鴉接翼飛

制作

縉雲山勢鬱岧嶤冠蓋聯翩集遠郊夾道松杉如列衛沿莊薇蕨亦充庖經傳戴記尊師說樂采夷歌勝鄭咬制作終歸賢聖事叔孫俚鄙漫相嘲

病虎北碚公園所見

尒病豈經久雄姿不復論霜寒亂毛澤地偪卧牆根澗壑心長往

樊籠氣已。吞。途窮同一慨狐兔满中原

北泉紀事詩十首

黛色參天隱小樓安車相迓足句留佳名自與臺官稱汗漫翻疑海外游陳部長立夫以車來迓同至北泉預禮制討論會事館處名柏林

莫詡農莊得地偏一時制作聚羣賢要知治定功成日解綬歸耕不偶然考試院長及內政教育銓敘三部長均宿農莊會所亦在此與會者凡二十餘人

節記鏗鏘已足詩休嫌雅正雜淫哇曲終不得周郎顧樵徑荒涼但落花開會翌日禮樂館假國立音樂學院試奏諸典禮樂章繼以西樂及南北曲歌終之以舞蹈有花之舞樵童舞夢舞三種時內政部長周申甫未至周駿顧氏嘗刻印曰周郎顧云

非孝公妻異論稠禮家於此費綢繆緣情更制三年服猶權婚姻若綴旒議禮至喪服紛如聚訟主男女平等者欲使妻為夫服期余力言舊制不可妄更必不獲已寧使夫為妻三年卒從此議定草

緇衣不見見青衿萬瓦鱗鱗杖鑄金妙相莊嚴終不壞欲尋霸業已銷沉北泉寺廢為小學其後殿則公園圖書館在焉殿內皆鐵鑄清時僧所募建百年乃成中塑大士像仿吳道子筆猶完好中殿則元憲宗南征殂落于此

七

集

銅洗摩挲兩耳空，波濤歘起水晶宮。漢家不少張平子，巧思能侔
造化功。圖書館藏銅洗，云漢時物，竟體皆斲，唯兩耳作金色。洗中鏤魚形四，鱗鬣畢見。注水滿中，濡手摩其耳噴之，則紋起
劇劇若出魚口，劇至跳珠歘沫，波濤湧沸，亦奇觀也。
詩人腰腳信踈頑，賓介扶攜屐蘚斑。最有漁洋風格在，按將圖志
寫靈山。靳仲雲以外交部參事來述賓禮，假日游縉雲山，歸買山志一，盡以其掌故入詩。余謂此阮亭法也。
已駭樊張萬首詩，看君下筆與風馳。劍南若使生今日，頫首摩公
更不疑。仲雲日必有詩，編當在五十卷以上。樊謂樊山近時張堅某樊年未四十，自言得詩數千首矣。
劬堂老節堅不磨，顛沛萬里行且哦。龍蟠舊事那堪說，執手滿淚
同滂沱。柳翼謀長龍蟠里圖書館最久，軍興以來，一燹於兵，再劫於寇，所藏善本盡兵，彼方屢欲致君，君堅拒之。前年述職
西來，備歷艱苦。頃同以議禮相見，北泉君詳述道途兵氿且魃，余病起，曰：吾兩人皆幸生耳。
古人往矣今莫追，古人所見今見之。十日山中晴復雨，烟雲百態
總吾師。與聞劉天論畫

題萊盦圖　有序

徐景薇娶常熟龐氏，字萊箴，燕婉相得。既歿而思之不置，築室
奉遺像，題曰萊盦，使善畫者為之圖，徵詩及余。余先室費於萊

箴之母則姊妹也皆早世觸緒興哀不能無述

文鴛不並棲比目中分途此恨亘天地與子同嗟吁予昔得賢婦其母為我姨姆教之所自我婦同一儀我自喪我婦浮游寄南北羨子有萊盦精靈儻來格盦成不可居圖成不忍模卷圖以還子因語系下妹人生無百年相見寧復遠我髮已如霜子心終不轉

行嚴[redacted]過風雨一廬別後寄詩因次韵奉答

竹梢卧檻尚搖風月影當窗不滿弓夜靜自疑僧入定書來猶喜雁橫空故人每惜經年別好句唯應四壁籠多謝高軼能見過不教（庭）經（外）沒（長）蒿蓬

題風雨一廬寄旭初　章士釗

秋深同沐敗垣風竹擾離離地數弓久闊卻驚言語少重來如蹈室廬空（此地未炸時吾所習至）扶牆詩畫勝金屋潤腹英華抵藥籠兩載一逢看又別本來身事逐飄蓬

尹默將往成都有詩用相如文君事感和其意

放誕偏教禮法禁無端幽憤託微吟雲山對面成遐阻海水量情

八

就淺深歸日不妨徒立壁酒闌終羨得知音成都此去休題柱為
訪當鑪共素心

將往成都行嚴有詩來感答一首　沈尹默

意氣錢刀感不禁文君珍重白頭吟高臺已送鳳皇去快戕
總輸江水深物態百端勞置念人情一往為知音成都未到
先惆悵難遣橋邊萬里心

此詩寫盡張君一生之事而不拘于迹但在虛中不復沾潤處是名作也

擬刪

張仲仁丈挽詩二首

幕府長為客羣倫久共推本初非霸主子布寔英才遂賦歸田志
重逢去國哀渡河呼殺賊於此見風裁
直欲吞狂虜何妨作老兵鳴珂殘故巷投筆事長征論定非今日
交親忝後生秋風歸旐遠嗚咽薦蓴羹

X

無錫顧康伯先生壽詩　并序

吳相國顧雍後善治生產有別業曰辟疆園水木亭榭擅邑中
之勝

光煒南極映吳天百代風流相業傳有子總堪醫國手頤情但玩

真玉虔佳製也

方雅沈摯漢人之詩也

養生篇乾坤和氣銷鋒鏑泉石清音勝管絃準擬園花春爛漫一瓢来乞惠山泉

錄夢中題屏作不改一字

羅稀斟月破扇薄迓風迴何不勞纖手移君倚玉臺

近講學復旦仍有封事自贈

下坝於今有夏聲下坝為復旦大學所在地改名夏坝按廣韻蜀人謂平川為坝時親弦誦不知兵尚餘一念憂家國敢望犀公記姓名引劍高歌揗白髮含毫冥契入青槩陳書無益封還止檻外寒江可濯纓

諸生有請即席為韵語者走筆示之

少年跳盪塡莫笑老人耶不經年少年少亦莫輕老人幾人未老薶荒榛人生壽夭匪在身文章事業踰等倫藻身以文不如德其次猶當培學植君不見道旁翁行年八十號窮冬又不聞回也賢樂簞食明易者誰王輔嗣

冬至夜獨坐

節迺窮陰又此時心縣孤月照江湄寒飈落木山如洗夜氣吹鐙

九

客自知往事細添衣上淚迴文勞織錦中詩芳蘭舊燕同銷歇欲
挽韶華付與誰

伍蠡甫畫山水令余作歌

老樹盤攫枝撐空森森密葉含清風茲山之高不知幾千仞片石
乃可齊華嵩下有洞壑深玲瓏其間疑與桃源通不然扁舟何以
泊洞口惜哉漁人一去難追蹤仰覘山脊得平地平地遥遥在天
際幽人箕踞坐相對毋乃松喬偓佺之倫共游戲其餘一人倚樹
看欲招白鶴騰青鸞伍君伍君尔從何處得此妙驅役神鬼来豪
端我聞蜀境多靈山僊人或在雪嶺之次青城顛拂衣電疎入雲
去警（顛）將與子煮石餐還丹

除夕觀場舊厤十二月初五日

惆悵何所適廣場西復西寒枝驚雀動新月逐人低江上仍絃管
天涯自鼓鼙春光殊未曉遮莫杜鵑嗁劇名春曉杜鵑啼

一年

思似浮雲去復還雙魚迢遞一年間冰輕不凍巴江水霧起偏沉

楚澤山故國樓臺迷曉夢嚴城鐘鼓隔重關韋郎舊約分明在可
許他生見玉環

○送十二弟赴昆明追寄四首

依依別所親惻惻門前路茗茗萬里行懍懍此初步西南勢極天
滇又最高處中道多險艱單車不容度秉心既有常履險復何懼
勉旃各揮手將以觀汝素

汝行過黔州且復少留滯九兄汝同懷坐為事所係劬勤在國家
毀譽寧當計堅冰渙然釋是非終不昧煩汝為寄聲道我日縈繫

昆明多故舊亦復有兄弟相逢如問我雖老未至詩晤言今無時
音書遠甚寄

十四十七郎兩弟我所驕松十四也謹小節貿遷差自饒相十七慧讀
未成頗見時人招議論到國際名譽何囂囂此事自堪喜亦復令
心切年少當積學虛名終釀潮豹以霧自澤隱處南山坳一朝露
文采炳蔚乃始標汝意儻同我毋謂我囒啤

星伯從兄子兼攻畫与醫小我僅三歲游宴情不懏自從播遷来 十

音問日以睽，頗聞藝益進，名與尉扁齊，近者遺毋喪，用等紓其悲。我方溺丹青，會當令見之。殷勤裁尺素，下筆復遲遲。松茂而柏悦，同此歲寒枝。

晚步

風急雲仍聚，霜寒月更明。客中成獨出，江上此閑行。返市人爭渡，營巢雀喜晴。時艱觀物態，聊亦遣吾生。

寧鄉劉翁自辛以所爲蛛絲篆寫千字文遠道乞題，賦二絶句

欲將篆法溯冰斯，漫滅碑文不可知。豈意熟精蟲鳥後，又參形象到蛛絲。

結體千文有幾家，吴興而後少光華。獨從篆籀窺真草，一紙風行萬衆譁。

以下甲申

喜雨

開户忽驚喜，春寒襲緼袍。共愁泥欲裂，始信雨如膏。綠潤肥園韭，紅輕綻路桃。片帆東下處，日暮慎風濤。是日江行有減頂者

游果園作歌

陳家果園江之濱衆卉合還驕陽春明僚杖策導我往宵來一雨收徽塵尋涂稍亦厭登陟到門忽覺回清新花光眩目始不辨意定一一煩傳真桃賴李白浩無際金谷步障非夸陳梨花一株嬌獨立五銖衣薄搖輕雲短樹周遭圍綠葉繚以冬青雜柑橘山茶留朶藥漸苞剪置棕亭更幽絕主人將非隱者倫豈知乃是前將軍將軍百戰功未立曾作齊盧馬前卒攀龍附鳳位益尊暫解兵權參計畫幕府西還尚酣戰天與優游閑歲月禍福相纏竟未休麒麟高塚卧千秋花開寂寞誰為賞空遺流鶯伴客愁

壽彭醇士五十　有序

醇士買宅高台邱得地極勝題其榭曰可畫園而丹青之妙足以稱之舊歷二月九日為其降辰先僕屋一耳邀飲懽甚賦贈短章

蕉葉當窗竹映門高邱雲物自妍暄如君竟樂巖阿隱此意難為世俗言別業圖成看妙蹟良辰花好共芳尊徑須了卻公家事日

十一

日相從可畫園

暮春見螢火

樺燭蘭膏價百金宵来闔眼祇微吟流螢不待殘秋見要替書囊
補寸陰

生計

明朝一任斷炊烟生計羅驢陳意灑然篆壁落文周史籀充庭榆莢
沈郎錢書殘縱少金爲屋研破猶堪石作田卻笑王戎真俗物虛
將籌策損宵眠

討蝨

纔付嚴霜爲肅清又隨春雨聚雷音無多膏血供饞吻直長使衾幬
有戒心柳絮輕揚飢莫恤櫻桃爛熟飽難禁窮閻怨毒今方甚不
信天公厚汝深

鷄雛詩来甚憤懣次和元韵以解其意

消息循環理不磨試徵陳事敢誰何功高奴僕貂爲珥勢盡門庭
雀可羅四海即今憂板蕩吾儕寧得免蹉跎不如一櫂滄浪去跂

刪

6

吳、

足同廣孺子歌

題馮璧池畫吳縣潘季玉室

每從跡秀見靈襟，尺幅能收萬里心。記否支硎山下路，自攜筇杖度秋林。

金南萱夢石谷谿山無盡圖長卷次尹默韵

宣紙歙研宜幽龔，左瓶右几人當中。庭花亂墜春色慵，蕭然林下唯清風。挈討舊殘課新功，尚友千載何從容。清暉能事追王蒙，粲然丘壑羅心胸。嗟予流轉巴江東，頓見江山興此同。願乞畫圖置我蹤，世間觸處悲途窮。

村居漫興

嵐暑初蒸雨，江風忽變秋。移枝巢喜鵲，縛架蔓牽牛。陣鬥階前石，詩盟水上鷗。不堪經世意，隨分老荒邱。

金問源示感事詩徵題為賦長句詩中多言歐洲戰事

歷歷興亡敗劫基，萬方同槩欲何之。萊茵河畔多荒艸，梵蒂岡前半夕曦。才信英雄非世福，憑將功罪付天知。一編詩史堂堂在，自

主

為烝民雪涕淚

吴窓齋臨南田倣九龍山人小景一葉爲畫冊中散落者慕尹次長得之屬題

九龍山人筆勢强神游尺幅何蒼茫南田逸氣本天賦鉛華落盡非時妝兼斯二者世難得窓齋尚書堪羽翼平陂澹埽石欲横遠點濃攢樹逾直開圖怳憶昔游處攬轡中原看落日尚書志亦在功名雪花如掌遼東行當時諸將盡兒戲歸來白首窮丹青從知萬事有天意書生莫作封侯計扁舟東下逐烟波請與尚書專一藝

風雨渡江

壯歲雄（豪）心（情）溢九州渡江無楫水空（横）流暮年又媿玄真子細雨斜風不放休

嘅横流何如

鶯意依原本此字可不改感情尤妙且横字已足包含可愧之意矣

鵷雛和村居詩而易其末韵因復次和

節令仍初夏風光入暮秋庭花翻白鳳（閏四月鳳仙盛開於吾鄉則秋花也）壁蘚上蝸牛獨夜心懸旆頻年迹似鷗唯應二分月長照古揚州

湘江二首

狹巷兵猶接，孤城日易曛。懷忠寧惜死，枵腹豈能軍。霆下蛟涎裹（同盟國空軍日炸敵運輸船舶而長沙終陷），風迴雁翼分。湘江嗚咽水，終古不堪聞。（二三次二痛已極今日猶不懷也）

已控江淮勢，重窺楚漢濱。意存通百越，鋒轉畧三秦。勝敗難先覩，艱危要共親。桂林形勝在，得地更須人。（千古後之廣西亦臨此詩可移贈照先樓）

江漲

南國梅初熟，連旬雨不休。崩濤融雪嶺，高岸漲黃流。帆勢欹斜疾，林陰黯澹浮。馮夷爾何（毋）暴，早晚及新秋。

王汝昌寄示哭子詩慰以短語

造物信不仁，慧者多夭折。我昔殤我兒，肝腸蘊如結。朋儕同此恨，近聞王與葉（沛霙新喪其愛子悲痛至不能自遣）。王昌擅篇翰，出語尤真切。示我哭子詩，讀之涕盈把。我實愧昌黎，無語慰東野（昌黎有慰東野失子詩）。東世方恣殘殺，命賤如枯蓬。礮火晝動地，鬼車宵摩空。豈無父與子，一訣何由逢。得死戶牖下，亦云全其躬。願充悲愍意，奮起憂瘝痌。一舉蹈疆虜，四裔銷兵戎。然後拊流亡，環堵歌時雍。用此讖兒輩，兒生兇

十三

嘗意依原本此言之可不宜感情為妙且將字已足包含可悅之意矣

為烝氏雪涕湊
吳愙齋臨南田倣九龍山人小景一葉為畫冊中散落者慕尹次
長得之屬題
九龍山人筆勢强神游尺幅何蒼茫南田逸氣本天賦鉛華落盡
非時妝兼斯二者世難得愙齋尚書堪羽翼平陂澹埽石欲橫遠
點濃攢樹逾直開圖悅憶昔游處攬轡中原看落日尚書志亦在
功名雪花如掌遼東行當時諸將盡兒戲歸來白首窮丹青從知
萬事有天意書生莫作封侯計扁舟東下遂烟波請與尚書專一
藝

○○
風雨渡江（豪情）
壯歲雄心溢九州渡江無楫水空（橫）流暮年又媿玄真子細雨斜風
不放休

鷄雛和村居詩而易其末韻因復次和
節令仍初夏風光入暮秋庭花翻白鳳（閏四月鳳仙盛開於吾鄉則秋花也）壁蘚上
蝸牛獨夜心懸旆頻年迹似鷗唯應二分月長照古揚州

湘江二首

狹巷兵猶接，孤城日易曛。懷忠寧惜死，枵腹豈能軍。霆下蛟涎裹，同盟國空軍日炸敵運輸船舶而長沙終陷風迴雁翼分。湘江嗚咽水，終古不堪聞。

六七沈痛已極今日猶不忍讀也

已控江淮勢，重窺楚漢濱。意存通百越，鋒轉畧三秦。勝敗難先覩，艱危要共親。桂林形勝在，得地更須人。

千古後之廣西亦陷此詩可猶帽先[illegible]

江漲

南國梅初熟，連旬雨不休。崩濤融雪嶺，高岸漲黃流。帆勢攲斜疾，林陰黯澹浮。馮夷爾何毋暴，早晚及新秋。

王汝昌寄示哭子詩慰以短語

造物信不仁，慧者多夭折。我昔殤我兒，肝腸蘊如結。朋儕同此恨，近聞王與葉。沛嬰新喪其愛子悲痛至不能自遣王昌擅篇翰，出語尤真切。示我哭子詩，讀之涕盈把。我實慙昌黎，無語慰東野。昌黎有慰東野失子詩世方恣殘殺，命賤如枯蓬。礮火晝動地，鬼車宵摩空。豈無父與子，一訣何由逢。得死尸牖下，亦云全其躬。顧充悲愍意，奮起憂瘝痌。一舉蹈彊虜，四裔銷兵戎。然後樹流亡，環堵歌時雍。用此識兒業，兒生兇

十三

此詩似可删矣毋使聞之者有同明里宗祭文之感也

峯宮

兼士間關入蜀家留北平寇詗之亟無由通隻字其女君健畫雪景一幅託人將至蓋以告無恙也兼士出示并乞題句

胡天飛雪早。得雪是平安。老父休無念兒能忍苦寒。高枝。無賸葉凍水尚微瀾即此蕭疎意營邱拭目（斂衽）看。

壽楊仲子

楊翁六十鬢未蒼胷底刀筆皆有鋩冥搜奇字得殷契頗陋訓纂同凡將樂論數眇世莫識制氏所記唯鏗鏘翁并雅鄭達其旨自揮兼亦窮宮商餘事刻印追漢唐汛掃丁鄧如秕穅中年相知晚相接結宅共在嘉陵旁國家有意隆制作禮樂設館先宏綱嗟予不學且備位願翁一吐胷中藏首將樂語教國子遂移風俗安循良百年須臾那足校（翁自刻印云哀吾生之須臾）聲聞之壽無疆

守衡陽

衡陽守軍何壯烈喋血城郭五十日將士夷傷不一存敵尸滿地同狼藉倭奴海運勢已窮力爭此路謀交通救死不暇故忘死援

師百隊来環攻飛丸跳空火亂發圍城沒入硝烟中方將軍心百
鍊最後從容飛一電上言不負元戎恩下道来生再相見嗚呼再
相見黃帝子孫同此恭亦有偷生叛國人九泉之下何顏面將軍
風義誠慨慷千秋匹者張睢陽

戲題大千畫哈密瓜兼調尹默尹默先有題句云雖然救得眼毋
乃傷渴脣小兒惱不已亦使老夫嗔故余云然

屏幛畫葡萄飛鳥来啄之甘瓜躍紙上使我涎流饞望梅可止渴
豈唯救眼饑沈侯慎勿嗔嗔愁傷肝脾請當三伏候論我言非欺

畫梅有寄

清谿淺淺照冰姿驛路黃昏動遠思最好珍珠橋畔路萬梅花裏
一茅茨

願不願詞四首

不願歡乘車橡皮作輪子碾地疾無聲何由測行止
不願歡乘船儂家上游往来時十日程併作一時去
願歡御飛機瞬息周八荒有時攜得儂比翼空中翔

十四

竿字妙極俗得一千
曰一竿廿卅字不但巧
合抑亦渾成

願歡駕潛艇，直返黃海底。海水清且深，儂心正如此。

刪 X

題醇士聽琴圖

雁落平沙不忍聞，衡陽路斷惜離羣。抱琴人似南冠客，絕憶當年汪水雲。V

可畫園作

日御單衣暮覺寒，長（迴）廊負手獨盤桓。雨餘草色爭春綠，林外（背）烟光作霧（看）。世事劇如棊反覆，鄉園誰訊竹平安。（不得家書已四月矣）傾囊不辦歸舟費，秋漲空添水一竿。

中秋夜雨

點滴秋霖不肯休，無花無月過中秋。四圍山影濃如墨，一鑑池光碎作漚。東北正驅胡馬急，西南又報墮鳶愁。嫦娥深閉寒宮裏，亦為哀時淚泫眸。

曉渡憶京口

曉起輕舟渡險灘，沙痕全落（沒）漲痕寬。始驚枕上三更雨，已作江頭百尺湍。雲氣挾山成幻變，波光搖樹亂森寒。此時多景樓中客，誰

誤字甚雨也此詩必有誤

向天西一倚闌

題畫雜詩

得余畫者每欲兼得題句率尒酬意多為短章其間緣文生情亦間有可取者存若干首以示梗槩

將非南陽廬又似浣花宅抱琴訪幽人松風來策策（抱琴訪友圖）

富春雖自秀猶未絕人寰大癡一著筆千古開心顏（仿大癡）

蘭亭脩禊事爭傳遺蹟於今渺似烟脩竹茂林隨處有何人得似永和年（蘭亭）

居然宜笑復宜嗔石不能言自可人莫怪稼軒游戲語直將幽憤薄靈均（山鬼石名見稼軒詞）

南飛翼短痛離羣暫下菰蒲日又曛孤客淒涼正憐汝不須嘹破萬重雲（孤雁）

天搖地動葉離披獨立高樓望四垂貌得雲飛風起勢祇成山雨欲來時（山雨欲來風滿樓）

躍馬搴旗老豈堪停杯空想舊征驂劍南盡歲無凋葉御對西風

十五

寫渭南 杜林漁罾

絲淨湖波月墮烟，趙家真蹟意難傳。詞人亦有生花筆，一瓣心香在玉田。水仙

韶華易逐曉雲空，垂柳池塘不斷風。借取燕支好顏色，長留蓮臉畫圖中。荷柳

人道蓮花似太真，梨花應似虢夫人。莫憎深院連宵雨，雨後偏憐粉態新。梨花

春華如夢恨如絲，往蹟唯憑斷素知。不信尹邢長避面，菊芳蘭秀且同時。蘭菊

平沙掩映據棠岡，叢竹高低覆短牆。靜裏村居如太古，可知塵外已滄桑。村居圖

屏跡

屏跡塵囂外，誰歟伴寂寥。一竿君子竹，數葉美人蕉。砌冷蟲相語，林荒藥自苗。所慙邊訊急，未許壯心凋。時桂林柳州相繼失陷

重出

屏跡

屏跡廛囂外，誰燉伴寂寥。一竿君子竹，數葉美人蕉。砌冷蟲相語，林荒藥自苗。所愁邊訊急，未許壯心彫。

恭楷一道

感事

厭聽朝野語紛嚨，憤氣填胸壓未降。稍稍旌麾揚八莫，駸駸烽火逼三江。揮斥難補金甌缺，拔劍真思玉斗撞。已分殘年委溝壑，蒼生何罪共危邦。

戲題尹默自書詞卷

不煩青鳥為頻探，念遠詞成意亦酣。省識墨花飛濺處，一生低首褚河南。

除夕被酒先睡作不守歲詩

昏昏人世方同夢，一夕何爭醉醒間。短燭任隨風眩轉，朱顏唯仗酒追還。千家爆竹聲如沸，數點梅花意更閑。卻到新年轉夯寂，老夫扶杖自開關。

戊子大雪前四日仲膺拜讀辛業甚記

細觀諸體五古固勝七古尤見功力畫山水作歌一首音節自然直起直落不煩繩削遒夫韻各短章皆極排戛和尹默寄痛詩及大括小括憶醇士詩奇趣横溢類大蘇戲效誠齋體亦拙趣可喜七絕有情景俱融。神似半山者。大抵尊詩已到超妙境界而超妙則由精實中得來。此中消息喻者稀矣

丙戌初夏　頌洛讀二册竟敬註

據上海圖書館藏鈔本影印。

寄菴隨筆

汪東 撰

佛蘭艸堂

目錄

佛蘭艸堂

佛蘭艸堂

寄菴隨筆

吳縣汪東旭初

此地何人悲往事

余年十七八時方留東京入同盟會為民報撰文自署寄生所函蓋有三義人生如寄一也棲息客帝之下等於物之寄生二也象譯之名東方曰寄三也其後清政既革余流徙南北靡有定居容膝之處每題寄菴則專取第一義迨民國二十三年築室於蘇州北園隙地仍用此名時餘杭章先生亦寓蘇州請其牓題先生以說文無菴字借鶕為之嘗貽書黃季剛謂本字當作鵪然旭初無子恐類戲謔故易作鶕老

輩下筆矜慎如此顧余仍作菴者菴蔺之名已見相如凡將篇雖篆文無據非俗字也退老於斯罕與人接追憶平生師友及展卷所得耳目之所見聞日記一二條稱心而書漫無詮次命曰隨筆者昭其實也

先一年季剛亦營宅南京藍家莊取陶詩量力守故轍意名之曰量守廬既成屬余爲圖余又集宋人詞爲聯語贈之上云此地宜有詞仙山鳥山花皆上客下云何人重賦清景一丘一壑也風流季剛甚喜一日忽去之曰平頭爲此頭地何人語殊不吉余笑謝之次年重九季剛登豁蒙樓歸飲大醉歐血盈升其女

佛蘭艸堂

夫潘重規夜半走白余黎明邀中央大學醫學院長戚壽南同往視之戚斷爲胃潰瘍遂不起殮之日余復往弔則見此聯赫然懸書室中季剛自題一詩於上云此地何人更不疑藍莊巘蔣總迷離先生一醉渾無事上客爲誰也不知詢題詩之日即重九飲醉後也是年二月季剛五十生日章先生贈聯上用韋編三絕下用黃絹字黃絹色絲亦絕也先生於無意中用之季剛亦未加省察竟成語讖悲夫

門守者發彈廣塵殞儀門外諸被執者皆慷慨就義一日而死黨中英雋數十人事之壯烈前所未有也

輩下筆矜慎如此顧余仍作菴者菴藺之名已見相如凡將篇雖篆文無據非俗字也退老於斯罕與人接追憶平生師友及展卷所得耳目之所見聞日記一二條稱心而書漫無詮次命曰隨筆者昭其實也

先一年季剛亦營宅南京藍家莊取陶詩量力守故轍意名之曰量守廬既成屬余爲圖余又集宋人詞爲聯語贈之上云此地宜有詞仙山鳥山花皆上客下云何人重賦清景一丘一壑也風流季剛甚喜一日忽去之曰平頭爲此頭（地）何人語殊不吉余笑謝之次年重九季剛登豁蒙樓歸飲大醉歐血盈升其女

佛蘭艸堂

夫潘重規夜半走白余黎明邀中央大學醫學院長戚壽南同往視之戚斷爲胃潰瘍遂不起殮之日余復往弔則見此聯赫然懸書室中季剛自題一詩於上云此地何人更不疑藍莊巘蔣總迷離先生一醉渾無事上客爲誰也不知詢題詩之日即重九飲醉後也是年二月季剛五十生日章先生贈聯上用韋編三絕下用黃絹字黃絹色絲亦絕也先生於無意中用之季剛亦未加省察竟成語讖悲夫

傭書誰復識英雄

廣州之役部署未周而事頗洩倉卒發難攻總督衙

餘杭殷竹林者亦躬領其役殷初隸趙聲部下聲任運輸軍械以勞得疾臨事不能往殷從黃興突入總督衙門後堂空無人知總督張鳴岐先避去欲退則門以外方酣鬭亟護興突旁舍出伏民居被圍從障後射擊殪數人圍者不知虛實解去而彈亦適盡棄鎗易衣溷衆中得脱民國既建趙聲死遂無有知其姓名者抗日軍興殷老矣播遷入蜀貧不能自存因人之薦爲内政部禁煙委員會書記三十二年春余養痾黑石衡即禁煙會所在地聞其狀使人招之先是余曾爲餘杭令殷亦夙知余欣然來談問廣州舊

佛蘭艸堂

事口講指畫昭晰如繪余欲達之於上而殷意蕭態閑殊無所可否乃歎瑰異之士湮淪沒者衆若殷口不言功安於隱退尤今世所難能矣踰年竟客死傷以一詞調浣溪沙云時命由來即事功販繒屠狗是英雄竹林誰與挹清風　碧血幾人同化燐青編無筆更褒忠此生元合老書傭

章太炎講莊子

顧亭林當明亡後奔走南北以書自隨雖夜止逆旅中亦必秉燭讀書丹黃在手臨發則復紬載以行其所以能成爲一代學者蓋非偶然太炎先生本以亭

林自況居東瀛時贊畫大計爲民報撰述文字月數萬言暇即治學不輟嘗應諸生請集會開講周樹人黃侃錢玄同輩皆於此時北面受業所講以說文莊子爲主其說莊子除明訓詁外啟發玄言多與釋氏相契後簡括其義爲莊子解故又別著齊物論釋餘若新方言小學答問二書亦先後數年中作也並時稱淹貫博通相爲師友則儀徵劉申叔申叔襲父祖遺業著述之富過於太炎然精覈或遠遜章劉嘗同僦一舍劉妻與表弟汪某暱申叔不察太炎先生陰規戒之遂有違言其後某甲假申叔名告密被刺上

佛蘭艸堂

海而申叔卒爲端方羅致幕中其實但以食客視之未嘗加尊禮也端去兩江申叔旋入川教學及武昌首義成都響應軍政府縶之幾不免時太炎先生已歸抵上海急電營救謂不可絕中國讀書種子其事始解不數年而復與楊度孫毓筠等發起籌安會作文頌帝制嗚呼誦白圭之詩爲之興歎矣

申叔擅經術兼綜今古文家之學疏釋疑滯渙若冰解小學則非其所長尤拙於書筆畫欹斜類小兒初習字者其妻訾之申叔不服曰我書佳處唯太炎知耳妻問果佳否先生詭答曰佳復問學何種書曰俗

人不曉此乃比干剖心碑也

蘇曼殊喜啖牛肉

蘇子穀則曼殊上人香山人母日本籍其從母有女絶美與曼殊相愛顧從母家薄其爲支那人求婚不許乃憤而出家走印度習梵文字又嫻英吉利語譯拜輪詩數章一時傳誦其中實有太炎季剛所潤色者偶爲絶句淒麗多感其小說若干種則皆隱有所指蓋蘊結之情隨處託以宣露也喜啖牛肉嘗集民報社曼殊入浴余戲語人吃牛肉料理去拔關著屐故使之聞曼殊恐後裸而出則衆皆安坐 拊掌絶倒

佛蘭艸堂

曼殊瞪目徐語曰九紿我耶眾又大笑性癡黠各半然狡獪處即是真率處吾所識中無有與之相類者近聞有人欲搜集事實製爲電影不知何人能肖我曼殊也

曼殊畫無師承觀其點染法之類日本畫師然意趣佳妙流傳不多余所見僅兩幅其一匹馬度關太尖先生摘李白蜀道難句題之載民報中其一扁舟柳陰下一僧吹笛而渡載華國月刊中元本不知今在何處世有藏者當視爲瓌寶

弘一大師之綺語

同時有李哀者字叔同別署息霜天津人頗寄懷（情）聲色清光緒末至日本肄習美術與陳師曾同學當時話劇甫東行叔同結春柳社演茶花女遺事及黑奴籲天錄自任主角歐陽予倩亦在社中其後遂以皮黃青衣民國初叔同歸任天鐸報編輯後數年忽因家難投金山寺剃度爲僧僧號弘一金山寺律宗故弘一守律至精嚴與曼殊異行腳四方進修不懈聞居某寺日其日本妻訪得之乞友人同往欲以情語動之使還初服弘一但略與他人酬答終不顧也至三十一年化去律宗奉爲大師稱第幾祖臨化之前

佛蘭艸堂

留偈語二其一垂示徒衆其一則別世間諸友好者
余時臥疾歌樂山或錄以見示苦不記憶世必有能
舉其全辭願更鈔寄也
叔同未爲僧時多綺語四十年前余編錄近人詞曾
得其數首菩薩蠻云燕支山花上如雪燕支山下人
如月額髮翠雲鋪眉彎澹欲無 夕陽微雨後葉底
秋痕瘦生小怕言愁言愁不耐羞其二云曉風無力
垂楊嬾情長忘卻游絲短酒醒月痕底江南杜宇啼
癡魂銷一撚願化穿花蝶簾外隔花陰朝朝香夢
沉原題云乙巳七月將南下留別翠喜翠喜者北妓

名又高陽臺憶金娃娃云十日沈愁一聲杜宇相思啼上花梢春隔天涯劇憐別夢嫵遶前溪芳艸經年餘甚風情辜負良宵最難拋門巷依依暮雨瀟瀟而今未雙眉迢只江南春色紅上櫻桃忒殺迷離悤悤已過朝花游絲苦挽行人倩柔東風冷到溪橋鎮無聊記取離愁吹徹瓊簫金娃娃不知何許人叔同別有金縷曲贈之其後半云泥他粉墨登場地領略那英雄氣宇秋娘情味雛鳳聲清清幾許銷盡塡胸豪氣笑我亦布衣而已奔走天涯無一字問何如聲色將情寄休怒罵且游戲則金亦歌伶也詞筆輕

佛蘭艸堂

倩何減名家唯一師已以苦行證入究竟涅槃而我尚傳其風懷之作得非口過邪

太虛讌客嘗豆腐

太虛法師亦今之龍象於內典外兼讀儒家書立義敷詞辯才無礙余編華國時屢承以論著相貺惜亂後散佚無復存者後主持佛教會聲譽日起頗預世事與文人政客咸有往還或譏之為政治和尚蓋宏法之効多則修持之功少耳平生饒於自奉居重慶長生寺讌客賦詩余在座師指豆腐一品曰試嘗之味甘而脂膩師言此細磨落花生果為之非真豆也

他饌精潔稱是季剛性不能蔬食嘗從師游廬山他日亦語人曰陪太虛食何必思肉長生寺旋為寇炸彈所毀師以他去三十二年復見諸縉雲山中方示疾小坐別去遂成永訣師撰述甚多不知有爲結社集者否因記民國六年師於寧波阿育王寺閉關竟余從會稽道尹劉邦驥同游寺中始相識短髮蓬蓬然猶未及修治也出示初出家小像上題數語云你你你我認得你你就是你劉盛讚之其實未脫禪宗機鋒語耳寺別有一僧隱於舂碓冬夏一衣不淨不垢劉聞召之來時方盛暑着棉衲無汗見但合掌無

佛蘭艸堂

他語是殆有道者

戒殺必以不食肉爲始蒙藏諸地舍牛羊外無可充饌不得已而食之所謂方便法也邇來西藏諸師傳教中土信奉者亦從之甚有已斷肉食而復開戒者曰吾師所許也此則終有所疑楞伽經載佛言凡是肉者悉不應食凡殺生者多爲人食人若不食亦無殺事是故食肉與殺同罪又言凡是肉者一切悉斷我不曾許弟子食肉亦不現許亦不當許又言若有癡人謗言如來聽許食肉亦自食者當知是人惡業所纏必當永墮不饒益處丁寧切至無有過於此者

世人貪着口腹殺業纍纍刀俎眾生了無悲憫不知
充一念之暴戾氣相感橫召刀兵轉相屠戮至於肝
腦遍地而後猶無悔心何其悖也肉食之獸必殘虐猛
鷙反是者多溫馴目前之驗人若不思耳

手摩念珠現舍利

藏中大師來此傳教者前有諾那後有貢嘎南京先
爲諾那立精舍在城南小油坊巷比年貢嘎來即住
其中戊子春應諸居士請開講心經三日余親友中
多皈依者邀余往獲聞勝義師用藏語任翻譯者爲
浙江胡亞龍女士經本亦有譯本與唐譯小異欲加

佛蘭艸堂

對勘未暇也宣呪時於揭諦上增夕鴉他斷嗡斷略四音結語菩提薩摩訶讀如菩提莎哈則知唐譯薩摩二字當合讀訶字爲開口音也波羅二字亦開口音此足以證成先兄袞甫古音歌戈入麻之說唯讀菩字仍在魚模耳都貢嘉每到上海戚友孫伯羣迎至其家虔誠供養呈念珠數串隨所摩處皆現舍利此余所親覩信奇蹟也

馬相老談謔生風

馬相伯先生創震旦學院於徐家匯余與從兄君濟往肄業年纔十四最少先生甚愛之旋余丁先母張

夫憂觸發肝胃病明年夏又患咳瘧久而不愈遂輟學及其後散爲復旦則余已在日本矣先生長院唯與諸教師任矣講課其他校務一切聽學生自治因立議會投票選張軼歐爲議長沈步洲副之更選執法員若干人余亦其一會中嘗議決禁吸紙煙軼歐晚步曠場手紙煙犯禁余奪而投諸地軼歐謝過衆以爲兩是規紀若此慮他校所未有也

先生性敏悟謂治學無難事初授拉丁文課即選用李宰六書札李宰六者拉丁文學家第一人先生謂其文可比司馬遷故初學者多不憭又嘗代人教算

佛蘭艸堂

學加減乘除一小時而畢曰原則既明公式汝曹可自習之或有問者徵愠曰汝獨不慧耶以是衆皆憚其來然平時撫育諸生親逾子弟夜圍坐談謔生風衆又忘其爲師保也時鄒容著革命軍一書繫獄余私投文江蘇雜誌頌其人先生猝問曰汝亦談革命耶余錯愕未知所對先生拍其肩曰毋怖在我處任若所爲然出門宜慎恩義周至思之泫然

先生明通中西哲理嘗言哲學科學兩名名不賅實應易爲形而上之學又以中國無字（文）法書書撰馬氏文通假其弟建忠名行世

民國初元南京建臨時政府以先生爲第一任市長未幾引去袁世凱都宛平南京遂不設市先生雖退隱然有大事必以文電宣陳所見抗戰軍興年九十八矣先一年政府迎先生使居南京余謁諸私邸不待左右者三十年而先生見即識之娓娓談舊日情狀委曲不遺其彊記如是每日召劉禺生往口授經歷事實命載筆記之禺生世載堂雜憶中似未及或刋布猶有待耶

叔接嫂之陋俗

夜坐時所談至今猶能舉其二事焉先生說陋俗兄

佛蘭艸堂

死而弟有其室者謂之叔接嫂各地有之此但爲省事省費不謂禮當爾也獨山東某縣鄉里間行此以爲常經若兄弟數人老死則其妻必以歸仲仲之妻歸叔叔妻歸季如是遞推至五六人皆然若下無所歸則並承之以爲必如此則寡嫂遺孤始有所養也或老醜弟不願易其妻者父母親戚共非之甚有召族人開祠堂講理者復不聽即訟諸官官斷從其俗則於律不可若依律斷衆且譁然矣故遇此等案唯集兩造薄責之令其自解否則斥去不理莫能移其俗也又張張軼歐說無錫鄉民每歲有報娘恩節届

其日則羣集歌唱爲樂所歌多勸人行孝者意至善也無賴好某將於晚飯後赴會家惟老母命速爨及時索食母以衰羸故未能猝辦無賴子扶且罵曰賊娘乃公報娘恩去敢誤我事耶先生因曰世因有習非爲是夫循名而不知實者皆此類矣

程德全演獨木關

辛亥之役以疆吏宣布獨立與義軍相應者首江蘇巡撫程德全先一日聞上海舉事蘇州民心震撼程夜召諸紳集議及旦匕鬯不驚而已易幟矣居幕中贊畫者應德閎羅良鑑二人之功爲多程既受都督

佛蘭艸堂

印旋出師會攻南京城甫下汲汲引退讓都督於莊蘊寬袁世凱就總統職復起用忌之者衆程内不自安詭託言風疾見客必舌蹇語音模胡行必扶掖而後起程故微跛然不至是也元年冬與浙軍會哨張宴煙雨樓極盛時余亦爲幕客與楊廷棟奉邀馳楓涇登舟舟中談笑程繞案輕步無異常人會泊舟報謁者至即使二人之出見余微語良鑑曰都督又演獨木關矣良鑑亦笑二次革命事起黄興先謀之程爲宋教仁復讐程已盡知宋案原委不直袁然亦不願發難於是興自稱留守程遂去南京不復出後以僧

服終
德閎字季中永康人仕清至道員程賞異之保舉某
省布政使格不許入民國始爲江蘇民政長深沉練
達而以和易接人人多親之與程同時去職歲月甚
短設施之效未覩也廢居多病六年春余從杭州赴
甯波道出海上與相見時余方有急債謀鬻畫償之
季中爲書介之見浙人王某王素不知余又以畫贋
藝苑名乃據案而問曰子能畫學錢叔美乎叔美畫
時人不重得錢甚難余謹謝還報季中季中笑曰我
姑試之耳足下所需已辦竟代償其債可感已

佛蘭艸堂

不辭研色賦春光

余初從義寧陳師曾問六法。師曾畫筆雄渾，自鐫印文曰五石齋，五石謂石田、石天、石濤、石谿及石谷也，尤於石濤、石谿兩家用力甚至。余折而爲錢叔美，師曾病其弱，每見輒曰：此閨秀畫也。余因有詩云：氣力應難到莽蒼，不辭研色賦春光，憑君爲誦薔薇句，淮海新詩是女郎。蓋秦少游「有情芍藥含春淚，無力薔薇臥晚枝」句，遺山摘取指爲女郎詩，故援以自文。吳縣邱玉符丈聞其學錢，亦貽書規之，畧云：叔美雖爲名手，究屬小家，足下既覺筆弱，應臨仿麓臺，取其魄力大可佐腕力亦補不足之一法又自述其功力至云愚亦患筆弱故學玄宰與四王後覺欠整飭師石谷則恐腕力不濟而失諸刻劃遂改仿麓臺又云戴是專力石谷而能脫去石谷之刻畫故學石谷不如學戴（下缺）老輩之誨人不倦無所隱藏如此然余終好叔美謂其本領誠不到諸家氣息則有遠軼其上者非必阿私之言蓋好之既深則知之亦較悉也老來作畫不耐細筆故仿錢者多然偶寫一幀人又爭取之矣

錢畫用珂羅版印行者以神州國光社燕園八景冊

佛蘭艸堂

爲最早題趙惠父舊藏楊沂孫署端亦云趙次侯屬案燕園本常熟蔣氏園今圖亦在蔣家共十二葉後樹題跋甚多十餘年前余從吳湖帆處轉借得之留留觀數月爲題五言一章詩云我愛松壺畫斯圖妙入神名園如何(可)接尺素與相親竹樹含谿渺江山足隱淪真於文惲外垂采照千春惜印行者非其全冊又何以爲趙氏所有此中必有原委未能詳也

喜獲舊雨軒圖卷

余雅好古人名蹟然貧不能得其僅有者亂中鈔畧幾盡唯所藏松壺小景四幀似原從冊葉改裝者家

人先期攜出故幸免又長卷一紙色黯敝寇毀棄而踐踏之今存半矣歲乙未自蜀東還偶獲舊雨軒圖卷大喜過望圖爲湘山司馬作者絹本高尺許長二尺許畫屋一椽一人讀書其中左右有石雜藝梧桐芭蕉松柳之屬間以雜樹石後疏籬短垣籬以外彌望皆竹左角坡盡處低闌臨水如此而已畫末自題一詩云早起呼僮埽石苔竹陰門徑午初開闌深不礙庭花落茶熟剛逢野客來閒製新詞供嘯詠偶尋往事獨徘徊書牀畫几都非昔且自風前數舉盃詩後系數語云湘山尊兄重來袁浦感憶昔游作軒顏

佛蘭艸堂

日舊雨屬余爲圖并系以詩道光辛丑正月錢杜力疾記題卷上者姚元之陳介祺並詩題卷尾者龔自珍鷓鴣天詞畫中有龔題者不多見因并錄之云

雙槳鷗波又一時大隄秋柳夢中垂關心我亦重來客牢落黃金揖市兒　長鋏怨破簫詞兩般合就鬢邊絲兒豪留住傷心影輸與杭州老畫師湘山不知何人觀所與往還者則其人亦必當時知名之士暇再詳考

長淮金鼓咽秋濤

圖卷後以別紙續題者亦甚多據可攷見者湘山蓋

卒於咸豐己未前經洪楊之役軒亦燬此卷歸其弟
漢卿後漢卿復以官通倂軒之遺址輸爲常平倉湘
山有子名寶之能承堂構別築今雨樓漢卿遂舉此
圖歸之云題繁不備錄錄王章南北曲一套於下長
淮金鼓咽秋濤夢繁華忽然醒了山川猶戰伐家室
更漂搖舊雨寥寥剩幾個不得意的詞人向畫中老
北新水令甲第連雲臨官道燕寢清香繞有平津北
海豪築幾座文壇添許多詩料大雅擅風騷集賢賓
共唱個園林好南步步嬌那一搭近青溪煙柳斜飄
又短松如蓋奇節干霄那一搭轉過疏籬蒼苔老屋

佛蘭艸堂

翠柏陰交那一搭接空青亂喧叢篠排淨綠新種甘蕉那一搭百尺桐高來鳳來巢且莫怪叩門不應讓先生拜石論交北折桂令乘興金壺灑量才玉尺操這丹青妙手數千人寶這詩篇健筆把千軍掃這風流韻事真千秋少勝地記曾歡笑再訂鷗盟不是寫淒涼懷抱南江水兒猛然間斷黃流難通北上般擾紅中盡掘南中窖陷白門誰停東下帆哭蒼天但誦西來號呀早揚州烽火罷吹簫當不得捲地塵沙裹戰袍還有甚珠履兒三千到更可慘漆鐙兒一點燒心也麼焦誰過問葛帔颷秋風飽途也麼遙猶幸返

楸原聽野哭高　北雁兒落　自古道生存華屋處又說
道白骨滿蓬蒿知心地下果相遭卻不怕無同調只
可惜款未及修文的泣故交　南僥僥令　料天際雲車
風馬迴光照歎海市蜃樓消將朱戶燼已空空無處
掛蟏蛸那黑灰堆又茫茫知是誰廚竈似夢魂影泡
似露珠暮朝只當作黄粱熟後證仙曹　北收江南　弄
縹緗縱横亂拋毀琴書拉摧燒似命脆琉璃莫保怪
殘墨爾偏牢剩碩果那曾凋　南園林好　翦鐙花仔細
瞧翦鐙花細瞧哭不盡山邱零落雁行飄便羅雀門
庭沒半竅痛池塘夢艸勸阿連撫卷漫煎熬欣仙眷

佛蘭艸堂

團圓完好強如我形影牢騷待再整家園及早待更賡交游還好說甚麼毛凋齒搖山迢水遙冷雄心海濱歸棹北沽美酒雪泥偶見飛鴻爪遇知音狂歌總分曉請正古白下王章未定稿南清引江王字雨巒以署款為結語自云創格也

洞房中爭辯宗教

王符文諱瑞麟余祖姑子所娶又舍姑也性勤樸任事精測量光緒間嘗從辦鐵路備艱險偶止逆旅中猝發肝病痛不可忍呻吟達戶外鄰室有客自言能以符咒療病文堅謝夜半客排闥入曰子苦如此又

無從得醫而擾及他人不能安睡姑聽余治之不效亦無害也乃以清水一盂咒畢使飲痛竟止比旦霍然此蓋所謂祝由之術素問云古之治病可祝由而已巫醫同源是其明證今苗夷諸族猶若此也說文有䄙字云祝䄙也古但作由王冰注南方神並失之丈少從顧若波學畫似其蒼簡而韻微不逮嘗作山水扇面數頁遠道賜寄皆亂中失去所存梅花扇一及已裝山水團扇面一則其早年作也退隱吳城為邑人經營虎丘冷香閣鳩工庀材不假他手環閣皆植梅花當盛開時與鄧尉香雪海競勝文歿後金松

佛蘭艸堂

岑貫仲深諸君子嘗於閣中舉消寒會余亦在坐作長歌紀之中有云當時種梅數百本經營意匠煩邱壑横枝綠萼各殊狀破以猩點如勻脂春迴歲轉花更好逋仙一去今難追者是也同集諸人今又失半後之游者恐併不知丈爲何許人矣

丈有子震字公恪少負不羈才所結交者多豪俠知名之士戊戌政變名在黨籍中亡命日本入成城學陸軍以嘔血歸娶吳孟班氏公恪好佛而孟班奉耶穌教婚之夕劇談縱辯兩不肯下親友親友來賀者詫爲奇事蓋舊俗新婦例不作聲也未幾公恪病卒

孟班亦以喉症殀丈竟絕嗣別爲公恪立後能守其家云

富有票與貴爲票

公恪之死餘杭章先生挽以聯語云不梟鸚鵡洲何死公之等道誓乂手修羅界望夫君今歸來蓋其時唐才常以富有票案被殺漢口富有票者式如錢莊流通票但藏富有二字又別貴爲票分發黨徒於起事時爲信才常本康有爲弟子此二票實用有爲名兼隱貴爲天子富有四海語以此知保皇黨非真保清室也公恪與才常契故章先生語云爾上聯用

禰衡事案後漢書禰衡傳衡孰視曰死公云等道注死公罵言等道猶今言何物語更譯今語則猶死人說甚麼話也魏書載劉整罵曰死狗何此言意亦相類章先生易云爲之似有別解非其本義

與余同時究六法者爲從兄子星伯筆勢蒼莽師曾極賞譽之初有習作不稱意師曾取云爲題識其上今此畫復歸星伯偶一展視乃歎師曾之奬進後輩爲不可及而星伯成就亦能不負所期錄原題如下詩云初從石田入還似石谿翁拔俗心無餒尋師日有功須知成渾碎終擬到沈雄愛汝留殘稿毋嗟鬢

下桐跋云內姪汪伏生從予學畫先從（以）石田本導之頗能用筆此幅渾碎處大似石谿上人伏生方欲棄諸故紙簏中予甚惜之因攜歸漫題四韻乙卯殘臘鐙下衡恪案此詩序並存集中字句小異蓋後所改定也伏生星伯小名

生死肉骨有神醫

師曾初娶南通范肯堂先生女繼室則余女兄春綺范氏兄弟彥殊彥矧皆能文有節概清末亦游學江戶余由師曾介識之飲酒譚藝頗及一時之樂嘗同至大森觀梅宿晨光閣師曾賦詩云四子疏狂不相

佛蘭艸堂

讓枕藉孤窗倒醽醁縱談可使百慮道冷眼何妨清夢熟餘皆有詩不能憶得矣大森為看梅名地猶孤山鄧尉然彼邦人士素善藝植作盆景尤巧其樹施以人力殊形詭眾丹砂粉綠交綴其間若有鸞翔鳳翥眾仙俱集誠偉觀也別有向島日光諸地以櫻花著師曾季剛輩均嘗約游惜竟未能往

二范在東京時同僦居福田館三層樓上一夕火起旅舍主人逃出堅鑰其戶蓋以館屋先保火險依公司約不得擅遷一物也火穿樓板同舍者始驚覺大呼二范倉卒起奔梯畔梯燬遂自樓窗奮擲而下旁

殊先及地昏厥不省彥矧繼之折右足救大者至始並舁入順天醫院醫師蒞診謂傷足易治彼傷在內恐旦夕間耳既而彥殊竟無恙彥矧臥一年餘醫初爲箝去碎骨疊小錢補其空銅毒發腠肉盡消腳趾作青黑色余將返國猶一往省之旋得彥殊書謂吾弟自度終廢願還守家中已送之登舟流涕決別余亦私謂不復見矣已國民二年冬先姊病歿宛平始彥矧忽來弔拜如常人自言曩日歸道上海住長發棧有傭保見狀乃稱新亦墜騎折足爲傷科所治愈因薦之來用手術出錢傳藥瘡口匝月而平如不知有

傷者嗚呼神已余謂以銅接骨本無此法是在醫之心與否非術有大殊也質諸知醫者當以爲然

十字眼：一帖藥

北平有箍桶劉者以其業名善爲人療傷不取酬也人或假其名行術得錢劉聞之取刀自劃右眼作十字狀藥愈之曰果能同我狀者術與吾埒當聽其所爲否則吾以此爲表記人不能冒也於是衆又呼之爲十字眼劉武進劉南策習工程爲清華大學造屋屋梯高而墜仆泥淖中悶絕羣救之甦惟右腿自膝以下斷若斬截足趾向背僅皮尚屬耳送致協和醫

院醫謂必截去斷脮不爾七小時內當死南策妻陶氏余姨也固不肯署諾載還家中聞劉名使人禮召之來視曰此由骨節全脫致成反戾狀餘雖有小破損無害也因徐扶脮使正驟合其節復相屬以青藥貼傷處日來一易旬日而愈贈以金終不肯受乃如其方合藥百數劑以施貧者

民國二十八九年寇飛機日襲重慶死傷無算某君奔避空襲時街中電線竿倒壓臂糜碎醫師并謂舍截去其臂無他法某曰寧死不願使肢體不完也遂僱滑竿赴鄉間呻楚欲絕道遇一鄉人問所苦以告

佛蘭艸堂

曰能聽我治之乎某諾因告以居處鄉人擷艸藥一
種來擣而敷之時更易新者計日而愈某復入城徧
謁其知友咸驚問所由然曰果如常乎某揮動其臂
曰如何衆因合謀就訪鄉人請以鉅金傳其藥對曰
山野間隨處有之無所謂傳不傳也請問藥何名用
時分劑若干曰吾但辨其狀實不識名且吾視傷輕
重隨手而取適如其量不能刻定也衆廢然返此事
聞劉愚生說我國習傳偏方及藥物之有奇效者夥
矣惜能用者不知可以知者又鄙夷不屑此醫道之
所以日窳也

綠窗人靜繡梅花

春綺工繡既歸師曾甚相得余婚費氏時師曾畫合梅花倩姊繡之持以爲賀見者譽爲雙絕癸丑秋末余迎姊赴北平侍先君楊儀賓胡同即伯兄袞甫寓處也師曾方任職教育部亦來就甥館退食之暇譚畫刻印於時最樂是年冬姊發斑疹西醫注以麻醉劑遽卒師曾悼之甚始移居槐堂蓋不忍見遺挂在壁也越年有書致余云衡恪就婚漢陽時易實甫有駱綺蘭三朵花賀語駱綺蘭蓋瀞香之誤盧爲錢袖海之繼室錢善畫曾作三朵花圖瀞香繡之曾

佛蘭艸堂

甯谷王夢樓皆有題詠駱綺蘭雖亦工畫然無三朶花之故實用瀞香事乃切當瀞香歸錢數載亦病殁殆亦前讖姊寫梅甚有逸致瀞香亦工詩畫爲袁竹室弟子事載墨林今話

姊初不甚工辭翰迨與師曾倡和廢寢食爲之猛進不已每有所作輒郵寄示余其詞較詩尤勝如清平樂詠梅云碧天清曉夢覺孤山道雪豔生香春窈窕惆悵鄉關信杳 落花近日紛紛東風吹斷蘭情慵向溪橋横笛小樓静倚黄昏又慶清朝用梅谿韻同師曾作云遠翠澆塵曲泉通石柳絲斜繞溪亭煙昏

霧曉倩誰繡筆經營占得一枝蕭灑澹霞照綺晚妝成花陰外啼鵑夢斷不盡芳情　遙念背鐙對月正綠窗人靜珠箔光凝三春過了羅衾依舊寒生珍重朱顏未老天涯錦字寄丁寧憑闌處董風似翦吹徧江城皆可傳之作也箋末師曾爲刻印鈐其下云綺語

新聲試聽女詞人

古今女子以詩文名家者代不數人詞則自李易安淑真後能手輩出南昌徐氏有小檀欒室彙刻閨秀詞雖網羅未盡亦云鉅觀蓋詞以綺麗縣密爲尚正

佛蘭艸堂

女子性情所宜耳從姪復熙本不為詞忽作菩薩蠻詠盆景白梅中有句云昨夜月明時春回人未知余驚歎以為妙造自然得未曾有又合肥張充和為人題畫魚作臨江仙一首結句云喫殘波底月為解惜流光流光二字如此用可謂巧極然仍不傷纖畫者欲請余更題竟爾擱筆後復熙避寇難月夕死巢縣城外白衣庵中充和近已適人一為讖兆一為心聲皆於詞中見之矣

余女弟子能詞者海鹽沈祖棻第一有涉江詞傳鈔徧海內其蝶戀花臨江仙諸闋雜置陽春集中幾不

可辭余嘗年餘不作詞沈尹默以爲問遂戲占絶句云綺語柔情漸兩忘茂陵何意更求皇才人況有君家秀試聽新聲已斷腸君家季（秀）指祖棻也馮若飛獲明妃出塞圖乞余題高陽臺詞詞成若飛甚喜不知亦祖棻代作惜體弱多病常與醫藥爲緣恐遂妨其所業壻甯鄉程千帆於十髮老人爲從孫輩學術文辭並有根柢老人名頌萬字子大有美人長壽盦詞行世

新淚眼與舊鈿釵

又有尉素秋者蕭縣人亦卒業中央大學讀詞課時

佛蘭艸堂

初無表見及余臥病歌樂山素秋亦入蜀頻來探問出其詞音節忼爽與祖棻之淒麗婉曲者異蓋各如其人也勝利東還獨於丁亥冬重游巴蜀執教四川教育學院諸生親炙忽得其弟兇問乃辭歸諸生不忍別餞之於嘉陵江畔素秋當筵賦水龍吟一闋云夕陽遠水長天倦游人似離羣雁西風勁疾千山木落飄零何限橘綠橙黃一年佳景者番重見奈蕭蕭易水衣冠滿座荊卿去豪情換　難忘翠陰庭院趁清輝夜涼開宴春江一曲蘭橈載酒錦箋寫怨渺渺予懷飄然歸去江南池館剩夢夜夜關河萬里逐鵾

聲斷盡洗綺羅香澤之氣幾欲神似坡公

素秋弟鳳徵畢業中學而倭寇難起遂於鄉土自練義勇隊助戰善奇襲屢挫寇鋒有功則歸諸中央軍事平即散其眾隱於微賤其後江北復有事本已解兵權矣强起捍衛被執不屈死先是妻授以敝衣勸之逃不聽故及於難素秋爲余言詳之

盛靜霞儀徵人學詞於後沈尉喜讀清初諸家作余尊之以兩宋未遠改也然其詞輕倩流利極可翫諷適蔣雲從情好至篤嘗作小重山令云細語流香沁齒牙小庭風不斷漾窗紗銀河偷向枕函斜良夜永

佛蘭艸堂

同夢到瑤華　郎臂印紅霞曉來猜不透徧尋羣阿儂貪睡太無邪雲鬢畔落下鳳仙花雲從長孝據之學而詞弗逮與趙明誠李易安同即靜霞此詞亦不減易安采桑子浣溪紗諸闋也又鷓鴣天云一處紅箋意已諧酒邊花氣最難排羞眸怨黛分明說夜雨殘鐙宛轉猜　新淚眼舊鈿釵十年闇恨漸沈埋休言一去無消息依舊頻頻夢裏來使人讀之真有我亦欲愁之感年來夫婦同教之江大學西湖佳媚堪着斯人

幾番碧海換紅桑

前數年余有所棖觸偶作浣溪沙云誰道溫柔即是鄉春歸去兩茫茫此時欲斷已無腸　桃樹身僵休誤李蠶蛾絲盡只留桑可能沉醉換悲涼寄示靜霞得其報書云短令沈著緜邈何可企及詞人多鬱伊善感者當緣此鬧世人本是苦多樂少言爲心聲而詞境婉曲不如詩之較放故益見紆結耳樹和章云一墮瑤華即恨鄉無端萬感總茫茫那從字裏見迴腸　見說詞人都一例幾番碧海換紅桑有情終古是淒涼觀其言可以知其詞境

湖北馮潤琴初從潘重規學有志於詞因重規介寄

佛蘭艸堂

其所箸論詞一編請益其中頗有見到語霞書奬之遂請受業其時余居北碚潤琴居馬鞍山旋遠道來訪而余適在（往）巴城復追至城中投臨江仙一首爲摯余感其誠遂以所作詞稾付之校閱既而潤琴受西北大學聘將赴城固余和臨江仙韻送之今原詞散置他帙中驟檢不得錄余和詞云相憶何如相見好往來唯子情真小年志氣恰如神語隨殘燭盡心共瞑鑪温　相見依然相别去從今書札須勤風寒渭水葉紛紛倘過征戰地應有未招魂去年潤琴赴蘭州教學亦與其夫共事上述數家皆閨中之隽異日

有續小檀欒室彙刻者必當蒐采及之也

聽笛題詞憶舊游

二十四五年間林鐵尊在南京有詞社之約起於二月故稱如社取爾雅二月爲如也同社仇述盦石弢素皆金陵耆宿盧冀野唐圭璋吳白匋年齒較少余與陳匪石吳瞿安喬大壯蔡嵩雲諸子則輩行也每月一會飲秦淮老萬全酒家地與邀笛步近故臨水一軒牓曰停艇聽笛會期恆在此軒序坐以齒無賓主之禮出題則值社者主之題亦但簡取數調以示範圍不限韻不詠物不必盡作如思不屬雖曳白可

也無南宋社集之苦而有以文會友之樂當時所作分見諸家集中就調賦意各不相謀他人讀之不知爲應社之作也蘆溝變起國府西遷如社亦遂星散十年中林吳仇石相繼即世而大喬壯且自沈余與匪石諸君雖尚幸在然世亂無象執手爲難思之太息社題大抵以短令二慢詞一爲率然隨意取調每感無所適從余謂當使調名有相聯之義即興味增饒二十六年夏余當值社試擬三調云七娘子虞美人六醜匪石稱善未及期忽忽赴西安此會遂輟然聞已作者後在重慶復與匪石道及之以爲可改作酒

澹匪石言恐如此者亦不多余因更擬數則如青哥兒紅娘子紅情綠意如侍香金童傳言玉女相見歡如一叢花春風嫋娜送入我門來如蘭陵王破陣子贊成功如憶故人清夜游明月逐人來皆有諧趣果或增損其例仿而爲之亦觴政中別開生面者

喬大壯悲憤遺書

大壯四川華陽人爲喬樹枏孫性最謹飭與客言必正襟危坐值道中垂手唯諾如見執友論事不臧否人物同坐有女子面輒發赬恆託故避去然嗜飲醉則反其所爲以是知平日由於自制耳沈蹟下僚無

佛蘭艸堂

辰布居陪都日喪偶益縱酒自遣長子隸空軍壬午秋與寇機戰死職年甫冠也大壯聞訊悲甚因知交勸出游散懷乃訪余歌樂山中余病脊骨勞損偃臥不能起大壯坐余榻前正襟如故示哭子詩余依韻慰之有冠服未加遲士禮干戈能執異童殤句蓋其時教育部方議復冠禮未定稿也一夕又別去自是相見遂稀初服官經濟部轉監察院參謀本部後專教中央大學三十六年夏意忽不懌改就臺灣大學聘依許壽裳壽裳固其師也未幾時壽裳被賊大壯繼為中國文學系主任明年暑假歸竟自湛蘇州梅

村橋下橋爲出入平門所必經每過其處真欲呼橋公而酹之也

大壯未湛水前始就兒女居滬瀆旋赴南京徧詣其親故酬酢歌吟意氣自若臨行訪陳芷町告别忽問與女子相見禮如何芷町以爲戲而視大壯顏色甚莊乃笑曰子姑行矣余時方休沐歸里故不得見既而余亦到上海張秉三招飲同坐有謝稚柳最後至倉皇語曰大壯自殺矣衆驚問乃備言其遺書兒女赴蘇州志在必死書中語識身後事甚詳亦有憤世語而辭特委婉其女公子得書不知所措走告稚柳

佛蘭艸堂

稚柳爲請警察局急電蘇州偵其蹤蹟兒女亦將馳往救阻云眾歎息罷飲然猶私冀萬一事可挽回翌日余趁早車返京車讀報則大壯死訊赫然在目抵京京中友人亦有得其所謂絕爲筆詩者臨事從容若此事先又慎密若此旬其志之勇決也夫以才士困阨而致自厭其生國家社會胥有其責矣

許壽裳電筒致難

許壽裳字季茀紹興人受經業於宋平子晚又從章先學嘗教譯學館故得爲大壯師與余初不相識余養痾歌樂山寓鑑齋攷選委員會官舍也季茀任會

祕書數來視余同門中獨與魯迅共鄉里交最暱每爲道余其生平異世俗所傳者病榻無俚又從假魯迅全書盡讀之季茀不留意筆札然所敘述宋平子及章先生學術源流語必有徵他文亦類是固勝於華辭無實者寇難既平臺灣復隸版籍季茀遂辭官遠游教學不意宵小入室遽嬰凶鋒大壯繼之而又死於水人謂遂臺灣大學中國文學系不利主任雖讕言亦可怪也

日本民族慓悍輕死當幕府執政時匹夫皆帶刀劍一言不中即拔刀相鬬有罪往往切腹以謝不煩刑

佛蘭艸堂

曹所謂武士道精神者此亦其一端也行誼高者如赤穗四十七義士之屬已非正軌流弊所至益凶很殘賊不可問矣故其俗盜賊必懷刃入人室事主佯臥不覺則無他患力能制之亦可否則必被殺無兩全也臺灣被治久亦漸其俗聞李苐覺盜披衣起坐遽以電筒射之盜視爲奇辱遂致此難入國不問俗其禍乃至是耶赤穗義士事黃公度有長歌紀之并序甚詳載人鏡廬詩集中

吴瞿安治南北曲精究聲律自大學設詞曲課瞿安徧歷兩京所教甚眾弟子有聲者如任敏中盧冀野

王玉章等皆是然合聲歌作曲填譜爲一手仍瞿安一人而已所藏元明以下傳奇雜劇殆百餘種極多海内孤行之本嘗選刻奢摩他室曲叢僅兩集以亂中止避地由湘入滇發於大姚本病酒傷肺瘖不能聲及是聞藏書散佚悲憤體遂不支其實書猶完好也平生著述陸續刊行者詩詞外有顧曲麈譚南北曲簡譜風洞山傳奇霜厓曲錄霜厓三劇等風洞山爲其少作譜瞿式耜桂林殉難事三劇中之惆悵爨又函香山牧之山谷放翁四劇自言歷十六年而後畢事書成屬余爲序遷延未就又請題霜厓填詞

佛蘭艸堂

圖限山高流水一調亦未能成負死友矣

作曲秦淮畫舫中

南北歌伶中能崑曲者必就正瞿安瞿安亦樂教之弋陽腔與崑近班中旦色有韓世昌者受瞿安指點自坿門下譽驟起歌刺虎一折聽者滿坐幾與畹華埒後至南京演劇因瞿安故邀余往聽余亦能爲詩張之然容態有餘唱白終帶北聲不能盡合矩度也載譽既盛議繼至蘇州余私語瞿安止之謂吳人擅崑者多往必敗世昌不聽後果如余言當瞿安在北平敎世昌歌時時人謂之曲學坿世關合妙語聞者

解頤

南京如社外又別有潛社課南北曲瞿安主之預會者多南雍高材生余長文學院時嘗應諸生請一集秦淮畫舫中舫名多麗是課題爲商調山坡羊瞿安倡作云望江城雲山低亞買吳艭琴尊瀟灑問當年詩人酒朋算兩年中多少悲歡語南海槎歸裝枉自誇便黃蕉蕉丹荔一飽也無多罷剛別了短簿祠前又趲到長干塔下生涯今生事已差年涯今年鬢已華余爲之擊節亦試作一首云泛清淮蘭橈絲絆驊東田香車駿馬一霎時被東風吹殘華夢槃滄桑添

佛蘭艸堂

的些漁樵話憑弔賒垂楊棲暮鴉那裏有桃花扇底歌聲姹閑放著風月無邊孤負了江山如畫人家佔朱門試賣茶更沒個侯家傍青門老種瓜瞿安喜為製譜歌之音節諧婉唯賒字在曲為車斜韻與麻韻別此乃依詩詞所用耳又結尾兩字句例不加襯余創為之譜時亦竟無礙今瞿安子南青猶能歌此曲也

寒鴉點點歸楊柳

曲中有短柱韻體每兩字協韻非韻即藏韻句中瞿安致虞伯生作折桂令一首云橫塘一望空涼夢向

蕁鄉無恙漁莊畫舫琴堂文窗書幌術仰羲皇話滄桑龍岡門巷臥滄江元亮柴桑絳帳箕簧金榜文章怎樣思量一餉都忘當時辟壘剛俱俱曾同作不知尚存稿否案此體不始於曲宋人詞已有之文與可天香引拜和靖祠云正當時處士山詞漸已南枝春事此耳楓清殷脂蕉撕故紙柳死荒絲　目寒澀雄雌鷺鸞翅參差毋子鸕鷀再四嗟咨撚此吟髭彈指歌詩可引以爲證此中惟澀字乃以入叶去耳虞曲見輟耕錄文詞見全詞宋引浙江通志誤刻雄雌爲雌雄遂失其韻

佛蘭艸堂

全宋詞仿全唐詩例爲之唐圭璋一手所編竭十年之力始獲成書自叙謂詞人逾千家篇章逾兩萬足抵全唐詩之半蒐輯甚勤采錄甚備有功藝苑非淺鮮也惜排印甫成而紙版旋燬雖爲新編之書然求取之難等於祕籍因歎圖書之厄於兵火者不知凡幾古今如一轍也圭璋亦瞿安弟子專力詞學所著著尚有宋詞三百首箋及雲謠集校本

畫家結社者尤衆丙辰秋余在北京邀湯定之吳待秋金拱北陳師曾及陶寶如心如丈兄弟同集寓所豫置箋扇面等讌飲既闌揮灑狼藉定之言此會當

名遂命之爲西山畫社越數月余赴浙江社集竟未再舉是日所作悉歸主人尤得飫觀諸家點染之法誠快事也憶寶如丈畫扇面先以青藕汁綠隨意塗之滿紙皆濕俟稍乾乃於下方作楊柳數株隨風偃仰上作鴉陣不能知其翼數但見遠者近者飛者集者陣而迴旋者脫伍而鳴者或順風而下或逆風而衡舉者煙者[雲]杳靄帶以晚霞皆自然相襯不再設色畫畢題曰風緊寒鴉陣陣圓藏之篋中二十餘年亂後乃并失之他作亦唯定之水墨山水一幅幸存上猶記西山畫集[社]第一集也流寓重慶日爲人作畫偶

佛蘭艸堂

偶仿此意借竹山詞題之曰萬疊家山知何處但寒鴉到著黃昏後一點點歸楊柳則又自寓悲懷無關畫旨矣

正社畸社兩畫會

拱北有妹字陶陶工寫生尤擅金魚嘗以百花圖册倩拱北屬題即繪金魚團扇面爲報用朱砂及潑墨寫魚細鉤金鱗意態生動水面垂紫藤一枝設色尤妍麗拱北爲言吾妹不輕作也後聞與兄共教生徒集畫會曰湖社金氏籍吳興舊湖州屬故以地爲名惜俱不永年後嗣雖賢亦未由繼也

南中有正社最著名歷時亦最久湖帆大千及並時諸子俱在其中所網羅者廣矣然素無常會同社亦不盡相識余隸名社中而過從較密者僅數人蓋唯開會展覽時始獲觀摩之益由人多則散處各地勢不得常聚也比年在江寧復有畸社大率月再集以畫爲名旨在聚友朋縱談辯遣鬱悶陶性情而已每會或擕書畫或歌皮黃飲必極歡醉或相怒雖所業不同而交契無間於此一殺那頃信足以泯人我之分而忘斯世之憂以其行類畸士故名爲畸非與正社對也社友浙江得七人張伶僧洪陸東陳之佛張書

佛蘭艸堂

旂徐鏡齋鄭曼青金南萱女士江西三人彭醇士陳芷町傅抱石廣東三人商藻亭黄君璧王商一福建一人劉仲籛四川一人馮若飛山東一人關友聲江蘇三人陶心如吴景洲及余也至戊子秋漸有散之四方者而醵飲之費逐日俱增亦非貧士所能舉遂復中輟惟正社無聚即亦無散其名可以長存以是服始謀之善

畸社諸人時有合作大抵花卉爲多山水則非筆墨較近者不能强合余偶寫半幅君璧爲補成之幾不可辨因戲題其上云谿山隨處足清游載筆還欣得

勝儔異日有人徵畫派嶺南江左亦同流蓋能者舍己從人又何不可

紅薇老人百花圖

鏡齋黄巖人善治印頃以目眚不多爲人作自製印泥餘亦售諸人品凡數等上者價值不貲榜所居曰紫泥山館倩同社諸子爲圖又自畫長卷剫削勁削殊類北宗謂余擬倹裝成後屬題余笑曰紫泥本吾家物君篡取之耳鏡齋問故因舉汪鎬京紅朮軒紫泥法告之法重在染砂染艾龗油並言既得三法便成十珍一明二爽三潤四潔五易乾六不起七不濘

佛蘭艸堂

八不粘九不霾十不凍鏡齋製法未詳然必有之暗合者泥質必用艾絨爲佳或言藕絲可代余初信之以問鏡齋鏡齋云藕絲濕則粘乾則脆不適用也然若別有祕方則未曉他日當訪諸西泠印社

曼青學於武進錢名山先生性倜儻醫方拳術詩畫弈事靡弗通曉所至懸壺自給初受畫法於從母張紅薇後轉縱逸以青藤白陽爲宗嘗寫蘭一冊授余鈐印記云玉井山人法玉井山人者其自號也紅薇畫工寫兼施亦有百花圖卷蓋從宦廣東時作故其其中多炎方風物師曾遺詩題章味三妻畫嶺南百

花圖卷蓋子閨中小試天機手組織南方艸木香比翼
壯游伴妝鏡鷗波無此好風光即指此圖後在重慶
展覽卷長丈餘設色麗而雅分枝布葉配合天然信
爲一時傑作受青屬余補題鬬百花詞一闋詞成而
紅薇先東歸故未及書卷詞存集中復記其緣起於
此毋使後之攷畫者存疑也鬬百花云活色生香堪
愛連幅谿藤熏透金荷淺注醇醪木筆爭開錦繡千
載高情全得趙俶着華更比清於字惲冰馳驟閨閤誰
能偶　取次韶光百種霞蒸雲湊梅蕊佔春還攜菊
芳蘭秀點綴丹青羣花共作新妝來與紅薇爲壽紅

佛蘭艸堂

薇今六十餘自稱老人矣

鬍子的笑話

若飛畫設色明蒨多少幅性滑稽善談讌席中必舉若干則以為笑林資料盧冀野亦然俗稱諧詼涉鄙褻者為葷笑話兩君不避也又好以多鬍者為謔元老中于右任美髯人稱髯公一日謂同坐曰我亦有笑話一則劉阿斗關興張苞聚談各贊其父才能功列阿斗先言我父劍術之妙無與比倫故能勝羣雄定王業他人豈能及耶次苞言我父據灞橋挺矛一喝曹軍望風而奔功至偉矣次及興乃言我父他不

不必論即一部長髯天下疇不知者劉張聞言大譁爭嗤笑之興憲與辯適雲長過其側問故興泣述所以雲長怒曰不肖兒不講老子别事乃專講老子鬍衆大笑冀野後每轉述之曰此足爲鬍子張目

史傳諧隱之類每關諷諫然以此知古人造次應對亦必多有特不盡見紀述耳蜀志載張裕先主詭語裕饒鬚先主嘲之曰昔吾居涿縣特多毛姓東西南北皆諸毛也涿令稱曰諸毛繞涿令去官還家時人與書欲署潞則失涿欲署涿則失潞乃署曰潞涿君先主無鬚故裕以此及之案涿奇字作𣅀後亦作𠩺

佛蘭艸堂

蓋前後竅通名此則兼謔有鬚無鬚且爲葷笑話之鼻祖

畫家目中之鬼趣

清畫家羅兩峯能見鬼物嘗作鬼趣圖窮極詼詭湯定之中年大病病後雙目有異亦能見鬼民國十六年余遇諸陳陶遺坐上因問鬼狀定之言鬼亦與人何異但好聚暗陬耳又言北京多廢宅僻巷鬼所窟處上海較少以人稠而電鐙光強也鬼有形無質極畏汽車車來驟不及避即被衝散必需時甚久始能宛轉復聚其形故常先避之余夙持無鬼論然信定

之必不妄言故於其卒也作鷓鴣天詞挽之云劫後相看淚眼枯重思訪舊一驚呼不知冥路覘人世還似羅家鬼無趣　情久熟見偏疏西山結社尚留圖素綃開處風煙起一代丹青有楷模余自蜀中還聞定之患食管癌甚劇嘗一省諸醫院中不能言猶以筆談珍重約後會然竟不及再見計余與定之交三十餘年不爲不久而晤言之稀亦唯定之爲最數也夫

胡步曾治物學有名詩宗江西古近體皆遒勁有法曩以觀察日食至爪哇爪哇苦熱當晝無出行者市

佛蘭艸堂

肆休業至晡乃復居民亦於其時閉戶寢息蓋常例也步曾假寓一富人家與同伴某君共處一室偶午睡醒忽睹一少在室中髮澤微鬚西服甚整潔着革履行步無聲疑其爲盜而又不類也叱之遂隱步曾亟呼某君告以有所見某君曰是年若二十許人髮膏澤而微鬚着邪西服襲外衣上綴銅鈕兩排閃爍有光者邪吾見之數矣看戶闥嚴扃如故召闥者詰之未嘗有人叩關也悟爲鬼物以其不爲害亦遂聽之歸爲汪辟彊王曉湘及余述其事步曾嚴謹不妄言與定之同然則天地之大理有幽微科學所不能

解答者眾未可悍然以迷信二字一概抹殺之也

希臘古哲的寓言

中國象形字必有形可象者乃得爲之所謂畫成其物隨體詰屈也案說文甶鬼頭也象形讀敷勿切鬼人所歸爲鬼甶象鬼頭又禺母猴屬頭似鬼從甶甶此言之禺爲生物而其頭似鬼鬼頭之形儼然可象則必亦爲生物且爲人所常見者明矣造字之初意本緣此人所歸爲鬼特其後起義耳魑魅罔兩鑄形禹鼎則亦生物也今所不見故皆以爲陰氣賊害之屬至於佛家說鬼如餓鬼等乃別是一界下與畜生

爲儔上與天人阿修羅等相對指人死爲鬼也其人死之後未入輪迴暫所依止者名爲中有亦名中陰則此土所謂鬼魂耳然中有之期不過四十九日踰此則仍依宿業輕重升沉六道殆無常住之理仲尼云未知生焉知死凡人既未了徹此理則緘口不言自爲中道余亦姑就所聞之記而已

人死受冥府審判東方西方皆有此說唯東方以閻摩王爲冥府主宰而埃及死亡書中則稱阿雪笠斯云地獄之主也所說審判情事亦復相類大抵俱衡定善惡判入輪迴希臘哲人柏拉圖氏著共和國一

書其第十章所見投生情狀尤奇特近人趙洪鑄譯中有閑教得密度法引柏拉圖書此節畧云亡魂分別拈鬮選擇再生之體大都以生前之經歷爲依據沃菲斯生前爲婦人所暗害忿恨女性不願由婦人產生甯擇鴻雁爲再生之體撒密拉斯則願託生夜鶯其拈得第二十鬮者擇雄獅爲體蓋阿茄克斯之魂也其次爲哀克孟納生前受苦多端亦嫉恨人類遂擇鷲體而去阿塔蘭達爲體育家盛譽所惑自願重生爲體育家哀辟司擇一有巧藝之婦人爲體滑稽家算雪脫斯則擇猴體以自足未知沃笛塞斯憶

佛蘭艸堂

及生前辛勞頓生厭倦尋覓久之始得一無憂無慮之間人爲體不獨人變爲畜變爲人即畜之馴者悍者亦互相變易種種合體各如所喜柏氏所舉諸亡魁姓氏皆實有其人惟擇體重生各適其願自屬寓言然亦必有輪迴之說以爲根據則明甚至於冥府地獄種變相依佛所示胥由業識幻現了非真實然境既現前幻則是真亦如山河大地根塵接觸一切非真凡夫執著又孰能辨其爲幻耶善業現善惡業現惡循因得故決非偶然世俗但視當前所受吉凶禍福以爲報應而疑其有驗有不驗者真淺識也

山似英雄水美人

于右任邵力子兩先生皆肄業震旦力子初字仲輝後爲右任編主報始署此名在震旦時同學多私相題號仲輝短小而麻故目之曰麻團又曰一團和氣今茲以反戰最力遂有和平老人之稱性廉正不阿自奉甚儉自重慶歸後與其夫人傅學文在南京創設小學合二人名名之曰力學游教育若將終焉然國家多故不得不復以重任相委與任右交至契右任晚署太平老人去年國會召集時徧應議員請作書唯寫爲萬世開太平一語以見所志余謂和平實現

佛蘭艸堂

乃能漸致太平祥和之徵國人將於二公覘之矣護法之役右任主陝西軍事討陳樹藩不利隻身走川中至重慶北碚浴於溫泉北碚處荒僻爲逋逃藪時有盜方合徒衆議於此司候望見右任狀貌魁梧鬚髮如蝟驚怖走告其魁謂有西域神父來衆驚起亂散莫敢詰其爲誰也性好文藝凡於辭賦書畫雕刻攝影有一藝之長者無不延接自爲詩歌詞曲意氣豪邁人視之若不經意而研練之功動費旬日嘗游西北登鳴沙得句云山似英雄水美人寫示尹默及余余因題其敦煌紀游詩稿云百戰關河老此才

行邊猶使壯心迴筆端自有風雲氣不爲鳴沙立馬來山似美人(英雄)水美人千秋無此語清新美人蕭瑟英雄暮感慨登臨一寫真又三十五年巡視回疆飛機過天山得詞若干首歸以屬余校勘聲律曰有誤徑改之余謝曰正恐妨公本色

張溥泉稱三將軍

持射廉飭與力子相類者滄縣張溥泉他人乘公家車汽油狼藉溥泉必節其所餘以還莞庫少承父祖敎服膺陽明行合一之說又北方學者多重躬行故亦以此自敕既隸名同盟會蹈履險難一無所避民

佛蘭艸堂

報初刊獨署真姓名爲發行人每至報社中衆咸呼之爲三將軍蓋以張飛況之而溥泉與太炎先生及章行嚴鄒慰丹結爲異姓兄弟又適居第三也余年最少則咸稱小將軍溥泉適旋南洋余亦歸國至南都底定始復時時相見伉爽之氣不減昔時好面折人過然亦能受盡言李剛善罵其殁也溥泉莅追悼會登臺致詞曰此後不復聞朋友直言矣及在重慶受命爲國史館籌備委員會主任邀余爲總幹事余以監察委員例不得兼職推朱逖先逖先長於史學其始有呈請政府修史建議文亦出逖先手於是遂

定但植之副之逖先去植之繼任余始終備顧問而已還都後罷籌備委員會立國史館溥泉遂為館長仍以植之副創建之初事事就余諮詢余惟言史貴直筆不可存絲毫黨派之見由人亦當以才為主餘事不敢代謀也溥泉首肯未踰年而卒於位平生事蹟頗詳自撰回憶錄中惜未完稿未卒之前應友人請寫唐張繼月落烏啼霜滿天詩一首蓋擬刻碑寒山寺者竟成絕筆可異也

巴山有樹名欒結實樹顛纍纍成簇色初淺黃漸變至深赤斑駮可愛余嘗與溥泉停車觀之溥泉謂俗

佛蘭艸堂

名此爲搖錢樹使余賦詩因作二絶句云巴東地暖少楓葉渲染秋光正賴渠停車最愛斜陽裏千點丹黄錦不如窮閻誰具解懸心阿堵居然密作林莫把貪癡嗔世俗祇園布地總黄金意有所諷也説文欒木似欄段注欄者今之楝字周官家人丈夫樹欒蓋與此無涉又世俗隨處皆有搖錢樹語則屬譬況之辭不知真有此樹也

弘一師的講演錄

前記弘一師事承李君行孝來書有所糾正一爲遭家難後數年始出家其原因在研讀佛書起心信奉

一為受戒在杭州虎跑寺不在金山並先後寄示晚晴老人講演錄及弘一大師永懷二書俾得詳悉師皈依後之言行彌可感也隨筆記事約有三端一曰傳聞異詞二曰記憶有誤三曰緣事增飾致類誣言其有意存恩怨淆亂是非者固不論也私衷如此作史尤難故章懷太子注范書補其闕失裴松之注三國志多箋異聞後世作者訓詁易尋注家當以此為法愚所撰集大抵佚事謏聞無關宏旨然第三端必不敢犯至於傳聞記憶之誤自恐難免世有同好如李君者理董之責是所望也

佛蘭艸堂

因憶他人載筆涉及余家者每有舛誤坿正二事於此(甲)劉愚生洪憲紀事詩註蘇州汪荃臺先生駐日本公使鳳藻翰林鳳梁三弟謹案先叔諱梁居第四先君爲兄此誤倒(乙)吳商瀹陷日記述汪袞甫昔年任法律館總纂董經綬任提調今頒行之刑法即二人改定在資政院時汪爲議員董爲政府員議長以藍白二票投匭贊成者藍票袞甫乃藍票勇將也當時袞甫齒已五旬董六旬謹案清末改訂法律事愚不能詳然先兄於民國三年出使比利時年僅三十七卒於二十二年亦僅五十六耳計改律時當三十

三四歲無由爲五旬也又余家自高曾以來不營產業迄今無畔（畔）畝之田無可餘之屋而陳伯達訐先君致籌安會論改帝制七不可書謂爲代表大地主意見未知何據

儒耶佛耶都玄妙

晚晴老人亦弘一法師自觀其所演講者樸實說理不尚華辭不崇玄論而其實顛樸不破利鈍堅攝所謂一一悉檀仍歸第一義悉檀也以師之苦心（行）精修勇於自改故講改過實驗此講多稱引儒書其言曰談玄說妙修證次第自以佛畫（書）最爲詳盡而我等初

佛蘭艸堂

學之人特躬敦品處事接物等法雖佛書中亦有說者但儒書所說尤爲明白詳盡適於初學後說改過遷善之事判爲十條一虛心二慎獨三寬厚四吃虧五寡言六不說人過七不文己過八不覆己過九聞謗不辯十不瞋以虛心爲第一者貢高我慢人情之所易染而又最難革除者也然不除我慢即終身無入道處師又講最後之□□（原闕二字）其中有言我常自己來想我是禽獸嗎好像不是因爲我還是一個人身我的天良喪盡了嗎好像還沒有因爲我尚有一線天良常常想念自己的過失我從小孩子起一直

到現在都埋頭頭造惡嗎好像也不是因爲我做小孩子的時候常行袁了凡的功過格三十歲以後很注意修養初出時也不是沒有道心但出家以後二十年之中一天比一天墮落身體雖然不是禽獸而差不多天良雖然沒有完全喪盡但是昏瞶胡塗一天比一天利害抑或與天良喪盡也差不多了講到埋頭造惡的一句話我從出家以後惡念一天比一天增加善念一天比一天退失一直到現在可以說是醇乎其醇的一個埋頭造惡的人這也無須客氣無須謙讓了師持律精嚴何至有此所以作此痛自

佛蘭艸堂

刻責語者正由對治他人我慢之見欲躬為表率耳世間一切衆生埋頭造惡而顧宣揚己善自欺欺人讀此能無通身汗下

印光座前虎受戒

弘一最服膺光法師印光雖習淨土而戒律至嚴弘一以律為歸而亦勸人一心念佛兩家實二而一者也印光居定海普陀山最久次即蘇州報國寺余羈泊在外瞻對無緣唯讀其嘉言錄發心讚誦而已聞友人述一二事師居吴時四方來參拜皈依者甚衆一日有軍官及鉅賈亦雜衆中師斥不受禮二人苦

求師指院外清池曰姑往自鑑二人俯視池影良久面頬發赬默然逌去後有問人軍官所覩為何但搖首言殺業太重鉅賈則終不肯自白也又張善子大千兄弟寓蘇門網師園善子畜一乳虎甚馴不加鎖柙與畜貓犬無異虎漸壯大見客至作聲嗚嗚客有驚怖反者善子欲加羈縶又懼拂其性益不可制客或勸其將虎赴印光前受戒善子從之印光誦佛號手摩虎頂虎帖服自後遂病瘦蹶猛氣盡消嗣余過大千蜀中問虎在否云亂前先死所豢二鶴則倭兵殺之以充庖廚矣余歎惋作詩其一云水木清華數

佛蘭艸堂

網師刼灰風起沒春池焚琴煮鶴君休恨兵化元同羽化時其二云威棱空想在山初雷睒雙睛失意枯佛力能馴諸惡猛魔高一丈卻何如佛力句能即指虎受戒事詩不存集中坿錄於此

名園深處貯名葩

網師園起於宋時七百年來園主屢易清乾隆中嘉定錢竹汀有記刻石置廊壁今猶完好晚歸四川李梅生李亦能畫園中有畫几一乃用黃楊木整段刳製者極可珍貴余曾見之民國初園為張錫鑾購去然終其身未嘗一至錫鑾死其子思黃以廉價與人

聞葉譽虎得之以居大千兄弟云
寄菴植紅綠梅數株頃盛開余游宦時多在家看花
尚為第一次也平生觀梅勝處孤山最清鄧尉最盛
冷香閣兼有之然清不若孤山盛不及鄧尉也重慶
則南岸之清水谿江北之楊園皆所常至楊園主人
為楊少五隱蹟於商而敦厲品節事父尤孝余舉問
蜀中名勝皆未嘗往怪之則對曰親老不敢遠游耳
本有巨宅在市中厭其塵囂乃別營數畝於嘉陵江
北奉親居之園地甚廣而樹柵編籬屋無華飾花木
多佳種茶花有千葉者矮木成行花開如盌奇麗為

佛蘭艸堂

他處所未見梅則多由盆景移植盤屈作福壽字狀殊雅意唯園東北隅隙地有綠蕚一株獨立荒榛中花亦千葉重跗疊瓣秀艷絕倫主人導余往觀余歎其如隱逸之士不與世接又擬之爲絕代佳人幽居空谷作二十八字讚之云冷艷幽芬未足誇名園深處貯名葩書生薄福消除盡親見仙人蕚綠華後寫梅花往往作荊棘伴之他人不知其意也少五能鼓琴藏琴譜至黟居親喪絕不操縵余友葉元龍主其家因以獲交其父歿爲作墓志銘尹默書之銘不藏壙中而護以亭余文藁散佚求拓本亦未得也

清游香雪海

重慶爲揚子嘉陵二水所經土人稱揚子江曰大江大江以南統稱南岸清水谿爲南岸地區域廣博地多荒山自政西遷居人稠密移南岸者亦衆豪富之家多置别墅有汪姓者業醫買山一區即名之爲汪山康如心心之兄弟皆築屋於此心之所居曰志成山莊嗣又别營旁舍而以山莊待客于院長歲往看花必寓心如所賓從則分居焉心遠先有先有屋在放牛坪距山莊里許山居之人無不植梅者不獨一家有之巴蜀地暖花開早江浙月餘比時和春度已

佛蘭艸堂

蕊落過半矣夢憶舊游爲之神往
鄧尉之游以民國十八年爲最樂其時余主中央大學中國文學系同系諸子如王伯沆吳瞿安黃季剛胡小石汪辟疆王曉湘皆以文學名詩酒之會月必數聚季剛尤好游金陵勝蹟搜尋殆徧是年春假倡議至鄧尉探梅余與瞿安爲東道主吳九珠張頌清預爲買小舟用汽油船纜之以行舟中貯酒數斛酣飲聯詠既至屏山轎弗御陟磴支笻各自爲偶鄧尉梅極盛時有香雪海之名藝梅者意重收子爲農家副業其後寖薄多改種桑此後（行）所見已然梅亦半謝

余笑謂真滄海桑田也過司徒廟摩挲清奇古怪四柏柏之形狀雅與名稱傳爲清高宗南巡時所錫近見鄭顯孫與人論盆景書道及黃山之松亦有清奇古怪四品顯孫皖人必親見之乃知此種題號亦自相因襲耳鄧尉最勝處爲從石壁眺太湖諸峯湖波萬頃瀲灧几席煙雲杳靄時見遠帆同游者皆徘徊不忍去暮登朝元閣望漁洋山王阮亭所取以自號者惜蒼昧中不能寫其形色是夕宿山中明日歸舍閶門逆旅紀游之什季剛辟畺爲多忽忽二十年生死各半既傷逝者行自念也九珠爲瞿安伯父頌清

佛蘭艸堂

號艮廬並擅倚聲豪於飲迴舟之際尊罍皆竭

明孝陵之梅

中山陵園梅頗多異種蓋致之各方者中有一種花作薑黃色甚美觀余雖久居南京以無車故不常往往亦非必花時明孝陵差冷落喜幽靜者至此而止宮牆以内櫻花極盛望之如雲蒸霞蔚昔每與季剛攜酒同來賞梅之舉則未暇也經歷寇禍花木幸猶無恙右任自蜀中還寫示浪淘詞一闋題爲孝陵前看梅至藝圃小坐詞云斧赦孝陵柴亂後梅開天風遠遠送香來絲萼而今存幾樹有我親栽藝圃變蒿

萊行者增裒國香終不受塵埃嘉卉成畦還播種新
主名牌得此勝於親往矣
畫梅可自成專家與花卉家異錢遵王讀書敏求記
引潛溪先生云古人鮮有畫梅者五代滕勝華始寫
梅花白鵝圖宋趙士雷繼之作梅汀落雁圖厥後邱
慶餘徐熙輩皆傅五彩仲仁師起於衡之花光山怒
而埽去之以濃墨點滴成墨花加以枝柯儼如疎景
橫斜於明月之下逃禪老人楊補之又以水墨塗綃
出白葩尤覺精神雅逸然則傅彩之梅爲花卉家常
品花光逃禪別創新意以水墨寫之而畫梅乃獨樹

佛蘭艸堂

一幟矣花光真蹟今不可見清宮故藏逃禪立幟老榦繁枝氣息靜雅實非王元章輩所及吳縣七襄公所有石刻八方皆折枝用筆極簡每幅題卜算子詞證以陸放翁詩補之作梅花至少畫半樹則簡者乃其變格也丁亥在南京有薛生仰蕎者因人紹介持戴醇士梅花卷乞題戴自題臨楊補之作原卷藏吳門顧氏蓋即怡園主人鶴逸之先世也卷中寫梅四株分將開已開盛開將謝四種各題柳梢青一闋坿後醇士此卷甚得疏逸之致惜元本未見聞寇將松井石根據蘇州時搜劫顧家所藏囊括以去不知此

本猶在人間否七襄公所故明文徵仲宅後爲絲織業集會之故名

吴仲圭墨竹長卷

梅於羣卉中格調高潔詩人逸士喜以自況然定爲國花則非宜蓋隱逸之流足以善獨不足以合衆易言之即足以表民德之偏至者而不足以概其全也不如標牡丹爲國花約有數善爲他邦所罕見一也洛陽居南北之中其花最盛而我國文化由此發源二也雍容華貴象徵文明三也花擅國色之譽根有療疾之功譬處高位不忘兼濟四也性不拒穢以成

其豔猶滄海之納細流君子之容眾論五也花具五色符五族之數持此衡校似勝於梅若可更張請從商畧。

薛仰蒿設金城紙號於白下新街口年事甚少雖闤闠間人而恂恂文雅自言其父喜收藏名蹟梅花卷外又示吳仲圭墨竹長卷分段寫竹各爲題識卷尾署梅道人戲也盈丈之縑凡叢篠疏篁折枝孤幹無所不備中間一段但作枯樹斜屈賸點爲苔而已筆墨酣恣精彩四溢卷首以狂艸書李息齋竹譜亦署梅道人戲墨友人中陳芷町專工畫竹亟招與共賞

之歎爲稀有清宮藏仲圭二册視此弗逮也余題隅
簾聽一闋歸之云偶值道人游戲筆勢酣餘怒千竿
拔地龍蛇舞更樹老苔攢匠心幾許静有悟貴經營
自成新譜　親縑楮如聞提語盡得湖州趣蕭郎縱
好應難數認一枝一葉渭川移取展看處瀟瀟半庭
風雨仲圭竹以與可爲宗篆文湖州竹派息齋名衎
字仲賓爲其前輩仲圭稱息齋道人善畫竹石枯槎
始學王澹游後學文湖州着色者師李頗馳譽當世
觀其以李譜冠首則亦平生所心服者息齋竹曾於
南潯張葱玉處見之亦長卷氣斂神静而偃仰之勢

佛蘭艸堂

自然有風蒽王謂其勝於仲圭蓋尤饒士氣也芷町處見管仲姬竹乃爲其女兒作者並書子昂竹賦字畫皆秀勁其姊亦有長跋書法之妙不讓仲姬尤世所難見者惜當時未鈔粗記大概耳

吳門二仲普稱賢

吳江賢豪之士居吳而與余爲親故者二人一金松岑一費仲深仲名樹蔚號韋齋先室之兄也蚤歲有文名清末與張仲仁並佐直隸總督袁世凱暮結爲兄弟辛亥前一年丁先外姑陸太夫人憂遂不復仕鼎革之際參雲陽程公密謀而不居其名民國三年

吳江詩人

吳江詩人之客吳會者以金鶴望師與費蔚齋丈爲眉目韋齋丈與吳人相習舉凡地方興革亦常與商榷振導誠如旭初先生所云吳門二仲並稱賢也緣張仲仁丈與之最契而當干戈擾攘之際每得二仲之應對調度以安閭閻故吳人至今懷之不能忘韋齋丈詩近北宋詞則似南宋有東齋酬唱詩集蓋敍公園東齋爲吟觴地鶴望師爲

序之有云孟秋之末以事訪
迂瑣於東齋乃與唱酬諸君
子相會諸君子因瞀余爲詩
或爲序余亦得以盡讀諸君
子之詩並觀羣哲無恙所爲
東齋唱酬圖圖既超絶詩皆
雋永迂瑣即韋齋文之別號
也韋齋文先仲仁丈鶴望而
卒一則心太平室遺一則天
放樓集已先後殺青而韋齋
文之著述尚藏於家頗使
心儀者引領望之文更有吳
江人物志二十册皆其手輯
余曾假以分刊入吳江周報
不過嘗鼎一臠如天下太平
當與邑人謀刊布之一之邑文
獻固不忍其湮没弗彰也冷
香閣之建梅花之植風流老
去時會多艱彌覺當時已如
貞觀開元不可冀及矣

余在北京遭先室之喪仲深來弔袁氏強官以肅政
史袁長子克定娶吳窻齋女與仲深爲襟亞以親誼
故不得已受之纔數月籌安會議起仲深留書切諫
不告而去自後專留意爲地方興革利病無所偏黨
袁氏殂謝仲仁亦脱身歸吳遇大事如齊盧孫楊之
戰民不堪擾調護奔走皆兩君挺身任之鄉人稱爲
二仲燕居則居則以詩自遣閒集朋好爲詩鐘之戲
余假日返里亦必預焉體肥患血壓過高遂以中風
卒年五十一當余知於潛日仲深寄詩壽余三十生
辰遺札散亡殆盡而此獨完詩云昔聞刁令居築亭

佛蘭艸堂

臨浮溪曾邀子瞻共游眺醉落大句驚沙鷺刁翁官此久地僻不受人傾擠名僧種竹清話邨女渡谿照畫眉君今但取風景好知復不恨官職低異時我來一尊酒二翁未必差豪釐因君生日寄此詩火急報英物何時嘯於潛介臨安昌化閒地有綠筠坪構軒其上亦名綠筠宋蘇軾行部至此作詩著集中余按尋其地軒址尚存而無竹一竿乃令於清明節以時補植報仲深詩云有軒補綠筠有水通紫谿風俗淳厚簿書簡容我得句招鳧鷖謂此事也未幾受代去平安之訊遂不復至

天目兩山多奇景

天目兩山東山在臨安境西山則於潛所轄也民國七年官臨安者為戚屬李照忱適余之於潛任是年冬防會哨約同游東山登山未半而雲氣四布蛙步以外不復見物惟臨屋巨松畧可辨影絶似張素綃著潑墨畫一兩枝奇秀無比薄暮抵寺宿東樓憑窗而眺一無所見平明起視則有峯當窗軒然聳翠余詫謂豈飛來豈耶值僧舁朝餐俄頃反視又無一物僧言登鐘樓可觀雲海即倩導往樓在山最高處鐘懸樓頂下去地不三尺空容百人鉅重若此竟不知

佛蘭艸堂

當日何由輦致也樓板虛以玉鐘繞登其旁俯瞻楹外雲平鋪不動與樓板齊腰以下茫茫陸沈一白無際遠峯數尖浮出雲表若海中島嶼然使峯巔有人還視此樓亦必擬為仙山樓閣在虛無縹緲間也明日下山紆道赴西天目寺在山趾規模宏麗過東山香火亦盛未到半里許叢林森茂枝幹參天皆數百年物齋寮幽靜朝夕聞梵唄聲頓損俗慮山腰有昭明太子讀書臺未及登覽而僚吏白事者至匆匆遂去西山寺為律宗規律甚嚴相傳前清時有僧犯戒與村女私禮眾以僧法荼毗之上海名妓名來此禮

佛眈悅勝境而苦無棲止乃捐貲數百金付僧造屋意欲别築精舍備其消夏也僧不得拒布施又不願從主持者乃令以金構圖廁五間板屋明潔供尊客之用明年妓果至問所造屋成否對曰已成導而觀之妓氣結絶不復來余如廁訝其精美問知客僧備得其事如此云

於潛縣的新舊黨

於潛縣境與安徽寧國府接扼其間者有千秋關狹僅容騎憑關而守一可當千咸豐時洪楊軍嘗仰攻居民助清軍轉石下之殺傷無算既陷洪楊軍盡屠

佛蘭艸堂

其民不留雞犬隱匿得免者飢掘艸根久亦自相食遂無孑遺亂定左宗棠撫浙檄各省移民漸有至者然皆不著籍余在縣時按其紳商及其理獄訟詰兩造籍貫無一爲於潛人大抵安徽最多湖北次之餘則湖南兩廣蘇北浙東皆少數民無安土之心貨有遷流之弊故欲謀興革事不易舉然地僻政簡官民相安又非難治也縣有新舊兩黨舊黨以方姓爲魁新黨朱姓故又稱方朱兩黨官此土者與朱黨昵則方方黨齮之反是亦然積十年無能調解者余聞其事約兩黨謂公等非有私爭徒意見不協耳我來爲民

理惟有開誠心布公道以善爲歸不知有黨且請治杯酒爲公等釋怨可守兩黨皆言積憾已久公不悉原委然請終公之任必無違約以答誠意後果踐其言余將受代兩黨合詞上省吏請留省吏以此從來所未有疑其專工敷衍地方紳士弗善也余在官日嘗平反一冤獄合邑稱快故當其去日傾城祖餞老幼褰道及抵餘杭任猶追送匾額頌其神明余固受之滋愧然以是知黨爭之無益與民心之易得也黨初未嘗不爲公而爭之極則必自私其黨民雖無權公道自在苟叛其上曲必在官一邑雖小可以推之於

國矣

金松岑有俠氣

洪楊亂後初官於潛者有土無民移民之約凡來者屋舍田地取之恣便如有原主歸呈驗契證屋讓原主佔者仍恣他所田雖契不問惟可指畝數科則相等者爲償或犯罪當笞官必曰笞免罰領田若干畝去犯者叩首願笞不敢領田官怒於是罰五十畝者領半數或十之一以去余聞老父言怪問其言曰傭工不可得則田仍荒而冊籍既登當按畝稽賦也此情殆非親歷者不能知故夫時有遷移者事有恒變

地非齊醜民非同俗而謂科條可由臆定孰一可以御萬何異閉門造車出思合轍耶

余始識松岑在民國初元編大共和日報時松岑日寄社論來署名鶴放（望）後因仲深介相見清癯如鶴目短視御玻璃鏡厚分許吐詞溫然而詩文則淩厲亢傲余嘗謂松岑其行類儒其氣類俠其文類縱横家知松岑者當是余言平生究心水利主疏浚太湖廢圍田使無壅閼議論精當迨王清穆長太湖水利委員會松岑以祕書佐之余方知餘杭委員會忽以令索縣志置不報松岑游黃山道過餘杭問縣志事余

佛蘭艸堂

對曰若足下私函來志不難得委員會長官雖尊餘杭地不濱湖非其所屬無赴省相令理是以不報松岑謝曰慮未及此也置酒約游洞霄宮投詩為贈有旭初霭霭春空雲之句余謝事歸時復相聚一日奉親命賀某巨室納婦某以遺老自居先為其母夫人請旌節孝於廢帝溥儀是日上賜額具清衣冠行三跪九叩首禮賓客雜至同讌席者有曹叔彥丈丈盲於視而精三禮之學在席中頌清德聖忽詬及餘杭章先生曰章炳麟者可謂罪大惡極余不能忍與辯丈曰此何人也仲深亟解之述其家世科第曰汪某

子也文益大罵曰何家不受清官職科第何人非清百姓而乃公然轉入民國此真禽戰獸且禽獸中之梟獍也余曰如文言殆矣何家祖宗不爲明百姓不能作明官而公然入清代是祖宗非人耶文怒甚旁人扶去乃罷越日事聞松岑謂余曰足下抵吾師乎余言實不知足下師然足下師辱及吾師故不敢默爾松岑微笑曰子倔强人也松岑本與章先生友後竟以他事隙末而余於叔彥文始終敬之禮云毋雷同一時爭辯雖由年少氣盛請援此以爲説矣

聽書品茗在陶園

松岑刻天放樓詩贈余一集以流徙失之頃其弟子王君欣夫寄示天放樓文言鶴中年政論及遺詩續集詩多樂府及紀游之作自癸酉年丙子蹤蹟徧閩粵陝右滇蜀諸省余亦嘗至西安咸陽且久居巴蜀矣觀其所詠風物名勝半余親歷而竟不能道隻字才之不相逮有如此也詩中言重慶陶園者園在上清寺地名故為品茗聽書之地政府西遷監察考試兩院即以園為辦公所又名莅園其所云盲翁說書繃銅絲為琴以筋捶之者蓋俗名越琴西南之人多擅此又言重慶東北鵝項嶺李氏林園高臺左嘉陵

右大江上爲浮屠關爲登覽勝處者鵝項象嶺之形簡稱鵝嶺李園主人本滇籍晚清官此遂家焉巴縣全城皆山而浮屠關爲通成都孔道險峻可守鵝嶺稍在其下脈絡相接也園得地勢據山川之勝而布置亭林疏鑿澗石因地造屋跨水爲橋無不協於自然盡收園美園林山水兼而有之者平生所覽以此爲第一懸崖置閣極眺無際江如束練縈帶煙光閣中有額云下臨無地取滕王閣文可云適合寇機肆虐此閣似已被燬不知今能重建否又不知松岑所指高臺是否即此錄其詩以質諸嘗游者詩云高臺

佛蘭艸堂

聳林表二江夾其肘上有浮屠關勢若馬驤首川西富天囷巴郡當戶牖大險扼夔巫小險此可守高談紙上兵痛飲花間覩此林壑美笑我年華醜蜀江肥魚多椒桂辛宜受垂竿釣魴鯉江漲嘉陵吼且喚隔江青羣峯對招手

成都的姑姑筵

巴水湍急魚甚難致唯稍多鰻鱔之屬別有巖鯉一種視爲珍品蓋常棲止江底巖穴中非若他魚浮游上下也取魚之法不詳然絕未見有施釣者松岑云垂竿釣魴鯉此特詩人語爾成都即又不然水土平

衍與江南無異魚蝦亦爲常饌臨江酒樓名枕江者以醉蝦羹魚箸友人招飲幾疑在西湖五柳居也松岑亦有詩云成都酒樓凡幾座萬里橋邊解鞍馱客愁浩浩錦江同如此江山供醉臥鮎魚味美辛椒伴苦筍登庖鹽鼓豉佐停杯愛聽江湍急虎眼波文淨難唾平生眼界太空闊收向樓頭鐺腳坐峨邊烽火勢勃窣劍外殘黎骨春到不成歡噱攬芳菲俊賞心違淚交隨此則無一字虛設而雄傑之氣每覺勝於放翁放翁造句能豪不能澀也

松岑在成都詩有姑姑筵一首自注云主人王晉臨

佛蘭艸堂

年七十餘烹調爲川中第一以余所聞晉臨似姓黃其人亦讀書嘗爲某縣知事退老家貧乃治庖饌應客余川時晉臨已遷居重慶因重慶升爲陪都富家豪族麕集於此也當時一筵之值最貴者法幣百圓賤者四十圓此數在民國二十七八年已使窮酸吐舌興過門大嚼之感余嘗與葉元龍飲晉臨家晉臨素敬元龍僅取費二十圓蓋異數也所治饌味偏醲厚以煎煬爲上晉臨躬蓋犢鼻褌頭指氣使若者趨刀砧著視火候莫不奔走聽命客飲既闌主人易常服陪坐出示所手鈔漢晉書談古今事娓娓不倦又

自題齋額曰混世壽混世壽者蜀方土語猶言和光同塵老溷人世耳署款爲竟寗則晉陵二字亦以音訛訛

蜀中名庖多雋味

姑姑筵之名有二義一説蜀人稱姑曰姑姑竟寗之姑善治饌竟寗所師也一説兒童以木製杯盤餖飣爲戲他方或謂之齋泥木蜀謂之姑姑筵竟寗自以所爲等於兒嬉故名後説吾聞諸康心遠似較得實松岑詩蜀女兩角丫其名曰姑姑也主東道不辦醯與醹觴豆無等威隨手蒸雞鳧旨甘得真味跨竈

饜饕奴咄哉老髯伯歛袂師姑姑筵以為姑姑名疑是文君鑪則以姑姑為廿女與第二說略近而又非也竟甯雖隱於庖然頗矜倨故主席林公宴客抱竟甯辦具不應諸給事者懼不敢上聞懇商之則曰出無車吾不能徒行也乃亟以汽車迓之來宴畢給事者厭其人不肯以車送竟狼狽反余聞其事笑曰伊尹不易為

同時有丁廚者名亞竟甯以其傭於丁家故用主人姓冠之自言為竟甯徒然所長乃在湯蒸味清而腴登盤諸品必調酏采色整潔可觀客未下箸已相顧

稱賞矣或譬諸繪事丁廚行家竟寗則文人畫也後竟寗死遺妾無所歸復繼其業色味乃頗與丁廚類竟寗之子及女夫亦各設酒肆於成都女夫所主名不醉無歸余經成都時曾往焉大抵各擅一味使相誇勝而竟寗在日有問其孰得真傳者輒歎曰豚犬輩不足與語然則絕學難紹一技且然不必經術文章始此喟矣

弘一師紀事補闕

自隨筆刊布而四方之士聲氣相求者書問日至尤以關心弘一法師遺事者爲多師德力感人之深於

佛蘭艸堂

此可見姜君丹書號敬廬曩於師同教浙江省立第一師範學校朝夕論藝相得無間於師出家事知之甚詳頃貽書正其闕失與前載李君行孝語可相參證約舉如下（一）師民國七年剃度於杭州大慈寺即俗稱虎跑寺翌年受戒於雲林寺俗稱靈隱寺（二）師出家時其日本姬人初未聞訊後往虎跑寺求一見堅拒不獲（三）金娃娃爲北京歌伶其贈詞前半闋云秋老江南矣忒匆匆喜餘夢影尊前眉底陶寫中年絲竹耳走馬胭脂隊裏怎到眼都成餘子片玉崑山神朗朗紫櫻桃漫把紅情繫愁萬斛來收起

（四）師臨化偈語曰君子之交其澹如水執象而求咫尺千里問余何適廓爾忘言華枝春滿天心月圓又孫君重斌寄示師遺屬及將赴日本時所作金縷曲一首亦附臨化偈語唯補述其示疾始末並與夏丏尊書偈即寄丏尊者書無他語但云朽人已於九月初四日遷化生前作書而云已化自非明知去來者不能唯稽諸永懷錄夏君所記弘一大師的遺書一篇言中信上九初四三字用紅筆寫似乎不是他的親筆是另外一個人填上去的又言三十年二月澳門覺音社所出弘一法師六十紀念專刊李芳遠

佛蘭艸堂

先生所作送别晚晴老人一文中有去秋贈余偈問余何適云云如此則遺書中第二偈是師早已撰就須備用以作謝世之辭的了據此師作偈實在示寂前前兩年遺書日月亦可他人填寫非所豫爲蓋師平生踐履篤實縱令前知亦未必便肯以此自表也遺囑及詞並散見永懷録中故不備箸

一煞祇爲玻璃杯

豫知死期凡修道習静者頗多能之曩聞楊仁山先生於臨終前治具招親友告别云有遠行衆怪問將何所適曰到期自知頃之入内衆久待不出排闥視

之則已坐化矣古今如此者多不勝枚舉至若溈山倒植而化尹師魯來去自如雖記傳可徵未免驚俗仁山爲居士中大善知識創金陵刻經流通處至今猶存其門弟子最知名者桂伯華歐陽竟無李證剛皆江西人伯華早卒竟無主支那內學院精習唯識文章似唐人學者翕然奉爲大師證剛教中央大學哲學系幾二十年晚兼禮樂館禮制組主任編纂皆由愚故愚之所畏也

竟無佛學宏通而性褊善怒嘗於湯用彤席上會李剛同坐極詆訓詁考據謂非根本之學李剛不肯讓

佛蘭艸堂

遂致忿爭又江問漁張軼歐分長江蘇實業教育兩廳時暑日觴賓延竟無上坐待役進荷蘭水遞置頗黎杯客前杯不足用即以磁甌進竟無竟無拂袖拂袖去主人追及門外亟謝弗顧也至其大節皭然不污避寇入蜀中選古人詩詞之音節亢厲者為甲編以作民氣予某以事見法終亦無怨愚讀其楞伽疏決有云聖教為惡取空者說寧可我見如須彌山不可空見懷增上慢雖救偏之言豈非所自證者亦如此耶用彤竟無弟子余初至中央大學哲學院尚獨立用彤方為院長兼代理文學院事後哲學併入文

院爲一系用形比去遂絶音問

葉楚傖之健忘

余少頗彊記逮老而有師丹之疾丹鉛鉤識合卷即忘途遇舊相識往往不能道其姓名人或訾爲傲慢猝無由自解也因憶友朋中最善忘者莫過葉楚傖楚傖任中央黨部祕書長嘗詣公府請謁謂有三事急須陳白候進止主者延見問第一事爲何楚傖思有頃曰罪甚忘之矣然則先言第二事楚傖搔首躊躇復不能對次問第三事楚傖益窘但言荷荷主者微笑曰姑整理案牘後來楚傖出如遇大赦未幾遂

佛蘭艸堂

辭職性和易近人尤饒風趣余謂楚傖或言子南人北相如何楚傖引杯自酌徐徐而言曰然雖然吾性情猶吳人也軍事方亟各省限期分段築公路以利運輸命名必取地之起訖與鐵路同巴縣至寶雞路成命曰巴雞公路楚傖歎曰名佳然何以倒言之女子某以畫扇求售楚傖擇其一把翫久之曰山黛似春葉赭似秋春秋之景備吾取此矣又嘗爲人置酒理紛終席但論他事而其爭自解故嘗於南京蘇州同鄉會致詞曰吾更事多知天下事莫妙於拖之一訣拖過去則無不了矣當時疑爲模棱而今日萬事

舍拖訣外更無他法乃悟其言實有憤激於中也

胡樸安努力做人

勝利之初海內延頸望治而措施未嘗（當）佚樂是耽陷溺滋深馴致今日有識者所深痛也三十四年十一月樸安有與非書杞云手書闕然未報非遺忘也只因自日本投降以後一切的紊亂使我心亦隨之日延一日意懶於執筆這三個月來使我一百二十度熱心登時減至零度現正拚命努力漸漸上升我雖個人不夾多數人皆是無心不講事業只講享受不問他人只顧自己一則爲墮落的悲觀一則爲狂妄

佛蘭艸堂

的樂觀此猶就新舊知識階級而言其一般人富者只有狂妄的樂而無觀貧者只有墮落的悲而無觀生者醉生死者夢死火又將燎原水又復平隄狂妄者熟視無覩墮落者自救不暇而我的心理有危懼的悲觀絕不墮落爲有計畫的樂觀絕不狂妄計劃若何即守我自己的本位努力也我是個讀中國古書的人許多讀古書者皆是書本子上學問我則事事反之自身中國學問是身的學問修行在於做人所以我立腳今日於做人上努力此即有計劃的樂觀也可謂對世人痛下鍼砭誠如樸安言使人人皆

知努力做人，即治平之基奠於此矣。餘所著尚有中庸新解、莊子章義、儒道墨說、病廢閑門記等。其學每儗抽玄奧之理而以平實說之，然非空疏者比。作周易古史觀成，自言我所有之周易書約四百餘種，涉獵者三百餘種，細讀者五十三種，即此一例可概其餘。樸安旋歿，遺稾不知今在何所也。

葉楚傖遺箸

世徽樓詩編次未盡善，印成之日，楚傖已不及見矣。案牘疲神，憂勤銷骨，而仍能吟詠篇章，工拙不必論，其涵養之深於此可驗。夏至詩云：憂患艱屯皆可樂

佛蘭艸堂

又云承先啟後大事業立於方寸安於默正其道其一生得力處性嗜飲杯斝不去手醉益溫醇自克故有句云酒中人是性中人豪放恬祥各有真恬祥二字是其寫照也二十六年夏余應幕府之招將赴西安楚傖設餞謂有詩未成至冬入蜀復相見乃投余五言一首云昔送關中去今同蜀道來異鄉如骨肉大地欲蒿萊春近音書遠霜清畫角哀喜題柱手盤擘動風雷急足遞箋並索和章爲報因即次韻謝之云如獲連城璧新詩入手來殊方忽尊酒故國已荒萊鷙鳥陵秋奮啼猿繞峽哀羣生寧久蟄天半隱驚

雷詩去楚傖來詩（訪）抵掌談收復事集中有與旭初元龍夜話一首即此時作也詩云輪蹄遥集一存臨各有川原萬里心落月金閶尋斷夢幾時鐃鼓替徵吟横江指顧收吴會天下縱横自古今須待鶯飛三月暮山塘酒泛遠人襟次日除夕亟送和詩往滕以小箋曰稍緩則事隔一年矣詩亦次原韻併錄如下山河無地着登臨杖策來見素心廢棟營巢慙燕止戍樓吹角作龍吟亦知守國非憑險直遣和戎誤到今明日春風换人世擬同花底洗煩襟楚傖横江一聯及余守國一聯皆記當時所詩語也集中又有題旭

初畫一首云心事今隨世事移家山破後夢依稀春風殘剩苕溪路側憶深愁總未宜則不知爲何人題者苕溪句蓋指余令餘杭事語特深婉彌見風懷

傷時憂國一詩翁

江都周穀人年八十三初未相識也歲丙戌刻所作詩詞都爲一集名无悔詩詞合存託尹石公以一冊轉贈久置篋中近日始得暇披覽古近體皆溫雅五言尤勝詞則似在白石夢窗之間余最喜誦者爲永懷二十八首規仿嗣宗接其神理不必貌似也第五首云昔年游京洛風塵緇我衣感物若將浼驅車遂

言歸嗟彼夸清子弗天德疾威國維喪廉恥民聽毗
是非善人哀爲尸面從中心違防民甚防川潰決將
誰依又第七首云冬至苦晝短白日移景光既往不
復回天行故有常壯士發奇情揮戈闘魯陽一人成
其愚千古哀其狂舊邦有新命弛者誰能張孤注輕
一擲求仁謀未藏又第十一首云名都有貴人彈以
金爲丸兒童相逐得之療飢寒一發幸中的侍從皆
騰歡意氣快一時焉知來日難大火忽西流秋風動
長安歡樂未終極涕淚交汍瀾又第十五首云丈夫
懷壯志弧矢威四方坐見金甌缺中夜起旁皇叱咤

佛蘭艸堂

生風雷武庫龐清霜兵車會諸侯莫敢仰首望月盈則虧蝕失助徒嗟傷兵家哀者勝成敗寧有常翁自敘行年五十謝絕俗緣又以洪憲之變外憂內患震撼不已可爲吟諷之事日多而友朋之往復唱和亦因之而起是則翁始爲詩在民國後上所刺譏皆爲帝制及復辟（如第二十七首）時事然辭旨哀切援往事以爲今鑑頗有足資儆惕者讀其詩亦可以風也

滿船書畫付波臣

我國治術首重民意故以民爲天暢此旨者無過儒家而孔孟則儒家之宗也孟之言曰民爲貴君爲輕

得乎丘民而爲天子孔子之言曰百姓不足君孰與足又曰不患寡而患不均不患貧而患不安爲政理財之道綱領在此後之秉國者專恣暴虐朘民以自肥既盡反儒家之術及至國弱民病而議者乃歸獄於儒不亦值乎周翁詠懷詩云天視自民視天聽自民聽好惡同民心均平天下定小康不足言大同此途徑學說古有徵桴鼓今方應果聞擊壤歌寧憂瓶罍罄所惜羲農遠末由稽史乘蓋指謂今日最新之說乃適與古相應耳言外之意讀者可自得之

何稚舲丹徒人清末以仕亡其貲入民國猶爲部郎

佛蘭艸堂

能畫習崑曲喜演借靴一折此劇賓白例用揚鎮間語余嘗聆其演奏可謂極究梯滑稽之能馮玉祥逐溥儀清宮器物寖流溢於外有力者攫之以爲珍藏或亦因緣爲利稚舲獲致書畫卷軸甚富載以南下舟發塘沽失事併溺焉周翁有哀何稚舲一篇紀之甚詳云天蒼蒼水浪浪巨魚躍羣鷗翔波濤闊不可量我思之結中腸懷伊人水中央欲求之阻長且隨陽雁飛成行君遠行踽涼涼問征夫語難詳人疑君歸故鄉我願君滯他方君出門月無光發津沽弦始張圖復缺企予望憶意容貌堂堂春秋盛血氣剛君

自信壽而康言在耳心難忘君有田足稻糧學而仕
空倉箱升斗祿焉取償舌猶存目未盲今爲官不如
商致萬金意差强人知足樂乃常君非當喜而狂旣
北嚮胡南航君南航非輕裝懷瑾瑜兼琳琅希世寶
出祕藏天所妬人乃缺問水濱歎望洋不能期其存
尚顧知其亡存亡兩不知天道胡茫茫我思駕虹指
東海爲君歸骨葬北邙求之不得我心傷短歌微吟
發清商泣涕漣洳聲難揚安能達觀齊彭殤雖其中
不無微辭然嘅惜之深具見交義稚舲子墨爲余從
姪壻求父尸不得招其魂而葬之墨字秋江從師曾

佛蘭艸堂

學畫及刻印葉官以藝自給有聲於時

儒家修養法

胡樸安門人柳非杞郵示其師論學手札二十餘通樸安涇縣人久居上海隸南社以文字倡革命與陳去病柳亞子葉楚傖交契楚傖主席江蘇省政府時曾一任政務廳長晚年病廢益勤力著述成書甚多其最自詡剏獲者爲周易古史觀題詩所謂古事時發見如回萬古春漢宋易家注埽之如浮雲也與余未識面而當余居重慶時每託非杞殷勤致問且索爲周易史古觀署籤驛遞多阻故排版時不及用易

之爲書廣大悉備以史觀易亦得其一體耳愚於其書畧有諍詞然好學深思之功不可沒也樸安治學不囿漢宋門戶而以修己立人爲歸著儒家修養法則併廓除儒釋之界信爲闊達其與非杞書云漢學尚是書本子上學問宋學是做人的學問漢學之基礎是訓詁所以甚有條理宋學之基礎是格物大學格物章亡宋學皆是空談不知現在小學校之自然教科書即是格物之初步又云讀書當先立其大者中庸博學之審問之慎思之明辨之篤行之此實千古不易之法門漢學家只博學審問宋學家只慎思

佛蘭艸堂

明辨漢宋二家僅各做一半至於篤行者漢宋學家皆無有也又云篤行在爲人爲人在立志志字從心從字心志於士推一合十爲士所以讀書當自博學始論語云士志於道而耻惡衣惡食者未足與議也人雖不能離開生活事以生活爲事者不足以爲士也丁寗反覆語皆類是其教人如此即其所以自立者可知矣

簡策千秋有短長

樸安病中多爲詩信筆書寫殆與堯夫擊壤同流其意无不欲以文詞自見也擇錄數首用窺一斑感事

云一閒日本已投降不覺心情喜欲狂從此和平編
大地更無桀驁擾疆邊太剛必折是天道以屈圖存
尚善良今後大學[家]須努力自強處處盡康莊書感云
經年臥病瞎心驚夕照無多對短檠一息尚存終自
勵千秋以後任人評入春艸色連天綠到耳潮聲向
晚平身世茫茫何處是中原況乃未休兵書憤用安
如韻并效其體云權奸誤國當年事簡策千秋有短
長莫道天心常醉悶須知鬼力已微茫偏枯久閑閒
人户魑魅時窺野叟堂身後賢愚誰管得何曾過到
兒郎（其一）可與言人三兩少不如意事萬千多持甚[期]未

佛蘭艸堂

肯稍汙濁教我如何不坎軻蕭瑟西風騎瘦馬迷離春夢醒癡婆詩書久已辭塵世難怪人受責訶其二安如者柳亞子字

非杞寄樸安遺札時別卅一歲謂昔年在渝州沈尹默先生爲書蘇曼殊詩全部成一手卷已有柳亞子柳無忌題擬請亦爲題跋並著隨筆中云云尹默所書卷子未見曼譯拜輪詩曾刊小冊餘僅見絕句數首多風華綺靡之作亦未窺其全集下句筆頗難昨戲占短章聊以塞姑從非杞請錄此其一云蘇黃綺語被師訶放下門槌又若何不似曼殊參悟了卻將

明季史稿

寄菴隨筆載柳亞子先生治南明史用心頗篤治史家均以南明史料瑣復野乘筆記叢繁蒐集綦難爲恨筆者遜憶去冬於吳門冷攤獲錢梅谿老人批校删存明季野史稿本一册朱墨粲然字蹟頗精梅谿跋云是集載有明史事自英宗迄懷宗其中軼事與正史互有異同其與國朝龍興大致多半直書不諱作

心事託微波次句用東坡南歌子借君拍板與門槌我也逢場作戲不須疑也其二云沈侯墨妙比河南寫得新詩意亦酣我與埽空文字障本無一字更誰參

南明史稿待殺青

安如爲費敏農甥敏農韋齋從兄也安如少慧嘗讀書舅家舅家諸兄弟多病口吃安如戲效之已而成習其吃乃甚於諸兄弟年十六七投文江蘇雜誌署亞盧意以亞洲盧騷自命後稱亞子爲太平洋日報撰文又署青兕則以與辛稼軒同名棄疾辛有青兕

者殆恐忤當世之文網故託
爲亡是公言歟夫野史刪存
自古不廢閱者存而㣿論可
也勾吳八十一老人錢泳讀
并識下鈐錢泳之印

佛蘭艸堂

之號也始相把晤叙輩次余爲尊行而安本年長於
余志業相契故脫略形蹟歡若平生性率直無城府
喜怒毀譽皆由中發初每以臥龍況余及論事不合
則於報端著文詆之曰鄉本佳人何苦作賊家如饒
裕而以走奔國事揮斥殆盡南社艸創其經常之費
亦取給於安如自余浮游南北安如亦蟄居鄉里中
間三十年唯送韋齋喪時一聚首而已中日戰起安
如以直言除黨籍先是避寇香港香港陷徙居桂林
時余方臥病歌樂山從非杞處得其消息始復以詩
札相問存安如屬艸南明史精力所殫又因余爲介

從朱逖先質疑事並蒐集資料今俱老矣余百無一成而安如南明史稿實爲不朽之業願其殫力著書殺青可觀也

月下笙歌傳水調

頃檢篋中得其初見贈詩一首計時當在民國前一二年題爲偕道一屏子訪旭初（文）贈（賦）呈一律云爲尋龍臥南洋客自挈雲間酒伴來游俠江湖名作（卞）遠空山風雨卷能闢雕蟲已悟非長計讀易從知是異才舒位王澐真竊忝從今好共闢深杯舒王戚誼如我兩人道一屏子謂金山陳道遺上海朱少屏地皆松江

佛蘭艸堂

府屬故稱雲間非隨筆塡湊也

又別箋寫兩詩題云七月七日偕鈍劍恕式游煙雨樓與闌歸飲酒家復遙望南湖鐙火感而有作詩云天上人間兩不知金風玉露又紛披一泓秋水明於鏡終古靈辰屬此時過眼繁華成轉轂泥人哀怨託參差酒酣莫唱南湖曲腸斷梅村絕妙詩（其一）高樓鐙火認依稀打槳吳娃夜未歸月下笙歌傳水調天邊風露濕羅衣鴛鴦湖畔新游蹟烏鵲橋頭舊錦樓（欃）獨有天涯狂醉客憑闌無語故依依（其二）安如早年詩格精整如此鈍劍蓋高天梅一字劍公恕式未詳

梨園憶舊錄

民國初伶人以色藝馳譽海上者一馮春航一賈碧雲皆飾旦腳而所長不同馮爲青衣賈則花也春航幽靜嫺雅宜於悲劇演三娘教子血淚碑妻黨同惡報等聲情悽楚觀者泣下碧雲則明艷嬌冶不可方物所飾雖爲妖姬蕩婦而描摹劇情適如其分非若後來諸伶之姚蕩無節者所工之劇如梵王宮紅梅閣打花鼓新安驛等每一登場坐客必滿當時有聽歌之癖者抑彼揚此嚴分兩黨安如爲馮黨健者編春航集賈黨亦爲碧雲集以抗之余與季剛嘗從

佛蘭艸堂

碧雲往來被賈黨之目其實固未嘗有一字也春航行誼近見鄭君逸梅所著小陽秋中引朱劍芒南社感舊錄載其焚券濟貧事近世士夫所不能逮而碧雲多識佚聞舊事吐詞蘊籍蓋亦與春航相若春航字旭初登場之名爲子和有兄二者名丑也碧雲亦稱小十三旦先是秦腔老伶侯俊山者以新安驛著稱十三旦自碧雲名盛衆又稱侯爲老十三旦以別之云

清承明制宫内行禮燕會由教坊司承值後改爲和聲署教坊司初有女樂旋予革除悉用太監代之其

習藝之所曰南府乾隆南巡至蘇州極賞崑曲遂令織造府選人隨至京師應差並爲教習以此輩不便與太監雜居安置景山由是南府稱內學景山稱外學嘉道間合併爲一至道光七年復改南府爲昇平署著民籍學生全數退出並不准有大差處名目專以太監承應於是昇平署制度遂與清相終始然閹寺質體既虧聲容並茂者鮮內府劇本又以應制故懼觸忌諱多連臺神怪之作西太后生長民間嗜皮黃劇太監所演不足以饜視聽即傳外間名伶入宮奏伎凡常被宣召者例有廩給稱供奉伶人亦以此

佛蘭艸堂

爲榮晚年既多失政蜚語流傳不可究詰余偶從碧雲問惜當時未予筆記錄憶者少矣

梨園數武生行必首推俞菊笙菊笙既老其徒楊小樓爲第一楊白皙修偉矯健絶倫飾大將及黃天霸等英猛之中復饒閑雅尤非他人所可及西太后最賞之小樓爲某福晉所眷里巷訛語侵及宮闈或改唐人詩刺之云宮中老婦不知愁春日凝妝上小樓碧雲言此不足信就其親見者一夕宮中傳戲小樓演長坂坡畢太后宣召且命不必卸裝先叩頭殿堦下太監傳命進至御坐前跪而電鐙於此時忽全滅

俄頃復明小樓謝恩退攝衣爲兜兜中則珍珠環釧並金銀器若干事皆太后所親賚珠釧即腕上常御之物蓋異數云又言光緒帝失歡於太后太后每窘促之值帝誕辰演戲太后特點譚鑫培唱白帝城託孤衆皆駭異然不敢違旨也據此后之驕汰刻薄已可概見牡雞司晨惟家之索清室覆亡后不能逃責鼎革以後風俗益靡國體雖更前車可鑑也

鑫培師程長庚長庚皖人鑫培鄂人皆善運新調一聲既出轉相模仿説者謂京戲實由徽調及湖北調糅合蟬蛻而成或亦非過劉禺生洪憲紀事詩注述

佛蘭艸堂

鑫培學藝事甚詳云長庚出臺鑫培必背臺而坐凡長庚演唱聲音清濁高下疾徐之度簡練而揣摩之年餘自得韻味曰可以出獻音矣然神技猶未也又向臺下而坐凡長庚手足鬚眉動態與聲音高下疾徐輕重自然神合之處出則默理居則演唱有不洽於心者明日即前往改政於是又年餘親詣長庚曰師神藝已畧得端倪長庚使一演奏大驚曰鄂人二黄吾子可得老夫衣鉢焉生自言此親聞之鑫培當必可信唯謂長庚亦鄂人實誤鑫培聲音動作雖臻絶詣顧體小而瘠遠不若長庚之儀容俊偉然以初

習武生能戲又在有長庚外者其身手之捷跌撲之工小樓自歎弗如所擅文武諸劇難僂指數即余親曾聆其演奏與聞諸他人者列表計之當可二三百折然猶未盡也

故事大軸壓軸必以鬚生或武生當之俗漸淫靡觀者以色爲重旦腳代興鑫培亦漸老不肯常演民國二年南方伶人林顰卿者至北京出演東安市場藝殊平凡而售座甚盛鄰園主人固請鑫培登場竟不能敵鑫培慨然曰這年頭兒戲也難唱唱不過梅蘭芳也還罷了現在連林顰卿也唱不過了夫真賞曰

佛蘭艸堂

稀豈惟演劇寸心得失何足校量而伶人謀衣食之資乃不得不貶抑其技以投俗好馴至鄭聲日繁必曰此爲進化之徵翩其反矣

與鑫培齊名者汪桂芬孫菊仙桂芬先爲長庚司鼓板揣摩聲調得其沉鬱之味菊仙則一落魄秀才嗜聆長庚劇風雨必往長庚後識之乃頗爲講指論授菊仙歌喉宏碩發聲如黃鐘大呂尤近奎調奎調者以張二奎名當時與長庚及王九齡亦三人齊名桂芬善用鼻音運氣自丹田中出學者最難肖既早卒唯王鳳卿畧得其四五分菊仙行腔極簡幾類念誦

然斂之若游絲放之若震霆噴礴而出無不如意民國初鬻上海余聆之數矣世人徒震其名不能深好朋儕中獨李曉暾能效之因爲余言菊仙唱空城計臥龍岡一段聲情激越而四座漠然至末句菊仙忽改原詞云我真是在城樓而不知其罵也此事極可笑然余頗疑爲曉暾寓言曉安徽人名世由曾知吳江縣以狂疾死

從前報紙多特闢戲評一欄評騭伶官商兌劇曲亦甚可觀者然行家不多得妄者爲之則阿私骫曲毀譽任情甚或顯分黨派日肆排觝於藝術上失其真

儈人亦厭之顧梨園中人自相品題恆多雋語聞汪桂芬觀鑫培演賣馬歎曰這秦叔寶被他唱盡了意言其形容極致無可復加也劉鴻聲稍後起以黑頭改唱鬚生音調高銳譽者稱爲鐵嗓一日演洪羊洞鑫往聽人問如何鑫培微笑曰佳固問之曰好是真好就怕他死不了蓋譏其音太高與六郎臨死之情不合也余嘗聆鑫培南天門曹富將絕時愈唱愈低真似氣息不屬者乃悟其語之妙又菊仙評菊芬爲老旦老生鑫培爲青衣老生鴻聲爲黑頭老生言外之意殆謂老生正宗非己莫屬也桂芬本兼工老旦

唱滑油山行路哭靈諸劇實出龔處上
桂芬鑫培同負盛名相爭亦相讓也桂芬既心服鑫
培賣馬終身不演此劇而桂芬所擅者如取成都取
帥印等鑫培亦不敢演前清京朝鄉官有歲初團拜
之例醵飲會館中或演劇諸名伶畢至臺會戲之濫
觴也然臺會劇必有任選擇伶人隨到隨演但以先
後爲次願演何劇亦各聽便大抵必自獻其平生得
意之作一較長短無肯輕率從事者或兩人俱工此
劇者複演不禁聞老輩言某歲蘇州同鄉集長元吳
會館沿例觀劇桂芬先至即演文昭關本其所獨擅

佛蘭艸堂

一時者聲容之美莫可比倫衆擊節歎賞而是時鑫培適至周旋四座間因言今日某亦以（侍）敬此折孝敬者北方常語猶云供辭（獻）也皆漫應之而心竊為危迨桂芬下場繼之即為鑫培之文昭關聲調雖佳終有珠玉在前之感衆私謂敗矣桂芬演此無出關告別一段而鑫培獨於此聚精會神其拜謝東皋公時倉皇急遽之中仍露非憤惜別之意身段動作幾欲神化於是掌聲雷起素於（與）鑫培昵者喜曰到底有一手繼鑫培而起者惟余叔岩最善嗓音弗如故行腔稍簡而能別饒韻味若其作派動手投足皆鑫培也然

鑫培在日叔岩避不登臺俟其歿始允奏枝一出而聲名之盛遂與鑫培敵若並時角逐慮必為所壓矣今之後生好淩侮前輩不精其學惟忽嫉謾罵以為快者比比皆是禮失求野為之慨然

甲寅冬日觀堂會於金魚胡同張某為提調排羣英會鑫培飾魯肅德珺如周瑜黃潤甫曹操金秀山黃蓋慈瑞全蔣幹飾孔明者似為金仲麟秀山子也配合齊整極一時之選余謂張君今日戲符其名徽之力不及此張答人材所限只好模胡音如媽虎而已余許其言太了曰然則尚有勝此者乎張曰他不必論即

佛蘭艸堂

就此劇言大老班指程長庚在日封箱演此自飾魯肅王桂官飾周瑜趕三名丑劉姓飾蔣幹盧台子飾孔明均成絕響惟曹操黃蓋兩角仍舊耳因言今梨園十行皆不如前惟武旦一行九陣風之藝實過乃師武生若楊小樓亦僅得菊笙一體非全材也余聞之撟舌不能下三十年來伶工凋謝使張君至今猶在不知又將作何等語九陣風者真姓名爲閻嵐秋其師則朱十也

記此復憶老伶王福壽語曰內行所重八字爲文武全材崑亂不擋自皮黃行世只出兩個半人才程長

庚一個譚鑫培半個其餘一個則福壽自命也福壽嘗於堂會中演崑劇寧武關對刀步戰識者稱其功力深到然終身不得意知者亦鮮豈所謂有幸有不幸耶或言福壽姓（性）孤傲不能隨俗又多與同輩忤故無肯爲之延譽者若然其潦倒亦宜

自四大名旦出以新聲相尚文士名流多爲編製劇本元二年間梅畹華聲漸起藝亦日進嫦娥奔月初上演都下忽盛傳其辭爲余所製實則余與畹華初無交接不知何由致誤也其後將編西施全本羅掞東告余中有采蓮琴臺兩節擬用崑曲曲詞請余主

佛蘭艸堂

稿余允之詞編劇事中閣余亦離京遂不復預又其
後全劇告成仍有采蓮一節非崑曲而琴臺無聞焉
院本中傳西施事者有浣紗記辭采無可觀傳習者
亦僅數折且非其本旨所在則有書與亡逸等余以
夫差雖荒淫而其初矢志復讐正與句踐相類未可
抹殺西施從范蠡事亦不足信嘗有志重爲之討論
乏人終於不果既受揆東命頗費經營結構采蓮一
節擬使與鄭旦分領宮女蕩舟和歌熱鬧排場措思
猶易琴臺一節則擬西施獨上對月興懷迤邐循響
屧廊登臺遠眺極訴背離家國身世兩難之痛終場

則吴王醉醒分遣女侍尋覓還宫以表達情意全在
唱作中搆曲殊難精彩當日僅成嬾畫眉一闋描寫
響屧廊夜行景况云你看樹梢頭殘月映宫城怕的
是風颭棲鳥不暫停疑介早難道迴廊那處有人行
不由人怯絲兒魂膽交相迸佇聽微笑介呀元來是
步步相隨點夜聲襯字之繁玉茗已開先例而聲調
婉折知音者或有取焉惜稾既未完挨東早死晼華
近亦不肯輕露色相此曲遂終爲迴憶之資耳
越進西施於吴實兵法所謂用間西施尊吴王以歌
舞亡國亦正成越之命爲國報讎不得以尋常禍水

佛蘭艸堂

責之也然身受極寵私恩亦自難置故沼吳之後一死自明乃情理之至當者墨子云西施之沈其美也蓋非由美色即不為越所用亦無緣得此禍楊升庵云吳越春秋逸編吳亡後越沈西施江水令浮隨鴟夷以終正與墨子合子胥之讒死西施有力焉胥死盛以鴟夷今沈西施所以報子胥也縣志引之謂可備一說夫讒殺子胥本由宰嚭何緣歸罪西施且子胥若在越終不得入吳假令屬鏤之賜西施有力方當論其首功何故反為子胥報之升庵臆說於理為乖古今詠西施者皆不為持平之論余嘗反柳耆卿

詞意作西施詞名調一首今併原詞錄下柳詞云苧蘿妖艷世難儕善媚悅君懷後庭恃寵盡使絕嫌猜正憑朝歡暮宴情未足早江上兵來捧心調態軍前死旋羅綺變塵埃至今想怨魂無主尚徘徊夜夜姑蘇城外當時月但空照荒臺余反之云會稽山上樹空枝國勢任傾危臥薪嘗膽堪笑總虛詞范蠡當時也恨無良策但尋訪嬌姿浣紗擬向荒邨老緣恩重畫娥眉沼吳後自沉煙水判心期盡說功成一舸相隨去難欲信還疑千秋冤憤庶期一雪耆卿捧心調態句似謂其死於兵中而非沉水疑別有所據惟不主

佛蘭艸堂

五湖共載之說則同也

昔孫星衍好秦腔謦爲夏聲實則樂記所謂趨數煩志者嗜好有偏正復何礙不必託詞以自解也余於崑劇之外頗好川劇其腔簡直其聲激楚朝猿夜鶴同此悲吟唯尤宜於旦出生淨之口則靡也劇詞或經香宋翁修改如情探一折殊稱優雅情探者演王魁負心事魁已別娶絕桂英桂英縊死訴於鬼神得直將取而質之而猶不忍則仍爲生人以探之故前折爲冥訴後折爲活捉也大抵劇本亦多從崑曲皮黃或彈詞（如全本玉蜻蜓）出而情節排場頗異

演白蛇傳小青爲僮奴以丑飾之跌樸（撲）變相掙獰可怖魯智深醉打山門工架極繁號稱難演然只一場其從皮黃出者如關於（州）諸劇霸王别姬八郎回營杜十娘沈百寶箱等亦僅一二場蓋除演連本外無論何劇倡白繳極煩重場面必甚簡單演者無更迭上下之勞觀者有一氣貫串之想唯情事變化少耳其利其弊或皆在是亦有他劇所無而意義至足取者柴市口一折演留夢炎生祭文天祥事留百計勸降而文屹然不爲動作人忠義之氣功益非淺又三游宮一折劉禪降晉後夢游家廟昭烈及關張俱在張

佛蘭艸堂

飛數禪之罪而痛責之獨用飛者飛性暴且禪兩張后皆飛女飛固爲丈人行也此外苦不甚記憶要之地方性劇不可輕視而川劇主編者大有人在研究劇曲者庶當留意及之

川劇宜旦故以旦爲重然人才亦難得有薛艷秋者號稱四川梅蘭芳冶蕩踰節實不足觀余獨彼蕙芬蕙芬女子貌中人演拜月亭白蛇傳諸劇靜穆閑雅無太過不及之病時當民二十七年大鼓名手董蓮枝亦在陪都胡小石最稱譽之余劇〔戲〕占兩句云愛蓮周茂叔擘蕙屈靈均小石爲足成四十字余因復和

之云愛蓮無俗韻擘蕙有奇芬宛水中渚兼之日暮雲風塵方須洞屬和徒紛紜爲恐銷英氣吳鈎把贈君絕不聽歌以迄今日境遷時異聊復識之

民間歌曲尚有道情一種不爲人所注意流傳絕鮮文人所作自崑山歸氏興化鄭氏外亦多不見今唯四川有之徐季剛爲禮樂館組員每於酒後唱漁家樂道情衆皆歡笑館既解散偶憶及之命補錄其詞來季剛自注從兄敬之酷嗜道情鈔本極多樂山被炸已盡被燬無餘此曲爲兒時習聽得來字句不無錯謬云云季剛固樂山人也漁家樂詞如下　雲澹風

佛蘭艸堂

輕趁午天傍花隨柳過前川大前川來小前川浪裏悠閑一釣船將船靠在蘆葦岸漁翁手執釣魚竿釣尾魚兒三斤半漁婆一見心喜歡漁翁上街沽美酒漁婆在船把魚煎漁翁沽酒回船轉夫妻二人把魚餐漁翁酒醉閑言談叫聲婆子聽我言趁此船舟無人見你我二人好合歡漁婆聞言紅了臉罵聲老漢在胡言常言道少是夫妻老是伴偺大年紀合甚歡時人不識予心樂將謂偷閒學少年取理學家詩語而化爲談諧游戲可謂匪夷所思

吴中園林瑣記

蒙茸一架自春生

吳門拙政園紫藤花俾為文徵明遺蹟盤紆屈曲矯若龍蛇綆陽端甸齋樹一石碣上題文衡山先生手植真蹟主其下壁間復嵌蒙茸一架自生春七字石刻春來花發時翠葉葱蘢瓔珞滿架青紫一片至為美觀亦吳下名卉也

吳中鳳池精舍

汪旭初先生寫述吳中園林瑣記異常詳盡亦談蘇州掌故者之珍貴史料也抗戰以前葉遐菴卜居吳門初居網師園旋購平江坊巷汪甘卿宅園林結構精於網師園其三百餘年之紫藤一株尤稱特色葉氏署其所居曰鳳池精舍因其祖夢得原籍蘇州鳳池鄉第宅故址猶在葑門

前紀吳中網師園宋時所建大誤園為清初宋魯儒築沈德潛為之記彭啟豐有網師園說後歸太倉瞿氏則錢大昕為記記中有云帶城橋之南宋時為史氏萬卷堂故址與南園滄浪亭相望有巷曰網師者本名王思曩三十年前宋光祿慤庭購其地治別業為歸老之計因以網師自號并顏其園蓋託隱於漁隱之義亦取巷名音相似也光祿既沒其園日就頹圮瞿君遠村偶過其地為之太息知主人方求售遂買而有之因其規模別為結構敘述原委甚詳余嘗時讀碑不精又事越二十年但記其中有宋時語且

乘魚橋夢窗詞楊柳閶門屋數間即指此鳳池精舍麗娃鄉與張士誠女投井殉難處相鄰祠井今猶在葉氏曾刊小印麗娃鄉客精舍原有小池再加濬闢題曰玉鈎象形也二十六年冬京滬先後陷敵葉氏避難香港聞蘇州寓園近況賦詩志感世亂終無極園芳只自春燕鶯虛作達雞犬且成仁鍵户知誰屋尋芳喜似人流亡今遍地巢覆不須陳後以園已棄置而園產靈芝二本猶盆供案上日在心目間念往時景物未能忘懷又寫一詩靈根飄泊贖孤根故宅空期賦小園我比蘭成更蕭瑟菊著魚竹盡無存三十三年春湖帆作鳳池精舍圖成葉氏題詩圖末云鳳池遺蹟久榛蕪夢想家

佛蘭艸堂

涉主人之姓而致淆混偶繙縣志亟自正其誤如此以為輕易落筆戒

余所居鄰拙政園距獅子林亦祇隔一巷耳拙政園本大宏寺地明嘉靖中王獻臣始為圖佔地之廣不可畝計文徵明有記並圖記云凡為堂一樓一為亭六軒檻池臺塢澗之屬二十三總三十有一蓋其界西近齊門東抵婁門皆是其子不肖以樗蒱一擲輸諸里中徐氏清初歸海寧相國陳之遴之遴遣戍籍沒入官以駐防將軍康熙初年復為吳三桂壻王永寧所有其時蓋猶仍舊觀故顧丹五筆記於陳氏云

園有此圖聊與吳中添故事可能清閟學倪迂由來明鏡本非臺花本乎泉恥自衣猶有煙雲堪供養不須料理劫餘灰又跋云世之構園林珍書畫者恆願子孫永保余不作癡想但冀得此者珍視此卷知余與湖帆交非恆泛且畫筆迥出時流者似此達觀異於流俗去秋張大千赴蘇擬購精舍改築大風堂以紫藤早已被伐屋宇破壞不堪因而中止今後此鳳池精舍恐亦祇能傳之畫圖中矣

珠簾甲帳煊赫一時於王氏云蓋由蘇松道署散爲民居後蔣氏得之名爲復園意謂因拙廢園而復之也然地毁前於亭林非舊沈歸愚記所云拙政園百餘年來廢爲穢區既已叢榛莽而穴狐兔主人得其地而有之與客商略因阜壘山因窪疏池云云到今日所餘池館皆蔣氏物世人執文徵明圖按而尋之宜其渺不可得也

所以知地歸蔣氏已毁於前者據顧丹五筆記康熙十七年園改爲蘇松道署缺裁遂散爲民居王皋聞顧璧斗兩富室分購居之後嚴總戎公偉亦居於此今

佛蘭艸堂

屬蔣氏西首易葉程二氏蓋地既分散不可復併勢宜然也蔣氏之後歸海寧查氏復歸平湖吳氏咸豐間李秀成入蘇州為忠王府洪楊事定籍沒為八旗會館清亡改奉直會館倭寇據江蘇為偽省政府今則社會教育學院假為校址先是西首所謂葉程二氏者今亦無有惟張氏宅比鄰宅後有園與拙政園通疑亦蔣氏舊物學院併借賃之其東久廢為民田今築操場場側有沼沼之南疊石為峯則知亦必園中遺蹟本屬貝氏亂後貝氏宅為他姓所有盡撤其屋材而貨之蕩然無遺疊石佳者並為偽省長李士

羣運載以去

吳中名園首數拙政而其變革興廢亦一最繁即我居處安知非當日歌舞榭地耶一廬之寄可謂飽閱滄桑昔吳梅村作拙政園山茶歌云百年前是空王宅謂本宏大寺也歌臺舞榭從何起當日豪家擅閭里又兒郎縱博賭名園一擲流傳猶在耳譏王氏之既得復失也後人修葺改池臺以下八句述徐氏豪華齊女門邊戰鼓聲入門便作將軍壘指清兵初入也近年此地歸相公又玉門關外無芳草綜海寧盛時及遷謫之始末也詠歎悲懷歷歷如見惜以後事非

寄菴隨筆記吾蘇園林名勝茲就獅子林補充所聞如此吳中園林頗多要以獅子林留園汪義莊怡園爲最著而獅子林尤以石名汪義莊雖自詡疊石冠三吳殊未足頡頡獅林也獅子林原爲畫禪寺後園一名五松園有古松五株故名瓶水齋集清嘉錄多有記清高宗南巡以其多獅林也乃丞一指題山石若者爲太獅若者爲少獅若者爲獅吼若者爲獅舞若者爲睡爲蹲若者爲踞爲伏若者在角鬭若

佛蘭艸堂

梅邨所知後之人亦不能繼梅邨之詠遂令此篇獨擅千古山茶摧折已久獨徵明手植紫藤至今猶在蟠曲茂盛鬱爲虬龍矣

獅子林得名或謂取佛書獅子座名之或謂怪石有狀如狻猊者故名又有住持天如禪師得法於中峯本公中峯唱道目天山之獅子巖識其授受之源也或謂園有松五株又稱五松園者是也地本貴家別業元至正二年天如門人結屋奉師居之屋不滿二十楹而佛祠僧舍悉依叢林規制歷代修建益增崇閎寺初菩提正宗或即稱獅子林寺明洪武間併入承

者在摶球隨審隨題左右爲之紀錄凡得五百形相侍從就名畫形圖不逼肖諂諛者乃謂乾隆是羅漢轉世夙具慧根用能數盡五百獅林石隱符五百羅漢身迹信附會不值一哂但獅子林之名竟以此遍傳遐邇乾隆並諭寺僧劃出此園以賜從臣休寧黄殿撰軒爲別業其後闢園爲北向遂與寺分寺有碑碣詳載其始末故至今寺前通衢曰獅林寺巷

此園滄桑屢變民初歸上海李氏嗣又讓諸里人貝潤人拓併鄰地築爲家祠於池旁添建石舫施金碧塗丹堊砌水泥輝皇富麗氣象豪華然恬然靜古雅之風不可復見元高士倪雲林匠心布置遺蹟亦不可復覩惟舊峯三數似曾相識耳識者惜之

天能承仁寺久之折入豪門構市廛爲利傭保雜處至萬歷二十年僧明性求藏經於長安規摹復舊敕賜聖恩寺清乾隆南巡復賜名畫禪寺今榜額仍此而世俗習稱惟獅子林之名最著其實逮清末葉獅林與寺已不相屬入民國爲貝氏園建宗祠設學校往者非有因緣輒不得入林以疊石名僧天如蓋因貴家別業之觀而其丘壑曲折則與朱德潤趙善良倪元鎮徐幼文共高成之元鎮爲圖世遂稱出自雲林手矣疊石佳處相傳水陸十八景未歸貝氏前余曾往游雖稍有傾圮而陟降其間如入盤谷玲瓏深窈

佛蘭艸堂

之致信不可及然所謂十八景者未能悉覩貝氏重加修葺補以新石色與質俱遜其舊鬭榫處復以水泥塗既法誠便捷然頗損美觀倪徐而後擅疊石之巧者惟李笠翁世無名手轉不如任其頹臥荊棘中爲猶愈也畫禪寺有下院原名獅吼庵後易地重建改名祇園香火之盛與畫禪埒

去祇園數十步邑人就吴王張士誠故宮廢址闢爲公園蔭柳觀荷頗宜消夏園有西亭有東齋皆設茶坐好奕者羣趨西亭東齋則詩人畫客萃焉韋齋隱然爲盟主首倡一韻和篇紛疊裒前後所得詩一百

六十餘首裝爲長卷常熟楊无恙江寧鄧孝先作圖嗣後印東齋酬唱集使余署簽余居南京時多故不預會其事亦忘之矣戚友沈挹芝昨以一冊見惠稽覽作者姓名太半舊識而十餘年間凋謝幾盡即韋孝者亦都衰病謝客無復稚興集有序兩篇一爲孝先作述詩會緣起甚詳云癸酉春夏之交蔡子雲笙久病乍起日必徜徉東齋辰至午散與雲笙諗者往往攜杖相就談笑既洽繼之謳吟謳吟未已參之以諧謔同人本處蕭散不拘形骸脫巾高睨覆盌狂嬉旁坐者或指目怪詫而不知正吾輩至愉快極之一

佛蘭艸堂

日也一爲松岑作中一節云快風扶搖自東北來涼
雨繼之池荷萬柄漂香簸綠珠顆噴湧越檻跳櫺濺
人裾袂而四周萬樹低昂若與風勢相角拄其聲囂
悍然在詩人聽之不囂悍而若幽寂者境以心殊真
天下之能自愉逸者舉身世憂幽與所以自遣之情
一託諸寫東齋景物可謂善矣亂後重經其地寥闃
無人求一聞囂悍之聲亦不可得故人往矣彼所爲
幽憂狂吟者以今思之抑猶承平之遺蹟也
迂瑣有東齋小坐望見巽堪无恙扶藜過橋戲用陳
簡齋韻一首云搖碧池漚散復生慰欄茗椀對涼晴

百年他日知何地，四海彌天賸此城。幽生自能窮物妄，劇談渾不關心兵。咫園一叟應相憶，病起節枝約意行。迂瑣即韋齋，巽堪即雲笙，咫園一叟指常熟宗子岱也。詩中兵字一韻殊不易押，和章可擿，如拂雲云：剩有心情茶後夢，了知世事酒閒兵。羣碧云：艸邊依舊鳴蛙鼓，槐下何曾息蟻兵。又靜聽荷喧如憂佩，閒尋瓜戰已休兵。櫟寄云：荷香自繞花成國，魚樂安知世鬭兵。彈民云：笑口忽開成妙藥，詞鋒相對鬭奇兵。沙隱云：蟬病喋如箝口士，蚊多悍似潰圍兵。巽堪云：老去鬢絲驚脫葉，久疏棋局罷論兵。南峯云：匠石

佛蘭艸堂

不窺尸社樹英雄原屬盜潢兵芊縣云吾於、成佛終居後公等登壇善將兵霜厓云樓臺煙雨南朝寺子弟貂蟬北府兵隱廬云結游畧義王僧達霾照沉酣阮步兵皆有意味拂雲為龐次淮櫟寄為陳公孟彈民為屈伯剛芊縣為彭子嘉沙隱為梁少筠南峯為翁志吾霜厓為吳瞿安隱廬為費玉如犀碧即孝先也感事懷人追和一首如下春寒只向袖邊生十日陰霾一日晴老我心情同落藥故人蹤蹟問佳城囊空併餒貍為客色變爭談虎似兵百感填胸無可語裁箋聊作短歌行聲韻久荒澀不成語

候官梁少筠弱冠周游東南各省民國初一任職商務印書館繼爲吳縣及丹陽縣佐有廉勤之稱後遂移家吳門性樂施捨創蘇州濟生會督修彩虹善人諸橋又於胥門外濬放生池衣粥棺藥以賙貧民者歲有常數暇耽吟詠與東齋諸賢相唱和先是陳彥通寓吳倡詩鐘之戲集者頗衆彥通去後社集蟬聯不輟余與少筠皆嘗預焉及余入蜀遂不復相見少筠子嵩生娶於汪與余家有連事舅姑孝謹姑避寇亂客死洞庭東山臨終示象生西祥馥盈室少筠本奉佛自是益虔三十七年冬患心臟病然起居一切

佛蘭艸堂

與恆人無異適婦注以事赴滬少筠語之曰期二日回遲則不及待注心忤其言果如期反是夕遂卒檢其遺物皆須爲標識又親書遺囑并詩一紙遺囑略云予五六十年來廉潔自持爲民爲國未取非分分文甘以窮詩人終其身所媿學業無成功能無裨差對儒先師祖而已此去心安意得不必鋪張限三七至五七內將靈生壙做好舁棺入葬與吾妻同穴近依佛土遠懺他生此外別無所冀詩有李賀甘詩鬼欒侯倘社公之句自注旅吳三十載兩佐縣治此心可質天地可對鬼神尤以淪陷一役勉出拯民先

以先不領俸不受名不見外人三條件卒獲肯斂足食衛生三治策今老而病病且死南屏慈尊夢示此去可膺社食云南屏慈尊蓋謂濟公吳中設壇奉之始於郭曾基郭亦閩人也夢不必信而其心無愧怍始有此夢則無疑者他日邑乘志流寓沙隱之名不可沒也

羣碧先世爲洞庭山人退老於吳頗欲復其故籍買侍其巷優游文藝聊以自娱雖老輩而未嘗謳頌勝朝以遺民自命嘗預修清史獲觀內府檔案吳某公偶於衆坐辭太后下嫁攝政王必無其事羣碧私謂

余此事禮部實有案但執筆者諱之耳滿洲舊俗本不此爲怪張煌言之詩錢謙益之得罪俱爲旁證所謂孝子慈孫百世不改豈可以口舌爭耶清史之不信如羣碧言可見一斑羣碧工篆書略與孫星衍洪亮吉近晚亦作畫灑然脫俗藏松壺畫放翁詩冊特以假余筆秀而弱實屬品然其意可感也亂中遣其子赴渝州覆車死治事定而羣碧亦前没九州告同意不及待悲夫

博具雜談

兒時每見老輩歲首令節集人作摇攤之戲其法畫

格爲局分四方爲么二三四一人作莊家用四骰覆缸中搖之視其點色以四數除之所餘即爲得數例如骰共五點除四得一點即么也若九點除兩四數仍得一點餘可類推莊家外餘人各億其得數出籌分注四方中者爲勝羣碧頻嗜此嘗言樗蒲葉子古今不同法而因革之蹟亦自可尋獨不知此戲起於何時余不能對近偶閱范書梁冀傳云冀能挽滿彈棊格五六博蹴鞠意錢之戲注引何承天纂文曰詭億一曰射意一曰射數即攤錢也乃悟攤之得名由於攤錢其法雖不可知然必覆錢之數令人意度則

同棋

余於博奕好之而不常獨於同棋則樂此不疲誠如汪袞甫先生所謂足以寄才思發幽情者惟稱同棋爲銅旂不知何所取義或言爲同異之譌因其戲以不同五子爲主體而變化無窮同中有異異中有同似同而異似異而同也余以爲同棋之名最爲允當則以其鉤心鬭角之妙與着棋同而不相稍越規矩亦同

同棋輯譜未獲一見而余久有此心若於繪圖解說費時費力頗多至今未敢着手此戲最耐人尋味足以養心怡

佛蘭艸堂

甚明聞粵俗爲此戲猶以錢不以骰謂之番攤他時處廢錢而用骰故謂之搖攤因革之蹟仍可曉也

又有所謂銅旗者盛於行蘇松嘉湖間即用骨牌而增其數爲一百零五張四人合局與麻將同惟規律謹嚴性浮躁者所不能習松江吳和甫著銅旗輯譜一書先兄袞甫爲序書雖雕板然終不行也他日冀有好事者收入叢書如打馬圖經之類或可以存遺法茲錄吳叙云博奕局戲由來久矣酒後茶餘間一爲之所以聯歡情娛嘉賓也輓近世道衰微賭風熾盛羣居終日惟博是務其章法簡而勝負易判者尤

情躁急者往往不耐而計算從容不必如馬將之應接不暇手不停舉故曰養性既有定則不容假借有時可以坐待其和無應扣住至於由挺張進而爲全頭子或他人因得全頭子而脫張得以和成皆屬絕處逢生故曰怡情同棋似從骰子轉變而來而三十二張之牌乃一過渡俗稱象棋難學易工圍棋易學難工而同棋則同於圍棋故其名或由此而來蘇州之同棋與吳江畧異稱黄河陣又稱老和不知何故常熟之同棋每色六張加分相合乃則變化更多旭初先生云馬將脫胎於同棋似是而非惟反其道而行之則深得二者之三昧余嘗比同棋爲崑曲馬將爲平劇自謂頗有相似處

趨之若鶩一擲千金以爲快傾家蕩產者亦所不惜嗚呼烈矣夫積重難反救弊以漸則擇其理蘊少深無乖雅道而足以寄才思發幽情者易而代之庶亦挽救世風之一道儆明清昇平之世本有銅旗之戲詩酒之外文人習焉立法之精條理之密猶有揖讓進退之遺意焉惟事資口授向無譜錄近歲以來解者日鮮編者不敏謬識其義爰擬條例編列成文名曰銅旗輯譜庶有同志取而布之抑博本小道昔人以運心思競智能而已勝負繁複記之以籌籌之設亦僅取便記勝負之數而已自後漸以金錢爲注於是

佛蘭艸堂

至親戚屬才一同局便若仇敵何者欲攫人之有以爲己有也壞心術敗倫常莫甚於此自今日起願我同志廣爲勸說努力戒賭如應酬塲中萬不得已則銅旗一道猶爲此善於彼而金錢輸贏宜從屏絕是則編者所馨香以禱之者矣、

袁甫一序尤雅馴可誦兄平生文稿存者不多故併錄於此云往余在巴黎稍習勃利治之戲（編者按：即橋戲）未有以盡其妙他日游坊肆見所爲勃利治之書或麤或密無慮數十種求一二讀之犂然有當於余心又有所謂勃利治法典體裁峻整若科律之不可以增

汪袁甫之遺文

讀寄菴隨筆載有有江袁甫序吳和甫銅旗輯譯一文雒誦之下覺其陳斜事曲盡文章之妙寄菴云袁甫此序雅馴可誦斯言誠不誣也汪君少年即負文名余於清光緒二十九年春負笈日本時中國留學生爭俄約甚激昂某日在神田區錦輝館開會決議組織義勇隊公推鈕

鐵生爲會長衆以汪君善屬文遂舉爲總書記余因此識汪君並知汪君爲能文之士當時各省留學生均創刊雜誌鼓吹革命如湖北學生界新湖南潮江潮江蘇等皆有聲於時汪君在江蘇雜誌撰文頗多署名公衣即袞字之拆寫也其文一出爭相傳誦梁任公在新民叢報亦甚稱道之未幾汪君回國入仕途蹤蹟遂疏迨民國成立汪君任衆議院議員偶一相見復隔七八年汪君出使日本余任職教育部因處理留學生事宜常與汪君接洽公事有時或在函札中相與論文汪君之書生意氣一如留學時期民國十有五年東方文化事業委員會在東京舉行年會余與王晉卿先生及汪翔

損因歎西人治事雖一游戲之細亦用全力爲之如此中國古來游戲之事甚多其法率不傳其僅有存書而完好可讀者若投壺新格打馬圖經除紅譜百官鐸等比於鳳毛麟角矣近世有麻將之戲始於東南盛於京師浸淫徧於域内無男女尊卑野人君子皆習之顧其爲傳出乎口入乎耳未有撮其義例以箸竹帛者而最近十年間其法流衍海外外國人乃頗爲之譜錄行於世甚哉吾國士大夫之奮於博奕而惰於用心也麻將格式畧脱胎於銅旗而簡易粗獷不如銅旗趣超事博遠甚

雲鄭貞文諸君前往參加此時汪君仍爲駐日公使舊雨重逢情深縞紵常在官舍招飲杯酒之間暢談往事以爲笑樂後經數年汪君解職歸國寓居故都余適宦游南京終未得一晤不久汪君即逝世茲讀汪君遺文爲之愴然

佛蘭艸堂

又云余少時每見父老以銅旗相娛嬉不知有麻將及麻將盛行而銅旗幾廢吳越間雖尚有爲之者然徒侶希少有倡無和若古樂之不可作過此以往其失傳必矣吾友吳君和甫精疇官之學博涉而好思官京曹久而不與世同俯仰自公之餘輒集二三朋好爲銅旗之局雍容和令可喜可觀余居京師時頗從和甫游風雨之夕杯酒既罷明鐙未灺相與分曹接席用此爲樂勝無喜敗無慍也常恐一朝星散此樂遂不可復恨世無好事者條其進退離合之故算數法與其禁令爲書以示於後而今年和甫乃有銅

旗韓譜之作遠道寓書請序余視其稿爲綱十有一
無目無算釋謠俗陳樂方袪蔽惑正違失詳而不盡蕪
質而不俚雖不必如勃利治法典峻整不可增損以
視投壺新格諸書無多讓焉

上文中袁甫有自注云麻將名義不可曉余嘗擬爲
馬吊之訛竊謂吊字之音無由訛爲將殆非也麻將
之法本傳起於寧波其規律悉與銅旗反凡銅旗所
禁皆破壞之唯嚴吃張不得與手中牌通融互易則
銅旗所獨寬也頗疑創此法者必嘗習銅旗而不勝
故盡反其律聊用快意銅旗所起之張必公開不得

佛蘭艸堂

入手麻將則不然凡入手之張稱爲摸張牌之成敗繫於模張而不擊於起手之牌其革銅旗舊章者要點在此故標以爲名浙東方音讀張如將故變摸張爲麻將矣尚有一證吴人稱江山妓船爲茭白船（茭如高音）初不解其意及至蘭谿知土語稱此類船爲招牌船船妓美者謂之招牌主讀招字音在焦茭間招牌之訛爲茭白猶摸張之訛爲麻將也雖或穿鑿似頗近理至於銅旗爲名轉不可曉有言當作同碁者意謂消遣之實同於奕碁未知否

銅旗之外又有墨和能之者謂其趣勝於銅旗牌色

有筒索萬與麻將類製用紙籌則以竹爲之修可七
八寸滑澤而柔蓋特製者局外人有專司勝負之算
名曰矗角入局者亦四人各自理其手中之牌不相
關接張起發張同局者皆不得見所發之張別置一
盤中俟起張盡則復糅合以承其後循環不竭一家
成和則餘家皆覆其牌既禁公開故亦無論牌之得
失者靜而不譁故謂之墨墨者默也諸局戲非習其
科條者弗能預此則濫竽充數他人不覺也昔有豪
紳游宿穹窿山欲爲墨和之戲而缺一人道士自言
能此遂共局竟夕不成一牌衆訝其運惡道士笑謂

佛蘭艸堂

恐敗諸公興耳實不解也故吳諺謂假充內行者爲
穹窿山道士

我國各地爲博之具種類甚繁殆難悉數或者譏爲
賭國原賭之心理蓋由好與貪得二者膠和而成近
世物質愈進貪欲愈熾則賭風亦愈盛西人好賭有
甚於我國勃利治之屬無論矣其餘狗馬有賭擊球
有賭證券貿易之風開則市場皆亦可以金錢爲注
則國之兵政皆賭也歐洲小邦有蒙特卡洛者方不
過數里立於國之中央試發一銃則彈丸射及境外
其國有王有各部其財政惟一收入則賭稅也賭場

國營來賭者皆外籍民營之業唯旅館飲食店及製售賭具而矣諺曰賭國名實相符孔子言不有博弈者乎為之猶賢乎已此固為飽食終日無所用心者發然賭博止於金錢為害猶小若夫權利之爭不惜舉國家種族人民生命財產以為孤注是真豪賭也昔人謂天地一梨園我則謂世界一賭場耳强為賭家弱者為籌馬悲夫

喜誦麝（塵）蓮寸集

集古人詩為詩者始於石曼卿王介甫極於黃左田之香屑集集詩為詞者始於東坡蘇極於朱竹垞之

蕃錦集既工且富不可復加吾吳顧子山乃集詞爲詞每首專集一家且織組夢窗句成長序一篇可謂難矣往者余執教南雍聞汪辟畺得麝塵蓮寸一種集宋元人多至數卷小令慢詞無不畢具辟畺謂其辭之美與律之精鬼斧神工不能過也余欲假觀而先爲李剛取去祕不復出二十六年寇氛及南京李剛遺書移藏采石磯某所亂後檢閱殘破過半其僅存者悉爲湖北省圖書館收取此編竟佚辟畺亦不能記作者誰某訪求第二本終不可得相與惋惜去年夏湖帆出示所爲聯珠集乞序余道及此本湖帆

百計求之至今年春忽馳書告余云麝塵蓮寸集已從表弟顧起潛圖書館中借得書計四卷坿錄一卷約二百數十首尊序所云每首中無本調無複詞之說非也但不多耳重人則尚未檢出至於撰句精工真可佩服余得書狂喜旋以他事赴滬訪湖帆寓樓湖帆執書迎候梯畔見即授余曰此書出書於君大有因緣知必先覩爲快也匆匆披覽美不勝收其裁翦他人如自己出信如辟畺所譽按其作者爲績谿汪淵字時甫號詩圃吾宗人也妻休寧程淑字繡橋亦能文書於光緒己丑編成汪宗沂爲序去今適六

佛蘭艸堂

十載明年庚寅程又序之則余生之年也湖帆誓當覓得一編以爲余壽此願果償亦足爲藝林佳話

梅景書屋傳韻事

聯珠集六十首篇章不多而特工妙湖帆所自愜者爲金縷曲題董美人墓志拓本又滿江紅題秋夜艸疏圖信能雄渾流傳擧重若輕矣余尤愛其鶯啼序集周美成一首以二百餘字之長調而選辭合律沈鬱如話麝塵寸集中不能有也詞長不具錄錄其瑞鶴仙自題梅景書屋圖云洞簫誰院宇正梁園未雪玉蘭春住柔香繫幽素放小簾低揭畫眉添嫵鉛華

不御冷香飛紅樓深處向長安泛酒芳蒲重看舊時
羈旅　疑佇名箋濤墨明月自自鋤評花索句江梅
解舞茗谿畔記前度伴蘭魏清瘦共歸吳苑相間金
茸翠畝甚年年春屋園花夜溫繡户梅景書屋者湖
帆與潘夫人靜淑共隱之處又自名其齋曰醜簃以
藏有醜奴碑佳本也後得隋董美人志則鐫一印曰
既美且醜
潘夫人工花卉精麗妍妙設色如生嘗與湖帆合作
梅花長卷余爲題留春令一闋有管趙風流見丹青
寫一幅能相寄之句非諛辭也蕙壇詞翰作千秋歲

佛蘭艸堂

得綠徧池塘艸五一時傳誦遂與謝客池塘生春艸爭勝不幸夭折湖帆即用此語徧徵海內畫家爲寫圖冊以哀永思聯珠集中載其燭影搖紅一首云葺屋營花行雲應在孤山畔靚妝臨水最相宜春近江南岸喚賞清華池館記留連歌塵凝扇裁冰詞筆一幅閑情鉛香不斷　避景繁華梅花重洗春風面玉纖香動小簾鈎翠羽飛梁苑共倚篔屏蔥蒨䃯綠窗星羅萬卷新詩細掐臥遂長吟洞簫低按亦題梅景書屋與湖帆詞並集夢窗可稱工力悉敵

湖帆又有春風嫋娜一首題爲庭中紅梅忽放綠華

詞云對寒梅照雪月觀橫空煙濛濛霧濛濛向尊前正好一枝嬌豔出羣標致獨步和宮細想從來閒情吟遠〻盡微雲斜照中彩筆空題斷腸句春風吹酒褪腮紅　獨記深宮舊事珠鈿翠佩未消得秀色芳容庾樓月楚臺風琴心一曲知與誰同濛景疏香綠窗初曉內家妝束格變玲瓏清思無限算玉堂不染瑤臺有路往事朦朦其事甚奇而集前人成句竟能曲折寫之尤難得矣

集舊句譜新詞

集諸家詞與專集一家各有難處蓋集諸家則重人

佛蘭艸堂

重篇自宜懸為禁律非勤於繙檢勘對不易程功集一家則篇章所限聲律之細有難於巧合者顧汪二氏各為體例其用心之苦未易軒輊也後來者無妨兼取其法如聯珠所為余門人楊廷福嘗集宋人句作念奴嬌云翠蘿深處把闌干瞎拍鴛鴦驚起蓮葉層層遮纖換却鶯花人世遲日烘晴深煙帶晚玉糝蒼苔碎采茶時節蜀紅妝破春睡無奈燕幕鶯簾把愁句了空祇添憔悴宿粉殘香隨夢冷瘦約楚裙尺二釵鳳斜款鏡鸞慵舞誰會憑蘭意竹枝三唱耳邊依約常記亦無重人無複調余客重慶時偶集成蘇

幕遮一首粉牆依叢竹繞蒼蘚沿階曲徑通深窈漸解狂朋歡意少小院閒庭夜闌無人到　黯凝魂須信道家住吳門正倍添悽惝月墮簷牙人睡了怕見孤鐙必定還相照則專取清真句固屬相題裁篇亦各適其興耳

哀舊友羅侶子

余六十初度避客海堧旬日中唯一起居餘杭章夫人而已而首知其蹤蹟者爲王蒓齋以告元龍元龍即投詩云聞道汪倫到催妻洗酒樽如何來歇浦不肯過衡門故舊於今少文章得爾存馮闌聊恨望風

佛蘭艸堂

雨又黄昏越日爲鷄黍之約同坐者僅尹默蓀齋數君追懷舊友首及羅佶子元龍因寫示挽詩三首其一云南海波濤惡胡爲竟遠行有生詎不滅聞道故無營少壯多文采瀟湘記姓名悲來天地窄鼓角助哀鳴其二云曾哭曹張逝於今又哭君當年二三子俱作死生分往事殘春夢浮生薄暮雲南溟迷遠望風雨正紛紛其三云學問尊黄老官曹屢接連斯人遂千古分手僅三年蹟託吴門裏碑存皖水邊頗聞諸女孝不獨仲謀賢佶子良鑑字余紀雲陽程公曾及佶子不數日而遂聞其凶耗佶子仕宦數十載橐

無餘貲所治惟葑門東小橋隙地二十餘畝屋佔數分餘皆植花樹收穫果實以資生計知余喜食桃約桃熟時慫恿歸期參差終未暇踐諾也寇至吴門盡伐其佳種以去

偕子謝蒙藏委員會委員長事余曾一往造廳門無僮州長沒徑肅客烹茗胥女公子親執其役廉吏風概猶可欽遲早年與世推移不廢俗好晚益清心寡欲屏絕紛華元龍稱爲黄老之學頗得其實也

偕子初無避地意因女公子服務香港固請迎養陳光甫主中國旅行社又與偕子素交爲豫留飛機霸

佛蘭艸堂

王號坐夫婦同往並及於難余聞訊後亦有浣溪沙詞之哭云厚地高天一網羅人生失意總悲歌霸才無主奈君何　折翼竟成同命鳥論心重憶嬾雲窩小橋東畔莫經過元龍詩所云曹張指曹纕蘅張叔異叔異名棣亦僑寓吳門亂中自蜀先歸舟行吳江遇盜死

詩戰中健將

余初至巴縣居重慶邨與元龍蓀齋同寓旋移春森路則與纕蘅叔異共爲一宅纕蘅先僦居正居主人王姓於隙地構西樓余與叔異分居樓上下比鄰則

唐企林丈所寓也行嚴居亦相近時復過從其後叔異赴他縣余亦應彭醇士約一度移居觀音巖下不及旬日而醇士避空襲遠徙北碚屋為強有力者所據余復同春林路樓已易主其時佶子亦來遂為纕蘅客纕蘅耽詩日有吟詠而行嚴方與曾履川競作寺字韻詩往復過百疊一時和者如陳仲恂沈尹默潘伯鷹輩十數君皆健者爭強鬭險愈出愈奇余強與周旋亦至五六十疊當時稱為詩戰推敲論難辯辭雲湧纕蘅或就佶子決之佶子倚胡床澹然微笑曰詩不作最佳余歎為知言彈指十載友朋星散仲

佛蘭艸堂

恫纕衡墓已宿艸而羅張且以非命死天道其可知耶

頌橘廬詩酒會

履川僦屋下羅家灣顏其齋曰頌橘廬庖饌精潔故詩酒之會每假其處作寺字韻時適逢常會各攜詩稿來集余有贈伯鷹一首起句云前身應住花之寺花間細辨簪花字多君險語寫柔情倜儻風懷更殊異其時伯鷹方有所屬意也飲闌入室傳視諸稿咸在而余作數篇徧覓不可得室中陳具甚簡無可藏處又無他人出入相顧錯愕以爲怪異伯鷹笑謂恐

有雅狐如青鳳之倫嘗君麗句攝取不還矣余因復作一篇有青鳳能來便可御空齋夜坐不須驚之句復川嘗欲彙付油印而寇襲頻煩工料難得遂罷余後敎復旦大學居下垻夏日水至書物漂流以去寺韻詩未編雜置几格蕩然無復存元稿亦終不出他人所作門尹默刪存十之二三不知其餘猶完好否余詩倘有附見他集者尤願寫以志一時之樂也

閘門揖盜記

當空襲甚時重慶市區壁無完堵市民流徙靡有常居元龍奉母避江北主楊寸五家鄉人稱為楊家花

園即前述楊園者是地僻無有徑可通而已才五居宅有垣垣外、之百餘步矮屋數椽元龍所借也山茶列前黃葛蔽屋黃葛者樹名川黔諸地皆有之臃腫樗散材無所用然易長而多陰植之道旁行者忘暍川人多書黃桷鄭子尹撰遵義府志以葛為之宜可從也元龍既賃此又方為重慶大學校長不恆歸宿盜億其多金而不設備入室鈔畧無所得妻賢恐傷其姑搜舊飾數事盡予之會楊家傭工驚起盜逸去元龍歸悉其事置不究賦詩紀之時在庚辰冬、越日臘盡招余往共度新歲聞之嗟異余楊園雜詩中一

首云據梧久契蒙莊旨舊筆新成胠篋篇此輩縱橫滿天下未妨坐嘯有青氈即指此也

未幾而盜復至錮諸傭工然後入元龍起迎盜引之就坐餉以淡巴菰及梧茗好語之曰汝輩皆豪士以貧故不得已而爲此然國法不可屢干後宜改行因命妻挐竭吾錢贈諸豪士妻謂家中所餘僅法幣三圜安所得錢元龍乃取所御外衣付盜曰吾亦貧累汝等徒勞跋涉奈何盜不肯受皆曰公長者固與之復賸以餅餌一器盜曰既拜公賜後不敢再來然願公毋聲張元龍諾盜去釋傭工出處狂號警衆元龍

佛蘭艸堂

禁之曰吾已許若輩傭〻慵且憒笑曰與盜言亦守之邪四出奔逐盜已遠而倉皇棄餌餅道过元龍歎曰吾失信於盜矣又作紀遇盜詩一章云大盜悠游笑竊鉤小人重利亦何尤室空尚喜餘編簡全盡真如去贅疣月下開門招客入堂前懸榻歡渠留主賓同感浮生困那及沙鷗得自由後一事余初不知元龍頃爲詳述如此風度疏曠真當求諸古人

鬮韻分題

先是庚辰春日余行役貴州比中夏反舊居都毀監察院大部移金剛坡別爲院長賃官舍於坡下之龍

洞口右任留鎮陶園不時往以館行嚴余既歸無所依止即就行嚴居時亦往來歌樂山向家灣楊園諸處龍口宅甚隘几榻而外無長物行嚴寄懷於詩才思捷妙日課五六篇至十餘篇成必督余和之余自爲寺字韻後久輟筆矣至是大敵在前不得以鞭弭從事嘗次韻作云章君詩中豪脫手千萬篇我心有旁騖文字損中年忽令將旗鼓籌筆如防邊風雲起目娛不畏肝腎煎（下略）蓋紀實也當時酬唱之什各箸龍洞頓爲衆口傳三日成一卷十日盈一篇頗窮耳編中未遑鈔坿故行嚴詩都不復記惟記其贈章璠

佛蘭艸堂

一編璠爲余女弟子今其鈔書詩故行嚴戲作云徐甲
備書李老君得年三百且洽聞徐陵鈔撰亦精絕南
北兩朝躋顯列尊師當今一窮儒貴壽皆非力所驅
不驅壽貴驅詩律君自得之手寫畢余亦用韻答之
云毛穎錫爵中書君昌黎戲論吾所聞簪花妙格自
奇絕得此亦可詫同列我著儒冠久厭儒夢招小宋
爲前紅燭兩行搖不律發憤還家自呫畢時余方備
國史館籌備委員會顧問故用小宋事由文生情強
尋典實不如原作之驅使自然也
行嚴爲余作寄生篇釋寄生二字之義兼叙文游始

來余作孤桐篇報之孤桐者行嚴自號其家故有桐二株幼時兄弟二人嬉戲其下後一株殺於秋霜兄亦早死署此志不忘也余詩中謂言家長沙雙桐門前植凶徵一枯死伯氏竟先折遺此孤桐孤撫舊淚露臆數語直述行嚴之言差無變改始亦嘗署秋桐嫌涉紅樓人名遂廢對床數月又各移居自後雖間有酬答無復鬭韻分題之樂矣東歸以來曾一在上海展覽書畫得錢療貧略無高趣而行嚴樂爲題品寫贈四絶句其一云汪八交情同衛八汪東當日是陳東老來閒寫山川賣許我題詩阿堵中其二云詩

佛蘭艸堂

成不值一文錢得夢堪爲謝惠連素壁高堂皆證蹟池塘春艸綠芊芊其三云雲林小幅最堪珍流水棲鵶點綴新神似鹿門高隱處問君可是姓龐人其四云雖無李白調清平卻有名花腕底生祇怕十分開足後若人來此便傾城製題云旭初畫展吾揮題數幅蓋於流覽之頃信筆而成捷思猶曩日彌可驚服從行嚴居時日課數韻而行嚴猶恨其懶嘗謔謂旭初詩如胡桃不敲不可得也聞者絶倒余因呈短歌云章君病我慳詩似胡桃肉不用金椎敲終不饜人腹此語眞詼諧大笑絶冠索自從伴君來寫詩已充

軸便恐類胡椒量之八百斛胡椒雖比胡桃多不堪
鼎鼐將如何尹默見之笑曰此又一胡桃也自惟平
平生爲詩多賴友朋程督之力初共季剛游處每倡
一韻強令屬和或接席連句不容遷頓是時所積較
多季剛歿後旋遘世變棲遲幕府輟不復爲及與尹
默行嚴過督之之勤一如季剛故雖有散佚猶得爲
定數卷今則離群索居意興蕭瑟胡桃之實已枵其
中恐敲之亦將無所得奈何

客窗病榻

辛巳之夏寓歌樂山靜石灣考選委員會占地於此

佛蘭艸堂

委員長陳百年副沈士遠各有官舍一曰衡廬一曰鑑齋兩家眷屬未至百年約士遠同止衡廬而虛鑑齋以待客尹默先假居焉余自龍洞口移寓市中嘉廬嘗一過尹默愛其幽靜值春夏之交空襲復至嘉廬在黃家埡口住市中央不可復戀三君乃埽除鑑齋一室延余往士遠爲尹默兄而百年則余同門友也故交契如宿於是求尹默書及余畫者日衆縑素堆案如埽落葉吾二人亦假以遣憂有時寇機在空操翰自自然余爲靜石灣圖並記尹默書之夕則篝鐙論藝詩歌而外兼及倚聲尹默自言作慢詞由此

始
秋末余宿疾大發遂入中央醫院月餘還鑑齋臥床
不能轉側者十有五月尹默躬護視之百年遠士頻
相慰藉飲食以養其體花木以娛其情恩情之周所
謂生死肉骨者梅蘂將發余託以起興述詩陳謝云
靜石灣頭白板門花開應似浣花邨窗間幾度圓蟾
魄梁上仍留宿燕痕交誼如公敦薄俗疏頑慙我負
私恩詩人但美霜中實作意東君與細論此十五月
中凡有詞詩皆尹默爲之錄稿故又有勞渠絕代鍾
王筆卻與旁人寫惡詩之句余所爲不足存而此數

佛蘭艸堂

卷知心傳於久遠者以尹默手鈔故病中每喜人過談平時交游以蹤蹟無定不能常見至是紛來探疾亦有相知雖夙而未嘗謀面者轉因此時造訪無慮相失不煩紹介自來訂交窮愁羸疾之際易生感激故自辛訖癸病榻中所作詩詞見貽姓名或隱約其事如義山之無題者皆所以志不忘雖庸惡不可删也徐道鄰傅抱石皆初識面抱石以所畫山水屬題余爲作長歌抱石遂自留其畫不肯與人道鄰妻德意志籍能爲其國詩謌道鄰爲余釋其意余譯成江流及題畫扇詩各一章道鄰以爲信

而能達余不自知也葆齋始同寓時殊落落此時在
黑石衕距靜石灣猶三十里每值休沐必徒步跋涉
挈兒女來相省視薄暮則又徒步歸余病初起衰鐵
衣猶不能步葆齋夫婦即迎余至其家扶持料理皆
使兒輩任之所居在叢竹中微風忽吹清響蘇魄蠲
疾之效勝於藥餌夫人金氏嫺技擊每觀其舞劍用
激壯思故使衰病之軀不意竟埋骨異地者友朋高義
所賴實多拉雜追書未盡萬一也
余病爲脊骨勞損前已紀述見之者或以同病遠道
寓書問治法凡四五人不論徧答故復假隨筆述之

骨癆者中醫舊名西醫謂之骨脊結核蓋結核菌著於肺爲肺結核著於腎腸爲腎結核腸結核著於脊椎爲骨脊結核隨所著處名之其菌一也余初從友人夜飲左足微躓於石酸楚不可狀尋亦自瘥顧漸及腰部筋若拘攣或踵而行跬步逾刻惟眠坐則無所覺醫師云是腰神經痛注射針劑並令試温泉浴良已旋有分巡貴州之役歷時半載歷縣十四以滑竿行者七百餘里最後至湄潭復觸舊恙歸涂漸不可任居龍洞口時時發時愈適復有公事至衛生署副署長沈克非問余病狀謂言腰神經痛是其見徵

何以致腰神經痛其原因必別有在自耳鼻咽喉牙齒以致臟府非逐加檢驗不能明也其時空警頻煩醫院散處勢不得偏詣

歐陽老人者湘人忘其名因行嚴識余爲施按摩兼以艾灸之復小瘥既遷静石灣疲於登陟日加羸困值中央醫院亦移歌樂山就診察知脊骨有異狀以衷克斯光鏡驗之則第幾脊椎已彎損矣療治之法先矯正骨狀然後傅以石膏待其凝固使仰臥板床上飲食便溺不許轉側醫師言殺菌無特效劑唯可令體中自長鈣質即石灰質加以包圍如築堤防毋

佛蘭艸堂

令漬泱而已故營養休養爲所必要營養以助鈣質之長成休養以待新骨之堅實無他法也臥床之始心煩躁擾繼強加攝制漸歸寧靜死生任運若忘有身其間再經察驗成效顯著積十五月去石膏易以鋼馬甲試令起步又半年餘乃得一切復舊柳翁翼謀方歷萬險至重慶相見北泉曰吾二人皆更生也病初起醫師賀余謂此病速瘳未見有第二人如此者其故可得畧言年太少則體之鈣質太老則骨不易長君適中年一也約身不謹曾犯惡疾難治而君無之二也病者日日思起心不安定則尤難治君順

其自然生氣潛復此精神之影響於體力者至鉅然非醫所能爲三矣後聞同余病者臥床至三四年或六七年不等果如其言竊謂此病無寒熱之煎灼故神志不惛異腸胃之潰敝故滋味不減所苦者臥若僵蠶思慮煩雜耳欲止其思宜寄情典籍或誦佛號各隨所便他人亦不以細事擾之久久相安於病自利別有一訊言患處出膿此在西醫謂之柯拉柯勃塞斯言其異於平常發炎化膿也中醫則謂之流注情況較殊似宜別求治法世有盧扁當能藥之

沈尹默之詩典

佛蘭艸堂

尹默以書名海內臨池日有常課磨墨滌硯必躬自爲之目短視甚嘗整理几案頗黎杯貯水拂之墮地竟碎蓋不見有物也朋儕宴聚尹默至則在室者必曰某在斯雖素熟習未嘗辨面貌自言聞其聲如見其人而已然而作蠅頭小楷爲余寫詩詞筆勢盤辟界格中分寸不失六十後始畫竹比金冬心五十學畫又遲十年頃作三祝圖壽余寫竹三竿分枝布葉盡偃仰之勢氣息尤勝余許其似素能者尹默謂叢於書後洗筆就筆頭所含之水縱橫浥紙上如撇竹葉頗得其意亦偶作穌但不能使仁者相聯綴耳一

旦出手便爾貫通人怪其速成而我為之夙矣以是知古人胸中有成竹之說信非妄詩詞初好陳簡齋其後詩益恬適味澹而永五言上趣阮陶殆與神合倚聲則轉以珠玉六一為宗賦物紓情並歸沉厚篋中尚藏其手稿數紙如浣溪沙酬湛翁訴衷情擬珠玉詞定風波旋看飛紅化泥一首蝶戀花憑仗情思今往歲一首楊公庶皆已刻入擁園詞鈔不具錄錄其前年所寄青玉案一首題為飲茅台酒陶然有作云驅車峻阪臨無地合早作歸休計槃案之間聊卒歲閒中風月老來書畫用盡平生意一西南酒美

佛蘭艸堂

東南醉萬里浮雲過吴會說著西湖仍有味柳橋花港是經行處魚鳥相還委

上詞託姚鵷雛轉致書其尾云此詞頗欲得兄與寄菴諸公和之兄謂鵷雛也又坿詩一首云去歲曾游蘇州有絶句數首其中一首須寫與寄菴白門楊柳暮棲鴉肯信詞人不憶家車馬自相來仍自去蘋花橋畔夕陽斜以余尚滯南京故寓意云爾恨不相見其全近遇滬瀆始從鈔得之詩共六首寄余者乃第五首也餘併錄此杭州游罷又吴城不負清秋日日晴虎阜獅林元自好相看正要此時情戒幢寺裏一池

水拙政園中百歲藤今古悠悠多少事知他誰廢復誰興高臺麋鹿認遺蹤離亂千年一再逢夜半客船應有恨寒山寺在不聞鐘玄妙觀前逢乞丐强將吳語聒游人探囊安得有靈藥療盡人間一世貧說著滄浪意自清世間隨分有塵纓郤愁野水荒灣去醉倒春風句不成蘇子美游滄浪亭有醉倒唯有春風知之句末語用之也余不爲詩但和青玉案詞云麴（翱）生自有迴旋地料不作封侯計爾汝相歡歌萬歲前蜀道今年湖上總是天公意　孤雲閒看醒還醉除郤樊川更誰曾蘗苦茶甘同一味醉中唯恨花枝狼

佛蘭艸堂

藉也似釵鈿委

尹默性不食猪肉人或疑為奉清真教輒笑對曰天生回回耳宋周成美聖於詞集名清真尹默每作慢詞成以示余余亦輒戲之曰清真轉世因嘗為余言錢玄同攢眉食肉事玄同字中季與其兄念劬意氣不投而顧嚴憚之一日念劬忽發興邀客食猪蹄先集而問之曰子欲得紅燒抑白燉乎各如臆對中季雖強應心以為苦欲逃不敢餘在座者朱逖先馬幼漁沈兼士尹默弟也匕箸陳各進猪蹄一器唯逖先先得紅白相半從容啖盡若有餘裕事後各擬謚謚

遜先曰文正公幼漁氣度不及而淋漓揮斥旁若無人曰文襄公兼士微渴蹶然奮勉不甘落後謚勇毅中季非惡肉以在兄家若肩芒刺而念劬蹀躞其旁其類督陣於是顰蹙而食亦強盡之特謚忠愍唯尹默以豆腐陪不予謚余聞其言笑曰宜謚公文潔

渉江詞

程千帆以書來述祖棻在武昌於前歲冬剖腹生女醫師不慎竟遺一大紗布腹中困頓經年群醫莫識乃伴送至滬就診經判明後重行開刀將紗布取出而創口難復體益虧損於是始詳祖棻近狀旋復遣

佛蘭艸堂

人送致詞藁五卷屬加審定復附一書畧云涉江詞此次重編以浣溪沙有斜陽處有春愁一首開卷蓋棻呈課卷時以此詞為先生所賞始專力於詞今列卷首以示淵源所自又云近一年來疾病淹纏久已輟業近以大局丕變文學亦不能不受政治之影響標準既不相同解人亦愈來愈少深有會於古微先生晚年所謂理屈詞窮之戲言因欲斷手不復更作故鈔就之五卷亦可認為全藁云云此蓋神明困於疾阨境遇迫於煎熬故其言危苦至是也暫輟精思以蘇羸疾攝生之道宜爾迺至盧標準不同解人愈少

因欲斷不爲詞則私以爲過太文氣盛衰每關政治壯美優美之異蔚漢師已詳論之至若文體變遷則由於會風尚風尚之變自有其因而新體既成舊體不必盡廢宋不以詞廢詩元不以曲廢詞其明證也至於解人難索古今所同極造深微斷非庸衆所能賞析此則一切道術學問皆然豈獨文藝若謂衆心難曉便宜卷藏則孔佛當輟其玄言班匠當攏其巧指矣故謂欲周世用之文不妨從俗詩歌之類大都發抒感情唯求自喻譬諸病思緩痛聊復伸吟聞之者或起同情或生厭惡非所逆計也子輿氏云自反

佛蘭艸堂

而縮雖千萬人吾往矣大勇若此可與言文
涉江詞令慢皆工清婉之中兼饒沉鬱傷時感事之
作或託諸屈原香艸郭璞游仙其間微意有非時人
所能領會者易世以後誰復解音此所以有愈來愈
少之歎也佳作既多不能盡取姑摘錄一二備好事
者觀覽焉浣溪沙云折盡長亭柳萬條天涯吟鬢久
飄飖秋魂一片倩誰招沽酒更無釵可拔論文猶有
燭能燒與君同度乍寒宵今日江南自可哀不妨庾
信費清才吟邊萬感損風懷　應有笙歌新第宅可
憐煙雨舊樓臺樹堂雙燕莫歸來　十首之二　蝶戀花

云乳燕交飛鶯亂語如此江山只有鵑聲苦楊柳無
情千萬縷年年却繫行人住　水上流花枝上絮已
是天涯何必愁風雨極目綠波芳艸渡轉憐春有歸
時路　鷓鴣天云八尺龍鬚換錦裀空山落葉掩重門
當風團扇知秋意繞榻茶煙澹夢痕　新露點舊星
辰一般良夜有寒温縱橫未了彈棋局何必箏弦絮
怨恩　四首之一　踏莎行云病枕殘書吟箋別緒遲遲
長日和愁度鈿車怕過舊池臺珠簾自掩閒風雨
嫩約無憑芳音易阻紅樓遙隔垂楊路今宵有夢向
花陰迴廊不是經行處

佛蘭艸堂

慢詞錄燭景搖紅云喚醒離魂熏鑪枕障相思處漏驚輕夢不成雲散入茶煙縷密約鸞釵又誤背羅幃前歡忍數燭花吹淚篆字迴腸相憐情苦題徧新詞問誰解唱傷心句闌干四面下重簾不斷愁來路將病留春共住更山樓風翻晴雨歸期休卜過了清明韶華遲暮此詞在龍洞口與行嚴共讀闌干以下數句行嚴激賞之又月華清中秋云征雁驚弦飛鳥繞樹幾年塵滿香徑樺燭清觴節物故家休看素娥愁桂殿愁空漢宮遠露盤珠冷端正想山河晴缺故應雲景 高處驂鸞未穩莫忘了天涯此回潮信舊舞

霓裳零譜斷弦誰聽早催還翠水仙槎待重認碧天金鏡更永漸雲鬟霧溼畫闌愁凭此與碧山眉嫵機杼相近唯一則寓亡國之思一則盼收復之切用意微不同耳